谨以此书献给

为保卫国土家园不畏牺牲的先辈们

桃梨盛开山河依旧美丽的国土家园

桃李原

张淑梅 著

中国言实出版社

图书在版编目（CIP）数据

桃李原／张淑梅著. —北京：中国言实出版社，
2023.6

ISBN 978-7-5171-4513-4

Ⅰ.①桃… Ⅱ.①张… Ⅲ.①长篇小说－中国－当代
Ⅳ.①I247.5

中国版本图书馆CIP数据核字（2023）第112589号

桃李原

责任编辑：张国旗
责任校对：宫媛媛

出版发行：中国言实出版社
   地 址：北京市朝阳区北苑路180号加利大厦5号楼105室
   邮 编：100101
   编辑部：北京市海淀区花园路6号院B座6层
   邮 编：100088
   电 话：010-64924853（总编室） 010-64924716（发行部）
   网 址：www.zgyscbs.cn 电子邮箱：zgyscbs@263.net

经 销：新华书店
印 刷：济南精致印务有限公司
版 次：2024年1月第1版 2024年1月第1次印刷
规 格：787毫米×1092毫米 1/16 30.25印张
字 数：588千字

定 价：98.00元
书 号：ISBN 978-7-5171-4513-4

序：一原桃李映山河

江峰

　　淮北平原，天高地袤，沃野千里，山清水秀，一原桃李映山河，美景如画，江山如此多娇，引无数英雄竞折腰，值得无数赤子去歌咏。

　　作为以历史、战争为背景的长篇小说，《桃李原》在进行宏大叙事的同时，既要注意把握政治主题的尺度，又要注意如何处理题材。现实主义作品要有史实的依据，但不是还原。需要作家用自己的价值取向对"故事"进行选择、催化，用"小说"和审美取向去氧化、陌生化事件、人物，使之成为"有意味"的文字画卷。20世纪的上半叶，革命和战争风云席卷中国，即使是淮北平原的偏僻乡下的每一个家庭也受到影响，个人命运与家国休戚相关，英雄的淮北儿女为他们深爱的热土不惜抛却青春与生命，可谓一寸热土一寸血。他们是广大的普通的革命者及群众，虽然史册里没有记载下他们的声音与足迹，但他们曾在历史长河里溅起过浪花，家乡热土里留下了他们的足迹、流淌过他们的热血，家乡的人民心里记住了他们的事迹。所以，作家张淑梅（笔名梅一舒，以下称其笔名）剪下那一段并非历史的历史，于历史长河里撷取几朵浪花，把他们在这片土地上的血与泪的迸流、爱与恨的呐喊、灵与肉的挣扎，将他们的恩怨情仇，书写成一段风云漫卷的史诗，留下他们的足迹与声音。这是她写这一长卷的初衷。

　　如果说，国事是经，家事是纬，那么《桃李原》的故事就在这经纬交织的那个交点上，将国事、家事与个人命运紧密相连接，将国仇与家恨相融合，将悲愤的怒斥与细腻的抒情相交织，谱写了一曲长调，讴歌了一组普通的人民英雄。虽然小说以战争年代为背景，但并不着重写正面的战争场面，而是以乡村、家庭及个人作为叙事的主体，这样以小见大，避免了大而无当，可以说，她对素材做了大刀阔斧的剪裁和组合。

《桃李原》是一部长卷，篇幅长，内容多，但她的特色很鲜明：

一、小说的背景环境就设置在作者本人熟悉的淮北平原上，小说的人物活动的背景环境皆在乡村，创作就立足于乡土。因而，小说具有浓郁的乡土气息和生活气息。小说中能见到淮北地区真实的地名，当地的乡土方言比比皆是，对乡村风物、民俗的描绘都能给人以真实感，读来倍感亲切。

二、作品创作手法深受中国传统小说的影响，即扎根于现实主义。无论是对小说结构的构建还是对人物形象的塑造，都能看出从《三国演义》《水浒传》《红楼梦》等传统名著那里汲取营养的鲜明痕迹，甚至当代的名著《平凡的世界》《白鹿原》等都给予了这部小说鲜明的影响。《桃李原》作品里人物悲欢离合的命运随历史事件的起伏而发生、发展，最终走向高潮，并且设有线索——明线与暗线始终紧密交织在一起。这样的创作手法或许不够先锋、不够新潮，但是，对于这么一个庄重的题材，唯有现实主义手法才够真实、踏实，才具有敬重感。

有人说，现实主义是无边的，即现实主义是开放的。现代小说发展到今天，小说的创作手法新潮迭出，如浪漫现实主义、意识流、陌生化、魔幻现实主义等"新"潮澎湃，在写作中都可以借鉴，但选用某种创作手法，梅一舒曾说，写作重不在赶潮流，而重在适合。是的，据说，路遥在创作《平凡的世界》之前，一时不能确定用哪种写作手法，他曾亲自到国外去考察，归来之后，经再三慎重考虑，他还是决定用传统的现实主义手法去创作。所以，适合的手法才是最好的。

三、对于小说，尤其是长篇小说，怎么评价它的成功与否？它的灵魂、它的魅力在哪里？它的灵魂不在结构，也不是在故事，而是在塑造人物，关键在写法，在语言，文学不就是语言的艺术吗？《桃李原》实际字数约44万，全靠文字构建起的艺术品，把众多人物的音容与笑貌、歌与哭表现出来，必须能驾驭这四五十万字；搭建这么大的一个艺术舞台，必须动用十八般武艺，西方某文学理论家曾经说过，谁都可以编一个曲折的故事，但那不是小说；若想创作一部长篇，就要驾驭得了文字，并且还要把每一个文字变成艺术的样子，这无疑需要花费大量的精力。有人惊叹其才，作者说，她并非天才，她唯一相信的是，勤能补拙。

四、至于写作手法和技巧，梅一舒并未掌握高深的理论，也并不具备高明的写作技巧。唯一富有的是，她曾经涉猎、研读过大量中外文学名著。写作，就犹如一位裁缝师傅，把一块布料裁成一件精美的服装，若不经裁缝师傅的加工，再好的布料也仅仅是布料。同理，生活是创作最重要的源头，再丰富的生活素材，再动人的故事，若不经作者精心去撷取、裁剪，生活素材与故事仅仅是原型，不可能成为文学艺术，不能成就一部长篇小说。至于如何创作，如何创作成功，是没有现成的技巧的。所以，最高的技巧就是无技巧，这是老一辈作家巴金的名言。

至于写得怎样？不知好的小说可有标准。有人说：一千个人眼中就有一千个哈姆雷特，一个林黛玉在一千个人眼中就有一千个林黛玉的形象。至于人物形象，梅一舒并没有刻意地去塑造所谓的圆形人物或扁形人物，也不刻意任命正面人物或反面人物，而是从生活中来，让他们随着生活的发展而发展，再现特定环境中的典型，努力塑造他们，然后成为作家理想中的形象。好与不好，褒或贬，任人评说。

磨剑近十载，梅一舒是满怀激情写的。自幼在村边的池塘边月亮底下听老人们流着泪讲的故事，就成为后来她在灯下流着泪写的作品。她说："我是怀着对先辈们崇敬的心情而写的，决心要把一幅幅悲与欢、血与火、情与仇的画面展示出来，我怕这些动人的事迹、可敬的人物，日驰影灭于人们的记忆之中，我想谱写生于斯长于斯的淮北儿女的家国情怀和在战争年代普通百姓的生存状态，想给那一段特有的历史状态留个特写，我自认为是有意义的、有必要的。作品写成了，定然存在着这样或者那样的不足，我姑且不论，但只要能留下我作为文学梦追寻者的坚实脚印就好。"

尽管时代大潮汹涌澎湃，人们的脚步皆行色匆匆，但总有人在那里坚守一盏文学之灯。写作就是一种坚守，有着一颗甘守孤独、耐住寂寞的心，守着属于自己耕耘文学的一盏灯，能达成愿无违，足以证明作者对文学的执着。作品出版面世，其后来的命运又将如何？在生活节奏不断加快的信息时代，碎片化阅读盛行的文化消费时代，很少有人能再沉下心来去阅读一部纸质的长篇小说。更无须觊觎名利，但作家梅一舒认为，写作就是一种情怀。一部《桃李原》凝聚着她巨大的精力，耗费了作家多少年的心血且不必说了。教书育人之余，能坚持且坚守着一个信念的她，相信集腋成裘，聚沙成塔，当完成这部四十多万字的作品之际，她不无感慨地在日记里写道："这个故事终于讲完了，我独自流泪独自歌，独自感慨独自说。正如曹公写《红楼梦》那般，批阅十载，几易其稿——

十年磨一剑，
歌成心滴血。
谁解其中味？
曲尽泪双流。

如今作品完成了，谈不上对文学有什么贡献，但求一原桃李映山河，但求我笔下的桃李能芬芳淮北这片热土，于愿足矣；有那么几人说，这部小说值得一读，于愿足矣。"

在梅一舒的《桃李原》付梓之际，我想再谈一点自己的看法：作为一部教师的作品，从质量和容量看，出乎意料；从她的知识结构和文学能力看，出乎意料，但我更希望她能从"教师腔"中变声，用"言语"去进行自主性的创作，若此，她的世界一定会更为宽广。

是为序。

江 峰

2023 年 6 月于淮北

（江峰，安徽省淮北市作协主席）

自　序

在悠悠历史长河里，我只想剪下那一段时光缓缓流淌，撷几朵浪花，几缕涟漪在岁月的河流里微微荡漾。

我剪下的那一段并非春秋历史，而只是一段民间故事。如果说，国事是经，家事是纬，那么我的故事就在经纬交织的那个点上。

但这个故事绕不开那个风云变幻的年代。从上河桥到下河桥，这片桃李盛开的土地上，我们的祖辈父辈们生于斯长于斯最终葬于斯。从辛亥革命到那两场震惊中外的战争——抗日战争与解放战争，都发生在20世纪上半叶，那段时光，每一个中国家庭、每一个中国人都被卷进了历史的旋涡。为了反对民族压迫和阶级剥削，为了反抗外敌入侵，为了保卫脚下这片桃李盛开的土地，我们的祖辈父辈纷纷投入到殊死的斗争中去。他们中一些人为正义和进步的事业做出了卓越的贡献和巨大的牺牲。在那个战乱动荡新旧交替的年代，广大百姓过着水深火热的痛苦生活。我剪下的这段时光恰恰反映了那个年代里中国百姓的生活百态和精神状态。

剪下那一段时光缓缓流淌，是对为保卫国土家园的先辈们表达一份敬意；撷几朵浪花，几缕涟漪在岁月的河流里微微荡漾，是想把先辈们的英雄事迹铭记于心。

我想对先辈们说：你们动人的故事，我想把它写成歌；你们的声音，我想把它谱成曲。刚一拨动琴弦，未成曲调先有情，我则先泪流成殇，那哀婉动人的旋律久久回荡在我耳旁；在星月齐辉的晚上，谁看见我披上一件月辉星纱，夜不能寐？推开那扇尘封的门窗，远远地望去，我与你们的曾经共悲欢，我采下了那一朵你们昨日的忧伤。待曲终人散，我依然未醒，依然沉浸在那个年代的河流中央。曲终之时我写下当时的感慨：

这个故事终于讲完了，我独自流泪独自歌，独自感慨独自说。正如曹公写《红楼梦》那般，批阅十载，几易其稿——

十年磨一剑，
歌成心滴血。
谁解其中味？
曲尽泪双流。

如今作品完成了，谈不上对文学有什么贡献，但求一原桃李映山河，但求我笔下的桃李能芬芳淮北这片热土，于愿足矣；有那么几人说，这部小说值得一读，于愿足矣。

张淑梅
记于 2021 年立冬日

目录
CONTENTS

目录

第 1 章

瓜田艳遇

一轮苍凉的月亮，斜挂在苍茫的天空上，以无比清冽的光芒照耀着这片美丽的桃李原。此时，陶明曜正在瓜田里看瓜。

月色皎洁，可以清晰地看见瓜田里的瓜秧、西瓜，以及两旁的大豆、玉米，它们将影子投在路面上，印成疏密有致、相映成趣的水墨画。陶明曜有一条腿微跛，村里人便送给他一个诨号叫"瘸曜"。他拖着跛腿一瘸一拐地在瓜田里巡视，手执一根木棍拨拉着瓜秧，边翻动边察看下面的西瓜。他每天都这么做不知多少遍，他看着西瓜，跟看着自己的孩子一般，那般细腻，那般温柔，那般殷切，他天天巴望着瓜秧长得顺旺，盼望着西瓜结得又多又大。这时，他在心里正这么想着，口里还不住地这么咕咕哝哝地祷告着。突然，一个影子嗖地一下蹿过瓜田，钻进东侧的玉米田里去了，玉米田里只哗啦啦晃动一下，仅仅晃动一下，就跟大海里的潮水仅仅涌动一下那般，立即退了回去，又恢复到波平浪静的状态。

"谁？"明曜机警地大喝一声，他以为来了偷瓜贼，便紧张地手执木棍，一跛一拐地挨近玉米地，用棍拨拉着玉米叶，借着月光，仔细地瞅瞅，然而，他没瞅见什么，侧耳听一听，一切都是那么平静，似乎什么都没发生，只有夜风徐徐吹来，晃动着玉米叶，发出轻微的唰唰声。这唰唰的声音是田禾之间的窃窃私语，如轻歌慢吟。听到这声音，他放心了。夏夜的微风，让他感到特别凉爽、惬意，他想，大概是只野兔吧，害得我虚惊一场。他舒了一口气，便一瘸一拐地走到田头，坐在那里，赏赏月色，看看瓜田，听听虫鸣。此时，田里的各种小虫已经等不及了，开始吟唱起来，唧唧唧，哝哝哝，咯咯咯，此起彼伏，好像在合奏一支田园交响曲，在举办一场月光晚会。这是最让他醉心的声音，他正沉浸在这种美妙的声音里，忽然，一阵急促的马蹄声由远而近渐渐逼迫过来，刹那间旋风

般地卷到他的瓜田地头，"吁——"，他们勒住了马。明曜转过头来，看见一队骑兵，足有六七个人，都骑着高头大马。其中有一人大喊："看瓜的，看见有个人打这儿跑过吗？"

明曜看到这种气势，心里登时紧张起来，他忽然想起刚才的那个影子，回答他们时，语气有点吞吞吐吐，他懦懦地答道："没——没有！"

当中有一人扬腿下马，一步来到明曜面前，嚓啷啷，抽出一把长长的钢刀，架在他的后颈，吓得他缩成一团儿。那人像黑塔一般，凶神恶煞，明曜吓得几乎晕了过去，任凭那人声如响雷、山呼海啸般的逼问，一声声都灌进他的耳朵里，他却一句话也说不出来。那人没法子，把他往地上一丢，他立即瘫倒在地，软得像一摊面，这次他是真的晕了过去。等他清醒过来，那队人马早已不见踪影，他发现自己竟毫发未损，正在心里庆幸着，但他又发现有点不妙，瓜田里的西瓜大片大片地被砍切、被摔打得稀巴烂，一片狼藉。他想，肯定是那帮人吃够了、糟蹋够了才离开的。

明曜心疼极了，一边诅咒着，一边用手扶正瓜秧，再一条一条捋顺当。他未来得及收拾停当，又突觉脖子后面袭来一股冷气，他身子一哆嗦，急忙回望：见一个长身黑衣之人正立在他身后，他不由得大叫："啊——大爷啊，饶了我吧——"

一把匕首抵在他后颈上，"嘘——，不许叫！"明曜乖乖地闭口不语。咦，他听出这声音，刚中带柔，不像刚才那人的声音打雷一般那么吓人。明曜坐在地上不敢动弹，偷偷地用余光看过去，只见那人虽是身长，但不似那些人那样像黑塔一般的人高马大。明曜恍然大悟：先前见到的那个影子，八成就是他。这人忽然一屁股坐在地上，命令道："快，摘个西瓜来！"

明曜不得不爬起身，拨拉了两下瓜秧，摘了一个西瓜，顺地一推，西瓜便滚到那人面前。那人摘去面罩，借着月光，他看清楚了，那是张柔和的面部轮廓，呀，原来是个女人！

那女人一手按住西瓜，另一只手猛地一挥，一把匕首一闪，就把一个西瓜一切为二。她一阵狼吞虎咽地猛啃起来，顷刻间，一个大西瓜被她囫囵吞枣地吃得一干二净。完了，她满足地拍拍鼓鼓的肚子，自言自语地说："奶奶的，几天没吃上东西了。"她又猛地一回头，用匕首指向明曜，问："刚才，那几个骑马的问你，你都说啥来着？"

明曜又一哆嗦，忙说："刚，刚才，我都吓晕过去了，什么也没说！"

那女人似信非信，犹豫了一下，冷哼一声："幸亏你吓晕了——"她收回匕首，机警地左右望望，又侧耳听听，四周静悄悄的。夜滑向深处，田野里恢复了平静，各种小虫唧唧啾啾的协奏曲继续演奏下去。女子还没有要走的意思。夜风越过田野，徐徐吹来，吹动女子鬓边的长发，女子好像在沉思，那粗野凶煞的戾

气收敛下去，单从侧面的剪影来看，明曜感觉她像寺庙里的观音菩萨，便偷偷地多看了她几眼，心想：长得挺好看的！那女子突然一抬头，明曜又吓了一跳。

女人问："你家里有什么人？"明曜惊慌道："没，没什么人。"

女子威逼道："照实说！"她亮出匕首。明曜嗫嚅说："有一老爹，还有大哥一家，另住！"女子上下打量他起来，审视良久，把他看得不好意思起来。女人又问："你自己呢，有媳妇吗？有没有孩子？"明曜羞赧地说："我，我，还没讨到媳妇呢。"

那女子听了鄙夷地说："看你这熊样，也不像能讨到媳妇的。"马上又喜形于色地说，"这么着吧，你把我带回家，我给你当媳妇，你看咋样？"明曜惊疑地偏起耳朵，怀疑自己听错了。等他确定没听错之后，马上把头摇得像个拨浪鼓一般。那女子又拿出匕首，向他的胸口一抵，说："听着，不许说不！实话告诉你，杀人放火，我样样干得来。你敢不答应？你不是有个老爹吗，不是还有大哥一家吗？小心他们的脑袋，还有你的脑袋，都像这西瓜一样，我一个个都把你们砍成八瓣儿！你信不信？"

明曜心里暗暗叫苦：我的天神爷爷啊，我今夜交的什么狗屎运啊？百年不遇的稀奇古怪的事，都让我给碰上了——自古是男逼女嫁，今天竟然遇到女逼男娶！这么一个凶神恶煞，我就是打八辈子光棍，也不能娶啊！不是明摆着嘛，这位不知是从哪里来的山贼女匪，被那些个骑兵追杀得无处藏身，才要给我当媳妇的。她哪里肯给我当媳妇？她这是来借个地方，暂避风头罢了。等危险一过，说不定还杀人放火，然后一走了之。哼，还想诬我！我再没媳妇，也不能要你个祸害精啊！不过，我若不答应她，她又是个杀人不眨眼的女魔头，她只要那么随手一挥，我的小命就没了啊。咋办？他在思索的时候，那女人的匕首又抵住他的胸口，问道："答不答应？快说！"明曜脑子转得还挺快，他一不做，二不休，再次故技重演，一下子瘫倒在地，晕过去了。这次晕倒，是假装的。他在瓜田地头憋住气，躺了好一会儿，侧耳偷听，周边没有什么动静了。他窃喜：哈哈，我略施小计，大概把女贼给诬走了吧？他睁开眼，见天上的那轮月亮，在冷冷地看着他。他转动一下脖子往四周看看，又侧耳听听，除了虫声风声，再无别的声音，确认女人已走，他便一骨碌爬起来就跑。

明曜一瘸一拐地拼命地跑，一口气跑回家。他哆哆嗦嗦地摸索着打开自家大门，摸黑进了东面的一个房间，摸索着正要点灯，只听一声低喝："不许点灯，快收拾房间！"一听这声音，明曜吓得魂飞魄散，心里喊：我的菩萨娘娘啊，这女魔头竟然神不知鬼不觉地跟着我到家里来了！明曜无奈，只得哆嗦着打开一扇窗户，借着窗外的月光收拾房间，把破衣烂衫规整规整，勉强露出一张床铺来。女子马上迫不及待地躺了上去，露出虚弱疲惫的状态来。明曜站在那里，不知如何是好。隔壁传来了牛马等大牲口的喷鼻声。女子一转头，凶道："你还站在这

里干什么？"

明曜嗫嚅地说："这——，你，你，你……"

女子凶巴巴地说："你什么你？还不赶快滚一边去！"他吓得掉头就走。那女人又说："回来，也别滚得太远，以便我随叫随到。还有，别忘了，出去锁上房门，明早给我找一身农家妇人的衣服来。"

明曜像得到特赦一般退出房间，锁上房门，去隔壁喂牲口。到了牛棚，舀了一筐草，给牛马添些草料，拿上草席、床单，锁上院门，再次返回瓜田里睡觉去了。

次日清晨，乌鸦与知更鸟在树枝上说着梦语，天色刚刚放明，明曜就赶回家来。他先趴在大门缝上听听，没什么动静。他便去敲大哥家的大门。他爹陶道衡趿拉着鞋子，给他打开院门，问道："做啥？"明曜编谎道："缺豆料啦，拿点豆料喂牲口。"他爹转身又回去睡了。大哥的院子里很静，估计大哥大嫂搂着孩子小言中、小言华尚沉浸在香甜的梦里。明曜看到晾衣绳上的衣服，偷偷拿走大嫂果香的几件半新不旧的衣服，准备给那女人穿。看见大嫂一双旧布鞋，他拾在手里，看看，觉得太小，合计那女人的大脚插不进去，又扔下了。他转头看见鸡窝上他爹的一双旧鞋，便拾起来，拎在手里。心想：只有这双了，让那女人凑合着穿吧。

他悄悄地打开院门，走到自己的东间小门前，打开锁，一推门，发现推不开。只听里面传来声音："把东西从窗户塞进来。"明曜只得拉开窗户，把一包穿的塞进去，然后去关窗户，还未等他伸出手，"唰"的一声，窗户已从里面关上了。

今日，明曜脑子里乱哄哄的，一时不知干什么好，觉得一切都被打乱了。他痴痴呆呆地愣在院子里，又听见一个声音，"还不做饭去！"

明曜成了木偶，听到命令才知道行动起来。他忙去抱柴，和面，烧火做饭。他煮了一锅粥，贴了一锅圈薄饼，从菜坛子里夹些咸菜，放在菜板上，托着送至窗前，说声："饭好了。"窗户唰地打开了，菜板被劈手夺了去，窗户唰地一下又被关上。

明曜说："别忙，还有——"

"还啰唆什么？"

"还有一个咸鸭蛋！"窗户又开了条小缝隙，明曜看到一双美丽的眼睛，伸出葱根一般的手指，从他手里抠走那颗咸鸭蛋。这次关窗户的动作温柔多了。他小心地又把房门锁上，拿把扫帚在院子里来来回回地扫地。

日上半中天，气温开始滚烫起来。明曜迟疑地将牛马牵出来，拴在院门外的树上晾风，然而，他又觉得有什么不放心的，又把牛马牵回去，拴在牛槽上，要去瓜田。突然，一队骑兵挡住了他的院门，有个人高声喊："搜查大马子（土匪），有个女大马子，杀人越货，罪大恶极。有人报，昨晚可能潜伏在你等村庄农院里。官差要挨家挨户搜查，不得隐瞒，如若包庇，视作通匪，与匪同罪！"

明曜一看，这些人正是他昨晚遇到过的，他身子不自觉地又颤抖起来，如筛糠一般，浑身冰凉，骨头跟酥了似的，软软地蹲在院子里，动弹不了。那些人拥进院子里，在各个房间里搜查，见其中一个房间锁着门，就警觉地嚓啷啷抽出宝剑，喝令明曜："打开！"明曜瘫着不动，一个官兵过来一把扯过他，推搡着他逼近房门。

　　"打开！"

　　明曜更加瘫软，动弹不了，心想：这下完了！他想再次故技重施，晕过去；但又怕官差一脚踹开门，发现了女贼在他家，最后结果是一样的，他不但死路一条，而且还会连累全家，死无葬身之地。他只得哆嗦着拿出钥匙，在心里乱七八糟地祷告：菩萨娘娘，玉皇大帝，如来佛祖，爷爷奶奶，快快显灵吧，保佑那女贼快快逃开！他一边在心里祷告着，一边去开房门的锁；他的手哆嗦得厉害，几次拿钥匙都插不进锁眼里，那些人一直用剑抵着他的后背，最后他不得不打开房门……

第 2 章

凤 落 民 间

明曜打开房门，官兵一拥而进。明曜就瘫在门前，闭着眼，抱着头，等着听激烈的搏斗声，或者逮到那女人时的吱哇乱叫声；然后，官兵过来，按住他，照头一剑劈来；再就是爹还有大哥一家，血溅满院，伏尸横卧，惨啊……他不敢再想下去。

却听到官兵说道："这屋没有，看那牛棚！"

"搜，仔细地搜查！"

"也没有？没有！走啦，走啦！"呼啦一下，这帮人马旋风般地消失了。

明曜不敢相信自己的耳朵，赶紧睁开眼睛往屋里看，咦，屋里除了一张床之外，空荡荡的，果真空无一人！奇怪了，一个大活人，怎么就突然间没有了呢？是土遁了，还是隐形了？我明明锁上房门、关紧窗户了呀！不管怎样，她走了就好。他自言自语："你走了，我就安生了，我倒要感谢那帮人把你吓跑了呢！我可消受不起你这个媳妇，尽管长得好看。"他抱拳对空说道，"感谢菩萨娘娘保佑啊！"

女人走了……

明曜爬起身来，满心欢欣、一身轻松地去喂牛。他的神奇遭遇，一会儿上天，一会儿入地，天上人间，几番轮回，自己都感到不可思议。他想，若说给别人听，谁会相信？别人会说他胡说八道，会笑话他，想女人想疯了，在编故事。于是，他在喂牛的时候，只有对着牛、马、骡子说话："伙计们，咱又见面了，可喜可贺啊，我还能来喂你们！说给你们听，你们一定要相信我说的是真事，今天可险了，我的脑袋瓜子差点就搬家啦。不瞒你们说，原来我也想女人，嘻嘻嘻，还真有个女人死皮赖脸地要跟我！可我不要她，我哪里能要她？又麻烦，又危险，弄不好，小命都不保！难怪说，女人是老虎，弄不好会吃人啊。女人走了……嗨，走就走吧，咱无福消受，我就陪着你们相依为命好了，呵呵呵……"他跟自己的牲口叽咕半天，欲回自己的房间，亲亲自己的"狗窝"去。可是一转脸，却分明看见那女人正端端正正地躺在他的床上！天哪，我是大白天碰到鬼了，还是遇到狐妖了？若不是我亲眼所见，谁会相信有这样的怪事发生？他揉了揉眼睛，确定自己没看错。他定定地看着女子，女子一脸冰霜，招手让他进屋。他走进屋子，白天的光亮，终于让他看清女子的长相——鹅蛋脸，丹凤眼，长眉出鞘，犹如男子般英气逼人。脸上的皮肤光洁如冰，长发披散下来，艳若桃李，冷若冰霜，一副俨然不可侵犯的风姿，让男人看一眼就又羡又怕，怦然心动，顿时沦陷。他简直都不敢正面看她。但即便是垂着眼皮也能看出，那长长的身材，小腹处分明鼓鼓的，明曜惊诧了，原来是个带崽儿的！

那女子抚摸着自己的肚子，说："不错，我是有身孕了！孩子的爹一旦有了消息，就不再叨扰。所以，这几天还望大哥照料一下，小女子这厢有礼了！"说着，站起来，长身微躬，给明曜行个大礼。女人突然变得柔情似水起来，这让他感到不适应。

明曜睁着迷惑的小眼问："刚才，官兵来的时候，你到哪里去了？"那女子指着后面的木框窗户，笑说："呶，你看，你家木窗户，轻轻一晃就拿掉了，那些人来的时候，正巧我拿掉木窗框，翻过窗户后面去了呀。那后面是个死胡同。等他们走了，我又翻过来了！"

啊，明曜扑通跪倒了，说："大姐啊，你是哪座山上的大仙呀？官……官兵说，他们在追查女匪啊！我可不敢再收留大姐了，求求你啦大姐，今晚你就走吧，你在这里，我们全家都不得安生，官兵查到了我窝匪通匪，我和爹还有我大哥一家，都活不了啦！求求你，你一身本事，干吗非要窝在我这破庙里？你另选他方安居吧！我这庙太小，藏不住女菩萨啊！"

女子花容顿生凄然，眼泪汪汪的，语气柔软下来，说："大哥，你误会了，我不是土匪，我只是会点防身之术罢了。我不会伤害大哥的。"明曜听她这么说，胆子壮了，说："那你也不能老待在我这里，我承受不起啊。"女子幽怨地说："这么说，大哥你是见死不救了？！"明曜问："那——不知大姐原居何地，我找人把你送回去，行不？"

女子摇头，说："我哪里还有家啊。"

女子一改凶神恶煞的形象，显得楚楚可怜。见明曜满心的恐惧又充满疑惑，还一个劲儿地撵她走，她便放下傲慢的姿态，说："大哥，你对我很好奇，觉得我来路不明，或害怕我会祸害你们一家，是吗？实话告诉你吧，其实我既不是匪也不是盗，我本是良家女子。原居黄河南岸，黄河十年就有九年淹，我的家乡那地方，撒泡蛤蟆尿就会淹死人。两年前，洪水把我们一家冲散，只有我和娘相依

为命，娘带我逃荒要饭，走到你们的口子街东面一座山里，乞讨到一户人家门前，那家只剩下一个英俊的后生，他便娶了我为妻。前几日，我们夫妻来贩卖西瓜，在城南集街上，和一个地痞发生了争执，他打伤了我的丈夫，反而诬告我们打了他，到城南乡之乡长季老汉那里反而状告我夫妻，由于没有对方拿出的钱多，季老汉就把我的丈夫打进水牢里。我上门去寻夫，季老汉却看中了我，硬把我拉进他家里，欲强逼我做他的小老婆，我趁夜逃了出来，于是他们就诬我是匪，到处抓我。那些人，并不是什么官兵，只是季老汉的家丁而已。刚才，幸亏你家木窗户安得不牢固，不然，我就会被他们抓回去，遭到凌辱。"

"这——"季老汉审案子——够你受的，这事在此地方圆十几里，远近闻名，明曜也早有耳闻——凡是到他那里告状诉讼的百姓，谁家出钱多，谁家就能打赢官司；谁家出钱少，季老汉就会指着那人说："够你受的！"然后就把那人打进水牢里。女子的一番话，令明曜半信半疑，犹豫不决起来。他思量着：她果真不是女匪？女子观察他的反应，又一本正经地说："大哥，你放心，我只是暂时出不去，等我丈夫的兄弟把他救出来，我立马就走。暂时再相扰几日，还望你行行好。有道是，行好得好，作恶恶报。"

明曜的一颗悬着的心终于落了地，至少他清楚了，与自己相伴的不是可怕的女匪。他心想：先小心伺候着这尊神吧，过几天等她走了就行了。

明曜不再担心什么，一是他光棍一条，院子里少有人来；二是，若季老汉的人再来，她一身本事，定会化险为夷，不必担忧。

这晚，明曜给女人送过吃的之后，还在屋里迟迟不出去，总是拿小眼睛在女人身上巡睃，女人扫了他一眼，便立马瞪圆凤目问："你怎么还不走？"女人突然发火，把明曜吓一跳，他转身欲走。女人抚着肚子，柔声说："大哥，我，我有朝一日会报答你的。"此时，她竟然绽开笑容，真是难得一见。未饮美酒心先醉，就这一笑，令明曜陶醉了，感觉连骨头都酥了，他满怀期望地走出去。

明曜照例是白天卖瓜，晚上看瓜；一日三餐做好饭菜，从窗户送进去，小心地伺候着女人。每天不忘给屋里的女人加个荷包蛋或者一个咸鸭蛋——这些东西，只有在农忙的时候，他才拿来犒劳自己疲劳的身体的。如今都拿来给她吃了，他也不知道自己出于什么目的。也许是出于对她的畏惧，抑或是同情，还是为了她的红颜一笑？自己也说不清楚，反正是心甘情愿吧。

明曜把瓜田里的西瓜卖完了，再把瓜秧也拉掉，紧接着便翻地犁地；然后就要种麦子以及萝卜、白菜等秋季作物与蔬菜，为此他忙碌个不停，但是即使再忙，他也不忘伺候家里的这尊"大神"。这天，明曜要到百善小街上买菜种，女人打开房门，把他叫了进去。女人的肚子更加高隆起来，站在那里，是三分英气，六分娴柔，还有一分威武。她柔声说："大哥，你到集上，帮我个忙，替我买这几样东西。"她递给他一张纸条，上面列好了清单。还特别交代，要他到一棵大槐树底下那家店里买。明曜一看，每样东西都要买三份，他不好意思地推诿道："大姐，你饶了我吧，我光棍一条，谁都知道，怎么好去买红白脂粉这些女人的用品啊？啊，还有女人孩子穿的衣服，这要被庄里人看见，问起我来，我有口难辩啊。"女人一笑："你只需这么做，就不会被人发现——"她拿出一个包裹递给他。

　　明曜不好再推诿，赶着驴车去了百善街，买好菜种，就绕道集南头，看到了一棵搂腰粗的大槐树，那槐树的绿枝就像在地面撑起一把大伞似的，茂密的枝叶，随风婆娑。明曜从其底下穿过去，直奔一家百货店而去，这店叫"叁念百货店"，这家店铺，他也经常光顾，常来这里买农具、牲畜的配套等物。那个叁念百货店老板看见明曜手里的包裹和他手里的清单，先是吃了一惊，立即走进里间，过一会儿才走出来，面带微笑地照数拿好东西，包裹严实之后交给了他。

　　一路上，明曜走得很惶急，一边走一边东张西望，生怕有人看见他买的东西，然而，他并没遇见熟人，平安到家。见了女人一一汇报，女人又回报给他一个妖媚的笑。

　　深秋季节，夜凉如水，明曜夜半起来为牛马添草料。突然，从墙头上翻进一个黑影，接着两个、三个……女人的房门豁然打开，又关上。明曜憋住气，蹑手蹑脚地走过去，趴到门上侧耳倾听，那个房间里传来断断续续的说话声，"从三哥那里得知，你在这里……""兄弟无能，闫老大……季老汉……地盘……"明曜听不清他们的说话内容。但听见女人发出了声音，似乎在哭又似乎在笑。明曜正趴在门上偷听，房门突然哗地打开了，有几个黑衣人出门来，与明曜碰个满怀，其中一人拔剑架在明曜脖子上，女人出来，喝道："不要伤害他！"

　　黑衣人收住了手，女人随着黑衣人一同翻墙出去了。明曜分明听到了急促的马蹄声，渐渐远去。他的小心脏可经受不了惊吓，他摸摸脑袋，幸好还在啊！他赶紧跑进牛棚，紧闭房门。

　　女人走了……

　　明曜有点失落，但又感到庆幸，我的大神啊，走了就走了吧，可别再回来了！次日清晨，他准备收拾女人的房间，谁知，房门竟然从里面打开了，啊，不知女人何时又返回的？！

　　女人招呼明曜进屋，他看到她又吓了一跳，但见她披头散发，双目赤肿，并且双膝跪在他面前！明曜惊惶地问："这是怎么……"女人泣不成声道："孩子他爹没了！"明曜很惊讶，但不知说什么好，看女人其态哀哀可怜，心中顿生怜悯之情，便大胆地搀扶她起身坐在床上。

　　女人幽幽地说，她叫韦青凤（不知是否真名）。她丈夫被季老汉关进水牢里折磨死了！年前她娘死了，如今她无家可归。昨晚，丈夫生前的结拜弟兄得知她藏在此处，便带她去给丈夫收尸，然后葬入山林。现如今，自己即将临盆生子，可怜无处安身，乞求他发发慈悲，再收留她一段时间。

明曜这可犯难了，本来说好的，孩子爹一旦有消息就走；这下子倒好，竟然死了，他为难的日子熬不到头了。他想，若是她不走，自己永无宁日。留下她，孩子很快就要出生，那时大哥知道了，村里人知道了，季老汉那边也知道了，将会给他带来天大的麻烦，全家人会遭到灭顶之灾！还是撵走了为好。

明曜看了她一眼，女人哭得梨花带雨，楚楚可怜。秋季的棉衣服裹在她身上，她的身材看起来庞大得简直像画像中的大元帅，她身体笨重，行动不便，现在能忍心撵人家走吗？他撵人的决心马上又沦陷了。

是留还是撵？他犹豫不决。

女人一直在那里伤心垂泪。明曜转念又想，若是狠心撵她走，人家正在落难时，岂不是太狠心？他的心软软的，如水一般，怎么都硬不起来，一个"撵"字也说不出口。他最后决定，罢罢罢，我就再忍一忍吧，暂时白白捡个媳妇，还有孩子，管它日后天塌地陷。

第3章

惠风起庐

韦青凤在明曜的小院子里安心地住下来。明曜于夜半时分，时常见到黑影在墙外墙内穿梭，但与他相安无事，他也就见怪不怪了。

秋末时节，秋风扫落叶，乱叶飘飞，迷乱行人眼。这天，明曜顶着大风到百善街赶集。他刚到集头，就见乱哄哄的，有的人捂着头乱跑，还有的人在后面追赶。只见在一个广场上，有好多人在那里集会，明曜出于好奇，便靠近去想看看到底发生了什么。他走进人群，看到中间有人拉着横幅标语，上面写着"驱除鞑虏，恢复中华""起共和而终帝制"，还有"振兴中华"等字样。一群学生还时不时地举起拳头齐声高喊标语上面写的东西。喊声停下来，旁边有人在议论着什么，明曜支起耳朵听，捕捉到似懂非懂的字眼，什么"声援武昌"啦，什么"革命"啦，等等。

明曜站在那里正在愣神，忽然感觉身后有人拽他，他猛地转过身，只听得后面"咔嚓"一声，他的辫子已被人连根剪掉了，他转过去，刚想理论一句，又觉他的后背被人打了一棍子。他吃惊地看到，有好多人在挥舞着棍子，又有好多人捂着头纷纷跑去，他顾不了许多，便也和众人一样，捂着头，惶恐地跑去。

明曜一口气跑到村子里，见也有人跟他的遭遇一样，被剪掉了辫子，蓬头垢面地跑了回来，看上去都是一副不伦不类的怪模样。村子里的人三个一起，五个一堆的，聚到一起在热烈地议论着外面的世界。都说外面闹起了革命党，革命了，天下要大乱了！这是要革谁的命呢？老百姓心中掀起轩然大波，个个都人心惶惶。明曜回到家，说起外面的情况，韦青凤得悉后，反倒拍手大笑起来，"好哇，哈哈，革命了！天下有好戏看喽，革命好啊！闹得越大越好，最好是洪水滔天，天翻地覆，暴风加骤雨，来吧，来吧！"天下大乱了，有什么好的呢？韦青凤幸灾

乐祸的狂态，令明曜感到费解。

眨眼之间，冬去春来，门前的杏花已初绽粉蕊。这一天的傍晚，村子里又炸开了锅，据说那个当知州的陶道宗老爷子回乡了。这可是令整个上河桥震惊的消息啊。村里人都纷纷地跑向陶明亮家，他家大门前里三层外三层围满了人，大院子里也堵得水泄不通。

陶道宗本官居清朝末年滁州知州，往年，他偶尔回乡，乘坐绿帷轿，丫鬟、奴仆、侍从相随，那是何等威风？乡里达官贵人车马轿骑，纷至沓来，争相拜谒，是何等荣耀？为官几十载，回乡仅两次，一次是来探母病，一次来接母亲，这是第三次回乡，竟然是只身一人，风尘仆仆的，还推着一辆小推车。

道宗老爷子如此返乡了！惹得村里村外的人都感到非常好奇，争相奔来看热闹。明曜家跟明亮家门对门，他闻说此事，也走向对面，刚对门口一站，就见明亮媳妇吴氏一脸不悦地走来轰人，"有什么好看的，叫花子回乡，又不是什么八抬大轿的老爷了，有什么好看头？嗤——"明曜心里明白了，老爷子八成是落魄了。

明曜退到大门外旁边立住身，看见他大哥明昭正与众多乡人在小声地议论着此事，外面的大城市如广州、武汉、南京等都闹起了革命党，天下已经大乱，据说，连金銮殿里的皇帝都要被赶下龙椅宝座，老爷子这样的官员怎么能幸免于难？哦，原来革命了，革命了，就是这个样呀！

道宗老爷子为官清正，世事洞明。他是个孝子，奉母至上；爱子但从不纵子，他叮嘱儿子明亮勤奋耕读，不可骄奢。在任期间，老母去世，他暂把老母尸骨简葬于嘉山脚下，本打算安排停当后，便辞官归隐，再起老母棺椁，一并带回家乡，从此做个渔樵耕读的农家翁。可是革命的风雨来得始料未及地迅猛，他便遽然辞官返乡。

陶道宗老爷子回乡，他的儿子明亮不说什么，只在心里庆幸老父亲完好归来。可他的儿媳吴氏则一反往日的谦卑恭敬之态，一见老人落魄而归，便对老人家横眉冷对，不给好脸色看，甚至时不时以言语奚落、欺凌。有道是，落地的凤凰不如鸡，虎落平阳被犬欺。道宗老爷子对儿媳的白眼，只得装聋作哑。回乡后，老爷子在乡设馆教书，自开私塾，在前院两间破茅屋门前挂一块匾额，亲自手书"惠风庐"。他还打趣道："南阳有诸葛庐，西蜀有子云亭，而我这里有惠风庐，优哉游哉快哉！"

在惠风庐里授书之余，老爷子还说唱谈评，闲来为乡人说说古书，算命卜卦，聊以取乐，以慰余生，悦及乡里。以至上河桥、下河桥的人们，有事来惠风庐，无事也来惠风庐，惠风庐成了上河桥、下河桥人家聚会的场所。道宗老爷子被乡人看作仙翁、智者、神道的化身。

明曜有时闲来也会走进惠风庐，凑凑热闹，听听古书。这天，明曜走进惠风庐里，当时两间茅草屋里已然挤满了人，道宗老爷子往中间这么一坐，一言不发，像当年升堂一样，相貌堂堂，威武不减，让人领略到了他当年威风八面的官家风范。他在面前摆一口水缸，水缸上盖一张破锅盖，锅盖上面放一根烧火棍——这就是他说书的一套行头。他操起烧火棍对破锅盖"咚"地一敲，就跟敲响了惊堂木一般，顿时，满堂寂然。他先是平心静气地说一段《三国演义》里的《三英战吕布》，到了末尾处再扬起声来唱一段，"猛张飞，丈八蛇矛抖疾风；关云长，青龙偃月舞狂风；刘玄德，双长剑卷翻飘雪花。再看那勇吕布，方天画戟乌龙摆尾直搅风云哪——"最后一句，末尾两个音节，是拖着长音唱出来的，还节节攀升，声音高亢婉转，煞有韵味。唱完，大家鼓掌欢庆，感慨点评一番，整个惠风庐里充满了欢乐。

老爷子唱一气，然后便歇息下来。众乡邻有的送上茶水，有的递上烟袋锅子，怜惜道："老爷子，歇歇吧！"其中有一人走上来，推开人家送过来的烟袋锅子，却递上一支洋烟。那人身子格外长大，蜂腰窄背，一张葫芦头脸儿。那人问："道宗叔，还认识我吧？"众人在一旁小声议论着，道宗老爷子摇头，但说："慢，你别忙说，让我观你相，便知你父。若我没猜错的话，你父便是道庆兄？"那人笑道："老爷子好眼力，我便是陶道庆的长子，陶明耿。"道宗老爷子长叹一声："'少小离家老大回，乡音无改鬓毛衰。儿童相见不相识，笑问客从何处来？'想当初，我与你父同窗共读，你父入了军，我考中了进士，我们都是指望功成名就，博得个封妻荫子，可到头来，唉，你父是战死沙场，声名销迹；而我呢，落魄于此，可悲可叹也！"陶明耿摇头道："并非你们不才，实在是赶上了天道轮回的百年大劫，谁也幸免不了的——这中国就是一块大肥肉，西洋人来了，搜刮一把；东洋人来了，又搜刮一把；中国再肥，也禁不住这么搜刮的。百姓过不了好日子，官员当不稳官儿，闹捻军，闹义和拳，打洋人，革清朝，于是天下大乱。孙中山先生，他领导革命党革了皇上龙椅的命，革了咱百姓辫子的命。往前翻翻，老爷子，您老人家比咱在座的谁都清楚，自打天下犯毛子，咱百姓就开始没有安定的好日子过了；紧接着，西洋人贩来鸦片，乖乖，那个东西，人只要沾染上瘾，没有不销魂蚀骨的，好多官员为此倾家荡产，丢掉乌纱帽的有之，丢掉性命的有之……"说到此处，吴氏从外面走进惠风庐，有人赶紧示意他打住，因为怕引起吴氏的恼怒，就此骂起老爷子。那人赶紧转换话题，"哎呀呀，如今是乱世当道，搅得天下无主，当官的就像戏台上的戏角，你方唱罢我登场，没有个消停日。你看看这天下，官儿怎么当？倒不如当个百姓安稳呢。"一席话说得道宗老爷子颔首称道，大家都深佩他是个见过世面的人。吴氏看看众人，拉着脸，一言不发地离去。

这个陶明耿是何等人啊？他并非等闲之辈，他结交过三教九流，练过武术，年轻时候就混迹江湖，到山东一带，曾经参加过义和拳，打过八国联军，斗过清政府。总之，清末的战争风云他都蹚过，确是见多识广。而今，又到口子街东关

老城的警务所里当了一名官差。

陶明耿在人群中突然看到了明曜，大喊一声，拍了拍他的肩膀，"瘸子兄弟，你还在呀？"

明曜抬眼瞪了他一眼说："我死不了，这些年我活得好好的，是小葫芦头呀，多年不见，我以为你早死了呢！"

众人大笑。陶明耿和明曜是同年同月同日生，可以说，明曜就是被陶明耿欺负大的，今儿见了面，他说话、调侃，还是想压他一头。这次明曜竟然敢还击了，而且在气势上没输给他分毫。陶明耿略微吃惊。他又打趣道："瘸子兄弟，讨到媳妇没有？"更多的人都笑了，因为这句话正是村里人平日拿来调侃明曜的，因为明曜多次央蓝媒婆给他说媳妇，多次遭到促狭鬼们的捉弄。促狭鬼们见了明曜就调侃："明曜，讨到媳妇没有？"只要有人这么一问明曜，他就羞得脸红脖子粗。而这次明曜却表现得很淡定，笑盈盈地说："嘿嘿，讨到讨不到媳妇，关你屁事？你尽是说我呢，你浪到外面多年，讨到媳妇没有？"众人大笑，整个惠风庐里充满了欢笑声。

陶明耿说："我的事不用你操心，大丈夫何患无妻？呵呵，就愁你啦！"

正巧，蓝媒婆也在场，有人起哄："蓝媒婆，给明曜找个媳妇吧？"

明曜却说："蓝嫂子，不用给我找了。"啊，众人看他说得一本正经，有人奇怪地问："明曜，怎么又不急着找媳妇了？难道说，你遇到狐狸精了？"明曜笑着调侃："狐狸精谁要？要娶就娶王母娘娘的女儿——七仙女！"他的话又引起一阵哄笑。陶明耿促狭地道："曜哥，我给你介绍个媳妇吧，长得可好了，大眼睛，长睫毛，身后还拖着条大辫子呢！"陶明义问："在哪儿呢？"明锐说："在我家驴槽上拴着呢！"驴呀！众人都笑翻了，整个惠风庐里又充满了欢笑声。

明曜似乎突然想到了什么，就起身在众人的笑声中一瘸一拐地走了。过一会儿，明曜又风急火燎地跑来了，一把拉住蓝媒婆道："蓝嫂子，快快救命呀，我媳妇要生了！"整个惠风庐里的人，包括道宗老爷子都大吃一惊，众人不约而同地在脑子里蹦出这几个词：你——媳妇——要生了？！大家都在疑惑，难道众人的调侃，把明曜捉弄得发疯啦，痰迷啦？

蓝媒婆惊诧地杵在那里，不相信明曜的话。他大哥明昭心慌了，过来摸摸自家兄弟的额头，疑惑地问："兄弟，你——"明曜拨开大哥的手，急得直跺脚，"哎呀，救人要紧，我说的是真的，我媳妇真的要生了！"蓝媒婆是村里的媒婆，也是接生婆，她被明曜强拉着跑进他的院子里。

第4章

群枭聚首

韦青凤确实生出个大胖小子！

陶明昭感到好蹊跷，弟弟竟然不声不响地弄了个媳妇在家，还突然有了孩子！这其中定然大有文章。

果香前去见到了明曜媳妇及孩子，便说与明昭听，明昭很为瘸弟弟担心。问弟弟，女人是从何处而来？明曜就瞎编一套故事：夏日里，我在瓜田里看瓜，忽听有人喊救命，在月夜下，我看到一个孤身女子，坐在河里一只小筏子上，颤巍巍的，好生可怜，我便救她上岸。女子说，她原家住黄河岸南，黄河泛滥时，她和丈夫带着母亲坐上小筏子逃难，不料小筏子倾翻，母亲被淹死，不久丈夫又病死，只剩下她孤身一人。她无处安身，感激我救了她，甘愿以身相许，便硬要嫁给我的呗。多么动听的故事，明昭不相信，但连孩子都有了，真真切切，也不容他不信。这个消息传遍了桃花湾，乃至上河桥、下河桥，男女老少，都揣着一颗好奇之心，纷至沓来，来到明曜门前，希望一睹他媳妇的仙容，但都被明曜用紧闭的大门挡在外面。只有蓝媒婆有幸看到过明曜媳妇，逢人就啧啧称赞："明曜真有艳福，竟然捞到这么一个俊美的媳妇！"还感叹道："老规矩说得不错，自古便是好汉无好妻，赖汉子娶仙女。"

于是就有人妒忌，还有人怀揣不良之心，说道："看吧，明曜遇到的定不是什么好女人，不然，怎么不敢见人？"有的人怀疑，明曜不是遇到女鬼了，就是被妖精缠住了，民间都是这么说的，女鬼或女妖就爱缠单身老男人，然后吸他的精血，最后置他于死地。等着看吧，明曜早晚要倒大霉。

冬季的一天，天上飘下一场鹅毛大雪，明曜的父亲陶道衡突然去世了。明昭在口子街东关老城里开一家酒坊，生意还算兴隆，家里的光景渐渐好起来，在桃

花湾里崭露头角。他把家里的地都交予明曜耕种，自己专心经营酒生意。他父亲去世，四邻八乡的亲朋不顾天冷，踩着雪来，为老人家烧纸吊唁。

道衡、道宗是堂兄弟，两家又是对门，办丧事的时候，惠风庐自然派上了用场，大批的白布放在惠风庐里，村里的娘儿们都来帮忙撕白布，做孝帽子、孝服。陶明昭在村子里办了三天的流水席，然后吹吹打打地把父亲送下地，给老人家办了一场风光体面的丧礼，这在乡村挣足了面子。

酒宴也安排在惠风庐里。在酒桌上，有果香的娘家人，三个堂弟——李阵风、阵雨、阵雷；还有她不出五服的堂兄弟李阵星、李阵辰兄弟俩也来了，他们可是李子园的财主啊，又是陶明昭生意上的合作伙伴。酒桌上还有两位特殊客人，一位是来自百善街的周凤山，他是道衡、道宗老爷子堂妹的儿子，他现任口子街的警务所所长。他与阵风等兄弟也是二代老表的亲戚关系。陶明耿就在他手下做事，私下里，他借着明亮、明昭的关系，喊周凤山为大表哥。另一位是来自双堆集的才子，名唤关潼，他与明亮、明昭以及阵风兄弟也都有着沾亲带故的关系。

陶明耿走过来了，他看见阵风兄弟几个，就忙打招呼："嗨，哥几个好呀，多年不见了！"阵风笑答："哇，这不是当年的小葫芦头吗？多年不见，你可是混大了！"明耿呵呵地笑着说："哥几个还记得我的小名呢？小时候在一块读书的时候，就因为你们拿我小名开涮，我没少跟你们打架呀！"一句话，说得大家都笑了起来。

陶明耿问："哥几个，当年号称下河桥'三杰'呀，如今都当上爹了吧？"

阵风笑着说："可不是嘛，都拖家带口的啦，可是，都在家替人家种地呢，都不如你混得好喽！"陶明耿摆摆手，说："马马虎虎吧，我只不过是混口饭吃而已。呵呵，这些年，我也没混出个什么名堂，还不如明曜兄弟呢，好歹的，听说还混个俊美的小媳妇呢！"当时他看到明曜走过，就顺势说话捎带他。

明曜怀里抱着一个小男孩，长得龙眉凤目，风骨出奇。陶明耿很是诧异，指着说："这，这孩子，能是明曜锅里蒸出的馒头吗？"坐在酒桌上的村里人听了，都捂着嘴偷笑，这句话也是村里人经常拿来打趣明曜的。明曜马上羞得脸红脖子粗的，回道："关你屁事？反正也不会是你锅里的馒头！"众人捂着嘴乐，因为此刻正当丧事，所以大家都不敢大笑。

上次来惠风庐，陶明耿就耳闻了明曜瓜田艳遇，捡到一个俊美的媳妇，他早就艳羡得想去一睹芳容，但乡村里有个不成文的规矩，就是大伯哥不兴见兄弟媳妇的，所以，他没敢造次。明曜回到自家院子里，照着一只干葫芦头猛砸，边砸边骂："你个破葫芦，我砸碎你！"韦青凤看着感到好笑，便问何故，明曜说了缘由。当他说出葫芦头的时候，说者无意，听者有心，韦青凤立即转身走进屋里。

陶明耿从惠风庐里走出来，第一眼就能看到明曜家，他目光灼灼地对着他家的大门瞅。殊不知，明曜家大门里面，正有一双美目透过门缝在窥视着他呢。

陶明耿在蓝沱河大堤上慢慢踱着，他的眼睛却对林子里面霍霍搜寻，他在寻找鸟儿、野兔、蛇之类的野物。突然，他听到一阵马蹄声，有一个人骑着一匹枣红色的高头大马，由远而近飞奔过来，陶明耿忙趋近去看，但见那是一个女人，她乌发盘头，珠花插鬓，堕髻偏倚，黑纱蒙面，衣着艳丽；艳丽的冬装，也遮不住她那妖娆迷人的身材。陶明耿眼睛简直都看直了，啊，这人似曾相识啊！那女人飞马正疾驰，到他面前似乎缓了下来，在与他擦肩而过之际，稍稍侧脸，一双冷冷的长眉美目，不经意间瞟了他一眼，继续策马疾行。陶明耿大喊一声："啊，原来是你！"他不顾一切地一个箭步奔过去，飞身上马，坐到女人的身后，猛地一掌拍到马屁股上，两人一马飞腾出去，踏出一阵红尘飞扬。

那马钻进了密林里，女子勒住马头，忽地在马上跃起，腾空飞出一脚，把陶明耿踹落马下，掏出匕首喝道："什么人，胆敢来冒犯于我？"

陶明耿滚落在地，瞬间腾起，立起身，嬉皮笑脸道："哎呀呀，我以为你们黑梅帮被季老汉灭绝了呢，原来你还在！"

女人回头怒视，暴戾乖张，问："你是什么人？"

陶明耿狡黠地说："你装吧，你装不认识我啦，玉罗刹？"女人冷冷地说："你认错人了！"陶明耿肯定地说："玉罗刹，我就算认错天下人，也不会认错你。你这是从哪里来，要到哪里去，现仙居何处？"

女人仍然没有揭开面纱，凶道："我有必要告诉你吗？"陶明耿说："你当真不记得我了？"女人斜目审视着他，突然故装惊讶地说，"哦，原来是故人！"

陶明耿笑了，问道："说吧，你怎么出现在这里的？哦哦，你——"他看着眼前的枣红马，恍然大悟，"难道你就是明曜家里的那个女人？原来——你竟然躲到这里来啦！"

位于相山之东的蔡里山，山虽不高，但起伏逶迤，群山连绵不绝，人道："蔡里山弯几弯，不出盗贼就出仙。"山逶迤至大五柳处，山势巍峨，据说，明朝开国皇帝朱元璋曾经在此处屯积粮草，冶炼兵器。这一带山连山，盗贼出没，大大小小的匪帮藏匿其中。当年陶明耿曾加入义和团里的蓝灯照，失败归乡，入伙青龙帮。这里山外之山，另有奇山，便是龙脊山，这里盘龙卧虎，藏盗卧仙。据传，八仙之一的张果老就是从这里修道成仙的。捻军的一支后裔，黑梅帮就藏于此山深处。韦青凤乃草莽窝里飞出的一只金凤凰，身高貌美，骑马飞剑，样样精通，武艺非凡，人唤"玉罗刹"，她常以黑纱蒙面，骑马穿行于山林里。一次，她被陶明耿撞见了，仅仅是看到她那冷冷的一双长眉美目，就把他迷得魂不守舍。陶明耿曾尾随韦青凤至黑梅帮山寨前，被韦青凤发现了，即拔剑杀来，陶明耿当即就双膝跪地，拜倒在她的石榴裙下，倾诉衷肠，愿为她牵马坠镫，两肋插刀。玉罗刹骂一句："真他妈的癞蛤蟆想吃天鹅肉！"便飞驰而去。那时的韦青凤岂能看上他？因为她心里早有意中人——闫海音是黑梅帮首领之子，生得白面凤眼英

目，武艺高强，手使双铜，素有"玉面秦琼"美誉。闫海音与韦青凤被称为土匪窝里的一对金童玉女。闫海音曾多次带人夜袭城南乡的七里村，打劫季汉离家。季汉离乃当地大财主，人称季老汉，有良田千顷，大字不识半箩，却坐镇城南乡，惯使权谋，为害乡里。他在下河桥三岔口处设一水牢，乡里人来打官司，凡是出钱少的，他就指着说"够你受的"，然后把人关进水牢里，活活折磨死。地方有句口头禅，季老汉审案子——够你受的！那夜，闫海音又带人夜袭七里村，季老汉早做了准备，家里备了枪支，打伤了闫海音，把他活捉关在了水牢里。韦青凤已有身孕，为救丈夫，她铤而走险，带人去劫水牢，不但没成功，反而损兵折将。她只身逃出，一路狂奔，慌不择路，逃到农家庄园，最后躲进明曜院子里藏身。季老汉纠集官府入山剿匪，意欲将黑梅帮、青龙帮一网打尽。陶明耿很是有先见之明，早在此之前，他就离开了青龙帮，混进了口子街里，一个转身，竟然当上了官差。

黑梅帮山头被人占领，余党如石牙子等众喽啰另觅树密草深之处暂栖，得知他们的头领夫人躲进民间，便夜半来夜半去，秘密保持着联系。

韦青凤知道了陶明耿就是当年的葫芦头，便想出一计——引蛇出洞。她回屋一番打扮之后，便艳妆出户，佯装无意之中与陶明耿撞上。此刻当与他面对面时，韦青凤欲擒故纵，她故意厉声喝问："我且问你，今日来缠着老娘，有何意图？"

陶明耿挨近她，看定她冷而俏的脸，问："我不明白，当年让人闻之丧胆的玉罗刹，为何要委身一个矮脚瘸子？"韦青凤不予理睬。陶明耿继续絮叨："你本来是一只天外凤凰，只有翩飞于绿林山野，飘然神游，才可快哉嘶风，岂能和燕雀一般，寄居人家屋檐之下？"

韦青凤不耐烦了，打断他说："我是来听你废话的吗？"陶明耿马上会意了，"哦，我没猜错的话，你委身明曜，实乃怀揣卧薪尝胆之心，深藏报血海深仇之志。"韦青凤仍冷冷地道："那又怎样？"陶明耿得意地仰天大笑，"天下没有我猜不透的事！"韦青凤愈加不耐烦地说："你有屁就放，没有屁放的话，老娘走了！"

陶明耿拦着说："哪里走！"韦青凤眼里射出凛冽的光，问："你究竟是何意？与我是敌还是友？"陶明耿晃动他手里的枪，韦青凤做出扔飞刀的姿势。陶明耿忙把枪收下，笑说："嘿嘿，你别误会，我还可以像当年一样，甘愿为你牵马坠镫，两肋插刀。"韦青凤等的就是这一句话，却鄙夷地扫他一眼，道："你如今倒入了官府，违背帮规。而我黑梅帮誓与清廷为仇，与你道不同，不相为谋。"陶明耿忙说："此言差矣，清廷早已是明日黄花，当今已是民国几年。正值乱世，天下无主，识时务者为俊杰，我虽入官府，但这身官服，也裹不住我的一颗草莽英雄虎胆。那季老汉，为霸一方，作威作福，鱼肉乡里，四方英雄人人想得而诛之。这难道与你之道不相同吗？"

这话正中韦青凤下怀，她问："你愿为我作奸犯科？"陶明耿答："不敢！"韦青凤冷目一瞪："那你愿为我牵马坠镫，两肋插刀，岂不是一句屁话？"她拨马要走，陶明耿说："慢，我不可犯法，但我可执法。都是聪明人，你该明白！此时，大雪封山，雪夜袭蔡，机不可失，你等何不先夺窝后打鹰？"韦青凤瞅了瞅他腰间的枪，伸手抢了在手，说了一声"走"，当即放马奔腾，马蹄又踏出一阵红尘飞扬，她直奔东南而去。

夜晚降临，月黑风高，寒风似刀，割刮着七里村。夜半时分，季老汉家的墙头上，黑影穿梭，惊动了几条大狗，狗声齐吠，惊动了季老汉。季老汉站在门里大喊："是哪路英雄好汉，是要钱的吗？有话好说，要钱尽管下来取。"其实，他已经布好了家丁和枪支。他喊了几声，并没有人回应，过了一会儿，"砰——当——"几声枪响，在万籁俱静的夜里，仿佛是炸起了晴天霹雳，惊起院子里女人的尖叫声，刺破夜空。家丁有的倒下，有的夺门而逃。墙头上的人跳下来，拿着火把，到处找季老汉，却不见人影，只听到鸡群里一片惊叫声，拿灯一照，发现季老汉躲进了鸡窝里。又是"当"的一声，季老汉倒下了，脑浆迸裂，血溅鸡窝。季老汉的儿子以及家丁们死的死，逃的逃。卧室里只有一个美妇人在那儿瑟瑟发抖，当即被人劫走。

韦青凤站在龙脊山的深林密草间，环视着昔日的山头旧巢，眼前是一座座坟头，其中就有她丈夫闫海音的。突然身后有人说话："杀了季老汉，报仇雪恨，又夺回了山头，该当怎样报答我？"陶明耿不知何时已来到她身后，便迫不及待地抱住她，滚倒一片干草。韦青凤还没将顺凌乱的长发，陶明耿又提出一个要求。

原来为了季老汉的那个美妾，陶明耿与石牙子争得打起来了。韦青凤骂道："你就是一只苍蝇，见不得腥！"

第5章

一骑红尘

明曜不顾村里人笑话，无怨无悔地为韦青凤的孩子当爹。他天真地以为自己就是民间的牛郎，幸运地遇到了天上的织女下凡尘，赖汉子娶了天仙女，还盼望这位仙女给她生儿育女，过上幸福美满的人间生活。

可近来，夜幕降临，一听到墙外响起奇怪的声音，韦青凤就告诉他："快，带着来儿去草屋！"明曜问一声为什么，但见女人立马瞪圆了凤目，他只得乖乖地领着言来去了草屋。

夜深了。在隔壁，明曜听到那屋传来了喝酒声、打牌声和放浪的说笑声；甚至还传来打架的声音，有人翻墙进进出出的声音。而次日一早，小院子里又安安静静的，只有韦青凤在院子里练功。

这天晚上，一月如钩，村里人都渐入梦乡，韦青凤屋里仍然扬出阵阵说笑声，明曜在隔壁倾耳细听，怎么有一个声音听起来那么耳熟？他趋近去，手扒门缝偷听他们说话。

女人问："那件事怎么处理的？"

男人答："他罪恶累累，乡里人恨不得啖其肉，喝其血。他死了，乡人无不拍手称快。上面也不怎么太认真追查，所里委托我查此案子，我便就近抓了几个喽啰当嫌疑人，结果又都放了，算是一桩无头案子，结了。放心吧，有哥哥在，就没有摆不平的事！"

啊！明曜听了对话，心里犹如响起晴天霹雳。那血洗季老汉家的惊天大案，难道与这女人有关？这，这女人果真是大马子、杀人放火的江洋大盗、大魔头嘛！我还以为上天赐给我一个七仙女呢，原来，她果真是一个杀人不眨眼的女匪！更

可怕的是，这样的女匪就在我的身边！明曜哆嗦着身子继续偷听。

女人说："哦，那就好！"

男人说："你要好好地报答哥哥哦——"

女人哼了一声说："去，你还要怎样报答啊？贪得无厌，讨厌——呵呵！""啪"的一声响。估计是他们在动手动脚，打情骂俏。

女人的笑声猛浪，风骚；那么软，那么甜，能撩拨起一个男人的色心，却也能撩拨起另一个男人的怒火。明曜终于忍无可忍，他领着言来呼啦一下推开房门。屋子里一股子乌烟瘴气——烟味儿，酒味儿，呛得他直流眼泪。半晌他才看清屋里的状况：韦青凤发髻零乱，仪态倦懒，她在打牌；而陶明耿就倚在她的身边，在吞云吐雾。见他来了，明耿尴尬得立即坐直了身子。而其他人全都视而不见，仍各行其是，韦青凤依然咯咯地浪笑着说："老娘又和了！"

见此情景，匹夫也敢发冲冠之怒，明曜大喝道："夜深了，来儿要睡觉，还不请各位客人散了？"韦青凤愣了一下，不耐烦地扫了他一眼，继续打牌。明曜更生气了，他拿出能喷火的双目看向陶明耿，说："我说明耿哥，你怎么也在这儿？"明耿被他的目光烫着了。平时明曜是怕着韦青凤和她的朋友们的；对明耿，平日也是且战且退惯了的，但此刻他怒火中烧，什么都不畏惧了。

陶明耿不得不起身，笑着说："哈哈，巧了，偶尔回家看小弟，有朋友约打牌，顺便被带到这里来了。我是该走了！哈哈，哈哈……"一阵不怀好意的笑，笑得明曜怒发冲冠，他气炸了肺，用一双可以杀死人的怒目死死地瞪着他，一直把他瞪出门外。

正在此时，只听嗖嗖嗖，从墙外又翻进几个人高马大的黑衣人来，旁若无人地直接闯进门里。其中一人，一把将明曜搡出屋外，冷冷地说："一边待着去，别碍着老子的事！"又一把将言来提出门外。一来明曜正在气头上，二来他还仗着韦青凤能给他撑腰，他便挺着身子又进来，怒气冲冲地说："夜深了，各位客人请回吧，这是我的家啊！"那黑衣人"嚓"的一声抽出钢刀架了在他的脖子上，说道："你想找死，老子成全你！"明曜身子一缩，他拿眼看向韦青凤，谁知，韦青凤的凤目对他射出冷冷的光，大喝："让你滚，还不领着来儿快滚开！"明曜看看她又看看眼前的钢刀，只好愤然地领着言来钻进他的小草屋。

明曜仍然侧耳倾听着那屋的声音，他听到仍然有陶明耿的声音，他又回来了？还有几人嗖嗖地翻墙进进出出的声音；又听到韦青凤骂骂咧咧的声音，继而又是咻咻的笑声……

明曜的牛郎织女梦瞬间破灭。他在心里恨然骂道："不要脸的女人，原来是个骗子。你原说，非盗非匪，是个可怜的良家女子，哼，这不明摆着嘛，原来压根就不是个好人，分明不就是个女土匪吗？任由这些野男人在家里决斗，竟然还和大伯哥搅和在一起。哼，没良心的臭婆娘，我白养你和你儿子了，对我没半点

情分，关键时刻向着外人！"他的恨气无处发，便想报复她，想把言来掐死。谁知，他的手伸向那个细小的脖子时，自己先痛不欲生。他聆听着他均匀的呼吸声，犹如一股山泉般淙淙地流淌，端详着他稚嫩可爱的脸蛋，回想着他甜甜的喊"爹爹"的声音，他终于下不去手。

其实，韦青凤在家里的做派，在小小村庄，早引起轰动，惹得众邻居指指戳戳，议论纷纷。明曜一出门，邻居们就围起来拿他开涮，那个露骨，那个难听，实在令他招架不住。

明曜一夜无眠。次日清晨，早早起来，见韦青凤在小院子里没事人似的练功。明曜仗着胆子说："大姐，我想好了，你——如今，还是带着来儿走吧！"

韦青凤立马停止了练功，略感奇怪地问："怎么了这是，咱们不是过得好好的吗？"明曜藏住愤怒与伤感，说："你本来是天空中的老鹰，梧桐树上的凤凰，在我这小家小院里憋着，实在太委屈你了。"

韦青凤说："过得好好的，什么委屈不委屈的，我没觉得。"

明曜说："这么说吧，我的庙小，敬不起你这大菩萨。我本身是苦命人，消受不了你给的福气。如今来儿渐渐地大了，你可以远走高飞了！"

韦青凤听他说得认真，便柔声说："我在此几年了，也没伤害你，怎么突然执意要撵我们娘俩走？"

明曜哼了一声，伤心道："昨夜我差点被那帮人给砍了，还算没伤害我？而且你向着的是外人！就算没伤害我，也伤到我的心了！"

韦青凤和蔼地说："那些人都是些杀人不眨眼的魔头，我若不喝退你，真不知会发生什么。"

明曜想起她与陶明耿的谈话，猜想季老汉家的血案跟她有关，更加害怕，便更加坚决地说："大姐，我求求你还是走吧，你的做派，让我在村里已经抬不起头了，我忍到如今，也就罢了，你走吧！"

韦青凤明白他的意思了，无可辩解地说："唔——"

明曜坚决撵她走人——"你走吧！""你走吧，大姐！"韦青凤又找托词："来儿尚小，再过几年……"明曜说："你走吧，你要不方便带来儿，来儿可以先放在我这儿，我还帮你带着。"

韦青凤本是野性十足，见明曜如此决绝地撵她，她突然掐腰怒目说："哼，走就走！"欲待发作时，陶明昭急急惶惶地闯进小院子里，说声"兄弟——"欲言又止，明曜抬眼看自己的大哥，大吃一惊，只见他衣着不整，头发凌乱，脸上还青一块紫一块的，像是被人打了！

原来，陶明昭在口子街开一家恒久酒店，生意正风生水起的时候，他的供粮大户李阵星突然变卦，不给他供应高粱了。原是李阵星的亲家赖长贵新开了一家盛久酒店，截了他的和，把粮食都揽过去了，李家还不愿意归还他的预付定金。

他前去讨个说法，竟然遭到了赖长贵家丁的一顿殴打，还砸了他的酒店，并扬言让他滚出口子街。他如此述说给明曜听，但他一直拿眼看着韦青凤。韦青凤一听，气得柳眉倒竖，凤眼圆睁，对明曜大喝："欺人太甚，还愣着干什么，还不赶快备马！"

韦青凤骑马直奔向龙脊山，她见到石牙子吩咐道："晚上你带几个弟兄到口子街走一趟……"

夜晚，口子街东关盛久酒店，他们正喝庆功酒。忽然进来几个蒙面人，不分青红皂白，连人带物一起打，一起砸，一阵稀里哗啦，打得落花流水，砸得淋漓尽致。再看那个气派而精致的盛久酒店，已是一片狼藉，里面的人一个个抱头鼠窜。此时，警务所来人了，正是陶明耿，陶明耿抓住一个蒙面人，蒙面人露出脸来，陶明耿一松手，那蒙面人一溜烟消失了。

赖长贵找到警务所长周凤山，嚷着要他彻查，一定要抓到打人砸店的行凶者。陶明耿出面说："查了，那些人可能是劫匪！啊，这年头，横的怕愣的，愣的怕不要命的，赖长贵再横，但也怕匪，季老汉家的血案，尚是无头案，血淋淋的事实摆在那里呢。"赖长贵一听，不敢再追究下去，只好哑巴吃黄连——有苦说不出，自认倒霉。李阵星也在暗暗后悔，不该对陶明昭变卦反目。

陶明昭回到店里，重新收拾旧山河，把恒久酒店装饰一新，李阵星找到他，要重修旧好，继续给他家酒店供应优质高粱。从此，陶明昭的生意越来越红火，又新开了两家新店，分别命名为"永久""久久"酒店。他在口子街的商界里算个人物，说话也渐有分量了，不久，被推举为商会副会长。在上河桥的几个村子里，他的土地与财富渐渐跃居首位，后来还被推举为一乡保长。

韦青凤继续待在陶家，明曜再也不提撺她走的事了，她在桃花湾，继续过着"入则为民，出则为匪"的悠哉日子。与明曜依然维系着那种"夫妻"关系，她接连又生两个儿子，分别取名言富、言荣。把明曜喜得左搂右抱身后背。韦青凤逐渐敢于走出大门，出入村里，每次出去，仍以黑纱蒙面，穿着艳丽的旗袍，戴着璀璨的珠花，骑着高头大马，哗哗哗地纵马奔驰，一阵风地绝尘而去；回来时又是一阵风，哗哗地一骑红尘奔至明曜家门，显示出高标逸韵的神采。到了晚上，若是石牙子那些人来了，不消韦青凤吩咐，明曜尽管心里不情愿，但也自觉地领着三个孩子默默地躲进他的小草屋里去。

韦青凤这个风一样的女人，言行出奇得简直出了格，但是她对村里倒是秋毫无犯，前提是只要你不去主动招惹她。但是村子里的人，一直看不惯她，众人在背后骂她"大马子"，骂她"女妖""狐狸精""娼妓"等。而明曜更加备受人打趣、开涮，成为一村的笑柄。韦青凤的三个儿子，龙羔子一般，个个生龙活虎，见风就长。道宗老爷子说："龙生龙，凤生凤，以后，这三人定能搅出一天风雪来。"村里人则说："明曜只顾疼那仨小子，他也不知，他那个熊样儿，哪一个

是他锅里的馒头呢？"所以，每当明曜带着三个儿子在村里溜达时，人们就指着仨孩子问："哪一个是你笼里的馒头？"明曜低下头走去，不理会他们。

这日，明锐正打趣明曜："曜哥，这几个崽子，哪一个是你笼里的馒头啊？"

明曜怒道："你——"他气得身子直哆嗦，憋了半天怼出一句，"他们个个都是我的孩子，他们都叫我'爹'！"

明锐哈哈大笑说："他们也可以叫我'爹'，我不信，你笼里可以蒸出这样的馒头！"明曜气得脸红脖子粗，想骂人，明锐便笑着转身欲跑。此时，韦青凤正好撞到跟前，她对明锐说："你怎么知道这些孩子不是他笼里的馒头，你看见了？你家几个儿子，你就肯定都是你笼里的馒头？我看未必！你家里的，也不一定是他妈的什么好货，都是又想当婊子又想立牌坊的货色！"一顿抢白辱骂，吓得明锐不敢还声，灰溜溜地跑开了。从此，村里再无人敢当面拿这话打趣明曜。明曜从此挺起了胸膛，抬起了头，无怨无悔地做起了三个孩子的爹。

第 6 章

雏鹰初会

草长莺飞二月天，春光初露，乍暖还寒。"儿童放学归来早，忙趁东风放纸鸢。"在春风和畅的春光下，一群孩子不顾春风中的寒意，放了学就放风筝。这里有陶明昭的几个儿子，他们是言中、言华、言久，还有小女儿椒红；也有明曜的三个儿子——言来、言富、言荣。他们放了一会儿风筝，便收了线，跑进惠风庐里。此时，道宗老爷子在讲《三国演义》，椒红进去时，已有几个孩子在那里玩耍，他们分别是：表兄李文涛，还有椒红的好朋友蓝灵心。忽然又进来几个孩子，都是来自东西两村的。这些孩子当中，只有言中、言华、言来超过十岁，已是小小少年郎，其余的孩子都尚在童年，刚刚启蒙入学。惠风庐里跑满了孩子的身影，吵吵嚷嚷，热闹异常。人老爱热闹，对于这些孩子的吵闹，道宗老爷子，不但不心烦，反觉更开心。

椒红拉着灵心和她在一起玩，拍着小手，齐声唱儿歌："月亮娘娘八丈高，骑白马带洋刀；洋刀快，割白菜；白菜老，割棉袄；棉袄绵，割紫莲；紫莲紫，割麻子；麻子麻，割豆芽；豆芽豆，切腊肉；腊肉腊，切苦瓜；苦瓜苦，切老虎，老虎一瞪眼，四个盘子八个碗。哈哈哈……"

一会儿，文涛、祁镜、周坤等也跑过来接着趆地唱儿歌，孩子们齐声歌唱的声音，就像春草池塘处处蛙的蛙鸣声，此起彼伏，齐整而又清亮。道宗老爷子欣赏着小孩子们的欢歌与玩乐，悠然自乐。

忽然，椒红跑到道宗老爷子跟前说："《三国演义》我们听了好多遍了，您给我们说一段别的故事吧。"

道宗笑问："你想听什么呀，小红辣椒？"

言华抢过来说："鬼故事。"言富说："神仙故事。"此时，又跑进来两个

小子，一个是石牙子的儿子石仲辉，另一个是陶明耿的儿子陶言朗。陶言朗一贯在孩子中表现得很横，很霸道，人称"小霸王"。他来到茅庐内听到言华与言富正在争议，便霸气地说："我说讲鬼故事，就得讲鬼故事！"

言富却不吃他那一套，说："你算老几呀，凭什么听你的？"

言中说："别争了，讲一个鬼故事，再讲一个神仙故事，不就行了吗？"

言华问："那先讲什么？"言富说："就先讲神仙故事。"

言朗说："就得先讲鬼故事！"

众多孩子分成了两派，一派喊"神仙故事"，一派喊"鬼故事"，一时裁决不下。文涛过来说："抓阄！"大家纷纷表示赞同。老爷子惊讶道："想不到，李文涛这个小鬼，小小的年龄竟然有如此智谋，真乃了不起哇！"言中向老爷子找来纸笔，写了"鬼"与"神"俩字，团成团，恭敬地端至道宗老爷子面前，由老爷子抓一个，道宗老爷子笑嘻嘻地捏了一个纸团，打开，众多小脑袋一齐凑上去看——噢，神仙故事呀，太好了！一方孩子在喊，另一方孩子也皆大欢喜，于是，一哄地散去，各自找个地方坐下，端起下巴，等着听故事。

道宗老爷子，拿起烧火棍，有节奏地敲起了破锅盖，孩子们马上安静下来。老爷子问孩子们道："你们知道你从哪里来的吗？这上河桥与下河桥十八湾怎么来的吗？"好多小脑袋一起摇头。"不知道吧？那我就给列位表一表——话说前朝，明洪武初年，由于之前连年征战，淮河两岸出现了'白骨露于野，千里无鸡鸣'的荒无人烟的荒凉景象，朱元璋便派宰相刘伯温下去考察。刘伯温来到了山西洪洞县，发现黄河湾两岸，已逾万家，人丁盈户。便喜报于朱明皇帝，遂设迁徙移民之计。这一日，宰相刘伯温又到了洪洞县，令人散布消息：皇上欲大迁移民，凡是不想迁徙的人家，都到那棵有老鸹窝的大槐树下来聚合。众百姓一听，哪个想别离自己的家园呢？便纷纷扶老携幼地赶到那棵大槐树下聚合。话说那棵大槐树有三人合抱那么粗，枝丫覆盖，状如巨伞，荫庇着四方人家。上百个老鸹窝筑建其中，早晚间万只老鸹起飞于枝丫间，聒噪之声声震百里，人们习惯于此，如闻天籁，心安神宁。这夜，奔至大槐树下的百姓越聚越多，夜半时分，忽然来了一队官兵，如同天兵天将从天而降，刹那间，拿出绳锁镣铐，以迅雷不及掩耳之势，把百姓们用锁链拴住，继而驱赶着他们过黄河，踏上江淮大地。一时间，百姓的哭号声声震云霄。过了黄河的百姓，回首北望，犹能望见那棵大槐树，老鸹绕树三匝，鸣声震天，仿佛与乡亲们依依惜别。众人含泪告别黄河两岸，奔向幅员辽阔的江淮大地。路途中，官兵怕众人逃跑，便用小刀把每个人的小脚趾切开，从此，他们的小脚指甲裂为两瓣儿了。据说，这些移民后代的小脚指甲都是两瓣儿的。"

听到这里，孩子们都纷纷脱去鞋袜露出小脚丫，看看自己的小脚趾的指甲盖。椒红先尖声叫道："真的耶，我的小脚指头指甲盖是两瓣儿的！"其他孩子也如

椒红一样发出惊叫声。有的大人也不禁脱了鞋袜看自己的小脚趾，发出惊叫声。道宗老爷子手捻银须，呵呵大笑。

椒红迫不及待地说："后来呢，接着讲啊，老爷子。""这个故事里没有神仙啊，老爷子？"言华首先发现了，便提意见。道宗老爷子笑道："耐心听我慢慢道来——话说有一陶姓人家，领着一家人来到黄淮平原的南部——就是这里，见此地山清水秀，沃野千里，心中欢喜。此时，他的妻子就要临盆生产，他便拣一高地搭起茅屋，暂居于此。妻子当夜产下一名男丁，他遥望此处，犹如一个聚宝盆扣在大地上，便给小儿取名'宝盆'。他忙烧火造饭，从灶中忽地蹿起一股黑烟，等黑烟消散，一个怪物披头散发立于他的面前！且看这怪物长相：目若红灯，口如山洞，面目狰狞，身后还拖着一条狗尾巴。宝盆父亲吓得瘫软在地，那怪物说话了，声若打雷——你无须害怕，我是看宝之妖，在此等待千年，专等一个叫'宝盆'的有缘人。宝盆父亲说：我家新生小儿叫'宝盆'！那怪物红灯笼似的眼睛对茅屋里一照，满屋红光，他狂笑一声说：是了，我等的正是此等有缘人！你看——他伸出如熊掌一般的巨手，对外一指，当时屋外月光如练，地上如积水一片。随着他手指处，立马一片金光闪闪，晃得人睁不开眼睛。那怪物说：这是十八口缸金子，还有十八湾的一片土地，都交予有缘人，令他日后好生用之。说完，那怪物又化作一股黑烟，消散而去。宝盆长大后，便广施善行，开垦荒地，把此处沃野千里变成良田万顷。又疏浚大小河道，灌溉田园；并在咱这蓝沱河河道上桃花湾处修一座桥叫'上河桥'；向北十里处，宝盆的好友李姓人家居住在另一河湾处，那里叫'绿豆湾'，他又修一座桥，叫'下河桥'。据说，咱宝盆先祖在这方圆几十里，广植桃树果林。桃树可是个吉祥之木，早在史前，就有传说，夸父逐日，渴死在黄河岸边，临死之前，抛下手中的木杖，遂化为一片桃林。每当春回大地，漫野满坡的桃花开放，桃之夭夭，灼灼其华，华美之状，一语难述。故人家唤这里叫'桃花湾'。李姓人家在绿豆湾那里广植梨树，便唤作'李子园'。每当春晖浩荡，一河花开映桃李，风物如画，吸引了远近游人无数来此观赏。有的人家干脆从远处迁徙而来，定居下来，成为十八湾人家。于是，这里遂成桃梨盛开、人丁兴旺的桃李之原。"

"哦，原来我们这里还有这么不同凡响的来历呢！"在惠风庐里的大人听了老爷子讲的故事，感慨地说，他们看看自己的分作两瓣儿的小脚趾指甲，便无不信以为真，谁也无法去考证真伪。道宗老爷子讲完一段故事，便停下来吸烟、休息。孩子们又去疯玩。此时，文江与文海从下河桥赶来，说是三婶不放心文涛，他在大姑家住了有好几天，便派他们兄弟俩来接他。文江是一个长身挺拔的英俊少年，面容白皙俊朗，风流倜傥，又开朗大方。堂弟文海，则显得忠厚憨直，不苟言笑。他们很懂礼貌地挨在道宗老爷子身边闲谈。

孩子们玩了一会儿，椒红又跑来缠道宗老爷子，老爷子笑问："又想听什么，

小红辣椒？"椒红说："就讲这么一个故事，没有听过瘾呢，再讲一个故事吧，老爷爷。"道宗老爷子问："你还想听什么样的故事？"椒红说："再讲一个神仙故事。"众多孩子也一起跟着起哄："再讲一个神仙故事！""再讲一个神仙故事！"老爷子被缠得没法，只好说："这帮小鬼，真是缠不清你们了。好吧，我再讲一个河蚌仙子的故事——话说从前，有位穷后生，爹妈都去世了，他一个人生活……"老爷子被这帮孩子缠着，讲了一个故事又讲一个故事，而后他们仍缠着老爷子不放。老爷子对孩子们有无限的耐心，他问椒红："行了吧，今天讲了不少故事了，你们快把我肚子里的宝贝都给掏空了啊，不讲了，不讲了。"

椒红撒娇地说："不讲也行，不过，老爷子，听说你会算命，你给俺们算算命吧。"众多孩子一听说算命，也都来凑热闹，嚷嚷着要算命。

道宗老爷子也来了兴致，说："好啊，我国古代素有命理学，《易经》就是一部奇学，读懂《易经》便能知人算命，将人的面相与天相相结合，叫天人合一。人之面相与日月星辰、山川河岳的结构形态合者，便主富贵安详；违者，便主凶杀贫贱。算命重在观眉。眉为一人面之威仪，目之华盖，观眉便知福禄寿行，父母妻儿，情之长短。故而，观一眉犹如观一斑便可查全豹也。"

老爷子首先给文江相面，说："眉毛呈男儿真性情，观你之眉，眉长过目，扬头垂尾，乃重情重义之相。命中有两妻，但防情浓伤身哇！"众人大笑，言华走来调侃："大表哥要娶两个老婆呢！"文江不好意思地笑了笑。

但看文海："眉粗而短，为人忠厚憨直，笃诚职守，早年多舛，但晚期终顺。"文海默然而笑。

看向文涛，老爷子"呀"了一声，"观你之眉，可不简单，三角剑眉挺，刚毅又果决，机智文武全，他日可骏马得骑，高官得做啊；但眉梢过挑，防晚年易栽跟头。"文涛尚小，不懂晚年栽跟头是何意，他嘻嘻笑道："易栽跟头，我不能挂个拐棍走路吗？"他说着，便拿了老爷子的拐棍，模仿着老人拄拐棍走路的模样，逗得椒红与灵心发出银铃般的笑声。

"言中眉毛弯弯，兄弟二三，眉浓而齐整，中规中矩，一心求得完美，但到头来却是美中不足。"言中问："我的命到底是好还是坏呢？"老爷子笑："天机不可泄露！"

"言华卷曲眉，两头挑，心花三瓣儿，巧舌如簧。"老爷子低声对他说，"以后少要些心眼哦！"言华将头一扭，一脸的不以为然。

"言久一字眉，浓又浓，左眉向右旋，右眉向左旋，眼明心亮性聪灵，有宰相之才而无宰相之命，但在翰林院里可坐得一把交椅！"言久听后欣然跑去，自顾自地玩去了。

椒红急不可待地嚷："该我了！"老爷子道："小椒红，赛穆氏穆桂英，女英雄，双眉如剑挺又浓，此乃巾帼奇女之相，非寻常女子，但眼下有一痣，唤作滴泪痣，以后，注意少卖些瓜籽儿呦！"文涛他们大笑："卖瓜籽的，卖瓜籽儿喽——"椒红佯怒道："你才卖瓜籽呢！咯咯咯——"

　　观言来相貌英俊，但面相不善。道宗老爷子又仔细地看了看他，摇头，思忖一下，便唱："小言来凤眉英目，缘分落谁家？你性情那个刚又勇，乃人中吕布，身可跨马中赤兔，但若善打架，便命不长啊——奉劝你一声，以后要少和人打架哦！"言来听后俊目阴鸷地瞟了一个白眼，不予理会。

　　言富，面黑，倒八字眉，细长眼如线；而言荣呢，面白，短眉毛，亦细眼如线。兄弟俩形影不离，胸中犹蕴藏万乘之火，勇冠三军，能搅得动一天风雪。老爷子叹："汝二人乃似黑白无常降人间，唉，天意啊，天意啊！"叮嘱一句："一生交友主生死，当慎之啊。"这兄弟俩尚不懂人情世故，似懂非懂地听了也不往心里记。

　　最后蓝灵心说："老爷子，还有我呢，我也要算命。"老爷子相了一相灵心娇俏的面容，便连说带唱："小灵心那副柳叶眉、杏核眼，美哉美兮性温柔，眉心一点红胭脂，谨防花心情痴人……"

第7章

赠 君 明 珠

　　道宗老爷子给孩子们个个都算了命，孩子们听了或喜或嗔，没有几个往心里去的。椒红问："老爷子，您的眉毛是什么样的，您怎么不给自己算算命呀？"道宗老爷子捋捋自己长长的白眉毛笑道："我呀？老了，是老白毛！"哈哈，老白毛，哈哈，孩子们齐声大笑。惠风庐里充满了欢快的笑声。

　　文江说："老爷子，我们对您老的人生经历特感神秘，您不能给我们讲讲您的经历吗？"

　　老爷子沉吟半晌，终于打开了话匣子，说："咱爷俩也许有缘，见了你，我就想说说话，好，我就说说我自己吧——其实，爷爷我早年也让人给算过命，那算命人也曾算出我日后会骏马得骑，高官得做啊。想当年，我可是应了此命了呀。"道宗老爷子幽幽地述说着：当年，我那可是名震乡里。年少就中了秀才，光绪十一年（1885年）我参加殿试，甲居乡里。当年大清官制设官九品，九品之外是未入流，此上是官，此下是吏。官分九品，每品有正从之分，共十八级，当年我官居从五品，任滁州知州——下无辖县。我也曾出则乘坐绿帷轿，鸣锣开道，威风一时；也曾入则丫鬟仆女，美女娇妾，锦衣玉食，亦享过一朝天福。当年清规，官员不得携带家眷在任上，吾只能接老母同享天伦。家妻多病，便嘱独子明亮在家侍奉左右，与之买良田百亩，叮嘱其勤于耕读，孝敬高堂。当官者，谁不想节节攀高，博得个封妻荫子？然而，只凭官俸，实乃不够开销，于是，就出现"三年清知府，十万雪花银"的怪象。此等怪象，说得确实是夸张些，并非人人为之，但也确有此事。某为官，却不曾劳民伤财，大肥私囊。晚期，清廷腐败，列强入侵，官员皆染上吸食鸦片的恶习，唉，吾亦未能免俗也，（小声地说）我的烟瘾就是那时染上的。清廷为了护住自己的统治，对列强割地赔款。下级官员为了保住自已的乌纱帽，则卖官鬻爵，卖田卖地，致使民不聊生。义和拳、捻子军、革命党等先后掀起反皇运动。就在宣统三年（1911年）末，南京、武汉等地革命运动日炽，安徽巡抚叮咛各地官吏，拼尽全力抵挡革命党，见者格杀勿论。一日，我正在街道巡逻，有衙役来报：老爷，有革命党攻城，请您尽快定夺！吾早观天象，料清廷大势已去，势若朽木，我还定夺个屁！我便下了绿帷轿，脱去官袍，扔了冠戴，让衙役推来一辆独轮小红车，我接过手来推着，一路推回故里来。

老爷子歇一口气继续阐述：而今，吾年过古稀，世事已洞明，什么高官厚禄，什么荣华富贵，实是世间浮云；而一日三餐桌上有，日月常常伴人还，这才是人生真谛。想当年，算命的先生也曾算得我，早年得官济，晚年或凄凉，但会善终。这里算命有个玄机，凡事只说八分，人的命运分命与运，有时命、运合一，有时命、运分开，故而偶然性、必然性看似不着边，但一个峰回路转，偶然的一个机遇，你就巧遇了那个必然的结局。这就是你的命运了，最终差不多远。如今，我每日唱书评说，与民同乐，就是今晚脱下鞋，明朝未知能否再穿上，但若最终能落得个寿终正寝，也便值了！

老爷子说累了，文江赶忙去倒水，文海帮忙给他点上一袋烟，此时椒红从家里拿来一块点心，忙给老爷子掰了一块吃。明昭视椒红为掌上明珠，每逢从口子街回来，都特地给他的宝贝女儿带来些好吃的。见椒红手里有好吃的，孩子们都眼馋地围拢过来，椒红把点心分了一些给文涛，剩下的跟宝贝似的护着，谁过来要她也不给了。

言华与言富过来要求分一点，而言荣直接过来抢，椒红就护着，东奔西跑，不让别人沾着。言朗跑过来要抢椒红的点心，言富一把将他推倒，骂："哪里有你弹的杏核，你凭什么来抢？"言朗爬起来说："哼，不就一块破糕点吗？回头让我爹买得多多的，谁也不给吃！"他看见石仲辉，便说："我只给仲辉一人吃！"仲辉便现出得意的神情来，此时言荣气不过，上来就给言朗一拳头，并骂道："你显摆个啥！"言朗毫不相让，与言荣扭打起来，言富来上阵帮拳；此时，一直不苟言笑的言来跳了过来，他抬腿一脚把言朗踹倒在地。言朗爬起来大哭，边哭边跑进明曜的院子里，找韦青凤告状去了。正好，陶明耿回乡办事，借着来找言朗之际，走进明曜家的院子里，跟韦青凤和明曜闲聊。见儿子言朗哭着走来，他便笑问怎么了。言朗哭诉说，言来、言荣他们欺负他。韦青凤走来问："到底是言来打的你，还是言荣打的？若是言来打的，那是以大欺小，我非用皮鞭抽他不可；不过，若是言荣打的你，那你就是没用的孬种，还打不过比你年龄小的呢，活该！"明曜在旁边听着不乐意了，插嘴说："就是来儿打的，那来儿到底也还是个孩子嘛，也不至于挨皮鞭啊。"在此之前，明曜曾见过韦青凤毫不留情地用皮鞭抽他的三个崽子，下手那个狠呀，令他害怕又心疼。

陶明耿笑着说："看看，我倒没说什么呢，就有人来护短了！"陶明耿摸着

言朗的头说："你也太没种了，行了，别哭啦，若是言来打的，就是哥打弟；若是言荣打的呢，就是弟打哥，没吃亏到哪儿去。呵呵！"这话里有话，一箭双雕，明曜气得转过背去，给他们个屁股看。陶明耿又说："殊不知，你们当真是……"他却见韦青凤的眼睛瞪得像个泥蛋子一般，他便欲言又止。明曜气得一拍屁股，扬了他们一身灰尘，而后愤然走出去。

明曜走向惠风庐，言来迎面走出来了，突然，一只大手扭住了言来的耳朵，转头一看是陶明耿！他扭着言来的耳朵，半真半假地审问道："你刚才欺负言朗了，是也不是？"言来勃然大怒，对他又是踢又是捶，强辩道："谁欺负他了？他先欺负我小弟的！"明曜一见言来的耳朵被扭着，他便不顾一切地扑向陶明耿，陶明耿猛地一闪，佯装倒在地上，仅仅一伸腿，就把明曜绊倒在地，摔了个仰面朝天。言来一看爹爹被人绊倒了，更加怒不可遏，他像一只下山小猛虎，怒吼一声扑向陶明耿，又是捶打又是撕咬，嘴里还骂着："狗日的，敢欺负我爹！狗日的！狗日的！"陶明耿爬将起来说："好了，言来，大爷是跟你们开玩笑的，别当真啊！"外面的吵闹声惊动了韦青凤，她站在门口看过去，一言不发，满脸不悦，陶明耿讪讪地拉着言朗跑开了。

惠风庐门前的打闹声惊动了吴氏，她走了过来，眼睛瞪得圆圆的，狠狠地剜了老爷子一眼；老爷子不由得把身子一缩，默然吸烟，不敢抬头。

吴氏开腔了："哼，一天到晚，家里没个安静时候，还招些孩子在这里叽哇乱叫的，像什么话？外面都打起来了，你们还装作不知？"当她看到老爷子嘴里衔着烟袋的时候，更是气不打一处来，刻薄地说道："哼，整日就知道衔着个大烟枪，再吸就把老林地都吸光了，一家大小都去喝西北风才好！"说着，三两步过来，唰地一下把打火具收走。

老爷子羞得脸儿一直红到脖子根。真是落势的凤凰不如鸡，虎落平阳遭犬欺！文江目睹这一幕，他的眼里霎时蓄满了同情的泪水。原来，道宗老爷子回乡之后，烟瘾难禁，偷偷地又把剩下的土地变卖了一半；儿媳本来就嫌恶他无禄回乡，知他为吸大烟又偷卖田地，更加恼羞成怒，若不是明亮拦着，她恨不得就把老爷子扫地出门了。

良久，老爷子幽幽地说："此不正应我的命运，晚景凄凉吗？不过，我还有一个惊天秘密，如今一并说与你小字辈听，也无妨了——就是，我由于回乡仓促，便将我在南方娶的一房小妾以及几个儿女，皆抛在南方，如今不知他们是生是死……"说着，老爷子露出从未有过的凄然之态。这些都是老爷子藏在内心最深处的秘密，平日从未吐露过。文江无限同情地说："何不央人去南方，一并找来？"老爷子摇头说："这兵荒马乱的岁月，岂可能哉？想当年，我去赴任，骑马坐轿，还要走上一月有余，而今，更不须谈——此时吾自身难保，找来何以将安？"老爷子说到伤心处，禁不住老泪纵横。文江看着须发皆白、满面沧桑的老

爷子，同情之心溢于言表。

听到这话，言中、言久走过来绕在老爷子膝前安慰他。老爷子烟瘾又上来了，一时找不到打火具，急得抓耳挠腮。椒红见状，机灵地跑进厨房，把打火具偷偷拿来，给老爷子点上烟，再偷偷放回原处。老爷子乐了，连连夸赞椒红："呵呵，小红辣椒，别看年龄小，就是有主张，有心眼儿！"

早春的傍晚，春光浅明，杏花在枝头粉嫩浅红地闹着春意，柔软的柳枝在微风中摇摆着嫩嫩的绿芽，有不怕冷的小草早早钻出地面眨着眼睛，金黄的蒲公英零星地撒在这里那里。文江与文海领着文涛走在回李子园的路上，文涛一路小跑地跟在两位哥哥身后。

嫌文涛脚步跟不上，文江和文海互相替换着背着文涛走一程，累了，就把他放下地，再走一程。就这样，他们踏着嫣红的霞光，有说有笑地往家赶。文涛突然从脖子下面抽出一样东西来，喜滋滋地看着。文海忙问："那是什么？绿莹莹的，怪好看的嘛！"

文涛得意地说："嘻嘻，这是红妹送给我的玉蝴蝶！前儿个，姑父带我们逛庙会去了，红妹妹买了一对玉蝴蝶，她自己留一只，这一只送给我啦。"

每年的农历三月十八是古相山逢庙会的传统日子，当地人把相山显通寺庙唤作"庙窝"。每逢庙会，百姓便从四面八方纷纷涌来，来求神拜佛，敬献香火，赶潮购物。那天庙窝里香火旺盛，香烟缭绕；庙窝前搭高台，唱大戏，戏台下挤挤挨挨，人山人海。街道两边，一溜排着琳琅满目的各色货物，无所不有。那天，陶明昭让明曜赶着马车，把他们两家的孩子连同文涛都带来赶庙会。椒红与文涛手拉着手跟着父兄在人群里钻来钻去，见到好吃的好玩的就走不动了，这里有小泥人、小糖人和小面人，个个栩栩如生，可爱至极。孩子们围拢来，好奇地观看。椒红闹着要买，陶明昭豪气地对孩子们说："你们每人挑一件便是！"椒红与文涛每人挑了一个小糖人，爱不释手地拿在手里玩赏，舍不得吃掉。他们逛到一个玉器摊，椒红看中了一对绿莹莹的蝴蝶碧玉，缠着爹爹要买。陶明昭便爽快地买下了，并让人仔细地为玉蝴蝶穿上漂亮的红丝络。

回到家后，椒红与文涛蹲在草地里玩过家家，文涛拔了一根狗尾草，扎一个指环，套在椒红细细的手指上，两人勾住小手拉钩，并唱道："拉钩上吊，一百年不许变！"椒红激动地说："涛哥，你等着，我给你一样好东西！"她跑回家，拿来这对玉蝴蝶，往自己脖子上挂一只，另一只郑重地送予文涛，说："涛哥，我们约定，长大后，我们还要在一起玩，永远在一起玩儿，好不好？"文涛庄重地点点头。

此刻，玉蝴蝶在夕辉的照耀下，更加莹莹一碧，文涛说："红妹说，长大后，我们要永远在一起玩儿呢！"文江与文海一齐笑了，文江说："长大后，恐怕不只是在一块玩儿了，或许她就是你的小媳妇喽！"

文涛笑说："呵呵，小媳妇儿好啊，那果真就能永远在一块儿玩喽！"哈哈——兄弟几人齐声笑了，充满春光的小路上洋溢着他们愉快的笑声。文江又一把提起文涛背在身后，大步流星地走在前面，文海也迈开大步向下河桥走去。

第8章

三生孳缘

俗语说："桃花开杏花败，李子开花胡桃来。"人们用花朵的此开彼落来诉说春光的匆匆。

韦青凤一晃在明曜这里待了十多年了，几个儿子都长成半拉小子，个个如龙似虎。明昭让自己的几个儿女入学堂读书，并没有亏待韦青凤的几个龙羔子，也出钱供应他们去学堂读书。可是，这仨小子天生不是读书的料，但在练武方面却都是好料子。

这天，韦青凤嘱托明曜，到河堤上去砍一些碗口粗的树枝来，韦青凤但凡有吩咐，明曜从不敢怠慢，便砍了一些树枝放到院子里。韦青凤把树枝砍成木桩，埋在院子里，状如梅花，然后命令仨小子站在上面，摇摇晃晃地练步。明曜问："这是干什么？"韦青凤说："这是梅花桩。我在教他们练武功。"啊，练武功这等神秘的事情，明曜只听过，可从没见过呢。韦青凤把大门一关，手拿皮鞭，像个驯兽师一般，喝令小子们站桩、跑步，哪一个稍有偷懒、怠慢，她的皮鞭就毫不留情地落在他的背上，鞭子抽打得噼啪震天响，明曜心疼得直哆嗦。他叫道："你的心是铁打的吗？他们的身子是肉长的呀，你那么狠心地打！来儿、富儿、荣儿，都下来吧，咱不练这劳什子了！"韦青凤怒斥道："你少啰唆，你懂什么？挨打也是在练功，你见过会武术的人，只打别人，不挨别人打的吗？"明曜哪里明白此中道理。但没多久，就见几个小子能在树桩上奔走自如，蹦上跳下，跟玩耍一般，就是挨了皮鞭，也跟没事人似的。明曜奇怪道：他们的身子难道不是肉长的吗？

韦青凤又要明曜买来几口大缸，他不再多问，只照办即是，到街上买回来三口大水缸，置于院子里。韦青凤让仨小子每天早晨挑水，注满水缸，然后，让他

们沿着水缸边走。不久，但见这仨小子就能沿着缸沿儿行走如飞。还见到，他们走钢丝、荡秋千，在墙头上，在树上，直上直下……明曜真是大开了眼界，没想到，武林高手竟在身边！明曜转念又想：唉，那又怎样？我照样受人欺负，也指望不上她能为我撑腰。

一天，明曜到那块瓜田里做活儿，突然发现，自家与明锐家的田地之间的界石被挪动了，并向他家田里偏去一尺多。这还了得，趁我不注意，竟然偷我家地边子。恰好，明锐正在麦田里除草，明曜前去找他理论，说不了两句，明锐便一把将明曜推个仰八叉。明曜打不过他，一言不发，爬将起来就回家了。言来见爹爹一身土，狼狈地走进家门，便问："爹，你这是怎么了？"明曜说了缘由。韦青凤一听火冒三丈，心想：老虎不发威你们当猫看。她到得田间，掐腰往那一站，让明曜把地界石扒出来，扔一边去。明锐走来了，瞪起眼来，张牙舞爪地责问明曜为何敢动地界石？韦青凤问他："今儿咱是来文的，还是来武的？"明锐立即伸出拳头扑向明曜，没等他挨近他身边，韦青凤一个箭步上去，几个大耳掴子掴过去，硬生生把明锐掴倒在地。她这几耳掴子，掴醒了明锐，他原以为：这女人不可能与明曜水乳交融地真正成为一家子的，照旧欺负明曜也没事。今天明锐挨了打，才知道，明曜不再是任人欺负的了。他一言不发地爬起来，乖乖地把地界石重新埋回原处。

从此以后，明锐一家对韦青凤是又怕又恨。但韦青凤依然我行我素，出来进去，依然是面纱、旗袍、胯下枣红马，有时，头上还戴一朵大红花，一骑红尘出去，一骑红尘归来，给人一种云里来雾里去的神秘感，还摆出"人不犯我，我不犯人"的姿态。但她出格的行为，越发成了村里人茶余饭后的谈资笑料。一次，韦青凤去如厕，听到隔壁厕所里传来两个女人的对话声，一个说："哎哟，你的裙子开衩了！"另一个说："哦，再开衩，也没有那个主儿的旗袍衩开得大呀！"一个说："妈呀，比她呀，就那旗袍，衩儿开那么大，只有她能穿出去，打死我也穿不出去！"另一个说："她穿那玩意，是干啥的？你没看咱村里的男人一个个的，见到她眼珠子都快瞪出来了！"一个说："你眼馋呀，你也弄件穿呗！"另一个说："我穿？明锐不打死我才怪呢！别丢人现眼喽，倒找我钱我也不敢穿呢！再说，我能跟人家比呀？你不见，一到晚上，那些男人飞墙越户，钻了她一床底。听说，进她家的男人都能排成队呢！"另一个女人咪咪地笑道："那么多男人，她吃得消吗？哈哈……"两个女人一齐暧昧而放肆地大笑起来。韦青凤听了，便走过去，对厕所门口掐腰一站，怒目瞪着她们。两个女人冷不防抬头见一双怒目瞪来，双眼喷火，当时吓得差点儿一屁股坐到屎尿上。韦青凤什么也没说，扭头走去。

回到院子里，韦青凤便裹上面纱，牵过那匹枣红马，飞身上马，哗哗哗地一骑红尘奔出村外。

次日凌晨，明锐与明义堵在明曜家的大门口，见了明曜就跪下去磕头，央求道："曜哥，你替俺们求求他大姨吧，俩臭婆娘的臭嘴再也不敢胡吣了！就饶了俺们，让俺娃回来吧！"明曜一听感到莫名其妙，不知他们在说什么。明锐叙述：昨晚半夜大家都在睡梦中，突然来了一队大马子，什么东西都没抢，偏偏把他家的言池、明义家的言超掳去了！他们要钱、要物都行，抢孩子可是万万不行的呀！求求你，让她放了俩孩子回来吧！说后就捶胸顿足地号啕大哭，那俩女人也哭号着走来，跪在地上，磕头如捣蒜。

明曜回到院子里对韦青凤说："乡下老娘们儿扯个老婆舌头，都是常事，你怎么就让人弄走了人家的孩子？你不是常说，兔子不吃窝边草的吗？看你往后还怎么在村里待下去！"

韦青凤听说此事，似乎有些吃惊，反问："什么？谁掳走了他们的孩子？"然后冷哼一声说，"此事并不是老娘所为！"

明义、明锐两家人在门外仍磕头哭号不已，明曜说："家不亲邻的，平日里就是有个口舌之争，也不至于那么歹毒，下黑心，害人家孩子！赶紧把人家孩子找回来，不然，你一天也不能在这个家待了！"韦青凤怒吼："我说了，不是老娘所为！"明曜也吼出了平日不敢吼的音量："不是你也是你，你跳进黄河里都洗不清，你非把孩子找回来才算拉倒，不然，你浑身是嘴也说不清。"

韦青凤果真骑马跑去龙脊山见石牙子，迎头就骂："是你派人干的好事？只是说吓唬吓唬他们，谁叫你抢人家孩子了？"

原来韦青凤那天心里窝气，便一马跑进龙脊山里，当时陶明耿与石牙子在打牌，他们见韦青凤进来时面带愠色，便问为何，韦青凤便说出原委。陶明耿说："早让你凤归山林，你非要窝在麻雀窝里，受窝囊气了吧？"韦青凤怒怼："你懂什么？不是想让几个孩子读点书吗？"石牙子说："我去摆平他们！"韦青凤说："别胡来，我可告诉你们，只可吓唬吓唬他们，别来过分的啊！"

此时，韦青凤来到龙脊山大骂石牙子不听她的吩咐，做事过分，弄得她在陶家不好做人。石牙子忙说："孩子在山上，好好的呢！"韦青凤说："你赶紧派人把那俩孩子放回去！"石牙子便派人去送回孩子。但半路上，正与陶明耿派来的警察相遇，原来明义、明锐早已到警务所里报了警。陶明耿便派人去寻找孩子。喽啰们遇到警察，就把孩子放下马，掉头跑去。警察接着护送孩子回村，可是走在半道上，突然迎面走来一队骑马的蒙面人，又把那俩孩子给劫走了。

韦青凤得悉，便又回去骂石牙子，石牙子大喊冤枉，并说："这一回，确实不是咱山头兄弟干的！"韦青凤怒问："那是谁干的？"

石牙子说："确实不知，我也感到很意外啊！"

得悉那蒙面人与警察皆一路向东跑去，韦青凤忙披马嘶风一路追到东海岸，也未见到那帮人的踪影。韦青凤发誓，就是掘地三尺，也要找到那俩孩子。她像

发疯的母豹子一般，四处寻找孩子，可最后依然是杳无踪影。终究没有找回孩子，她趁夜返回，把她的细软一尽卷走，交代明曜：照顾好三个孩子。而后，就消失了身影。明曜走进她的房间，看着人去楼空，往日的温馨似乎还在，不禁涌起一股失落之情。你风一样刮来了，又像风一样刮走了！唉……一来一去，给我留下了什么？一时五味杂陈，丝丝缕缕，萦绕心头。

得知韦青凤走了，那俩女人像发疯了一般，天天来到明曜家大门口骂人，明曜无言以对，只得忍气吞声，但言来等三兄弟可不是好惹的，尤其是言来，像一只斗公鸡一般扑过去，吓得俩女人拔腿便跑，但口里不饶人地骂道："你娘的，早晚要遭天打雷劈，不得好死！"

风波过后，明曜偶遇回村的陶明耿，陶明耿见他嘲笑道："哎呀，我说瘸老弟，你媳妇怎么飞了呀？"明曜翻白眼不理，明耿越发嘲笑他，说："哈哈，有了梧桐树才能引来金凤凰，瞧，你这歪脖子树长的，岂能是金凤凰的久留之地？"明曜还击道："那也比停到你的葫芦头上强！"擦肩而过时，明曜咕哝道："别以为你做的事我不知道！"陶明耿问："你怀疑我做什么了？"明曜应对："哼，世界上没有什么事是你做不出来的！"陶明耿皮笑肉不笑地说："瘸老弟，就那么知我？请问，你在家里窝匪，如今，还养着一窝土匪羔子，此事若认真追究起来，你能脱得了干系吗？"明曜怒道："你——你做的事你不知道吗？我若给捅出去，倘认真追究起来，你也不能脱得了干系吧？"二人怒目对峙，良久而去，从此，二人在心里便结下了梁子。

当雪白的梨花缀满枝头的时候，文江突然来到桃花湾报丧，果香的母亲去世了。果香便带着言中、言华前去奔丧。

果香的父亲，原本是清末某县县丞，家里置有良田百亩，后因吸大烟，又患病，就把地渐渐变卖了，最后只剩得绿豆湾一块不足十亩的田地。地虽不多，但地势好，土肥水美。果香是独女，正愁着母亲没有儿孙为她打幡杆子、摔老盆。而财主李阵星兄弟此时主动找上门来，对果香说："大姐，如果把大娘的丧事交给我兄弟操办，我让文理给大娘打幡杆子、摔老盆，定会把丧事办得体体面面。"阵风与果香虽是堂姐弟，但亲如同胞姐弟，自果香出嫁之后，一直是阵风兄弟帮忙照顾老人家的日常生活。如今老人去世，阵风兄弟义不容辞地走来帮大姐料理老人丧事。所以，她婉拒了阵星兄弟的好意，便依托阵风兄弟帮她操办母亲的后事，选中文江打幡杆子、摔老盆。

送葬那天，阵风三兄弟皆披麻戴孝，文江作为长子长孙在前头打幡杆子，风光体面地把老人送下地。丧事办得很圆满，令果香感到非常满意，她二话不说，便把绿豆湾那块田地送给了阵风一家。李阵星兄弟对此是心存不甘。

接着是三天圆坟，七天后烧头七纸，果香每次回家烧纸，阵风兄弟都出人出力，善始善终。

就在烧头七纸之时，财主李阵星的管家（人们唤作"吕秤砣"，久而久之，无人知道其真名了）登门来拜见果香，上来就是一阵道喜，果香莫名道："喜从何来？"吕秤砣人矮嘴甜，能说会道，说："天上无云不下雨，地上无媒不成婚。眼下有一桩好事，就是我家老爷托我与你陶家联姻来了。听说，你家有一千金，与我家老爷的三公子年貌相当，你们两家本来是生意上的伙伴，如今，何不结成秦晋之好，好上加好，锦上添花呢？姑奶奶，您意下如何？"果香沉吟半晌，说："待我回家商量一下吧。"吕秤砣拱手说："好嘞，我禀告老爷去，敬等好事成双！"

果香与阵风兄弟说了李阵星要与他家联姻的事，阵风未置可否。但阵雨说："李阵星此人，势利，诡计多端，笑里藏刀，绝非良善之辈。"而阵雷直接反对说："他们家呀，哼，人老几辈子，都精明得出皮，你和姐夫能斗过他？以后恐怕要吃亏，万万不可！"而果香回去与明昭一说，明昭竟欣然同意。文江知晓此事后，便在内心里暗暗叫苦，他对妻子荣秀英说："三弟怎么办？他和椒红表妹可是自幼青梅竹马，早有宝黛之情啊。三弟若知道此事，该多么难过啊。可大姑父认为他家与财主家门当户对，已应允了这门亲事，该如何是好？唉，孽缘啊孽缘！"秀英说："确实是孽缘啊！唉，不过，三弟与椒红表妹如果有缘的话，最终还是会走到一起，但不知那要历经多少磨难！中途突生孽缘，也许是命中注定，据说，每一段孽缘都是三生注定的。"

桃李原

第 9 章

穷 人 之 生

果香回娘家烧七七纸的时候，就没见到阵雨与阵雷兄弟俩，一问，便说：到外面开会去了。

阵风、阵雨、阵雷弟兄三人，分灶不分家，当家的当然是老大阵风，阵风之妻汪氏心直方正，甘作贤内助；而阵雷之妻王氏，性情温柔，为人内敛，不张扬；只有阵雨之妻杨氏精明强干，有口有心，杀伐决断，每当大事不糊涂，因此，让她操持大家庭的家务之事。

穷人家生的儿女不少，可养活的不多。阵风家原生两男两女，现只剩有一儿一女，女儿文霞，是长房长女，早已出嫁；儿子文江，也已成婚，已育有一小女叫米儿。阵雷家原生一儿三女，可惜现唯剩文涛、文丽一儿一女，其余的夭折。只有阵雨家子女壮健稠密些，有三女二男，文海是老大，依次是文雪、文秀、文娟，最小的是文波。

文江的妻子荣秀英为人勤快能干，每天鸡叫三遍之后，丈夫与孩子尚在酣睡中，她就早早起床，借着朦胧的晨光，先挖了一大瓢麦粒，淘一淘，便在石窝里捣，捣去麦皮，再扬一扬，最后只剩下晶莹的粒仁时，她再把粒仁一分为三，自家留一份，把那两份分别给二婶三婶家送去。她转过身，回到自家厨房煮粥、打饼。做好这一切，天已放亮，她再一个转身，就下到田里干活儿去了。

等全家人都起床的时候，秀英就干一气活儿回来了，身上还背一箩筐猪草。她把猪草扔进猪圈里，猪仔已饿得哼哼唧唧，见了她都欢笑起来。她又是一个转身，从腌菜坛子里，掏出咸菜，切成细条儿，再滴上一滴儿芝麻油，香气马上弥漫在农家院子里。穷人家的饭菜，虽是粗茶淡饭，但闻起来有禾黍之香，吃起来甘之如饴。有时，文娟、文波、文丽吃着饭，就端着碗跑到大哥大嫂这里说笑，

文波边吃边说："大嫂调的菜，吃起来就是香！"文江捏着他的小鼻子笑说："你的小嘴巴就是甜！呵呵……"欢快的笑声荡漾在农家大院里。

早饭后，秀英到二婶门前，等待二婶安排一天的事宜，阵风也去了二院。杨氏说："今年，麦忙前，要办两件大事，一个是文海要娶，一个是文雪要嫁。大哥，你说，咋办好呢？"阵风磕磕烟袋说："唔，这是大事，咱家虽是穷人家，但该添置什么东西就添，该做到的礼节就要做到，不可马虎。阵雨常不在家，你就拿捏着，该怎么办就怎么办吧！"

于是，杨氏领着秀英与文江到西屋看粮仓里的存粮。西屋里摆满了粮囤，盛着各样粮食，杨氏说："囤里的小麦已见底儿，只够喝稀粥的了；玉米、小蜀黍（高粱）、谷子这些粗粮，也不多了；比较多的只有红芋片儿；但能卖上价的是这些玉米、小蜀黍与谷子，若卖了这些，往后一家人只能靠吃红芋面馍馍过活了。"秀英说："那有什么打紧，有红芋面馍馍吃就不错了，咱老百姓，哪一年不常是过着吃糠咽菜的日子？家里有大事了，大家都要苦一苦，将就能挺过去就行。二婶，你别顾虑那么多，该怎么办，你就尽管吩咐。"杨氏满怀感激地看着秀英，说："哎，好孩子，你能这么想，我就放心喽！我操持这个家，卖粮给你弟弟妹妹办婚事，恐怕落抱怨呀。"秀英说："不妨事的，各家早晚都会有事要办的，谁会抱怨啊？"于是，杨氏手一挥，吩咐道："拿麻袋装粮，运到口子街卖掉。"文江拿来麻袋，舀出谷子、玉米、小蜀黍，各灌一麻袋。杨氏说："文海媳妇娘家是卖香油的，对聘礼很是讲究，少了怕是不行的，咱也赖不掉啊。文海给他大姑父看酒店，一月只能挣到两块银圆，还不够一大家子花销的呢，我只好把文雪婆家给的聘礼，拨了些给文海添置聘礼，可还是不够。可怜了文雪，没有太多的钱陪嫁她。可又想，咱家陪的嫁妆若是太寒碜了，又怕她婆家那边会说闲话。"秀英说："这是当然，再穷咱也不能穷得丢分儿，应当给二妹陪些嫁妆！准备陪些什么好呢？"杨氏说："她心心念着，一身石榴红的嫁衣，一副银手镯。这是穷人家的闺女最到底的嫁妆了，这个最低的要求总不能再免了去啦。"

文江套好一辆驴车，将粮食装在车里，秀英坐上去，刚要打驴出发，文雪追过来，羞答答地问："大嫂，你们到口子街去干什么？娘交代你们什么话了没有？"文江装糊涂地说："二婶没交代什么呀！"文雪挂不住脸，要哭的样子。秀英笑道："别听他的，放心吧，有大嫂跟着，保管你满意！"文雪乐红了脸儿。她站在大门口，看着哥嫂赶着毛驴车远去，她白天鹅般的脖子偏来偏去，载歌载舞起来。她那少女特有的轻灵妩媚，天真烂漫，她自己是美而不觉，殊不知，她的美丽已被一双贼眼在暗中盯住。

文江夫妻到口子街先卖了粮食，再到东关老城区找文海。文海正在久久酒店里忙碌着，一见哥嫂来了，忙放下手中活儿，问："大哥大嫂来口子街，所为何事？"秀英说："这不，卖粮为你准备娶媳妇呀！"文海脸一红，说："日子早

桃李原

着呢，不着急！"秀英笑了："这真叫皇上不急太监急！"文海忙去买来烧饼油条招待哥嫂吃饭。秀英说："你们吃吧，我当紧逛街去喽！"

东关老城石板街始建于清朝雍正年间，至今已有二百多年的历史，自古及今酒业兴盛，也带动其他各行各业的生意兴隆。酒家一家接一家，布行一铺连一铺，银店、钱庄、裁缝铺、成衣店等家家门面排满了大街两巷。琳琅满目的金银首饰，鲜艳夺目的绫罗绸缎，吸引着秀英的眼球。即使不买，光是看看也能饱饱眼福。街道两巷大小的饭店，还有各色小吃与糕点散发出来的香气直扑鼻端，秀英暗暗地直吞口水，她不由得拿眼扫一下那些小吃，样样都惹人馋涎欲滴，可她摸摸口袋里的钱，只舍得买一串冰糖葫芦，用鼻子深深地嗅一下那丝丝入鼻的香甜味儿，便仔细地藏在袖子里。

她的眼睛重点盯在缤纷绚丽的布行与成衣店上浏览搜寻，她细心地货比三家，最后遛到街北头的城隍庙附近，有一家程记成衣店，包工包料的，老板说他家的绸缎是正宗的杭州丝绸。秀英仔细看去，那绸缎布料厚实而富有弹性，颜色是正宗的石榴红。看那色彩鲜丽的丝线，花萼婷妍交辉的绣花，形态逼真的飞蝶，样样都感觉美不胜收。老板说，他们家的绣花品是正宗的苏绣，绣花花边钩得紧实而细致。秀英看了又看，比了又比，感觉到这布料很是称心如意，便决定在程记成衣店定做一套百蝶穿花的石榴红嫁衣。

然后她移步各家银店，物色心仪的银饰。循着叮叮当当的敲打声，她在一家家晃目的银庄里仔细搜寻、比较，最后走进珍丰银庄。那家的雪花白银，耀眼璀璨。这是一家百年老字号，看着一件件做工精细美巧的银饰，让人收不回眼睛。秀英便决定在这里定做银手镯，她特意点名要龙凤呈祥的那种图案。老板说："若定制两件，可以折价便宜一些。"一问价钱，秀英算了算，定制两件银饰，加上工钱一起，并不多贵，她手里的钱绰绰有余，于是又增订一副银瓦拢。为了和手镯配套，她特别叮嘱老板，银瓦拢也要那种龙凤呈祥的图案，做工须要精细美观。老板爽快地答应道："好嘞！"秀英很高兴，竟然有意外收获，约定一月后来取，把两张定票收好，便兴冲冲地回到久久酒店里。

到店里一看，言中表弟也在，他们摆了几个小菜，一壶酒，弟兄几个正在小酌呢。言中一见秀英，便亲切地招呼道："表嫂，快坐下，吃一点。"秀英拿了一个烧饼，只吃了一口，就放在鼻子上闻着。言中笑说："表嫂，你怎么不吃呀，闻能闻饱吗？"秀英不好意思地说："这么香酥酥的烧饼，我舍不得吃，我想带回家给孩子还有弟弟妹妹们尝尝。"文海的眼中含了泪花，说："那，我的也不吃了，都带回家给侄女与弟妹们吃吧。"言中赶忙说："别价，我再去买，都吃，都吃，尽管吃！"言中又买来几样小菜和烧饼、油条、糕点，说："大家都吃，吃不了的，都带回去。"秀英还是不舍得多吃，临走时，言中将余下的，用纸包起来让秀英都带上。到底是人穷志短，文江看着秀英喜滋滋地接过包裹，内心感

到不是滋味，羞赧而又无奈，嘴上只好谢过表弟。

傍晚，驴蹄儿飞扬，一路摇着轻快的铃声，踏着有韵律的节奏，向李子园赶去。西边的太阳，像红柿子一般，慢慢隐入天边的山峦背后，文江夫妻才回到自家大门。车还没停稳，就从大门内飞出一个小女孩，那是米儿，扎着一对小小羊角辫儿，口里兴奋地叫道："娘，娘！给我带好吃的没有？"文波也飞奔过来，用晶亮的眼睛看着哥嫂。文雪也立在院子里，清水明眸期盼着什么。秀英忙从袖子里拿出那串冰糖葫芦，一折两截，给米儿和文波每人一截。两个小孩子接过冰糖葫芦，然后都欢天喜地地跑进院子深处。

文雪走过来喊了一声："大嫂——"秀英佯装不懂地问道："干什么？你也要吃冰糖葫芦吗？呵呵。"文雪气得一跺脚，噘起了小嘴，秀英嘻嘻一笑，说："二妹，瞧，这是什么？"文雪忙扑过去抢，谁知秀英细腰一扭，身子忽然转个圈，文雪扑个空，她再次扑过去，抢到手里，一看，竟是两张定票，赫然写道：石榴红嫁衣，雪花纹银手镯、银瓦拢各一副！秀英说："这样样都是上好的。收好了哦，若是丢了我可不赔！"文雪仔细看收票，不由得惊叫了一声："咦，怎么还多一样呢？"秀英说："哦，碰巧银店打折，我又为你定制一副银瓦拢呢！"文雪高兴得一蹦老高，搂住秀英大喊大叫："大嫂，我的亲大嫂，你真是太好啦！"然后含羞带笑地就要跑去，秀英一把拉住她说："别忙，一会儿，叫上大家都来，我还带来一包好吃的呢，叫上大家都来大院会餐！"

汪氏正巧走来，笑道："会什么餐，不年不节的，有点好吃的，留着给小孩子吃吧，还这么显摆，这可是狗窝里搁不了剩干馍啊！"文江说："这些都是言中表弟送的！"阵风走来了，对汪氏说："不要护食儿，大气些，才是咱做长房的风范嘛。"汪氏笑答："我哪里不知道啊，我是怕不够分的，只让小孩子吃吧，咱大人家家的就别跟孩子们争了。"

说着，门外又传来了急促的脚步声，第一个飞过来的是小文波，然后就是文雪、文秀、文娟、文丽，一字排开，她们像出水的朵朵荷花，开在水池中——文雪已经如莲般盛开，文秀尚在含苞待放，而文娟与文丽尚在羞涩地打着骨朵儿，稚嫩懵懂。她们叽叽喳喳地问："大嫂，有什么好吃的，快拿出来，我们尝尝！"大家无拘无束，嘻嘻哈哈，彰显出兄弟几家的和睦亲昵。秀英问："二婶、三婶呢？"文雪说："我都叫她们来了，她们说，好吃的，给孩子们吃就行了，大人家就不凑那热闹了！"于是，秀英拿出烧饼、油条给孩子们分了吃。

正吃着，阵雨与杨氏、阵雷与王氏都一起来了。秀英忙拿出自己的一份分给二叔、三叔吃，文江心疼地说："我的给你吃吧，前两天你还病着呢！"又小声附耳说，"你已有身孕，多吃点好的，补补身体！"秀英柔声说："没事，我皮实着呢！"她忙给几位婶婶叔叔盛了几碗野菜汤。米儿、文波都在贪婪地吃着烧饼、油条，小腮帮子撑得鼓鼓的，还往小嘴里塞，尤其是文波，掉了几粒芝麻，

忙不迭地用小手捡起来，放在嘴里，捡不起来就用舌头去舔。阵雨与阵雷看了眼含热泪，如鲠在喉，吃不下，也不舍得吃，把他们自己手里的烧饼推到几个小孩子面前，然后大碗地喝野菜汤，和泪咽下。

第10章

一 波 三 折

+
|

阵雨深深地叹息一声，说："有唐诗说：'朱门酒肉臭，路有冻死骨。'说得太贴切了！这些烧饼啊，油条啊，都是城里有钱人普通的小吃，地主老财家餐桌上常见之物，他们吃得起鸡鱼肉蛋，就是山珍海味也寻常见；而穷苦农民呢，吃个烧饼、油条竟赛过过年。这等贫富悬殊，差距真是不一般呀！"

阵雷愤慨地把拳头重重地擂在桌面上，说："王侯将相宁有种乎？难道老百姓自古以来，只配吃糠咽菜吗？"

阵风惊讶于兄弟们说的话，磕磕烟袋说："自古如此，咱们跟地主老财们没得比，就不要比了嘛！别乱说话，小心隔墙有耳！"

阵雷说："怕什么？百姓种地、打粮，就该做牛做马吗？就该吃连牛马都不如的食儿吗？"

文江说："二叔，三叔，何出此言？人家财主家有钱有势，有土地嘛！"阵雷击掌叫道："说得好，就是土地的问题。这个不公平的土地制度要改变了！"文江问："土地归财主所有，自古如此，谁能改变？"

阵雷问："自古如此，便合理吗？"文江问："不合理的多了去了，那能咋办呀？"

"革命！"

革命？！阵风听了一震，文江也吃了一惊，全家人都面露惊恐。阵风担心地说："小声点儿，你们俩经常出门开会，我也不知是干啥的，我也不想多问。可是革命，那是造反，不是闹着玩儿的，那是杀头的罪！"阵雨温和地说："世事把人逼到了这个地步了，怕有用吗？梁山是逼上去的。官逼民反，民不得不反。"阵风霍地站起来，气愤道："反，反，反，说得轻巧，你们造反可以，可知会连

累一家老小的性命啊？"这是阵风第一次对自己的兄弟们发那么大的火。汪氏趁机插话："两位兄弟，我道你们常出去能捞个仨瓜俩枣的呢，原来是出去做这事的！咱人老几辈子，没有犯法男，没有再嫁女，门风清正。你俩出外行事，我要给你们提个醒，弄不好，会连累全家。你们心里可要装着一家老小的性命哇。"她看向杨氏与王氏，希望两位弟妹管管自家男人。

没想到杨氏开口却说："大哥，不是世事把人逼到这一步了嘛，试想，谁不想老婆孩子热炕头，过安稳的小日子？那些人逼得老百姓没活路了，才那么做的呀！"

文江说："革命！我看有必要。"秀英附和道："我看也有必要，这事就是被逼出来的嘛。"王氏也点头说："凡事都有因，事情都是被逼出来的。"见大家多数倒向支持阵雨阵雷这一边，汪氏无语，可阵风重重地磕磕烟袋锅子，说："辛亥年，不是革命了吗？结果，又咋样了？有啥变化？有啥用？"

阵雨说："哦，孙中山先生领导的一场革命，对咱百姓生活影响可大了，咋叫没有用呢？"

文江抢先说："有变化呀，记得小时候，我身后还编着一根长辫子，后来，被咔嚓一声剪掉了！"他想起道宗老爷子，又说，"连皇上的宝座都被革掉了！道宗老爷子那样官儿的官轿子也被革掉了呢，还有……"荣秀英说："还有，小时候，裹脚，痛得我寸步难行，可后来，突然又放开了，说是不兴裹脚啦，呵呵，这算是对妇女的解放吧？"阵雷击掌说："说得好，正是！"杨氏说："还是不兴裹脚好啊，你看我的小脚，到如今，都不敢见人。有时脚疼得钻心，但也要咬牙去干活儿。若是还兴裹脚的话，像文娟、文丽这样小的孩子，就已开始裹脚了。"文雪惊道："啊，把一双天足，裹成小辣椒状，那多难看，多遭罪啊！打死我也不裹脚！"秀英吓唬文雪说："你别把大话说那么早，到现在，还有人家要看新娘子下花轿那一刻，露出一双三寸金莲呢！"文雪又羞又怕，跳起来大叫："啊，要让我裹脚，我就不嫁了！"王氏说："还有一样变化，姑娘出阁前，前有刘海儿，后面束成马尾或披散着；出阁后啊，刘海儿就要梳上去，露出发际线，后面绾成髻。单从发型看就知出没出阁。现在走上街的女子，不分婚否，都流行剪短发了。"文雪说："可不是嘛，椒红表妹不就是剪成短短的学生头吗？可干练利索了！我也想剪成短发呢。"秀英说："你就快要出阁了，现在出嫁前，还是流行盘头，开脸，戴银瓦拢。你要是剪短了头发，那我为你定做的银瓦拢，不就没地方戴了吗？"文雪说："哦，那我还是留着长发戴银瓦拢吧！"大家又是一阵笑。文雪又说："我还是羡慕椒红表妹，人家可以出去读书，跟文涛在一个学堂呢。哦，男女同校读书，这不也是一个新变化吗？"

阵雷在一旁听了呵呵笑着说："是呀，这些都是咱能看到的鲜明变化哇。"王氏突然叹息一声说："唉，这——终究改变不了穷人家的命运，你看文涛……"

她摇摇头，不说了，脸上笼罩着一层轻愁。阵雷亦摇摇头，叹气道："唉，别说了！这事，顺其自然吧。"说着，文涛打外面回来了。大家惊问他为何回这么晚，他说："我把红妹送到家，在大姑家吃了晚饭才回的。"文雪对文涛说道："三弟，你以后别左一声'红妹'右一声'红妹'地叫了，你可知道，她已许——"她话到这里，文江忙从后面搡她，秀英一步抢过来，塞一块烧饼在她嘴里。大家都挤眉弄眼地示意她。文涛问："二姐，你说什么？"文雪意识到差点儿说漏了嘴，马上改口说："哦，我听红妹许、许过愿，愿你们好事成双……"文涛脸儿一红，笑了。

杨氏忙转换话题，说："今儿，文江与秀英到口子街上卖了些谷物，准备给文海与文雪办婚事，这不，粮囤就见底儿了，往后，全家人要过一段苦日子喽……"汪氏意味深长地说："唉，勒紧裤腰带，做好准备吧！"杨氏心里很忐忑，唯恐大家有抱怨。汪氏笑笑，不再说下去。

阵风吧嗒吧嗒老烟袋说："勒紧腰带，先紧一阵子，马上就会好些，绿豆湾那块地，好歹会多收三五斗！"

突然听到外面有人叫道："阵风大哥在家吗？"阵风忙出门看，来人是财主李阵星家的管家吕秤砣，忙招呼道："他吕叔，屋里坐，到此有啥子事吗？"吕秤砣进了屋，见了文雪就上一眼，下一眼地看。呼啦一下，杨氏带孩子们都撤了，吕秤砣的面部堆起了一片菊花纹，神秘兮兮地说："好事，我一来就给你家带来好事！""哦，什么好事，说来听听！"阵风问道。吕秤砣凑近了小声说："是这么回事，有人看中了你家的文雪姑娘啦。这人在口子街，家富族旺，生意占据半个口子街，是口子街上的名门望族。文雪要是嫁了他家，保管一家都跟着吃香的喝辣的！"阵风听了没言语。

"你要给我家文雪做媒？"阵雨问道。吕秤砣忙说："就是赖长贵，我家老爷的亲家翁！"

"哦，这确实是好事，多谢老吕哥，让你费心！赖家的公子嘛，我们穷人家的闺女，怎么高攀得起？"

吕秤砣说："哎呀，不用担心，是他家主动来攀亲的。俗话说得好，人往高处走，水往低处流。常言道：巴结巴结有钱的，喝汤就喝碗有盐的。赖老板看中了你家姑娘，是你家修来的福气。你说，摊上这等好事，是不是喜从天降？"吕秤砣说完，就鼓着腮帮子，一脸邀功似的等着阵雨露出惊喜的神态。这时，阵雨似乎听明白了，但他为了确认自己的耳朵所听到的，便问："你再说一遍，想让我家文雪嫁给谁？"吕秤砣喜滋滋地答："就是赖老爷本人啊！"

话未落地，他的脸上就迎来一阵唾沫雨，每一滴雨都像一颗愤怒的子弹，呼啸着喷射到他脸上。阵雨的脸涨成紫色，骂道："呸，难为你能张开这张猪嘴！他以为有俩臭钱就当天下都是他的？请你转告他，我家文雪就是饿死，就是砸了沤粪，也绝不会嫁给那个老色鬼！也请你闭上这张猪嘴，你要觉得他好，就留着给你女儿吧！"吕秤砣遭遇这么一场暴风骤雨，刚才绽开的一片灿烂的菊花纹，突地被瓢泼大雨摧残。但他揩了一把脸上的唾沫，觍出笑脸说："这——兄弟，别把话说那么绝嘛，人啊，说话做事都要给自己留一条后路。这事——往后再议吧。"阵雨强忍着一腔怒火，但阵雷却忍不住胸中之怒，骤然伸出钵盂大的拳头，砸向吕秤砣巴掌大的瘦脸，吕秤砣一看这势头不妙，忙拔开短腿跑去。

次日一大早，陈家来了几人走进阵风家大院，张口就说："你李家一个姑娘，能许几家？既然又许了别人家，就退聘礼！"说得阵风、杨氏都愣住了。杨氏说："这——没有的事，我家文雪，还是跟你陈家定的亲，哪里兴另许别家的？"陈家人半信半疑，问："当真？"阵雨一听，怒不可遏道："苍天在上，绝无此事！"李阵平听说此事，忙跑来，因为他是媒人，他来作证说李家绝不会做如此之事。陈家人无语，便回去了。可第二天，另一拨陈家人又来了，李阵平也被拉来，他脸色很难看，没好气地说："我开不了口，有啥话，你们说吧。"此时，站出来一个小老头，说："俺们此来，应主家所托，就是陈士武的老爷子讲老规矩，他要求你家姑娘裹脚！"啊！站在阵风大院里的人都被震惊了。阵雷跳出来说："现在都民国二十四年了，你们还流行裹脚？真是倒行逆施，冒天下之大不韪，滑天下之大稽啊！"那些人脸红一阵白一阵。但那老者仍坚持道："我们受主家所托，只管来传话。"阵雨怒回道："请你们转告他，我李家办不到。我家闺女宁可不嫁！"那老者似乎就在等这一句，说："陈家也不勉强你家姑娘，那就请退回聘礼吧！"文江怒道："分明是你陈家突生是非，你们想退婚，论规矩，我李家不退聘礼！"老者说："你们不退聘礼，陈家就要告官！"阵雷怒道："我正要告你陈家，倒行逆施呢！"就这么吵得不可开交。阵雨一跺脚说："解除婚约，我李家不稀罕你们的聘礼！请宽限几天。"陈家人私下嘀咕一阵，回去了。

杨氏惊道："啊，退聘礼？这下麻烦了，陈家给的聘礼，我还要拿去聘文海媳妇呢，这一退，会连累文海的婚事！可咋办啊？"阵雨说："这——借贷，让文海先借姐夫的钱，月月抵债。"杨氏说："不可，上次借姐夫的钱还没还清，怎好再借？"阵雨说："那——就向财主家借。"杨氏说："年前借他家的高利贷，还没还清，再借，利滚利，啥时是个头！"阵风唉了一声说："典地，把绿豆湾那块地典卖掉！""啥，要卖地？那绿豆湾的地刚刚到咱手里，还没收到一粒粮食，就卖出去？卖出去容易，再收回来，比登天还难！"汪氏紧张地说。文雪预感大事不妙，"哇"的一声哭着跑进自己房间。

此时，吕秤砣又登上门来，直截了当地说："你们要卖绿豆湾，员外说了，愿出高价收购，怎样？"阵雨说："不卖，给再高价也不卖！"吕秤砣说："兄弟，跟谁别劲呢？好吧。我还听说，陈家要求退聘礼，赖老爷说，他愿意出两份聘礼，一份替你还陈家，一份来聘文雪姑娘，你们意欲如何？"阵雨阵雷一起跳

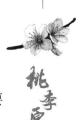

起来，扑过去要暴揍他，他又拔腿跑开。

　　杨氏突然起身，折了一根藤条，大叫一声："文雪呢？"阵雨忙问："你要做什么？"杨氏走进自家院子砰一下关死门，她走进文雪的房间，文雪正跟一头受惊的小鹿一般，可怜兮兮地在流泪。见母亲拿着藤条杀气腾腾地逼来，她不由大叫："啊，娘，你当真逼我裹脚？你打死我吧，左右是个死，就是被娘打死，我也不愿裹脚！"她把眼一闭，等着挨打，但听啪啪啪的藤条响，她睁眼一看，娘正在狠劲地抽打她自己。文雪哭着抱住娘说："娘，别打了，我裹脚还不行吗？"母女俩抱在一起失声痛哭，杨氏哭道："儿啦，娘没本事，娘实在没法子想了啊！"

　　杨氏拿把锁把文雪锁在屋里，出来说："明天一早找师傅来给文雪裹脚！"阵雨"嗨"的一声蹲在地上，一拳砸在地上。秀英说："荣家湾有一位老师婆，善裹脚。明天一早，我就找她来。"杨氏对文江说："明早你再到口子街走一趟，买些上好的药来。"

　　次日中午，裹脚师傅来了，管她一顿饱饭之后，她开始用热水泡药。杨氏打开文雪的房门，一看，屋内空无一人。她一惊，但心里松了一口气。她转过身来，看到了文江身后的文海。文海说："大哥什么都跟我说了，是我让言来兄弟把妹妹接到大姑家去了。我宁愿不娶媳妇，也不让妹妹遭罪，退回陈家的聘礼！"

　　文雪在桃花湾的大姑家，眉梢轻蹙，泪光点点。文涛与椒红都在，椒红骂道："陈家人如此迂腐，不可救药，这样的人家，不嫁也罢！二表姐何必为这样的人家动心牵情？"文涛与言来兄弟嘀咕一阵，便骑马出去了。

　　一片树林，枝尖上举起密密的嫩芽儿。林间一条小道上，匆匆走来一位瘦高的少年郎，眉目清秀，面带喜色。忽然，从树林里跑出三匹马，团团把他围住。少年吓得东奔西突，最后跪地求饶，说："小爷们，饶命啊，我，我把钱给你！"从马上跳下三位少年，他们是言来兄弟仨。三人也不搭话，言来抱住那少年，言富与言荣每人抱住那少年一只脚，脱掉他的鞋袜，就掰他的脚趾。少年吓得直声叫道："几位小爷，掰我的脚趾干啥？"此时，文涛从树林里走出来，说："给你裹脚啊！"那少年莫名其妙，问："啊，为什么要给我裹脚啊？"文涛说："敢问，这位就是陈士武吧？你家为什么倒行逆施，非逼着我二姐裹脚啊？"少年答："我是陈士武，敢问你二姐是谁？我何时逼她裹脚？到底是怎么回事？"文涛把事情的来龙去脉说了一遍。陈士武大叫："哎呀，绝无此事，定有人从中作梗！"

　　"啊，我们李家差点闹出人命！"

　　文涛让言来兄弟放开陈士武，扶他上马，一同到陈家说此事。陈家人一听大吃一惊，立即随文涛等人一起到李子园，找来李阵平，一同到阵风大院，跟杨氏、阵雨百般解释。原来那些"陈家人"竟是另有其人。

第 11 章

一 波 未 平

陈家人刚走，吕秤砣又登上门来，他进门就说："老爷要我给你们捎一句话……"阵雨已捏紧了拳头，但强忍着怒火，问："有什么话？有话快说，别磨磨蹭蹭的。"

"是这么回事——"吕秤砣清清嗓子，快速地眨动小眼睛，边琢磨边说，"老爷说，凡是李子园的土地，户主没了，就要销户，土地都要由员外收回！"阵风听了一震。阵雷跳起来说："地是文江磕头挣来的，全村人所共知，难道你们想抢去？"吕秤砣绷着脸说："没听说，普天之下，莫非王土吗？我家老爷是下河桥的主儿，所有的土地，都应该归他所有！"阵风忍不住了，说："那你们也要问问果香姐可答应！"吕秤砣脸上又绽开菊花，说："不要问了，你们还不知道，陶家已与员外家结成儿女亲家啦，那块地，不就是她女儿的吗？她女儿的不就是员外家的吗？哈哈哈……"

阵雷怒了，说："这块地是文江磕头挣来的，就是不给！看能咋着？"吕秤砣见他们兄弟几人态度强硬，便威胁道："你们给不给，看着办吧！到时，不要敬酒不吃吃罚酒啊！哼，我的话传到了，告辞！"吕秤砣后面的话，犹如火上浇油，更加点燃了阵雨兄弟的怒火，阵雷再也忍受不住了，他骤然向吕秤砣伸出拳头，钵盂大的拳头即将擂到吕秤砣蒜头般大的头颅上的那一刹，又变成搽开的五指，于是，一把大蒲扇般的手掌沉重地落到吕秤砣的瘦脸上，扇得吕秤砣犹如陀螺一般转了一圈又趴在地上。他爬将起来，什么也没说，捂着瘦脸，提起短腿跑开了。

吕秤砣走了，阵风有点忐忑不安。他埋怨道："你们俩——唉，有话不会好好说嘛，唉——"阵雨镇定地说："不怕，李阵星要怎么样，咱就要准备水来土

掩，遇河架桥，自有办法。"

次日，上午天空还是蓝的，风平浪静，阵风心稍安。中午，突然，刮来一阵阴风，乌云袭来。阵风家大院就被李阵辰带人团团围住，有几个家丁上来一阵乒乒乓乓地乱砸。阵风与文江出来抄起家伙与他们对峙。杨氏急忙跑来，大喊："别打了，有人把文雪抢走啦！"啊，李阵辰原来是使用了调虎离山之计，让赖长贵从后面偷袭，抢走了文雪。阵风正在着急之间，阵雨、阵雷领着乡亲们赶来了。光天化日之下，敢强抢民女？太无法无天啦！乡亲们也看不过去，便拿着叉子、扫把、扬场锹来助阵，逮到赖长贵的人一顿乱打，打得他们七零八落，那些人丢开文雪狼狈逃窜。李阵辰带着一帮家丁凶神恶煞地扑来。面对财主的强势，阵雷在乡亲们面前即席演说："乡亲们，看吧，这就是欺压我们穷苦人的一座大山，压在我们头上，吃我们的，喝我们的，还把我们踩在脚下，任意欺凌，是时候了，咱要扬起拳头，来捍卫我们做人的尊严！"

阵雨短短的几句话，农民们听了，感到震撼其心，一时群情激昂，发一声喊："跟他们拼了！"于是大伙儿拿起叉子、扫把、扬场锹，与财主的家丁乒乒乓乓打在了一起。家丁小乙被打得头破血流，捂着头狼狈地跑了。李阵辰望着小乙的背影骂一句"孬种"，接着又一挥手，命令："上！"其余家丁嗷嗷地直叫，再次凶猛地扑了过来，与农民扭打成一团。

农民越战越勇，家丁们节节败退，有的抱头鼠窜。李阵辰看势头不对，且退且说："你，你，你们等着！"他虚张声势地干号几声，也跟在后面仓皇逃去。

经此骤变，阵雨、阵雷一时不敢出门，怕赖家再来抢亲，怕李阵辰再带人来闹事。而阵风最怕的是李阵星找上门，不知闹出什么乱子，整日惴惴不安。

第一天，安然无事；第二天，没动静；第三天，仍没动静；阵风兄弟略略放松警惕。可第四天，李阵星突然来了！阵风兄弟一齐站起来，严阵以待。

阵风看见李阵星一枝独秀地立在院子里，左右看看，并没带其他人来。阵风端着烟袋，迎向李阵星，走到了跟前，甚至想恭敬地招呼一声"东家"。可他心里在敲鼓，嘴唇张不开，就这样，两人四目相对，一言不发。李阵星突然一咧嘴，呵呵一笑，朗声说道："阵风大哥，小弟是来给你们赔不是的。前天阵辰给你们惹了麻烦。都怪我那天不在家，我那个不识好歹的亲家胡来，让你们受惊了吧？也别怪阵辰啊，他年轻了点儿，不知轻重远近，受了别人的怂恿，才闹出这一出。这不，我一到家，就把吕秤砣、阵辰各臭骂一顿，也责备了亲家翁。我说，我和阵风大哥这一门是啥关系？尚未出五服的兄弟，哪能这么胡来？哦，这不，趁着阵雨、阵雷兄弟也在家，我此来，共作一处给你们兄弟赔个不是。"说着他深深地作了一揖。

阵风兄弟大感意外，面面相觑。阵风不知如何回应，只忙不迭地去搀扶李阵星，阵雨、阵雷冷眼旁观，在心里提防着他。李阵星这人，身材精瘦高挑；精瘦

的脸上挂不住四两肉，高高的鼻子是面部最高点，而两眼窝则是最低点。两只圆溜溜的小眼睛就好像落进最低处的两滴水，总是滴溜溜不停地转动。用村里人的话说："看看李阵星那双小眼睛，一眨巴眼睛就会生出万千个点子来。"

李阵星到来，不兴师问罪，反而赔礼作揖，令阵风颇感意外。但阵雨、阵雷兄弟想：太阳不会打西边出来，不知他会生出什么幺蛾子来，便警惕着他。

李阵星说："明日是我父亲的七十寿辰，借此机会，我请弟兄们和村里的父老到我家一聚，吃顿便饭。弟兄几个，还有大侄子文江，都去。不必随礼！"阵风乃忠厚之人，说："哦，是五叔寿辰到了啊，兄弟理应备些薄礼去庆贺！"

李阵星直摆手，说："不用，你我兄弟，不必客气！"文江说："我就不必去了。"李阵星急了，说："那哪行啊？都去，都去啊！一定要给我这个面子，不然，就是小瞧叔了！"他又口若悬河地说了一大车轱辘的好话，弄得阵风和文江都不好拒绝，只得应允。他走后，阵风蹲在院子里吧嗒吧嗒地猛吸烟袋，对俩兄弟说："这——李阵星唱的是哪一出戏啊？今儿个又是赔礼又是请吃饭，哪像往常那样，见了咱就横挑鼻子竖挑眼，跟一只乌眼鸡似的。"阵雨说："黄鼠狼跟鸡拜年，一准儿没安好心。他神三出子鬼三道，咱要静观其变。"阵雷说："明日吃饭，会不会是他摆下的鸿门宴，咱去不去？"哥仨商议一会儿，阵雨最后决定："明天的饭，就是鸿门宴，咱们也要去，看明日他要怎样摆这场宴席。"

次日一早，杨氏一脸忧戚地跟阵雨说文雪的事。阵雨想起来了，他喊来文江，让他把文雪送到上河桥桃花湾大姑家去，以免遭不测。文江便陪着文雪到了大姑家，说如此。言来听了便冷笑一声说："哼，那个老货，是记吃不记打呀！"言荣跑来接话茬道："打架？你们跟谁打架？"他满脸的兴奋样儿逗笑了大家。言来说："小弟一听说打架就来劲！"言来兄弟仨像一棵棵挺拔的白杨树，又高又瘦，但身姿矫若游龙，伶俐迅捷，骁勇善战。言来问："表哥，要去人架势吗？"文江说："咱约定，若午后我不来接文雪，恐怕有事，你们便带人去看看。"

文江回来后，阵雨安排大哥、阵雷与文江先去梧桐苑赴宴，他说自己到村里安排一下再去。当阵雨走进梧桐苑的时候，李阵星正在与来宾寒暄，看到他们兄弟进来，脸上现出一团惊喜，热情地招呼："兄弟们，里面请！"阵雨一看，在座的竟然有姐夫陶明昭！还有李阵平兄弟与吕胜利兄弟，另外还有其他几位村民。另一边是特邀嘉宾，都是方圆几十里有头有脸的人物，如有能掐会算的郎算盘，有荣家湾的财主娄员外，还有大鹏山的猎户武术世家吴车臣若干人。李阵星的女婿赖子腾亦在座，但不见他爹赖长贵，寿星老爷子并不在座，李阵辰也不在。

酒过三巡菜过五味，李阵星打开话匣子，对阵风兄弟说："冤家宜解不宜结，前日之事，别放在心里了，啊，兄弟们？"他给阵风兄弟端酒夹菜，殷勤备至，他说，"咱一家子，闹点小别扭，在一起坐坐，杯酒释恩仇。这叫打断了胳膊藏在袖子里，到不了外边，是不？"郎算盘与娄员外随声附和，陶明昭也颔首不已。

阵风微笑致礼。吕秤砣陀螺一般地转着帮衬着招呼人。

又过几道酒菜，李阵星的脸红得像猴屁股一般，醉意上头，说话张狂起来，他说："我家文玑如今在宿州县城警察局里已坐得二把交椅。"郎算盘与吴车臣一齐伸出大拇指，奉承道："贵公子将来前途无量啊！"李阵星得意地看一眼阵风，继续说："如今我又与陶老兄结为儿女亲家。陶老兄在上河桥与口子街上都算是首屈一指。我让文玑为仁儿在县城警察局里也谋一差事，不几年，他家千金嫁过来，与我家仁儿珠联璧合，哎呀呀，我家可就蓬荜生辉喽。以后我们两家变一家，我们万贯家业都是他们的。我们打江山挣家业，都是为儿女，我倾其所有，陶兄你也会倾其所有，家业由儿女继承，是理所当然的，你说是不是，陶会长？"陶明昭已经喝得微醺，不明其意，只应和道："李兄说得是！"

李阵星得了这句话，大喜过望，转头对阵风说："听到没，阵风大哥？"阵风稀里糊涂地点点头。

李阵星又举杯对着李阵平与吕胜利几人说："兄弟们很讲义气，为人两肋插刀。但我要奉劝兄弟几句，背靠大树好乘凉，抱得粗腿有靠山，以后弟兄们与小弟同心，谁敢惹你们兄弟，我第一个不乐意。"李阵平与吕胜利有点受宠若惊，连连点头。

他指着自己女婿赖子腾说："我们亲家翁，乃是口子街大户人家，家有良田百顷，口子街上生意兴隆，亲家翁的兄长贵为商会会长。多少人家欲攀附于他，尚不能得。若是入得他家门，马上麻雀变凤凰。古语说，一人得道，鸡犬升天。若是一女嫁得好，全家都沾光呀！是不是，郎先生？他家侄女，当了他的三姨太，一日三餐吃白米白馍，穿绫罗绸缎，使奴唤仆，何等尊贵！回娘家一趟，车送轿迎，何其风光！可胜却嫁穷汉，吃糠咽菜？"郎算盘忙欠身站起来，腰弯如豆芽，媚态十足地说："我家兄弟感恩戴德，不日还要再来谢李员外的大媒呢，老朽代小弟先敬员外一杯。"便洞口一开媚笑，而后喝酒。

阵雨几杯酒落肚，酒酣胆裂，李阵星的话，令他心海翻腾。他算是听出来了，这顿酒喝得可不简单，简直就是一场鸿门宴。他跟陶明昭攀亲家，话里有话，都是在打绿豆湾的主意。他对李阵平与吕胜利拉拢圈套，是在离间几家人之间的关系。夸耀亲家赖长贵，是在暗讽我不识抬举。阵雨意识到李阵星来者不善，把酒杯一放，看见大哥的眼皮在打架，已不胜酒力。他突然发现像陀螺一样的吕秤砣不见了，他的心咯噔一下，忙对文江使个眼色，便和文江借口如厕，走向门外。发现大门已锁住了，他们意识到情况不妙，忙从另一侧翻墙出去。

阵雨与文江大步走向绿豆湾。刚到河堤，就远远望见有人在绿豆湾田里低头在捣鼓什么。文江跑过去，近前看见吕秤砣正和小乙等几个家丁，用铁锨刨挖着什么。文江大喝一声："你们在干什么？"吕秤砣与家丁冷不防抬头，吓了一跳，吕秤砣支支吾吾地说："没，没干啥……"文江看见吕秤砣抱着地界石，藏进怀里。此地无银三百两，他们在偷挖地界石！

绿油油的小麦长势良好，青玉一般铺展在辽阔的大地上，一望无际，碧浪滚滚，再过一个多月小麦就要抽穗了。若是地界石被刨除，麦子长起来，文江家的自留地与租地，就没有界限，届时，李阵星兄弟就好做文章了。李阵星摆下鸿门宴，用调虎离山之计，明修栈道，暗度陈仓，瞒天过海，豪夺肥地。阵雨嘲讽地说："挖了地界石，这地就成你们的了？"吕秤砣强词夺理地说："酒桌上，陶老爷亲口答应了嘛，愿意把这地给女儿了嘛。"

阵雨冷笑道："荒唐。姐夫还没把女儿嫁过来呢，就想占人家家产，也太着急了吧？绿豆湾地归文江，已经铁板钉钉，谁想抢地，就要过我这一关！快把地界石埋回去，不然，我要你好看！"

吕秤砣说："咱商量一下，这样吧——土地归东家，你家接着种，到时交租子就行了，这不好吗？"阵雨说："没得商量，不行。"

吕秤砣苦口婆心地说："东家待你不薄，阵雨老弟，老哥劝你一句，识相些，这个年头，要长点眼色，要靠大树，抱粗腿。地给东家，姑娘给赖老爷，对你全家都有好处。你何必那么拧呢？"

阵雨气得照着吕秤砣的面门又呸了一口唾沫雨，骂道："你们东家要啥子我家就给啥子吗？做梦！你想攀高枝，你就把女儿嫁给老色鬼，何必让给别人？少在这里胡吣，还回地界石来！"

吕秤砣恼羞成怒了，骂道："真是狗咬吕洞宾——不识好人心。"此时，李阵辰带一群家丁降临，说："跟他们啰唆什么？小乙，上！"家丁们便摸家伙攻来。阵雨与文江都是身高九尺，能打仨携俩的个头，赤手空拳地与众家丁打起来，但双拳难敌四手，阵雨叔侄渐渐示弱，此时突然上来几个人，一脚一个，把吕秤砣与李阵辰端飞出去。来人正是言来兄弟！言来兄弟与众家丁们打起来了，家丁纷纷败走。吕秤砣丢下地界石，落荒而逃。言来兄弟本是打马来探，及时救了阵雨叔侄。文江赶紧埋好地界石，往家里赶。

未至家门，就看到一群人，闯进阵风大院，是赖长贵！他贼心不死，还想来抢文雪。阵雨怒吼起来了："老东西，欺人太甚！"言来兄弟扑上去，如狼驱羊群一般，一直把他们赶进了梧桐苑。阵雨与文江赶到时，李阵辰已经纠集好家丁，把住大门。阵雨很担心阵风与阵雷的安危，以前，就有穷人被李阵星关进小黑屋里被活活打死。阵雨忙跑进村子里去搬救兵。

梧桐苑里，陶明昭已酩酊大醉。李阵星趁此给郎算盘使个眼色，郎算盘拿出已写好的地契，拿着陶明昭的手，欲按手印。阵风已醉倒桌前。阵雷喝了酒，浑身乏力，动弹不得，但他心里还是清醒的。此时，有人捧茶过来，阵雷突然暴起，夺过两杯水，一杯泼向自己，另一杯泼到明昭的脸上，大喊："姐夫，醒醒！"明昭清醒过来，发现手被郎算盘攥住在按手印，便猛地抽回了手。李阵星眼睛瞪得像两粒子弹，射向郎算盘。忽然，大门外传来一片砸门声，打开大门，往外一看，只见三个小将，一人骑着一匹高头大马，立在门外，睥睨众人。李阵星大惊，吴车臣晃起来，轻蔑地说："李员外，莫怕，我来收拾这几个小蟊贼！"

言来往后看一眼，言荣急不可待地跳下马，往那里一站，像一棵细高的小树苗，吴车臣的侄子跳出来，身板像蒋门神，他直接对言荣身上猛地一扑，心想直接压扁了他。孰料言荣轻盈地从他腋下跳到他背后，一撅屁股，就把他撅趴在地。言荣身手伶俐，打法滑稽，门外爆发出一片笑声。此时，阵雨已搬来了救兵，村民们围住了大门。吴车臣的儿子怪叫一声，扑过来，却被另一位瘦高的少年拦住，此人是言富。吴车臣儿子也是大块头，像推土机一般直撞过去，眼看就要撞倒言富，只见言富从他肩上飞身而过，顺势一蹭，把他蹭趴在地，半天爬不起来。吴车臣的脸挂不住了，他还没起身，言来已飞到他面前。到底姜还是老的辣，吴车臣几次把言来踢趴在地；言来躺在地上，吴车臣踏步上前，意欲手撕言来。明昭的心不由得提起来。说时迟那时快，但见言来像一只小猫一样，起身一扑，抱住吴车臣的腿，一扭，一送，吴车臣便飞出去了，摔个四脚朝天。大门外，又爆发出一片笑声，羞得吴车臣爬将起来，带着自己的人旋风般地打马离去。

剩下李阵星在那里干瞪眼，李阵辰布置好的家丁，就像狗一样偷偷地溜去。陶明昭也拂袖而去。阵雷搀起阵风安然归去。站在人群中的阵雨说："大家暂且散了吧。"

李阵星懊恼不已，偷鸡不成反蚀把米，他便大骂出馊主意的吕秤砣。吕秤砣谄媚地一笑："老爷，不要急躁嘛，对付这些人，咱有得是手段！"

第 12 章

一波又起

柳暗花明，清明接近。节气迈着稳稳的步伐走向春之深处，小麦节节拔高，泼墨一般泛着浓绿，放眼望去，绿至天涯。但是此时，正值青黄不接，贫苦农民的日子，到了最难熬的时候。杨氏日夜操心，带头克勤克俭，领着秀英与文江，一边除草干活儿，一边设法度日。

近些日子，阵雨、阵雷更加频繁地出去开会，回来时就忧心忡忡，一脸愁容。一天，阵雨叫住文江，告诉他："我们要走了！"文江望着他一脸的凝重，急问："你们又要去开会？"阵雨摇头。文江问："那你们要到哪里去，什么时候回来？"阵雨摇头道："云深不知处！"啊？文江不知二叔今天说话为何如此神秘，他意识到可能有大事发生，便说："二叔，你和三叔处境危险，李阵星随时会来报复，李文玑会随时带人拿着枪来杀你们，你和三叔还是赶紧躲起来吧！"

阵雨镇定摇头道："躲起来，大可不必。李阵星、李文玑都不是我最担心的。"文江问："二叔最担心的是什么呢？"阵雨把文江带进后院磨房里，当时秀英在磨面，一头驴蒙着一块黑布在拉着石磨打圈转。他领着文江进另一个房间里。文江一脸蒙，不知二叔到底要做什么。

阵雨一脸的严肃，说："昨日我们接到组织命令，我们就要离开了！"

文江意识到二叔肯定有要事相托，他拍拍胸脯说："二叔，你有事，尽管托付给我！"阵雨说："唉，本来我想带来一颗火种，点燃上河桥、下河桥一带，可惜，上级交给我的任务，我怕完不成了……"他欲言又止，满怀期望地看着文江。

文江也严肃起来了。阵雨问："我们的组织是做什么的，你了解吗？"文江说："不是太了解，但我知道你们的组织。"阵雨问："我们的组织是什么？"

"共产党！"文江清晰而响亮地说。阵雨一惊，说："你已经知道了！"文

江说："我早已猜到了！你希望我加入你们的组织，是不是？"

阵雨问："你的意思呢？"文江迫切地说："我早有意愿，就怕我不够格！"

阵雨惊喜地望着他说："够格，够格！像你这样的青年才俊，我们求之不得。"他又意味深长地说，"革命需要火种，需要传递，我点燃了你，希望你把火种撒进这片土地，形成燎原之势。党的艰巨任务、沉沉重担就落到你肩上了。我现在就宣布，你举起右手来——"文江立即昂首挺胸，举起右手，握紧拳头，一句一句地跟着二叔宣誓入党宣言。

阵雨交代文江："我走之后，财主李阵星随时有可能来报复，这是我所担心的事情之一。注意，小事要忍，大事要靠乡亲们相助；再大的事，就去姑父家搬救兵，求支援，确保全家安全，要紧，要紧！"文江点头不已。

阵雨对文江谆谆教导一番，从怀里掏出一本小册子，塞给文江，叮嘱他好好学习，领会党的纲领精神。文江把小册子宝贝般地揣进怀里，发誓不负厚望。阵雨拍拍他的肩膀，满意地笑了。交代完文江之后，他与阵雷便即刻离家而去。

墨绿色的麦苗没过了小腿，一望无垠。杨氏打头阵，在田里除草，秀英、文江、阵风紧随其后。杨氏与秀英一边除草，一边把枝叶生嫩的野菜，如羊蹄子棵、紫荆菜、蒲公英、荠菜等收集起来，带回家当饭吃。以野菜当菜，以草当食的季节，农民看到野菜，就像看到发光的金子那般珍贵。农谚说："三月三，地里的荠菜赛龙丹。"荠菜，当春即发，莹莹绿意，像绿宝石般闪烁于干草丛里，吃在嘴里唇齿生香，余味绵绵。暖风和煦里，穷人们最惬意的事，就是挖荠菜，因为，挖荠菜一不要交租纳税，二不要挨打受骂。挖了一期，大自然抖一抖龙鳞，又馈赠一期，能让穷人美美地吃上好多天。除野菜之外，能充饥的还有树叶与花朵。比如说，清明前后，榆树把圆圆的榆钱儿撒满了天空，吸引着人们的眼睛，引诱得村里大人孩子纷纷爬上树，一串一串地捋着吃。吃过榆钱儿之后，穷人就盼望下一茬大地的盛宴，那就是洋槐花。你看，那盛开在绿豆湾堤坡上的洋槐花，一串串，一穗穗，如云絮如棉白，发着光带着笑，诱惑着人的馋欲。那丝丝缕缕的芳香，四溢开来，沁人心脾。花开时节，逗得村里大人孩子们嚷嚷地闹着，一夜花开，一夜花飞，很快被人摘食一空。

一棵小槐花树上，只剩下伶仃几串未开的槐花，饥饿的文波与米儿来到了树下。文江用双手托着文波帮他爬上树，便到田间劳作去了。骑在树枝上的文波在树叶缝里寻找零星开放的槐花，摘下后，自己吃几粒，又摺下几粒下去给米儿吃。可不久，就听到米儿大哭起来，文江慌忙跑过来，看见文波已倒在血泊中！李阵辰还在指着叫骂："槐花开了，我还没尝到一口鲜儿呢，就被你们这些穷鬼洗劫一空，哼！"文江愤懑地诘问："你们脑满肠肥，穷人吃糠咽菜，穷人家的孩子吃个树上的东西，也要受你管制？你非要看着别人饿死才心甘吗？竟对小孩子下黑手？"此时，干活儿的人闻声纷纷拥来,要找李阵辰算账。文江想到二叔的话——

小事要忍，便放走了李阵辰。

文波的头在汩汩流血，杨氏心疼得大哭，秀英看到后大吃一惊。文江赶忙抱起文波去找郎中包扎，总算保住了他的小命。秀英由于受到了惊吓，竟早产了，又诞下一个女婴。因秀英的奶水不足，婴儿饿得整日啼哭不止。文波因头痛加饥饿，呻吟不断。秀英产后因缺吃少喝，脸色苍白，病体奄奄。夜未央，死神仿佛已张开了翼翅，死亡的哀音似乎在这个农家大院里轰鸣。家里祸不单行，日子到了最难熬的时刻。面对惨状，阵风只能蹲在院子里，吧嗒吧嗒猛吸烟袋。文江几乎要瘫下去了，突然，他触到怀里的那本小册子，想起二叔的话，便迈步走进村子里，莫名地去找三黑。当走近吕胜利家大门前时，一个身材颀长、穿着光鲜的女人，背对他而立，那女人忽然转过头来，怀里抱着一个瓷娃娃一般的女孩，正与文江四目相对。女人看见他，那投来的一道目光，像一只马蜂，蜇得文江快速地逃去。那女人就是他昔日的初恋白梅。

文江走进李阵平家，看见吕秤砣正送一斗粮过来，李阵平在说着感激的话。吕秤砣挑衅似的看了文江一眼，三黑出来看见文江，问道："文江哥，找我有啥子事吗？"文江一时语塞，忙说："没，没啥子事！"他忙逃也般地走去。回来时，遇到吕秤砣的女儿吕敬兰，吕敬兰端着一包东西，揭开一看，是一瓢白面，她左右看看无人，便说："文江哥，我知道你家里有事，这瓢面你拿去。"文江一口拒绝了。吕敬兰说："我知道，你讨厌我爹，可我爹是我爹，我是我，这瓢面绝对跟我爹没关系。你拿去吧，帮你家渡过难关。"文江咬紧牙关说："多谢了，不用了！"他毅然抽身而去。留下吕敬兰在身后跺脚瞪眼。回去时，他有意躲开吕胜利家门前，绕道而行，可他却被红梅堵住了路。红梅捧出几个白馍馍，笑盈盈地说："文江哥，给，拿去！"馒头像雪团一样，白亮生香，令人馋涎欲滴，文江几乎要伸出手接住了，此时，有个身影晃入他的视线，他好像突然被烫着了一般，逃也似的大步走去，红梅大喊："文江哥，你家断顿了，你还死要面子活受罪！"他感觉有风在后面追他，便逃得更快了。

他回到院子里，阵风仍在吸烟袋。文江不忍心回到自己的房间听婴儿饥饿的啼哭声，也不忍心到二院里去听文波痛苦的呻吟声。他躲进三婶的院子里，拿了一把小斧头，发狠地在劈木材。三婶默默地看看他，轻声叹息。米儿来了，喊："爹爹，我饿！"文江脑海里晃动着那雪团般的白馍馍，还有白梅怀里那瓷娃娃般的女孩，而眼前的米儿瘦骨嶙峋。他愤恨了，更加发狠地劈木材。三婶盛来两碗野菜汤送至他们面前，汤是清澈透明的，上面漂着几片野菜叶。米儿喝得津津有味，文江如鲠在喉，怆然涕下。

大门外有车轮滚动的声音，文江出门看，啊，是文海回来了！他赶着一辆毛驴车进了院子，见到文海，就像见到救星一般，全家人都高兴地围拢来，杨氏走过来，文海对娘说："知道家里断粮了，我把这个月的月钱，折成了粮食，姑父还额外给咱二斤白面呢。"哇，简直是雪中送炭。晚上，全家人吃了一顿饱饭。还用白面做了一顿面条，优待秀英和文波。秀英有了奶水，婴儿喝饱了小肚子，不再啼哭；文波的伤痛也减轻了许多，不再呻吟。晚饭后，杨氏说："白面白米太珍贵了，可惜不经吃。"突然她一拍大腿说："哎呀，我都被饿糊涂了——我才想起，明天你们兄弟去场里掏麦穰垛吧，那里藏着些许麦粒。饥荒时，扒开麦穰垛，捡些麦粒，可救一时之急呀。"文海说："好，姑父允我两天假，明天我和大哥就到场里去捡麦粒。大家度过最难熬的时光就好了。"文江又恢复了热情，说："这些天呀，家里简直是度日如年啊！"

次日，风急云高，文江兄弟在东场里的麦穰垛里捡麦粒。突然一大群人拥进场里，喇叭声喧，有人拿着小喇叭在演讲。人群里有一瘦高个儿，鹤立鸡群，警装笔挺，威严趾高。啊，那人正是李文玑！

从人群中推出一个人来，那人被五花大绑，麻袋罩身，背后贴着条幅，写着字。文江大吃一惊，看那人身材高大，啊，是二叔？！文海愣住了，波澜不惊地看着眼前的一切。麻袋揭开了，露出一个血人来。只能从依稀的面貌上辨认，那人并不是阵雨。文江舒了一口气。村人陆续地被赶着过来观看，李文玑又一阵演说，那人"哈哈哈"大笑后，开始展开反驳。突然响起一声霹雳，那人倒下了，血溅七尺！有好多村民被吓得瘫软在地。

中午，文江从绿豆湾地里回来时，竟然看到自家大院里拥满了人，其中一人闪出，是李文玑！他在逼问阵风，让他交代出阵雨、阵雷的去向。

第 13 章

星星之火

李文玑带人包围了阵风家大院。

他们把院子里的人都轰出来，站在院子里，数人数，就连正在坐月子的秀英和襁褓里的婴儿也不放过。李文玑令手下进入各房间里搜查。屋里家徒四壁，只翻出些许破东烂西。找不出什么破绽来。李文玑阴鸷的小眼睛射出寒光，逼问阵风："家里还有其他人都到哪里去了？"阵风不知如何回答。文江挤进来说："我来答。我们都在，二叔三叔外出帮姑父销酒去了。"李文玑见了文江，一声令下："搜！"一说搜身，秀英感到大祸临头了，吓得脸色由蜡黄转为灰黑，因为，只有她最清楚，丈夫怀里日夜揣个"宝贝"——那个宝贝一旦被搜出，全家人或许就成了李文玑练枪的靶子！文江却很镇定，来人在他身上搜出一卷纸，李文玑命令："展开！"竟然是一包瓜种！秀英舒了一口气。李文玑还不肯善罢甘休，再次逼问："外出销酒，你说之言，有谁作证？"文江说："我弟文海可以作证！""证人何在？"李文玑紧追不放。四处找文海，却不见人影。李文玑厉声呵斥："哼，带走！"下令抓走阵风与文江。

忽地，一阵马蹄声响，跳下两个小将，一边堵住大门，一边大喊："把人留下！"来人是言来、言富。李文玑呵呵一笑问："来人是言来兄弟吗？"言来说："正是。"李文玑说："真是天堂有路你不走，地狱无门自闯来。我正要找你们呢，一块带走！"言来横刀立马，问："好大的口气，不知这位仁兄能带得走我吗？"李文玑拔枪，说："听说你很厉害，今日倒要领教。看看你的刀快，还是我的枪快？"言来说："五步之内，未必！"言毕，人到，刀到，兄弟俩飞身过来，左右夹击，用长刀逼在李文玑的颈下。钢刀的锋芒雪光凛寒，砭人肌肤，李文玑登时不敢动弹了。此时，人群里有人大笑："哎呀，误会，误会，都收了家伙，散了吧，散了吧！"是李阵星，他及时赶来做和事佬。又一阵马蹄响，言荣赶着马车来了，车上坐着陶明昭与文海。原来早上发生枪杀案之后，文江急忙领着文海到绿豆湾地里，把小册子埋进土里，并告诉文海二叔临走之前所托之事。他们回来时，在大桥那边，文江就远远地望见那么多人围住了他家的大院，他料到大事不妙。于是他叮嘱文海赶紧跑去上河桥搬救兵。陶明昭赶来时，看到眼前的场面，便脸现愠色，对李阵星说："都是家族亲邻的，何必相煎太急？别疑神疑鬼的，阵雨、阵雷确实是帮我去外地销酒去了，我作证！"李阵星忙抱拳作揖，说："误会，误会了，散了吧！"于是李文玑放开了阵风父子，言来兄弟也撤下钢刀。

风波过去，文江想：以后的暴风雨有可能更加猛烈。就此趴下，他为刀俎，我为鱼肉，其结果不堪设想。不在沉默中爆发就在沉默中灭亡。他再次走进村子里。

傍晚时分，村民总爱三五成群地蹲在一块拉家常。往日，文江走来，乡亲们都热情地与之打招呼，并拉住他闲谈。可今天，文江走到谁家门前，谁家就惊慌地"哐当"一声关上大门。文江心情沉重地回到家，秀英便问："咋的了？"文江皱眉叹气说："唉，现在，我进村串个门，家家被吓得连话都不敢跟我说一句！"

秀英想了想，说："你傻呀，刚发生了一连串可怕的事，谁还敢跟你打交道？谁不怕财主家人知道？不过，到田里就不怕了，因为田里干活儿的没有财主家的人。"

一语提醒梦中人，文江一拍巴掌说："对呀，我怎么没想到呢！"

次日，在田里干活儿的时候，文江多备些茶水和野菜馍馍。干活儿累了，就到田头歇息，便招呼左右邻居过来喝口水、吃点干粮。在缺吃少喝的年头，一口饭就能打倒一个英雄汉。一声招呼，走来几个年轻人，如三黑、长青、丰收等都聚拢来，蹲在田头，喝水，吃干粮，边吃边聊。他们在一起谈当局时政，聊外面的新闻。农民们也特别关心国家大事，爱听世界的风云变幻。聊着聊着几个年轻人七嘴八舌地争论开了。三黑问："哎，大家说，是枪厉害，还是刀厉害？"丰收说："嗨，还用问吗，三黑哥，傻子也知道枪比刀厉害啊！"长青说："未必吧，你看，那天，文江哥的两个表弟用刀逼得李文玑的枪照样派不上用场。"立冬说："陶言来兄弟是何等人啊？他们武艺高强，竟让刀胜过了枪！试想，若他们不会武功，其结果会怎样？"文良说："不会武功的话，刀在枪面前，就是废铁！"

三黑叹息一声说："唉，还是枪厉害，穷人手里要有枪就好啦，那天李文玑拿枪到你家翻家那会儿，我真想上去揍他，但就是不敢，不就是怕他手里有枪嘛。"文江便问："若咱穷人手里也有枪呢？"三黑一拍大腿说："哦，咱也有枪的话，那谁怕谁啊？"

夜，万籁俱寂，文江辗转难眠。他披衣下床，在房间里翻找文涛用过的课本，点亮油灯，读书学习起来。次日，他去了上河桥大姑家，翻找椒红订的报纸杂志

看；又走进惠风庐里看望道宗老爷子，老爷子正演说楚汉争霸的旷古风云。以史为鉴，文江深受启发。临走时，带了一包书回去。

此后，田间劳作歇息时，文江躺在田头，便抽空读书。一些年轻人围拢过来闲聊。三黑凑近来问："文江哥，在看啥呢？"文江翻身起来说："我给大家读一首唐诗——春种一粒粟，秋收万颗子。四海无闲田，农夫犹饿死。"三黑说："最后一句俺听懂了，说咱被饿死了。"文江说："这首诗就是说咱农民终年种田打粮，可照样还被饿死。为啥呢？"三黑抢先答："这还不明白，咱收的粮食多半交租子了嘛。"丰收叹气说："唉，放眼望望，种田的，都是咱穷人啊，可饿死的还是咱种田人。"秋生说："我弟弟就是饿死的！"文良说："我娘生了八个，千顷田里就剩我一棵独苗，其他的都是被饿死的！"

文江又读另一首唐诗："昨日入城市，归来泪满巾。遍身罗绮者，不是养蚕人。"

三黑说："我听出来，一个妇人赶了趟集，回来哭了，哭得很厉害，不知道她在哭什么。"大家哈哈大笑。

文江说："这诗说，一位养蚕纺丝的妇人，到集市上一看，那些达官贵人遍身绫罗绸缎，可都不是养蚕人，而真正养蚕者，没穿过丝绸。"

三黑说："哦，这世界就是这么不公平嘛，也没人管管呢！"

长青愤慨地说："不公平，谁管呀，那年我爹在苇塘里好不容易开一片荒地，被财主关进小黑屋，鞭打到吐血，最终把地霸占了去！"

文江说："恶人当道，已经有人来管了！"年轻人异口同声地问："谁来管？！"文江一字一顿地说："传——火——人！"大家一时蒙了。"什么叫传火人？"

文江答："共产党，就是那天被绑着到咱场上的人！"

"啊——"大家一时肃然。

文江问："怕啦？"

大家又肃然。

三黑突然说："这里谁、谁怕啦？怕的，回家给老婆焐脚去。"小伙子们哈哈大笑。长青说："文江哥，你领头，我就跟上！"

三黑问："怕的就不是条汉子，好，那，那我也跟上。算我一个！"

"算我一个！"

"算我一个！"

"算我一个！"

……

小伙子们纷纷表决。

三黑问："往下怎么做？"文江神秘地说："我们也要播种火种！""怎么

播种火种？"三黑问。文江从田头挖出一本小册子，他说："瞧！这就是火种，它会教我们！"文江动情地说，"这是共产主义的火种，我们要种下这个火种！"长青问："要做啥子嘛？"文江说："先加入这个组织再说！"唰地一下，小伙子们都举起了手。

文江说："加入共产党组织，要一不怕死，二不泄密；吃苦在前，享乐在后。在村里要有福同享，有难同当，互帮互助，能做到吗？"

"能！"

大家异口同声。文江说："举起你们的右手，跟我宣誓！"大家便举起右手一句句跟着文江宣誓。他们七人：文江、三黑、长青、丰收、文良、立冬、秋生，这就是最初的"下河桥七杰"。就这样，一颗不屈的火种，不顾荒野的风大，播种了下去，点燃了起来。

文江把小册子传给大家看，三黑接到手，瞧了一眼，马上又还给文江了，文江说："咋的了？"三黑红着脸说："里面的字它不认识我，我不认识它的，叫我怎么看？"文江悲凉地意识到，农民大多不识字。他心里一亮，说道："我在村里开个识字班，教大伙识字，怎么样？"年轻人一听都拍手赞同。

在三黑、长青等的帮助下，文江在村子里开起了识字班。

三黑家有三间牛棚，三黑腾出一间草屋，稍作收拾，拿来当教室。三黑抹平一块泥墙，丰收找一篓煤块。拿煤块在墙上写字，竟然也是"白纸黑字"，清晰醒目；用铲刀当黑板擦，方便实用。识字班就这么办成了，文江任校长兼教师，三黑、长青、丰收等既是学生，又是宣传员。听说办了识字班，村里人都觉新鲜，青年人都来凑热闹，三间破茅屋里竟然挤满了人。文江拿文涛用过的课本，把汉字、古诗等写在墙上，教大家念。久之，文江一边教大家识字，一边秘密地吸收穷苦的年轻农民加入他们的组织。

三黑给识字班起个名字叫"识字堂"。识字堂开启了农民的心智，诱发了他们的艺术才情，村人在这里唱京剧，说大鼓、讲故事……十八般武艺都搬上台来，这里成了村里聚散的场所，成了展示农民智慧的舞台，散发着无穷魅力，就连大姑娘们如红梅、绿云、吕敬兰等也被吸引过来了。那天，三黑放红梅、绿云等进来，唯独拦住了吕敬兰。文江说："让她进来。"三黑说："我怕她坏咱们的事。"文江说："不让她进来，才会坏事呢。"

这晚，识字堂里来了两个不速之客——小乙、吕秤砣。三黑拦住了他们。小乙说："怎么了，不让进，里面有鬼吧？"吕敬兰怕被她爹撞见，便躲起来了。文江出来笑脸相迎，说："欢迎，请进！"吕秤砣仰脸看墙上的字。看过什么也没说，转身走出。小乙出门时眼睛只顾往漂亮的大姑娘们身上溜，脚步踏出门槛的一刹那，三黑有意无意碰倒一根木棍，小乙一脚踩上去，扑通坐到地上，三黑忙上前说："哎呀，小乙哥，我看看，屁股可摔两瓣儿了吧？"大姑娘们哈哈大笑，小乙在姑娘们的笑声中狼狈而去。

次日晚，识字堂里便不见了三黑。吕敬兰跑来，对着文江耳语几句，文江脸色骤变，急问道："当真？"敬兰点头，并叮嘱道："可别说是我说的呀！"文江大喊："不好了，赶紧去救三黑！"文江带一行年轻人手里拿着铁锹、铁叉就向梧桐苑进发，十万火急去救人。

原来，吕秤砣作为李阵星的狗头军师，回去说："识字堂有猫腻。"李阵星问："有什么猫腻？"吕秤砣说："员外，您想啊，这识字堂早不办，晚不办，这时候办，就是李文江聚众跟老爷您对着干的。我感觉这识字堂就跟《水浒传》里的梁山上的聚义厅一样。"李阵星意识到：他的脚底下有一股危险的力量，在潜质暗流，悄悄涌来。他对吕秤砣说："你说的有道理，可不能任由他们聚集，以免做大了。赶紧命小乙找机会把文江抓来！"小乙走来，点头领命而去。可小乙并没有抓到文江，却抓走了三黑，把他关在小黑屋里，吊上梁头抽打，以报昨日之仇。

文江领人奔至梧桐苑门口，被李文理带人挡住。文江说："快快放了三黑！"文理结结巴巴地说："什么三、三黑，三白，统、统没、没见。"长青、丰收带人往里冲，李阵辰带领家丁堵住大门；秋生、文良翻墙从后面进去，又被李阵星带人堵住去路。三黑的爹李阵平带领一批农民拿着铁叉冲过来了，激怒的农民们暴动起来了，像洪水一般，掀起一股股惊涛骇浪，滚滚而来，整个梧桐苑都晃动起来了。在激战中，文江这边劫走了李文理，李阵星害怕了，双方经过谈判，才放出了浑身是血的三黑。

第 14 章

农家嫁娶

"五月华林宴，榴花照眼来。"五月的石榴花映日盛开，霞红似火，一朵朵，一团团，在万绿丛中燃烧着，摇曳着，点亮人们的眼睛，点燃人们心中的火焰，扫去春日的清寒，迈步走近青葱的夏日。在这春夏之交，榴火明艳之际，亦是人间宜娶宜嫁之时。

阵风大院彩云飘飞，双喜临门。杨氏当家指挥有序，文海先娶，文雪后嫁。

文海大婚之前，杨氏翘首东望，想盼来当家人阵雨的到来，给儿女操办婚事，可是最终还是失望了。杨氏只得与阵风、文江一同操办婚礼事宜。已订好了花轿和喇叭班子。操办婚事，繁文缛节，千头万绪，需要兵马炮齐，最重要的是要有人用。杨氏要文江安排诸如抬花轿送红衣、抱鸡等事宜的每一个细节。文江说："抬花轿的人手不用愁，有了识字堂，人手咱不缺。"他到识字堂一声招呼，小伙子们呼啦啦站起来多个，如三黑、长青、丰收等，小伙子个个都人高马大，抬起花轿像马儿跑。

文江说："抬轿的人手已不用愁，要紧的事情是送红衣。送红衣的领头人是个重要角色，他需要与娘家人斗智斗勇，只可胜，不可败；他须如钦差大臣一般，既要有苏秦、张仪之辩才，又要有诸葛孔明之智慧，方能不辱使命。"

杨氏说："是呀，选谁去送红衣呢？"杨氏正在犯愁。门外车马响，贺喜的客人纷纷来了。一骑红尘，言来兄弟骑马驰到，同时载来了言中、言华兄弟。文江迎上前去，表兄弟们喜聚一团。文江说："刚刚我正愁送红衣没合适人选呢，二位表弟来得正好，大表弟随我走一趟吧？"言中白脸儿一红说："我？我哪里行！"言华却毛遂自荐，主动请缨，他一拍胸脯说："看好了，这事交给我吧。"杨氏、文江大喜过望。文江又请了李阵平、吕得利等几位叔叔大爷同去，掌舵压阵。

　　杨氏说："还有一事，还要安排一位抱鸡郎，抱上头鸡。"正讨论着，文涛从学校回来了，言华说："我看就文涛表弟合适，他机灵着呢！"文涛懂得抱鸡背后的意义，他不乐意，便推给言富，言富说："我不干！"又推给言荣，言荣一翻白眼说："我也不干，我看文波小弟最合适。"文江说："不是胡闹吗？文波太小了！"文涛无奈："惨喽，我不入地狱谁入地狱！"

　　晚上了，仍不见文海回来。言华问："新郎官呢？"言中说："他在看酒店呢。"大家笑了说："大家都来了，唯独把新郎官给丢酒店里啦！"言中让言来骑马回家，送言青去口子街看店，换得文海回家。

　　夜晚，阵风大院里，灯明烛红。秀英在灯下缝一件大红被子，文波像皮球一样在上面滚来滚去。米儿也要上去滚，文江抱住不让，米儿问："小叔叔都滚了，为啥不让我滚？"文江说："米儿乖，这是大叔的喜被，只有男孩才能滚。"

　　文江在二婶房间里，铺一个大地铺，今晚兄弟们全都在上面睡。文江问言中、言华何时大婚，言中说："快了。"言华说："保密！"文涛夹在言来兄弟中间谈笑风生，脖子下的那颗绿色玉蝴蝶晃来晃去。文江看向窗外的一枝石榴花，他想到了榴花般鲜艳的椒红表妹，担心着文涛与椒红表妹之间未来的命运。

　　送红衣那天，文江带一行人刚到林家湾彩儿的家门口，把聘礼往地上一放，鸡啊、鱼啊、肉啊、酒水啊等盒子摆满了一院子，呼啦一下子，林家的七大姑八大姨以及近邻的娘儿们都围上来了，一边观赏，一边七嘴八舌地议论、品咂挑刺儿，就听有人怪气怪气地扬声叫道："乖乖，瞧，这鲤鱼多大呀，足有草鞋底儿大，十顿八顿吃不完噢！"另一人叫："嗬，瞧，这离娘肉，薄得有一张纸厚不？"又一人惊叫："瞧，这是一只公鸡吗？我以为是一只鸽子呢！"林家人在那里嫌李家送的鲤鱼小，猪肉少，公鸡不够大。一嘟噜一嘟噜的风凉话扫来，羞得文江俊朗的脸儿红一阵白一阵，感觉没地方放。阵风等长辈亦不便说什么。言华却满不在乎地嘻嘻笑说："褒贬是买主，任他们快活嘴皮子去吧！"等那些人品咂够了，言华开腔了，说："鱼不在大，有余就好；肉不在多，欢心就够；公鸡不在大，关键能踩蛋，鸡生蛋，蛋生鸡……鸡鸡仔仔，子子孙孙，祖祖辈辈，金山银山，富贵永远。大家说，好——不——好？"言华一副富家公子的装扮，尽管乱说一通，但言语又吉利，又滑稽，逗得那些女人们哈哈大笑，谁能说个不好呢？林家人也无话可说了。结果皆大欢喜，竟然顺利圆满完成任务。

　　娶亲那天，云淡风轻。文江领着抬花轿迎亲的队伍，浩浩荡荡地向林家湾出发。文涛怀里抱一只公鸡，鸡脖子里套一圈红布，领着文波走在队伍里。文江说："你带他干什么？"文涛说他自有道理。文波走路跟不上，文涛一把将他塞进花轿里，言华打趣道："人家是大姑娘坐轿头一回，你一破小子竟然先坐上了！"众人有说有笑地来到了林家湾。

　　有人端上了茶水，招呼迎亲人进屋喝茶。大家脚行十几里路，确实感到口渴了，正要端起碗来喝水，不料，眼前白团一闪，每个碗里飞进了两团棉花！文江俊脸窘红了，难为情地看看言华和几位叔叔大爷。女方家人开始刁难迎亲的人，男方家人须经一番斗智斗勇，方能抱得美人归。茶水里放棉花什么意思？棉花，有绵长、绵延的意思，意思就是你们慢慢喝吧，不喝干碗里的茶，甭想让发嫁。一些促狭鬼躲在一旁，偷着乐，看他们这些人怎样接招、拆招。

大家都不敢言语。但见言华嘻嘻一笑，弓起中指把棉花团弹飞，端起茶水一饮而尽，然后催其他人喝茶，文江等人如法炮制，弹飞棉花团，饮尽茶水，亮出碗底。

娘家人看他们拆了一招，就又给每人上了一碗白开水。清水荡漾，诱人渴饮，大家正欲喝水，唰唰，每一个碗里又撒进一撮青灰！三黑脾气暴，攥紧了拳头，文江按住他。娘家看客，目光灼灼，看他们怎么拆这一招。文江看向言华，见他还是笑嘻嘻的，伸头就去喝茶，并且打趣说："这泡的什么上等好茶？我品品！"他端起碗来欲喝，哗！哗！又撒进几撮盐来！啪，言华故意把碗一推，碗掉到地上，碎了！立即就有人圆睁怪眼，前来闹事，文江等捏了一把汗。就听言华咋咋呼呼地大叫起来："哦呀呀呀呀，这、这——这好兆头呀，好兆头，这叫碎碎（岁岁）平安，花开富贵呀，吉利呀！大家说，是不是啊？"

那些促狭鬼本来想找碴闹上一番的，一听言华这么说，在主人家大喜的日子里，倒不敢破坏这吉利彩头，便没有人敢出头开第一枪。于是，又拆了一招。

茶过三巡，林家人迟迟没有发嫁的意思。长青那几个轿夫等得焦急了。林家湾的促狭少年悄悄向文涛围拢过来，来抠"鸡眼"了！文涛羞得面红耳赤，把公鸡塞给文波，自己拔腿跑进人群里。因为文波人小，那些大人不好为难一个孩子。却上来一群小孩子来抠小文波的"鸡眼"，因事前文涛对文波有所交代，那些孩子一挨近文波，文波便哇哇大叫，把怀里抱的鸡扔了出去。那只鸡撒腿就跑。鸡跑了，意味着鸡飞蛋打，这对娘家是不吉利的。娘家人慌了神，便丢开文波去追鸡。这只围着红布的鸡跑进村里，可不得了了，吓得一个村里的鸡都连蹦带跳地跑。一群鸡没命地在前面跑，一群人没命地在后面追，满村的鸡飞狗跳，狼烟四起，迎亲的人看了哈哈大笑，反而弄得林家人脸上无光。

鸡被追回来了，新娘还没有发嫁的意思。无奈，言华让吹喇叭的人再催，一通响，不动；二通响，不动；三通响，仍不动。按乡村风俗，吹一通喇叭，就是催一次嫁，二通响，便发嫁；三通响，就起轿子。而这林家，催了三次还不肯发嫁，言华说，这林家真不是善茬！

林家到底又有人找碴来了，只见一人拿来一把碎碗片，递到言华面前，说："这没过门呢，就打碎碗，这叫不圆满哪，你说咋办？"言华明白他的意思，他接过碎片来数，一二三四五，他掏出两块大洋，递过去说："这碗我买了，算我的，行了吗？"

那人接过两块大洋，回到屋里。本以为可以发嫁了，但一等不发嫁，二等还不发嫁。太阳临近当头，五月的风惹人困倦。吃过酒宴的客人抚着满意的肚皮慢慢往外走。迎亲队伍已是人困马乏，三黑禁不住小声暴了粗口，言华小声接道："别急，再晚不误撒种！"他的一句俏皮话被林家人听到了，一后生突然揸开五指来打言华，其余人等揪住了三黑，文江挺立起高大的身材，喝道："住手！"后生说："闪开，我要教训这口吐恶水的浑小子！"后面又拥来几个不嫌事儿大的人，都扬起拳头要打人，吵吵嚷嚷，拧成一疙瘩。文江扬声说："你们只要打一下，我们的花轿掉头就走！我问你们，这个亲还能做不？不能结就散了，天不早了，我们该回去了。"

大家都僵住了，不知如何是好。此时，林彩儿的哥哥出来了，喊一声："发嫁！"立马发嫁了。

林彩儿的哥哥抱出满身火红的彩儿，歪歪斜斜地挪到花轿前，却扑地摔倒一跤，红盖头飞了出去，满头的花花翠翠的彩儿，也被摔倒在地，众人爆开了一阵大笑。彩儿的哥哥忙爬起来，抱起彩儿继续往花轿里塞，可彩儿立马被弹出来了，又扑通摔倒在地。怎么了？原来几个正在捉迷藏的孩子，躲进花轿里来了。文江像拎螃蟹一样，一个一个把他们拎出花轿外，众人又爆发出一片笑声，笑声一浪高过一浪，就连树上的一对鸟儿都被惊飞了。

彩儿才被塞进花轿，便立即响起唱戏般的哭声。论风俗姑娘出嫁时要哭的，声音哭得大大的，腔调拉得长长的，这叫哭嫁。林彩儿拉着长腔调，抑扬顿挫地哭，还一五一十，有板有眼地念唱——我的娘呀，我的亲娘，你怎么舍得我呀，你怎么舍得把我送出家门？我的爹呀，我的亲爹，你怎么舍得我呀，你怎么舍得……哦，瞧，还是对仗工整的唱词呢！

林彩儿在花轿里拉着唱腔儿哭，而林彩儿的娘则在院子里拉着唱腔儿哭——你怎么舍得娘啊？娘十月怀胎呀，从小一点点把你拉扯大，你怎么说走就走了，啊——哭声哀怨、伤感。这娘俩的哭唱，跟对花枪一般，一唱一和。有道是，嫁女儿是喜忧参半。

有人喊了一句："起轿——"

花轿一起，彩儿的爹林油翁便朝院子里泼出一盆水——这叫嫁出去的闺女泼出去的水。

半月之后，文雪终于可以出嫁了。

怕出意外，出嫁前一晚文江才把文雪从桃花湾接回来。仍请言来兄弟来保驾护航，又特把言华请来帮忙周旋。送红衣的人来了，言华也学着林家人的口气说鱼呀肉呀的如何小如何少，言来兄弟跟着起哄，文江笑道："少拿人开涮吧。"

文雪出嫁那日，天似乎不高兴，半黑着脸，好像憋着气儿。一大早，一顶挺华丽的花轿落在大院门前。文江有点意外：花轿竟然来那么早！没加多想，忙招

呼迎亲队伍入院喝茶，一碗碗大碗茶端来，一字排开。言华过来了，学着林家人的样儿，向茶水里扔棉花团儿，撒清灰，撒盐，看着人家目瞪口呆，一脸苦瓜相，言华乐得手舞足蹈。他又鼓捣言来兄弟出去抠人家抱鸡郎的"鸡眼"。文江阻止说："你少生点幺蛾子吧，看把人家难为的！"言华坏笑，"哈哈，真过瘾，此时不要，过期作废！"文海也笑话他恶作剧。两通喇叭响，文江便催文海抱出文雪发嫁。

文雪盛装出嫁了。但见她，下着百蝶穿花的石榴裙，上着卡腰修身的石榴红薄夹袄，凌波细步，身段袅娜，一副飘飘风荷举的轻盈态；往上看，鸳鸯戏水的红盖头，粉嫩的圆下巴欲露未露，一张美若霁月新开的嫦娥容。文江、文海用椅子抬起她，犹如托起一朵盈盈榴花，稳稳送入一顶花轿里。霎时，鞭炮齐鸣，花轿应声而起，迎亲队伍飞也般地向东南而去。言来骑马载着文海相伴花轿随行护送。杨氏脸上挂着泪滴，目送远去的队伍，疑惑地问文江："花轿怎么朝东南方向去了呢？"

文江在愣怔之际，忽地，又一迎亲队伍吹吹打打而来，一顶朴素的花轿停在门前，怎么又来一顶花轿？文江一看迎亲队伍，大惊道："这才是陈家的花轿！"便大叫，"不好，文雪上错花轿了！"一声喊，杨氏昏倒在地，院里院外的人，村人、亲戚，都慌成一团，文江大喊："快追！"先骑马飞出去的是言富，三黑操起一把榔头，大喊："兄弟们，操家伙，上！"

言来伴花轿正前行，忽听后面有人喊："停轿，那是赖家的花轿！"啊！言来跳下马，赖家人围住花轿挡住他，却不知言来是狂魔下凡，他挥开膀子就打倒一片一堆，把花轿都拆了，抢出文雪，交给文海。后面的人赶来了，追着赖家人扑打，文海紧紧护住妹妹，抢步上了言来的马，言来拨转马头奔回，身后留下言富、言荣、三黑等人与赖家人继续搏斗。

言来把文雪带回，直接塞进陈家的花轿。阵风一挥手，让陈家立即起轿，陈家迎亲队伍忙抬起花轿飞也般地向西南而去。清醒过来的杨氏脸上挂着泪滴，长出一口气。为防意外，言来骑着马殿后，阵风扛着榔头领着一队人马送行，过了五里亭，安然进了陈家湾，方回。此时上天才播下微微细雨，清清爽爽地下了起来。

第 15 章

错 爱 滋 生

夜晚，风雨过后，一夜星斗，杨氏心情也变得月朗风清。文海之妻娶进门，文雪终于嫁出去，事情有惊无险地过来了，虽然阵雨不在家，但事情办得到底算圆满。这过日子跟过河一般，一浪一浪地踩着过，但愿以后的日子像芝麻开花一样节节高。

文雪出嫁第二天，按当地风俗，娘家兄弟去看亲人。杨氏对文江、文海兄弟说："今天你们俩去看文雪，明日是林妮过门第十八天了，她娘家兄弟来接她回门，须要好生招待。"

次日，有风在树梢上呜呜地掠过。一早，文江、文海去陈家湾瞧看文雪，杨氏留下言华接待彩儿的娘家人。

秀英端来三碗茶水待客。茶水摆到桌上，三位客人刚想用茶，一看碗里竟然漂着棉花团儿，便面面相觑，尴尬异常。彩儿过来了，看见碗里的棉花团儿，脸色骤变，怒斥道："这是你李家的待客之道吗？"把三碗茶水都泼在秀英脚下，一掀桌子，把碗掀落在地，摔成碎片。秀英不知怎么回事，端茶的时候，碗里还是清澈干净的呢。彩儿继续吵闹："打听我是好欺负的，来到这个家就有人把我当成软柿子捏了。好，趁机我走了，散了，省了多心我来争份子，都让给你好了！"彩儿娘家人脸红脖子粗，离席瞪眼，要闹事。杨氏、阵风忙过来看，秀英的脸儿已臊成大红布，流出了委屈的眼泪。此时，言华咯咯咯咯地笑着进来了，拱手作揖道："二表嫂息怒，贵客息怒，这棉花团儿是我放的，跟大表嫂无关。"他拍一下其中的一位客人肩膀说："嗨，还认识我吗？咱不打不相识呀。这茶水里放棉花团儿，我还是跟老兄你学的呢。水中之棉，乃取吉祥如意，细水长流，锦上添花之意，这是好意，为何到这里反而大惊小怪了？"那位客人知道，原来是促狭鬼遇到了促狭鬼，便不好意思地笑了，说道："散了，开个玩笑嘛，都不计较了。"彩儿哼一下扭身走去。

林彩儿走进自己房间里，心里依然带着气，回想刚才秀英的窘态，似乎感觉很解气。她一见秀英就莫名地来气。这气从何而来呢？她脑海里再现自己出嫁那日情景：那日坐在花轿里，感觉花轿那么颠簸，自己的身子东摇西晃，连花轿里的凳子都蹦起来了。她便轻撩轿帘偷偷往外看，发现几个轿夫在跳着走，猜着他们是故意颠簸她的，知道他们是为拖延发嫁的事在报复她。她看见走在前面的三个年轻人，那个脸面白净、中等身材的，一副公子哥的促狭之相，看着轿夫出着洋相走路，整蛊她，便乐不可支；另一个是那抱鸡少年，颀长英俊，背着一个眉目清秀的小弟弟；最后一个，特别吸引她的眼球，只见那人身材高大挺拔，走起路来，龙行虎步，天然一副风流洒脱相；再看他脸上，皮肤虽不白，但光彩滋润，一双大眼睛，朗若明月，微微一笑，甚为倾城。彩儿望了他一眼，禁不住春心荡漾。她垂下轿帘想：若自己的丈夫和他这般长相，就是跟他吃糠咽菜也无怨。

三黑等抬花轿的人要歇息，便把花轿往地上一撂，彩儿重重地摔倒在花轿里，便听见那人说话了："兄弟们，轻点儿，再怎么样，也不要这么对待女孩子嘛！"声音里刚中带柔，柔中带磁，是那种最中听的男性嗓音。彩儿在花轿里不禁浮想联翩：这样一个迷人的男人，莫不是罗成再世？还懂得体贴女孩，不知哪个有造化的女子能得到他？那必须是一个天仙般的女子才配得上他。

到了家，新娘被簇拥进了二院，人们拥着催着新郎、新娘肩并肩地拜堂，而后，再就是夫妻对拜。彩儿透过红盖头下的流苏偷看新郎，发现新郎的身材比那人短了一大截，仅仅是中等身材而已，瞬间心便凉了半截。拜过堂后，她被人拥着送进房间给婆母敬茶，而后就是闹洞房了。其中有一个环节，要滚鸡蛋。大家肆意哄笑着，新郎文海在对面亦傻乎乎地笑着。她的眼睛透过流苏，在人群中搜寻那个高大潇洒的身影，却走进来一个干瘦的女人，这女人黄面皮，长脸膛，除了一口整齐的牙齿还中看之外，其他的就没有可圈可点的地方了。这女人端来一个盘子，盘子里盛着染了红色的生鸡蛋，还有花生、红枣、桂圆等，一团喜色地走到新娘跟前，不由分说就隔着红盖头在新娘的额头上转鸡蛋，边转边说："生鸡蛋，团团转；生贵子，早又快！大家说，生不生？"众人齐答："生——"女人又问："快不快？"众人齐答："快——"女人大笑，接着便撒花生、红枣、桂圆等，众人都趴在地上疯抢。女人失手掉下一颗鸡蛋，破裂了，鸡蛋黄飞溅到彩儿的红绣鞋与石榴裙上。女人忙弯腰拿袖子去揩。此时，那高大的身影出现了，众人喊他大哥，只见他走过来揽那女人入怀，并把她手上的蛋黄揩在自己身上，女人竟然露出一脸娇羞的幸福笑容，然后两人并肩走出去了。啊，岂有此理？难道这个干瘦枯黄的女人是他的娘子？！难道是老天瞎了眼了？！彩儿心里愤愤不平，莫名地生起气来。

　　夜阑人静，新郎文海带着几分醉意几分忐忑进了洞房，揭开新娘的红盖头。看新娘脸儿粉嫩，眉眼端正，模样倒也可爱。在烛光下，彩儿亦看清了新郎，但见他面若满月，白净饱满，模样倒挺英俊；但一看那两条短腿，再看那堆在脚面的裤管，她心又凉了一大截。心想，新郎与他的堂兄弟一比，失去了几多潇洒，折煞了几多风流？彩儿赌气不理睬新郎文海，别过脸去，对镜梳妆；她揽镜自照，看自己粉脸白嫩，目若秋水，心里想道：自己多少有几分姿色，却配得一个姿容平平的男人；而那个脸色枯黄无华，毫无半点姿色的女人，却嫁得一个令所有女人一见倾心的美男子。老天竟也如此不公！她低头看见她的石榴裙被溅了鸡蛋黄，仍散发着一股腥味，她认为这是折了她的彩头，从此便在心里窝了一口气。文海温柔地说："累了吧？快洗洗歇息吧。"彩儿仍不理睬文海，冷冰冰的，眼神飘忽不定。她钻进了鸳鸯帐，把自己裹得像粽子一般，纹丝不动，给文海一个大背脊。文海是个忠厚老实的小伙子，新婚第一夜，不敢多问，也不敢多动，便在另一头和衣而睡。不想，半个多月过去了，夜夜如此。今日因茶水之事，彩儿完全是借题发挥，故意拿秀英开刀，以泄心中闷气，然后赌着气回了娘家。

　　彩儿回娘家已多日，文海在口子街酒店里看店。言中打来了午餐，言华从学校赶过来，于是三人一起吃午饭。言华便打趣文海："你的小娘子，挺刁蛮厉害的呀，你降得住她不？降不住，我替你降去！"文海脸儿一红，没接他的话，只顾吃饭。言华对这样的话题最上劲，继续打趣他："像这般烈性的小娘子啊，你要降服她，她就变得娇憨可爱了；若降服不了她，她就像头倔骡子，踢踏个不够。快说，晚上，你能降服她不？呵呵呵……她黏你不？缠人不？"言中都笑了，文海却还是闷头吃饭，不予回应。他们喝着自家酿的口子美酒，文海不知不觉间喝多了，于是说出多日憋在心里的话，"每到夜晚，她就裹得跟个粽子似的，你们说，那算什么呀？我总不能强迫她吧！"言华拧着眉毛，好奇地问："什么，你一直在跟个粽子睡觉哪？难道说，你们一直还没洞房？"文海羞惭地低下头，"我，我就不明白，她，她心里怎么想的？"言中来一句："人家是害羞吧？"文海摇头，言华一敲筷子说："她不会心里有人了吧？我就说嘛，她不是个善茬儿。嗬，都怪你，一个大老爷们，能忍耐这么久，要是我，早就来个霸王硬上弓了！不行，你要提防着她，早早把她从娘家接回家，以免她跟别人跑了。今晚打一壶酒回家，喝足酒，酒壮英雄胆，哈哈……"

　　文海当真打了一壶酒，然后把彩儿接回家。夜晚，文海在卧室里，烛光下，摆上一盘小吃，一壶酒，他说："咱们喝一杯吧。"彩儿欣然坐下来，与之对酌，喝完了一壶酒，文海仗着酒劲，大胆地去撕彩儿的衣服，露出葱白般的肌肤。彩儿不喜欢懦弱老实的文海，竟然喜欢强悍猛横的丈夫。今日看他突然英雄起来，醉眼中，变成了她喜欢的那个人，于是便乐意与他卷入鸳鸯帐中。次日晨，文海一觉醒来，回想昨夜的张狂，惊慌地去看彩儿，看她依然在酣睡中，脸上还带着醉人的潮红。文海心里喜忧不定，不等彩儿醒来，便穿衣跑去口子街。至晚，文海带来些烧饼、糕点等给彩儿吃，看她温柔沉默、一脸娇羞的样子，他在心里也漾起新婚甜蜜的涟漪。至此，每次回家，他都不忘给彩儿带点好吃的，彩儿便从嘴角绽出一个灿烂的笑，他们也曾度过一段甜美的温柔时光。

可是日子长了，彩儿的好吃懒做的本性暴露出来了，惹得杨氏不满。文海多次在彩儿面前夸大嫂的贤惠与勤快，在暗示彩儿。彩儿一听他夸大嫂，便气不打一处来，到了晚上又把自己裹成粽子，不理他。每每早饭时，彩儿懒洋洋地去吃早饭，杨氏又在她面前夸奖秀英如何勤快能干，她听出来，婆婆是在敲缸卖盆地敲打她，她在心里更把秀英看作死对头，在心中恨着。每当她看到秀英和那个高大的身影在一起时，就不由得妒火中烧。一次，彩儿很晚才起来，去吃早饭，正遇文江赶来请示二婶预选玉米种子的事，彩儿忙起身，奔到房间里，擦得脂嫩粉滑的，才肯再回到餐桌旁吃饭，并招呼大哥坐着讲话。当她看到大哥不和秀英在一起时，心里便舒坦。她自己都感到奇怪，每当她见到大哥文江，心里就像揣个小兔子，怦怦乱跳，脸上发烧，她想控制自己却控制不了。

又是一个早晨，知更鸟在树上说着梦语，秀英起来了，杨氏、汪氏、王氏都起来了，大家都纷纷忙活着，准备下地干活儿。杨氏隔窗聆听，彩儿的房间里仍响着香甜的鼾声，便摇摇头，无可奈何地叹气。汪氏追一只花公鸡在打，边打边说："你这只懒鸡，早不打鸣，晚不报更，好吃懒做，白养你啊？"杨氏一听，便气不打一处来，她走上前抬脚就踩文海的门，大骂："文海，你这等懒猪，太阳晒屁股了还不起床，等着喝西北风去啊？"文海跳出来，套上他的小驴车跑去口子街。彩儿迟迟挨挨地起了床，蓬头垢面地坐下就吃早饭，杨氏不便直说，便示意秀英拉彩儿下地干活儿。秀英对她说："林妹子，早听说，你是点玉米的高手，今天咱到地里比试比试？"彩儿迟疑一下说："好吧，不过，我要先去个厕所。"秀英在外面等她，一等不出来，二等还不出来，就喊："林妹子，掉厕所里了吗？可要我捞你去？哈哈——"彩儿无奈，只好走出来。她见文江也在，便返回去画了副妆容，才肯和他们一同下田。

一天，文海直接跟彩儿说："你今后要向大嫂看齐，起早做饭，下地干活儿，做个勤快人！"彩儿一听，又妒又气："哼，又是大嫂，大嫂什么都好，我是不好，她，她好，你要她去呀！一家子就嫌弃我一个人！看我就像眼中钉、肉中刺一般，我并非不知。"文海说："你别胡乱走扯，谁拿你当眼中钉、肉中刺来着？别不讲理呀！"彩儿更加光火了，"哼，你们家过的好日子，一日三餐像吃猪食，红芋面窝窝头，野菜杂草当海鲜，吃的不如牛马，倒把人当牛马使唤。"文海忙说："小声点，别让一家人都听到了！"彩儿扬声说："我偏不小声，咋的了？谁爱听谁听去！"杨氏过来了，站在门外听，彩儿看见了更加扬声道："三天不见个盐蛋子，吃滴香油当过年。想当初，提媒的时候，不是吹嘘能挣大洋，保管吃喝不愁的吗？瞧，这一天到晚吃的啥喝的啥？还让人干那么多的脏活儿累活儿！"

杨氏隔窗劝导她说："林妮，大家都是这么过的，你看荣妮不也照样这么过？俗语说得好，勤是聚宝盆，俭是存钱罐。只要人勤快，日子就有盼头。我们家日子是苦了点，你就担待点吧，啊？"彩儿不依不饶地说："哼，我担待，谁担待我呀？"文海生气了，大喝："放肆，怎么和娘说话呢？"彩儿毫不生怯道："咋的了？我就这么说话！"文海气道："你——你不想过了？"彩儿说："不过就不过，谁怕谁？"文海生气道："不想过，就滚吧！"彩儿放声大哭道："好啊，你让我滚，是不是？好，滚就滚，不过，我不是滚着来的，是你家用八抬大轿抬来的，你再把我给抬回去！"

哭闹声引来了秀英与文江，秀英来劝架，彩儿总算找到出气筒了，便把满肚子里的邪火撒向秀英道："哼，你是好媳妇，人里人外都说你好，我哪里能比得上你呀，什么好的都是你的。"秀英被抢白一番，气退了。文海跺脚道："你是属狗的吗，逮谁咬谁？"文江便上来劝，他先批评文海道："要好好跟媳妇说话！"再劝彩儿，"林妮，别气了，我批评我兄弟了，你消消气，待会儿，我定叫我兄弟给你赔不是。"他又对文海说："媳妇是用来疼的，不能这么凶的。"彩儿一听文江这么说话，如沐春风，心里涌满了温暖，像吃了灵丹妙药一般，马上消了气，不吵不闹；洗净脸，仔细装扮一番，便雨过天晴。在她心里，有一种情愫，清晰而强烈地开始潜滋暗长起来……

第 16 章

兄 弟 同 恋

　　彩儿清晰地意识到，自己已爱上了丈夫的堂兄文江，心里翻江倒海，不能自已。可文江依然忙里忙外，照顾农活儿，又要照顾识字堂，并不知有一双燃烧的眼睛一天到晚地在窥视着他。

　　文海从口子街回来，告诉娘说："言中表哥马上要大婚，我照顾酒店很忙，怕顾不得回家，又怕彩儿在家跟娘怄气，我想带彩儿去口子街暂住。"杨氏说："让她去吧，眼不见为净。"起初，彩儿并不乐意去口子街，因她暗恋着文江，一日不见，如隔三秋。可转念又想，到街上住也好，学学街上人的穿衣打扮，更能增加几分姿色，便乐意去了。

　　明昭在口子街开了三家酒店：恒久、永久、久久。平日文海照看的是久久酒店，今日他进了恒久酒店，发现言中还没离开，一副心事重重的样子。言来骑马载着言华来了，硬生生地接走了他。

　　门前的池塘里，举出火红的并蒂莲的时候，桃花湾的陶员外家在大办喜事，整个村庄都贴满了红红火火的喜对子，红透半边天。陶家的凤仪楼上，里里外外花红飘锦，彩带飞霞，宾客盈门，鞭炮轰鸣，一顶大花轿伴着锣鼓喇叭吹吹打打地摇曳走来。大家互相拥挤着来观看婚礼最最热闹的一幕：新郎新娘拜堂成亲。新娘子一身火红，玉立在那里，新郎被推搡过来，却脸挂寒霜，即使手牵红丝带也显得很勉强，成亲的时候也是被人按着拜堂。最精彩的节目草草上演过后，新娘子被簇拥进了洞房，大家便欢欢喜喜地吃酒席去了。

　　夜阑更深，洞房花烛夜时，却不见了新郎的影子。陶家不敢声张。屋内，明昭在大发雷霆："在节骨眼上，这个孩子怎么闹出这等荒唐之事，反了！快去，掘地三尺，也要把他给我找回来！"言来兄弟骑马载着言华四处寻找言中。跑过

运河古道，奔到大河码头，一问渡船的艄公，说道："见到大公子过了河，好像往西南而去了。"他们便沿着运河古道追去，在森林深处的一个亭子里，发现了正在歇脚的言中，同行的还有蓝灵心！言华血往上冲，质问："大哥，想不到，你竟然拐走我的女人！"言中说："她是我的……"不容分说，兄弟俩便打了起来，言来兄把他们分开，一同强带回家来。言中当晚被押进洞房，蓝灵心跳进了蓝沱河。

半个月后，言中才回到恒久酒店，文海发现他似大病初愈一般，消瘦得形销骨立，令人戚然心疼。文海不敢多问，便默默地陪他喝酒，喝到面红耳热时，一向少言寡语、一说话就脸红的言中终于打开了话匣子。

"试问天下情为何物，直教人生死相许？"这个闷葫芦般的男人几乎是从内心深处呐喊出这般惊人的言论。文海不敢打岔，静心听他悠悠道出事情的来龙去脉——

原来，蓝灵心与椒红自幼同学，结为金兰之交。小学毕业后，椒红去了口子街读中学；灵心辍了学，在家待字闺中。但灵心并不甘心，她依旧向往着读书生活，渴求着知识。每次听说椒红从学校归来，两姐妹便相聚同游。椒红不仅给她带来报纸、杂志等刊物，还给她讲学校内外发生的逸事以及当政时局风云，所以，灵心虽身处偏僻乡下，但并不孤陋寡闻，内心里充满了新潮女性的思想，追求个性独立。

一个春和景明的日子，椒红从学校回来，在惠风庐里与灵心相聚，她们饶有兴致地在听道宗老爷子说书。道宗老爷子已经须发银白，一副仙风道骨，见了椒红便笑问："红辣椒，想听什么？"椒红点了《西厢记》。两姐妹边听说书，边交头接耳地说笑。言中一走进惠风庐，就一眼看见坐在人群中的灵心。见她身材修长，面容姣好，温柔似水，像一朵刚刚绽放的莲花，立在水中央，煞是引人注目。言中不觉看得痴了。

灵心一抬头，迎面碰到一双脉脉含情的眼睛，是那么炽热、火辣，感觉直灼心灵，不觉粉脸儿一红，站起身就走出去了。临出门时，蓦然回首，正与那一双火辣的眼睛相撞，登时碰出一片火花。灵心像一只受惊的小兔，跑出惠风庐。跑了几步，回首，又迎到了那火辣辣的目光，便又疾走。"和羞走，倚门回首"，频频回首情怯怯，动人之处撩魂魄——言中望着如此动人的灵心，不禁怦然情心摇。

椒红不知端底，她被灵心一连串的举动惊呆了，忙追出门外，问："咋的了，灵心，发生什么事啦，怎么突然就走了啊？"灵心手捂半腮，像一只受了惊的鸟儿，已经翩翩飞去。椒红转视身后，发现站在门外的大哥目光发直。椒红马上会意，便抿嘴一笑道："嗨，人家都跑远了，还看什么？"

言中不好意思地笑一下，又不由自主地望向远处那翩若惊鸿的背影以及那在

风中飞扬的大辫子和裙带，他迷醉了……

晚上，言中拿出两个荷包，一绿一红，对椒红说："小妹，哥给你两个荷包，这个绿色的给你，这个红色的嘛，可以拿去送给你的朋友。"椒红一摸那个绿色的荷包，感觉软软的；再摸那个红色的，感觉沙沙的，似乎里面有纸，便故意逗他："你说送谁啊，送我哪位朋友啊？"言中用中指弹弹她的鼻尖，笑说："你个小人精，知我者妹也……"

椒红约出灵心，交给她一个荷包。灵心打开荷包，看见里面一张纸上写了什么，便羞涩地笼入袖子里。

月光皎皎，夜色未央。打麦场草垛旁边，立着两个倩影，皎洁的月光将他们的身影投在地面上，拉得长长的，一个影儿身着长衫，大背头；一个影儿修长单薄，衣袂飘飘，他们正是言中与灵心。

在月明星光的交辉中，灵心的脸蛋更加美丽：方正脸，圆下巴，秀眉若画，长长的睫毛，忽闪忽闪的，像扑扇着的蝴蝶翅膀，眼睛仿佛比嘴巴还大。言中如痴如醉地欣赏着这张巴掌大的精美脸蛋儿。从此，每到月明之夜，灵心只要看到她家门口的那棵花椒树上，挂上一个小小的丝绸荷包，她就知道是言中回来了，便跑向打麦场的麦草垛后面赴约，言中已经在那里久候了。

他们俩的相爱，得到椒红的祝福。椒红欣赏灵心的胆识，一如城里的新潮女性，勇于追求婚姻自主，不再受父母之命、媒妁之言的束缚。灵心盼望着与言中相聚的日子，享受着佳期如梦、柔情似水的美丽邀约的时光。她时常站在门前花椒树下眺望远方，渴望见到心上人的身影。

一个傍晚，言华走至村头，看见一个亭亭玉立的女孩在一棵树下，往远处昂首眺望，待他走近，那身影却转身跑去，又回眸一笑，百媚顿生。霞光万道里，清风徐徐，那飘飘欲仙的倩影，曼妙无比。言华立住了脚步，看得痴痴呆呆。

当晚，言华西装革履，油头粉面地装扮一番，踏进了蓝媒婆家的大门。他借口说是来找灵龙老弟谈心的，可眼睛却盯在灵心的身上，寻机搭讪，"想不到，灵心妹子长成大姑娘了，常去我家玩啊……"灵心不搭理他，他便转攻蓝媒婆，与蓝媒婆攀谈，大侃城里的各种新闻、八卦段子。他侃侃而谈，言语俏皮，时常逗得蓝媒婆爆发出哈哈大笑之声。

他多次去蓝媒婆家，或是带些烧饼、油条、三寸芝麻饼等点心，或是带些丝巾、银饰别针、珍珠膏等礼物，把蓝媒婆哄得欢天喜地。言华频频走来与她攀谈，她作为一个媒婆能不会意？他八成是看上自家女儿灵心了。见言华出手阔绰，又是员外家的公子，她早就在心里默许了。

又一个夕阳在山的傍晚，言华走来与蓝媒婆攀谈，发现门前的一棵花椒树上挂着一个精美的小荷包，他便好奇地取下打开，见里面还有一张纸条，上写："花椒树上挂荷包，月明星辉草垛旁。"他以为灵心以此约他在草垛旁相见。他惊喜

交加，遂把荷包藏进袖中。等到月明东方，言华兴冲冲地走到村头的麦穰垛，见到的竟然是大哥言中。兄弟俩彼此一惊，都支支吾吾地找个借口，匆匆离去。

言华抢先向蓝媒婆表明自己的心意。蓝媒婆说："女儿虽是穷人家女孩，也须父母之命、媒妁之言，不可随随便便。"言华拍胸脯道："若你肯许，等我消息。"蓝媒婆便许诺于言华，灵心却强烈反对，蓝媒婆大骂道："你个死妮子，别不识抬举，这么好的人家，打着灯笼都难找，为何不嫁？"

又一个月明之夜，灵心依约来到草垛旁，见到言中。言中说："上次月明之夜，我在此等你，等来的却是言华，咋回事？"二人方知，原来那个荷包被言华截获了。灵心说："你兄弟已经抢先到我家求婚，我娘已把我默许给他了。咋办？"

言中大吃一惊，"啊，言华他竟然已抢先来提婚了？"一时惊慌无措。灵心说："与你相恋，实是动于心，纯粹一片儿女痴情，绝非贪恋你家的富贵。你我之间，若有儿戏，公子将来，仍可以三妻四妾，而我却无路可走了。"言中明白她的心思，忙说："岂可儿戏，我绝不负你。我即刻找媒人，三媒六聘，娶你回家。"灵心说："我有一愿，我虽为穷人家女子，但我宁做穷人妻，不做富家妾。"言中发誓道："都依你。"

言华得到了蓝媒婆的首肯，当即回家缠着母亲，托媒人向蓝家提亲。果香说："灵心确实是个好姑娘，人长得齐整，脾性温柔。只可惜，你爹早已为你们订婚，岂可娶她？"言华说："那就解除婚约呗。"果香说："胡说，婚约岂可随便解除的？你爹知道了，不打死你才怪！"言华说："我不管，我就要娶灵心。"果香说："想娶灵心，只有一个办法，那就是收灵心为偏房。"言华欣喜地说："只要能娶到灵心，收她做偏房也行。"

这晚，明昭在家开了个家庭会议，严肃地说："你们都大了，男大当婚，女大当嫁。为你们择妻或择婿，必须要讲究个门当户对。言久，你读了大学，你本身是金凤凰，必须给家里再引来一只金凤凰。"言久为人文质彬彬，风度雅祥，以笑作答。明昭说："你们三个，我已经都为你们订好婚约了。言中，订了孟家，言华订了郑家，红儿订了李家，不日看好日子，依序婚嫁。"椒红首先跳起来反对道："爹，都什么时候了，你还包办婚姻？我不要这样的婚姻！"明昭冷脸道："女孩子家家的，反对什么？婚姻大事，必须要依父母之命，媒妁之言！"椒红说："我就要反对！我不嫁！"明昭说："若不听话，明日不要到校读书了。"椒红哭道："爹，你偏心——"遂哭着跑上楼去。

言华说："我可以依约结婚，但必须答应我一个条件。"明昭说："什么条件？"言华说："必须答应给我娶灵心做偏房。"言中一听，简直五雷轰顶。他和爹爹一齐脱口而出："不可！"言华质问："为何不可？"明昭骂道："胡闹，正妻未娶，先定偏房。哼，心思不走正路！"言华说："爹，你不答应，我就不依郑家婚约。"果香为了缓和一下气氛，便说："收灵心做偏房，以后可以慢慢商量嘛。"明昭断然拒绝："不可。灵心,一个媒婆的女儿,到底门不当户不对,怎可入我之门?我辛苦半生打下家业,怎可让你胡搅和?"言中也想斗胆提出解除婚约,就听爹爹数落言华道："你能像你大哥一半听话,我也省心了。男儿就要像你大哥那样,有担当,承家业,撑门楣,做榜样,兴子孙。"言中一时有口难言。言华大闹："你不依我,我就不依你。这个家我不回了,婚我也不结了!"站起来就要往外跑,明昭暴跳如雷,便取家法,大喝一声:"跪下!"言华跪下了,明昭举起鞭子就要抽打,言久拉住爹爹劝阻道:有事好商量!言华趁机夺门而逃,他跑回学校不肯回家。被逼无奈,明昭这边只好做出让步,答应言华娶灵心做偏房。果香喜滋滋地打发媒人去蓝家提亲,蓝家立马喜滋滋地应承下来;言华这边心安了,而言中那边大不安了。

月明星辉草垛旁,站着两个泪人儿,言中与灵心相对而泣。灵心哭道："我马上要沦为你兄弟的玩物了,我岂甘受辱?我嫁谁不能做主,但死我终能做主,我只有一死了之!"言中亦泪如雨下,说:"娶谁我也做不了主,但我也说过,我绝不负你,你且等着,待我徐徐筹划。"在大婚之前,言中跟娘商量说,他要解除婚约。果香大惊问道:"你怎可胡来?你爹要知道了,就活活打死你了!你是家中老大,全指望你撑门楣兴家业,一切指望你带个好头儿啊!"言中无奈,就依照之前他和灵心二人的筹划之计,在大婚之时,只拜堂而不入洞房,他领着灵心私奔而去。在疾奔中,灵心崴了脚,没走多远,双双被抓了回来。言中被押进凤仪楼,言华骂大哥言中不仁,竟然从中横刀夺爱,拐走了他的女人。椒红出来作证:"二哥,大哥和灵心早就是郎有情妾有意啦,你才是那个半路上杀出来的程咬金,横刀夺爱的人呢!"言华狡辩道:"可我有父母之命媒妁之言,他呢?"

明昭把言中痛打一顿,押入洞房。灵心被送回蓝家。知道端底后的蓝媒婆便骂女儿:"死妮子,竟然敢私定终身!"但她又在心里欢喜地盘算:无论是嫁兄还是嫁弟,都是一样的,女儿这辈子富贵少不了了。灵心却打定了主意,决不易嫁,决不做妾,便趁夜半时分,风雨交加之时,跳进了蓝沱河里。

陶家这边吹吹打打把郑氏娶进门。

此刻言中对文海说:"我作为家中的老大,爹常教导我,要撑起门楣,做好榜样,要忍辱负重……人只知做男人难,却谁知做长子的男人更难?言华可以胡闹,言久可以讲理,椒红可以撒娇,而我只有服从。"

文海感慨道:"只知道做穷人难,却想不到做富家子也难呀!"言中醉醺醺地说:"要不,人一生下来就哭呢?穷人哭,富人也哭啊!"说罢便伏桌号啕大哭。文海心有戚戚焉,感叹:"人生本来何其短,却要为情受伤感!"

第 17 章

耿 耿 芳 心

一个晚上，阵雨、阵雷突然莅临识字堂，看到眼前农民学习的热情，了解到他们工作斗争的情况，大为感动和赞赏。阵雨建议把识字堂改为李子园农民会所，秘密成立以文江为中心的共产党组织，加强农民的组织性与斗争性。文江又秘密发展一批党员，连红梅、吕敬兰都加入了。

阵雨一直放心不下文雪的事，回到家中，知道儿女的婚事都已办齐，甚是欣慰。但见杨氏脸上布满了愁容，便问其因，杨氏说，她对文海的媳妇很是失望，儿媳好吃懒做，远不如秀英那般贤惠能干。阵雨安慰说："小孩子年少无知嘛，耐心地慢慢调教吧。"文海得知爹回来了，忙带着彩儿回家见爹爹，彩儿心有所惧，对阵雨喊一声"爹"就躲进房间不出来了，连晚饭也不敢来吃。

阵雷回到家，与王氏谈论文涛的事情。他说："涛儿渐渐地长大了，该给他张罗一门亲事了。我常不在家，顾及不了他，全靠你了。"王氏叹息道："唉，涛儿心里还是放不下椒红。"阵雷说："他知道椒红订婚了吗？"王氏说："我总不能一直瞒着他吧？他听说椒红已许配给财主的儿子，简直受不了。"阵雷也无奈地叹息："唉，姐夫看重的是门当户对啊，无奈咱家与他家贫富悬殊，劝涛儿理智对待吧。"

王氏把椒红已订婚的事告诉文涛时，文涛当即就跳起来说："啊，红妹订婚给李文璇了？我，我，我去找她去！我要当面问问她，她乐意吗？她甘心吗？"王氏赶紧把他拉回房间锁了起来，对他说："你傻啊，椒红不乐意不甘心又能怎样？这都是你姑父的主意。我知道，你和椒红自幼青梅竹马，心心相印，可咱与她家门不当户不对，咱高攀不起人家哪。"说着便抹起眼泪。文涛知道娘很为难，便冷静下来，他从颈下掏出那一颗绿色的玉蝴蝶，那一幕幕美好的往事纷至沓来。

想到将来，他不禁默默垂泪。一夜心乱如麻，剪不断理还乱，次日，他心里揣着一团乱麻返回学校。

夏日的脚步踏进中原大地的时候，椒红也怀揣着一团乱麻踏进了蓝灵心的新婚之家。

言中、言华先后被迫举行大婚，灵心伤心欲绝，便跳河自杀却未遂，在她看破红尘绝望迷茫的时刻，苗宏仁走进了她的生活。

苗宏仁是东西两村公认的俊小伙，自幼与灵心同学。他对灵心早就心生倾慕之情。可在一个偶然的机会，苗宏仁撞到了正在约会中的灵心与言中，他伤心地离开家，去投奔他大伯。他大伯在临涣街开一家小吃部，卖大碗油茶与临涣烧饼，苗宏仁便去那里帮大伯照顾生意。在那时那地，苗宏仁积极参加了各种集会活动，还参加过抵制日货的罢市游行示威，所以有机会接触到革命思想与革命党人。此次回家，听说言中与灵心被棒打鸳鸯，灵心自杀未遂。苗宏仁认为自己的机会来了，他便托媒人对灵心策马力追。可灵心已经万念俱灰，发誓道："此生我谁也不嫁！"苗宏仁急了，他从池塘里折下一朵荷花，直接闯进蓝媒婆家，到灵心面前，单膝跪下，大胆求婚道："嫁给我吧，让我照顾你一辈子，我决不让你受半点委屈！"灵心听了内心一震，她见苗宏仁身材魁梧，阳光帅气，尤其那一双明亮的大眼睛，清澈见底，仿佛一眼能看到他坦荡诚挚的心里，看到他的忠厚诚实的为人，灵心那颗一度枯干的心灵再度荡起涓涓涟漪，于是苗宏仁最终抱得美人归。

灵心出嫁后，椒红就难得与她见上一面。这日，椒红从学校归来，满腹心事，无处倾诉，便特意去苗家湾看望灵心。苗宏仁家的小院子里，长着一棵枝繁叶茂的石榴树，梢头依然在燃烧着并蒂红花，院里院外，青石小路，室外碧纱门窗，室内一顶粉色鸳鸯帐，里里外外皆显得整洁而温馨。

灵心端来一杯菊花茶放在椒红面前的小茶几上。椒红见灵心已经是一副新婚少妇的装扮，两条大辫子换成云鬓堕髻，更显妩媚温婉。椒红急切地问："他对你好吗？"灵心低眉说："还好吧。"椒红一笑，问："你还怨恨我大哥吗？"灵心鼻子一酸，但马上平静下来，说："怨有何用？女人总要嫁人的，嫁给谁都一样了。"椒红叹气道："我大哥也是这么说的，他说男人总要娶妻的，除了那个最想娶的人，娶谁都一样了。我知道，你们这都是出于无奈，一种屈服于命运的话！"灵心幽幽地说："覆巢之下，安有完卵？一计无情棒，打得鸳鸯散，哪一个不屈服于命运，也别无他法啊。"

一句话勾起椒红的伤心处，泪花在她眼里打转。"原来我挺羡慕你和大哥能婚姻自主，配得好姻缘的，谁知命运的变数这么快，也许怪二哥的横插一杠，也许……"椒红愧疚地说。灵心摇头道："怪谁都没有用，要怪就怪我们两家贫富悬殊，门不当户不对。我娘是媒婆，她最清楚这一点，自古及今，没有人能跳出这个圈子。用宏仁的话说，婚姻的自由，要建立在经济对等的基础上。经济上不

对等，婚姻就没有自由和平等。"

椒红说："门当户对又怎样，经济对等又怎样？我大嫂、二嫂的婚姻可谓门当户对了，可是，大嫂孟氏人长得高鼻大眼，为人也不错，也是个沉默寡言之人，但大哥与她无共同语言，关在一个屋子里，一天都听不见他俩说一句话。用娘的话说，不是一家人不进一家门，两个沉默人，一对闷葫芦！而二嫂郑氏呢，人长得又矮又矬，用二哥的话说，她就像一个大蒜头。入洞房那天，二哥掀起她的红盖头，当场就把人暴打一顿，然后甩袖而去，到现在也没回家一趟。听说他到学校跟一个女学生胡来，被我爹打了一顿，他更是浑得很，干脆一不做，二不休，公开娶了那个女学生做小了。为这事家里闹得沸反盈天的。唉，大哥、二哥的婚姻一开局，就预示了婚姻的不幸。"

椒红继续痛心地说："自古及今，天下女子为情所苦、为情所困，都是为什么？我自从知道被爹包办了婚姻，我就反抗，已经斗争好久了，我要解除婚约，爹娘就是不松口。我一想到我被包办了婚姻，就感到窒息，我决不会嫁给那个李文璇的，我连他是黑的白的都没见过呢，我坚决不会屈服于命运的安排！"

灵心说："既然你心里有了目标，就要鼓起斗争的勇气，大凡女子都是为情奋不顾身的。宏仁在临涣集接受了不少先进思想，他的思想也感染了我，他鼓励我要不断读书看报，所以外面的世界，我多少是知道些的。原来我们崇拜的那些女子勇于冲破家庭的束缚，走向外面读书，和男子一样抛头露面，著书立说，扬名立万，还勇于自由挑选意中人，诸如丁玲、庐隐、萧红、石评梅、林徽因等女士，像一串耀眼的明珠，熠熠生辉在男权世界中，令人刮目相看。你该向这些女子学习才是。前日，我读了一篇叫《蛾》的文章，是一位女士写的，她说：'女人对待爱情就像飞蛾扑火一般，明知扑上去，有死的可能，但仍然是奋不顾身。扑火的飞蛾，只要有目的，便不算胡闹。面对这不完全、不如意的人生，谁没有怨，谁没有恨，谁没有悔，谁没有怅惘？但只要为爱情，可以一切不顾……'天哪，这么直白的爱情宣告，这么大胆的爱情誓言，这才是一场轰轰烈烈而又勇敢的爱情哪，为爱燃烧，为爱牺牲，在所不辞！"

椒红拊掌笑说："灵心啊灵心，你说这话的时候，我是多么佩服你啊，想不到你足不出户，竟知天下事。真是士别三日当刮目相看啊！看来，你改变很大！"灵心羞赧一笑。椒红说："这些女子的事迹，这些文章我也有所耳闻目睹，可是——我，我纵有飞蛾扑火的勇气，但我的目标呢？我心中的灯呢？但愿我心中那个目标屹立不倒，心中的那一盏灯，永不熄灭，我才可以有飞蛾扑火的勇气。"

灵心警觉到她内心的隐忧，望着她美丽的眼睛，问道："咦，你是咋的了啦？你那么漂亮，追求你的优秀男儿还少吗？你看，石仲辉，陶言朗，你喜欢哪一个？"椒红摇头，气恼地说："那两个愣头青，哪一个我也看不上！"灵心故意问："那你到底喜欢谁？"她偏着好看的天鹅颈假装不明白。椒红推了她一下，说："讨

厌。"灵心扑哧一笑，说："呵呵，谁不知道，你和李文涛，素有宝黛之情！难道他不是你心中的灯？"椒红忧郁地低垂了长睫毛说："可是这盏灯，最近时明时暗，扑朔迷离，我猜不透他了！"灵心瞪大眼睛问："咋的了，你们俩？"

椒红蹙眉说："最近我也不明白，那灯火，时而明亮温暖，时而暗淡冷漠，对我忽远忽近的，让我感到模糊不清，就像春天的小草，遥看草色近却无，若即若离。"灵心问："他知道你已经订亲了吗？""可能吧。"椒红痛彻心扉地说。灵心说："难怪呢。"

椒红苦恼地说："可是，即使他知道我订婚了，也该明白我的心啊。我们自幼青梅竹马，早生情愫。那一对绿色玉蝴蝶——我们的信物——一直珍藏在彼此的身上及心里。可最近，他突然对我好像一副敬而远之的样子，多少次，我想单独找他谈谈，他见到我却故意绕道而行，躲躲闪闪的，与我说话时也是客客气气的，语气冷得让我无法焕发热情。但每次我回家的时候，他依然一路护送我到上河桥附近，才转身离去。我邀请他到我家里来，他却死活不肯。以往他总是一路把我护送到家，吃喝已罢才肯回去的呀。到了学校，他又冷漠得似跟我不曾相识一般，不肯与我多讲一句话。可那次，在篮球场上，我崴了脚，他第一反应就是抱起我飞奔到郎中药铺，并着急万分地问郎中：'有大碍吗？'当看到郎中笑着摇头时，他也笑了。可我的脚好了之后，他又恢复到对我敬而远之的样子。你说，他为什么这样对待我啊？"

灵心说道："好一个心热面冷的郎君啊。你没发觉，他在内心里关心着你吗？他依然是爱你的，爱得深沉，爱得火烈！"椒红惊喜地问："真的吗？你，你怎么能肯定的呢？"灵心静心地分析说："你不知道，大凡男孩子对待问题要比女孩更加现实，考虑得更加深远，更加全面。他知道你已经订婚，他无法改变这个事实，他只好把情感隐藏在内心深处，把自己的感情暂时压抑住。但一旦你的安全受到威胁时，他内心的情感就自然暴露无遗，这不证明他是爱你的吗？咯咯，傻瓜！"椒红捂嘴娇笑，垂下长长的睫毛，说："他既然爱着我，却对我若即若离，我，我该怎么办？"

灵心鼓励她说："刚刚谁还说，只要有目标，心里有一盏明灯，就敢飞蛾扑火的呢？你就应该去主动大胆地向他表明心迹，做出实际勇敢的行动，不就行了吗？"椒红又垂首娇羞地说："我，一个女孩儿家，怪不好意思的。还有——"她不无担心地说："那样的话——不知是什么后果呢？我心里没有底儿。"灵心说："自古有凤求凰，亦有凰追凤的，只要心中有爱，就该勇敢如飞蛾扑火，不是吗？女人能得一心上人，一生足矣，值得拿命相搏。既然你们彼此相爱，就去把握机会吧。西方人追求爱情就来得大胆而无畏些，西方亦有美丽的爱情佳话，如那《希腊神话》与《格林童话》里都讲过，那些女主人公为获得爱情，宁愿丢弃翅膀的亦有，扒鳞去脚的亦有，失音丧命的亦有。我国古代不也有很多美丽的

爱情故事传说吗？如梁山伯与祝英台，此生不得爱，就身化双蝶，天上人间，生生世世，不离不弃。你为爱，不敢牺牲什么？这时候，真的需要飞蛾扑火的勇气啊。"椒红郑重地点头道："说得好，飞蛾扑火，奋不顾身，我要勇敢一把。"灵心说："这就对了，你就应该那么做，一定要拿出飞蛾扑火的勇气，勇敢点，不怕！"

两闺密交心相谈，椒红把耿耿芳心都倾吐出来，从灵心这里获得满满的自信与勇气，欲辞别而去，却顶头碰到苗宏仁回家来。苗宏仁一见椒红便热情地招呼道："老同学，进来再坐一会儿，我为你们带来了好吃的，吃了再走！"椒红见了苗宏仁有点忸怩不安，不好意思起来，说："不啦，我就不打扰你们啦！"灵心一把将她拉回来，说："来吧！"

苗宏仁专门为灵心带来她爱吃的马蹄烧饼，还特地打一罐油茶带回来。当打开罐口时，里面还冒着热气呢。他把油茶一分为二，倒进两只碗里，边倒边说："这油茶与马蹄烧饼，是临涣镇的两大特产呢。"灵心拿来汤匙，喜滋滋地与椒红一起喝油茶、品烧饼。椒红喝了一口油茶到嘴里，感到滑溜浓香；咬一口马蹄烧饼，满嘴的酥焦脆香。心里暗暗羡慕灵心遇人之淑，嫁得如此一个贴心好郎君。心想：他们虽是农家贫贱夫妻，但也能你侬我侬地爱着，若得这般人间情爱，此生何求？

临走时，灵心送椒红到村头，椒红说："没想到，你和苗宏仁之间能琴瑟和谐，看到你们这样，真可谓只羡鸳鸯不羡仙，如此幸福美满，我真诚地为你而高兴，祝福你们啊！"灵心淡淡一笑，说："祝你也收获美满姻缘！"椒红涩涩苦笑，说："但愿吧。"椒红伸出手来，于是两只纤纤玉手紧紧地握在一起，然后挥手告别。

第18章

十八相送

椒红回到家，又向母亲提出解除与李家的婚约，又遭拒，便赌气提前回校。每次回校，都是由言来骑马护送她到街头，文涛早就站在溪河大桥头上迎接她。椒红见了文涛，内心里是喜忧参半，心事重重。

这次椒红带来好多好吃的，大包小包提着，文涛一把把地都抓过去，提在自己手里，替她提着。椒红说："我带了些好吃的：有馒头、酱花生、干豇豆，还有咸鱼干呢，待会儿分给你一半。"文涛客气地说："不用了，红妹，这些留着你自己吃吧，谢谢了！"一听"谢谢"二字，椒红的心立刻就跟掉进水井里似的，凉了半截，灵心鼓动她的话，让她欲言又止，如鲠在喉，极不自在。到城隍庙拐弯处，就是学校了，文涛赶紧又把大包小包还给她，椒红拣出几样送给他，他拒不接受，推让中，椒红有些恼了，文涛才肯勉强接受，又说声"谢谢"。椒红气得一跺脚说："请你务必把那'谢谢'二字省掉！"文涛抿嘴一笑，一溜烟跑了。椒红呆呆地望着他的背影，心里后悔刚才没有勇气说出什么，她在心里暗暗发誓："我早晚要对你说……"

学校男女同校不同班，不过，在校园里，在食堂里，在运动场上男女可以自由走动。

运动场上，男生在打篮球，围观者有男生有女生，打篮球的男生个个生龙活虎，奔腾跳跃，而当后卫投球的总是那个身材颀长者，女生们在尖叫喝彩，其中有一人总是脉脉含情地静静观望，而那身材颀长者蓦然回首，四目相对时，总会怦然一下，火花四溅，真情在偶遇中自然迸发。

突然，一个猛扑，一个转身，颀长身材者潇洒地一个抢球动作，跟一个奔跑者撞个满怀，两人同时倒地，颀长者的膝盖抢破了，殷红的鲜血登时滴落下来！

一女生一声尖叫，穿过人群，冲到他面前，拿出一方藕粉色的真丝手帕，迅速去为他包扎，顾长者不好意思地推开她，口里大声说："不用了，谢谢！"女生还是不顾一切地用她那方美丽干净的手帕缠住了他的膝盖。

两天后的晚上，一场风雨过后，晴日方好。初夏的夜晚，繁星点点，晚风阵阵，吹在人身上、脸上，清凉而舒服。借着微光，椒红与朱茵走到一个荷花池边，此时，圆圆的荷叶铺满了池塘，荷花有的袅娜地打着骨朵，有的含苞待放；粉的娇艳欲滴，白的透洁生辉。这里徐徐清风，缕缕馨香，直透心脾。椒红与朱茵不由得驻足，欣赏着这片美丽的景致。椒红启唇吟出"接天莲叶无穷碧——"，朱茵便接道"映日荷花别样红"。

朱茵说："咱们就以荷为题，对对子怎样？"

椒红说："好啊，好啊，把古诗句带'荷'字的说出来，还要与此时良辰美景相符，后者对出下句，并说出出处，对不出者请客。呵呵！"

朱茵一拍巴掌，跳着说："好，一言为定。我先来——"随口吟出"荷叶罗裙一色裁——"

椒红接道："芙蓉向脸两边开。《采莲曲》，唐，王昌龄。"

朱茵吟："碧荷生幽泉——"

椒红对："朝日艳且鲜。唐，李白，《古风》。"

朱茵吟："棹移浮荇乱——"

椒红对："船进倚荷来——出自隋朝殷英童的《采莲曲》。"

朱茵对她竖起大拇指。椒红说："该我先来了——荷风送香气——"

"竹露滴清响。欲取鸣琴弹，恨无知音赏。感此怀故人，中宵劳梦想。"

她们俩面面相觑，因这不是她们俩吟的，这个声音来自她们的身后。她们俩转过身去，发现身后突然走来了俩人，那是两个身材顾高的少年，一个是文涛，另一个是甄桐，接口吟诗的是文涛。在椒红听来，文涛好像是心有所指，他是借诗抒情传意，她便痴痴地望着他，定定地立在那里，动弹不了。看到此情此景，朱茵与甄桐知趣地悄悄溜了，醒悟过来的文涛也想走，椒红猛地想起灵心鼓励她的话："你就应该那么做，一定要拿出飞蛾扑火的勇气，勇敢点，不怕！"椒红忙喊："涛哥，留步！"

椒红的心咚咚地猛跳起来，面对最熟悉的人，却忽然感到陌生起来。但她终于鼓起勇气，抓住文涛的手问："涛哥，膝盖好了没有？"她突然又感觉自己太冒失了，便触电般地把手缩回来，此时的他们，毕竟不再是儿时两小无猜的时候了。她难为情地左右环顾，确认没有其他人，才稍稍释然，但她的脸颊发烫，她想：自己是不是犹如这眼前的芙蓉一般娇羞？

文涛爽然地说："好多了，那点小伤，算得了什么？还你的真丝手帕，我已帮你洗干净了。"脸上露出洒脱而坦荡的笑容，显得那么率性，那么俊逸，雪白的牙齿在星光下熠熠生辉。俊美的脸型，矫健的身姿，都映照在如水的地面上，投射出一个清晰的美少年的剪影。椒红低头，醉心地欣赏着这剪影；抬起头，看到他仍在笑，那是椒红最为痴迷的笑容。他们就这样，面对面站着，心，在狂跳；情，在起伏，却一时不知说什么好。静默，静默，清风徐徐，荷香缕缕，星星眨着眼，夏虫在呢哝，突然，文涛说："红妹，我要走了——"

"啊，你要走了，你要去哪里？"椒红感到很惊诧。

"宿州县城！"

"为什么？在这里读书不是好好的吗？"

"那里需要我，是三表哥让我去的。"

椒红再一次诧异了，"什么，是我三哥让你去的？他为什么不让我也去，只让你一人去？"

文涛小声说："三表哥和我通信说，近日日本人已经进逼到我热河省，对我中华大有蚕食鲸吞之势。中国需要众多有志之士去抗日，去保家卫国，我辈热血男儿，义不容辞。故此，我意欲前往，甄桐也愿同往。"

椒红说："既然如此，我也愿同往。"

文涛摇头，椒红焦急地说："怎么了？我为什么不可以去，我不可以抗日吗？"

文涛说："因为你已经不是自由身啦！"文涛的表情是萧瑟的悲凉，无奈的绝望，甚至是痛苦的怅惘，总之，是很复杂。而椒红的内心感受更是复杂，由于焦急、痛苦、懊恼，她的泪水骤然堵住了她的鼻腔，使她欲语泪先流，文涛惊心地问："红妹，你没事吧？"半天，椒红才抑制住激动的情绪，说："是的，我已经不是自由身了，我已经订了婚，我被束缚在封建婚姻礼教的柱子上了，身子不得自由，是吗？但这一切都是我想要的吗？我的命难道就这样定了吗？不，不，我、我不甘心，我绝不会就此认命的！"

文涛说："可是，这桩婚姻是姑父与大姑为你谋的幸福，门当户对，天配良缘，你现在是富家小姐，嫁过去就是富家太太。此生夫复何求？"

椒红急得直跺脚说："住口！别人不知我，难道你也不知我的心？我要什么门当户对，我要做什么富家太太？我要的是高山流水遇知音，我要的是琴瑟和鸣凤求凰。此生此世，我不求荣华富贵，但求一人懂。你懂吗？"

文涛摇头说："红妹，别耍小孩子脾气。一生荣华富贵，也是人生的追求，好多人一生追求尚不得呢。你应该体谅姑父与大姑的拳拳父母心，他们是为你好！"

椒红打断他说："别说了，我只问我的心，我只要求有人懂我。你——你好像变了！哦，你还记得否，我们曾经的誓言？"

文涛摇头，然后低头沉默。椒红恼了，说道："原来，我夜夜情思，天天念叨，却原来是一厢情愿；有人全然不顾我的一片心，真是'多情反被无情恼'，

却原来是我自作多情。若如此，倒不如，托身这荷池，也倒应了那'质本洁来还洁去'的心思。死了与荷花作伴，出淤泥而不染，落得清清白白，也比留在这不分清浊、不分好赖、无情无义的世界强！"她作势欲跳，可把文涛吓坏了，他一把拉住她，紧紧地抓住她的手，近距离地盯着她娇嫩的脸颊，在星辉皓月的辉映下，这张脸越发显得姣姣如初出之莲，皎皎似明月之辉，由于激动、气愤，已是泪光点点，有几分宛然的妩媚，又有一层巾帼的英气。她秀发披散，犹如一只发怒的孔雀，抖动着美丽的羽毛。文涛求饶似的说："红妹，咱们别互相折磨了！"椒红惊闻，愈加恼怒，反问："哦，什么？你以为我在折磨你？曾经的铮铮誓言，你都把它抛到九霄云外去了！我对你夫复何求？罢罢罢，好吧，很快咱们就不用互相折磨了——对了，我给你的玉蝴蝶呢？"

　　文涛迟疑着，未回应，椒红愤然地说："我就知道，你早已把它给扔了！"

　　文涛不置可否，却反问她："你问玉蝴蝶是什么意思，你是要把它收回去吗？"

　　椒红珠泪婆娑，决然地说："是的，我要收回去！我连那誓言也收回去！你不是说，我们是在互相折磨吗？把那只玉蝴蝶还给我，一了百了，咱们再也不用互相折磨了！拿来吧。"椒红催了几次，文涛迟疑着，站着不动。椒红冷笑一声说道："哼，我就知道你拿不出来。你把玉蝴蝶连同那句誓言都丢得一干二净，可笑我，还傻傻痴痴地在心里供奉着人家！为了人家甘愿做扑火的飞蛾。可笑啊，可笑！今天，我只愿守着这只玉蝴蝶与誓言，共赴莲花池。"说完，她再一次扑向莲花池。

　　文涛又吓一跳，一把抱住椒红，喊道："红妹，你看！"他解开长衫的领扣，缓缓地，缓缓地，提出一只莹然碧绿的玉蝴蝶。椒红惊愕一刹那，马上从玉颈上提出另一只莹然碧绿的玉蝴蝶，两只玉蝴蝶，在星辉中，在皓月下，熠熠生辉，比翼欲飞。此时文涛随口吟出："在天愿作比翼鸟，在地愿为连理枝！"

　　可是，椒红一把抓住文涛手里的玉蝴蝶，恨恨地说："晚了，心已死，还要这强求的誓言有何用？你还留着这玉蝴蝶做何用？还给我！"文涛死死拽住手里的玉蝴蝶，痛嘶道："我不给！我发誓，若你嫁人，此生此世，我不婚不娶，愿意守着这只玉蝴蝶，孤独终生！"文涛说完，珠泪滚滚。椒红的脸犹如一轮冲破乌云的明月，瞬间一碧万顷，皓月千里，脸庞上现出一抹带泪的笑靥，但仍佯怒道："你——尽来怄我……"她拿出那方真丝手帕，为他揩泪。

　　文涛笑了，笑得那么释然，那么意味深长，他悠悠地说："我哪里敢忘记那句誓言，一诺千金，至死也不会忘的。红妹，你难道不知我意？"椒红不由得把脚尖微微地挨近他。

　　文涛此时的心里，像风雨过后的天空，变得蔚蓝碧透，纤云不着。自知道椒红订婚后，他没有开心地笑过，贫穷的家境让他明白，他无法跟李文璇竞争，面对椒红的款款柔情，他冷漠之，淡化之，在心里筑起一堵自卫的墙，他压抑着自

己，强制着自己，把爱情化为亲情，以求得心理上的轻松。今天，他与椒红来了一次心灵上的正面撞击之后，彼此剖明心迹，心里那道自卫的墙轰然坍塌，整个人轻松愉快多了。

不过，他马上不无忧虑地说："看，起风了，我们回去吧。我们要面对意想不到的风雨。我就要离开了，你要小心！"

椒红说："嗯，面对什么样的风雨我也不怕，只要有你站在我的身后。你打算什么时候走？"

文涛说："快放暑假了，不久就走，不会太长。"

椒红说："到时，我送你！"

绿草萋萋，野花点点，彩蝶翩翩，文涛启程去宿州城。椒红一路相送，送至十八盘，文涛一再催促："红妹，就到这里吧，回去吧，再远，你一人回去，我不放心！"

椒红任性地说："不，我还要再送！我要像梁祝那样来个十八相送。"

文涛说："已经到十八盘了，倒应了十八相送呢！"

椒红说："咦，这里有个亭子，旁边还有一个荷花池，看那莲白如雪——送君别去花如雪。"

文涛马上对道："赠我明珠心似月。"椒红非常满意文涛的文思敏捷。她又指着面前的莲花吟道："水中花乃眼前花——"这是一句典型的情诗对子，文涛接道："眼前人是——"吟了一半停下了，椒红水灵的大眼睛似恼似喜地望着他，他捏捏她翘翘的小鼻子，吟出"眼前人是——心上人！"

椒红醉了，满脸桃红，椒红又道："天长妾当如蒲苇。"

"地久吾当如磐石！"文涛吟。椒红娇羞地眯起眼笑道："涛哥，你先去宿州，我很快就会与你相会。"文涛说："好，一言为定，我等着你的到来！"直到古道边，长亭外，夕阳落到山外之山，二人才依依不舍地挥手告别。

椒红回到家，再一次跟母亲商量："娘，我不想嫁人，我要去宿州读书！"果香说："啊，去宿州读书？女孩子家识些字就够用的了，读那么多书干什么？"椒红说："娘，新时代的女性不能只满足识些字就行了，女性想要独立，就要像男儿一样，读书，做事。涛哥都去宿州读书了，我为什么不可以去宿州读书？"果香明白了女儿的心思。她说："孩子，你是为文涛而退婚吧？"椒红低下头，再抬起头时，已眼含热泪，说道："娘，女儿的心思你是知道的，你何不体谅女儿的眷眷之心呢？"果香叹了口气，说："唉，知女莫若娘。我知道，你和涛儿自幼青梅竹马，可是，贫贱夫妻百事哀啊，你还小，你不懂。"椒红说："只要能跟涛哥在一起，我什么都不怕！"果香叹气摇头。椒红扑通跪下，说："求娘成全我们。"果香无奈地说："我说了不算，你跟你爹商量去吧。"椒红跟爹提退婚的事，陶明昭闻之大怒，从此把女儿关在家中，不准她再出去读书。

第 19 章

隐 情 若 现

六月初，西南风劲吹，三两场风，就把小麦吹得醉熟了。望去，蓝天下，原野里，一片金黄，麦浪滚滚，布谷鸟在蓝空中啼出血，催促人们割麦插禾。天下的农民早行动起来了，纷纷磨镰提刀，抢收小麦。可是，刚刚收割两天，西南风调转风头，黄淮大地吹来了东南风，大雨一场接着一场地下起来，北方的黄河似乎接到了信号，不失时机地南蹿而来，一夜之间，田野里麦垄里灌满了白花花的大水。金黄色的小麦，经水一泡，由黄变黑，都纷纷出了芽；虽然勉强能吃，但蒸出来的馍馍失去了香甜味儿和软韧性，老百姓失望地说道："煮熟的鸭子竟飞了！"

阵风忧心忡忡。杨氏叹息道："忙两忙，三两场。一碗水半碗泥的黄河水呀，你啥时能开恩、睁眼，顾念百姓呀！"

阵风宽慰道："好在天无绝人之路，今年咱们多添了几亩地，可以多收三五斗，不至于挨饿！"

绵绵不休的雨下了多天，终于收住了匆匆的脚步，太阳终于肯露脸了。没等麦垄里的水晾干，人们便迫不及待地去收割那些发了芽的麦子。这会儿，大家都忙得发了疯，怕老天再变脸呀。为了抢收，文海带着彩儿回家帮忙。

这些日子，彩儿在口子街学了些新潮的穿着打扮，头倭堕髻，身穿旗袍，翘屁股露大腿，在秀英面前，自以为很标致，很得意，显摆一番；而在秀英眼里，她那穿的什么啊，丑死啦，在心里笑话她。杨氏一见，更是气不打一处来。彩儿还是跟以前一样好吃懒做，大家再忙，她依然是那副懒散倦庸的姿态。杨氏看不惯，但也实在拿她没法，只好懒得搭理她。农忙时节，秀英忙得连两个孩子都顾不及，只好交代彩儿：等米儿、麦儿醒来的时候，请你来给俩孩子穿穿衣服，喂喂饭。彩儿心中欢喜，便满口答应下来。因为她有她的打算——正好一窥她心中的那个神秘的处所，见见她心中倾慕的人儿。

彩儿一大早精心打扮一番，来到大院里，一进门，就见文江在院子里低头磨镰刀，便喜出望外，心儿咚咚直跳。但她表面上很斯文地说："大哥，我来看看米儿、麦儿醒来没有。"文江猛地抬头，就见彩儿花枝招展地站在面前，低头摆弄手里的手绢。文江感激地说："唔，还没醒呢。你进屋坐吧，可能还要等一会儿。"又低头自顾磨镰刀。彩儿没话说，只好扭身进屋。

彩儿进屋，用眼睛巡睃房间，总想挑一个纰漏拿出来好去笑笑秀英。但见房间里，几件破衣柜、旧床铺，却显得井井有条：单的、棉的衣物都折叠得整整齐齐，排放得层次分明；床底下，布鞋、草鞋、毛窝鞋摆放得一行行；地面上扫得一尘不染。不大的房间里，显得干净利索，空阔有余。彩儿在心里与自己房间作比，想到自己的衣物、鞋袜这里一团儿那里一堆儿，乱糟糟的，不由得脸红了，心里又佩服又妒忌地想道："哼，人丑活儿不丑，难怪，有人拿她当活宝！"

彩儿又折回院子里，没话找话儿说："大哥，你的鞋是谁做的？"

文江一笑，说："除了你大嫂，还有谁能为我做鞋？"

彩儿端详一会儿说："哎呀，照我看，这鞋脸儿挺俊的，但鞋前口开得有点太大，就大煞风景了。我说呢，大嫂总不是万能的，总有一漏。人俊出俊活儿，人丑就出丑活儿，做活儿跟做人是一样的。大嫂人是好，但就那长相……呵呵，大哥，你觉得你们俩般配吗？"

文江不知彩儿何意，便答道："怎么了，你大嫂太优秀了，你觉得我配不上她吧？"

"大哥，你真会说笑话，我初次见大嫂，我以为你们俩不是一对儿呢，她看上去，要大你十岁，真真是，一个是天上云，一个是地下泥，真的不配。"

文江忙解释道："你大嫂生了两个孩子，操劳过度，累的，摔打坏了身子。你不知道，想当年，你大嫂可是个美人坯子呢，身后拖两条大辫子，细腰一握，走起路来，扭呀扭的，如风摆杨柳，可好看啦！"

彩儿听了哈哈大笑，说："就她？哎呀呀，我可知道什么叫情人眼里出西施啦，我算是见过了。我说大哥，若说，你是那戏台上的杨宗保，她充其量是那烧火的杨排风，我便是那挂帅的穆桂英。若是你扮那征西的薛仁贵，我便是那苦守寒窑、痴等你十八年的王三姐。"

文江听她说话走扯儿，便抬头看她，但见她脸生红潮，花眼生情，笑意泛淫，他吓了一跳，忙低头说："林妮，别走扯儿了，听听米儿、麦儿醒来没有，我要下地了。"然后站起身来拽步走开，留下彩儿独自愣神，她痴痴地望着文江俊逸的背影远去，才肯走进屋里去照看米儿、麦儿。彩儿给米儿、麦儿穿好衣服，领进二院里，交给文秀喂饭。然后回到自己房间里，揽镜自照，脸儿火烧满霞，艳若桃李。她恨文江，有眼不识金镶玉，这么娇美的人儿却不来赏……

大水过去，村里受灾最严重的要数三黑与吕胜利两家。文江组织村里的党员与积极分子先去三黑家帮忙。连梅芳、绿云、红梅等几个姑娘也来了，大家没想到的是吕敬兰竟然也来了，村里人都厌恶吕秤砣和他儿子吕敬飞，但没人厌恶他女儿吕敬兰。三黑和他爹李阵平非常感激大家，尤其是三黑看到红梅来帮忙，激动得脸儿都红了。

文江带人去帮助吕胜利家收割麦子，秋生对文江耳语几句，文江无可奈何地摇头走开了——都是因为文江和白梅当年闹婚变，到现在吕胜利对文江仍有介怀。

文江闷闷不乐地回到家，碰到林彩儿无故献殷勤，一会儿端茶，一会儿送衣物。一连多日，文江一单独在家，就被彩儿堵在门口纠缠，他想发火，但又碍于情面，不便发作。

忙活了一个多月，终于把麦子收好。麦子刚放到囤子里还没焐热乎，催租子的就进了门。吕秤砣带着账房先生还有小乙进了门，账房先生拿出算盘噼里啪啦地打一阵，然后说："你们三家租地二十亩，按每亩收粮三斗，每亩免半，需实交租共四十斗。自留地九亩六分，每亩需交一斗五，需实交十四斗四，零头去掉，共需交租五十四斗整。"

吕秤砣挤出一堆笑纹说："怎样，阵风大哥，没算错吧？考虑到你和东家是近门，零头该去的去了，还算够意思吧？"

阵风磕磕老烟袋说："其实，今年小麦歉收，又遭水淹，你们是知道的。在年成好的时候，一亩地或许能收到三斗麦子，在歉收加遭水淹的年份，一亩地收不到三斗粮呢，有的地，靠河边低洼处，连二斗都收不到。大姐给的那块自留地，论说不该交租子的吧？自留地，自留地，怎么还要交租子呢？还是再减免些吧。"

吕秤砣眼珠子一白，说："减免不了。自留地，已经少交一半的租子，还要减免到哪儿去？"文江质问道："以往没听说，自留地交那么多租子的，今儿个，为什么要交那么多了呢，什么时候新规定的？"吕秤砣眼珠子又一白，揶揄道："不知道，以前与现在，多与少，我说了不算，就是东家说了也不算，这是国税，要问你到县府问去！别难为我和账房先生！嘻——"

说过带着账房先生迈开短腿走开了。剩下阵风吞云吐雾，困坐愁城。辛苦一年，打下的麦子，未来得及给孩子们做一顿白面馍馍吃，就要白花花地流进财主家的粮囤里了，心里真是万般不舍，但又万般无奈。文江磕头挣来的绿豆湾那块地，指望多收三五斗，冬天里，全家指望它能吃上一冬的驴打滚的花卷儿馍馍，也要成泡影了。阵雨、阵雷此时回来了。他们看到大哥的愁容，也在叹气，阵雷则一锤砸在墙上，好像在质问老天："岂有此理？"秀英笑说："今年盼着明年好，破褂子改成破小棉袄——没啥变化！"杨氏叹息一声："自古道，阎王不怕小鬼受罪，没吃的也要交皇粮！"

陈雨与文江扛着粮食麻袋一趟趟送去梧桐苑。三黑、秋生、立冬等众乡亲都在送交租子。文江站到囤子上，帮助众乡亲把粮食倒进财主家的大斗里，然后再倒进粮囤里。隔壁有人讲话，是小乙的声音："拿把尺子量量。"吕秤砣说："拿那把黄色的吧，那个短二分的。"文江脑子一激灵，想起当时丈量土地时，就是一把黄色的尺子，文江走进里间，吕秤砣与小乙一时慌乱起来，正想躲避，文江赶过去，一把夺过吕秤砣手里的尺子，手又被钉子划一下，他脑海里回映出当时丈量土地的那一幕，他也是夺过一把黄色的尺子，也是被尺子上的铁钉划了一下。文江端详着这把尺子，又拿了另一把尺子一比较，果然短了二分。

文江笑道："猫腻都在这里了！"便大踏步走出去。对着人群大喊道："乡亲们，我发现个大秘密——"

什么秘密？大家停下手里的活儿，都聚拢过来。文江举起手里的尺子，吕秤砣想拦住文江，却拦不住，他便奋不顾身地去抢尺子，文江把尺子举过头顶，吕秤砣再跳跃，也碰不到。文江说："这把尺子你们有印象吗？咱们的自留地亩数都长了几亩几分是吗？"大家纷纷说："是呀，是呀，有自留地的几家，都发现自留地的亩数长多了，俺也奇怪，地还能自己长吗？"文江朗声说道："地亩长了，奥妙都在这把尺子上呢，这把尺子比正常尺子短二分！"

啊，原来是这样！乡亲们愤怒了，像潮水般涌过来，围住吕秤砣要他说个清楚。三黑揪住了吕秤砣说："你给大家说说清楚！"秋生也对他推来搡去，吕秤砣像个陀螺一般转动在众人面前。此时，李阵星撮着碎步走来，当他弄清是怎么回事的时候，他故作惊讶地说："有这事？某实不清楚啊，是县度量局里来人量的，尺子也是从局里带来的！"他对文江说："是哪把尺子？拿来我看看。"文江把尺子扔给他，谁知尺子一落到他手里，他一把将尺子折为两截。

"原来是揣着明白装糊涂，你既然不清楚，为什么把尺子折断？既然是县度量局带来的尺子，为什么在你家放着？"说话的是阵雨，阵雨说话不多，出语如刀。

"这……"李阵星额头冒汗了。

"是呀，说说清楚！"大家嚷嚷着。

李阵星说："这尺子是县度量局的，人家忘在我家里了。不信，你们问去。"

阵雨问道："我们到哪里问去？让我们问谁去。你倒说个清楚。"

大家附和道："说个清楚！""说个清楚！"

李阵星的脸拉下来说："我也不认识，我也说不清楚。"

阵雨道："既然说不清，我们拒绝交租。本来遭了水，粮食歉收，大灾之年，该减租减息，我们反倒要多交租子。岂有此理？"

乡亲们一听，齐嚷："拒绝交租！减租减息！"群情沸腾起来。

李阵星说："阵雨兄弟，我一向待你不薄，你想带头造反吗？"

"谁说减租减息，就是造反？"阵雨质问道。

李阵星故作威严，高声道："已经减租减息了，照之前说好的，每亩少交半斗。你们还想得寸进尺吗？"

阵雨说："哼，弯弯就在这里，每亩少交半斗，自留地每亩多出二分，反而多交了呢。你把俺们当傻子耍不成？"

突然，有人大声说道："跟他们费什么话，兄弟们，上！"李阵辰带了一群乡练团的人从天而降，猛地扑了过来，大打出手。乡亲们一时慌了手脚。阵雨、阵雷大喊："乡亲们，不要慌乱，抄起家伙，跟他们拼了！"乡亲们纷纷抄起木锨、钢叉与乡练团的人对打起来。小乙、吕升像乌龙搅海，肆意地挥起铁棒，疯狂地打将过来，乡亲们处于劣势之中。正在混战之中，碰巧，言来兄弟骑马路过，他看到文江以及二舅都被卷在打斗的漩涡里，便扑了上去。言来遇到了吕升，两虎相斗，必有一伤，吕升用蛮力，言来会武术，几个回合，言来一个铁掌拍在吕升头上，吕升竟然血溅当场。言来一时愣住，说："哎呀，我还没打过瘾呢，怎么就倒下了？这么不经打啊！"言荣一见吕升的头在流血，便说："大哥，咱闯祸了啊，大爷知道会骂咱的，快走吧！"言来兄弟丢下吕升，骑上马像被大风刮走一样消失了。大家并不明白怎么回事，回头发现吕升已倒在地上，血流满地，便纷纷扛起自家的笆头或麻袋一哄而散，租子也不交了。吕秤砣扑倒在吕升的身上，大喊："我的侄儿呀——"

李阵星怔在那里，李阵辰顿脚道："唉，偷鸡不成，倒蚀把米！"

第20章

抗 战 风 云

夏日，暴雨一场接着一场地下，村子里，到处是绿树成荫，树梢头刚结的青枣、青柿子被狂风暴雨扫落满地。小孩子们在捡地上的青枣、小柿子当玩具。雨天的人们不能下地干活儿，都纷纷拥进惠风庐。

突然外面有人大喊："虹，看，北面天上有一道虹！""啊，是北虹吗？"道宗老爷子问道，面色惊虑。

"是啊，是北虹，咋的了，老爷子？"

"殊不知，古训道：东虹风，西虹雨，南虹出来卖儿女，北虹出来动刀枪。我夜观天象，见东方帝星被一片黄晕覆盖，恐怕又有大的干戈发生啊！"

周七爷接道："打仗年年有啊，已不是新鲜事了，自打西洋鬼子贩来鸦片，近百年，哪一年缺了打仗啊？近十几年，咱老百姓已经是见惯不惊喽！"

老爷子摇头说："非也，我今指的并非这些，乌云障目，黑云压城，恐怕有更大的劫难呀！"

次日，村子里就传来令人惊恐的消息：日本人突然炮轰北平西郊的卢沟桥，发动了全面侵华战争！村子里的人，凡是关心点国事家事的人都纷纷跑向惠风庐，想打听最新消息。有人问："老爷子，你说的更大的灾难，莫非就是这个事？"

老爷子严肃地说："正是！"

"那有多大灾难啊？"

"不可估量！"

"啊——"人们心中涌起无限恐慌。

周七爷气喘吁吁地赶来，边说边骂："东洋小鬼子，狗日的，他们又来犯边啦！想当年，甲午年间，我和道庆兄同在行伍，那时与东洋鬼子开战，海战一役，

致使我北洋水师全军覆没，我军多少好男儿葬身海底啊，提及都伤心不已，泪湿青衫哪！我和道庆兄在陆战队，海战后，小鬼子攻进山东威海、奉天旅顺，然后血洗旅顺城。道庆兄就在威海一战壮烈牺牲。惨啊，惨哪！我由于受伤，躲过一劫，幸得捡条性命！而今，小鬼子又来犯边，来者不善啊，气焰炙热，更嚣张！"

老爷子不无忧虑地说："我观得一股戾气盘踞在上空。殊不知，东洋人乃怕硬欺软之辈。想我大唐时代巍巍国威，日本人佩服我中华，敬我中华，学我中华。可自甲午风云之后，欺我国穷势弱，只一战，我方割地赔款，便助长了它嚣张气焰。从此，日本人就轻觑了咱们啊。而今，它蓄势半百年，倾东夷岛国之力，势欲鲸吞中华，其焰炙天啊！"

"是呀，照你这么一说，我看小日本是蚂蚁想吞大象来了！"周七爷愤愤地说。

"正有此意！"老爷子忧心忡忡，他的手在寻摸着老烟袋。

"狗日的小东洋人，我，我，我……我去跟他拼刀子去，我，我，我……可惜呀可惜，可怜我白发生，身已老，唉，这可咋办哪……"周七爷又激动又着急，颓然叹气。众人心中涌起一阵阵恐惧感。

当日，明昭回家；不一会儿，言久也回来了；陶明耿也回来了；关潼、阵雨、阵雷等纷纷赶来这里，跟着来的还有文江等一些年轻人。东西村的小字辈如周坤、祁镜、苗宏仁也在内……今日是个特殊的日子，蓝沱河的上下河桥桃李原上关心国事的人都不约而同地拥进了老爷子的惠风庐里，门里门外挤得密不透风，都来听听老爷子对这件震惊中外的大事的看法，以明确路将何去何从。

惠风庐里里外外，议论纷纷。言久拿出最新的报纸在念——全中国的同胞们，平津危急！华北危急！中华民族危急！只有全民族实行抗战，才是我们的出路！

全场人听了，表情肃然。

周七爷扬声骂道："小日本，蚂蚁想吞大象；我倒要问问它，你纵然有那么大的胃口，可有那么大的嘴？"

关潼说："莫小觑它东洋的贼胆。它现在是没那么大的嘴，但它若蚕食了我国土，吞噬了我资源，它就慢慢地变大，蚂蚁便变作了大象！"

明昭问老爷子道："三叔，您算算，若果咱们与日开战，咱们胜算几何？"

老爷子不答反问："你想打仗吗？"

明昭两手一摊，笑着说："我生意做得好好的，我哪里想打仗啊！"

问明耿，明耿退一步，摇头说："我在口子街算是坐得一把交椅，谁想打仗啊？"

问明曜，明曜说："咱庄稼人更不想打仗。"

问文江，文江说："都是拖家带口的，我也不想打仗呀。"

又问众人，众人纷纷答道："本来日子过得就穷，哪有想打仗的？打起仗来这日子更没法过了！"

老爷子沉重地叹息一声，"唉，恐怕小东洋要得逞一时了，弄不好，它一口气能吞我半壁江山，我等在劫难逃啊！"

啊，众人心底又滚起一阵巨大的恐惧激流，都起了一身鸡皮疙瘩。大家不明白老爷子葫芦里到底卖的什么药。有人问："老爷子，您倒跟我们说说，不想打仗怎样，想打仗又怎样？"

关潼上前一步说："我跟大家破译老爷子的谶言吧——日本人好战，蓄谋已久，素来怕硬欺软，它张牙舞爪地扑来了，若我们人人都想苟安，不想打仗，不敢打仗，那就会被它的气焰吓倒，日本人就会更加嚣张，它会残忍地杀害我民众，快速地吞噬我国土，意欲致我亡国灭种！相反，若是我四万万同胞，毫不惧怕他日本人，奋起反抗，致使它在我国土寸步难行，很快会被我们赶回他东洋老家去！"

听了关潼的话，老爷子颔首微笑，大家听了他的话，心里滚起阵阵激浪，又议论开了。关潼的一席话，也鼓舞了人心，赶走人们心中一些恐惧感。

阵雨说："我们是不想打仗，但如果敌人进犯，我们就必须反抗，我们就不能怕打仗！"

阵雷振臂说："谁来侵犯我们，我们定要坚决还击他！"众人振臂高呼，年轻人开始热血沸腾起来，周坤与祁镜、文江、苗宏仁等都激动地鼓起掌来。

关潼继续说："日本人先吞并我东三省，又虎视中原，乃至整个中国。而今国共两党合作起来，联手团结，共同抗敌。想我泱泱中华，天大地大，民众多，岂能惧怕东洋那只鬈毛狗？"

"好，表叔说得好！"言久带头鼓掌，众人也鼓起掌，老爷子频频颔首微笑。

言久发言道："我们国家好比是一头睡狮，如今是该觉醒的时候了。我们这头睡狮早晚会昂首奋鬣，威风凛凛地屹立于世界东方！小日本仅是一只小小的毛毛虫，它应该蜷缩在雄狮神威之下而战栗，龟缩在太平洋的水波里索索发抖。我们何惧之哉？"

陶明耿摇头说："我们不能盲目乐观。我们除了人多，是优势，除此之外还有什么优势可言？人家东洋鬼子有洋枪洋炮，飞机坦克等，武器精良，装备齐全。咱们还用大刀长矛去对付人家的坚船利炮吗？"

关潼说："明耿表哥说得不错。但我们也不能盲目悲观，看不到希望。我们全民皆兵，武装起来，整训军队，就用我们的土枪土炮去对付敌人的洋枪洋炮！"

周七爷义愤填膺地说："我就是剩下一口气，也要和小鬼子拼个你死我活！看，我宝刀未老，我还能去杀鬼子！"他举起拐棍作大刀比画着，可是他踉跄一下，差点儿摔倒在地。众人笑，周坤忙跑过来搀住他说："爷爷，您别激动，您打不动鬼子了。以后就让我去打鬼子！"

"以后我也去打鬼子！"祁镜说。

"以后我们都去打鬼子！"众人异口同声，纷纷嚷嚷地说。

周七爷转视身后，但见言来兄弟、石仲辉、陶言朗等年轻的后生们一排排，一茬茬，黑压压地挤满了一屋，那是无穷的有生力量，那是摧不倒的钢铁长城，那是斩不断的长江之水，那是撼不动的泰山之威。周七爷激动地大喊一声："好，好哇！后生可畏哇！以后打小鬼子，保家卫国，就靠你们啦！"

道宗老爷子脸上终于绽放出自信而睿智的微笑。他缓缓地拿起烧火棍，敲起他的破缸盖，连说加唱起来："各位客官，不要太乐观，也不要太悲观，听我来表一表。殊不知，天下祸福相依，乐极者生悲，祸极者转福，祸福轮回。东洋之人，岂有良善之辈？而今它蓄势已久，虎视眈眈觑我中华。而我中华积贫积弱百年，如病入膏肓之人，东洋人如猛虎扑进羊群，初一开战，我中华可能输它一局，但《左传》有云：'劳师以袭远，非所闻也。'乃犯兵法之大忌。东洋人犯我中华，看似威势难敌，但殊不知，它似无根之草，无叶之木、终极之时，难能开枝散叶；初时，其焰灼灼，久之，终会油尽灯灭。当然，也不是我们不打它，它会自己灭亡。我们不可怕它，我们若是畏缩，惧怕，一旦羊入虎口，岂有生还之理？故此，我们与东夷洋人要准备一场血战，一场旷日持久的大战，即便是血流成河，横尸成山，也在所不惜！这一场血战关系到你死我活，关系到国之生死存亡，不可小觑。"

说到这里，老爷子扬声唱："东洋瘟魔从天降，中华英雄代代强，长江后浪推前浪，效法抗倭戚继光，驱除倭奴当己任，肩负天下匹夫扛——"之后，唱声与鼓声戛然而止，众人鼓掌，欢呼，整个惠风庐里又一次沸腾起来。

关潼发言："'效法抗倭戚继光，驱除倭奴当己任，肩负天下匹夫扛。'说得恰到好处，小日本，早在明朝时代，就以倭寇——就是以强盗的形式屡屡犯我边境，明朝大将戚继光建立一支能征善战的戚家军，在沿海的浙闽一带屡屡大败倭寇，建立奇功！"老爷子说："岳飞的岳家军抗金千古流芳；戚继光的戚家军抗倭，同样在中国史册上留下浓墨重彩的一笔，戚家军大败倭寇，扬我国威，长我中华志气也。"于是老爷子又敲起锅盖，唱一段戚继光抗倭传奇故事。唱声与鼓声戛然而止时，众人鼓掌、欢呼，整个惠风庐里再一次沸腾起来。

周七爷咂嘴赞道："这戚家军，毫不逊色于岳家军啊，打得日本倭寇望影而逃，听着就带劲，过瘾！"众人附和道："带劲！""过瘾！"关潼也赞同道："是过瘾。看来打仗，就要建立起自己的部队，好的军队是取胜的关键，宋有岳家军，明有戚家军，都打出了自己的军威。由此看来，要保家卫国，抵御日寇，我们必须要建立自己的武装，在村子里有必要建立起民兵武装，来保护村子以及百姓的生命财产安全！"众人无不额首称是。

此后，各乡各村都纷纷建立起了自己的民兵队伍，准备随时御敌保家。

第 21 章

嫁女心切

夏日里，依然是暴雨一场紧似一场地下，河水暴涨，溪水肆流，人们的心情也被雨下得没有一个安宁日。兵荒马乱的岁月，人人感到自危。

陶明昭和果香商议："把椒红嫁出去吧。早嫁早心静，省了一份心思。兵荒马乱的，别到时候顾不全她！"

果香为难道："她哪里肯嫁呀？自你不让她上学以来，她每一天差不多都跟我闹一场，动不动就不吃不喝，要死要活的，我的心一直都悬着，担心得要命！"明昭责怪道："你就会惯着她，总由她胡来！成何体统？"果香说："还不是因为老三家的文涛……"

明昭说："你说的是文涛那小子呀？他，他，他……嗨，红儿还恋着他？"

果香说："正是，多少年了，你还不知道女儿那点小心思？"

明昭挠挠头，说："这——论说，文涛确实是个好孩子，但是……门不当户不对嘛，不妥，不妥，不能由着她的性子胡来，小孩子懂得什么？"

果香说："咱家女儿那个性子哪，烈得很，你又不是不知道。还是一根筋，拧到头，认定的事，九头牛都拉不回来！弄不好，会出大事！"明昭说："别惯着她，你不能想想法子，断了她的那份小心思？"

果香道："能有什么好法子让她断了那个心思？她精明得很呢，见识又多。一天到晚，说咱是老脑筋，不开明，不民主，封建包办婚姻。她吵着，'我的婚姻，我做主'。你听听，我有啥法子？"明昭说："哼，小孩子，瞎胡闹！"然后蹀步上楼，去看女儿。

椒红自被勒令不得上学，大闹几次，逃跑几次都被抓回来，明昭对她严加防范，令言来兄弟严加看管她，不得走出绣楼半步。

此时，椒红在看报。明昭一见女儿满心的欢喜，他对三个儿子，还有言来兄弟，都是横挑鼻子竖挑眼的，少有好脸色对他们，但唯独对女儿怜爱娇宠有加。他柔声对女儿说："红儿呀，在干吗呢？见了爹来还不跟爹说说话。"椒红眼睛盯着报纸，眼皮都不抬地说："哼，我哪有闲心跟你说话呀，日本人都炮轰卢沟桥了！平津危急！华北危急！中华民族危急！你知道吗？"明昭说："哈哈，这么大的事，我作为一乡保长，能不知道吗？咋地啦，你一个小小女孩儿，也关心国家大事？"

椒红瞪眼说："哼，爹，你太小瞧人了，国家兴亡，匹夫有责。女孩儿，怎么就不能关心国家大事啦？""哈哈，国家大事，那是男儿管的事，你一个娇娇小小的女孩儿瞎操什么心？"

"错！保家卫国，人人有责，不分男女！"

明昭被女儿的认真又天真的劲儿逗得呵呵大笑，说："自古道'战争让女人走开。'古代行军打仗，女子进军营都是格杀勿论的。"

"错，古有花木兰代父从军，杀敌立功，保家卫国，功劳不让须眉！宋有穆桂英能挂帅，率领三军大破天门阵，御辽保宋，功绩千秋可鉴。这些女子，保家卫国哪一点逊于男儿？"

明昭以手示意停，笑说："好，好，是，是，女英雄是不逊于男儿，但我的女儿，我想让她完完好好地当富家小姐，嫁到人家当富家太太，一辈子安享太平。幸福，这是天下当爹的共同心愿哪。"

椒红不以为然地说："哼，燕雀安知鸿鹄之志哉？我可不认为那是幸福！"

明昭说："咦——别人家的女孩想都想不来的福分，你别不稀罕！你到底想干啥呀？"

椒红回答："在我看来，女子也要和男子一样，走出家门，读书，做事，走南闯北；国家有难，一样可以披马嘶风，驰骋疆场，保家卫国。如今，日本人发动侵华战争，我也想出去，或激扬文字，写一些抨击恶势力的文章；或者走上沙场，为抗日出一分力量！"

明昭截住她的话头，说："好了，好了，我的姑奶奶，你可不许胡来！抗日让别人抗去，让男人们抗去，你凑哪门子热闹啊？你知道抗日是干什么的吗？抗日并不是你小嘴巴一张一合，那是要流血牺牲，要死人的，战争是残酷的，你懂不？"

椒红激动地说："流血，牺牲，你以为我就怕了？谭嗣同在英勇就义前曾大义凛然，笑谈道：'我自横刀向天笑，去留肝胆两昆仑！''各国变法，无不从流血而成，今中国未闻有因变法而流血者，此国之不昌者也。有之，请从嗣同始。'鉴湖女侠秋瑾临终前也是坦然面对屠刀陈词，她说：'民主革命流血牺牲自我者始。'这些人都能将一腔热血赋予国家，不畏牺牲。今国家面临亡国大难，我辈

何惜身哉？纵使粉身碎骨，也是值得的。”

明昭喝道："够了，不要跟我说这些大道理，也别念这些英雄经。我只想把你安安稳稳地嫁出去！"

椒红霍地站起来，口气坚定地说："不，我绝对不嫁！我反对包办婚姻，我不要做富家太太。我要追求自由，我要读书，我要抗日！"

明昭生气地说："你别恃宠生骄。什么反对封建思想，什么婚姻自由啦，什么抗日啦，等等，都是读书闹的。真是女子无才便是德！你要是不读书哪里会知道这些？我真后悔让你读书！你终究是一个小孩子，你说的那些一切都是空想、幻想，都不切实际，都是瞎胡闹。别胡闹了啊，给我乖乖地待在绣楼里，等着嫁人！"然后拂袖而去，下楼交代言来说："给我好好地看着她，如有闪失，打断你的腿！"又跟果香说："即刻找人看日子，及早择定良辰吉日，把红儿嫁出去，越快越好，省得她想入非非！"椒红在楼上听到此话，颓然倒地，大哭不已。巧儿慌忙上前劝解。果香上楼站在门外，想进来劝劝女儿，却不知如何说话，进退两难之际，可巧言久从宿州城回来了。果香忙央求言久去劝劝椒红。

椒红一听说三哥回来了，脑海里灵光一闪：何不求三哥帮忙？她揩去眼泪，打开房门，等着三哥进来。

言久中等身材，白净面皮，戴一副金边眼镜，显得文静儒雅而又神采飞扬。言来过来对言久说："言久弟弟，你去和小妹说会儿话，我歇歇去啦。"言久笑道："言来哥，你还真把小妹当犯人看了！没事的，你歇去吧。"言来如释重负地跑开了。

月光下的小楼，闪烁出不眠的灯光。"小妹，还没睡呢？"言久疼惜地问椒红。椒红见三哥进来，便拉住他说："三哥，你可来了！我有好多话要跟你说呢。"言久坐到椒红的身旁，椒红急不可待地问："三哥，听说你在大学里给我找个洋学生嫂子，她漂亮吗？她人好吗？"

言久笑道："你说的是萧沉思吧？她人挺好的，长得还算端庄。我们现在是同学，也是亲密的战友，会不会成为你嫂子，以后再说吧。"

"什么叫以后再说呀？你们关系还不能确定吗？大学里，男女就这么随便吗？"椒红天真地问。

"不是随便。我们是同学，也是志同道合的朋友。目前，我在县文化馆工作，负责放电影。萧沉思在报社当记者。现在时局动乱，革命尚未成功，何以为家？我们都以工作为主，婚姻大事以后再说嘛。"

椒红艳羡地说："三哥，我真羡慕你们。你们彼此之间，志同道合，朝夕相处，携手相伴，多么美妙啊！唉，爹就是偏心，他给我们几个包办了婚姻，不让我出去读书，做事，而唯独给你自由。"言久说："哪里，你不知道，爹也曾经给我包办一门婚事，可是我有强硬的翅膀，能飞出爹的牢笼。因为我是一个能独立的人！"

"独立的人！"椒红喃喃地重复着三哥的话，她沉思着，突然醒悟，心想：是呀，只有独立的人才是自由的人。难怪大哥只能乖乖地与自己不爱的孟氏过日子，而二哥就可以停妻另娶。原来谁独立谁自由啊！椒红马上向三哥撒娇道："三哥，我不想这么早嫁人，我想去县城读书，将来上大学，也做一个独立的人。你帮帮我吧！"

言久为难道："我怎么帮你？爹正为你合着生辰八字呢，婚期将至。"

"啊？"椒红一听，急得吧嗒吧嗒掉眼泪，眼泪如断线的珠子似的滴落下来。顿足道："我不嫁，我坚决不嫁。一想到这桩婚姻，我就痛到窒息，我会窒息而死的。三哥，别人不了解我，难道你也不了解我吗？"言久看到小妹痛苦得秀丽的脸庞抽缩成一团儿，他也心疼了。他知道小妹与文涛自小就有宝黛之情，年轻人的心思是相通的，知道两个相爱的人被生生地分开，是多么地可悲与痛心。可是，言久知道爹的性格，向来是说一不二的，很难劝他改变主意。他也了解自己的妹妹，性烈如火，弄不好，她会走向极端，发生意外。橘红色的灯光下，小妹如娇花照水，妩媚可爱又可怜，他心疼地揽住妹妹的纤肩，抚摸她柔软的秀发，思忖道：我怎样能拯救我的妹妹呢？

椒红顺势伏在三哥的肩上嘤嘤哭泣，边哭边说："三哥，你曾经写文章说，你是新青年，有新的思想，敢于与一切封建势力作斗争，坚决反对封建礼教，封建婚姻，拯救湮没在痛苦深渊中的不幸者。如今，你的小妹就处在这痛苦的深渊中，我就是不幸者。你救救我吧。"言久听到小妹的话，心里一阵酸楚，一阵激浪翻涌，决意为小妹做点什么。他说："其实，这次文涛和我一起回来了，此时，他就在家中。你想不想见见他？"

椒红眼里突放异彩，不假思索地说："想，他回来了？我要见他！"言久打趣她说："羞！羞！"椒红顾不得羞涩，急忙去整理一下妆容，亟待出发。

言久下楼，听听父母的房间，静悄悄的，猜到他们已入睡。于是他就去找言来。他进入二叔的院子，院子里显得冷冷清清，因为韦青凤已搬入龙脊山山窝里，很少回来，言荣也跟着去了。院子里只有二叔与言来、言富在家。二叔已经入睡，言来、言富在练功。言久要求他们带他与椒红去下河桥李子园走一趟。言来难为情地说："大爷刚刚交代过了，小妹若有闪失，要打断我的腿呢！"言久笑说："无论有什么事我都替你扛着，若要打断腿的话，就先打断我的好了。"言来兄弟可不是怕事的孬种，是绝对敢在虎嘴里拔牙的角儿。言来、言富不再犹豫，每人牵出一匹马，载着言久与椒红，趁着月色一路狂奔，眨眼间就到了下河桥的李子园。

月光下，乡村的房屋神秘地静默着，乡下人入睡得很早。大舅、二舅家的院子里一片漆黑，只有三舅家的院子里尚透出一缕橘黄的灯光。椒红心里激动得有

如小鹿乱撞，心想：涛哥难道还在挑灯夜读？她马上就能见到日思夜想的心上人啦！

　　言久上去敲门，喊："文涛兄弟！""谁呀？"是文涛的声音。椒红听到这声音，激动得心都提到嗓子眼了。良久，门开了，出来的却不是文涛，而是三妗子王氏。她出门一看是言久，似乎并不诧异，她随手拿把锁锁上大门。她巡视一下，见到门前立着一个身材纤倩的姑娘，王氏说："啊，椒红也来啦？三妗子知道，你是打着灯笼都难找到的好姑娘，可是，谁叫我们家穷呢，不会有什么好日子过的。文涛是穷小子一个，也不会有多大的出息，他还要读书呢。"说着，不经意间抹起了眼泪。椒红听出来三妗子话里有话，她内心滚过一阵阵急雷，她不顾那么多了，用近乎哀求的语气说："三妗子，你就让我见涛哥一面吧！"王氏摇头，抹泪。椒红静静听院子里，似乎有人在挣扎着要冲出来，但马上又静悄无声了。她的心碎了一地。

　　椒红泪流满面，痛苦欲绝，摇摇晃晃，几乎站不稳。言久见此情景，心痛如割。忙扶住小妹，他大喊："文涛，文涛，出来见我！"可是院子里如死一般寂静。椒红忍不住扑到门前的一棵梨树上，嘤嘤啜泣起来。而三妗子则趴在大门上，哭得稀里哗啦。此时，院子里，似乎有开门的声音，有脚步走动的声音，椒红停止了啜泣，立起纤细的身子，抬起头，在期盼着激动的时刻到来。深夜的凉风掠过，一月如钩，水流淙淙，长沟流月，悠然远去。时间在一分一秒地飞逝，椒红期盼的身影终究没有出现。言久上前跟王氏说道："三妗子，你就让文涛出来一下吧，他们俩……"王氏坚决地摇头说："孩子，别说了，我，我……你就别让我为难了，你们还是回去吧！椒红，好孩子，三妗子对不住你啊！"椒红复又依树而泣，言久心疼极了，他扶起小妹，揽在怀里，让言来、言富牵马过来，各自骑上马，打马归来。回到家，椒红似乎受到了莫大的羞辱，痛苦地倒在床上。

第 22 章

凤凰涅槃

椒红回到家，躺在床上，唯求速死。闭着眼睛，不吃不喝。此时此刻，她思念文涛，心里却更恨文涛，她恨文涛的软弱，即便他也许是被逼无奈，但也不可原谅——他为什么不敢反抗？我这样一个闺房弱女，为了争取自己的爱情，都敢去和自己的父母抗争，敢去和世俗抗争，不顾一切地去找你，你作为一个男子，一不敢抗争，二不敢出来见我。看来，不是生性懦弱就是移情别恋，不够勇敢，岂不负了我的卿卿之情？说什么君当如磐石，妾当为蒲苇，说什么临别花如雪，君心明似月？一切都是小儿玩家家而已，幼稚可笑。到头来，原来是大难临头各自飞。

椒红第一次感觉到，生活欺骗了她，这个世界都欺骗了她。父母曾经的关怀备至，文涛曾经的温柔多情，都是假的，真诚的世界在哪里？没有，没有！她感到整个世界都是那么的冷漠、陌生，让她感到生无可恋。她偶尔睁开蒙眬的双眼，望着窗外夜幕上冷冷地眨着眼睛的星星，心想：自己何不羽化登仙而去？做一颗无知无觉的星星，倒是一种造化。上帝啊，你赐我鲜花般的生命，却为何不赐我一段花好月圆的爱情？我要这生命又有何意义？一次，她突然从床上弹跳起来，冲向楼上的窗前，仰望苍天，又望望地面，突发奇想：不如纵身一跃，摔个粉身碎骨，死了落得个干净倒好。涛哥啊，我死了，如刘兰芝一般，为爱而死，而你呢？你会像焦仲卿一般随我而去吗？不会，他绝不会！椒红在心里断定。十八相送的誓言犹响在耳，我是做到了韧如蒲苇，你能坚如磐石吗？今日看来，你是绝做不到的。我死又有何意义呢？想到此，她又一次倒在床上。

一连几日，椒红躺在床上，茶水不进，只求一死。可把果香急坏了，她百般哄劝和哀求，椒红就是给她来个死不瞑眼。椒红绝食眼看就快到七天了。果香焦急地对明昭说："女儿的命马上就要没了！可怎么办呢？"明昭暴怒、叹气，但想不出辙。果香突然说："我想起一个人来——蓝灵心。让她来劝劝红儿吧！"明昭说："这——只好如此了。"于是打发言来从临涣镇请来了蓝灵心。

　　灵心原本发誓绝不再踏进陶家大门一步的，可她听说椒红要死了，才临危受命，再次踏进了陶家的大门。她从偏门走进，怕遇到言中或孟氏，以免尴尬。她登上椒红的绣楼，看到椒红眯眼不睁，发丝零乱，面若白纸，嘴唇黑紫，已经昏迷不醒。灵心吓了一跳，忙让巧儿端来一碗面汤，她扶起椒红，撬开她的牙齿，强行灌下去。椒红慢慢苏醒过来，睁眼看见是闺密灵心，眼泪便唰唰地流了下来。灵心又让巧儿端来一杯茶，她要再喂椒红喝茶。椒红头一偏，生硬地说："不喝，死了算了！"灵心接口道："死？若是能好死，我也早就死过啦！生命生之不易，死亦不易！"

　　椒红眯着眼冷哼道："这个世界上，谁真正地关心我？冷漠、欺骗、懦弱、自私自利充斥的世界，有什么可留恋的？没有什么值得我留恋的了，谁也不稀罕我。我只盼来生不再做人，做一只小鸟，或一只蝴蝶，或一只飞蛾，生命无论多么短暂，却能落得个自由自在，天地，山川，花丛，森林，任我飞翔。"

　　灵心哈哈大笑，说："你前生不是一个诗人，就是一个精灵，浪漫到骨子里去了。说到诗人，倒不如让一位诗人来开导你吧，我吟他的一首诗，你听听。"灵心便动情地吟咏俄国诗人普希金的诗《假如生活欺骗了你》——

> 假如生活欺骗了你，
> 不要悲伤，不要心急！
> 忧郁的日子里需要镇静：
> 相信吧，快乐的日子将会来临！
> 心儿永远向往着未来；
> 现在却常是忧郁。
> 一切都是瞬息，一切都将会过去；
> 而那过去了的，就会成为亲切的怀恋。

　　"这首诗可能你比我还熟悉，但若没有特殊经历的人，就不能体会到其中的深意。每个人在成长的过程中，都会遇到这样那样的不顺。当我们怀抱着一团炙热，懵懂的热情，扑向生活时，却发现生活并不是我们想象的那样，我们想要的快乐和幸福没有如期得到，反而得到的是一种痛苦与折磨。在残酷的现实打击下，我们深深感到的是生活对我们的欺骗，让我们感到愤怒、绝望。每个人在这个时候，都会认为这个坎儿，像高山一般，简直无法越过；像大海那样找不到岸，于是，万念俱灰。可是，时过境迁，时间证明，生活也并不是我们想象的那么糟，

镇静下来就会发现，生活之中别有洞天，还有精彩的场面等着我们一层一层地去剥开。若当时就死去，那后来的人生无论多么精彩，你也没有机会感受到了。"

灵心继续说："当初的我，经过那段刻骨铭心的痛，我对生活再也不敢抱以奢望；整日忧郁、失落、百无聊赖。有一天，宏仁拿来了这首诗让我读，我看了一下，觉得这诗并没有什么起眼之处，语言平淡无奇，但我多读一遍，就与自己的处境、心理发生了共鸣，心里马上就有了顿悟；再读，我的心就好像被大水猛然冲刷一下似的，觉得所有芜杂狭隘的念头瞬间就被冲洗得干干净净，豁然开朗。你知道的，我也曾在死神面前徘徊过，我也曾失意过，彷徨过，如今我感觉头脑冷静了许多，镇静了许多，看开了许多。之后，感觉自己好像突然登上一个高度，来审视自己，审视这个世界。当你登上一个新的高度，可以站得高望得远，你就会发现，生活不尽人意的事十之八九。大多数人——包括写这首诗的诗人普希金——的命运都充满了坎坷，但那难挨的痛苦一切都是瞬息，一切都将会过去，他告诉我们，时间是最好医治伤口的医生。你看我，不都挺过来了吗？"

椒红喃喃地说："灵心，你别劝了，哀莫大于心死。如今，我哪里比得上你，你有苗宏仁的爱支撑着，受伤的心有人给你抚慰，有人呵护着你，你正处于幸福之中，而我呢？谁稀罕我啊？我苦巴巴地去找人家，人家却不理我！以往的海誓山盟，柔情蜜意，都是过眼烟云，甚至是笑话。"椒红心神凄绝地说着。

灵心说："爱情对我们来说，固然重要，但这个世界上除了爱情，还有亲情、友情，还有社会的道义，等等。样样都告诉我们活着才有意义，也只有活着才有机会去斗争与争取。自由、民主、爱情等，都是我们这一代人要争取的，我们年轻人有责任为此与封建势力作斗争。战争刚一交锋，第一个回合你就作无谓的牺牲，不等于不战而降吗？这不是你的作风呀，素有大将风度的你，何曾怕过什么？斗争的路途上，并非一帆风顺，有时看似到了山重水复疑无路的绝境，但再坚持一程，也许就会迎来柳暗花明又一村的新境界呢。"

椒红依然固执地念叨道："哀莫大于心死。世界上的千般景致，万种风情，一切的一切都与我无关了，我再也没有心去与谁谁争斗了！谁谁爱怎样便怎样去吧！"

灵心磨了半天嘴皮子，椒红仍然是无动于衷。她想了想，知道椒红的心结在哪里。她故作轻松地笑笑说："你怨恨的是李文涛不出来见你，是吗？据我分析，文涛并非是不愿见你，也许是万般无奈而已。你想啊，当时你三妗子拉把锁锁上了大门，你怎知她不锁文涛的小门？你不必怪罪怨恨文涛不出来见你，因为你或许不知文涛在屋里是怎样挣扎、痛苦和流泪呢。据此可推测，他并不是主观上不愿见你，而是客观上做不到。"

椒红的眼里灵波一动，马上焕发出明丽的彩辉，对巧儿说："快，给我拿些吃的来！"巧儿大喊："小姐要吃东西了！"巧儿高兴地嚷着一蹦三跳地下楼去了。

一会儿，巧儿端来了热腾腾的馒头、稀粥，还有炒鸡蛋。椒红抓起馒头，一边大口吃着，一边吩咐巧儿给灵心献茶。

饭毕，椒红分析道："既然涛哥并非自愿与我断绝来往，那他为何不反抗？我一个女儿家都敢反抗，不顾一切地去找他，他为何不来找我呢？或者给我捎来一封信表明心迹也是好的。"

灵心说："因为他是个男孩子。大凡男孩子想问题，绝非像我们女孩子想得那么简单。他冷静、现实，想得深远，想得全面。他是一个在校读书的学生，自身难保，难以独立，哪里像你想的那样，想怎样就怎样了？婚姻大事，并非是两个人的事，而是两个家庭的事。如果他来找你，就有破坏人家婚约之嫌。你父母秉承门当户对，文涛难担其责！"

"啊，原来这么复杂呀，我怎么没想到啊！那我该怎么办？"椒红又忧戚戚地询问灵心。

灵心说："还是念念这首诗吧。"便念了起来——

……
忧郁的日子里需要镇静！
相信吧，快乐的日子将会来临！
心儿永远向往着未来……

灵心吟过，接着说："现如今，日本侵略我中华，多少无辜的生命惨遭荼毒，我们要留着有用之躯，去尽一分社会道义，为国为民尽一分力量，那才是生之有意义、死之有可嘉的事。所以，你目前要做的事就是珍惜自己的身体，不要心急，留着有用之躯，徐徐筹划，等待柳暗花明的那一刻吧。"

听了灵心的秀口惠言，椒红大有听君一席话，胜读十年书之感。提到为抗日而尽力的说词，她想到：前几日，我还和父亲大谈国家有难，匹夫有责呢；还谈历代女英雄的英武壮举，可转眼间，自己就要去自杀，自己不是在纸上谈兵吗？想到这里，她为自己的软弱感到难为情起来。她对灵心说："好吧，我答应你，以后无论遇到什么事，我再也不想去死了。'忧郁的日子里须要镇静，相信吧，快乐的日子将会来临！心儿永远向往着未来。'"

"哈哈，这就对了！"灵心激动地拥住椒红，爱惜地拍拍她的后背。

此时，椒红才仔细端详一下灵心——秀发高高盘起，蓬松的发髻上那支银瓦拢在熠熠生辉；上身穿一件雪青色的及腰短褂，偏襟上滚着细细的花边；下身着一条湖蓝色的百褶裙，裙长及脚。通体颜色搭配素雅而端庄，抢人眼球。椒红无限艳羡地说："灵心，你越发地美丽动人了。虽然我在校读书比你时间长，但如今与你比起来，见识远不及你广深，我自愧不如啊！"

灵心笑靥如花，谦逊地说："哪里，我也是跟头栽得多了，才悟出点道理来。我还在临涣镇跟着人家学做许多事呢……哦，以后有机会再跟你说吧，我该走了，你多保重。"

　　椒红送灵心出门，灵心披上雪白的镂空披肩，手提一个小小的白色皮包，向椒红略一鞠躬，说道："你请回吧！"椒红说："让我再多看你几眼，你知道你有多美吗？"灵心莞尔一笑，缓缓地转身离去，那份风韵，那份优雅，更加惹得椒红看得着迷，她望着灵心美丽的背影披着晚霞渐行渐远……

第23章

还君明珠

　　绣楼里，红烛高照，椒红又着红装。她揽镜自照，镜子里又现出玉面观音般的脸：面若白雪，目若星辰，眉若青山，明媚鲜艳，若一颗明珠，熠熠生辉。但是，她看到眼角下那颗清晰的黑痣，她抚摸着，寻思道：老爷子曾说我这是一颗滴泪痣，难道说我这一生有滴不尽的相思泪吗？我的命运应该是什么样的呢？她不禁陷入了沉思。

　　几只飞蛾绕灯而飞，突然有一只飞蛾突兀地从旁边撞来，直扑烛焰，霎时烛焰上毕剥炸响，油花四溅，烛焰更加绚丽地闪烁一下，又恢复了平静，而那只飞蛾已经消失得无影无踪。椒红目睹了飞蛾扑火的勇敢与壮烈，唏嘘感慨："飞蛾扑火是何其勇敢，生命何其短暂，然而生命又是何其壮丽！既然爱了，就爱他个轰轰烈烈吧。"她心中的那盏灯又明亮起来。

　　椒红从脖颈下拽出那只碧绿色的玉蝴蝶，端详着，抚摸着，泪不由得滑落下来。脑海里又一次浮现出校园里荷塘月色下的那次敞开心扉、互吐衷肠的情境。涛哥，我思念着你呀，你可思念着我？身无彩凤双飞翼，心有灵犀一点通。涛哥你是否也在对月怀人？椒红正在思念着文涛，突然，楼下传来了说话声，她一听声音，是言来与三哥在说话。椒红忙推开窗口，喊："三哥，来，快来我房间里！"言久直接上楼，来到小妹的房间里。

　　言久第一句话就问："你真让人放心不下，听说你竟然闹绝食自杀？你呀你，怎么那么傻啊？真让我放心不下啊！！"椒红捂脸道："哎呀，那都是过去的事了，还提它干吗？"

　　言久呵呵笑道："看到你没事了，我就放心了。以后遇事还会寻死觅活的吗？"椒红不好意思地说："不会了，坚决不会了。"言久喜出望外地说："咦，你被谁洗脑了，是灵心吧？灵心现在可不简单了呢！"

"灵心不简单，什么意思？"椒红奇怪地问。言久笑笑，说："以后你就知道了，现在保密。"

言久突然神色凝重地说："小妹，有一件事，我，我……我不得不跟你讲。"椒红心里既兴奋又紧张地问："什么事，值得你这样吞吞吐吐的？"

言久说："有样东西，有人托我转给你。""是什么？"椒红心里怦怦直跳，她想到的是文涛的信来了。言久迟疑地掏出了一个精致的小包递给她。椒红一阵惊喜，迫不及待地去打开，见里面是一只晶莹碧绿的玉蝴蝶！椒红愕然，心骤然颤抖起来。有一张纸条飘然落下，她慌忙捡起来看，只见一行熟悉的字迹跃然呈现在眼前："还君明月珠，欲语泪先流！唯祝君好去，翩飞花丛间。但愿人长久，千里共婵娟。"啊，这分明是一封诀别信。椒红如遭雷击，跄跄跟跟，言久担心地说："小妹，一定要挺住！"椒红扑倒床上，放声大哭。言久很是担心，但他又急着有事，把妹妹交给母亲，又急匆匆离开家。

果香进来了，劝道："红儿，事情我都知道了，既到了这个地步，哭也无益。女孩子嫁人，自古及今，都是父母之命，媒妁之言，方能安身立命，得到祝福。女儿家挑选意中人，自古不是没有先例，如那戏文里的卓文君，《西厢记》里的崔莺莺，结局其实大都比较悲惨。现今时代，提倡自主恋爱，我和你爹不是不知道，文涛虽好，但门不当户不对，他一个尚未扎根的学生，能给你带来什么呢？俗话说：'贫贱夫妻百事哀。'等到你没吃没穿的时候，就知道所谓的爱情，竟一文不值了。门当户对的婚姻，虽是包办的，但能保你衣食无忧，安身立命，那才真正是你的好归宿。爹娘所做的一切，都是为你好啊。"

椒红泪流满面道："好，好，好得很！这下子你们该满意了吧？你们遂了愿了吧？"椒红欲站立起来，却踉跄一下，倒在床上，又放声大哭。她的心仿佛沉到了万丈深渊，弥漫着无尽的黑暗，此刻她唯愿天雷阵阵，天塌地陷，与这个沉闷的世界一同毁灭！

椒红又是多日水米难以下咽。一日，陶言朗敲开了她的门。他一进门就热情似火地说："椒红妹妹，看我给你带来什么好东西了——沓子烘干的野兔皮，没粘过水的野鸭子绒，还有两只美丽的孔雀翎！这些野兔皮，毛又软又厚，我积攒了多日才得这么多，冬季，足够你做一件皮毛坎肩了。这野鸭子绒呢，也是攒了多日，足够你缝一个鸭绒枕头了。这两只孔雀翎，是我让朋友从南方带回的，特意为你留着的。看——"言朗炫耀地把东西一一摆在椒红面前。

此次椒红虽是伤心欲绝，但仍记得许诺给灵心的那句誓言：不再去死！见言朗来，椒红的心里多少是高兴的，就好像沉入万丈深渊的人，在寂寞黑暗中，总算见到一丝光明，尽管言朗不是她最想见的那个人。椒红让巧儿给言朗看座，又让巧儿拿来些吃的，她和言朗一起吃着、聊着。椒红向言朗打听外面的世界。

言朗说："口子街上，还有小镇上的学生、工人与知识分子，都纷纷响应抗日。好多老师都投笔从戎，奔向战场，参加抗日呢。"

椒红激动地说："太好了，言朗，你能帮我逃出去吗，我也想参加抗日！"言朗一愣说："这——"椒红说："怎么，你怕了？"言朗一挺身子说："谁怕了？没有我不敢的事。不过，言来那小子看得太紧，不好办啊。"正说着有人敲门，言朗吓得躲到窗帘后面去了，"坏了，言来要是知道我来了，我就惨啦！"外面来人却是石仲辉，椒红奇怪道："咦，你也能进来，外面的言来哥没拦住你？"石仲辉侥幸地说："老虎还有打盹的时候呢，趁言来没在大门口，我便溜进来啦，哈哈哈。"

石仲辉的第一句也是说："看，椒红妹妹，看我给你带什么好东西来啦！"椒红以为无非也是野兔皮之类的东西呢，没什么好奇的，便不以为然地白了他一眼。石仲辉急啦，问道："不稀罕，是吗？看，都是最新的杂志与报纸哦——《大众生活》一本，《中学生》一本，《解放报》一沓，怎么样？"椒红的眼睛一下子放出异彩，忙扑过去，"太好了，真是雪中送炭啊，这些都是我最想要的！"

石仲辉卖弄地说："你看，上至达官贵人、商会巨贾，下至学校的学生老师、厂矿工人，还有商贩都有行动，纷纷都愿为抗日出一分力量。你想啊，这是一场关系到我们民族生死存亡的战争啊！"

椒红问："你怎么不去参军打仗？"

石仲辉说："怎么不想去？只是暂时还没去而已。不过，保家卫国不限地界，保卫家乡也是抗日啊。你不知道，我们在龙脊山山上训练可紧了，我爹说，练好看家的本事，一样能打鬼子。"

椒红着急道："所有的人都积极行动起来，只有我像鸟儿一样被关在笼子里，做个落后分子，如何是好？"

石仲辉悄声说："你要想逃出去，我有办法——"

"谁这么大胆，不想活啦？"帘子后面突然响起一个声音，石仲辉吓一大跳。言朗跳了出来，说："好你个小子，胆敢拐骗无知少女！"

石仲辉脸儿一红，上去捣言朗一拳，说："你怎么藏人家帘子底下偷听，不怀好意，你干什么来了？"

言朗反唇相讥："咳，我还没问你呢，你干什么来了？"

"这——我专程来给椒红妹妹送报纸的，她前日向我要的，是吧？"他向椒红一挤巴眼，想要椒红为他打圆场。

言朗不屑地一笑，说："我看某人是醉翁之意不在酒吧。"

仲辉问道："你呢，你的醉翁之意在什么？"

言朗说："我当然有要事了——椒红妹妹一个人关在家里多沉闷啊，我给她带来两只美丽的孔雀翎，给她解闷儿……"

仲辉哈哈大笑，嘲讽他说："不知道谁是醉翁之意不在酒呢！"

"你们俩都是醉翁之意不在酒！"言来突然从外面走来，双手齐出，一手抓一个，说："我能把你俩小子的胳膊拧下来，你们信不信？"言朗、仲辉一起大叫："饶命，轻点儿！哎哟，哎哟！椒红妹妹，救命啊！"言来力大无穷，抓得仲辉、言朗一齐嗷嗷直叫。椒红心想，若是言朗与仲辉不敢来了，我岂不是没有希望出去了？她突然心生一计，开口求言来说："不错，言来哥，快松手，是我要他们来的。我不能出去，还不能让人来陪我说说话吗？想闷死我呀！"言来立即松了手。

椒红说："言来哥，我想学练武，你们三个各有所长，把你们最擅长、最拿手的绝活教我几招，怎样？"

言朗说："我最擅长射箭，打弹弓。"

仲辉说："我最擅长轻功，适合女孩子练。"

言来说："胡闹什么，小妹，你是马上要嫁人的人了！练武绝非一日之功，你的婚期将至，能练什么呀？"

椒红耍赖又撒娇，说："我不管，我就要练武。言来哥，你不想让我闷死，就让我跟仲辉练轻功吧。"

言朗说："那我呢？"

椒红说："你教我打弹弓呀！"

言来说："大爷说了，不让你离家半步，上次带你出去到李子园，我挨大爷一顿皮鞭呢！"

椒红说："你让他俩来咱家，在后院里教我练功不就行了吗？"

言来仍犹豫道："这——"

椒红说："别这啊那的，就这么定了。"

至此，言朗与仲辉每天来凤仪楼，争着向椒红献殷勤，轮番向椒红献技，教她练武功。果香与陶明昭看到女儿不再寻死觅活地闹了，至于做什么，都由着她了。

椒红练武还真的进步神速，打弹弓能百发百中，还能在墙头上健步如飞，还会空中翻。如花笑靥又在她十六岁的脸庞上绽放。

一个细雨霏霏的夜晚，言来在大门口遇到行色匆匆的言朗，言来说："下雨了，天色已晚，小妹不练功了，你还来干啥？"言朗趴在言来耳朵上嘀咕几句，言来跳了起来，问道："此话当真？"言朗说："大熊包，你也有失算的时候，不信拉倒！"

言来噌地一下飞身上楼，问巧儿："小姐呢？"巧儿头也不回地说："小姐不在里间看书吗？"言来推开门，一看，人去楼空，却发现西窗下面有个梯子。他大叫一声"不好！"他飞身下楼，叫来言富，两人飞身跨马，急加一鞭，疾驰向西南追去。追到隋堤处，果然见一匹马在前面疾驰奔跑。说时迟那时快，言来摸出弹弓连发两颗子弹，一颗打中马腿，一颗打中人腿，只听前面一片人叫马嘶。言来赶上前去，一脚把石仲辉踹下马来，椒红也一同滚落下来。言来箭一般夹马过来，一哈腰，一伸手提起椒红，放在马背上；一只胳膊揽住椒红细细的腰肢，另一只手带马，来个乌龙摆尾，旋风一般拨回马头，风驰电掣一般地打马疾驰而回。留下言富在后面收拾石仲辉。

第 24 章

打 猎 奇 遇

石仲辉在那里捂着屁股和大腿叫痛，还没爬起来，就听有人哈哈大笑："哎哟哟，屁股摔两瓣儿了吧？还挖人家的墙脚呢！说什么教人家练武功，呵呵，纯粹是掩耳盗铃，醉翁之意不在酒，果然没安好心。"

石仲辉见是言朗，便大骂："你他妈的，还是哥们呢，是你告的密吧？你也不是什么好玩意，我不先下手，你就先下手了。哎哟，还不快拉我一把呀。"言朗伸手正要拉仲辉起来，忽地一下，一把冷冰冰的宝剑抵住仲辉的胸膛，是言富！言富骂道："狗日的，你真狡猾，来个瞒天过海，暗度陈仓。说吧，怎么个了结法？"

仲辉说："这——"

言富斥道："少啰唆，别这啊那的，说怎么个了结法？上次，我和我哥带小妹出去到下河桥一趟，回来就挨了大爷一顿皮鞭。此次，你竟然拐跑了小妹，我大爷知道了非得剥我俩的皮不可！在我大爷剥我俩的皮之前，我要先剥了你的皮！头伸过来吧。"言朗一听，便忙替仲辉求情道："别价，都是自家兄弟，也不能全怪仲辉呀，若不是椒红妹妹自愿，仲辉能带她离开吗？"

言富说："还有你，也不是什么好货，你俩，我一个都不轻饶！"

言朗说："嗨，你属狗的，乱咬人啊，真是狗咬吕洞宾——不识好人心。要不是我……唉，仲辉也是性情中人，咱们自小一块长大，何必非要闹得你死我活的？"

言富冷哼一声说："看在言朗替你求情的份上，即使不剥你的皮，那也不能让你好死。姓石的，那你就自断一臂吧，省得我动手啦！"

仲辉躺在地上，可怜巴巴地拿眼睛直瞅言朗，言朗只好继续当和事佬，说道：

"这样吧，让他多赔偿你一些猎物，就饶了他吧，将功折罪，你看行吗？"言富这才抽回宝剑，哼了一声，"那要看你们的表现喽，如何让大爷我满意。从今，你俩欠我的债没完！"言毕，拨马走去。

椒红被抓回来，又关在绣楼里。陶明昭大怒，严厉地斥责了言来兄弟，拿出鞭子结结实实地让兄弟俩再饱尝一顿鞭子。鞭打之后，又下死令："你们俩听好了，从今往后，严禁言朗与仲辉再踏进凤仪楼半步，若再有半点差池，一定剥了你们俩的皮！"言来兄弟跪在地上，点头不止，唯唯诺诺。

陶明昭惩治言来兄弟之后，便马不停蹄地去李子园找李阵星兄弟商定，将椒红与李文璇的婚期定于阴历八月十六。说："早结早了，省得夜长梦多！"李阵星兄弟乐不可支，当即两家定准了婚期。

眨眼间，八月十五即将到来。椒红即将大婚，这个中秋节，韦青凤带着言荣也从龙脊山回来了，一来为与明曜一同过节，二来为庆贺椒红的大婚。

但是这个中秋节，仲辉与言朗的日子可不怎么好过，因为他俩成了言来兄弟的出气筒，言来兄弟俩一见了他俩就讨债，不给就要打要剐的。趁着中秋节之际，言来兄弟向仲辉逼债来了，他索要十只野兔，十只野鸡。

仲辉说："每样十只，你逼死人呀？"

言富说："你给不给？"

仲辉说："我没说不给。但要是打不着那么多怎么办？"

言富冷哼说："我不管。要么给猎物，要么给命！"说话之间，就拔出匕首架在了石仲辉的脖颈上。仲辉小声咕哝一句："真他妈的野种！"言富手一抖，匕首寒光一闪，仲辉的耳朵便被划出一道血口子，渗出血来。仲辉"嗷"的一声大叫，问："你还来真的啊？"

言富问："我从来不来假的，你到底给不给？"

石仲辉无奈地说："给，给！碰到你这样的无常君，我他妈的算倒了八辈子的血霉！"

八月十四这一天，晴光艳照，仲辉恳求言朗陪他一起去打猎。这对难兄难弟亦敌亦友，常常打打闹闹，却谁也离不开谁。他们偷了石牙子的猎枪，一同奔向下河桥去打猎。

二人骑着快马，跑过季老汉昔日的水牢，即到了三叉河口下面的一片湿地。那里四周是良田一片，玉米、大豆、高粱、棉花等农作物此时正五彩相间，像调色板上的颜色，一层一层均匀地展示开来。玉米龇牙咧嘴地醉熟在秋风里，高粱向蓝空举起火红的火把，棉花正吐絮像云落堤坡。庄稼人在忙碌着。

仲辉打量着这片湿地，绿树成荫，灌木丛生，荒草没膝，郁郁葱葱的芦苇环绕着，大片大片的水明灭可见。仲辉赞道："天助我也，这真是个打猎的好地方！"他们在湿地周围下了围猎的卡子与丝网，便趴在草地上静候猎物来自投罗网。不

到半日，捕到六只野兔，五只野鸡，另外还打了四只野鸭子。仲辉高兴地说："收获真不小呢，快完成任务了。"

言朗说："嗨，仲辉，我不能白陪你来一趟，这几只野鸭子归我吧？"仲辉说："那你也不能都拿去，给你一只吧。"

言朗说："什么？小气鬼，就一只啊！那——两只吧，两只。"

仲辉说："就一只。"言朗说："两只吧。"

仲辉说："一只！"言朗生气了，说："两只！若不给，以后什么事别来烦我了。"

仲辉说："行行行，就依你，两只就两只吧，你也来打秋风！"言朗说："谁打你秋风了，你不该犒赏我吗？"

两人正在吵吵闹闹，突然从芦苇丛中钻出一个瘦小子，大喊一声："嗨，哪儿来的野种，敢在这里打猎？"两人一看，来人又黑又瘦，好像是从湿地里钻出的一条泥鳅似的。仲辉、言朗看了哈哈大笑。言朗白了一眼，反问："你是哪一位？敢来打扰大爷我打猎？"

那人一拍瘦鸡胸肋说："我们东家是下河桥的员外，他家的大管家——吕管家便是我爹。"

仲辉笑了，拖着长音说："哦——原来你是吕秤砣的儿子呀！哈哈，一看就像亲生的，一个像秤砣，一个像秤杆子，你爷俩倒是绝配啊！"

吕敬飞说："少废话，快把猎物放下，否则，就别想离开半步！"

一句话惹恼了小霸王言朗，他上前一拳，就把吕敬飞捣飞一丈开外。嘴里还骂道："去你个黑泥鳅。"吕敬飞飞落在草地上，顺势一滚，活脱脱像一条泥鳅。他杀猪般地大喊："三少爷，快来呀，救命啊！"话音刚落，便从芦苇丛里又钻出一个人来。仲辉他们一看，又来一个瘦子，比吕敬飞还瘦！不过，这人是瘦而长，白衣白裤，白面皮，瘦脸上还架一副金边眼镜，通体看去，像一个风干了的纸人一般。再看这个瘦鬼一般的纸人儿，倒显得有几分阔气与洋气，长相不俗，也不失风流潇洒。

那瘦鬼张口说话了，刚出口还挺客气地问："敢问台兄是哪里人？为什么擅自在此打猎？"仲辉不敢冒失，客气地说："哦，都不是远路人，我们都跟桃花湾熟。敢问台兄是哪一位，我怎么看着眼生？"

那人说："在下嘛，乃下河桥员外第三子李文璇是也。某自幼在南京舅父那里读书，故而少见。"

仲辉悄声对言朗说："啊，这人便是椒红的未婚夫呀！"言朗激动地说："啊，当真？那我们还能攀亲呢！"他们悄声说话，谁知李文璇把他们的话听得一清二楚。便问："你们认识陶椒红？"

言朗高兴地说："何止认识，我们便是她的娘家人，她还得叫我一声哥

哥呢！"

李文璇问："是亲哥哥吗？"言朗说："不是亲哥哥，但我们是同宗。"

李文璇说："幸会，幸会，不过，二位手中的猎物还要留下。"言朗一愣，怀疑地问："什么，你说什么？"

李文璇说："二位手中的猎物必须留下！"言朗说："我都说了，我们怎么说也算是你的大舅哥，这么不留情面，还要留下猎物？"

仲辉说："就是，你该对我们客气一些。"李文璇冷哼一声问道："我为什么要对你们留情面，我为什么要对你们客气呢，有这个必要吗？"

言朗说："你这人咋这样呢？六亲不认啊！"李文璇不加掩饰地说："我只认至亲，我要六亲干吗？请把猎物放下！"

仲辉说："天下有这么浑的人吗？领教了！好，我们留下猎物。但我们也不能白打，留一半，行了吧？"

李文璇决绝地说："一只都不能带走！"

言朗抱不住火了，开口骂道："真你他妈的混蛋，一点人情味都没有，白披了一张人皮，你根本不是人。你不仁我也不义，今儿这猎物我拿定了，一只都不给，你又怎么着？"

李文璇又一次冷笑，掐着腰说："我看你怎么拿走？"言朗提着猎物迈步就走，说："仲辉，咱们走，别理这只疯狗！"

李文璇手插嘴里，吹了一个口哨，从芦苇丛里又钻出五六个彪形大汉来，其中就有打手小乙，他们把仲辉与言朗团团围住。言朗端起猎枪，说："你们谁敢过来，我就把谁当野兔子打！"

李文璇蔑视地一笑。说："仗着手里有家伙，你吓唬谁？小的们，下他的枪。"

仲辉怕猎枪被夺走，便说："杀鸡焉用牛刀。"他转身对李文璇说，"这样吧，你三拳把我打倒，猎物你拿走。若打不倒，我拿走，怎样？"

李文璇哈哈大笑："悉听尊便！"

仲辉想：你这风干了一般的小纸人儿，能奈我何？李文璇挥拳就上，仲辉毫不畏惧；谁知，李文璇的拳头又硬又猛，只一拳，仲辉就险些栽倒。于是便不敢大意了，小心对付他。言朗说："跟他这种人论什么套数？上！"便扑上去，二人轮番攻击李文璇。别看李文璇瘦，但一抬腿一挥拳，都像是经过正规训练的，言朗与仲辉两个一左一右，像大象踏蚂蚁一般，恨不得想把眼前的纸人儿一脚踏在脚下，碾成肉泥。然而李文璇就像一只敏捷的猴子一样，腾挪跳跃，躲闪之际，还能偷空还击。轮番打了几回合，二人也没能把李文璇整倒，自己反倒累得气喘吁吁。

激烈的搏斗持续了一会儿，李文璇最终还是招架不住了，便跳出圈外，说声："小的们，给我上，狠狠地打！"打手小乙领着众人呼啦一下把言朗、仲辉二人团团围住，就像群狼撕羔羊一般，一起群殴他们。言朗、仲辉被群狼撕扯着，脱身不了，还击不力，眼看就要吃大亏。

他们的打斗，被正在绿豆湾田里掰玉米棒子的文江、秀英看得真真切切。文江便上来劝道："文璇兄弟，好歹他们是我大姑家那边的人，打出事了，就不好了。且放过他们吧。"傲慢无礼的李文璇白了文江一眼，从鼻子里哼出一声："哼，我管他是哪边的人？谁叫他们敢在我们家的一亩三分地里动土的？打出事了，他们活该！"文江想了想，说："那个陶言朗，就是口子街警局子里的副所长陶明耿的公子，打坏了他，不好吧？"李文璇听了，马上大喊："停！"家丁立即住了手。李文璇说："陶明耿我是知道的。这浑小子是他的儿子？喂，哪位是陶言朗？小爷今天且饶了你。不过，要放下猎物，快快走人。如若再敢来犯，定不轻饶！"他站在高地上整理一下自己的白色衣领，像个得胜的将军，居高临下，耀武扬威地站在那儿说话。

第25章

出嫁风波

李文璇正欲得意扬扬地班师回朝，仲辉与言朗嘀咕道："这小子这么混蛋，不能便宜他，不能让他娶到椒红。"言朗说："对，不能便宜他。"他们商议对策。李文璇走出十米开外，突然听到身后爆发出哈哈的大笑声，他转过身看，仲辉与言朗两人笑得直不起腰来。多疑、善猜的他感到蹊跷，"他们莫非有什么玄机？"他回转身，问："败军之将，有何可笑的？"

仲辉与言朗还是拼命地笑，仲辉说："咱就不告诉他。"言朗说："对，这天大的秘密啊，咱可不能泄露啊。"李文璇一挥手，命令道："上，围住他们，不说清楚，别想走！"众家丁又团团围住他们。

仲辉说："我们在笑一个蠢男人，一心想娶个绝色女子，那媒婆夸那女子脚不大，脸不麻，头不歪。但娶到家一看，原来是脚大、脸麻、头歪的女人，那头歪得像个米大麦一样，几乎都搭在肩膀上了哇！哈哈，哈哈……"李文璇听了呆呆地在那里发愣。趁此之际，言朗与仲辉挤出重围，打马跑去。

李文璇在思忖，他们这是何意？他问吕敬飞："你见过陶家小姐吗？长什么样？"

吕敬飞摇头说："没见过，好像听人说，人长得挺标致，但好像有点——"

"有点什么？快说！"李文璇紧张地说。

"据说——头有点偏。"

"什么？头有点偏！仅仅是有点偏吗？那是歪吧？还有呢？快说！"

吕敬飞挠挠头说："据说——好像脸盘上略有斑雀……"

李文璇大叫："啊，混蛋，什么叫略有斑雀？那是满脸麻子吧！那俩小子已暗示我了嘛，他们在嘲笑我，混蛋，混蛋！喂，给我回来——"李文璇对着仲辉

与言朗的背影大喊大叫，但见二人早已跑远，便气恼地说声："走，回家。"

到家，李文璇见了他爹气急败坏地说："我本来就反对订这门亲事，你们非说陶家小姐家富人美，原来是个麻脸歪头的丑八怪，我要退婚，退婚！"

李阵星吓了一跳，说："什么，你要退婚？你从哪里听说的，听谁说陶小姐长得麻脸歪头的？"

李文璇说："哼，全天下人都知道，就我被蒙在鼓里！"

李阵星问吕秤砣，吕秤砣说："陶小姐幼时来过阵风家做客，那时，长得白皙，水灵，不过仔细看去，确实头略向左偏一些。"

李阵星吃惊地"啊"了一声。李文璇气恼道："看看，长大了就变成歪头的丑八怪了。退婚，退婚，退婚，坚决退婚！"

李阵星怒道："孽障，你从小就不让人省心——后天就要娶亲了，说退婚就退婚？"

李文璇跳起来奔向马厩牵马，"我不管，我这就回南京。"

李阵星说："这如何是好？"

吕秤砣忙让人拦住李文璇说："不忙，先见见陶家小姐，再做定夺。"

李阵星说："如何能见到她本人？如何能做得周全而不悖理，又不出乱子？"

吕秤砣小眼睛一咕噜，说："有了，只要这么办——"

八月十五的傍晚，陶明昭的院子里来了许多人，三姑六姨的亲戚早就到了，熙熙攘攘地挤满了院子。李家送聘礼的大车小车也陆续来到。亲戚、邻居们马上围拢过来，想看看富家彩礼有多么丰盛、多么华美，大家都等着大开眼界呢，然而，只见来人不少，彩礼却稀松平常，并不比平常人家丰盛多少。围观的人眼中现出鄙夷的神色。明昭一见聘礼，就窝了一肚子气。

来了几个女眷，大管家吕秤砣也来了，对明昭解释说："还有聘礼呢，红衣、妆盒尚未到，明日再送一批。"其中有一个婆子说："是的，那妆盒有玫瑰味的，荷香味的，还有薰衣草味的，不知小姐喜欢哪一种，所以未敢送来。能否让我们上楼亲自请示一下小姐？"

明昭犹豫着，但果香断然拒绝。一来椒红多次逃婚，怕到跟前人多事杂，再生乱子；二来果香是非常迷信的——据传说，出嫁前见了婆家人的面，大人孩子死一半。她不想喜事变成丧事。但那婆子还要纠缠，径直走向凤仪楼。果香略微生气地说："这你们都不知道吗？"那婆子已经快步上楼。韦青凤突然横在那婆子面前，怒喝道："站住！女儿家出嫁前不得见婆家人的面，这点规矩你都不懂？自古红衣都选石榴红，妆盒都是荷花香。你们怎么什么都不知？倒来问一个小孩子？你们是真不懂还是装不懂？"一阵数落，吓得那婆子退了下去。吕秤砣一行人没有亲眼见到椒红，便悻悻而返。

八月十六那天，天上乌云弥漫，风雨欲来。

椒红一大早就被巧儿搀起来，她无力挣扎，她想文涛彻底退缩了，女人嘛，正如灵心说的那样，总是要嫁人的，嫁谁都一样了。此时她脑子里空空的，不想好事也不想坏事，任由人摆布。言青的媳妇田氏来给她梳妆——开脸、匀面、施粉搽脂、盘头、插花戴珠。众人看椒红乌云覆面，面若观音，冰肌雪肤，剑眉星目，艳若桃李。大家都啧啧称赞，但椒红冷若冰霜，面无表情。巧儿捧来火红的石榴红的嫁衣，椒红懒洋洋地穿上了，简直像神仙妃子，惊艳动人。只差红盖头未盖了。韦青凤也啧啧赞美道："我也算是见过世面的了，但我从没见过比我侄女更美的新娘！"果香说："等花轿喇叭来了，再盖红盖头吧。趁出嫁前，喝一口离娘汤吧，啊？"说着，不禁抹起泪水来了。

突然楼下传来了吵声与骂声，出什么乱子了？果香忙出去探究竟。只听言中的白脸憋得通红，正在跟明昭汇报："花轿刚到上河桥的十里亭，突然闯来一个白衣青年，举棍就砸，边砸边说，'我不娶麻脸歪头的丑八怪！'还把花轿、鲜花撒了满地都是！"明昭气得一屁股坐在地上，连连说道："欺人太甚，欺人太甚！"言来一听，叫上自己的两个兄弟跟言朗、仲辉骑马奔向下河桥，去找李文璇算账。因夺猎物一事，言来早就憋了一肚子火，今日听他胆敢砸花轿，言来便要亲自去会会李文璇。

椒红得知，是他的未婚夫亲自砸了花轿，理由是嫌她脸麻头歪。那个她不愿嫁的人竟然嫌弃她！椒红怒极攻心，她拿起面前的一把剪刀对着自己当胸便刺。众人吓得一片惊呼，果香正好上楼来，看见女儿这般，登时吓得瘫软在地。说时迟那时快，韦青凤一个飞步上前，劈手夺下椒红手里的剪刀。椒红伸手把头上的珠花、翡翠等扯掉，撒了一地，披头散发，像疯了一般，扑进里间，"嘭"地关上房门。果香大哭不已。韦青凤气得柳眉倒竖，说："岂有此理？他李家欺人太甚！看马，待我去会会那小子，我倒问问他，有眼可识金镶玉？"韦青凤带着石牙子等一干人也骑马奔向下河桥。明昭在家收拾残局，含羞带悲地招呼道："让亲戚、邻居们见笑了，好歹吃了饭再散。"

言来一行，骑马直追到李阵星家门口，要见李文璇。李阵星吓得让家人把李文璇藏起来，李阵辰让家丁挡在门口。李阵星出来抱拳作揖，声声讨饶，说："各位小将，事情并非老朽所为，都怪老朽管教不严，犬子闯了祸逃到哪里去了尚不知，等我差人找到他，定带他登门负荆请罪！"

说这话的工夫，韦青凤骑马赶到了，开口骂道："狡猾的老家伙，别揣着明白装糊涂，这不是你所为？昨日薄送彩礼，今日纵子砸轿，你岂不知？你欺负陶家无人吗？叫你家三小子出来，当面对质，说说清楚，谁是丑八怪？否则，决不善罢甘休！"

李阵星是知道韦青凤的厉害的，意识到事关利害，跟吕秤砣嘀咕一会儿，便抱拳作揖说："容老朽差人去找回犬子，再作商量怎样？"韦青凤冷笑说："哼，

少啰唆，我可没有那个工夫等，你要不交人，我可不客气啦，小子们给我冲！"这时，从梧桐苑的楼上下来一个轻狂的白衣少年，正是李文璇。他跑出来，扬着头说："对质就对质，明明你家小姐是麻脸歪头的丑八怪，为什么还隐瞒？悔婚的是我，砸花轿的也是我，与我爹无关！"

韦青凤点点头说："好小子，说话有点种！你听谁说的，我家椒红是麻脸歪头的丑八怪，此话怎讲？你亲眼见到的，还是听别人说的？"李文璇指着言朗与仲辉说："就是他俩亲口说的！你问他俩去！"言朗与仲辉一齐矢口否认道："没有的事，谁说的？我俩自是说笑话，讲故事玩儿，关椒红小姐何事？那是你自己想多了呗？哼，有眼不识金镶玉！"言朗与仲辉心里那个痛快啊，心想：小子呀，活该，谁叫你六亲不认，得罪小爷的，看你怎么收场。韦青凤与言来瞪眼瞅着言朗与仲辉，俩小子头一缩，坏笑着躲到石牙子身后去了。石牙子亦哭笑不得，嗔怪道："休得胡闹！"

"这——"李文璇意识到被耍了。李阵星赶紧抱拳施礼道："哎呀呀，原来是一场误会，误会呀。韦大侠，请息怒，我这厢赔礼了！"韦青凤冷笑道："我们陶家，当着这么多的乡邻、亲戚的面儿，被你们如此羞辱，单凭你说一句误会就行了吗？你说这事怎么个了结法？"

李阵星说："今日请韦大侠暂且回去，明日我定绑犬子登门负荆请罪，陶、李两家再续秦晋之好，可好？"韦青凤只好领着众人打马回府，请陶明昭定夺。

傍晚时分，憋了许久的雨终于下来了，阴风冷雨裹住了凤仪楼，更添几多愁。椒红的心里似火烧，羞辱、愤怒像两条火鞭子无情地抽打着她脆弱的心灵。初绽枝头的花蕾，怎能受得这凄风苦雨的打击？奇耻大辱啊，在婚礼上，自己好像一个足球，临门一脚被人踢出来了！椒红在镜子里审视自己，在外人眼里，我竟然是个麻脸歪头的丑八怪？文涛不要我了，李文璇也不要我了，奇耻大辱啊！活着还有什么意义？既然生无可恋，就无声无息地去吧，像一朵花悄然凋落，像一颗流星悄然划过夜空……她趁巧儿不在房间，便拿了一根绳子扔向梁头，此时，果香来看女儿，一见此景，便说："等等，红儿，娘也没脸活了，咱娘儿俩一起死！"于是娘俩在梁头上，一边一个去上吊。巧儿端来茶杯上楼，看到这个情景，吓得茶杯碎了一地，大喊："老爷，快来人呀，小姐、太太上吊了！"

明昭、言中、言华，孟氏、郑氏等一拥而上，明昭顿足气道："小孩子一时想不开，倒也罢了，你这个当娘的，也跟着瞎胡闹，成何体统？"他命孟氏搀走果香，郑氏搀走椒红。果香放声大哭。明昭也急怒攻心，无处撒火。正在这时，韦青凤一干人回来了，说了事情的原委，还说李阵星明日要带儿子前来负荆请罪，欲再修秦晋之好。明昭大怒："哼，事情岂能全由他李家说了算？明天我定要他好看！"

次日，果然，李阵星与吕秤砣带着家丁赶了几辆车来了，车上载满了食盒、

礼物等前来谢罪，并带来了李文璇。桀骜不驯的李文璇本不乐意过来的，但听说椒红美若天仙，便屈身前来负荆请罪。

明昭闻听消息，便差好言来兄弟："李家车一到，就给我砸，咱也办他个难堪！"可是，李家的车辆并未到他家门口，而是直接停在道宗老爷子家门前了。李阵星提了大小行李，先拜见德高望重的道宗老爷子；并请来上河桥、下河桥有名望的众乡绅，然后由陶明耿去请明昭到惠风庐里来。明昭生气道："不去，不见！"明耿说："老爷子说了，'杀人不过头点地'，人家父子登门来负荆请罪，咱不能不借坡下驴，捡起这个面子，人面值千金哪。"于是生拉硬拽，把明昭请过去。

李家自带酒菜，大摆筵席，还让李文璇亲自给明昭赔礼道歉，给足了他面子。最后，李阵星说："咱陶李两家冰释前嫌，再续秦晋之好，可好？"明昭说："哼，好马不吃回头草，我女儿岂能再回头？"

道宗老爷子发言了："最好的面子，就是大事化小，坏事变好事。"

"是呀！"

"是呀！明昭兄，还是答应了吧！"

"还是答应了吧！"

"……"

众乡绅七嘴八舌地劝明昭。明昭沉思了一会儿，便不言语了，算是默许了。李阵星忙命下人把礼物拉到明昭的大门前。最后提议："现在是民国了，不再老封建啦，让两个年轻人见见面，谈谈心，咋样？"

有人传话给椒红，椒红断然拒绝说："不见！"李文璇悻悻而去。

第 26 章

孔雀南飞

陶李两家再续秦晋之好，大婚重新定在九九重阳节。

夜深沉，月如钩。月光洒进小窗内，照得一人辗转难眠，这人是文涛。中秋节过后，文涛从宿州城回家一趟，听说了椒红的婚变，他揪心般痛苦，他想：自己纵然与椒红立了磐石之约，但造化弄人，被迫分离。如今，明明知道红妹想嫁的人是他，但他自己却无权去争取，无能为力去斗争，更无力去拯救心爱的人跳出痛苦的深渊；他仿佛听到了红妹心碎的声音，也听到自己心碎的声音，却毫无办法。夜不能寐，心如焚，罢罢罢，走吧走吧，远离这伤心之地。于是，文涛收拾了东西，踏着月色，连夜返回了宿州城。

夜深沉，月如钩。另有一人夜不能寐，那人是椒红。婚姻的枷锁像大山，一山放过一山拦，几经挣扎，已经伤得体无完肤。她对文涛思念，怨艾，忧愁，千头万绪，如乱麻，"剪不断，理还乱，是离愁，别是一般滋味在心头"。望着镜子里的自己，花儿一般的年龄，若这么屈服于命运的安排，然后默默地枯萎、凋零，岂不憋屈？她想起灵心给她念的那首普希金的诗——"不要悲伤，不要心急，忧郁的日子里需要镇静"。她镇静下来了，走到小楼窗前，看向窗外，一直望到村子西头的小路。那条小路直通向西南方，临涣镇与宿州县城都在那个方向，有人赶着毛驴车来来往往，那些过往的车辆有卖粮的，有卖酒的，有卖陶瓷器的……她望着月光下的小路，陷入了沉思。

次日晨，椒红早早起来对镜梳妆，描眉画唇，还哼着《牡丹亭》里的昆曲小调："则为你如花美眷，似水流年……"巧儿惊喜地说："小姐，今天好心情！"椒红嫣然一笑。巧儿下去端饭时，告诉果香说："小姐今天心情可好啦。"果香上楼来看女儿，当她看到女儿化了一个精致的妆容，还在那里香甜地吃着东西时，她惊喜地问："红儿，今儿什么事让你这么高兴？"椒红羞答答地说："那日我隔窗望见李家公子，想不到他竟然长得玉树临风，还颇有风度呢！"果香喜道："啊，你看中啦？太好了，这么说，你不反对这门亲事了？"椒红羞涩地一低头说："不知道！"便起身跑回里间，还倚门回首，故作羞涩状。果香哈哈大笑，喜得拢不住嘴，下楼去告诉明昭这个喜讯。

女儿那么快改变主意了？明昭还是有点半信半疑，仍让言来盯着她，严禁她出门，但防备之心确实有一些松懈了，又允许言朗与仲辉上楼来找椒红说话、打牌。

这天，言朗与仲辉一上楼，椒红就揪住了仲辉的耳朵，边揪边用粉拳擂他，仲辉疼得哇哇大叫，说："红妹，手下留情！哎呀，哎呀。"言朗看着得意地大笑。椒红放开仲辉又去追打言朗，言朗边躲边讨饶说："红妹，饶了我吧，我都是为你好！"椒红故作生气地说："天下有这么埋汰人的吗？我问你们俩，我长得有那么丑吗？"仲辉指着言朗说："是他出的馊主意！"言朗说："什么呀？也有你的份儿好吧。要不是我俩，你这棵好白菜，早就被那头猪拱啦！"椒红脸一红，追着言朗打，边打边说："那也不能那样编派我啊！"巧儿看着他们在闹，咯咯咯欢快地笑着。

椒红让巧儿给他们倒茶。他们开始在一起打牌。言朗说："李文璇那个混蛋，真他妈不是个东西，六亲不认，重色薄义，可千万不能嫁给他啊！"椒红故作生气地说："你们俩一会儿编派我，一会儿编派我的未婚夫，试问你们是何居心？"

石仲辉简直不敢相信地问："什么，你的未婚夫，你说的是哪一个？"言朗也感到难以置信地问："你不会指的是李文璇吧？"椒红耸耸纤肩，说："指的是他又怎样？不是他，又能是谁呢？"仲辉说："那么快你就变节了？"言朗跳起来说："难道你变节倒向李文璇了？若是那样，我第一个不乐意！"仲辉说："我也不乐意！"椒红冷哼一下。仲辉说："你是逗我们玩的吧？"椒红说："我有必要逗你们吗？"言朗说："啊，你当真变了？那，那李文涛呢？你，你们，那么多年的真情，说放弃就放弃了？"椒红说："不是我放弃他，而是他放弃了我。"言朗说："照我分析，文涛那是万不得已。此时，你不可以放弃他。无论如何不能嫁给李文璇。""我不嫁给李文璇那我嫁谁去？"她看出仲辉与言朗眼里的失望与愤怒。

言朗说："真想不到，前一日，还为了文涛要死要活，绝食上吊，翻墙逃跑；今日却要倒进敌人的怀抱，大概是看上了人家的风流潇洒，或图人家富贵有钱，真是女人心大海针，难以捉摸。"仲辉说："你这人真没意思。"椒红怒了："我没意思，你们眼瞎了吗？看不到我此时像关在笼子里的金丝鸟，插翅难飞？看不到我像牢狱里的囚徒，任人摆布？看不到我像砧板上的肉，任人剁吗？"言朗、仲辉一时哑口无言。

仲辉说："不到最后的关头，并不是没有转折的机会。"并说，"我这里有

一计……"言朗说:"别听他的,出的尽是馊主意。"仲辉斥道:"就你的主意不馊,你出啊,你出,静听高见。"言朗说:"我出就我出——"此时言来上楼来了,目光灼灼地问:"你出什么?"椒红说:"该我出牌了,他俩耍赖!"三人忽然哈哈大笑。巧儿端来茶,高兴地问:"又有什么开心的事?说给我听听,我也乐乐。"言来轰他们俩走人,临走时,仲辉扔给椒红一副好弹弓。

走出大门,言朗问:"仲辉,咱真要把这桩婚姻搅黄呀?"仲辉说:"怎么,你反悔了?同情那小子了?"言朗摇头说:"哪里,我同情他干什么,万一,再不成,咱又害了椒红!"仲辉说:"哪那么多万一……"

这天,言朗与仲辉又来了,他们送来一个大布娃娃,椒红一见欣喜万分。他们还带来一只野鸡,交给厨房烹熟了,言来、言富也到绣楼上,大家一同吃肉、喝酒、切磋武艺。

转眼间,婚期将至,陶李两家来往密切,准备婚礼,忙忙碌碌。看椒红仍是一副喜滋滋的面容,明昭、果香都放开心态。椒红闲来无事,一天到晚,打弹弓。凤仪楼西墙那边种着几棵枣树与柿子树,椒红就对着枣树与柿子树不停地打弹弓。

九月八日的傍晚,贺喜的亲戚朋友陆陆续续地又来了,挤满了院子。李家的聘礼车来了,此次聘礼之丰盛与绚丽,终于让众人大开了眼界,饱了眼福,都啧啧称赞。椒红的嫁衣是最好的石榴红绸缎,绚丽得直晃人的眼睛。椒红也高兴地招呼着表姐妹等女眷们来欣赏。

掌灯时分,椒红对巧儿说:"快把新嫁衣拿来,我要提前试试,这么漂亮的嫁衣,一辈子只能穿一次,多可惜呀。今晚我要穿着嫁衣睡觉,过足新娘瘾!"巧儿兴奋地说:"好啊!"便拿出美丽的石榴红嫁衣让椒红穿上,并且盖上红盖头。椒红在屋子里旋转起来,像一只火红的蝴蝶,翩翩飞舞,美不胜收,巧儿拍手道:"小姐,你简直比那月宫里的仙子还美呢!"椒红掀起红盖头,烧红烛,照红妆,无限惋惜地抚摸着华丽的嫁衣,心事重重地想:过了今夜,明天我走的路,但愿让我无怨无悔。便穿着嫁衣,盖上红盖头,和衣躺下。

九月九日的清晨,东方的天空燃起一片彩霞。果香早早上了楼,见巧儿还在熟睡,便喊起巧儿,巧儿一跃而起,去穿自己的一身新衣服,急切间却找不到了。巧儿奇怪地咕哝道:"咦,我的新衣服哪里去了?"果香问:"你的新衣服,谁能拿去穿不成?肯定是你自己乱放了地方。"巧儿说:"不对呀,我明明放在我床头上的,没乱放呀!"果香说:"快喊小姐起来吧,要起来梳妆喽。"巧儿便走进椒红的房间喊小姐起床。喊了几声不见动静,巧儿说:"小姐,新娘子,不能睡懒觉哦。"便小心地掀开红盖头,这一掀不要紧,巧儿失声大喊:"啊,不好啦,小姐变成了布娃娃!"

听到喊声,果香三步变作两步,掀开锦被,看到躺在床上的竟是裹着一身石榴红嫁衣的大布娃娃。便一屁股坐到地上,骂道:"这个死妮子,临到跟前,她

又出症了，坑死你老子娘了呀！"她让巧儿不要声张，悄悄地把老爷叫来。明昭一听，也傻眼了，这如何何得？他让巧儿悄悄叫来言中兄弟和言来兄弟，上楼关上房门，偷偷商量对策。

言来扑到西窗口一看，从窗户下垂下一条床单拧成的绳，这条绳的下端一直垂到枣树与柿树的枝丫之间，言来立刻明白：椒红是顺窗而下，再攀着枣树、柿树翻墙而去的。言来下楼却正好遇到仲辉与言朗来到了楼下。言来劈头就问："你们把椒红拐哪里去了？"言朗大叫："什么，椒红不见了？"明昭紧张地说："别声张，让李家人知道了就糟啦！"言来捂住言朗的嘴，把他逼到墙上说："别嚷嚷，否则我撕烂你的嘴！"那边言富也这般控制住仲辉，把他们一起押到小楼上，秘密审讯。仲辉说："此次椒红出逃，实与我们无关，再屈赖我，我可不依了啊。"言朗亦如是说。

椒红到哪里去了呢？明昭分析，最有可能去的地方有两个：一是可能去了临涣镇，找蓝灵心；二是去了宿州城，找言久与文涛。于是，便派人分头去找椒红，言来三兄弟载着言华骑马直奔临涣镇，仲辉与言朗骑马载着言中直奔宿州县城。

言来兄弟三匹快马像风一样向临涣镇疾驰而去。临涣镇，乃数千年古镇，秦朝时又名铚城，淮北古茶镇。言来兄弟来到临涣镇，见街道开阔，商铺林立，各茶楼在开门纳客，当时正值早饭间，卖早点的吆喝声此起彼伏；买早点的，熙熙攘攘。这里有闻名遐迩的马蹄烧饼，还有当地有名的油茶，喝起来，黏而不腻，滑而浓香；喝后齿颊存香，余味绵绵。言来在人群中用眼巡睃，但见一人舒展双臂，犹如白鹤亮翅一般，一手托起滚圆的筒，一手虚掌鸭壶嘴，对着桌上的大碗，一倾腰，一注如瀑，恰到好处一碗，不多不少，不漫不溢；再腰一挺，收住双臂，戛然而止，整个过程干脆利索，像一个完美的舞姿。那人一回头，竟是苗宏仁。

言来一把抓住苗宏仁的胳膊，劈头问道："见到椒红没有？"苗宏仁痛得龇牙咧嘴，说："兄弟，你说什么？椒红大小姐不是待在她的绣楼里吗？怎么会来到这里？"言来抓住他不放，说："少说废话，快带我去见蓝灵心。"苗宏仁挣扎着说："兄弟，你看，我正在卖早点呢，走不开呀。"言来强硬地说："走不开也得走！我要即刻见灵心！"

苗宏仁说："我们不知道椒红小姐……"言来说："别啰唆，快走，否则，我一把抓碎你的肩膀，你信不信？"苗宏仁心里骂道：哼，真他妈的野蛮！他说："我把这锅烧饼烤好，再带你去好吧？已经放进炉子里了，万一煳了，我就赔了！"他拖拖延延，把烧饼一一夹出，摆在箩筐里。当他看到一辆黑色的外国轿车，从他们身边开过去，他才爽快地说道："走吧，我带你们去见灵心。"苗宏仁带言来兄弟到了自己的住地。刚刚到门口，他就大喊："灵心，快出来，来客人了。"喊了几声，才听到灵心的声音，说："别忙，我在为孩子换尿布！"等了好几分钟，未见人出来。言来即便是火燎毛的性子，也不好硬闯进去。

灵心出来了，还在一边拧着湿漉漉的头发。她见了言来兄弟，惊讶地说："呀，哪阵风把你们仁兄弟吹来了？真是稀客！娘家人，欢迎，欢迎！"她一眼看见了后面的言华，言华看着头上冒着湿气的灵心，面如桃花，简直眼睛都看直了，灵心脸一红，背过身去。

　　言来单刀直入地问："你把椒红藏到哪儿了？""这……言来哥，到底发生什么事了？你这话从何说起？"灵心平静地反问道。言来说："今日是小妹的大婚之日，她却逃走了。她当真没来这里？"灵心一脸无辜地说："不信，你进屋翻，把我们小屋翻个底朝天好了。"灵心弯腰抱起一个约半岁大的孩子。言来兄弟进了灵心的小屋，灵心爽快地把各道门都打开给他们看。言来兄弟搜查一番无果，便无奈地摇摇头，打马而归。

第 27 章

李代桃僵

时近十时，李家的迎亲队伍来了。花轿，喇叭，吹吹打打，红红火火，热热闹闹，缤纷绚丽的队伍，络绎不绝的人流，极尽华丽铺张的气势，一路赫赫威威来到凤仪楼。文江竟然也被列入迎亲队伍里。明曜破例一身新装，笑颜可掬地迎向迎亲队伍。

听到楼下一片喇叭动地、锣鼓喧天的喧闹声，明昭与果香着急得像热锅上的蚂蚁。言来兄弟载着言华回来了，说："没找到椒红！"仲辉与言朗载着言中从宿州城赶回来了，说："没找到椒红！言久出远门了，不在宿州城里；遇到了他的女朋友萧沉思，她说未见老家来人。到了宿风学堂，找到了文涛，说并未见小妹来。"果香急得一屁股坐在地上，号啕大哭起来。明昭则急得直跺脚，转圈儿，直搓手。此时，巧儿跑进来，说："外面的喇叭吹响了，催咱发嫁呢！"

果香见巧儿眼睛一亮，一把抓住巧儿问："巧儿，乖孩子，你说这些年，我们陶家待你咋样？"原来巧儿是荒年时，黄河发大水，一魏姓人逃荒到此，为女儿讨活命，卖予陶家的丫头。巧儿仅仅比椒红小一岁，身材也与椒红相仿，只是较之微胖，浓眉大眼，长相不俗。巧儿被问得一愣说："老爷、太太待我如己出，恩重如山，小姐待我情同姐妹呀。"果香说："那好。你今天就代小姐出嫁吧！""啊！"巧儿惊得大张了嘴巴，不知如何是好。

果香说："论说，丫鬟若能与小姐陪嫁，倒也是好造化，比嫁与穷人之家，缺吃少喝要好得多。如今小姐未回，你先嫁过去。若小姐回来了，你们依然可以情同姐妹，共侍一夫，也未尝不可！"明昭停止了转圈，也问巧儿"如此——可好？"巧儿退缩，摇头，一个劲地说："不行，不行，不行。"明昭无奈说："本来嘛……这……有点荒唐，可是，唉……"果香哭着说："我知道这事有点荒唐，可是要

先解燃眉之急呀。明儿找到红儿，送过去，再作解释。这样他李家也吃不了亏，咱也好交代，不是两全其美了吗？就是，巧儿，好孩子，就算我求求你了，就帮帮我陶家这一回吧？"巧儿仍把头摇得像拨浪鼓，"不行，不行，不行，万万使不得！"巧儿吓得跪下了，果香也扑通一下跪下了，抓住巧儿说："好孩子，就算我求你了！"巧儿吓得起身去拉太太，但巧儿若不答应，果香跪在地上就是不起。巧儿无奈，只好含泪点头，答应代椒红小姐出嫁。

即刻请来言青之妻为巧儿装扮。外面的喇叭已经吹起了第二通，此时，巧儿已经装扮齐整。果香交代巧儿说："注意了，到了李家，尽量少开口说话，能不说话，就不说话。"可怜的巧儿频频点头，把太太的话谨记心里。喇叭吹响第三次之后，巧儿穿上椒红的嫁衣被李家的花轿吹吹打打抬走了。

巧儿被抬走后，明昭与果香坐卧不宁，生怕出什么大乱子，就让言中、言华随队送嫁；但言中知道是巧儿代嫁的，早吓得瘫坐于地，连连摇头说："不行不行，我，我，我……，让，让言华去送吧。"明昭骂道："没用的东西！"遂让言来兄弟骑马载着言华伴随花轿去送嫁，一直送到下河桥李子园，亲眼看着一对新人拜堂成亲，顺利送入洞房，才回来回复。

话说花轿到了李家，新娘子被搀扶下花轿，巧儿吓得哆哆嗦嗦，走路都打飘儿。在嘻嘻哈哈的人群中，她身心瑟缩着。在与李文璇拜堂的时候，她透过红盖头偷偷看李文璇，瘦瘦高高的，倒也有几分玉树临风的潇洒气度。主婚人在喊："一拜天地，二拜高堂，新人对拜，送入洞房。"一听"送入洞房"，巧儿在心里不住地祈祷："菩萨奶奶，老天爷爷，快快来保佑，让小姐回来吧，来换回我这个假新娘吧。"

闹过洞房，寂静的夜晚到来了，李文璇醉醺醺地掀开新娘的红盖头来。但见一轮新月般的瓜子脸上，浓眉大眼，模样眉眼倒也端庄俊俏。李文璇突然狐疑地仔细端详起眼前的新娘，发现了其中的蹊跷之处，早听说陶椒红的头有点偏歪，而眼前的这个新娘的头看起来端端正正的；再看其身材，略略发胖，不像是他们说的陶家小姐那样的身形。李文璇并没有见过椒红。但上次闹婚变，他前去桃花湾负荆请罪，目的想一睹椒红芳容，可遭到了拒绝，之后他便偷偷向陶明耿打听陶家小姐到底长什么样儿。因为他还是有点担心，不知椒红的头歪到什么地步。陶明耿便一五一十地向他描述一番椒红的长相：说她身材细挑，杏眼修眉，皮肤白皙，有名的玉面观音，只是脸颊上跳跃几个雀斑，但那瑕不掩瑜。她的头不是歪，只是向左略偏，最妙的正是这一点略偏，看起来，更是娇俏可爱。还听村里人说，她性格火辣，小人儿有灵气，有才气，村里人唤作"红辣椒"，够辣够俏，够有味儿！哈哈哈——李文璇听后便大喜过望，说："我就喜欢这样又辣又俏又够味儿的女子！"终致对椒红的外貌倾心不已，亟盼与陶小姐再结连理。

陶明耿巧舌如簧，口吐莲花，把椒红描述得美若天仙倩丽曼妙，她那美妙的

第27章 李代桃僵

倩影早已印在了李文璇的脑海里了，所以，他掀开新娘的红盖头，希望看到他梦寐以求的妙人儿，但他看到的新娘并非是他想象的那个新娘，便开始怀疑起来，劈头就问："你是陶椒红小姐吗？我看怎么不像呢？"啊，巧儿心里想：难道他有一双火眼金睛，一眼就能看出来我是假椒红？她哆嗦一下，但她紧咬牙关，故作镇静，就是不开口。

李文璇突然以手托住巧儿的下巴，威严地逼问："说，你到底是谁？"巧儿仍然不开口，强装镇静，但她禁不住颤抖的身体出卖了她。李文璇再次逼过来，厉声喝道："说，你到底是谁？怎么不说话啊？难道你是个哑巴吗？"他一把扯起巧儿，两个小眼珠子瞪得像两颗泥蛋子，一副要咬人的态势，巧儿撑不住了，吓得扑通一下跪在地上，哆嗦着说："姑爷，我，我，我是小姐的丫鬟巧儿！小姐逃婚出走，下落不明，老爷和太太让我先替小姐代嫁。小姐一旦回来，就立即送来李家。"李文璇听了这匪夷所思的话，嘴巴张开得像个山洞，突然爆发出一阵令人毛骨悚然的大笑，哈哈哈哈——哈哈哈哈——笑得整个洞房里的花烛、芙蓉帐都晃动起来。巧儿惊恐极了。李文璇像老鹰抓小鸡一般，抓住巧儿拖到床上，嘴里狞笑着说："好啊，已经是民国多年了啊，你们陶家还兴这一套，嫁一陪一，我却之不恭了，来，来，咱俩先入洞房。"巧儿挣扎着拼死不从，跪在地上说："姑爷饶了我吧，一切等小姐回来了再做定夺。小姐回来之前，巧儿打死不敢从命！"说着，她从袖子里露出剪刀。

在暗无天日的漫漫长夜里，谁能知道有多少罪恶在发生？第二日，陶家娘家人上门来瞧新人，言来兄弟骑马载着言华来到李子园李府瞧"妹妹"来了。李家人宾客相待，看上座，敬香茶，但就是不见新人来见面，李文璇与巧儿均未露面，言华心里感觉不妙。言华便对李阵星说道："妹夫何在？"李阵星慌忙抱拳说："小儿暂外出有事，一会儿就回府上，回来定来与几位大舅哥相见。"言华再提："怎么不见我家小妹？"李阵星眼里掠过一丝惊恐，说："贤侄，少安毋躁，新儿媳尚在房间里给婆母请安，稍候即来见娘家兄长。"言华一再要求见"妹妹"，李阵星一再拖延时间，丰盛的午餐摆好了，还不见巧儿的人影，言华感觉事情有点不妙，他让言荣出去到舅舅家找文江帮忙，文江跑到上河桥告知情况。

这边言来说话了，单刀直入、态度强硬地要见"妹妹"！李家仍然是百般拖延。言来三兄弟耐不住性子了，发一声喊就往里闯，闯进新房，闯进后院，到处乱翻。李阵辰带领几位家丁来阻拦，被言来三兄弟打得人仰马翻，不敢近前。最后找到了巧儿。可怜的巧儿已经悬梁自尽！只见巧儿的尸首乌青烂紫，没有个好地方，不知李文璇对她施以什么兽行，让她死得如此之惨。李阵星吓得面如土色，转身对李阵辰说："大事不妙，快快找人，作好准备，那阎罗婆来了，不是好惹的！"

明昭带人火速赶到了李家，一阵马蹄响，韦青凤、石牙子带领山上的喽啰，狼烟滚滚，气冲斗牛地冲到李家兴师问罪来了。李阵星唯独怕的就是韦青凤——敢惹天敢惹地，千万莫惹阎罗婆。韦青凤发起了威风，那简直是魔王降世，上扒屋，下打人，大人小孩，丫鬟，仆女，男女主人，都在劫难逃。李阵辰带来乡练团，与之对抗，但他们哪堪一击，还不够小喽啰收拾的呢，三下五除二，就被打得作鸟兽散。最后，连李家的锅碗瓢盆都被端出来砸了。

韦青凤等人肆意地在李子园大闹一番。明昭一面着人看管好巧儿的尸体，一面派言来去口子街警务所里报案。

警务所所长周凤山派副所长陶明耿骑着摩托车轰隆隆地赶来，验尸证身，缉拿凶手。李文璇早已畏罪潜逃，跑向宿州县城投奔他哥哥李文玑去了。于是就问责李阵星。李阵星与明昭对簿公堂。李阵星恶人先告状："陶明昭背弃盟约，纵女逃婚，还瞒天过海，以李代桃，拿丫鬟代嫁，骗取我们的彩礼！"明昭反击道："你血口喷人，你们家违约失礼在先，纵子砸花轿，欺人太甚，致使我女儿颜面扫地。至于女儿逃婚，并非我的主意。以巧儿代嫁，那也是暂缓之计，本来就打算让巧儿陪嫁过来的。你们李家逼死人命，铁证如山，还想抵赖？"

李阵星狡辩说："巧儿与我儿既拜了堂，就有夫妻之分，至于犬子对她做了什么，并非我所指使。再说，巧儿是自杀，与我儿何干？"明昭气道："一派胡言，你李家逼死人命，我岂能与你善罢甘休！"明昭要求周凤山给他做主，还屈死的巧儿以公道。这桩人命案，沸沸扬扬闹了几个月，一时难以结案。李阵星也花了不少现大洋，上下打点，想尽快了结此案。

这天，周凤山接到一封信，信是宿州县警务局李文玑寄来的。李阵星的二儿子李文玑在宿州警务局里已占据要职，他直接管辖口子街的警务所，于是便发一封密信，要口子街警务所早早了结此案。信里口气，明是商议，暗里掩藏着灼灼逼人之势，不容反驳。

周凤山乃慷慨正义之士，岂肯唯唯诺诺，随意枉法？他把信往桌子上一扔，怒道："岂有此理？"陶明耿捡起信看了说："我的大表哥啊，你若不审此案，换作他人一样能审理，到时，你眼睁睁地看着那个可怜的巧儿枉死，你又奈何？"

周凤山赌气道："这个案子我不问了，你去裁决吧。"说罢，抽身而去。陶明耿想出一个两全之策，让李阵星退一步，出点银子，就按李家媳妇的名分厚葬巧儿。李阵星一怕儿子有麻烦，耽误他的前程，二怕陶家的阎罗婆韦青凤再来闹，只好答应一切要求。于是，明昭认巧儿作女儿，李家赔偿陶家一笔礼金，并给巧儿披麻戴孝，入祖坟厚葬。可怜一个黄花闺女，就这样囫囵地命丧黄泉路，如此结案了事。

从此陶李两家交恶，明争暗斗多年。

第 28 章

尴尬情缘

抗日战争爆发后，阵雨、阵雷回到家，跟大哥阵风辞行说："我们去卫国，你在家保家，我们走了，家就交给你啦！"他交代文江把农民协会改成农民抗日协会，领导民兵好好抗日保家卫国。他嘱咐道："要发挥共产主义精神，先人后己，万事好做。切记，切记！"文江慎重点头。阵雨喊大哥阵风一同进入后院一间密室里，他交给大哥一杆老猎枪道："大哥，你要记住，无论生活怎样艰难，你要时刻紧握住这杆猎枪！它能保住咱全家人的性命，也能保住咱全村穷人的性命，谨记！谨记！"阵风紧紧握住老猎枪，郑重点头，然后像命一般珍藏起来。

阵雨临走时跟妻子杨氏道别："我走之后，山高水长，不知后面如何，你要协助大哥管好这个家！"杨氏泪如雨下，说："你多保重，鬼子不能不打，但我要你活着回来。家，你就放心吧，我会撑起来的！"阵雷也对妻子王氏进行一番殷殷交代，然后兄弟俩消失于茫茫暮色中。

大自然是爱美的主儿，春日里以桃李装饰，以牡丹芍药斗艳；夏日以碧绿色打底儿，以青山绿水作屏风；而今已到秋日，又一把扯去绿色，换上浅金淡黄，铺开无垠的五彩壮锦来亮闪人的眼睛。

进入秋季，农家无闲日。八月中秋过后，农家人开始掰玉米，掰了玉米割豆子，割了豆子起红芋，起过红芋耩麦子，如此按部就班，环环相扣，农民们就这般埋头田间，面朝黄土背朝天，苦干苦熬。

一大早，文江一手拿着窝窝头，一边啃着，一边用镰刀砍着红芋秧。下午，文江抽空儿到三黑家召开农民抗日动员会，宣布改立农民抗日协会，大家推举文江为会长，选三黑与丰收为副会长，建立了抗日组织。文江约定，协会有敌情时带领民兵战斗，没敌情就组织互帮队忙农活。这个秋季，抗日农协会就发挥了重

要作用，文江指挥有序，先帮助家里劳力少的人，先到文良、立冬家去帮忙，再则红梅、三黑家，及其他人家，连吕敬兰家也未忽略，最后才到自己家。各家顺利地忙完了秋收，然后再忙秋种，把麦茬、红芋犁起来，挖地窖窖起来；最后迅捷地把各家小麦播种到地里，头年的大活儿算是已告一段落。

文江一人帮完了这家帮那家，像陀螺一般忙碌着，再忙碌他都不怕，怕的是一些闲杂事令他犯难和烦忧。

文江在工作中历练，不断成长、进步，在他身上发生了巨大的变化：不仅增长了才干，还提高了口才，变得能说会道，帅气的外表上又添几分睿智和机变的锋芒，整个人身上愈发散发出无穷的魅力。当他在抗日农协大会上侃侃而谈时，吸引着下面女孩子那一双双亮晶晶、水汪汪的眼睛，那一双双水灵灵的眼睛里充满了崇拜的目光，那眼神里似乎并非只有单纯的崇拜，还有艳羡和迷恋……以及其他，他一时猜不透。最近他发现红梅看他的眼神尤其不正常，但是他不敢多想，尽量避免与她单独接触，然而红梅总能够创造出与他独处的机会，如在他犁红芋的时候，红梅总是拾得最快，跟上去，及时地递上一方手帕给他擦汗；当他干活累了，歇息的时候，红梅总是能及时递上一壶水，为他解渴……总之，每当他需要的时候，总是红梅及时地出现在他的面前，其真诚让他无法拒绝。文江心里感激之余，也平添了些许烦恼：他感到他的心，就像风过之后的湖面，虽然没有浩瀚的波澜，但也卷起层层涟漪，撩起不必要的情丝，这个时候他非常不情愿有这样的情愫。他有时想，也许自己多想了，红梅仅仅是出于一种革命战友的情谊。

他发现三黑对红梅很上心，红梅走到哪儿他就跟到哪儿，红梅干活，他抢着替她干；红梅扛不动的东西他挺身而出，替她扛；红梅汗流满面时，三黑便拿草帽儿给她扇风。文江便心生一计，他瞅着机会，对三黑说："三黑，想找媳妇了吧？"三黑羞赧地嘿嘿直笑。文江故意逗他，说："你看中谁了，你说，是敬兰、雪林、绿云，还是谁？"三黑巴望着文江继续往下说，文江却故意不往下说了，三黑嘟着嘴摇摇头。文江故作惊讶地说："难道这些好姑娘你都看不上？还是心里另有他人？说出来，哥帮你牵线。"三黑扭捏地说："也不知人家可喜欢我。"文江说："是敬兰还是雪林？"三黑又嘟着嘴不吭声，文江说："你看红梅咋样？"三黑咧开嘴，嘿嘿地笑了。

次日清晨，文江冒着浓浓的雾气在割芦苇，准备用芦苇去圈粮囤。突然，他感觉身后有轻微的动静，转身一看，吓了一跳，原来，不知何时，红梅已亭亭玉立地站在他身后。红梅见文江，脸一红，说："我来帮你收拾芦苇吧。"趁此，文江就把准备好的话对红梅说，他说："红梅，哥给你找个婆家好吗？"红梅低下头半天不说话，文江问："咋样啊？"红梅说："我心中已有人了。"文江问："哦，他是谁？"红梅又沉默不语，文江说："你说出来，哥给你牵线。"红梅似乎攒足了勇气说："他——远在天边近在眼前！"文江大吃一惊，他赶紧岔开

话题说："是有人看中妹妹啦！托我帮你们牵线呢。"红梅问："谁？"

"三黑！"文江看定她说。红梅说："跟三黑说，我不同意！这辈子除了我喜欢的人，我谁也不嫁！"她大胆地抬起头，一双美丽的大眼睛直视文江的眼睛，深情地说："文江哥，你尝过爱得发疯，被爱的火焰烧灼的感觉吗？这些天，我的心每天都像被火烤着，被油煎着，所以，我不顾女儿家的羞涩，提出这个要求，你答应我……"说着，她向文江靠近来，文江吓坏了，大喝道："停！这是不可能的！"红梅怔住了——原来三黑不知什么时候已站在他们的身后，红梅羞态难掩，便捂着脸跑开了，消失在白茫茫的浓雾里；三黑气恼地一跺脚，发一声"嗨"也消失在茫茫浓雾里，只剩下晕蒙了的文江尴尬地在那里发愣。红梅不再出现在农协会上，三黑也躲着不见身影，这让文江很为难。

还有一个烦恼，是来自吕敬兰那边，她思虑单纯，不慕虚荣，不像他爹和弟弟那样一味地谄媚财主。可打手小乙早已看中了她，她不予理睬，小乙见她整日地黏在文江身边，便在背后造谣："李文江在地下与多个女孩子大搞不正当关系。"漂亮男子风流事，他这么一说，村里就有人添油加醋，嚼起舌头来了；吕秤砣知道了，三番五次地来找文江的麻烦，扰得文江万分苦恼。

然而，令文江最怕最烦恼的是家里的那位，整日如狼似虎地盯着他——这些日子，每天清晨，秀英一起床，文江就不敢怠慢，也跟着起床、下地。这天下午，文江在家里圈粮囤。当他出门到院子里拿绳子回来之际，突然被彩儿堵在了门口。彩儿手里拿着一件衣服，笑容可掬地扭了过来，说："大哥，几天都没见到你啦，人家真担心你呢！"文江板着脸说："我在家好好的，有什么可担心的？你不去担心文海，反来担心我？"文江一副冷冰冰的面孔，希望她知难而退，但彩儿毫不退却，她喜滋滋地说："大哥，你看，我为你缝了一件长衫，你试试，合身不？"说着，拿起衣服就往文江身上套，文江吓得后退一步，说："不可，我不要你的什么长衫，你拿去给文海穿去！"

彩儿白了一眼，说："就他？那五短身材，哪里配穿这样的长衫！"文江生气了，说："我兄弟哪里差了，他哪里不配穿长衫了？"彩儿扑哧笑了，说："哎呀呀，还真护着自家兄弟呢，唉，你的情丝能有一分用在我身上，这辈子，我也不白活了。"文江板脸说："快让开，我还要下地运红芋呢！"彩儿两臂伸开，把住门框，说："你不试穿一下，我就不让开！"文江又急又气，又不敢声张，实在没法，只好勉强穿上长衫，刚刚穿上，就说："行了，我试过了，不合适，你拿走吧。"说着就要脱掉。可是彩儿坚持说："你没扣扣子呢，怎么就说不合适？"便伸手来为他扣扣子，文江便躲闪着不让她靠近，彩儿就像条蛇一样，缠住了他，娇喘吁吁地非要为文江扣扣子不可，并央求道："大哥，难道你看不出我的一片心吗？你就是一块石头，我如此待你，也该焐热了吧？"文江臊得脸涨得像猪肝似的，简直要喷出血来。他用力推她，口里骂道："放肆，你该好好用心伺候的是我兄弟文海……你快放手，我不需要你这样待我！"彩儿就像一根藤萝一样紧紧缠住文江不放，哪里顾得文江在说什么。

文江无可奈何，生怕有人发现。此时，合该有事，只听院外的大门"咣当"一声，大门迅疾被打开了，一个人迅疾地闪进院子里来，正是荣秀英！文江吓得魂飞魄散，呆呆发愣。可彩儿仍不肯松开文江，横瞪了一眼秀英，示威般地挨在文江胸前，继续为他扣扣子。这一切，让秀英看呆了，看蒙了，但她马上意识到了什么，她细腰一扭，跌跌撞撞，摸出一把镰刀。吓傻了的文江大脑一片空白，但当他看到秀英手里的镰刀时，他的大脑马上恢复了意识，他用力甩掉了彩儿，飞奔过去夺秀英手里的镰刀，秀英已经举起镰刀，对准自己的眼睛就要扎下去，边扎边说："等我瞎了眼睛，就再也看不见这事儿了！等我瞎了眼睛，任由你们怎么作去！"文江拼了性命地去夺镰刀，秀英岂肯放手？文江急切中抓住镰刀头，镰刀割破了他的手，鲜血直流，他也毫无知觉。他抱住秀英的双臂，使她动弹不了，此时，才发现秀英的裤子上血红一片，明白了她为什么突然跑回家来。

镰刀终于被夺下来了。面对疯狂了的秀英，文江感到，自己浑身是嘴，也说不清，他也不想说什么了，他对秀英说："我就是跳进黄河也洗不清，你看好孩子们，我去了！"他拿着那把镰刀，头也不回地钻进堂屋，"咣当"一声关上房门。此时，临到秀英傻眼了，她发疯地扑到大门上，又喊又叫又求，哭声震天。但里面毫无动静。秀英跑出大门，大喊："救命啊，救命！"此时，文海恰好回到家，他听到大嫂在喊救命，急忙跑过来问："咋的了，发生什么事了？"秀英急火火地说："啥也别问了，快，撞开门，救救你大哥！"文海后退几步，猛地撞开大门，他们跑进屋去，文江已经倒在了一片血泊中。

第 29 章

乡 村 风 暴

几经抢救，终于把文江救醒过来。汪氏盯秀英一眼质问道："你们俩夫妻怎么了，竟逼得文江割腕？"阵风也不满地嘀咕道："他们小夫妻，可是从来没红过脸的，怎么竟然闹到这个地步？"杨氏、王氏也感到不可思议，兄弟姐妹对秀英也有了微词，一家人马上都开始对秀英怒目相向起来，秀英憋屈地说："我去找文海说个理去！"

文江一把抓住秀英说："你要找文海，伤了我们兄弟情分，咱俩从今往后就是桥归桥，路归路啦，咱夫妻情分也到头了！"秀英问："你——那你到哪儿去？"文江说："若到那一步，我的命就彻底不要了，你走你的阳关道，我走我的阴间独木桥。"秀英哭道："你说咋办？"文江问："彩儿呢？"

秀英说："出了那么大的事，她早就不知躲哪儿去了，她不在二院里，二婶与文海什么都不知道，他们还问我彩儿哪里去了呢。"文江说："大概躲回娘家去了吧。你把她找回来，让她和文海继续过日子。"秀英反问道："让我去找她？还低头把她请回来？我，我……"文江说："这件事非你不可，只有你请她，才能解开这个死疙瘩！"秀英说："不可能，我还要说……"文江说："你要当碎嘴婆，你说吧，你一旦说出去，文海与彩儿之间就完了，就二婶那个脾性，她不得气死？你想拆散他俩，也就等于拆散咱俩，接，还是不接彩儿，你看着办吧！"文江赌气背过身去，荣秀英憋屈地流下眼泪。文江见她流泪，又转身哄她，夸她是个好妻子，大家眼里的好媳妇，又设法逗她，直把她逗得破涕为笑。

第二日，秀英在彩儿娘家附近小集市的街头，找到了彩儿。她们来到一条小河边，彩儿傲慢地说："你是来骂我的吗？"秀英说："不是。"

彩儿说："你是来羞辱我的吗？"

秀英说："也不是！"

彩儿奇怪地问："那你找我干吗来了？"

秀英说："找你回家，跟文海好好过日子！"

彩儿不屑地一笑，说："我还真遇到活菩萨了呢！我就不服气，我问你，你比我显得年轻吗？"秀英说："怎么可能，你比我年轻多了。"

彩儿又问："你比我长得好看吗？"秀英答："比不了，你年轻貌美，当然是你好看。"

彩儿说："你一不年轻，二不漂亮的，要什么没什么，怎么还能勾得住那么好的一个美男子？难道你勾男人有术？我真不服那一口气，我不信，我就勾不动他！"

秀英笑笑说："我是不够年轻也不够漂亮，勾男人也没有什么法术。你知道，蒲公英花与枣树花，哪个又大又美，哪个又小又不起眼吗？你也知道，哪个今年在明年不一定还在，哪个更加实用吗？过日子，讲的是实用，不止讲美。做女人，守得本分，才能守得福分；好男人不是勾来的，而是用勤劳贤良的德行赢来的，是敬来的。俺啥也不说了，你回家跟文海好好过日子吧。"秀英说完，转身就走，彩儿站在那里愣了一会儿，也跟在她后面一同回家来了。

彩儿回到家，偷偷观察文江与秀英，依然如往日一样恩恩爱爱地过日子。一天，彩儿对文海说："奇怪了，你大哥怎么看中你大嫂的呢？你大嫂瘦得像根柴火棒一样，没有一点看相，她根本就配不上你大哥嘛！可他俩竟然好得蜜里调油似的，真见鬼了！"文海怒怼道："这叫买眼镜对光，你管人家般配不般配呢？再说了，大嫂才是天下难得的好媳妇呢，勤劳持家，精明能干，哪像你，哼……"彩儿一听就不干了，嚷嚷道："我怎么了，我怎么了？"此后，就跟文海闹，闹得家里鸡犬不宁，杨氏忍无可忍，对文海说："带走，带走，眼不见心不烦！"于是文海只得带彩儿又住到了口子街。

当秋季滑向深处，冬季也踱着小步慢慢走来，中原地带的树叶由蔚然一片，渐渐枯黄陨落了，地上铺满了金黄的树叶，似乎给大地铺一层鹅黄的地毯。趁农闲，文江去忙抗日农民协会里的工作。他找来三黑谈心，解开了他心里的疙瘩；又去做红梅的思想工作，劝她与三黑好，红梅还算深明大义，终于答应了与三黑处对象。文江看到吕敬兰与丰收很能说得来，便有心撮合他们，丰收初听此话，很是欣喜，但他很快又由喜转忧地说："敬兰确实是个好姑娘，但她爹是吕秤砣啊……不可，不可！"丰收摆着手跑开了。文江见状只得笑笑，暂把此事放下。

农民们刚刚把麦茬红芋收进地窖，粮食待在粮囤里还没焐热，吕秤砣就滚动着滚圆的小身材，领着账房先生，带着打手小乙，拿着大小斗，拎着大秤，到各家各户来征收粮租。正如百姓所说："收租收租，交税交税，财主发福，穷人遭罪。"

桃李原

　　吕秤砣带人首先来到了阵风大院的门前。阵风与杨氏一看收租的来了，不得不迎上去。账房先生掏出算盘，噼里啪啦拨拉一番，一一报出要交的租子。阵风听后一言未发，只"唉"地叹了口气，低下头吸老烟袋。文江、秀英、杨氏等齐上阵，把大豆、谷子、高粱、玉米，还有红芋片，一篓篓抬出，按数完租。账房先生一一记在账本上。交过租子之后，杨氏转身一看，心里一阵透心的凉，只见粮囤里的粮食，就像冬日里树上的叶子，几乎是光秃秃的了！

　　已了，吕秤砣翻翻账本，说："不错，今秋你们三家的粮租都交齐了，可是，今年初夏，你们欠下的十斗麦子，你看咋个交法？东家说了，没有麦子，用秋粮抵债也行，毕竟你们是本家，不难为你们。"阵风拿过账本看看，上面赫然记着尚欠十斗麦子。阵风说："你把这笔账给我勾了去！你忘了，是你们的尺子出了问题，量错了地，把八亩多地，误量成十亩多，我们要多交十斗麦子。当时，这笔账就要勾掉的。"

　　吕秤砣说："这话你跟东家说去，我只是个跑腿收账的，按账本上记的收账，其他都不干我的事。"文江气愤地说："你们只管昧着良心做事吗？当时的是非曲直，我清楚，你也清楚，凭什么还要这份租子？其他各乡，都闹着减租减息，咱这里没闹，算他们兄弟交好运了，还不知足？照你这么一说，我真要闹他一闹呢！这份租子，就不交了，我看他能咋的？"

　　吕秤砣瞪了一眼，没敢说什么，便带人走了。文江带着气，走进抗日农民协会会议室，召开了一个紧急会议，他说："财主是得一望二还盼三，贪心不足蛇吞象，咱们也要跟上外面的形势，减租减息！"三黑首先响应，大呼道："我们要减租减息！"丰收、长青、立冬、秋生等村里人纷纷振臂高呼："减租减息！"

　　文江带领长青、三黑等人到了自家大门口，看见父亲正与李阵星在费口舌地讲理。李阵星一开始还算客气，抱拳作揖地说："阵风大哥，初夏欠的粮租，小弟确实代你们向上级缴了呀。一个村，几十户人家，我都代缴了，说实在的，小弟家并不是钟鸣鼎食的大户人家，只不过是有口饭吃而已。我代缴了上千石麦子，若全村都不还给我，我不是折本折到家了吗？"阵风反问："你代缴，你为什么要代缴？明摆着，你们弄巧成拙，瞒天过海，故意错量土地，害人害己。你说你代缴了，我们穷人再还给你，不还是钻进你的圈套了吗？"

　　李阵星蹙眉，装一脸的哭相，顿足说："我发誓，我冤枉啊，那量尺，那量地的人，都是县里派下的呀，一切与弟无关呀。皇粮国税派给我，你们少交，我就得多交呀！"文江接过来说："阵星叔，别说了，那人上次我在口子街见过一次，他什么都跟我说了。"文江这么一诈，没想到李阵星慌了神，立马变色，厉声喝道："胡说，宿州县城，远在百里之外，你怎么能在口子街里见到他？"

　　文江说："即便他在县城，仅仅是百里之遥，我也可以把他找来，和大家对质一下嘛。"李阵星不悦地说："我不和你们啰唆，当今正是抗日之际，国税军

粮，如泰山压顶，当务之急，必须交租子，完国税，不得有误！"

文江说："当地年年闹荒，战争连年不断，已是民不聊生，外地都已减租减息，我们也要减租减息。那份粮租本来就不该俺交的，俺坚决不交！"李阵星完全失去了耐心，厉声说："不行，国税军粮，一粒都不得少，哪个敢违抗，吃不了兜着走！"文江掐腰立在大门口，说："家里的粮囤已经空了，再交，你让我们一家老小喝西北风去？你真要把我们逼上梁山吗？"

李阵星也瞪起了小眼睛，说："你当真敬酒不吃吃罚酒？你真要逼我对你们不客气吗？"文江说："我们吃了你的敬酒，就得人吃人啦！"

李阵星冷笑一声说："不吃敬酒就不得死人了？哼，小乙，上，见粮就拿！"小乙带着几个家丁往阵风大院里就冲。此时，躲在墙后的长青、立冬等一群年轻农民高喊道："减租减息，据理而争！"他们喊着冲了出来，拦住了小乙和众家丁。他们互相推搡着就打起来了，这时，李阵辰带领的乡练团的人众赶来，三黑、丰收带的民兵也赶来了，双方各不相让，大打出手。混战中，有农民不断地加入进来，此时穷人多，富人少，强弱胜负，渐渐分晓，李阵辰的乡练团的人和小乙带的人身上都挂了彩，一时都被打败，落荒而逃。这一局，穷人们大获全胜，皆大欢喜。

李阵星吃了亏，怎肯善罢甘休？他便着人到口子街，找他亲家赖长贵搬救兵。赖长贵本来就是口子街上的一痞子，打架斗殴最上心，他听说打架，一下子就搬来三十多人，到阵风门口骂阵。文江等人早有防备，他到上河桥姑父家去搬救兵，于是言来、言富、言青、周坤等都来了，他们如狼似虎，都是能打仨携俩的勇猛之士，对付那些纨绔子弟，犹如虎入羊群，风卷残云，不在话下。结局是，财主的人又一次被打得落花流水，一败涂地。李阵星的女婿赖子腾也参与了混战，他的头被言来打了个洞，鲜血呼呼直喷。赖长贵心疼地大哭："我的儿呀，你可不能死呀！"李阵星咬牙切齿地恨道："李阵风，你等着，我定要你血债血偿！"

李阵星派大儿子文理到大鹏山去搬武术世家吴车臣来助战。吴车臣带领大鹏山的一些猎户，鱼龙混杂的一群人烟尘滚滚、气势汹汹地赶来了。而言来他们到了龙脊山上去求母亲韦青凤拨一支喽啰兵来参战。韦青凤派言荣、言朗、石仲辉带领龙脊山上的一支喽啰兵浩浩荡荡地赶来。这哪里像打架，简直是一场战争。

这两支队伍里，个个都自视不凡，急于想一展身手，一相遇，二话不说，就打起来了。言来兄弟，一说打架，就像充了鸡血似的，浑身是劲，他们兄弟几人，简直是搅海之龙，打起架来如有神助——言荣把瘦小的吕敬飞压在身底，像捶死猪一般地猛劲地捶打着，吕秤砣看到了，便不顾一切地搬起一块石头砸向言荣；被言来看到了，他飞起一脚，把吕秤砣踹飞，吕秤砣就像一个秤砣一样，叽里咕噜地滚进一个大粪池里去了。小乙与几个猎户一齐上，把言荣搬下去，吕敬飞趁机一滚，逃脱了。他一眼看到父亲吕秤砣在粪池里挣扎着，他急忙把父亲捞出来。

言来看见言荣被小乙几个人纠缠住，马上要吃亏，他奋不顾身地来救弟弟；打手小乙纠集几个猎户，瞅准了言来的破绽，突然围上去死死地抱住他，言来纵有猛虎之威，但被他们缠住，也一时挣脱不开。混战中，只见言来脑浆迸出，鲜血喷溅而出，当场如倒了玉柱一般，"咣当"倒在地上！

第 30 章

葫 芦 之 案

石仲辉发现言来倒在地上，就过来喊："言来，言来，你怎么了？"言来不吭也不动，仲辉便大喊："都住手，打死人啦！"滚成一堆的人都住了手。言富、言荣见此情景，忙奔过来大喊："大哥，大哥！"扑了上来伸手一摸，言来已经没有鼻息了！"谁干的，谁干的？我要把他碎尸万段！"言富、言荣发了疯，怒吼声犹如万钧雷霆在天空滚滚奔涌，闻者无不惊悚战栗。刚才还像滚滚沸水一般的双方，一时静了下来，人群中现出抱着一块沾满血的石头的吕秤砣。言富、言荣看到这一幕，就一跃而起，就像鹞子抓小鸡一般，抓住吕秤砣，当时，就听咔嚓一声，吕秤砣立即发出惨绝人寰的惨叫声，那是他的胳膊当场就被扭断了！眼看吕秤砣就要被兄弟俩活活地撕碎，恰在此时，只听"嘣"的一声枪响，全场人都吓愣了。原来，他们几天来的打架，早有人向口子街的警务所报知，就在言来倒下之际，陶明耿带人赶到现场。

韦青凤得到报信，得知言来被打死，她简直发了疯，她一阵风刮到李子园。石牙子骑着马，带着一队喽啰兵狼烟滚滚地尾随而来。

韦青凤奔至下河桥，她并不直接去看言来，而是一马跨进李阵星的大门，来个马踏梧桐苑。李阵星、李阵辰闻风早已吓得携带家眷逃之夭夭，院里只剩下一些男女用人。韦青凤闯进梧桐苑，那些丫鬟仆女吓得叽哇乱叫地躲避不及；她一路狂轰乱砸，而石牙子，则带着喽啰兵肆意地劫掠财物——粮食、布匹、金银铜器、骡马、猪羊，能装的装，能拿的拿，能牵的牵。

韦青凤砸了梧桐苑后，拨转马头，奔至下河桥东，那里正围着一群人，她拨开人群冲进去，看见言富、言荣在哭，而言来直挺挺地躺在地上，满头鲜血。她扬起手来，给言富、言荣每人一个响亮的耳光，骂道："两个没用的东西！"然后扑到言来的身上大叫："来儿，我的儿，娘的心尖子呀！"一阵珠泪纵横。人们惊讶地看到罗刹女竟然也会流泪！一声声的唤儿声，让人揪心落泪。

玉罗刹一番哭泣之后，把头转向人群，目光如炬，两只大眼睛里似乎要喷出熊熊火焰，几乎要燃烧整个世界。在场的人吓得都缩紧了脖子，汗毛都站起来了，屏住呼吸，生怕她的火喷到自己的头上，想逃但又都不敢逃。她跨马提刀，大喊："是谁要了我儿的命，拿命来吧！"

此时，陶明耿带人来到跟前，一个眼睑底下青一块的小警察拿着照相机对准言来一明一暗地直冒烟，连着拍照几次，又在本子上记录着。在陶明耿身后的人群中，现出五花大绑的吕秤砣，他跟个小橛子似的杵在那里，胳膊上吊着绑带。韦青凤看见了，下马跨步过去，一把抓住吕秤砣的头，就要手起刀落。陶明耿疾步上前，阻止住她，当着众人的面，他打着官腔对韦青凤说："韦当家的，这是民国了，凡事要讲究法制的。要相信政府，政府一定会还你个公道。毕竟死者为大，你赶紧把死者带回去，安排后事，入土为安吧。"说过，带上吕秤砣，骑上电驴子一阵烟地跑了。明曜泪流满面地拉着一辆板车过来了，他把言来用板车拉回去，安葬在当初的那块瓜田地头上。

陶明耿提了吕秤砣来到口子街警务所里，请示了所长周凤山。周凤山读过军校，素有报国之大志。近日，日本人发动侵华战争，令他着急得火烧火燎的，恨不得马上去上阵杀敌，报效祖国。一听说村里人因打架斗殴，打死了人，他便气愤道："这些不知死活的鬼，日本人打来了，马上占据了半个中国，他们有力气不去打日本人，反而去打自己人，哼！"

陶明耿说："大表哥，国家大事，咱小小警务所管不了，眼下，咋个处理吕秤砣？"周凤山思索一下，说："吕秤砣打死了陶言来，他已据实招供，还有什么好说的？照程序来，问讯后送县警务局处理就是。"

此时电话响了，是李阵星的二公子李文玑打来的，他督命周凤山："要立即释放吕秤砣！"

周凤山撂下电话，质问道："岂有此理？杀人犯岂可说放就放？还有王法吗？"陶明耿说："上级说话，那是海龙王打喷嚏——口气大呀，他能盖住咱呀！"周凤山说："岂有此理？他说放就放，这警务处开在他家里不就得了？"陶明耿两手一摊，摇摇头。

他们正在议事，突然闯进一人，号啕大哭，来人是赖长贵。他号啕着说："我儿子赖子腾，昨晚在家已咽气身亡！"他擦把泪说，"那杀人凶手就是李文江！这回我看你警务所有何作为。你须抓来李文江，否则我连你们一起告到县衙去！"周凤山刚想讲话，李文玑又打来电话，督命周凤山抓捕李文江。周凤山放下电话，怒道："岂可随便抓人？"他转对陶明耿说，"这样，你即刻深入下河桥，去彻查事件的来龙去脉。然后再回他话。"陶明耿问："那抓不抓李文江？"周凤山

说："开玩笑，岂能不问青红皂白就抓人？查清再说。"陶明耿领命而去。他到下河桥，了解到，当初双方打架时，是言来打破了赖子腾的头，赖子腾回到家几日后才亡命的，他的死与文江无关。除此之外，据旁观者说，言来并非是吕秤砣砸死的，而是吕秤砣的儿子吕敬飞所为。那天在小乙与几个猎户缠住言来的时候，是吕敬飞趁机搬起石头砸的言来；吕秤砣怕言富会要了儿子的命，才夺下他手里的石头，趁乱一把将儿子推进人群，让他逃跑。他是替儿子顶包来的。

周凤山决定放了吕秤砣，下令抓捕吕敬飞。他刚要下令，又接到李文玑第三次打来的电话，要他暂且不可释放吕秤砣，并确保他的安全。因为韦青凤派人在外候着呢，随时都能要了吕秤砣的命。

周凤山的暴脾气爆发了，他狠狠地撂下电话，怒道："警务所岂是你李家开的？"案子错综复杂，还有李文玑在压着，令周凤山感到为难。此时，走来一位五十开外的男人，他也是号啕着进来的。他说，他儿子名叫沈丘子，昨天来了一个年轻人约他出去，过后他竟死在一个茶馆里啦！又是一起人命案，一波未平一波又起！周凤山急忙派人侦查。据查，这沈丘子就是来到下河桥丈量土地的人。那么凶手是谁？

根据沈丘子父亲提供的线索，周凤山让人画影图形，那是一位白衣白帽的瘦小青年，周凤山看了图像后，他马上提问吕秤砣："你认识这个人吗？"吕秤砣一看，吓得冷汗直流，心里嘀咕道：难道说李阵星想一石三鸟，杀人灭口吗？

吕秤砣本是穷人出身，人矮智谋高。他曾与李阵风、李阵平、吕胜利几家非常要好，平日，吕秤砣出谋划策，阵风兄弟与李阵平兄弟仗义敢言，吕胜利兄弟人多势众，村里穷人都仰仗他们对付财主。这让李阵星大为头疼。得吕秤砣者便得下河桥，李阵星便不惜重金拉拢吕秤砣，吕秤砣禁不住诱惑，便投靠了财主。

吕秤砣为李阵星出谋划策，为他计安天下，渐渐地，他竟变成了李阵星肚子里的蛔虫，只要李阵星能想得到的坏主意，吕秤砣就能为他设计得技高一筹，实施起来更加狠毒。他们狼狈为奸，对下河桥的百姓做了很多昧良心的坏事。

近年，连年打仗，征粮，捐税，应付官与匪，令李阵星也感到吃紧；各地又闹起减租减息的风暴，更令他感到惶惶不安。一日，李阵星在犯愁，咕哝道："怎么能让每亩多收三五斗呢？"吕秤砣眨巴一下小眼睛，便献上一计说："东家，让一亩地多长出来一些，不就多收三五斗了吗？"李阵星说："怎么能让一亩地多长出来一些？如何——"

吕秤砣笑着说："我说的是，让土地多长一些。"李阵星眼睛一亮，"让土地多长一些？哦，好主意！哈哈……"于是李阵星便请来了沈丘子冒充县里丈量土地的。沈丘子的父亲与赖长贵有交情。李阵星对沈丘子一番好酒好菜招待，又塞一包银圆，沈丘子便用准备好的尺子丈量土地。这事被文江撞上捅破天后，才爆发的这场风暴。李阵星怕吕秤砣泄露机密，便又设一计，让吕敬飞约出了沈丘子……吕秤砣看到画的图像，摇头说不认识，但他心里恐慌，说话吞吞吐吐，还一个劲地在擦汗。这一切，被周凤山看得真切。他派陶明耿秘密去抓吕敬飞。

此时小乙给吕秤砣送饭来了，并要求面见周凤山。周凤山来见小乙，小乙就忙着掏出一小包裹，并说："这是我家员外的一点心意，望您关照一下吕管家……"周凤山一掂量，沉甸甸的。他大手一挥道："这个不必。请你家员外放心，我自会照顾好吕管家的。"他揭开送给吕秤砣的饭盒，发现饭里藏了张纸条，上面写着，吕敬飞已到了宿州城，躲在二少爷的羽翼下，保证安全无忧。

周凤山看了纸条，攥紧拳头，一锤擂在饭盒上。大骂："荒唐！"他沉思一下，眼睛一亮，让人把饭送给吕秤砣。他对陶明耿说："案情脉络基本上清晰了，究竟怎么处置，我这有一计，既可应付李文玑，又可为死者伸张正义。老弟，你可以这么办——"而后，他说，"这个案子就交给你了，你好好周旋去吧！"说罢，背起双手，哈哈大笑而去。陶明耿奇怪地看着他远去的背影。

次日一早，陶明耿发现办公桌上放了一封信，一看竟是周凤山的辞职报告，原来他弃官从戎去了。

山中无老虎猴子称大王，陶明耿顺理成章地代理警务所长。这有赖于李文玑的推荐。紧接着李文玑打来电话，督令他放了吕秤砣，并保证他的安全。陶明耿顿时感到为难了。放了吕秤砣好办，保证他的安全，不一定能办到，因为韦青凤时时等着螳螂捕蝉呢，难保周全。陶明耿犹豫之际，李阵辰来了，并塞给他一包银圆，交代他尽快处置好此案，并保护好吕秤砣。陶明耿不管三七二十一，先照单收下，并点头哈腰，满口答应："一切包在我身上！"

陶明耿脱掉警服，摇身一变，就站在了龙脊山上，去探韦青凤的心思。他挨近韦青凤说："洒的什么香水？这么撩人！"韦青凤瞪眼斥道，"少来，窝囊废，连一个小案子都处理不了，为何不把那秤砣子交给我？"陶明耿双手一摊，说："事情不是你想的那么简单。"韦青凤听了，把眼一瞪，要发毛，陶明耿马上说："不过——我把道儿弯着走，就走通了。"

韦青凤问："此话怎讲？"陶明耿神秘地一笑，说："你靠近些，我告诉你。"韦青凤果然靠近了一些，他偷袭地亲了她一口，她扬起手就抽打他。陶明耿笑着边躲边说："砸死言来的是吕敬飞，并非他老子吕秤砣，你要了他的命，也没啥意思，不如留着他当摇钱树，摇一摇李阵星就给你送钱来啦。哈哈……"陶明耿掏出沉甸甸的钱袋子，顺手撂过去，说："看，这是什么？"韦青凤一把将钱袋掷到墙角，恨道："言来是我的心尖子，他的命是万两黄金都换不来的。不管他老子还是儿子的命，我都要！"陶明耿说："这——死者已矣，这钱，为咱言富挣不好吗？"

韦青凤白了他一眼，怒说："言富，是明曜的！"陶明耿说："别逗了，明曜锅里能蒸出这等好馒头？只有我……"说着，他要纠缠韦青凤，此时，石牙子

推门进来，看到他俩，就不咸不淡地说："呦，这大所长一来，就风花雪月，瞧，床单都滚皱了！哈哈……"韦青凤骂道："我撕烂你的臭嘴，你管老娘呢！"她骂走了石牙子，推开陶明耿，说："滚开，不要那砣子父子的命，我让你的官不好做！"陶明耿只得悻悻下山。

陶明耿坐着抽烟，在思谋对策，恰遇见小乙又来送饭。这些天，吕秤砣傲慢得连他也不放在眼里。陶明耿想：李文玑不能得罪，韦青凤也不好惹，我怎么周旋为好？他忽然想起周凤山留下的锦囊妙计。他就把饭揽下，打发走了小乙，并不给吕秤砣送去，打算先饿他几顿。

第二天，警务所抓来一个瘦小的年轻人，一身白衣，从吕秤砣窗前通过，吕秤砣隔窗看去，那青年怎么那么像自己儿子吕敬飞呀！但一晃而过，他看不清楚。青年就关在他的隔壁，他侧耳细听，就听到隔壁传来了陶明耿的声音，训道："小子，这回插翅难飞了吧？东家也不保你了，你们父子要沦为弃卒了，有道是高鸟尽，良弓藏；狡兔死，走狗烹啊。呵呵。"

吕秤砣一听就崩溃了，啊，难道说儿子被逮到了？李阵星不再需要我们父子了？他要卸磨杀驴？心想：李阵星你个老狐狸，你不仁，我便不义了。于是，他拼命地敲门，扯着嗓子喊："来人哪——"这次他态度老实了，涕泪崩流地对陶明耿说："所有的坏事都是李阵星主谋干的！"陶明耿说："哦，你何不把这些都写出来呢？"小乙又来送饭，陡然看见了落在桌子上的吕秤砣的口供，他忙拿起藏进怀里。李阵星得悉，大骂道："哼，贱民，终究是贱民！"

过后，李阵辰亲自送饭来了，又塞给陶明耿一包银圆，拍拍他的肩膀，什么也没说，就走了。吕秤砣揭开饭盒一看，愣住了，这次东家送来的饭菜是那么丰盛！他一时哭笑不得，和泪吃下。饭后，吕秤砣就被释放了，那个年轻人也被释放出来，吕秤砣忙凑过去，那人转过脸米，啊，并非是他儿子吕敬飞！

吕秤砣百感交集，脚步沉重。当走到潍河大桥时，他犹豫了，他不知要往哪里去。李子园的父老恨透了他，财主李阵星还要他吗？他突然感到肚子一阵剧烈的疼痛，嗓子眼里像着了火，一阵眩晕，他便一头栽进桥下滚滚的河流里……

第31章

不 期 而 遇

季节已是深冬，风里裹着寒气和血腥味儿，舔舐着人们的面庞。就连草木虫鱼也躲避起来了，然而，那城墙边的柳树，还留着一丝绿意，在寒风中摇曳一派倔强与笑颜，它仿佛告诉人们，严冬并非那么可怕。

宿州县城的大街两边拉着横幅标语，"坚决抵抗日本侵华行径！""誓死捍卫国土！"言久走在街道上，东瞅瞅，西望望，突然有个女孩匆匆走来，一头撞进他的怀里；她忙低头道歉，连说"对不起"。言久定睛一看，发出惊叫："小妹，是你，你让我好找！"女孩抬头，她确实是椒红。她看见了自己的三哥，十分惊讶，她慌张地东张西望。言久说："别怕，就我一人。"椒红才放下心来与三哥讲话。问家里近况怎样，爹娘可好。言久说："你逃婚后，家里可惨了——"言久告诉她，她逃婚后，巧儿代嫁，被凌辱致死。言来哥疾恶如仇，为她的事一直在痛恨李家，在与李家打架中，不幸身亡。并对她说："你知道吗？娘很想念你，为你得了一场大病，整个人都消瘦下去了。爹爹一直在到处找你，为你的安全担惊受怕。这不，我就是为了找你才来到这条街道的。"

椒红听后，哇哇大哭，她哭巧儿，虽为主仆，但她们姐妹情深；她哭言来，多年相伴，兄妹情浓，诸多美好，诸多往事，萦绕心怀，可这些转眼成烟，都消散，他们都是因她而消散的，想到此，她抱恨不已。得悉娘为她着急得生了病，爹也在为她担心，她陡然感觉对不起爹娘，曾经对爹娘的怨恨，此刻已化解成一阵烟雾，消逝到九霄云外。她哭得气断声咽。

言久劝道："别哭了。我找你好久了，你住在哪里？你是怎么来到这里的，又如何生活的？"椒红警觉起来，紧张地说："三哥，你别问了，我，我过得很好。"

言久说："我一直在担心你，找你，今天可算找到你了，跟我走吧，到我那里去。"椒红说："不用了，三哥，我有事做，有饭吃，也很安全。请你转告爹娘，不用为我担心。我知道，我的罪孽深重，爹娘这辈子恐怕也不会原谅我了，我无颜再见爹娘！"说着珠泪潸潸。

言久说："瞎说，爹娘怎么会不原谅你呢？他们这会子最牵挂的就是你。兵荒马乱的，一个姑娘家流落在外，叫人担心死了。快，别犟了，跟我走吧。"椒红倔强地摇头说："不，三哥，我过得很好，不用担心。我走了，我还有事，以后我会去找你。"说着，连走带跑地逃远了。言久在她身后喊："我住在虹山路口，文化馆电影院里308房间，记得去找我！"椒红头也不回地答："记住了，你回吧。"

椒红一边跑一边回想着这些天以来的颠沛经历——

在婚期将至之前，椒红向外面射弹弓，她向仲辉与言朗传递消息，与灵心取得联系，求灵心救她泅渡苦海。灵心决定帮她。苗宏仁的爹每天赶着毛驴车到临涣卖陶瓷器，早出晚归。灵心传信给椒红，让她坐苗老爹的毛驴车来临涣。大婚前夜，椒红故意穿上新娘的嫁衣，哄巧儿早睡，在鸡鸣三遍之时，她跳起来，脱下嫁衣给布娃娃穿上，把巧儿的新衣穿在自己身上，携着一条床单，蹑手蹑脚地顺窗而下，利用现学到的轻功，攀上树枝翻过墙头，跑到池塘西头的大路边时，恰好苗老爹赶着毛驴车过来了，她跳上驴车，盖上床单，于是就到了临涣灵心的住处。灵心的邻居是一对英国人，那是在中国传教和行医的布莱夫妇，灵心一直在教他们的孩子小约翰学习汉语。布莱夫妇要到宿州去，灵心便推荐椒红当小约翰的汉语老师。布莱夫妇一见椒红俊俏倩丽，落落大方，有大家闺秀风度，满心喜悦。就这样椒红随着布莱夫妇来到了宿州城，一同住进一个教堂里。椒红在这里一边做小约翰的中文教师，一边寻思着如何继续求学、寻找文涛。她知道三哥言久在宿州城，但她并不打算去找他，她倔强地要做一个独立的人。

她打听到，宿风学堂距离教堂并不远。她决定走进这个学校，联系上学事宜。这天，她一出门，就感受到一种恐怖的氛围包围着她——大街上少有人走动，到处都是抗日宣传标语和横幅。她紧张地缩成一团，她想：干脆躲进教堂里不出来，更安全；但她在心里骂自己：胆小鬼，不是要做鉴湖女侠那样的女英雄的吗？不是发下豪言壮语，国难当头，要挺身而出，为国出一分力量的吗？她壮起胆量，继续向前走，终于走进宿风学堂的大门。

宿风学堂是一所男女共读的中学，校长蔡林丰是一位开明之士，校风开明民主、积极向上。椒红想进校长室，却误进了学生会，她见到了一位很阳光的少年，那少年热情洋溢地接待了她。他说："我叫会健，是学生会副主席。听说校长不在，报名处的秦主任也出门了，你有什么请求，可以先跟我说，我可以替你转达。"椒红被他的热情感动了，吞吞吐吐地说："我想上学——"会健展颜一笑，说：

"想上学啊，那还不容易吗？我帮你找来入学通知表，你详细地填好你的个人资料，等校长回来了，做个批示，你来报到入学即可。"

椒红喜出望外，没想到入学这么容易。会健找来入学通知表，她在填写个人资料的时候，心里犹豫起来：我若填真实地址与姓名，万一爹知道了找来这儿，那就麻烦了。她灵机一动，在家庭地址一栏填写的是下河桥李子园，姓名写的是李雅兰。现住址，就写天主教堂。

椒红高高兴兴地回去了。就在回去的路上，由于兴奋，一头撞进言久的怀里。

一连几天，椒红都往宿风学堂跑，到第四天，才见到校长的批示，安排她进校读书。

椒红走进了校园，看到那么多的男男女女的同学，来来往往，全都是那么活泼灵动、意气风发，陌生而又熟悉的校园生活又来到她的身边，令她感到激动而兴奋，但她又涌起一种怅然若失的感觉。

战争日益炽热，校园里传播着一个个令人恐怖的消息——日本侵略者在南京制造了惨绝人寰的南京大屠杀！国民政府被迫迁都重庆！中日在徐州会战！日本侵略者的足迹已踏近丰沛、萧砀等地，鬼子的魔爪随时可能伸到自己的家乡相城，也随时可能伸到宿州城。魔鬼的翼翅翩然在上空，极度地恐吓着人们的神经与心理，宿州城的老百姓，有的携儿带女逃离出去。

然而，日本人的淫威并没有吓倒勇敢顽强的中国人。看，今天在凛冽的寒风中，学生、工人、知识分子、商人、普通市民，冒着严寒，在大街上游行示威。看他们走来了，他们在高呼——

誓死抗敌卫国！
保卫家乡！
打倒日本强盗！
……

椒红走在班级的队伍里，到了县政府一个广场，游行队伍停住了，开始聚会演讲。先是校长蔡林丰上台讲话，后是几个学校领导以及各界人士代表讲话，最后是学生会主席王维民代表全体学生发表讲话。一个身材颀长的学生登上了前面插着旗帜的高台上，椒红一看那身形，瞬间感到浑身的血液都凝固了，他是文涛？由于离前台太远，她看不清学生会主席的脸庞，所以不敢确定他是不是文涛。前面人头攒动，总是挡住她的视线，她多么想挤到前面看个究竟，但又不好擅自离开队伍，以免乱了队形。突然，甲班的班长打着旗语说：甲班的小红旗短缺，让丁班送去几个。椒红自告奋勇地要去送小红旗，她像一枝柳树条一般，袅袅婷婷地从人缝中飘过去，一直走到甲班队伍的前面，把小红旗分给他们，然后立住脚，

伸长脖子向讲台上看。啊,是他!是他!就是他!学生会主席竟是她的文涛哥呀!她激动得心咚咚直跳,心里在狂喊:涛哥,我终于找到你了,我来了!

文涛开始演讲:"同胞们,同学们,日本人的魔爪已伸进我们的国土,用肮脏的脚趾践踏母亲的胸膛,肆无忌惮地对我们的国民烧、杀、抢、掠……我们岂能容忍日本人来此撒野?岂能容忍它来破坏我们美好的家园、践踏我们可爱的祖国?"

文涛继续讲:"没有国就没有家,唇亡齿寒。大敌当前家国一体!天下兴亡,匹夫有责。我们的军队,在浴血奋战,誓死抗敌,他们的身后有万里山河,还有四万万同胞,长城不倒,我们不倒!"文涛激动起来了,"日本人想让我们亡国灭种,简直是在做梦!"

"疾风知劲草,世乱识忠臣。——危难时刻辨忠奸,此时此刻,正是我们报效祖国的时候——在后方的同胞们,应当众志成城,给予在前线浴血奋战的子弟兵们以大力的声援和支持。而我们在校学子呢?少年强则国强,我们作为后备军,随时准备上阵杀敌卫国!把日本人打回东瀛老家去,还我山河!"

下面一片掌声,"还我山河!还我山河!"的呼声雷鸣轰响。文涛领头唱起《旗正飘飘》,台下齐声而唱,铿锵雄壮的歌声激荡着人们的内心,椒红激动得热血沸腾,泪花闪烁,她奋力地向前挤着,她希望文涛能看到她。可是,突然,出现一个紫衣女孩,手里拿着一条雪白的围巾,在文涛跳下台的时候,她笑盈满面地迎上去,那条雪白的围巾一展,就围到了文涛的脖子上了,然后二人肩并肩地走进人群。

椒红一下子僵住了,仿佛连血液也僵住了。人潮涌动,她随着人潮涌去,可脑海里反复闪动着文涛、紫衣女孩和雪白的围巾。她在人群中搜寻,文涛与紫衣女孩已经淹没在人潮里。此刻的她,不知不觉已泪流满面。

第 32 章

亦 喜 亦 忧

傍晚，椒红走在回教堂的路上，心里空落落的，她望向道旁的柳树枝条，孤苦无依地伸向灰褐色的夕照里，一夕之间，枯萎了绿意，她感觉自己亦枯萎了。

她抚着自己的胸口，一种悲怆之潮迅猛袭来——自己飞蛾扑火一般拼了命地逃婚、别家，奔到这里，我为了什么？我还有什么？她走到泽乡亭，再也控制不住自己的情绪，扑到亭子柱上抽泣。突然，有说话声与脚步声直逼而来，她收住哭声，把纤细的身子隐在粗大的亭柱后面。听声音，来的是一男一女，她侧目瞟去，紫衣一闪，天哪，正是那紫衣女孩协同文涛一起走来。只听文涛在激情澎湃地大声地说着什么，那女孩时而轻声细语应和着，时而发出欢快的笑声……最后听文涛说："咱们赶紧走吧，社长别等急了。"他们说笑着走去。

椒红望着他们的背影，看着那紧挨着文涛的紫衣女孩婀娜娉婷的身姿，感觉自己悲凉的心一下沉到水底。她想，挨在文涛身边的人该是我，可如今已不可能了，他变了，变得那么快！为了你，我死去活来，抗拒李家婚约，闹得人死家散，伤透了爹娘的心；为了你，我不顾一切来寻你，如今我落得猪八戒照镜子——里外难做人！好你个李文涛，你竟然是这等人！她攥起粉拳砸在亭柱上，怒目圆睁，而后失魂落魄地走回教堂。

下课的时候，椒红不由自主地透过窗户向外望，在奔流不息的学生潮流中，有几次，她看到了文涛那颀高的身影，那翩翩少年郎的风情，像野马奔腾；那一晃即逝的身影，像飞鸿展翼，迅捷飘逸。他好像很忙，总是脚步匆匆。有时，他的身边围着众多活力四射的男孩子，边说边笑；有时，他的身边拥来成群的女孩子，一个个像花蝴蝶似的，叽叽喳喳地说笑个不停；可是，紫衣一闪，他就会向她走去。椒红想，既如此，我再出现在他面前，完全没必要了。课间，别人都忙着撒欢活跃，只有她静静地坐在自己的座位上，孤独又忧伤，凄然地望向窗外。文涛一出来，他们班里的女同学就一惊一乍地嚷道："看，学生会主席来了，他还看了我一眼呢！"另一位说："别做梦了，那位白马王子身边已有白雪公主了，没看见那位紫衣女郎与他出双入对吗？"椒红听到她们的对话，心像针扎似的难过。

有一次，她看到，文涛直奔她的教室而来，班里女同学发出一片惊呼，她不由得内心一阵紧张。可文涛与紫衣女孩以及众多男女生只是擦窗而过而已，椒红望着他们的背影，心似乎已麻木，再也不感到疼痛。

又逢下课，椒红依然忧郁地望向窗外，她突然看到文涛疾步径直走来，扑到他们教室的一扇窗户前，那张太阳神般的脸贴在窗玻璃上了，女同学又是一片惊呼，椒红一时惊慌失措，她想躲起来，但已经来不及了，她只好趴在桌面上，用浓密的头发遮住脸。只听有人喊："李雅兰，有人找！"椒红装睡着，不愿抬头。来枭晓大喊："何凤鸾，把李雅兰摇醒。"何凤鸾过来一把将椒红拽起来，椒红不睁眼，装着迷糊的样子，可是文涛与甄桐、会健已经站在她的面前了，文涛显得很惊讶地说："啊，红妹，原来是你！我听会健说，学校来了一位新同学是我同乡，我特意过来看看，竟然是你！"椒红冷着脸答："是我，怎么，感到意外吗？"文涛问："你竟然在这里！你怎么叫李雅兰了？"椒红冷淡地答："我怎么就不能来这里？我叫什么，是我的自由！"班里的男女同学围拢过来，目光灼灼地望着他们。椒红的生硬态度弄得文涛很尴尬，他又问："你现在住在哪里？"

椒红冷冷地说："不劳过问。"文涛讪笑。铃声响起来，文涛说："放学等我啊，我先上课去了。"说着大步走出教室。

傍晚，放学了。椒红飘飘悠悠地走出学校大门口，她不由得拿眼搜寻一下，却见文涛与紫衣女孩并肩而立，和其他同学在走廊里热烈地说着什么。椒红的心像初春的小草，刚刚识得东风面，又倒回三九严寒里。她随着人流悄悄地跑远了。文涛走到校门口，急忙又返回椒红的教室去找她，教室已空空如也；他忙折回身跑出校门口，四处张望，不见椒红的身影。他跑过泽乡亭，感觉有人依亭而立，他回头看，发现是椒红！文涛哭笑不得，问："红妹，我让你等着我，怎么自己走了？"椒红冷冷地说："我哪敢劳烦你来送我，现在的你是谁呀！"

文涛哑然失笑，问："你来多久了？你为什么不去找三表哥，也不来见我？为什么还把名字改成李雅兰？"椒红仍冷冷地答："我乃苦命人，靠山山倒，靠河河干，我为什么一定要找你？找到你又有何用？我为何不可以改名？你又为什么要改名？"

文涛说："哦，我嘛，是奉命改名。"

"什么叫奉命改名？"

文涛说："为了……这是秘密，以后再跟你说！"

椒红说："哼，是了，和我之间有不可告知的秘密了，既然如此，你、我之间还有什么可说的？再会，不必送！"说完抽身欲走。文涛忙拦住她说："哎，哎，红妹，你别总是拒人千里。自从得知你离家出走，你不知道我有多着急，到处找你。听三表哥说，他遇见过你，我找遍了大街小巷，也没找到你的踪迹。没想到你竟在我身边。看来，你是故意躲着我的。"

椒红生气地说："是，又怎样？你还需要我吗？我要出现在你面前，岂不是自取其辱，不知进退？"

文涛问："何出此言？"椒红冷笑，说："哼，装得好像挺无辜似的。你现在是春风得意，有高朋，又有佳人作伴，而我呢？我想，我是世界上最傻的人，竟然相信什么'磐石无转移，蒲苇韧如丝。'我像飞蛾一般扑向灯火，谁知那盏灯已被人端走，人家磐石早已转移，心已另有所属。我所做的一切，真是不值了。"

文涛委屈地说："红妹，我没有，我并没有像你说的那样。可能你误会我了，别胡乱猜测！"椒红怒道："我误会你，我胡乱猜测？"她迅速地从怀里掏出那块碧绿的玉蝴蝶，质问他，"你还抵赖，这是什么？是谁无情地把它退还给我的？我在家里孤军奋战，抗婚、逃婚，你不与我并肩作战也就罢了，反而在关键时刻退却了，原来是已另寻佳人了！今日我到这里，就是来看看背叛者丑恶的嘴脸的！"椒红越说越气，狠狠地把玉蝴蝶摔在地上。文涛扑地拾起玉蝴蝶。椒红拼命地扑过去抢，说道："弃物如弃妇，你还要它干什么？还不碎了它！"文涛拼命护住玉蝴蝶。痛苦地说："红妹，你听我说，当时我也伤心欲绝，大姑父亲自来到县城找到我，要我把玉蝴蝶退还给你，以绝情缘。我被迫无奈，只好写上'还君明月珠，对此双泪垂'。你知道，我也在伤心流泪吗？"

椒红听了吃了一惊，自己的爹爹竟然来宿州找过他！但她继续质问道："还有那次，三哥与言来哥月夜带我去李子园找你，你为何躲在屋里不出来见我？害得我死去活来，你，你，这一切你知道吗？"文涛深情而内疚地说："红妹，你为了我寻过死，受尽了羞辱与折磨，这些我都知晓。因大姑在前面已经交代过娘，那次你去找我，娘把我锁在房间里；我听到了三表哥在外面喊我，也听到了你的哭泣声，可我无可奈何啊。你知道吗？当时你在外面流泪，我在里面心滴血啊！"说着他眼角溢出了泪滴。

椒红听了心头一热，淤积在她心头的痛恨正要冰融瓦解。然而，远处紫衣一闪，那个紫衣女孩朝这里翩翩跑来，椒红一见，马上又恼道："有人找你来了，我在这里别妨碍你们，我走了！"她甩头跑去。文涛追着她说："你误会了……哎，哎，你住哪儿？明早我去接你。"椒红扔下一句："我不需要！"

次日晨，椒红低头快步走来，走到泽乡亭，文涛突然从亭柱子后面闪出，吓了她一跳，她瞟了一眼文涛，依然快步走向前，文涛一路小跑跟着她，讨好地对她说："红妹，你看，我在食堂买来了包子，自己没舍得吃，一直站在亭子里等你，你吃吧。"椒红头也不回地说："你的包子我吃不起，你还是留着去照顾别人去吧！"

文涛笑着说："都是别人为我买包子吃，我从来没有照顾过别人，除了你。"椒红说："甜言蜜语，瞎说！你对那个紫衣女孩，也是这么说的吧？"文涛笑道："紫衣女孩？哦，你猜她是谁？"椒红不悦地说："不猜，也不感兴趣。"文涛说："她是朱茵呀，咱们的老同学，你的闺密！"椒红一怔，问："是她？！"椒红听了不喜反惊，心想：她莫不是知我订婚了，才来到文涛身边的？老同学！知彼知己，越是知己，越容易切中要害！她说："哦，她追随你来的吧？我注意到你们俩一个唱一个和，琴瑟和鸣啊……"她语带讥讽。

文涛说："别误会，我们是同学，也是革命战友，我们谈的是其他方面重要的事。"椒红奇怪地停下脚步，问："你们是战友，在谈重要的事？什么事？可不可以让我知道？"

文涛说："暂时保密，以后再跟你说。"椒红一听，立刻恼道："好，你们是亲密战友，我是局外人，我没必要知道你们的秘密。再见！"说完又跑开了。

傍晚，椒红走到学校大门时，文涛及时出现，要护送她回去，椒红向四周看看，没见到紫衣闪烁，便默许文涛送她。一路上文涛和她讲话，她仍爱搭不理的。

又一个早晨，椒红一出教堂大门，文涛就守在门口，递上热腾腾的包子，这次，椒红没有拒绝他，微微一笑，伸手捏过一个包子，轻轻咬了一口，蠕动着花骨朵般的粉唇吃着，文涛欣喜地跑到她的面前，倒退着走，痴迷地欣赏着她一口一口吃包子的样子；走着走着，他脚下碰到一根树桩，一脚刹不住，仰面朝天倒在地上。椒红看了，哈哈大笑，笑声清脆悦耳，简直是河里滚动的浪花，哗哗奔流。她跑步上前，拉起文涛，情不自禁地问："涛哥，摔痛了没有？"好久以来，文涛没有听到椒红这样亲切地喊他"涛哥"了；此时，看着她笑靥如花，他的心醉了。椒红看着文涛展开孩子般的笑容，心儿酥酥的，也醉了。文涛趁机抓住椒红柔嫩的手腕，她像一只温顺的小绵羊，乖乖地跟着他，一路向学校走去。

傍晚的风，吹在脸上，似乎没有了寒意。椒红走在校门外的小路上，身边有文涛陪伴着，她的心犹如柳树上的柔软枝条，快活地摇摆在春风里，他们仿佛又回到从前。当他们走到泽乡亭，紫衣一闪，朱茵已亭亭玉立于亭子前，喊一声："陶椒红！"椒红只好走过去，与她打招呼道："好久不见！"朱茵热情似火地说："老同学，你来了，也不说一声，我们好为你接风啊。"椒红回她："你们是谁？你来这里也没跟我说一声啊！"谈话气氛略显尴尬。文涛说："对不起，红妹，我们有事，今天不能送你了！"椒红一愣，淡淡地说："没事，你们忙去吧！"一脸冰霜，缓缓转过身，悻悻地走去。她的心再一次落进扯不开的愁云惨雾里。

第 33 章

亦 敌 亦 友

一个傍晚，椒红独自一人走到泽乡亭边，不由得放慢了脚步，她倚在一根柱子上。

看见小亭两边几棵杏树开出稀疏的粉色的花，"红杏枝头春意闹"，有这一枝红杏闹着，从此春天不再寂寞与单调，可是，春寒料峭，风里犹夹着冷意，杏花开得不是那么肆意、火辣，风儿一吹，竟然有落英飘落泥土中，椒红喃喃吟道："良辰美景奈何天，世间难能如人愿。"她因心有所念，更加感到孤独，眼里蒙上一层薄雾般的轻愁。

又是多天过去，很少见文涛来到她身边殷勤嘘寒问暖。在校园里，虽然她和他近在咫尺，却犹如远隔天涯，总是见他和朱茵以及其他同学脚步匆匆，进进出出，似乎把她忘记了。她此时比任何时候，都想见到文涛。她望向学校的小路，啊，紫衣一闪，小路的那端不是朱茵吗？而后面匆匆追上来的，正是文涛。椒红赶紧把身子隐在亭柱子后面。

脚步声近了，只听朱茵说着什么，好像与她有关，她倾耳细听朱茵说话——"听说，她嫁人了，可是，她又出现在这里……她虽然逃婚成功，但是她能退掉婚约吗？"

文涛说："这个……不知道。"

朱茵带着探寻的口吻问："她逃婚成功，特奔你而来，你们正好可以旧情复燃，重新开始了，是不是？"

文涛说："这——以后再说吧。不过，朱茵，我要特别交代你一句话——"

朱茵问："交代我什么？"

文涛说："她逃婚的事，不便和外人道的，至于她和我之间的事，你是有所

第33章｜亦敌亦友

了解的，但也不便和别人说哇，这是我们之间的秘密，若让更多人知道，说三道四，对她一个女孩子影响不好，你能替我们保守秘密吗？"

朱茵喃喃自语似的说："哦，这——想不到你考虑事情那么周到，为她着想得那么细致。羡慕啊！唉——"

朱茵深深叹息，谈话陷入了沉默。

忽然朱茵说道："我也有一个秘密，不妨告诉你吧——其实，我和椒红的命运差不多。和我同村的黄姓少年，与我同岁，两家也门当户对，那少年一直对我殷勤备至，两家父母已商量好，就在托媒妁说亲之时，我逃出家门，来到这里求学，其实，我是为了我心中的一个梦，一个人——"说话声停顿一时，朱茵再次说话，声音略带哽咽，她感慨地说："自古及今，爱情就好比山外青山楼外楼，眼前送上门的不想要，想要的却又遥不可及。可是，爱就是隐藏在一个人心里的火种，一旦点燃，就无法阻挡住它的燃烧；爱又像生根在一个人心里的春草，一旦发芽它就会执着滋长，萋萋满心房；即使不被对方回应，它依然燃烧着，疯长着……"躲在亭柱后面的椒红听得明明白白，朱茵借此在委婉地向文涛表白，原来她对文涛的爱并不比自己的逊色一分一毫！

又沉默一阵，听文涛说："这是你的秘密，我会铭记在心，也会替你珍藏在心里的。"

听朱茵在哭着笑，她突然朗声说："好，这个秘密我总算说出来了，有人知晓，还替我珍藏在心里，也值了。不谈这个了，咱们继续做好同学，做亲密的革命战友，好不？"

文涛如释重负地说："好，这样最好，我们本来就是革命战友嘛。"

他们一起笑了，然后两人说笑着走远了。椒红痴痴地倒在柱子上，看着那紫色的纱巾在风中飘啊飘，她心里一阵五味杂陈，百感交集。

战争的阴霾布满上空，恐怖的氛围布满大街小巷和人们的心里。椒红走到泽乡亭，停下了脚步，她环视着周边的早春春光，见金色的迎春花与路边的小草，在乍暖还寒的风里，仍瑟缩着，就跟她的心情一样，难得放怀绽放。她渴望，有股涣涣春水弥漫过来，冲刷掉早春的寒意，也冲刷掉她内心的轻愁。

又是多天过去，仍不见文涛来陪伴她，更没有与他独处的时候。她也想跟朱茵那样，做他的革命战友，与他朝夕相伴，共同经历风雨。可是，文涛不来召唤她，她倔强的性格与要强自尊的心也不允许她主动去找他。

"遥看草色近却无"，远远看去，路上已经感觉有了绿意，总是给人一些希望，可是一旦靠近，又不像期望的那样如愿。椒红独自坐在泽乡亭里，望向远处，心在问：离火热的春天究竟还有多远？突然听到一声"红妹！"，惊回首，啊，文涛来了！她扑向文涛，思念已经堆满她的眼角，她问："就你一个人吗？"文涛点头说："是，就我一人，今天有空来陪陪你。"

椒红略带责怪语气说："你总是很忙，很忙，难得一见啊！"

文涛说："是的，最近很忙。日本人空袭宿州城，我担心你的安危，从今天开始，我告诉你，为了你的安全，你最好不要出门了。"椒红摇头说："我不是林黛玉，那么弱不禁风；也不是豪门千金，那么娇弱金贵。自逃离家园以来，我什么苦不能吃？什么风雨不能经受？眼看着你们一个个忙里忙外，参加什么社，开什么会，你总与别人做革命战友，而独让我置身事外，做个缩头乌龟，怕这怕那的，这是我来到这儿需要的吗？"

文涛很惊讶，说："哦，你，你也要加入组织？可是，现在不行——"

椒红说："为什么不行？是信不过我，还是怕我妨碍你们？"说着有点生气。

"这谁在那儿喝醋了吧！"身后突然传来了说话声，他俩吓一跳，转身去看，不知朱茵何时站在他们身后。椒红一见，第一次热情地迎上前去。文涛问："朱茵，你怎么来了？"朱茵说："嗨，我真的不该来的啊，打扰你们牛郎织女鹊桥相会啦，呵呵……可是，刚刚会健接到社长通知，又要开会。"

椒红拉住朱茵说："我可以跟你们一道去开会吗？"

"不可以！"朱茵回答。

椒红一惊，有点生气，问："啊，为什么我不可以？"

文涛也说："红妹，我们去开会，你确实不方便跟去的。"

眼泪在椒红眼里打转，她转身就走，边走边说："我是不配去的，好吧，你们忙，我自己回去了。"文涛不放心地说："我们一同送红妹回去，再去开会吧。"朱茵高兴地说："好啊，我也当一次护花使者！"椒红坚决不让，转身就跑，但文涛执意要护送，他紧跟椒红之后跑去，朱茵则紧紧随着文涛之后跑来，他们一路像追逐赛跑一般，最后都跑到了教堂的大门前，进了一个满是松柏、翠竹的院子里。朱茵看见小院美景，不由得赞道："哇，曲径通幽处，禅房花木深。好一处幽静别致的小院，椒红，你的住地好美啊！"椒红别过脸去不理她。文涛说："我们走了，明天见。"椒红转身"咣当"关上大门，便失声大哭起来。在门外的朱茵一愣，问："她怨我了？"文涛说："她——主要是怨我不好。"

三月里，繁花盛开。近日，文涛尽量抽空接送椒红，伴她左右，也曾花前月下，也曾日暮长亭。傍晚，他们走到泽乡亭看桃花，文涛见椒红玉立于一片火红的桃花丛中，他走近前，瞅瞅椒红，又看看桃花，便随吟道："人面桃花相映红。"说着，折下一朵桃花插在椒红鬓角，椒红的脸儿荡漾出一层红潮，展开笑靥。文涛痴迷地看着。此时，紫衣紫巾一闪，朱茵已到他们面前，朱茵拍手笑说："桃之夭夭，灼灼其华，之子于归，宜其室家！桃花插满佳人头，是不是正合诗中之意，啊？"这次椒红听了朱茵的调侃，不但没生气，反而羞涩地笑了。

文涛问朱茵："那些人呢？"朱茵说："瞧，他们来了！"一转身就见会健、来枭晓、甄桐，还有何凤鸢一起靓丽地出现在面前。朱茵看着文涛说："走吧。"

椒红转过身去要走，并微笑着说："你们又要开会去了，不耽误你们，我也该回去了。"谁知何凤鸾像一团火，过来连拉带抱挟着椒红纤细的身子，不由分说就走。他们到了泽乡亭附近的一个餐馆，这家餐馆叫"陈胜过"。墙上写着当年陈胜、吴广在宿州大泽乡起义的故事。

席间，会健举杯说："来，我们欢迎李雅兰的到来，干杯！"大家先干了一杯，文涛说："我宣布，从此以后，我们七个人，组成'宿风七友'，甘苦与共，生死不离！"

"哦，太好了，甘苦与共，生死不离！"大家欢呼，举杯共祝。椒红也激动地举杯共祝。

来枭晓说："我们就这么干吃干喝吗？多没意思，不如，我们行个酒令。"何凤鸾第一个赞成，说："好啊，你说行什么酒令？"大家争论了一会儿，朱茵提议道："吟诗吧，就拿门前那棵盛开的桃花作引子，所吟诗句里必须带'桃'字，吟不出者，罚酒一杯。""好啊！"大家拍手赞成。

朱茵说："我先来——桃源只在镜湖中，影落清波十里红。""好！"众人喝彩。

文涛接道："桃花春风生，白石今出没。"

来枭晓接："桃花浅深处，似匀深浅妆。"

会健接："二月春日风雨天，碧桃，碧桃……"会健挠头，何凤鸾跳起来说："别避呀逃呀的了，罚酒吧，你！"大家哈哈大笑，看会健喝罚酒。

甄桐接："小桃西望那人家，出树香梢几树花。"

临到椒红了，她想到文涛刚吟过的崔护的诗，她不慌不忙接道："去年今日此门中，人面桃花相映红。"吟过，眼波流动，与文涛相视一笑，朱茵看在眼里，默笑，不语。

下面，朱茵提议大家吟数字诗，何凤鸾抢先说："我先说个简单的——一瓣心香一瓣荷，一泓秋水一……一啥子来？""哈哈，一，一杯酒！"来枭晓说道，何凤鸾笑说："好吧，我先来一杯酒吧。"笑着喝罚酒。

朱茵吟道："万岭千山百里云，十花九树八成荫。"她说过，用眼示意椒红，椒红接道："七，七……"她七了半天，没有接下去，脸都窘红了，文涛替她接："七家六五四双燕，三李二桃一片春。"何凤鸾说："不行，是主席救驾的，也要罚酒！"椒红蹙着眉喝一杯罚酒。往后，朱茵起头，又吟复字诗和藏头诗，椒红均未对出，接连被罚几杯酒，她不胜酒力，拿眼看向文涛，文涛会意，说："我替她喝！"可是朱茵不依，说："你要替她喝，也得替别人喝，是不是？"椒红无奈，接连喝几杯罚酒，她在心里狠狠地记恨上了朱茵。

椒红回去之后，找来《历代古诗词大全》，恶补古诗词。隔几天，椒红主动做东，请大家又到陈胜过餐馆聚餐。椒红主动提出吟诗行酒令，她先抛出一枚重

磅炸弹，先吟回文诗，她吟"石山染痕苔青青"，文涛接"绿水春荫柳啼莺"。到了来枭晓，他接不上，直接喝了罚酒。到了何凤鸾，她端起酒杯说："我还是直接喝酒吧！"大家哈哈大笑。该到朱茵了，她接："池荷生，生——"她接不下去。何凤鸾笑说："你竟然也有接不上的时候啊，喝酒吧！"何凤鸾端起酒杯直接灌她喝下，大家大笑。后面椒红又抛出几枚重磅炸弹——叠字诗、顶针诗、嵌字诗、复字诗……除了文涛能对上几句，其他人全军覆没，罚酒罚得个个人仰马翻，何凤鸾和来枭晓笑着一前一后躲出去了。椒红越战越勇，朱茵只有招架之功，没有还击之力，接连喝罚酒，最后她红着脸说："几天不见，你掉进诗袋子里了吧？"椒红爽朗地笑了。文涛欣喜地发现，原来那个自信无畏、才思敏捷的椒红又回来了。

第 34 章

更 上 层 楼

花开如烟，江山如此多娇，引无数英雄竞折腰。

这天，突然大街小巷传来了令人震惊的消息，中日在徐州会战中，中国国民党军队获得了台儿庄大捷！惊喜的欢呼声，响彻了全国的城乡山野，也响彻在宿风学堂校园里，中国人无不弹冠相庆，莘莘学子更是热血沸腾，校园里载歌载舞起来。

傍晚放学，文涛告诉椒红说，大家一起去看电影。椒红一听说看电影，也很高兴，她可以见见三哥和未曾谋面的三嫂。这时朱茵、何凤鸾、来枭晓等俊男靓女一齐走来，连呼带叫地拉着她走去，大家一起到了西关虹山路的电影院。进了电影院里，人家对号入座，朱茵竟然坐在文涛和椒红中间，她心里略有醋意，但没表现不悦，瞟一眼文涛后，抬头看向前。

电影的帷幕拉开了，放映的是《风云儿女》。椒红第一次看电影，非常新奇和激动。随着剧情的进展，椒红时而义愤填膺，时而泪流满面，时而感慨万千。剧中主人翁的生活经历与改变对她的心理产生了巨大的冲击。

电影终了，又播放一曲激昂雄壮的战歌，在场者都感到热血沸腾。突然有人在演讲——同胞们，我们中国军队在山东台儿庄大胜日本人，痛歼日军两万多人——椒红感觉演讲者的声音是这么耳熟。电影院里所有的人激动得全部站起来，欢声雷动，演讲者的声音被压下去，全场齐呼："打倒小日本！"

"中国人民是不可战胜的！"

……

每个人都忘情地呼喊着，沉醉地呼喊着，好像要把多日来受到的压抑与恐惧都呼喊出来，椒红也不由自主地跟着高呼起来。

一转身，不见了文涛的身影，电影院内仍黑暗一片，椒红在东张西望时，突然一双温柔的小手抓住了她的手，耳边响起"别怕，有我呢！"是朱茵，椒红心一热，和她拥在一起。

　　电影院里亮起灯，一时灯光闪烁，人影晃动，接连不断地有人登台演讲，"同胞们——"上来一位女士，声音清亮悦耳，吸引众人的注意力，椒红看过去，在光影下，只能看到她挺拔的身姿，看不清面容。她演讲的内容中，有几句话让椒红听了入耳动心——"不论你是七尺男儿，还是柔弱女子，扔掉你的懦弱与胆怯，摒弃你的狭隘与自私吧，让我们团结起来，集中力量，众志成城，共御强敌……"

　　女士诗一般的激情演讲，极富感染力，全场鼓掌，欢呼。椒红听了她的演讲之后，顿觉有一股洪波之水冲刷过来，荡涤心胸，冲走了她内心深处的狭隘与自私，她刚才还视朱茵为情敌，醋海翻腾，而现在，那股醋意竟渐渐消泯。

　　文涛突然闪身到了椒红面前，说："红妹，走，我们社长要见你。"椒红又惊讶又紧张，说："啊，你们社长，要见我？"朱茵窃笑，说："走吧，走吧，这不正是你渴望的嘛？"椒红被朱茵牵着手走进放电影的小操作室里，那里有好多人，朱茵喊了一声说："社长，我们来啦。"那人转身，椒红惊叫了起来："啊，三哥！"椒红兴奋极了，没想到，文涛一向说的社长，就是她的三哥呀。言久对椒红说："过来认识一下，这位是萧沉思女士，你的三嫂！"椒红惊讶了，她不就是刚才在台上演讲的那位女士吗？她竟然是自己的三嫂！萧沉思不仅人长得漂亮，还有着迷人的气质。三哥还介绍说，她是《宿风报》的记者，椒红见到这个三嫂，不仅喜欢而且充满了崇拜感。

　　这天傍晚放学后，椒红早早地就在大门口等文涛，文涛与朱茵肩并肩地出现了，椒红兴冲冲地主动凑上前问："你们又去见你们的社长吗？带上我？！"可是文涛却摇摇头说："不可以的，红妹，你不能随便去见他。"啊！这话好似当头一棒，打得椒红一愣，问道："怎么自己的三哥不可以随便见的？"她敏感地低下头，好不容易压下自己的眼泪，她的小性子又上来了，突然想到三嫂的话，要摒弃狭隘与自私，她竟善解人意地说："好吧，我可能还不够资格去，我就不妨碍你们了！"她转身走了，走得很快，走至泽乡亭，回头望着文涛与朱茵肩并肩远去的背影，她那憋住的泪水终于汹涌而下。她哭了一会儿，宣泄了一下情绪，一阵清风吹过，她头脑清醒了。她想，文涛和朱茵为什么不让我去开会？自己的三哥是社长啊，那里还有聪慧的三嫂。这到底怨谁呢？可能怨我自己不行，三哥一直说我性格像辣椒，火燎毛躁，刚烈而直爽，敏感而率真，不像朱茵那样说话含蓄委婉，喜怒不形于色，给人以稳重成熟之感。相比之下，我确实有不如她的一面。连三哥也不需要我，看来，我是融不进他们的圈子了。她瘫坐在泽乡亭里，黯然神伤许久，才孑然归去。

　　又是傍晚，椒红一人在泽乡亭处，香园小径独自徘徊，苦闷彷徨，没精打采

地看着眼前的桃红梨白的烂漫春色。文涛突然走来，喊道："红妹，让我好找，你怎么独自一人坐在这里？"椒红赌气说："又没人需要我，我不独自在此，我到哪里去？"文涛凑近她的面前，端详她的脸，笑说："又生我的气了？不过以后你是有机会的……"不说到此，椒红不会更加生气，"什么，我只是有机会的？我要一直靠边站吗？我是上不了台面的了，连三哥也看不上我了，我消失好了！"

文涛说："你性格就是太敏感，爱情绪化，爱要小性，你看人家朱茵就没那么狭隘。"文涛怒了，一语直击她的痛处，椒红一听就炸了，她怒道："是，她不狭隘，我狭隘。你们所有人都看不上我，以后请你们都离我这个狭隘的人远些！"她大哭着跑开了。文涛气得顿足对着她的后背喊："你——不可理喻！"

一连几日，文涛见不到椒红的面，学校里见不到她，到教堂里找她，大门紧闭。文涛像发了疯一般着急。这天傍晚，文涛急匆匆到她爱去的泽乡亭去找她，亭子里也不见她的身影。文涛正欲转身离去，却见亭廊尽头，一树梨花盛开，如堆雪覆云，一个倩影面花而坐，一手捧一本书，一手擎一朵梨花在凝眸，她脚下一片落英满地。文涛跳过去，拍手笑说："瞧，此情此景，多像一个面对月落花残，迎风洒泪的林黛玉！"椒红吓一跳，见是文涛，白了他一眼说："就算我是林黛玉，但你却不是那个懂得怜香惜玉的宝哥哥。"文涛说："我是贾宝玉。"他弯腰抓起一把雪白的落花，往衣角一兜，趋前一步，捏着腔调说："林妹妹，这花儿残了可惜了，你看把她葬在哪里是好？"椒红禁不住破涕为笑，说："哎呀，酸掉人的大牙啦，呵呵。"文涛看她笑了，又变戏法似的从身上掏出一摞报纸来，说："你看看这个。"

一摞都是《宿风报》，椒红迅速浏览一下，就感觉一股青春气息扑面而来，她瞬间被一篇篇小文章深深吸引住，不由自主地深读下去。文涛见她感兴趣，问："文章怎么样，你评价一下吧。"椒红指着一篇篇文章说："你看，长河的文章深刻而有真知灼见，入木三分；三思的文章思路清晰，充满了哲辩的智慧；为民的文字激扬豪迈而又浪漫；繁荫的文字则雅静而沉着大气；凤凰的则灵动俏皮；坏鸟的则亦庄亦谐；再见的则清新睿智；真人的则沉郁顿挫。"

椒红品味评价后，不由得叹了口气。文涛问："怎么了？"椒红说："这些人的文章，让我感到他们正处于风华正茂之时，有抱负、有思想、有作为。像他们这样的人才可以激扬文字，畅所欲言。可我呢？却是一个与这个社会格格不入的无用之人。"文涛正色说："人会变的，但凡人都会改变的，只要你肯迈出改变的一步，都会峰回路转，花开有时。"椒红怀疑地摇摇头。文涛说："你想不想结识这些作者？"椒红问："怎么能够，你认识他们？"文涛说："认识，认识！请随我来，我这就带你去见他们。"椒红听了一蹦多高，"真的？太好了！"她活泼灵动地跟着文涛跑去。

文涛领着她到了陈胜过饭店，椒红一进门，意外地见到"宿风七友"的其他

人都在场，更令她意外的是还有三哥和三嫂竟然也坐在他们中间。何凤鸾豪霸地说："李雅兰，你总是姗姗来迟，罚酒三杯！"大家笑。椒红略带娇羞地低头坐下，一头正撞在文涛的头上，"哎哟，疼死了！"这是来枭晓大叫一声，众人被逗得哈哈大笑。来枭晓接着打趣说："你看人家老同学，一见面就有人疼，唉，我也想有人疼，可是没有！"何凤鸾一听，立即跳起来，攥起粉拳，在他头上暴凿了几下，问道："疼不疼？疼不疼？""哎呀，妈呀，疼，疼！"来枭晓夸张地大叫，像只青蛙一般蹦跳，逗得大家又一阵大笑。甄桐与会健挤眉弄眼地爆发出大笑声，何凤鸾的脸红了，骂道："神经病了吧，你们俩？看我待会儿可罚你们俩喝酒！"甄桐说："我不喝酒了。"何凤鸾问："怎么了？"会健笑答："他改喝醋啦！哈哈……"大家也跟着大笑。

言久说："菜上齐了，大家动筷子吧，开吃！"大家边吃边聊，椒红一边吃着一边东张西望，文涛问："你在找什么？"椒红说："你说的那些人在哪里呢？"文涛神秘地一笑，说："瞧他们来了。"椒红忙往外瞅，文涛笑说："这儿呢，这位就是长河先生，这位是三思女士！"

"啊，原来长河是三哥，三思是三嫂！"椒红惊诧了。

萧沉思浅浅地一笑，说："小妹，你来认识一下——"她的纤纤玉手指向来枭晓，来枭晓跳起来，两个臂膀忽扇着说："我就是那只坏鸟。"大家笑。萧沉思指向何凤鸾，何主动说："我就是那只大凤凰，专克这只坏鸟的。"大家又大笑。下面甄桐站起来说："本人乃真人不露面也。"会健则挥手说道："再见！再见！"他们幽默风趣的自我介绍，又引得大家一阵笑。最后三哥言久指着文涛与朱茜说："小妹，这位就是为民，这位是繁荫，他们俩发表的文章最多，几乎每期报上都登载！"椒红大为震动，心里滚过一阵阵激流。

那日聚会后，椒红一有空就向文涛找《宿风报》来读，她揣摩研究最多的是繁荫的文章。之后，她偷偷写了几篇小文章，投进邮箱里，寄去《宿风报》，她并不去直接送给当编辑的三嫂，决不愿走人情路线。可是，一篇，两篇……十多篇寄过去了，都石沉大海。每次新的《宿风报》一出来，她就第一时间抢来浏览，可是均未见到自己的名字，令她沮丧；可每期报纸却都能看到繁荫的名字，令她不服气。

"宿风七友"又一次在陈胜过饭店聚会，吃饭间，椒红诚心地向朱茜讨教写作经验，朱茜阐述她的写作观点："写文章就如春蚕吐丝，肚里有货才可以吐出来。如果胸中有丘壑，眼中有山河的话，那么则见景则为画，遇物则生情，就会有千言万语，吐不尽的春蚕之丝。因而，须写你所见所闻所感或亲身经历，或真情实感，先打动自己，才足以打动别人。"椒红听了大有醍醐灌顶之感，她不禁笑着拱手赞许："领教了！"

不久，《宿风报》上掀起一阵热潮，大家都在争议一个叫追意求者的文章，大家互相探问：追意求者是何许人也？

"宿风七友"再一次在陈胜过饭店聚会，大家议论着追意求者及其文章。何凤鸾说："在短短的时间里，这个追意求者就甩出六篇力作，从情节上看，好像是两个三部曲。若非有大悲大喜经历者，哪有如此之多的蚕吐之丝？你看，《不落的落红》《龙在身边》，还有《祭》，都在展示一个鲜为人知的传奇故事，好像一根线索，串起几个凄婉的故事，连着动人的情感。"

甄桐说："这人的文笔细腻，娓娓道来，朴拙而富有诗情画意，这个风格有点类似谁的作品来着？"

一直默默听着的文涛说："像萧红！"

会健说："可贵的是，后面的《追》《思》《飞》，却风格大异，清水出芙蓉，天然去雕饰，掩不住柔情并豪侠之气，可谓更上一层楼。作品中，透露出作者大胆追求人权，不甘听从命运的摆布，思求上进的精神，大有鉴湖女侠的那种巾帼不让须眉的才略胸胆。"

来枭晓说："你们猜猜，此人是男是女，多大岁数？"何凤鸾白了他一眼："你希望她是一个风流才女吧？"众人笑。

一直沉默的文涛飞眸观察着一切，他笑笑说："你们想一睹高人面吗？"

何凤鸾问道："你认识？"文涛摇头，说："我可能不认识，但山人自有妙计，让此人现身！"

何凤鸾说："别卖关子了，快说怎么能让他现身吧。"朱茵趴在何凤鸾的耳朵上嘀咕几句，何凤鸾惊诧地说："这——朱茵说了，其实这位追意求者的文章毛病挺多的，比如……"

何凤鸾此言一出，椒红立即抬起头，红了脸。文涛向何凤鸾使个眼色，何凤鸾马上醒悟道："哦，原来是她！某人一直在猪鼻子插大葱——装象（相）呢！现出原形来吧！"她用手一指，在座的哗啦一下，都大笑了起来。

第 35 章

惊 风 沐 雨

桃绯梨白，油菜花金灿灿地洒满大地，到了最美人间四月天，春潮泛泛，椒红也正经历着她人生最美好的季节。

粉红色的黄昏下，"宿风七友"聚在泽乡亭，椒红与朱茵坐在泽乡亭里，每人手执《宿风报》的一端在读报，她们俩喜滋滋地看到自己的文章赫然刊载在报纸上。来枭晓不无艳羡地说："近段时间，《宿风报》上，有繁荫的文章，就有追意求者的文章，我看，你们俩把《宿风报》承包了得啦，没我们的份了！"朱茵与椒红听了哈哈大笑起来。

朱茵对椒红说："徒弟，你一出手就超过我这个师父了。恭喜你！怎么感谢我呀？"椒红笑说："请受徒弟一拜，我这厢有礼啦！"

"哈哈……"

"哈哈……"

她们俩相拥而笑，斯缠在一起。文涛的眼睛都快看直了，见她俩和睦如初，消除了彼此之间的心中芥蒂，他感到欣慰之至。

何凤鸾在一旁撇着小嘴说："哎呀呀，只嘴巴谢谢就行了？我们都看不过去了，谢师礼总是要有的吧，拿出点诚意来啊！"文涛脱口说："对，对，谢师宴摆一场！"椒红没想到这话出自文涛口中。她白了他一眼说："哼，你倒会卖人情，记得谁上次说过的，他做东，向我赔不是的？"文涛眨眨眼说："没有，我没说呀，是谁说的啊？"椒红气道："好啊，你敢耍赖皮，看我不扒你的皮！"文涛转身就跑，椒红紧跟不放。余下的人面面相觑，会健说："走啊，跟上！"

文涛前面跑，椒红后面追，其他人又跟在椒红后面跑来，一口气都跑到了电影院，文涛一闪身进去了，椒红不假思索地也进去了，不久，会健他们也喘着大

气地跑进去了。三哥言久迎上他们，严肃地说："你们来得正好，快快进来。"椒红从来没有见过三哥如此严肃，立即收起了嬉戏的心，顺从地跟着三哥进了一间密室。密室里已经挤了好多人。里面有好多简朴的小凳子和桌子，还有讲台，像一间教室似的。对面墙上挂一副紫色的窗帘。言久一伸手拉开窗帘，露出一个镶金的屏，屏上书三个大字"神州社"。啊，我终于进了神秘的神州社！椒红又激动又紧张。

言久严肃地说："战火即将燃烧到宿州城的上空，大家都要做好心理准备！"啊，椒红身上马上起了一层鸡皮疙瘩，紧张与害怕兼而有之，她在心里骂自己：可耻的胆小鬼！

言久继续说："神州大地，鬼影乱舞，为救国难，凡我社会员，皆立誓献身，死而无憾。愿意吗？"

"愿意！"文涛先声应答，举起手；其余人亦举手表决愿意，椒红犹豫一下，随即唰地一下高高地举起了手，高声道："我也愿意！"在场的热血青年，面对着祖国有难，谁愿意退缩？谁不愿为亲爱的祖国母亲出一分力呢？椒红举起右手，随大家一起宣誓："为了我的祖国，我愿意抛头颅，洒热血，献青春，死而无憾！"言久看着小妹的成长与进步，微笑着鼓励她说："倾力而为，做你力所能及的事去吧！"椒红郑重点头。

清明过后，树叶儿就像绿色的线，被春风拽着，拽着拽着，绿色的线就变成碧绿的大绣球，大团大团地向外冒；小草也疯长着，不到几天，青青草色绿至天涯。"儿童不知春，问草何故绿。"麦苗儿也接力赛似的，拼命地拔节，齐蓁蓁地绿成一块碧玉。祖国的江山依然美丽动人。可是，群魔却已张开翅膀从天而降！

宿州城里传来空袭的爆炸声，大街小巷熙攘的百姓在惊慌逃难，陆续有伤兵被抬进来了，医院里已经塞得满满的，还有大批大批的伤员不断涌进来。医护人员人手远远不够用，就向各所学校抽调男女学生来帮忙，文涛在学生会里振臂一呼，带领好多人前去支援。椒红、朱茵、何凤鸾等"宿风七友"更不甘落后。

医院里，到处都是残肢断臂、血肉模糊的伤员，每天面对的是战士们痛苦抽搐的脸，听到的是惨不忍闻的呻吟声，还有血迹斑斑肮脏的战衣。一天，椒红在呕吐，在文涛面前叫苦："我简直是受不了了，明天真的不想去了！"

文涛说："那些伤员本该有着健全的四肢，有着挺拔而青葱的丰姿，有着青春而英俊的脸蛋，还有动听的声音，干净的衣着；而此时，他们血肉模糊，四肢不全，甚至肮脏不堪！他们的脸因抽搐而变得丑陋，他们的声音因疼痛而变成呻吟……可我们可以四肢健全地在此享受安全静好，为什么？你何不换位思考一下？面对他们的痛苦，我们的痛苦算得了什么？一点小罪都受不了啦，娇小姐的脾气又犯了吧，你要当逃兵吗？"

椒红羞愧地说："哪里，我只是随便一说，哪里真的当逃兵啦？"

从此，每天面对着伤员，椒红跟随大家忙得团团转，不怕脏，不怕累，顾不上吃饭、休息。回去给小约翰教中文课的时候，她竟然睡着了，她向布莱夫人道歉。布莱夫人说："我能理解你，没关系的，孩子。"这些天布莱夫人在医院里，作为国际友人，救死扶伤，为中国人做出了贡献。椒红向她致谢。在百忙中，椒红抽出时间写文章。她目睹了战争残酷的一面，然而，战争也锻炼了她，使得她内心变得强大起来。

又一大批伤员送来了，男生忙着抬担架，女生忙着擦药水，包扎伤口，还要给伤员们喂饭，喂水，甚至接大小便。椒红甩掉了大小姐的一身娇气，也投入到火热的工作中去。她不顾羞涩地一把撕开伤员血肉模糊的衣裤，一股血腥味，脓臭味，熏得她直想呕吐，但她会憋着呼吸强忍着，给伤员止血、擦药水、包扎。可是，有一样让她难为情，她必须要为伤兵接小便，能自理的伤兵还好，她只需拿着便盆，侧过脸去即可；但有的伤员双臂不能动弹或者已截肢，就需要她亲自扒开人家的裤子，动手替人接尿。一个大姑娘家这么做，那要多难为情啊！第一次做时，她难为情得"哇"的一声哭了出来，把便盆一扔就跑了出去。她跑到走廊的尽头，看到朱茵、何凤鸾等几位女生也正在那儿不停地呕吐、擦眼泪。她们也遭遇到了同样的事情。

布莱夫人过来了，她眨着一双善良的大眼睛劝说道："姑娘们，救死扶伤，是医者仁德。我们伤员的身体，都是最圣洁的，受上帝保佑，我们不要用俗世的眼光去看待他们的身体的每一个部位吧！"她给姑娘们每人发一副厚厚的手套，另加一个白色口罩，以避免姑娘们在工作中为难。

累了一天，椒红来到泽乡亭静静地坐着，文涛也来了。她一句话都不想说，回想着一天的工作与见闻，生怕文涛知道她经历的事情。然而，文涛偏就对她诡秘地笑着，笑得她心里发毛。她把眼睛一瞪问他："你鬼鬼祟祟的，在笑什么？"文涛笑得更厉害了，捂着肚子大笑，椒红意识到他笑什么了，涨红了脸，眼泪都溢出来了，她扬起粉拳擂向他，他抓住她的手悄悄地说："恭喜你，你今天大开了眼界……"啊，她着恼了，怒道："要死了，你不同情我罢了，还来取笑我？"

她捂脸哭了，哭得很痛心似的。文涛抓住她的手，扳起她的脸，掏出一支笔在她的柔润的腮边画出两颗心形。椒红问："你在我脸上画的什么？"文涛说："我画了两颗心，一颗心代表我的，另一颗代表你的，我们两颗心紧紧相连，心心相印，永不分离。"她霍然睁开了眼睛，又沉醉地闭上，她心潮澎湃，翻腾着醉人的浪花。椒红嘘了一口气，轻轻喟叹，喟叹着最美妙的时光。

文涛关切地问："怎么了？"

椒红说："我以为你从此会嫌恶我呢。我那一刻，想死的心都有了！"文涛说："呵呵，你以为只有你一个人难为情吗？你是年轻的大姑娘，人家可是年轻的小伙子呢，人家被你看见了，你问没问人家有多难为情啊？"

　　"啊！他也感到难为情吗？"椒红捂嘴吃吃笑了。文涛趋近说："要不，你再欣赏一下美男的胴体吧？""啊，你竟敢这样待我，看我不把你撕了！"椒红双手扑过去，文涛则拔腿就跑，转眼不见踪影。椒红慌了神，她边跑边东张西望地四处寻找文涛，走过一棵大树时，文涛突然跳了出来，吓她一跳。她追打着文涛，一路向学校跑去。在校门口，他们遇到一辆绿色小轿车，文涛瞟了一眼车内，神色骤变，他拉着椒红赶紧跑进校园里。

　　又是一天筋疲力尽的奋战，文涛接椒红从医院归来，路过泽乡亭稍作休息。一辆绿色小汽车驶到亭子边的小路上，停了下来。文涛转脸发现这辆车的时候，车子才缓缓发动起来，慢慢驶远了。文涛盯着看那车子里坐的人，那人戴着一副大墨镜，显然，他也盯住他们看了许久，文涛似乎看到了那双眼睛，内心一阵心惊肉跳。从此，他心里就有了被一头狼盯住的感觉！次日傍晚，文涛站在泽乡亭等椒红回来又见到那辆绿色小轿车停在路边，文涛看过去，隔着车窗似乎都感到，有一双狼一般的眼睛在盯着他们。啊，文涛吓坏了，脸色苍白，他忙拉起椒红就走，边走边说："以后你千万不要单独走路了，没有我陪伴的话，就和别人结伴而行。记住没有？"椒红不明其故但乖乖地点头答应。

第 36 章

战 火 洗 礼

十

天空风雨大作，言久急匆匆招来大家开会，宣布一个惊天消息，日军又要炸宿州城了！他镇定指挥：各小组行动起来，兵分几路，到各条街道、医院、教堂等组织宣传，帮助百姓转移避难。文涛、会健等负责东关街一带、甄桐、来枭晓等负责城隍庙一带，椒红、朱茵、何凤鸾等负责医院以及教堂一带，其他人员各领了任务，大家听命各自行动起来。

椒红、朱茵、何凤鸾三位女生直奔医院，她们到医院时，医院里的人马已经行动起来，她们则动手帮助伤病员转移，赶紧躲避到医院下面防空洞里去。轻伤的伤员就搀着他们走，重伤员就扶上担架抬着走。椒红等几位女生恨不得生出三头六臂来。刚刚手忙脚乱地安顿好伤员，椒红猛然发现没看到布莱夫妇的身影，她顾不得喘上一口气，发疯一般地奔到教堂里，布莱一家三口正准备吃晚饭。布莱夫人见了她很高兴地说："陶小姐，你回来得正好，坐下吃晚餐吧。"椒红大喊："来不及了，快走，日本人就要炸宿州城了！"

布莱夫人有些犹豫，椒红大声地说："相信我，消息可靠！"她一把拉住小约翰就往外走。布莱先生霍地站起来，说："相信你，走，马上走！"布莱夫妇跟后跑出，刚奔出教堂的大门，就听到隆隆的声音震地而来，宿州城的上空，刹那间被巨大的机翼笼罩住，恐怖的声音、恐怖的气氛笼罩全城。人们看到，三架，五架……更多架飞机呼啸着飞来，紧接着听到霹雳般的轰响，日军投炸弹了！接连不断的投炸弹，接连不断地轰响声震耳欲聋。

炸弹所落之处，地面四处开花，椒红与布莱一家俯在地面上奔跑，突然，一声巨响，一枚炸弹就在他们身后炸响，教堂应声倒塌，瓦片四溅，浓浓的硝烟，散发着黑色和蓝色的烟雾，弥漫开来，令人睁不开眼睛，喘不过来气。当他们惶急地跑进防空洞的时候，背后直透凉气，若慢一步，就会粉身碎骨！

现在是五月上旬，日军已是第二次空袭宿州城。这次日军除炸毁东关大街和大隅口一带建筑物之外，还炸死炸伤100多人，日机投掷的炸弹有的重达500公斤！日军还进城全城搜捕，他们抓走了各界人士20多人，肆意奸淫妇女，残忍杀害无辜老人和儿童……日军所到之处，都犯下了罄竹难书的罪行。

椒红等几人躲在防空洞里，度日如年，细数分秒。没有了有关三哥三嫂的消息，她在为哥嫂的安危担忧。何凤鸾轻蹙蛾眉，忧心忡忡地和椒红说："来枭晓去了城隍庙，不知那里炸得可严重？"椒红亦蹙眉说："同去的还有甄桐呢，不知他安不安全？"何凤鸾的脸儿一红，说："不知他、他们怎样了？咱们的学生会主席怎样了？你不为他的安危而担忧吗？"椒红点点头说："咱们躲在这里，不知外面的情况怎样，他们此刻在哪里？安不安全？真的急死人了！"她们俩看向朱茵，朱茵显得比较镇定，她安慰她俩说："少安毋躁，不要担心，他们都会平安无事的，相信吉人自有天相。"朱茵伸出手臂，一边搂一个，用手轻轻拍打她们的肩，安抚她们。三个女生就这样相互拥在一起，甘苦与共，数着分秒挨时间。

外面好像静了下来，两天没听到那轰隆隆的可怕的声响了，椒红霍地站起来，说："我要出去，我要找三哥与涛哥！"何凤鸾也跳起来说："我也要出去，咱们走！"朱茵急忙一手抓一个说："你们傻啊，你们出去，不但找不到文涛他们，说不定你们会被日本人抓去。再说，你们知道到哪里找他们吗？他们在哪里？"椒红绝望地倒进朱茵怀里嘤嘤哭泣，朱茵拍打着她，亦红了眼睛；何凤鸾则坐在地上，背依着她们，一滴晶莹的泪水滑落下来。

外面传来了消息，军队从宿州向豫皖西北方向突围，日军大部队都去追堵军队去了，城里的日军数量锐减。听到此消息，椒红她们再也待不住了，便稍作装扮走了出去，直奔电影院的方向走去。

外面的景象令她们大为震惊：昔日繁华美丽的宿州城几乎变成一片废墟，现场惨不忍睹，令人触目惊心。几位姑娘以残垣断壁作遮掩，小心翼翼地往西面走。走至泽乡亭处，见到的是亭倒廊塌，美丽的倩影已遭破坏；陈胜过饭店那里倒成一片，最令人愤恨的是，他们的美丽可爱的学校成了瓦砾堆，姑娘们一时迷失了方向，心里涌起无限愤慨与伤感。

她们凭着记忆一路向西走去，找电影院那个地方。一路上，街上很寂静，依稀能看到电影院的墙头了，那里也是一片废墟景象，椒红内心忐忑，到了那里不知是吉是凶，但那里依然是她们前行的目标。仅有一路之隔就到了，突然迎面走来两个戴帽子的人，个子矮小，说话咕咕噜噜，还背着枪，啊，估计是遇到日本人了！

姑娘们吓得转身就跑。但迟了，那两人已经发现她们，咿里哇啦地追了过来。她们东躲西藏，来回奔突，但最后还是被狡猾的日本人堵住了去路。鬼子像恶狼扑向羔羊一样，扑向她们。椒红身姿敏捷，鬼子扑向她时，她闪身躲过跑去。那鬼子转头抓住了朱茵，另一个鬼子抓住了何凤鸾，俩鬼子狞笑着如饿狼撕羔羊一般，疯狂地撕扯着她们的衣服，朱茵的学生裙已经被撕破，袒露出雪白的肌肤，日本人发出得意的狼嚎声，朱茵喊："救命！"何凤鸾的衣服也被撕破，她一边挣扎一边大喊："救命啊——"椒红已跑开很远，她猛回头，看到同伴在恶狼身下挣扎，她掉头跑回来，大喊："救命——"她既紧张又愤怒，愤怒带动了勇气，她看见那个日本人身后背着刺刀，她踏步扑过去，哗啦一下抽出那把刺刀，狠狠地向日本人的后背捅去。没想到日本人非常灵巧，他飞跃而起，转身一脚把椒红踢倒，并狞笑着向她扑来！就在千钧一发之际，突然飞出两个少年，他们飞起长腿，一人一个，把两个日本人踢飞出去。来人是文涛和会健！朱茵与何凤鸾赶紧爬起来，掩住凌乱的衣裙。小日本毕竟训练有素，马上弹跳起来，这边的日本人捡起刺刀，另一个日本人也抽出刺刀，他们端着明晃晃刺刀嗷嗷叫地扑过来。侠心豪胆勇少年，文涛飞身一闪，近身踢中了一个日本人，然后空手去夺日本人的刺刀，并和他一起倒在地上，滚打在一起；日本人的刺刀滚掉在一旁。文涛按住日本人，掐住他的脖子；可日本人一打滚，反把文涛压在身底下，他掐住了文涛；椒红一见文涛有危险，她奋不顾身地扑过来，抓起刺刀就向那个鬼子的肋腰猛力地刺去，竟然刺进日本人的身体里，溅起一股鲜血！啊！椒红吓得大叫一声，但她仍紧紧握住刺刀，抵住日本人的身后不放松。文涛一骨碌翻身起来，接过她手里的刺刀，又补了鬼子几刀，把这个鬼子给报销了！可是，会健仍在与另一个日本人在搏斗滚打之中，日本人的刺刀刺进了会健的腹部；朱茵、何凤鸾一人拿一个木棒去猛抽日本人的脑袋，但那日本人还是死死地用刺刀顶住会健，血，殷红的鲜血，从会健的腹部奔涌而出！文涛一个箭步冲上去，用刀猛刺日本人的后背，日本人像猪一样，哼唧几声，倒下去。

大家看到会健口里直吐鲜血，文涛急忙抱住他，急切地问道："你咋样，会健？"会健闭了闭眼，又努力地张开来，摇摇头说："我，我不行了……"啊！朱茵、椒红、何凤鸾都拥了过来，喊道："会健，你、你、没事吧？"文涛扶着他依靠在自己怀里，说："会健，你要挺住！"会健转过头对着朱茵说，"我有一句话，再……再不说，就……就来不及了……"朱茵忙过来说："快说吧，我听着呢。"

会健大口地喘息着，眼睛看着朱茵，说："你……你知道吗，我……我喜欢你……好久了，我不敢对……对你说……"哦！朱茵很是诧异，她的心思一直在文涛身上，对于会健平日里晶亮的眼神与柔情的守护，一直未往深处想。此刻，她握住会健的手，安慰他说："我听了很高兴，你怎么不早说？"会健笑了，露出满是鲜血的牙齿，他满足地把眼睛望向天空，他又急急地指向自己的上衣口袋，文涛伸手掏出一个小小的纸包，打开一看，是一张小小的照片，递给会健，会健说："是我小妹，砀山，家……家……"可是，话未说完，他就大睁着眼睛，不动弹了！几个少女捂住嘴巴，泪水顺着指间流下，不敢哭出声音，怕再招来鬼子，文涛急忙背起会健疾奔而去。

到了虹山路口，原来那幢气势轩昂的文化馆里到处是断墙碎瓦，塌成一个大土堆。文涛带领大家钻进大土堆后面的一个小洞里，进去后便豁然开朗，椒红惊喜地见到了自己的三哥与三嫂，还有好多其他人，他们都安然无恙。

会健平躺在地下室的一张席上，脸上的血污已经被洗干净，周身铺满了用白纸剪成的花朵。言久组织大家给他举行一个追悼会。他在悼词里说，他是一位"优秀的共产党员""杰出的爱国青年"。椒红第一次得知会健、文涛、朱茵他们都是中国共产党党员。追悼完毕，言久招呼大家进地下密室里，"神州社"屏风后面现出一面鲜红的党旗，言久对椒红以及其他几个青年严肃地说："鉴于你们最近的表现，通过了考验，我代表党吸收你们进入组织，你们愿意吗？"椒红第一个唰地一下举起手来说："我愿意！"一番宣誓之后，文涛走来说："祝贺你，红妹，从此我们真正成了革命战友啦！"椒红激动得泪花闪闪。

朱茵夜不能寐，一直守在会健灵前，蕴藉他的亡魂。她拿出会健给的照片，照片里是一个小小的女孩，长了一双特别大的眼睛。朱茵反复琢磨着他临终之言，他是不是委托我以后要找到他的妹妹？她仔细地把照片放在一面小镜子里保管起来。

次日凌晨，言久带领大家围着会健走了三圈，沉痛追悼一番，告别战友，匆匆把他掩埋在电影院后面的小树林里。

言久让人统计失踪人数，失踪人的名单里有甄桐与来枭晓，何凤鸾一听，"哇"的一声哭了。椒红忙过来安慰她说："别担心，来枭晓是个机灵鬼，或许他暂且躲在别的地方了，不会有事的。"

言久发言："宿州城已成危城，大家身处险境，必须分散，到各自的地方做抗日活动。"他告诉文涛、椒红与朱茵，你们回去吧，回到自己的家乡，支持家乡的抗日战争。他和萧沉思等少数人继续留在这里指导抗日工作。而何凤鸾却不愿意离开，她说："来枭晓一日不回，我一日不走！"

第37章

家乡风貌

五月的天气，气温骤升，淮北大地已是绿满天涯：绿草、树叶，丰满厚实地绿着；田里的麦苗已经出穗，随风摇曳。

文涛、椒红与朱茵三人共乘一辆毛驴车，奔驰在回家的路上。文涛对前面赶车的说："大爷，我们先到桃花湾。"赶车大爷答应一声，毛驴车很快驶到蓝沱河的大堤上。蓝沱河依然是那么碧波荡漾，滚动着圈圈涟漪，淡定从容，一如既往地向东流去。夹岸的桃林里间有梨树林，枝繁叶茂，风儿一吹，可看到累累的绿果。椒红激动地喊："啊，蓝沱河，桃李原，我回来了，我终于回家了，家乡多美啊，如果没有战争，这里就是一处神仙居所，是不是？"文涛接道："是，桃李原赛似世外桃源啊！"朱茵附和着说："是，咱这里的桃李原虽然有点偏僻，但却独有她的秀丽幽静，是咱们的宜居家园，可恨却有战争。"

毛驴车一车驶至凤仪楼大门外，母亲果香出来见到他们，简直是喜从天降，忙迎过去，她见了文涛，不好意思地说："涛儿，好孩子，大姑对不住你啊！"文涛急忙说："大姑，咱不说这个了，我们租的车子还要送同学回去，我先走了，有话回头再说。"文涛急忙坐上毛驴车远去。

椒红离家经年，见到母亲，鼻子一酸，泪水就下来了，与母亲相拥而泣。大嫂孟氏、二嫂郑氏也欢喜地迎了过来，两个小小的侄子侄女好奇地瞪着大眼睛，看着眼前的这个"陌生人"。

椒红没见到父亲，便问："我爹呢？"母亲果香就掩面哭了，悲戚地说："自打日本人占领口子街，你爹与你大哥就困在街里，未曾有过消息，家里都快急疯啦！"

椒红又问："那二哥呢？"

第37章 家乡风貌

　　果香说："日本人来了，学校的学生老师都搬迁别处，你二哥至今也没有消息。"

　　原来家里的光景是如此凄惨，椒红心里顿时纠结起来。她上了凤仪楼，像当年的花木兰一样——开我东阁楼，坐我西阁床，当窗理云鬓，着我旧时裳。环视室内，风光依旧，可是不见巧儿的笑脸相迎，不由得发出物是人非的凄然感慨；偶然间，她看到巧儿昔日戴过的发卡，不由得潸然泪下。她下楼，走进二叔家的院子里，明曜见到侄女回来了，显然很是高兴，凄然一笑，招呼道："回来了？"椒红亲切地和二叔聊几句，她看见牛棚外面的墙上还挂着言来昔日用过的一把弹弓，在风中颤颤吟咏，她情不自禁地走过去，深情地抚摸着弹弓，似乎感觉到它的温度，言来那冷峻的脸庞又出现在她眼前，她的泪又簌簌地落下来了。她问二叔："言富、言荣两位哥哥呢？"明曜答："都走了，去了龙脊山。"她看见一堆捆扎好的东西，问："这是什么？"明曜答："一些吃的、用的东西，以备言富、言荣随时来取。""哦——"她想：二叔定然是哪辈子欠了二婶的债了，不然"若不相欠，怎会相见"？

　　晚饭后，椒红走进惠风庐，道宗老爷子已是银发银须，一副仙风道骨。椒红拣了一个僻静处坐下，坐在正在画杠杠练字的小言玉身边，被老爷子那双鹰隼一般犀利的眼睛捕捉到，老爷子欣然说："红辣椒，何时回来的，怎么来了不和老爷爷打个招呼啊？呜呜，我伤心了！"椒红笑了，在场的人也都笑了，有人笑说："老爷子也爱撒娇呢！"椒红走近老爷子，亲切地抚摸他的白胡子，又给他点一锅老烟袋吸上，老爷子满足得像个孩子一般，笑了。椒红就势坐在他身旁，听他说书。令椒红惊讶的是，老爷子正在为大家讲述着法国著名作家雨果的《巴黎圣母院》，那善良而丑陋的敲钟人与那美丽而善良的吉卜赛女郎埃斯梅拉达凄婉动人的故事，被老爷子绘声绘色地讲述出来！令椒红更加惊讶的是，老爷子的书堆里还堆放了各种报纸、时尚杂志！外面的战争风云变幻，内外新闻大事，各种风风雨雨，老爷子无不知晓。椒红惊叹地说："老爷子，您真是赛诸葛，不出茅庐，便知天下事。惠风庐里可谓是家事国事天下事，事事关心！"老爷子接口对道："你不知，这里还有风声雨声读书声，声声入耳呢，每天我教言玉早读《论语》，夕诵《孟子》！"椒红瞥一眼言玉佝着小小的身子在那里依然处乱不惊地认真画杠杠。

　　椒红与言青交谈，以了解家乡抗日情况。言青说："各村都建立民兵队伍啦，但各村青壮年兵力多被抽调去相山游击队了。咱村里民兵队伍，就由我带领，愁的是人少，壮丁更少，若是鬼子来了，如何是好啊？"椒红忽闪一下长睫毛说："我有个主意——你可以成立一个纵横民兵连，就是将咱桃花湾、苗家湾、冯家湾的民兵队联络起来，形成一条横线；再将桃花湾、陈家湾、李子园联络起来，形成一条纵线，纵横相连，就把上河桥、下河桥民兵互相联合起来，这样既壮大了力量，又互有照应。"言青伸出大拇指赞道："好主意啊！不过这么大的阵势，须要有人去联络促成才可。"椒红笑说："这个不用愁，有一个人，定能完成此任。"言青问："谁呀？"椒红笑说："文涛哥！"言青说："文涛呀，那个小机灵鬼，我相信他肯定能办到！你们俩又……呵呵。"他做个和合的手势，椒红娇羞地一笑。她又蹙眉说："可愁的是我爹和大哥陷在老城，生死安危一概不知，我娘焦急得天天在哭！"言青叹息说："唉，我刚从酒店回来，鬼子就进老城了。口子四周都有鬼子把守，怎么办呢？"椒红说："言富哥与言荣哥有飞檐走壁之功，或许他们俩能进城探探。"言青说："对呀，但他们在龙脊山，知道这事吗？"由于和文涛见面不那么方便了，椒红便写信让人带给文涛，信中提出她的纵横连线的抗日建议，并告知父兄陷入口子老城的事。

文涛那日回到下河桥，到了家里一看，母亲王氏惊喜交加地扑了过来，激动得泪流满面。文江兴奋地拥住他的脖子说："三弟，你可回来了，听说日本人轰炸宿州城，全家人为你担心坏了！你碰到日本鬼子没有？"文涛感慨万千地说："何止是碰到过日本鬼子？我还亲身和鬼子做了一番殊死搏斗呢，并亲手杀了两个鬼子！""啊，你竟然还和鬼子殊死搏斗？"文江和王氏听了都惊叫起来，王氏忙过来扯住儿子上下查看，问他："伤着没有啊？"文涛自豪地一笑说："娘，我没事，有惊无险，我还好端端的呢！"文江惊叹道："三弟，你真行啊，你算是见过大阵仗的啦！能完好无损地回来，实在万幸啊！"

"文涛回来了？！"阵风惊喜的一声招呼，家里其他人，如大娘、二娘，还有众姐妹兄弟侄女儿呼啦一下都拥进三院，赶来看他。他们听说，他亲自杀过鬼子，都惊讶不已，尤其小文波心里顿时充满了崇拜感，他说："三哥，你是大英雄，我长大了像你一样去杀鬼子！"说着还做个滑稽的动作，全家人都笑了。

文江说："走，今晚都到大院聚餐，庆祝三弟回家！"大家又纷纷拥向大院。荣秀英递给文涛一个热乎乎的野菜馍馍。文涛惊叫："哎呀，这馍馍怎么黑黢黢的？"文江笑着说："你那个馍馍还是你嫂子优待你的呢。你将就着吃吧！"文涛转视一看，其他人只有一碗野菜汤，连馍馍都没有。他问："大哥，家里又断顿了吗？"文江立即面现愁云说："是的，不是打仗嘛，李阵星为替他儿子邀军功，捐粮三千石。可是这三千石粮食岂能是他自己掏腰包？均要分摊到下河桥村民的头上。捐粮支持抗日是爱国正义之举，广大百姓也热烈支持，但农民本来就难保温饱，因征粮太多，又正值青黄不接，家家户户大囤空小囤无，农民主要靠挖野菜充饥。西头几家，已经有几人饿死了！"现实生活如此残酷，文涛听了苦闷叹息。文涛问："二哥、二嫂都在家？"二娘脸上立即满脸愁云，说："唉，听说鬼子进了老城，不知他们咋样呢！"大伯阵风说："你爹和你二伯也好久不见，也不知咋样？"愁云惨雾立刻蒙上了全家人的脸上，文涛皱起浓眉。

农家向来少人闲。次日一早，全家人早早起床，大人们扛着锄头下田除草，

文秀领着文娟、文丽几个小姐妹则到绿豆湾堤坡处挖野菜，村里众多的穷人家的孩子都来到堤坡上挖野菜。风暖草绿，遍地的野菜，在风里摇曳着白的、黄的小花朵，采野菜的小姑娘们欢乐地唱起歌谣来，文秀带头唱起当地的歌谣——

哎——，哎——，没有吃来没有穿，感谢头上有苍天，春回大地天变暖，太阳公公赐衣穿，还赐野菜满山川。采呀采采野菜，采呀采采野菜，雪白的采一篮，金黄的采一篮；莫说野菜苦，莫说野菜难下咽；野菜三分苦来七分甜，有吃有穿穷人就不作难……

文秀百灵鸟般的歌喉领唱，下面大大小小的姑娘们齐声应和。姑娘们边挖边唱。姑娘多的地方就有歌声和笑声。她们歌声嘹亮，笑声欢快，飘过田野，连田里干活的人听了都不由得微笑起来。歌声、笑声也引起正在河边溜达的几个人的注意，听到悦耳动听的歌声，他们走上堤坡，其中穿长衫的一人是赖长贵。日本人进口子老城，他吓得躲在李阵星这里，今日闲着没事就带几个家丁来河边打野味。赖长贵看到一群挖野菜的小姑娘当中，有一个小姑娘眉清目秀，像绽放在这堤坡上的小花，鲜活灵动，惹人注目。他侧身跟家丁说："这个小姑娘看着眼熟，好像在哪里见过！"家丁说："她是您先前看中的那个文雪的妹妹，是李文江的堂妹！"赖长贵"哦"一声，又咬牙切齿地说："李文江——，哼！"他恨恨地扭头走去。

日上三竿，田里干活的人纷纷回去，挖野菜的小姑娘也陆续回去了，文秀又去河边拾柴，落在了后面。赖长贵瞅到了她，便示意家丁，家丁抓住文秀就往芦苇丛里拖，文秀惊慌呼救。"住手！"啊，赖长贵一惊，回头见是三黑与立冬，他拉着油肠嗓子说："与你们无关，休要多管闲事啊，我和李文江的仇恨，一辈子都算不清！"三黑怒道："你和文江哥有仇，有本事你找他去，干吗对人家小女孩下毒手，丧良心不？"赖长贵说："我不管，我就让他李文江难过我才痛快！"三黑骂道："真不要脸，就会欺负弱小，放开她！""我，我，就不放！"三黑与立冬冲上去，抢起锄头和家丁打起来，文江得知，带人过来，狠狠地教训了赖长贵及其奴才。赖长贵被打得头破血流，狼狈逃走。

在农民协会里，文江愁眉不展地对三黑他们说："咱们一面要准备抗日，一面还要随时应对赖长贵、李阵辰这些人的挑衅。可眼前民兵队伍，人少，壮丁更少，鬼子来了可咋办？赖长贵再来闹事可咋办？""有办法！"是文涛说着走进来。三黑等几位年轻人呼啦一下子把他围在中心，三黑说："文涛兄弟，听说，你和鬼子拼过刺刀，还亲手杀了俩鬼子，你了不起啊！"文涛淡然说："人在情急之中，都能做出了不起的大事！"他掏出一封信说："大哥，这是椒红妹妹带来的信，她建议，把上河桥、下河桥各村民兵队联合起来，连成纵横线，形成片，这样可以壮大抗日力量，万一鬼子来了，可以互相支援。言青大哥已赞成这么做。"文江一拍巴掌说："太好了，此法可解各村燃眉之急呀。不过，需要有人去联络才可。"文涛拍拍胸脯说："这事就交给我吧。"

文涛走过不久，忽然赖长贵和李阵辰带了众多精壮人马闯进来，这些人马有李阵辰带领的乡团联防队的人和大鹏山的猎户，他们是赖长贵搬来的援兵。这些人进来，二话不说，几个大汉直接抓住文江就打。三黑一边摸家伙，一边让立冬敲铜锣喊人，十几个民兵奔来了，还有一些村民拥来，他们拿着竹竿、刨叉、斧头、镰刀拦住他们。赖长贵头上包着纱布，拖着油肠嗓子喊："李文江，我要你血债血还，为我儿子腾报仇的时机到了，大家伙，动手，往死里打！"三黑、立冬、丰收等拼了命地与他们对打，在混战中，文江得以脱身，他摸到一个锄头，奋力挥舞起来；可是文江这边的民兵与村民人少势弱，寡不敌众，败下阵去。情急之下，文江、三黑、立冬等年轻人借着墙头腾挪跳跃，躲避到了屋顶上。可怜了立冬的爹李阵兴，躲闪不及，遭到几个猎户的群殴，不幸倒在地上！立冬目睹爹爹倒下去，他嘶喊着："爹——"返身要跳下去拼命，文江死死拉住他说："不可以，他们人多势众，快走！"拉着他翻过屋顶跑去。

文江刚奔回家里，赖长贵就带着人马气势汹汹地围住了阵风大院，他号叫着说："这回非要李文江的命不可！"此时，阵风、杨氏与秀英尚在田里劳作，只有汪氏带着几个孩子在家，看到人马把家包围起来，一时吓傻了，文江赶紧去摸屋里的老猎枪，正在危急时分，外面传来了激战声，原来陈士武领着民兵来了，言青又领一支民兵队伍来了，和赖长贵带的人马激战一会儿，赖长贵大败，纷纷逃去。

陈士武与言青带兵来支援，犹如及时雨从天而降，文江喜极而泣，来不及寒暄，赶紧跑回去看阵兴叔。文江扶起老人，连喊几声"阵兴叔"，一摸鼻息已没了呼吸！立冬扑上去抱住爹爹，声嘶力竭地大喊一声："爹——"仰天号哭，抢天呼地。三黑跳起来摸起一把刨叉，咬牙切齿地怒喊："兄弟们，此仇不报是孬种，走，找癞痢头那老狗报仇去！"此时文涛回来了，他阻止了三黑，说："君子报仇，十年不晚。目前抗日当前，要以大局为重。咱兄弟村的兵力主要对付的是日本鬼子，不能总是与赖长贵这样的泼皮无赖纠缠不清！"文江想了想，点头赞同地说："三弟说的有道理。兄弟们，这口气咱暂时忍了，赶紧处理阵兴叔的后事，以后再找那老东西算账！"三黑把刨叉一扔，"嗨"地一声蹲在了哭泣的立冬身边。

第 38 章

苇 塘 枪 声

　　杨氏与王氏一边做针线活，一边拉着家常。文涛进来了，王氏看见他的褂子胳膊肘处烂个口子，便让他脱下来，为他缝补。二娘说："难得见仁儿在家待着呢，你在宿州上学，听说日本人轰炸宿州那些日子，你娘还有全家都担心哪！"王氏说："是呀，那些日子，我的心像在油锅煎，天天悬在嗓子眼里，天天哭天抹泪的，想着今生再也见不到儿的面啦，你二娘知道，你再不回来，娘的眼睛就哭瞎啦！"说着不禁哽咽抹泪，文涛劝道："好了嘛，娘，我不是好胳膊好腿地回来了嘛？没事了。"

　　二娘杨氏接道："是呀，儿是娘的心头肉，儿走千里母担忧哇。你总算回来了，你娘的心大安了。可是，唉——"她说着深深叹了一口气，她探寻地问文涛，"仁儿，外面的情况是咋样的？口子街又是咋样的？你二哥、二嫂陷在口子街里，安全不安全啊？这回子又轮到我天天担心啦！"文涛蓦然发现二娘满脸憔悴，竟有一丝白发早生两鬓。二娘接着说："还有你二伯和你爹，多久没回家了啊？他们生死未卜的，也让人担忧！"王氏说："可不是嘛，二哥和他出去快有一年啦！哎哟，二嫂呀，你不说我还没感觉，你一说，我的这心哪，马上悬起来了。听说日本鬼子凶残得很，见中国人就杀！他们到如今也没个音信，不知死活，可怎么办呢？"文涛看见娘和二娘担心害怕的样子，心里难过，他想起椒红在信中告诉他姑父陷在东关老城，她与大姑也在担忧受怕，激起他的愤慨与勇气，他决定进入口子街去一探究竟，但他不敢在母亲面前说出来，只好暂时安慰母亲和二娘说："没事的，二娘，娘，你们都不要担心，姑父与言中表哥也陷在口子街里，言青大哥已派人去口子街打探消息了。"杨氏与王氏一听，面露喜色地说："那就好，咱就等消息吧。"

次日，文涛见了大哥文江，告诉他欲去口子街的决定，并向他打探口子街的现状，文江说："今年 4 月中旬，日本人就占据了口子老城，白梅都带着孩子来乡里逃难了。据她说，日本人纵火焚烧东关、南关民房 200 多间，烧掉店铺 60 多家，眼睁睁地看着一座富庶的千年老城，变成一个大坟堆！咱们的姑父的店铺都在东关石板街那儿，估计都陷落了。你二哥、二嫂多日没有消息，二婶着急得偷偷抹眼擦泪地哭呢。我本想去口子街里探个究竟，一解二婶之忧，可是，村子里的一摊事，我放不下，走不开。听说，十八盘、龙潭湾那俩村都遭到了日军的扫荡，口子街以东一带也遭到了袭击。"

文涛说："大哥，口子街就让我去吧！"文江想了想说："我去吧，你还小，三婶是最心细的，你去了，她会担忧害怕，怪我这个大哥照顾不周。还不如我去呢，你在家替我带好民兵，看好农民协会吧。"

文涛坚定地说："不，我去，我带不好，你留下！"兄弟俩正在争执，文娟、文丽姐妹俩气喘吁吁地跑来，说："俺们、俺们看见日本人啦！"紧接着，就听见有鞭炮的响声，连响三声。文江跳了起来，这是民兵站岗放哨的信号：见了日本人，就放鞭炮报警！原来，文娟、文丽姐妹俩到麦田里摘麦穗，以备午炊——好多农家都是这样，麦粒刚刚上饱米，就急不可待地摘来充饥，毕竟牙齿好久不沾粮食了。就在姐妹俩摘麦穗时，见一队小矮人，排着整齐的队列，打田头走过，每人肩上挎着一杆枪。姐妹俩意识到碰上"坏人"了，常听大人们说小日本长得矮小，她们猜这些人可能就是日本人。机灵的文娟拉着文丽趴在麦田里，一动不动。等那些人昂头走过之后，文娟拉着文丽一路小跑，回家来向大哥报信。

文江忙跳起来说："我带领民兵抵御鬼子，三弟，你到农民协会里通知村人躲避起来。"说着迈开长腿跑出去。文涛跑了几步又立定，他自言自语地说："若大哥这边民兵抵御不了鬼子怎么办？对了，内外联合！"他也箭一般地跑出去，一口气竟然跑进了梧桐苑，顶头碰到李阵辰，文涛大喊："日本人进村了！"李阵辰大惊，说："日本人进村了？呵，你大哥那些民兵不是很厉害吗？让他们打日本人去，你跑我这里干啥？"文涛说："你们乡团联防队应该和民兵队联合起来打鬼子！"李阵辰头摇得像拨浪鼓，蔑视地说："哼，我们乡团联防队岂能和那些乌合之众联合？"文涛跺脚急道："阵辰叔，你别糊涂，你没听说，覆巢之下，安有完卵？大敌当前，就要一致对外。为救一国，全国各阶层的人都能团结起来联合抗日；为保一村，联防队和民兵怎么就不能握手言和，化敌为友？日本人进村了，对谁都没有好处！"李阵辰听了一震，回过味来了，他拍拍文涛的肩头说："好，有道理。"他转头扯着嗓子大喊："小乙，带队，出发——"

文涛说服了李阵辰之后，又箭一般地跑到农民协会里，他拿起那面铜锣拼命地敲起来，边敲便喊："鬼子进村了，大家伙赶快躲避起来啊——"他这一敲一喊好比在村里扔出个炸弹，全村老少弱小都急忙行动起来。最后文涛又转身跑回

家，一进院子，他顿时愣住了，他被眼前的景象逗乐了，除了大伯和文波之外，其他人几乎都认不出来了：娘儿们与大小姑娘们，全部都用锅底灰把脸涂得像包黑子一样，漆黑的脸上只剩两只眼睛熠熠生辉。文涛感到又好笑又心酸。

大娘发话说："咱们女人，钻到床底下、柜子底下躲着！"三娘看向二娘，二娘说："藏在床底下，万一鬼子来了烧房子，不照样是死？不如，躲到场里麦垛子底下和豆草堆里，比较安全。"大家争执不下，不知藏哪里是好。

大伯说："你们说的都不安全！"

"哪里安全？"女人们异口同声地问。大伯阵风说："藏芦苇丛里去！文涛，快，帮我把咱家的船抬出来，咱们乘船到绿豆湾芦苇荡里躲起来！"文涛急忙与大伯一起把一只木船从粮仓里抬出来，再顺着地拖，一直拖到河边，全家人急惶惶地都上了船；大伯用竹篙撑着，顺河而下，向绿豆湾那片最浓密的芦苇丛划去。

山雨欲来风满楼。绿豆湾河面上青青芦苇，一望无际地铺展开去，像绿色的汪洋，此时，狂风大作，掀起碧浪滚滚，波涛汹涌，犹如大海的涨潮；密密的苇叶，像无数把宝剑，剑拔弩张，随时要刺破敌人的胸膛。河面上霎时出现了许多大大小小的船只，村民们乘船来了，每一家的船只都想往芦苇荡的最深处里扎。阵风立在船头，把船撑到绿豆湾的一处芦苇最深的地方泊住。一会儿，吕胜利、吕得利兄弟家的小船，李阵平家的小船和其他家的小船陆续划过来，停靠在阵风家的船之旁。突然一只大船呼地一下横冲直撞地过来了，把其他小船挤到了一边，甚至有几只小船，差点被撞翻。文涛定睛一看，是财主李阵星一家，撑一艘大船过来了。文涛向财主家的船中望去，其中有李阵星兄弟的两家人，还有赖长贵的家人。看他们的光景，文涛抑制不住地想偷笑：平日里，财主家的家眷涂满胭脂水粉，个个艳若桃李，灿如牡丹，而今，也是个个脸上涂满锅灰，满船的男女老少仿佛一夕之间变了人种肤色，满船的眼睛像夜幕里的星星在闪闪烁烁，透着惊恐，流露出慌乱。

大船撞到阵风家的船舷上了，还继续往里挤，文涛大喊："阵星大爷，快停住，你家的船撞到我们的船了，再往里挤，我家的船就要翻啦！"李阵星摇着扇子从船舱里踱出来，先是看看，然后慢条斯理地说："贤侄，不要惊慌，我们家的船大嘛，没办法，你们家的小船，挪个窝，让我们进去，不就行了？"李阵星从来说话都是客客气气，礼貌周全，让人舒服，可一不小心，就会被他灌迷魂汤，甜甜蜜蜜地上他的当。

可是阵风深知他的套路，他接话说："怎么说话呢？让我们家的船挪个窝，上哪挪？难不成让我挪出去，让你们到里面去，是这个意思吧？"李阵星的心思被尖锐地揭露，他依然不恼不怒，仍是用那种口吻说："阵风大哥，我家船大人多，挪动不便；你家船小挪动起来方便。你让一下，让我们到里面去，若鬼子来了，要跑的话，你家船跑得会快些，方便些，不是好事吗？"

阵风被他的聪明逗笑了，说："若是鬼子来了，你们就不跑了吗？何须往里扎？把那么好的事留给我？多谢好意了，留着方便，让给你吧，我们的船不想挪了。"

李阵星计谋不成，便把扇子一收，回到船舱。赖长贵走过来，他嚣张地说："还用得着跟他们客气，废话一番？开动大船往里冲就是，直接把他们挤出去，再不好把他家的小船撞翻，让他们去喂鱼鳖去，活该倒霉！谁让他敬酒不吃吃罚酒呢。开船！"他手一挥，命下人开船，大船忽地又直冲过来几丈远，眼看阵风一家就要被撞翻，掀进河里，文涛正要过去跟他理论，说时迟那时快，阵风摸出一杆老猎枪来，朝天砰地放了一枪，震得绿豆湾芦苇荡的水都晃动起来，惊得藏匿在芦荡深处的野鸟四处急飞鸣叫，吓得天上的云都惊恐发颤。赖长贵被惊吓着了，他大张着嘴巴，苍白了脸，颤抖着，回退着说："你，你，你竟然有这大炮仗！"他转身手一挥，让人掉转船头向别的河湾里迅速扎去。

看到李阵星一家的大船仓皇而去，灭掉赖长贵的嚣张气焰，河面上的老百姓都拍手称快，大出一口恶气。这一声枪响好像是引子一般，引来了更多的轰隆轰隆的声音，犹如雷声大作，响声大约在河南头季老汉的水牢处。人们惊惧不已。文涛惊叫道："啊，是枪声！鬼子真的来了，打起来了！大爷，给我枪，我去打鬼子！"阵风一手抓住枪，一手拦住文涛，说："不可，仁儿，使不得！"王氏也过来紧紧抱住儿子不放。枪声响了约半个时辰，渐渐消停下来。

夜幕降临，虽是初夏的天气，芦苇荡中依然是夜凉如水。逃难的人们开始感到又冷又饿，小孩子熬不住，有的哭了起来，小文波也直叫肚子饿。文涛望着天上闪烁的星星，感到愤懑惆怅。

在芦苇荡里躲了一夜，次日黎明，芦苇荡里静悄悄，红日蓝天高照，忽然外面传来兴奋的喊声：鬼子全部被消灭啦，乡亲们可以回家啦！大家一听都长出一口气，兴奋地纷纷撑船回家。文涛一到家，文江就兴高采烈地说："三弟，你立了一大功啦，你劝李阵辰带联防队和民兵联合起来，包围了鬼子，游击队赶来了，才得以顺利地歼灭了鬼子。李阵辰到处夸你，说你年龄小，主意高！"文涛说："大敌当前，就须内外联合，一致对外嘛！"

室内，阵风抚摸着手中的猎枪，耳边响起了阵雨的话："……需要时刻紧握住这杆猎枪！它能保住咱全家人的性命，也能保住咱全村穷人的性命，谨记！谨记！"他深情地抚摸着这杆老猎枪，然后挂在床头墙上，视若生命。

第 39 章

潜 入 口 子

文涛又收到了椒红一封信，在信中她再次述说她对父兄的担忧之情，文涛做下决定：今天是十五，趁今晚月色明亮，就进老城，以解红妹之忧。他开始收拾东西。王氏是个心细精明之人，她看见儿子像是要出门的样子，就问："儿啊，你这是又准备到哪儿去？"文涛一惊，赶忙说："娘，我——，我去看望同学。"王氏说："别瞒我了，你是要去口子街里吧？口子街那是什么地方？以前是神仙宫殿，可现在那里是阎王殿，去了，八成是有去无回！你爹是死是活，尚且不知，我怎么也不能放你出去送死。"文涛转脸笑着和母亲商量说："娘，你大可放心，听说鬼子在老城中心城隍庙那儿，我又不去那里，我只到口子街附近龙潭湾的同学那儿，打听打听就回来，我不会有事的。"王氏说："那里也不安全，听说鬼子到龙潭湾扫荡过！"文涛眼珠子一转说："那好吧，我不去那里了，我去桃花湾，看看大姑和红妹去，总可以吧？"三娘笑了，说："就是去，也要吃了饭再走。"文涛乖顺地答应了，吃饭时，二娘送来两个菜团馍馍给他，他谢了二娘，然后狼吞虎咽地吃饭。王氏随着二娘走出门，顺便把门关上了，文涛就听见门锁咔嗒一声，他心里咯噔一下，他放下饭碗去开门，却打不开了，知道娘把门从外面锁上了。他忙大喊："娘，娘，开门，开门——"王氏坚定地走开了。他着急也没办法，出不去了！他只好躺下睡觉。

挨到次日天亮，文涛醒来，思谋怎么出去。他躺在床上瞪眼巡视房间，惊喜地发现南面墙上有一片阳光在一幅画的背面亮成一团，他过去伸手撕掉画，竟然发现墙上有一个大洞口，洞大得足以装下他，他索性就钻进去了。进入洞中仔细观察，洞口原来是通向厨房烟囱的，他不假思索地钻进了烟囱里。当他站起来的时候，身子一半在烟囱里，一半露在外面，看见玫瑰色的霞光一片，涂满了东方的天空。院子里只有文娟、文丽姐妹俩正在玩耍，突然间看见烟囱里钻出个灶王爷来，眨动着晶亮的眼睛，简直像夜幕里闪烁的星星，把姐妹俩吓了一跳；文涛咧嘴一笑，露出明亮的牙齿，姐妹俩一直瞪眼瞅着他，他忙说："你们看什么，是我！"姐妹俩认出是他，立即爆发出一串咯咯咯的笑声，一直笑弯了腰。文涛也禁不住笑了，露出愈加雪亮的牙齿，愈发逗得姐妹俩笑个不停。文涛喊："快，别笑了，搬条板凳过来，让我下去啊！"文丽迟疑了，她犹豫地说："哥，娘让我看着你呢，她说不让你出去。"

文涛转向文娟说："娟妹，三哥出去有急事，你来帮帮三哥！"文娟虽然年龄小，但识大体，胆气豪，有主见，她毫不迟疑地搬了条凳子过来。文丽为难地说："娘回来不见了三哥，会吵我的！"文娟拍拍胸口说："不怕，我来挡！"文涛下来，赶紧草草地洗了把脸，背上一个布包，飞身而去，直奔口子街。

未到口子街，就远远地能望见桥头那里设有高高的关卡，还有日本人晃动的身影，估计城门口有日本人把守着，戒备森严。他犹豫了，不敢贸然前去。他转向南望望，前面濉河大堤下面的村庄就是龙潭湾，对了，不如先到朱茵家去，暂避一会儿，到晚上再伺机进城。想着，他就走向龙潭湾。走到村头，见到几处断壁残垣，显然有火烧过的痕迹。他进村后，边走边打听朱茵的家在哪里。他看见一个安着朱红大门的院落，门前几棵石榴树正绽开火红的花萼，就见朱茵居然打扮得漂漂亮亮地站在门外迎接他，见了他就眉开眼笑地说："早上喜鹊叫，喜事就来到！果然有贵客来，我等你多时了！"文涛感到意外，问："你怎么知道我要来的？"朱茵笑着说："瞧，这封信，是陶椒红刚刚让人捎给我的。她得到你们家里人的消息，说你已经跑出家门。她猜你会去口子街。她在信里说，若你进口子街冒险，她又会为你的安危担惊受怕，于是她不主张你进口子街。她还猜，若你进城受阻，可能会来我这里暂避，就带信让我阻止你进城。"文涛笑着说："她竟然还神机妙算呢！"朱茵笑说："是呀，她在信里交代我说，若你不肯回去，就让我劝你绕道去龙脊山找言富、言荣。"文涛说："就是从这里去龙脊山，并非安全，说不定也会遇到日本人。刚才我在你们村头，看见有火烧的痕迹，鬼子果然进来扫荡了？"朱茵说："是的，龙潭湾离口子街很近，鬼子来过几次，不过，来的人数不多，是小规模的人马，最近一次来得最多，有十几人，到我们村北头，正在烧杀之时，幸好相山游击队赶来了，打死打伤七八个鬼子，其余的几个仓皇而逃，退回了老城。最近，鬼子没敢出来，却一直盘踞在老城里，作践百姓。"

文涛在朱茵家里一直待到下午，时近傍晚，文涛辞别朱茵要继续进城，朱茵拦住他说："你千万不要进城啊，不然陶椒红会怪我不拦你了！"文涛笑说："你们都不用担心，我去看看就回。"朱茵突然想起什么来了，她说："对了，你进不了城的，凡是去口子街的，都须持良民证。"她蹙眉说，"你没有良民证，怎么进城呢？"文涛说："没有，我就想法创造。"说着他迈步走出门，朱茵只好依依不舍地送他到村头。

黄昏时分，文涛辞别了朱茵，毅然决然地走回濉河大桥。当他再次挨近大桥头时，先隐身在路边的树荫下，留心观察，看见城门口站着众多日军，对进城的百姓都一一进行搜身，还要查看良民证。他开始发愁了，到哪里去弄到良民证呢？他还发现，来来往往的百姓中，有的赶着毛驴车，空车出满车进。车里运的是什么呢？此时，从远处来了一个赶着一辆毛驴车的老者，车上载着几口大缸，显得沉甸甸的，缓缓地走到桥头，突然，响起一声剧烈的枪炮声，毛驴受到惊吓，斜刺里狂奔起来，把老头掀到地下，车子撞到桥头栏杆上，"咣"的一声，烂了一口缸，一股清流泼了一地。毛驴又受一次惊吓，奔跑得更狂野了。当它奔至文涛跟前时，说时迟那时快，迅猛不过勇少年，他突然从树丛里飞身出来抓住毛驴的笼头，再用力按住驴头；毛驴失去猛劲，被迫止步。文涛用手轻轻地挠挠毛驴的后耳根，毛驴竟低头安静下来。那老头从地上爬起来，一瘸一拐地赶过来，对文涛千恩万谢。

文涛问："老人家，缸里装的是什么？"

老人说："清水呀！"

文涛不解地问："怎么，为什么要运水，城里难道缺水吗？"

老人骂："狗日的小鬼子无恶不作，他们进城后，往水井里、河里拉屎、投毒，糟蹋老百姓，把一口口清甜的井水糟蹋得连自己也没法喝了，就强迫老百姓从城外拉水供他们吃用。每天要派三四十辆毛驴车运水。这不，我也要不停地运水。"

"一天要运几趟水？"

老人说："不论趟。一天从早到晚，除了吃饭的工夫之外，就要不停地运。一车要四口大缸，哎呀呀，这死驴，把我的缸撞烂一口，可怎么是好？少不得要挨鬼子一顿皮鞭了，弄不好，老命都不保！昨天，魏老头，就是因为少拉一缸水，被鬼子一顿皮鞭抽打，到家就吐血而死啦，唉！"老人愁上眉端。

文涛劝道："老人家，那就别进城了，到外面躲躲吧。"

老人说："那哪行？每家人口都登记在册的，我一家老少都攥在鬼子手心里，到晚不登记，一家人都别想活了，除非我先死了，就不要进城了。"

文涛也为老人犯愁，"那怎么办呢？"他问，"水从哪里运来的？"

老人说："要到前面的龙潭湾打水。"文涛想了想，说："这么着吧，我跟你一道打水去。"

老人感恩戴德，问文涛从哪里来，进城干什么？文涛谎称：父亲在老城里开酒店，困在城里月余，母亲在家担忧，他想进城探望。

老人说："进城可不容易，鬼子要搜身，还要良民证的。"

文涛说："我正是犯愁呢，哪里弄到良民证呢？"

老人说，他叫王行好，如果你能弄个什么证，证明你也姓王就好办了。文涛摸了摸自己的口袋，正好自己的学生证还在，学生证上的姓名就是王维民。他把学生证出示给老人，老人一拍大腿说："太好了，小伙子，今天你救了我，我带你进城！"文涛听了喜出望外。

赶到龙潭湾，文涛领老人到朱茵家借一口水缸，然后到村南头打满四缸清水，返回桥头城门口。鬼子认识王行好，一挥手让他进去，可是突然看到车尾处坐个长身少年，哗地一下刺刀就顶在了文涛的胸口。用生硬的中国话问："他是谁？"王行好忙说："他是我孙子，帮我运水的。"

狡猾的鬼子怀疑地问："有什么凭证，证明他是你孙子，户籍册上有没有？"

王行好说："户籍上有啊，户籍上的名字是用的小名。他学生证上用的是大名。"文涛不慌不忙地掏出学生证给鬼子验证；鬼子瞟一眼遂抽回刺刀，放他们进城。王行好与文涛暗笑，长长地舒了一口气。

进城后，口子街的巨大变化令文涛触目惊心，这里还是那个他曾经熟悉的繁华而热闹、富饶而美好的家乡小城吗？一路上随处可见墙倒屋塌，凄惨场面跟宿州城一样，街面上充满了肃杀、恐怖的气氛，剩下的百姓犹如羔羊一般，与豺狼相伴，在魔鬼的脚下挣扎，如履薄冰地苟活着。

文涛暂时住进了王行好家里。白天，他帮助王行好运水时，暗暗观察形势。有几条街道上还有卖包子、油条、烧饼等早点的，也有油盐酱醋茶小店在开门经营着。城隍庙与老城石板街那里，不能挨近，只能远望，远远地就能望见有鬼子身挎明晃晃的刺刀及枪支，堵在街道路口严密地把守着。

文涛借着与王行好聊天之际，打听商会副会长陶明昭的情况。王行好问："陶会长是你什么人？"

文涛照实说："他是我姑父！"王行好"哎呀"一声大叫，文涛大惊，问："怎么了，老伯？"王行好压低声音说："可不得了啦，你还不知道，原来的商会会长赖长欣，被鬼子一刀捅死了，然后又杀了他一家21口人啊，剩下几个女眷，生拉活拽，抓去当军妓啦。造孽啊，小鬼子！听说，陶会长也被鬼子抓了起来。他家酒店都在石板街街道上，倒是还经营着，但现在都被鬼子把控着。""啊——"文涛听后，如闻惊雷。他着急地问："目前，陶会长怎样？"王行好摇头，说："目前，不清楚啊。"他又担心地问："老伯，不瞒您说，原来一直在永久、久久那两个酒店里看店的伙计是我的表哥和我的二哥，他们的现状怎样了？有没有被抓？"王行好摇头说："这个就不知道了，那里压根就进不去了。"文涛不由得皱起眉头，愁上心头。王行好赶忙安慰道："孩子，你别愁，我得了机会就着人慢慢替你打听。你只管在我家里多待几天。"文涛在心里打算起来，今夜一定要潜入石板街去探个究竟。王行好似乎看穿了他的心思，说："孩子啊，你可别冒险去老城啊，那里是日军重兵把守之地，中国人进不去，凡是从外面进去的，见一个杀一个，见两个杀一双啊！"文涛问："警务所所长陶明耿那边是什么反应？""他呀，关键时刻成了墙头草，两边倒了，他见人说人话，见鬼说鬼话，这个时候，他忙着为鬼子当差呢——鬼子想要花姑娘，他就设法提供；鬼子想要钱，他设法给弄来；鬼子想要咱的文化瑰宝，他也设法去搓摸……造孽啊！"啊，文涛听了感到很震惊，说："想不到，他竟是这样的人！"王行好说："世乱辨忠奸，这个时候啊，他是为了保命，加敛财。"文涛一拳砸在桌子上，表示愤慨，他暗下决心，石板街就是龙潭虎穴，今晚我也一定要闯进去看看。王行好确实是个好人，他怕文涛出去冒险，白天让他陪他运水，晚上就锁上院门，他诚心诚意地说："孩子，你我相遇算是有缘，你在我这里，我就要负责你的安全。你呀，就是初生牛犊不怕虎，但日本人是什么？比那虎还凶呢！多英俊的后生啊，我可不舍得放你出去冒那风险，要替你爹妈看好你！哈哈——"文涛笑了谢他，当着他的面躺下睡去，但挨到夜静更深时，趁王行好一家熟睡之际，他还是悄悄地翻过墙头跑出去了。

第 40 章

大 闹 老 城

文涛跑到了外面，心里就紧张起来了：满大街都是鬼子，有的一队一队的，有的三三两两地来回穿梭。夜幕是最好的夜行衣，借着夜幕的遮掩，他像猫一样，轻轻地潜伏着走，或躲在大树后，或者溜矮墙根，或钻巷口，躲闪腾挪地慢慢往老城摸去。最后他居然挨近老城的久久酒店。在久久酒店对面，灯影暗处里有一堵断墙，他轻手轻脚地趴到墙上的一个缺口里隐蔽起来。

在这里，对面酒店在他视野里一览无余——"隔壁千家醉，开坛十里香"的那副对联还安然无恙地挂在店门两旁，他想：不知此刻二哥还在店里否？那门前的景象令他惊呆了，只见众多鬼子熙熙攘攘的，像马蜂窝里的马蜂一样聚集，纠缠着，挣扎着，还咿里哇啦地乱叫着。有的端着大碗左一碗右一碗地在喝酒，有的举着一个坛子对嘴里灌酒，有的趴在坛沿上像牛一样猛饮，有的边喝边尿，有的举着酒坛子东倒西歪，有的把酒碗扣在脸上倒在地上就睡着了……不一而足，丑态百出。其中有一个略懂中国古诗的鬼子边喝边吟道："兰陵美酒值万金，哪管天堂与地狱！"这鬼子突然提着裤子奔到文涛趴的墙下，憋不住了，又拉又尿，熏得文涛直恶心，捂着鼻子在心里骂道："猪——"他心中恨道：想我神州大地，美好家园，岂容你们这些腌臜之辈来践踏？姑父取我家乡五谷之精华，溪河之碧水，仙指井之灵气酿得旷世美酒，常让英雄竞折腰，岂能让你东瀛倭奴来糟蹋？突然他有个恶作剧的想法，趁鬼子神志不清，想捉弄他一下……于是他探脚踢在鬼子的屁股上，鬼子"嗷"的一声惊叫，半提着裤子，惊恐万状地哇哇乱叫起来。这下坏了，鬼子们立马奔过来了，文涛跳下墙头就跑。满大街的鬼子哗啦啦拉响枪围拢过来，文涛吓蒙了，心想：坏了，这下往哪里躲是好啊？他急得东奔西突，他跑到一堵墙边，钻进了一个窄窄的胡同里，感觉后面有脚步响，有一个人一直

紧跟其后，他想：完了，日本人跟上来了！奇怪，他为什么不开枪呢？想抓活的吗？肯定是了！他拼了命地跑，突然后面的人伸出一只手抓住了他，他猛地一回身，一把匕首奋力刺了过去，他准备拼死一搏了。那人迅疾一闪，急忙说："李文涛，是我！"啊，听那人声音像是周坤！他又惊又喜。周坤拉着他说："这边，这里的胡同多！"他随周坤一起跑去，他们跑进一个黑乎乎的巷子里，日本人鱼贯而入；周坤、文涛一看傻眼了，急切中他们钻进了一个死胡同！欲飞身上墙，但墙头太高，上不去。眼看鬼子拥上来了，突然身后头顶上响起了枪声，跑在前面的鬼子倒下去了，后面的鬼子又拥上来；头顶上又是几声枪响，后面鬼子又倒下去了；再后面还有鬼子接连不断地拥来，两个黑衣人飞跃而下，一人一个，携住文涛与周坤飞身上屋，然后飞檐走壁，跳跃奔跑起来，下面鬼子枪声大作，弹如雨下，凶猛地扫射，紧追不舍，追杀过去。文涛就感觉那两个黑衣人裹挟住他们像鸟儿一样轻盈地在飞，翻墙头，越屋顶，时而上，时而下，似翩翩起舞，似翱翔夜空，一直翻出了大街，最后钻进一片茂密的树林里停下来，鬼子的枪声渐渐地远去了。此时，两个黑衣人去掉头罩，啊，原来是言富、言荣兄弟俩！文涛与周坤喜出望外。言富骂道："哼，料那些小鬼子也不敢追出城外半步，他们只会龟缩在城里逞强。"

言富、言荣兄弟在小树林里，领着文涛、周坤绕来绕去，找到他们拴在林子里的马匹。

言富问文涛："你闯进老城来做什么？"文涛说："红妹告诉我，姑父与言中表哥陷入老城里了，大姑和红妹很担忧他们的安危，我便进来探探情况的！"言荣说："哦，你来的目的跟我们一样，前几天回家，爹和小妹也说了此事。"文涛说："你们知道吗？姑父被日本人抓去了！我从街上人嘴里得知的。"啊！言富兄弟二人也不免吃了一惊，"那我大哥呢？"言富问。文涛说："不知道他现状如何。我二哥也陷在城里，不知他咋样了？"言富又问周坤为何进城。周坤说："关大队长派我去你们龙脊山商讨打鬼子的事，我受好奇心驱使，想趁夜进城看一眼，谁知我遇到了文涛在黑影里摸摸索索进石板街，我就偷偷地跟着他，他走到哪里我就跟到哪里，他趴在一个破墙头上面，我就趴在他附近，他一直没发现我，呵呵，他恶作剧地去踢鬼子的屁股，引来了鬼子，他跑，我也跟着跑，哈哈……"

"哦，哦！哈哈……"文涛、周坤两人大笑，而言富、言荣只拉动一下嘴唇，算是笑了。

言富刚想解开马缰绳离开，言荣提议道："趁鬼子大乱，我们何不再去搅一搅，让他们乱个爽快，顺便探探大哥与文海表哥的下落。"言富点点头，转身就往城里走。文涛听了大喜，说："我也去。"周坤说："我也要跟去。"言富冷冷地说："活腻了你们？鬼子那么多，枪子儿满街飞，你们去当活靶子呀！刚才

不是我和言荣及时赶来，恐怕你们这时早成了马蜂窝！老实待着吧，看好马匹，我们去去就来。"说完，他和言荣嗖地一下就没影了。文涛与周坤呆呆地愣神，心想：真的是碰到鬼了吗？

此时，东关老城亮如白昼。汽灯、马灯、探照灯都派上来了，还有小汽车也亮着刺眼的强光灯。鬼子乱作一团，就跟热锅上的蚂蚁一样，东奔西跑，风声鹤唳，草木皆兵。鬼子在巷口、胡同里展开搜查，见了树木、石头、墙壁都过过刀。言富、言荣跃上屋顶，匍匐着前行；拣灯光照不到的巷口处，下来沿墙根走，一步一步，像猫一样，小心翼翼地向那几个酒店摸去。还好，终于挨近了那个破墙头，他们躲在黑影里贴在墙根下，静静地观察。这里的鬼子最多，简直是马蜂窝的中心。这里更危险，但最危险的地方也是最安全的地方。久久酒店门前，除了几个醉得不省人事的鬼子之外，其他的鬼子都端着枪，处于紧张的戒备状态。言富、言荣定睛看去，见到一个熟悉的身影一闪，那不是文海表哥吗？见他忙得像个陀螺似的，直打转，不停地走来走去，打酒，灌酒。得知文海安然无恙，放下一条心。他们准备到恒久、永久酒店探探，但想要到那里并非易事。

兄弟俩趴在墙根，不敢动弹，怕稍有不慎，就引来大批鬼子，不好脱身。言荣灵机一动，悄声说："换装！"言富点头。正巧，有两个鬼子从墙头后面匆匆走过，兄弟俩以迅雷不及掩耳之势，勒住鬼子脖子，一摔，进了破墙头，再用刀一抹，鬼子就上了西天。他们麻利地扒掉鬼子身上的装束，披挂在自己身上，便大摇大摆地直奔东面而去。来到永久酒店，门口却没有喝酒的鬼子，而是有许多站岗放哨的。言富、言荣犹豫一下，径直走去，却有鬼子咿里哇啦嚷叫，似乎要他们走开。他们转头就走。绕到东面的一个巷子，又飞身上房，沿着屋脊背面的那一面往前爬，屋顶瓦片发出哗啦哗啦的响声，鬼子都聚拢过来，昂脸往屋顶上看，但什么也看不到，鬼子面面相觑，现出惊恐之状，乱成一团麻。

爬到永久店的屋顶，言荣拔出匕首拨开一片瓦，在屋顶戳个洞，对屋里看，呀，屋内空无一人，室内一片狼藉：酒缸、酒坛的烂片堆成堆。言富说："永久店里没有大哥，再去恒久店里看看。"兄弟俩沿着屋脊下面继续向东爬，最后爬到恒久酒店的屋顶，照着前面那样揭开瓦戳个洞往里看，见里面也是一片狼藉，空无一人。他们内心惊寒起来。言荣轻声叫道："估计大哥也出事了，被鬼子抓走了！"言荣突然怒从心头起，拔出枪，对着街道上来来回回跑动的鬼子，射出一串仇恨的子弹，言富亦如此，刹那间，把四周的鬼子都引来了，密集的子弹朝他们趴的屋顶射来。互相对射一会儿，兄弟俩不敢恋战，就滚落进店后面的院子里，再飞身上墙，沿着一家一家的小院子往外翻，一直翻到老城的外面，跑进树林里，找到文涛、周坤和马匹。

文涛与周坤在树林里听到城里枪声大作，而且还越来越近，他们紧张起来，突然，闯进来两个穿着日本军装的"鬼子"，可把他俩吓坏了，当时就要扑过去

跟他们拼命，结果他们两人的手腕被一人一个抓住，像被钳子钳住一般，让他们动弹不了。"鬼子"摘掉了帽子，他们笑了，原来是言富、言荣兄弟俩！

言富说："快走，鬼子追来了！"他们跨上马，文涛骑在言荣身后，周坤抱住言富的后腰，迅疾向东飞奔，扬长而去。

第 41 章

深 入 匪 窝

深夜，文涛与周坤被言富、言荣兄弟骑马载进东面蔡里山的深处。

这里山多林密。据说，清末时，尚有野猪、羚羊等各种野兽藏匿其中；匪盗啸聚山林，剪径、杀人越货是常有之事。文涛从未来过这里，他说："蔡里，哦，这里大概就是二十四孝之一的东汉蔡顺的故里吧？听说，当年蔡顺尚处童年，上山采食桑葚，红熟者放一堆，生绿者放一堆。一队赤眉军经过此地，一首领对蔡顺所为感到好奇，便问其故。蔡顺答：红熟者奉母，生绿者自食。赤眉军为感其言，赠米一袋。此事被采风者列入二十四孝，故而后人把此处山地叫'蔡里山'。"周坤恍然大悟地说："哦，原来蔡里山的名字是这么来的！"

从蔡里再向东北方向继续骑行，远远望见一片茂林之处另有一片较高的群山，言富说："看，那便是龙脊山。"文涛看过去，那山势起伏连绵、逶迤盘绕的样子，犹如一条巨龙的脊背出没于丛林之间，他脱口而出，说："难怪这叫龙脊山，看上去真的像一条苍龙卧在群山之上，古人说：'山不在高，有仙则名；水不在深，有龙则灵。'这里有龙了，可有神仙吗？"言荣说："怎么没神仙呢？你忘了老爷子讲的故事啦？那八仙之一的张果老，就是吃了此山中的仙草，倒骑着毛驴跑去，竟飘然升仙啦！"文涛说："哦，想起来了，老爷子确实讲过，可见此山可卧虎可浮龙又可藏仙啊！哈哈……"

几人在马上说说笑笑，来到了山脚下。当夜，言富、言荣载着文涛、周坤并未进山寨，而是在山脚下的猎户村里住下。一位老猎户出来，恭敬地称呼言富兄弟为少侠，安排他们进院子里，就忙着用火烤了一只羊腿招待他们。大家饱餐一顿，言富兄弟到另一间屋睡下了，文涛与周坤睡不着，便与这位老猎户闲聊。从闲谈中文涛了解到，这里的小山村，村里的村民主要以打猎耕种为生；但在清末，

闹起了捻军起义，有一部分战败的捻军余部及后人逃进了猎户村后，他们时时出去"打猎"——抢劫大户庄园，或报复仇家，于是"出则为匪，入则为民"便默然成规。哦，老猎户的话一下子解开了文涛心里多年的疑惑，揭开了韦青凤、石牙子等人的神秘面纱。

次日清晨，文涛起来，隔着院墙往外望，而近处眼前则是一片平畴田园，麦田里已由青葱渐渐变为青黄；目光越过田野，向远处望，但见四周处处是青山隐隐，层峦叠嶂，绵延悠远，深不可测。难怪古人在深山老林里陈兵百万，可以做到神不知鬼不觉啊，假如……文涛正在远望遐想之际，言富兄弟过来招呼他和周坤出发，要进山寨了。文涛注意到：前面的山山相连，脚下的村路狭窄，两边皆是亭亭高高合抱粗的大树，多是白杨树。山路总要拐弯，曲曲弯弯，曲径通幽，暗藏万千玄机。文涛惊叫："我怎么感觉好像进入《水浒传》里面的扈家庄了啊！"要靠近山了，前头看见一个进出口，只有一条仄斜的山路相通，看去非常隐秘，此可谓一夫当关，万夫莫开，易守难攻之地。文涛啧啧赞道："能选在这里安营扎寨，这是多精明的选择啊。"周坤亦点头赞同。

他们走到山前，看到脚下有一湾碧水粼粼的湖水，文涛问："这是什么湖？"言荣说："这就是龙吟湖。"看到山僻林密，草茂水秀，文涛兴奋地说："哦，龙吟湖，据说上古之隐士许由就隐居在此，传说中的许由挂瓢洗耳之处，大概就在山环林绕的那边吧？"言荣点点头。周坤赞道："你懂得可真多啊！"再往前走，经过一座窄窄的石桥，他们看见一尊石头塑像。文涛问："这是什么？哦，这个莫非就是张果老倒骑毛驴的塑像？难怪这里有'一湖带三山，不出皇帝就出仙'的传说啊。"文涛对一路上的一景一物都感到好奇，仔细欣赏。言富转过头说："前面就进山隘了，你们必须要蒙上眼睛，这是进山寨的规矩。"说着，他兄弟二人就拿了两条黑布蒙住文涛、周坤的眼睛。

走进山的更深处，听言富说声："到了！"文涛他们被拿去眼罩，就看见四处破碎散落的碑林，眼前突兀地出现了几排木屋，散落在山窝里，掩映于茂盛的密林之中。这就是龙脊山的最深处，正是韦青凤、石牙子的藏身之地。言富说："进去，这就是山寨。不过，白天你们先在这里休息，晚上再带你们去见母亲。"

夜幕降临，他们终于进入了山寨的大厅。看去，一间屋子比较宽敞，灯火通明。走过一道屏风，文涛就看到了韦青凤与石牙子。他想：这肯定是传说中山大王的议事大厅了吧？当时，韦青凤与石牙子正在热烈地说着什么，石仲辉与陶言朗斜七歪八地坐在一旁。韦青凤瞟眼看见了文涛与周坤，马上瞪圆了凤眼，略略吃惊地问道："你们怎么来到这里的？"语音里有些震怒，大厅里马上闻到一股火药味。

言富忙走过来，轻描淡写地答："他们进老城喂鬼子时，我和言荣遇到救下的。"

言富的冷幽默引得山寨里爆发出一阵山洪暴发般的大笑声。其中，石仲辉与陶言朗笑得更加孟浪。以往的韦青凤，总是蒙着面纱骑着马，一骑红尘地出村，一骑红尘地进村，难得一见她的庐山真面目。此时，面对面地看清了她，用艳若桃李、冷若冰霜来形容她，再恰当不过。虽然她已是人到中年，但其风韵更加浓烈，不减当年。

周坤情不自禁地脱口而出，说："婶子，多年不见，想不到，您更加年轻漂亮了！"

这里注意了：上至皇宫，下至民间，只要是女人，哪怕她是女魔鬼、女妖怪，只要听到男人在奉承她，夸她年轻、貌美，立马奏效；哪怕她此时正在吃人，也会暂缓下来，转怒为喜。韦青凤也不例外，她俊脸马上开花，转怒为喜，说："小子，你倒会说话。"果然，大厅里的气氛一下子缓和起来。

韦青凤问道："说吧，小子，所为何来？"

周坤说："婶子，我不会说话。我们大队长这里有封信给您。"

周坤掏出信，双手递送过去，韦青凤扫了一眼，并没有拆开，就递给石牙子。石牙子拆开看后就哼了一声，拿眼睛咨询韦青凤。

韦青凤说："有屁快放，拿眼睛瞅我干什么？"

石牙子说："人家要和你攀亲，要联合杀鬼子呢，你决断吧。"

韦青凤干笑一声道："哼，你们游击大队与我们黑梅帮，一向都是井水不犯河水，要杀鬼子，各杀各的，何必来攀亲沾故的？"

周坤说："不是什么攀亲，咱本来不就是亲人吗？大队长的意思是，咱们两家最好联合起来，壮大势力。我们只有一千多人，你们黑梅帮至多也只是几百号人吧？两家联合，不就壮大力量了吗？那样会更有劲儿地打鬼子呀。"

石牙子阴阳怪气地说："我看不用了。我们黑梅帮打鬼子不比你们差，小鬼子胆敢踏进我们的地盘半步，定让他们有来无回。至于联合嘛，我看没必要。不联合，我们打的鬼子并不比你们少。"

韦青凤说："这倒没说错。鬼子被我们打得像个缩头乌龟，缩在口子街里不敢出来，甚至连向这边觑一眼都发抖，哈哈！"石仲辉睥睨室外说："哼，鬼子胆敢踏进一步，我就逮住一个鬼子，烤着吃！"言朗带头大笑，山寨大厅内外爆发出一片恣肆的大笑声。

周坤说："是，不可否认你们黑梅帮打鬼子的威力，确实令鬼子闻风丧胆。但我们打鬼子的目的，不是把他们吓倒，龟缩在咱家乡出不去，而是要让鬼子滚出我们的地盘。单凭哪一支队伍力量太单薄啦。单凭咱几支枪，哪能敌过武器精良的鬼子？咱们两家要是联合的话，能够互相支援，互为帮手，多好啊！"

韦青凤面若冷霜，不屑地道："哼，帮手？老娘不需要！支援嘛，咱也不缺。谁想吃掉我们黑梅帮，哼，休想！最恨的是，有人假惺惺地来，说要帮你，与你

联合，结果最终又把你吃掉。我的祖上吃过这样的亏，老娘亲身经历过，也曾经吃过这样的亏，差点全军覆没，葬身九泉。多年来，我好不容易又拉起一支队伍，专杀污吏，现在可以自由自在地杀鬼子，上不关天，下不扰民，占山为王，过几天痛快日子。我不想和谁联合，你走吧！"周坤急了说："婶子……"

韦青凤大喝一声："休要多言，不然我就不客气了！"呼啦啦，一阵刀剑出鞘声，石牙子、石仲辉和陶言朗，纷纷拔出了宝剑。待在一旁的文涛早看出了势头，他忙拉住周坤，示意他打住话头。

文涛开腔了，他说："二姑息怒，石叔息怒！你们是误会坤哥了，误会大队长的一番好意了。我在想，这里有一个奇怪的问题……"

"有什么奇怪的问题？快说！别在那里卖关子。"陶言朗不服气地质问道。

文涛说："我在奇怪，那小日本怎么不敢出城了呢？甚至不敢向东觑一眼，原来是咱黑梅帮的威力把日本人吓倒了。不过，我在宿州也看到过，先是小规模的鬼子来侵扰，我方很容易抵御，但大规模的日军一旦到来，我方军力、武器就抵御不了了。现在在老城的鬼子为数不多，无论是游击队还是黑梅帮都可以抵御得了，但鬼子不可能总是龟缩在口子街不出来，他们的人马不可能总是那么少，万一他们援兵一到，人数、武器装备大增，甚至配上飞机、大炮，那会怎样呢？"

韦青凤与石牙子都沉默不语了，陶言朗、石仲辉也收起了宝剑。

文涛接言道："二姑，我说三个'情'字，你明白了，就开金口笑笑；不明白就算了，咱也不损失什么，行吗？"

韦青凤看见长大后的文涛，大吃一惊，果然一副风流倜傥，惹人心动，尤其是那张青春俊美的脸庞，更是磁石般地紧紧吸引住了她的目光，她热烈地看着他，有时还垂下眼帘，显出若有所思的样子。此时，文涛亲切地喊她"二姑"，还殷勤地跟她说话，她冷眼里霎时泛出温柔之光。

"说吧，小子！"

文涛说："眼前，摆在我们面前的有'三情''三亲'。'三情'就是国情、民情、人情。国情就是，全国在抗日，共同的敌人是日本人。我们不联合打日本，日本人就会利用我们打我们自己。日本人不是打着'以华制华'的如意算盘吗？日本人就怕我们团结，怕我们联合，所以，我们不能糊涂，外敌当前，我们一定要一致对外！"

"跟日本人联合，那是汉奸！"石仲辉说。陶言朗低着头，一言不发。

文涛继续说："民情就是日本祸害我百姓，老百姓则痛恨日本，我们凡是拿枪的人，都要为民除害，不分你我。人心齐，泰山移。一个好汉三个帮，再强大的队伍也需要外援。人情嘛，就是我在求二姑个人情——相山游击大队与黑梅帮都是保卫家乡的抗日队伍，目的是共同打鬼子，理应像亲兄弟一般互相照应，俗话说得好'打虎亲兄弟，上阵父子兵'嘛。如果两家队伍联合起来打鬼子，并肩

作战，不是更好吗？"

韦青凤哈哈大笑，问："那'三亲'呢，是什么？"

文涛说："'三亲'嘛，就是山不亲水亲，水不亲人亲，咱们是亲人，亲人就要帮亲人。有人帮比无人帮好啊。"

韦青凤开口道："哈哈，说得漂亮，想不到人长得俊说话也那么俊！我很开心，好啊，但是——"

啊，文涛与周坤的心又紧张起来，心想：看样子她马上要答应了，她不会又变卦吧，女人的心确实是瞬息万变的吗？

韦青凤接着说："但是——我想，你们相山游击队的关潼队长太没有诚意了！"

周坤问："怎么了，婶子？关潼大队长亲自派我来的，怎么会没有诚意呢？"

韦青凤说："我问你，你是什么职位？"

周坤："我是游击队队员啊。"

韦青凤生气道："哼，问题就在这里啦。想你们游击队瞧不起我们黑梅帮吧？没见过谈大事，仅仅派个小小的游击队员来的。"

韦青凤刚刚放晴的脸色又阴了起来。周坤忙解释："不是，婶子，我们关潼大队长是这样想的：他认为咱们都住在桃花湾，正如文涛说的那样：山不亲水亲，水不亲人亲。咱们同吃过一口井里的水，能不亲吗？说话不是更方便吗？"

韦青凤不屑地说："哼，你们一个个说得比唱得好听，但我就是信不过你们，回去吧，派个带长的来和我谈判，说话算数。派个嘴上无毛的毛孩子来说事，太怠慢人了吧！"

周坤还想说什么，但见青凤的脸上又挂霜了，已侧向一边，摆出拒人千里的姿态来，他赶紧噤住口。

周坤说："好吧，我回去传话。"

连夜，言富、言荣兄弟俩再次蒙住周坤的眼睛，将其护送下山而去。

第42章

亦正亦邪

文涛被韦青凤留在山上。

韦青凤今晚特别开心，招呼众喽啰架起篝火烤全羊、烤全牛。她说："再把那只新打的大肥野兔也烤了！"

火红的火苗把山寨烘烤得如霞光里的仙境。木柴发出毕毕剥剥的炸裂响声，烤肉滋滋地冒出青烟。一会儿，熟肉的香味四溢开来，空气中散发着令人馋涎欲滴的气息，整个山寨顿时翻腾起来。绿林野气、豪气也翻腾起来。

韦青凤哈哈大笑，大声说："拿酒来。言富，去，把那坛我藏了多年的椒红酒拿来，今天，我要招待贵客！"

石牙子撇嘴道："哼，招待贵客？不知打的什么歪主意呢！"

韦青凤斜了他一眼，没理他，继续高声大气地吆喝着："小子们，快给老娘搬酒来。"

话音未落，一大坛子酒搬到眼前。众喽啰一看到酒，全都手舞足蹈起来，那兴奋劲儿，能把大帐掀开；他们都是那样大喊大叫、无拘无束，野性令他们血脉偾张。这个情景，令文涛联想到"醉里挑灯看剑，梦回吹角连营。八百里分麾下炙，五十弦翻塞外声，沙场秋点兵"的豪壮场面。文涛也受到山匪豪气的感染，韦青凤扯下一条野兔子腿，说："这野兔肉最为鲜美，招待贵客。"她便把肥嘟嘟的、喷着火热香气的兔子腿递给文涛，文涛毫不客气地接过来，大口地啃了一口，又端起酒杯，大口豪爽地喝了一口酒，一股酒酣胆烈的男儿豪气陡然生于胸间，心想：这当山贼的味儿真够畅快、够带劲、够刺激啊！

"对了，就是这样，小子，大碗喝酒，大块吃肉，这才像个爷们儿！"韦青凤对文涛异常欣赏，说话语气亦变得异常温柔可亲。

"不就是看中人家长得俊嘛，才那么老脸殷勤的，不就是人家脸白点、肉嫩点嘛？"石牙子又酸溜溜地在一旁揶揄。

韦青凤根本就没有工夫搭理石牙子。文涛也确实没让韦青凤失望，他甩着头，虎狼一般地撕咬着大肉，鼓起腮帮子，嘴里叼着一大块，喉咙里一场狼吞虎咽，好有威猛雄霸之气。

在激烈吞咽之中，文涛不忘问一句，"二姑，我不明白，这酒怎么叫'椒红酒'的？"

"小子，你还不知道吗？哦，对了，那时你们都还小，或者有的尚未出生呢，也难怪不知道。最初，你大姑父酿出中华红，便生了言中、言华；后来又酿出三久红，又生了言久。最后又酿出一种新酒，正好生了一个千金小姐，取名叫'椒红'，就把酒名也叫'椒红酒'啦。这'三红'酒燃旺了你大姑父的酒铺子了啊！这坛子椒红酒，还是那年，我替他争霸石板街，为了感谢我救酒铺子有功，你大姑父特赐予我的呢。屈指算来，已有椒红那么大的年数了。"

"啊，这坛子酒，敢情你藏了近二十年了？我咋不知道？真偏心，这小子不来，你还不舍得拿出来喝呢，呵呵，可是，会不会落花有意流水无情呢？"石牙子在她旁边讥讽她。

一场风卷残云的豪吃海喝，在韦青凤的挥手之间，大厅里马上云开雾散，众人哗啦一下子，都纷纷散去了。

韦青凤吩咐："言富，言荣，隔壁刚好有一间干净阁子，把你表弟安排进去，让他休息去吧。"

言富、言荣兄弟俩答应一声，拥着文涛，走出大帐。大帐里只剩下韦青凤与石牙子了。

可巧，文涛住的房间正好挨近大帐，他分明能听到韦青凤与石牙子在一来一往地互怼，他们的言语时而疯狂至极，时而亦庄亦谐。

"春心还荡漾吧？你瞧瞧，你那老脸，今天还春风满面呢，见到小嫩菜，心里就痒痒了吧？"石牙子又扬起酸溜溜的腔调揶揄起韦青凤来。

"哈哈，去你娘的骚辣子屁。我问你，你今晚到底是喝的酒，还是灌的醋？那醋味能呛死人！老娘就是看上他了，怎么的？我爱谁谁，你管得着吗？你吃什么干醋啊？"韦青凤终于开腔还击他了。

石牙子哈哈大笑，说："我是管不着你，我要是当年的闫老大，能一巴掌把你的屎尿拍出来！"韦青凤说："哼，可惜你不是。现在这里，此山是我开，此树是我栽，方圆几里，尊我为王喽！哈哈哈哈……"石牙子取笑她："哎哟哟，你以为你是女皇啊，想在后宫养几个俊俏娇嫩的美男啊？哎呀呀，女人也这般爱老牛啃嫩草啊？还这般好色！今儿，看看你那个狂样儿，被那小子迷得神魂颠倒，一次又一次地献殷勤，哼哼，我看了都觉丢人，老脸儿都没地方搁！"

韦青凤放声大笑道："哈哈哈哈，这就是女皇、女匪与民女的区别，这个世道就是如此。女匪嘛，倒更是无拘无束呢。"

石牙子说："是呀，比如，这小子，今晚，你会不会……啊，哈哈哈哈——"

韦青凤也放声大笑，说："现在？……不过我若想，不是手到擒来的事吗？"

隔壁的文涛吓坏了，赶紧起来扣紧门，裹紧了衣衫，心想：天老爷，地老爷，求求你们，可别让这女魔头发疯啊！

隔壁的疯狂互怼渐渐缓和下来，说话的语调渐趋平稳，韦青凤说："别说，这小子也确实俊，貌比罗成。但你看他，不觉得眼熟吗？你不觉他长得像一个人吗？"石牙子问道："他长得像谁啊？没，没看出来。"韦清凤深深地叹口气，说："唉，你竟然没有看出来？也许是我睹像思人吧，我倒看他和一个人非常像。不过，人家再俊美，他也不会是我碗里的菜喽，他是人家椒红的。难怪我们家的椒红，为他迷得颠三倒四，要死要活的，为他上吊，为他逃婚……在我看来，一个字——值！可惜我儿言来，充当护花使者，竟丧了小命。唉——"说着，她的眼泪扑棱扑棱跟打枣一般，一阵哗哗滚落。

石牙子忙岔开话题说："嗨嗨嗨，别价，怎么突然还哭起来了啊？别提那伤心事了，都过去了。咱说点其他的。"他又揶揄她说，"你一口一句'我们家'椒红，你们是一锅的馒头吗？"

韦青凤不乐意了，骂道："你又想嚼什么舌头，不是一锅的馒头又怎样？我们毕竟吃过一锅的馒头。山不亲水亲，不管怎样，是陶明曜养活了我的龙羔子一般的仨孩子。他大伯也不错，待仨孩子，视如己出。咱虽然做了匪，但也有人心。现在他被日本人抓走了，我让言富、言荣去老城探虚实，谁知，正遇上这俩小子，搅乱了局。"

石牙子嘴撇得像裤腰，半扬半讥笑说："哎哟喂，瞧瞧，瞧瞧，你还知道念叨你那所谓的大伯哥个好呢，难得啊，他要有知，还真感动一把呢。"

韦青凤骂道："不干你屁事嘛。我是匪但我也是人啊，我们做匪的也有做人的原则，那就是有仇必报，有恩也必报。受人滴水之恩该涌泉相报嘛。想当初，在走投无路之际，可以说是我赖在陶家不走的，后来几个孩子蒙受人家养育、教诲之恩，不该知恩图报吗？你也不能置身事外，个中原因你心知肚明……"石牙子笑吟吟地说："哦，明白，你说咱言荣——"韦青凤截住他的话，继续说："山不转水转，水不转人转。你以为咱占山为王会江山永固？经过几次反复，我算看透了，咱们'入则为民，出则为匪'的祖训不可丢。万一，世事变迁，山上待不下去了，那个陶家大院，兴许还是孩子们的容身之地呢！"

"好一个狡猾的狐狸！都说狡兔三窟，兔子够狡猾的了，但也狡猾不过你这只花狐狸啊！我真是服了你啊！哈哈，不过，你给自己留一条后路，是明智的。"韦青凤说："是有必要狡兔三窟。论讲，谁想永远在山上做匪啊？自我们祖上兵败，我们身上就被贴上匪的标签。但我们的后代，要永久地做匪吗？"石牙子说："若是有那么个万一，你三哥那里，不是还有一条路吗？"韦青凤以手压唇道："嘘——"，接着喝道，"不许提我三哥，那可谓是咱最后的一个秘密，绝对不可为外人所知啊。"文涛在隔壁侧耳倾听，感到匪夷所思，乡里人眼中的女土匪、女魔头，竟然还有一颗寻常的为人母之心。

石牙子一口一个地叫她狡猾美丽的花狐狸，韦青凤哈哈大笑道："花狐狸？你他娘的又给老娘取一个外号啊？在乡亲们眼中口中，老娘的外号够多的了，这我知道。"

石牙子道："哈哈，你竟然还有自知之明啊！不错，说起你的外号，已经够穿成一串儿的了，比如，什么女魔头，罗刹女，母夜叉，花痴，男人婆，还有，还有，还有更难听的呢，不说了。哈哈……"

韦青凤笑道："哈哈，我无所谓，你尽管说。我在明曜那里住几年，像陶明义、陶明锐那几个邻家的碎嘴女人，没少在我背后嚼舌头根子；我都发现了，她们曾经把耳朵贴在我的窗户底下偷听，然后再到村子里添油加醋地损我，没少给我起外号。我要跟她们一般见识，早就一剑剜下她们的舌头蘸酒吃了。但是，我还谨记一条祖训：行可扰官，坐不扰民，兔子不吃窝边草。因此，任她们嚼舌头去，我只管快活我的，哈哈！可是那一次，俩蠢女人竟然躲在厕所里你一句我一句地损我，我气不过，说给你和陶明耿听，你们竟然掳走了人家的孩子——"

石牙子忙道："打住，打住！"

韦青凤说："怎么，怕我揭你老底啦？你们俩都不是省油的灯，阴得很，我当时还蒙在鼓里呢！我至今不明白，那俩孩子弄哪里去了？到底是谁干的？"

石牙子说："哪座庙里没有屈死的鬼？姑奶奶，我当时还不是想拍你的马屁嘛？当时，我是诚心送孩子回家的，至于后来发生的事，确也是个意外，我也不知情，我都向你指天对地地赌咒发誓好几回了嘛。"

韦青凤说："可是姓陶的一族人都把这笔账记在我的头上了啊。那件事难道是陶明耿干的？"石牙子说："说不定呢，那个老货，从来做事，不见'利'字不行动，不见兔子不撒鹰，会算计得很，亲娘老子都敢坑，比贼还狠！咱要提防着他。"韦青凤说："难道他能坑同族兄弟？"石牙子对道："人心叵测，很难说他不会。"韦青凤说："若是那样的话，真的没有做人的道理了。我家的俩小子虽浑，但我还告诫他们，把你们的剑锋对准你们的敌人，千万不要对着你们的家人、亲人和恩人！"

文涛在隔壁房间听了韦青凤的一席话，在心里又一次惊讶：一个令人闻风丧胆的女魔头，竟然有一颗人心，而且还有做女性的一片柔情；传说中的蛇蝎心肠的女人，竟然是一个有欢喜亦有忧愁的邻家女人；更料想不到她还有一股任性豪侠的英雄正气。在他心里重新给她一个鉴定，判词如下：

因为她是匪，她会杀人越货，杀人不眨眼；但又因为她是人，她还有人性、人心。因为她是匪，她敢想天下不敢想，为天下所不敢为；但又因为她是人，她会念恩，会懂得知恩图报。

因为她是匪，她桀骜不驯，要是狗咬她一口，她会毫不犹豫地咬狗一口；但又因为她是人，她恩仇分明，进退有度。因为她是匪，她世代都做了匪；但又因为她是人，她有邪还有正，可谓是：三教九流几分邪，七荤八素几分正。这是文涛给的最后判词。

总的说来，韦青凤是一个亦正亦邪，正、邪集于一身的女匪头。

想到此，文涛长舒一口气，既然她有一颗人心，那么一切都好办了，他预感到游击队若来人谈判合作，就有望成功啦。她既然欣赏我，我何不借此促成联合，壮大抗日力量呢？

第43章

亦 庄 亦 谐

第二个夜晚，山上匪窝里，依然是烤肉，大块吃肉，大碗喝酒。篝火的红色暗淡下去，众人已喝得东倒西歪。言富、言荣兄弟俩冷峻寡言，只顾自吃自喝，吃够喝足趴下就睡。韦青凤喊手下喽啰道："去，拿来两张羊皮给俩小子盖上，别让山风给吹着凉了。"啊，万丈春晖意，一片慈母心！此刻，在文涛的眼里，韦青凤并不可怕，反而感到她温柔可亲；所谓的匪，并非是民间传说的那样，江洋大盗，杀人不眨眼，其实，为匪者，只不过是一种另类的生存状态而已。

此时陶言朗、石仲辉也喝多了，言朗眯着醉眼说："仲辉，当初，你本来对椒红有意思的，对吧？"仲辉说："什么？你为什么哪壶不开提哪壶？"言朗说："好，翻篇吧，不提那回事了。要不是咱俩帮着椒红，她也逃不了婚，是不？"仲辉也眯着醉眼说："是呀，当初，要不是咱俩，椒红与李文涛不会有今日。"言朗说："是的。不过，你看文涛那小子，见了咱，连一个'谢'字也没提啊。"

仲辉晃悠悠地站起来，趔趔趄趄地来到文涛面前，将一陶罐酒"当"的一声放在文涛面前，说："来，大公子哥，喝一壶！"文涛倒吸一口凉气，就知道他们俩会来找碴。他便抱拳讨饶般地说："辉哥，我，我不会喝酒，哪里能喝那么多酒？"陶言朗也晃过来，醉语连篇地说："世界上只有两种人，一种是女人，一种是男人。是女人就会用脂粉，是男人就会喝酒。你若说不会喝酒，你就不是男人，是软蛋，你得承认。长得俊有个屁用？明儿去搽脂抹粉，扮个女人，我看看！"

"哈哈哈哈……"石仲辉附和地纵声大笑。

面对两人的羞辱与挑衅，毕竟是热血青年，文涛岂能压住火？石牙子在那边煽风点火般地大笑与喝彩，韦青凤也看戏般地来欣赏年轻人的嬉闹。文涛的勇气

与火气一起喷涌而出，豪气万丈地说："喝就喝，先说好，怎么个喝法？"

陶言朗说："看见吗，这三大罐酒，咱仨一人一罐，对嘴喝，谁先喝完却不趴下的就为赢，谁喝不了就先趴下的，就为输。"

文涛问："输了的会怎样？"

石仲辉说："输了好办，学王八爬两圈，并学狗叫几声。"

"哈哈哈哈，妙！"言朗附和地爆发一阵坏笑。

文涛眼珠转了转，心里飞快地盘算着怎么智斗这俩蛮汉。文涛眉头一皱，计上心来，便说："这样喝不好玩儿，野牛才那样喝酒呢！玩别的，来点花样儿，才好玩呢，这样吧，咱猜拳行令，输了的喝酒！"

石仲辉兴奋地说："猜拳啊，哈哈，正合小爷的意，咱三岁就玩这个了！"言朗一拍案子，大叫："好，猜拳就猜拳，输了不许耍赖皮啊。玩哪一种呢？五魁手吧，三局两胜。"

文涛说："好，输一次喝多少酒啊？"

言朗说："输一次喝三碗，一滴都不能少！"

文涛说："规矩都是你们定的啊，一言为定，来吧！"

石仲辉抢先道："我先来！"

他们开始猜拳，但见文涛细长的手指，伸缩灵活，变化无常，神出鬼没，结果石仲辉连输三局，结结实实地喝了九大碗酒，眼前直冒金星，站起来摇摇晃晃，往外就走。文涛一把按住他，问："你哪里去？还没有学王八爬，没学狗叫呢！"

石仲辉支吾着说："我，我没醉，我去撒尿，还会来的，我要与你大战几十回合呢，我刚才是让了你，我还没输呢，走开！"

言朗说仲辉："真没有用，看我的，来，我与你大战十个回合！邪了门啦，你赢得了他，休想赢得了我！"

又划了几局，言朗也是连输三局。文涛说："喝酒！"

言朗咕咚咕咚连喝了九大碗酒。接着再划，又输三局，文涛继续催："喝酒！喝酒！"

言朗站起来说："我也出去撒尿，回，回来再喝！"一直趴着睡觉的言荣突然抬起头来，说："不准认尿，愿赌服输，规矩定了，就得遵守，喝了酒再出去撒尿！"

言朗无奈，只得一碗接一碗地灌下去。他也摇摇晃晃地出去了。许久，不见二人回来；文涛也要出去小便，但见厕所旁边，仲辉与言朗像两个门神一样，一左一右，歪斜地靠在那里正打鼾呢！

文涛回到大厅，石牙子问："仲辉他们俩呢？"文涛说："他们俩睡着了，在厕所门前把门呢！"韦青凤听了哈哈大笑，而石牙子的脸青不青，红不红的，哼了一声。

韦青凤好奇地问："你是怎么做到稳赢他们的呢？"文涛笑说："哦，也是巧了，我在宿州读书时，与同学们聚会，在喝酒或喝茶时，也爱玩五魁手猜拳游戏。我曾经遇到一个划拳高手，他教我，须在出手之际，随他而变，拿捏好分寸，即可百发百中。"韦青凤不由得赞赏道："贤侄真有两下子，人俊划拳也这么俊。真没办法！"石牙子撇着嘴，白眼瞟了韦青凤一眼，冷冷地剜了文涛一眼。

又一个清晨，文涛醒来，窗外鸟鸣如洗，有明媚的阳光洒进来。他起床、拉开房门，五月的天光风物扑面而来，看，这山，那树，这地，那天，都游浮在缥缈的轻云晓雾里，疑心自己是否会像张果老一样，不经意间脚底生风云，身生双翼，一不留神竟成了神仙。他深深地吸了一口清新的山气，舒畅地跨出一步，做个体操，却发现脚下踩了一摊什么，感觉稀歪歪的，心里想，不妙！果然低头看见一摊黄屎，还蒙上一层薄土。最糟糕的是，自己的一只脚已经结结实实地踩在了上面！鞋底沾满了稀歪金黄的大便，臭气熏脑。他捂着鼻子，跑去山溪边刷洗鞋底。口里故意大声吟道："沧浪之水浊兮，可以濯我足；沧浪之水清兮，可以濯我缨。呵呵，瞧，这山溪的水多清凉多快意啊，舒服极了！"

他又跑去如厕，走过独木桥，回来时却发现独木桥已被谁抽掉了！他左右环顾时，分明地听见密林里的窃笑声。他故意装作浑然不觉的样子。他仔细地观察一下这条山沟，发现东西路很长，若迂回绕过，太远；山沟宽度约三米多，若跨过去也有困难，要是掉进灌木沟底，那真够他受的。他巡视一下，发现沟边有一棵小松树，约有碗口粗，斜着身子探向对面。有了，他纵身一跃，攀住松树头，把松树压弯下去，刹那间又反弹上去，他利用反弹的力量，身子一纵一跃，稳稳地落到了对岸。

"俊啊，好俊的身姿！"是言荣。他对着树林里大喊："使坏的小子，可知道自己是咋死的？"他对文涛一摆头说："走，开饭了，我们吃饭去。"

匪有匪的生存状态，即使是早餐也是有酒有肉，也要山吃海喝一通。这真是今朝有酒今朝醉。韦青凤早晨素装淡裹，浅笑微微，礼宾待客，谦让文涛随意吃喝，倒呈现出寻常人家主妇的仪态。文涛总怀疑她的微笑里，似乎隐藏着什么更深不可测的诡谲。

在用早餐的时候，文涛悄悄地对言荣说："此山不高，也不大，但连绵不断，林密草深，肯定野物不少，我随意溜达，就发现了飞奔的野兔，呆愣的野鸡。我还发现一个大家伙，横冲直撞地隐去林子里，像是野猪，是也不是，我没有看清楚。"

言荣略显惊诧地说："是的，上次我就碰到过，可惜让它溜掉了。今天你又碰到，待吃过饭，我们围猎去。"

昨晚言朗与仲辉想捉弄文涛，反遭他捉弄。今早上就设计捉弄他一番，报一箭之仇，心里正在得意。一听说围猎，就互相递一个眼色，先行跑出去了。

山中少年穿行山林中，牵犬擎鹰，声势浩大。文涛紧紧跟着言荣，言朗与仲辉则形影不离，在他们身后，言富冷冷地，一言不发地远远地跟着。文涛突然大喝一声："在这儿呢！"言朗与仲辉突然抢在他的前面，猛地扑过去。只听"噗通——哗哗——"，两人便不见了身影。此后，狗也不叫，鹰也不飞，山林里立即静谧下来了。

午饭时分，石牙子扫了一眼大厅，问道："咦，怎么不见仲辉和言朗来吃饭？"他的目光像锥子一样刺向文涛。文涛故意问言荣："言朗、仲辉还没回来吗？"

言荣装作惊讶地说："是呀，俩家伙，咋走那么慢，还没回来吗？"

韦青凤好奇地问："哦，听说你们几个小子去打猎了，有什么大收获吗？"言荣回答："有吧，是大家伙，让言朗与仲辉在后面搬来着。"石牙子的目光柔和一些了，说："哦，有大收获？快把你们的收获拿来看看。"

文涛说："是！走，咱们去迎接他们一下"。文涛与言富、言荣出去了。文涛说："走，去看看那俩狗熊吧！"

言荣问："你心软了？以我说，得好好整治那俩小子一番，平日他俩就爱耍小聪明，捉弄人。"

言富说："甭理他们，让那俩小子蹲鼓到半夜，冻他们一冻，看他们可消停了！"

文涛反倒为他们求情了，他说："二位哥哥，算了吧，饶了他们吧，他们也没有拿我怎样，稍稍整治一下，就得了。"

他们又到了那个山坳，这是言荣与文涛早晨踩好的点。发现此山坳幽深如井，四周灌木丛生。早餐时文涛故意悄声对言荣说发现了野猪的事。围猎时，文涛也是故意大喝大叫，结果言朗与仲辉就中招了。他们走近那个深凹处，就听两人在骂骂咧咧："老子的喉咙都喊破了，上面有没有个喘气的？小白脸，没有好心眼，看我上去，不活劈了你！"

"白无常，你他妈的倒会吃里爬外，胳膊肘子向外拐！"

他俩正骂得带劲，呼啦一下，一桶尿倒了下去，下面爆发出一阵哇哇大叫一阵乱骂："谁那么缺德带把儿的？太损了，不积阴德！狗日的，小白脸，白眼狼！"

文涛出现在洞口说："不积阴德的家伙！是谁一早上弄我一脚屎的？是谁抽掉独木桥的？哦，昨晚约定好的，输了学王八爬，学狗叫的，你俩都要赖皮了啊！"

言朗怒道："我把你个奸白脸……"

仲辉忙捂住言朗的嘴，笑说："呵呵，文涛，当年椒红去宿州见你，可是我俩冒死帮她逃去临涣，你俩才得以有情人终成眷属的，此时，你该感谢我俩啊。今日就作为报答我们吧，快快拉我俩上去。"

言朗赌气道："不要求他，没良心的小白脸，得手我就弄死他！"

文涛一转身不见了。下面慌了，仲辉喊："哎，哎，老弟，你当真想整死我

们啊？我俩都是和你逗着玩的，你当真拿我俩当生死仇敌吗？至于吗？"

文涛手里拿着一条小青蛇出现在洞边，说："每人学几声狗叫，我拉你们上来。"

言朗嘴硬地说："呸，休想！"

文涛说："看见吗？这种蛇叫钻裆蛇，专门钻进裤裆里咬人啊！我丢下去了啊！"

要知道，言朗天不怕地不怕，就是怕蛇。他慌作一团，忙说："打住，打住，不能丢啊，不要丢！"

文涛说："那你就学狗叫。"

言朗一推仲辉，说："快，快学狗叫。"

仲辉学了几声狗叫。文涛说："不太像。"

言朗说："有啥用，连狗叫都学不会。看我的——汪汪，汪汪……"他学了几声狗叫。仲辉说："还有脸说我，你学得也不是太像。看我的——汪汪，汪汪汪……"他俩你一句我一句地比赛着在学狗叫。上面的文涛、言富、言荣都笑得人仰马翻。言荣扔下绳子，言朗、仲辉抓住绳子攀着上来了。言富说："活该，看你俩小子以后还敢以捉弄人为乐趣不？"这番闹剧，竟然让言富、言荣大笑了两回，真难得。言富与言荣是江湖上传说的黑白无常，有句话说，言富笑，人上吊！言荣笑，驴上树！都是千年不遇的稀罕事啊。

文涛在山上与言富、言荣他们朝夕相处，了解了匪的大致习性，除了喝酒吃肉之外，就是练武功。文涛对练武功非常好奇，他跟言荣比较能合得来，他对言荣说，想跟他学两招。言荣说："学习武功不是一朝一夕可以见成效的，只能学一招半招的诀窍。你最想学什么？"文涛说："我最想学点轻功，搏击技法，还想掌握打枪射击的技术，以后打鬼子能用上。"言荣答应道："我可以教你练一些轻功，助你跑步，跑起来不累，而且很快；跳跃、翻腾会敏捷利索。至于射击，让我哥教你，他的射击技术一流，可以百步穿杨，百发百中，一点都不夸张。"文涛喜不自胜，说："太好了，但不知言富哥肯不肯教我啊？"言荣说："我哥这人，吃软不吃硬，你去求他，他会的。"文涛便跑到言富跟前求他教射击，言富非常爽快地答应了。

文涛先跟着言荣学习轻功，很是刻苦，只几天的工夫，就感觉爬树、翻墙头的动作敏捷多了；跑起步来，感觉快且轻松。他又跟着言富练习射击的技术，言富让他从打弹弓开始，训练准确的手法与犀利的眼力。于是，文涛日夜不停地练习打弹弓。

言朗与仲辉凑过来，言朗问文涛："喂，你愿不愿意跟我们学习拳术啊？"文涛点头说："我愿意，不知你可愿意教我？"言朗说："你若愿意的话，须规规矩矩地喊我们一声'师父'，拜我们为师方可！"文涛说："我当然愿意啦，

你们只要愿意教我，我正求之不得呢，我拜师父就是了。"他抱拳鞠躬说，"二位师父在上，请受我一拜！"言朗与仲辉得意地大笑起来。

仲辉一本正经地说："练拳术，就是打人，不过，打人者必须先自己会挨打，经得住打，才可以更好地打别人，懂吗？"文涛傻傻地点点头。话音一落，言朗就扑了上来，对文涛一顿拳打脚踢，打得文涛躲在墙角落里抱着头，紧缩着身子咬牙硬抗；仲辉在一旁哈哈哈哈地大笑。这一幕，被言荣看到了，骂道："你们俩坑人哪？"转脸对文涛说，"这两天白教你了，你倒是跑啊！"一语提醒他，文涛运用刚刚学会的轻功诀窍，翻过墙头那边跑了。仲辉与言朗对视一眼，又哈哈大笑起来。言荣骂道："你这俩坏小子，当得好师父——"

第44章

联 合 谈 判

薄暮冥冥的傍晚时分，山上浮起一层青雾。

文涛诚心想跟着言朗与仲辉练习拳术，他便心里透着机灵，嘴里含着蜜糖，讨着他们的欢心。他说："二位师父，论关系，咱们是发小啊，自穿开裆裤的时候，就玩在一块儿。当初，你们帮助椒红逃出家门，成全了我，我在心里，怀着感激呢！"

言朗一听，笑说："是的，是我们俩搅黄了那坏小子的好事，哈哈哈——我们总算出了一口恶气！"文涛又说："椒红常常夸你们——"仲辉忙问："椒红怎么夸的我啊？"文涛说："椒红说，仲辉大哥就是懂我、知我的那个人，以后有机会要好好谢谢他。"言朗不乐意了，他瞪眼噘嘴地问："还有我呢，椒红就没夸过我？"文涛说："瞧你说的，哪能不夸你啊？"言朗两眼放着光，问："她是怎么夸我的？"文涛说："椒红说，你为她甘愿两肋插刀，跟亲哥哥一样亲。哪天见了你，一定要好好敬你一杯酒！"言朗得意地笑了，"那是，她算是有心的，你小子心里还算有数。"文涛一展眉毛一拍胸地说："瞧，大恩大德都在这里装着呢，谁心里没有个数啊？"言朗、仲辉的脸都笑开了花，自此，才开始用心教文涛练习拳术。

这天文涛在跟言朗、仲辉练武，仲辉说："徒弟，练两招给师父看看。"

文涛便起来打拳，言朗过去纠正，一脚出去，文涛就摔个猪拱泥，几人哈哈大笑。正要笑着，言富、言荣押着一个"奸细"上山来。他们忙跟去大厅观看。言富给那"奸细"揭开了蒙眼布，文涛一看，便大叫一声："二伯！"

那日，周坤回到相山游击队报信，关潼急派李阵雨前来黑梅帮谈判联合。阵雨先来到了山脚下猎户村的茶棚下，坐着休息，喝茶，然后再进山。刚欲举步，

一支箭嗖地射到他脚下，他止步巡望，唰地一下，出现两个人，堵在他面前；不容分说，他就被蒙住了眼睛，然后被带进山里，送到韦青凤与石牙子的面前。

韦青凤是认识阵雨的，便招呼："他二舅，来啦？"然后又摆了一张冷峻的脸，保持矜持状。阵雨微微一笑，一脸的阳光与谦和。李家弟兄三人，数阵雨个头矮一些，但也在常人之上。一张方方正正的脸，天庭饱满，地阁方圆，眼明心亮。一看便知，他是一个内心有一片海的大男人。

阵雨一抱拳说："韦头领，石头领，向两位问好啦！"韦、石二人哼哼唧唧，慢了吧唧地回应一声。

阵雨朗声说道："今天我给你们送礼来了！"

韦青凤与石牙子的眼睛同时放出光彩来了。

阵雨接着说："千发子弹，百条冲锋枪，怎么样？"

韦青凤问："在哪里？"

阵雨道："在山下茶馆，老王那里。哎，拿了这张纸条，就可以到山下取。"

言富、言荣应声而起，拿了纸条，奔下山去。

阵雨第二句话，说："扰官不扰民，听说，历来是黑梅帮的优良传统，可见贵帮治军严明。百闻不如一见，今日到此，方圆十几里地，百姓们皆安居乐业，祥和静好，深感敬佩。韦头领、石头领爱民爱国的义举，美名名震一方，谁人不晓？打日本，救民于水火；伸正义，扬民族正气，你们早有行动，而且自觉又自发，难能可贵，令人钦佩！"

阵雨的一番话，像一阵春风，浩荡整个山寨，吹进每个人的心里，荡起圈圈涟漪。韦青凤的脸由零下到零点又到春暖花开。她笑盈盈地招呼："还不快快给他二舅看座、送茶！"

阵雨落座后，讲的第三句话是："我们打日本，单手打狼，力量小了，就像隔靴搔痒，力度太小，不能奏效，恐反遭其害。我们想打痛他们，打跑他们。此外，我们还有一个共同的需求，就是我们要救同一个人——我的姐夫，你孩子的大伯。"

阵雨的话不多，就三句话，可句句都说到韦青凤心坎里去了，让她觉得有面子，感觉在江湖上尚有好名声，拿她当回事，美得她满面春风，眼睛弯弯的，弯得像月牙儿，呵呵倩笑，像小女孩一般欢畅活泼。一团火地说："他二舅，你过奖了，好说，好说！"

此时，言富、言荣返回来，走进大厅汇报给韦青凤道："只有百发子弹，并不见千发子弹，更无百挺冲锋枪！"

韦青凤灿若桃花的脸猛地一沉，由满面春风又下降到零度再转到冰霜高挂，眼睛由弯弯月牙儿转为瞪得圆圆的再转为三角形，一只手摸住剑把，微微颤抖。一字一崩地说："我平生最恨的是花言巧语，耍阴谋诡计之徒，他二舅，你是来

涮我的吗？"大厅里霎时剑拔弩张，寒风凛冽。

阵雨镇定自若，胸有成竹，憨然一笑，不答反问言富："贤外甥，给你一发子弹，你能打几个鬼子？缴多少枪？"

言富："一发子弹一个鬼子，缴一杆枪。"

阵雨："我说嘛，你们黑梅帮的人，个个都是神枪手，百发百中，弹无虚发。送你们百发子弹，你们要打死多少鬼子，缴获多少条枪啊？那今日我送给你们百发子弹，你们所获岂不是千发子弹，百挺冲锋枪？你们说，我送的还不够吗？"

阵雨的机智与幽默，镇定而豪迈的说词，不着痕迹的夸奖，寓意深长的激将，惹得韦青凤爆发出一阵哈哈大笑声，拊掌称赞。她这一笑，仿佛是一剂柔化剂，前一刻，大厅里已露出鬼影狰狞，一片恐怖，这一刻，又一片笑声，大厅里顿时春风和煦起来。

韦青凤说："他二舅，你是个聪明人啊，机智，够豁达，够爷们儿，我欣赏！来人，把那头牛宰了，摆酒待客！"

席间，阵雨与文涛伯侄相见，格外亲热暖心。阵雨悄悄问文涛："你深入老城，见到你二哥没有？他……他们怎样？"文涛说："据言富说，他们在酒铺里看到二哥了，二哥没事！"阵雨擦擦脑门上的细细的汗珠，长长地吐出一口气。阵雨又问家里情况。文涛说："家里都好，二娘亦很好，大伯也很好。"阵雨听了很欣慰，叹口气说："家，好久没回去了，多想回家看看啊！"文涛问二伯："我爹还好吗？是不是一直和您在一起？"阵雨点头说："是的，放心吧，我们都安然无恙。"

席后，大厅里只留下韦青凤、石牙子与阵雨。石牙子探寻地问："你们欲和我们黑梅帮联合起来打鬼子，具体怎样个联合法？我想听听你们的布局。"

阵雨给他们分析目前敌人的形势，说："小鬼子目前驻扎在口子街里的，只是一小股部队，但也时常出城骚扰附近村庄，曾经到龙潭湾、十八盘等地烧杀抢掠，无恶不作，被我们游击队与当地民兵联合起来，打死打伤十几个鬼子，他们又退回口子街里去了。目前他们龟缩在城里，轻易不肯出头露面，偶尔出来几次，我们关潼大队长，足智多谋，设局布阵，声东击西，总是给鬼子造成重创。"

石牙子不以为然地说："游击队给了鬼子重创，小鬼子也曾向口子街以东扫荡，甚至有一次流窜到蔡里一带山村里，杀人放火，被我们黑梅帮一顿打得片甲不留。小鬼子好久不敢向东偷觑一眼！"

阵雨颔首一笑，竖起大拇指，说："黑梅帮的威力，是口子一带人所共知的嘛。我们游击队擅长的是游击，要对付龟缩在城里的鬼子，还得靠你们黑梅帮。因为你们个个身怀绝技，能飞檐走壁，高来高去，又个个是神枪手。设想一下，若由你们钻进鬼子窝里，搅乱鬼子，逼他们出来；鬼子一旦出来，我们就打，我们来个珠联璧合，歼灭或打跑小鬼子，不是最好的吗？"

但石牙子有点不放心地问："你说的好像都在理，可是，我们若进了日本的老窝，搅乱他们的美梦，若惹毛了他们，来山上围剿我们，那时你们不来接应怎么办？"

韦青凤点头说："是呀，这也是我所顾虑的。"

阵雨说："啊，你是担心我们合作的诚意吗？我们游击队这边绝对守诚信，我以我的人格担保！"韦青凤从鼻子里哼了一声，石牙子半阴半阳地干笑了几声，说："这个年头，一个人的人格能担保什么？"阵雨还想说服他们，韦青凤打断道："不必再说。来人，安排客人休息！"她和石牙子走出了大厅。

深夜，阵雨与文涛暗暗商议。阵雨说："韦青凤这个人时阴时晴，戒备心很强，如何能解除她的戒备之心，促成联合呢？"文涛说："这个女人心机特重，必须投其所好，看清她需要什么，对症下药方可。"

次日，太阳给山中洒下一地的阳光。韦青凤继续用牛肉和美酒招待阵雨叔侄。他们边吃边谈。韦青凤特意关切地问到文涛的去向。阵雨随口说："我侄儿愿意随我进游击队打鬼子。"韦青凤一听，白脸登时变黑脸，丢下杯盘就走出去了，石牙子、言富、言荣等一齐都出去了，把阵雨爷俩晾在了餐厅里。

文涛领着二伯在山里转悠，正饶有兴致地观看山里的景致，突然有人捎来椒红的一封信。文涛忙打开信看起来，在信里椒红说："涛哥，我知道你现在已进了龙脊山，你和言富、言荣哥相处，我不担心，他俩性直，好处，但你在二姑面前要格外小心，说话要挑好听的说，你的工作才可开展顺利，切记！顺便告诉你，我已加入村民兵连，并和灵心、朱茵，做了各村民兵队伍的联络员，我现在可以骄傲地告诉你，我也正式成为抗日的一分子啦……"

午餐时，文涛拿出椒红写给韦青凤的信。椒红在信里一口一个"亲爱的二姑"喊，并夸她本领高，美名广，充满了对她的仰慕之情，并说好久没有见到二姑了，十分思念，等等。韦青凤看后，满脸春光，和颜悦色地说："哈哈，椒红侄女，总算能看得起我这个二姑啊！"她转头对阵雨说："看在椒红侄女这么高看我的分儿上，就该深入口子，救出她爹和大哥来！"

阵雨在一旁鼓掌称赞，说："好，深入口子救人，游击队愿助你一臂之力，你看，韦头领、石头领，意下如何？"

韦青凤犹豫一下，没接他的话，文涛忙拍拍胸脯说："我自愿留在这里做人质，二姑与石头领，请问，还有什么担心的吗？"

韦青凤一听，美目迅捷地瞟了文涛一眼，那一眼满含着深情，兼藏着欢喜，她眉开眼笑了，点点头说："哎呀呀，做什么人质呀，别说得那么难听。"她转对阵雨说："他二舅，你们的意思我定会慎重考虑，往后的路，咱且行且议吧。你要务在身，山寨事务也要紧，不便久留您啦！"她挥挥手，示意言富兄弟送阵雨下山。阵雨只好辞行，临别时文涛告诉他，一定会促成联合。

送走阵雨之后，韦青凤笑对文涛道："是呀，营救你姑父确实是个难题。目前不知他被关在何处，有他被关在城里，攻打口子就有点投鼠忌器。陶明耿的警务所现在是什么态度，尚且不知。这一切，都需要有人深入城里，摸清情况。上次我让言富、言荣深入口子街去探，正好遇上你和周坤。你们俩若不是遇上我的俩小子，麻烦可就大了。"

　　文涛是何等聪明，他听出了韦青凤在表言富、言荣对他的救命之功呢，他夸张地说："啊，俩表哥的救命之恩，当感激不尽，文涛更要记住二姑的大恩大德！"他见圈就跳，顺杆子就溜，站起来又抱拳又鞠躬，那帅气而滑稽的表情、动作，惹得韦青凤哈哈大笑，山寨大厅里又一次充满了融融春意。韦青凤的脸儿红红的，像春天里的桃花，风扬花开，她呵呵笑道："罢了，罢了，什么感恩不感恩的，都是一家人嘛。以后，更是要肝胆相照，患难与共！"

　　"好，说得好，从今以后相山游击队与龙脊山的黑梅帮也要肝胆相照，患难与共！是不是？"文涛趁机问道。韦青凤脸儿一冷说："这——这话且放下，还是那句话，且行且看。"

　　夜深人静，一缕月光照进室内，文涛睡在床上辗转难眠，突然听到门外响起沙沙沙的脚步声，一步步挨近他的房门，紧接着就有人敲门，他起床去开门。一开门，就有一人不容分说闪进来了，又立即关上房门，是韦青凤！她穿着柔软的睡衣，长发及腰，去掉了威严戾气，看起来更加妩媚动人。文涛懵懵懂懂，和她面面相对，气氛尴尬了一秒，她轻声问："山中夜气凉，多盖些，晚上睡觉还需要什么？"她话语里几分温柔，笑靥里几分蜜意，眼睛里闪烁的火光，令人心跳耳热。文涛忙把头摇得像拨浪鼓一样，答道："不不不，什么都不缺，多谢二姑关照。"室内空气凝固了。韦青凤定定地看着文涛，命令他转过背去，他不知何意，只能遵命转过背去。背后一片静默，突然，韦青凤扑过来，抱住了他的后背……

　　文涛身体一震，赶紧说："二姑，你——"韦青凤说："不要动！二十多年过去了，那个迷人的背影，离我而去二十多年了啊！"说着她便伏在文涛的肩头嘤嘤啜泣起来。文涛不知说什么好，任她趴在他身后哭泣。韦青凤继续紧紧地抱住文涛，自语般地说："当年你十八，我十六，一个是翩翩美少年，一个是怀春花季女，人称'山中梁祝'。可我还在怀着言来的时候，你却被歹人害死了！呜呜呜——"

　　她继续抱紧文涛，喃喃絮叨说："你知道吗？你的背影，特像他的身影，你脸部的侧影，也像极了他啊。我的来儿，其实是闫来。如今他和我最疼爱的儿子都离我而去了——"说着珠泪婆娑，打湿了文涛的后背。文涛就这样站着，动都不敢动，起初，听她深情款款地抒怀，令他感到丈二和尚摸不着头脑，茫然不知所措，后来，才渐渐明白了她是在叙说她青春年少时期一段刻骨铭心的爱情，文涛心里豁地释然了，感慨道："想不到二姑，侠女，还有——"韦青凤说："侠女，你竟然说我是侠女？可我在众人眼中是女匪呀！其实我就是一个女人，我也有一副柔肠，我也在乎人间的儿女情长，我也会伤怀母子骨肉分离啊！"哦，令人闻风丧胆的女魔头，原来是一个风雨柔情的女子，文涛忽然同情她起来。韦青凤松开了文涛，坐到床上抹泪，继续说着当年事，文涛见她没有走的意思，只得耐心听着，突然，言荣闯进门来，看见母亲竟然坐在文涛的床上，眼睛红红的，大感意外。韦青凤略显尴尬地说："刚才我和文涛在忆旧，想起你大哥来了……"

清晨，天上风云滚滚。山寨大厅内，突然言荣闯进来报告："不好了，小妹来信了，说我爹被人冤枉，打进宿州大牢里啦！""啊，是谁那么大的胆子，敢冤枉他？！"韦青凤吃惊地问道。此时，言富又跑进大厅大叫："娘，不好了，山下有人报，日本人出城了，向东攻来，逼近山下，兵力比先前多出几倍！"

"啊——"韦青凤又吃一惊。言荣急问："我爹怎么办？"言富问："鬼子来了怎么办？"韦青凤霍地站起来，立于大厅，镇定地说："先打鬼子，后救你爹！言富、言荣，即刻带领一支人马，迎头截住鬼子的东来之路！"

"是！"言富、言荣风驰电掣一般领兵下山。

"仲辉、言朗，你们速去堵断鬼子的后退之路！"

"是！"仲辉与言朗带领一支喽啰兵箭一般地奔去。

韦青凤又发令："李文涛，即刻去联络相山游击队，在西北处痛打鬼子，这次就看游击队的表现了！"

"是！"文涛一蹦多高跑下山去。

她转对石牙子说："你带一支人马从东南处去合围鬼子。"石牙子二话不说，立即带领人马飞奔而去。

中午时分各路人马纷纷带队回山寨，飞报大捷！文涛也回来了，还带来了周坤。周坤还没喘息平定就竖起大拇指称赞道："好样的，婶子，不，韦头领，你真是巾帼不让须眉，运筹帷幄，决胜千里，有大将做派！"文涛接道："你没有亲眼见到二姑当时点兵派将，指挥倜傥，威风八面，那大将风度，那做派，简直像穆桂英挂帅攻打天门阵！"韦青凤爆发出一串浪花般的笑声，说："瞧，这俩小子，一个比一个嘴巴甜，争着给我灌迷魂汤哪，哈哈……"石牙子也破开一个龇牙大笑。趁韦青凤高兴，文涛提议二队联合，韦青凤说："好，从今天开始，黑梅帮与相山游击队联合起来打鬼子！""哦，太好啦！这叫兄弟同心，其利断金哪！"文涛喊着跳着，周坤也高兴得手舞足蹈，整个山寨大厅里充满了欢声笑语。

第 45 章

拨 云 见 日

言富、言荣过来问："娘，下面怎么救我爹？"

韦青凤立即收住了笑声，她思忖一会儿说："奇怪啊，你爹是一个老实巴交的老农民，不偷不抢的，怎么无缘无故被打进大牢呢？"言荣说："小妹不在信中说了吗，我爹是被人冤枉了！"韦青凤说："是谁冤枉他的呢？"石牙子耸耸肩冷笑一声说："谁敢冤枉他？肯定有人趁乱作乱呗。"韦青凤转动一下眼珠子，说："是谁吃了熊心豹子胆啦？哼，他好欺负，我可不好欺负，老娘要亲自出马，一探究竟。"

暮春时分，山脚下的石榴树的枝头上像一簇簇火焰，在风中热烈燃烧。布谷鸟儿已经早早来到中国辽阔的大地，依然故我的布谷，以清亮的妙音回荡在空旷而辽远的悠悠天地之间。山谷翠色如染，从山谷间，走来一位老妇人。这老妇人伛偻着身子，胳膊肘上还挎着一个小小的圆形笸斗，却脚步健朗，如一阵风一般走向远方。

东关老城警务所大门前，远远地传来一片哭号声，有好多人在围观。透过人缝里能够看到一个妙龄少女的尸体，直挺挺地躺在地上，头上满是血迹斑斑。女人们围着哀号，有一个老汉边哭边赌咒——这老汉就是王行好。原来，日本人盘踞在口子街里，日本长官逼着警务所长陶明耿为他们找更多的花姑娘。陶明耿就对手下人下派任务说：谁给日本人贡献一个姑娘，就赏五块大洋。王行好的女儿王金枝，长得秀美端庄，已经订婚，在一个夜晚，王行好偷偷地将女儿送往婆家去完婚，却被警务所的人知晓，暗通日本人，结果被日本人掠去；姑娘性情刚烈，不甘受辱，便撞墙而死，日本人把她的尸体弃置于大街之上。王行好痛得发了疯，他把女儿的尸体抱到警务所的大门前，大骂陶明耿是披着人皮的禽兽。围观群众

议论纷纷，小声地咒骂着陶明耿。那位老妇人的身影此时出现在围观群众当中，留心观察，倾耳聆听。突然，日本人开着摩托车旋风般地驶来，见人就砍，围观的群众四散逃跑，老妇人随着众人逃离此地。

老妇人东躲西藏地在东关街道里巷中转悠，所到之处，都能听到百姓们的一片骂声，骂日本人，更骂陶明耿。

夜幕降临，老妇人神不知鬼不觉地进入了久久酒店。文海在店内正忙碌着，他一抬头，见一个头裹白羊肚手巾的老妇人，他大吃一惊，说："啊，啊，你是——"老妇人以指压唇"嘘！"她闪进酒店的里间，压低声音说："不要啰唆，快说怎么回事，你姑父，还有言中？"文海说："日本人把他们害苦了！"

"直接说要点，怎么回事？"

文海压低声音说："是这么回事——日本人向姑父要酒、要钱。姑父把酒店里的好酒尽数供出；又把酒店里的钱都拿给日本人，但日本人的贪婪没有尽头，他们还勒令姑父以商会会长的名义搜刮各商家的钱。姑父拒绝了他们的无理要求，日本人就把姑父抓走了！"

韦青凤问："那言中呢？"

文海说："言中表哥后来也被日本人抓去了。因为日本人听了陶明耿的主意，要'三久'酒铺的酿酒配方，言中表哥说，他不知道配方，因此他也被抓走了，至今不知是吉是凶。"

韦青凤听了文海的陈述之后，怒骂道："哼，陶明耿，竟然是如此之败类！"说完，她忽地站起，一道黑影闪出去了。

夜黑得像化不开的汁液，却有一双能刺透夜色的眼睛在闪烁。韦青凤神不知鬼不觉地摸进了警务所所长陶明耿家的后门窗，静听，屋内静悄悄的，她撬开窗户，就像一条泥鳅一般，刺溜一下进了房间，其时，尤氏尤西月正沉浸在酣然香梦里。

韦青凤一把将尤西月提了起来，尤氏从梦中惊醒，张开惺忪的眼睛，看到眼前立着的竟是韦青凤，先是惊慌失措，但马上清醒过来，她张口就骂："狐狸精，怎么是你？不会是你死了，鬼魂来找我了吧？"韦青凤冷笑一声，说："可惜，我还没有如你所愿，请你放心，我要是真死了，会把你也带走的！"

尤氏尖嘴利舌地骂道："半夜三更的，你是扮鬼来吓人的，还是来偷腥的？偷腥还那么大胆着急，半夜三更竟钻进人家家里来了！"

这个女人姓尤，确也是个尤物，虽然上了岁月，但皮肤仍然是白如覆雪，眉秀青山，目含秋水，如枫叶一般，因着了风霜，更添一分美艳风姿。其实，陶明耿早已在蔡里安了家，后来，他把妻子和两个儿子从蔡里搬至龙脊山下的猎户村。韦青凤把尤氏赏给他之后，他就把尤氏带回家，和妻子一块住。谁知，美人善妒，尤氏是个醋坛子，见不得陶明耿对大房妻子温柔一点，一旦见到了就撒泼大闹，而那大房妻子是猎户的女儿，也不是好惹的主儿，她常常协同俩儿子，把尤西月打得直钻床底，常把家里闹得鸡犬不宁；家里容不下她，后来，陶明耿把她带进韦青凤的山寨里。到了这里，尤西月又见不得陶明耿和韦青凤腻腻歪歪的样儿，她依旧爱吃醋吵闹，韦青凤就要拿刀剐了她；龙脊山也容不下她，再后来，陶明耿只得把她带进警务所，而把他们唯一的儿子言朗留在山寨里。

今夜，尤西月见韦青凤夜半来访，想起他们曾经的前尘往事，不由得妒火顿起，她夹枪带棒地骂起来："嗨，他毕竟是我的菜，你偷人家的菜，好歹要拉块尿布盖一下脸，哪有这么明目张胆地闯进人家里偷人家汉子的？"韦青凤霍地抽出匕首，抵住尤氏的胸口窝，骂道："老骚货，多日不见，你还是那么牙尖齿利，今日是你先捅开了炸药，别怪我会炸开你的猪脑袋，给你来个开膛破肚！"尤氏冷笑一声，镇静地拨开她的匕首道："哼，别来这一套，吓唬不倒我。哼，什么阵势我没见过？哎哟哟，你看你，都老成这个样儿了，还赶上门来送肉，没用了，那个混蛋呀，三天就换一个小狐狸精，像你这样的老白菜帮子，他早就吃够喽！"韦青凤反唇相讥道："老白菜帮子吃够了？你难道不是老白菜帮子？难怪啊，原来你是待在醋坛子里的，如今又改待在盐罐子里，成了咸鱼干儿了，杵在这里，扑棱不动了吧？"

尤氏斜眼嗤鼻道："哼，那又怎样？好歹我是他的女人，他也对我不离不弃。不像某些狐狸精，总想着别人的男人，不害臊！"韦青凤嘲笑道："当初你算是谁的女人，你当我不清楚吗？那季老汉抢你之前，你已经被转几次手了？"尤氏出语更尖刻地调侃她，笑说："哎哟哟，你还有脸揭我的短，我问你，你统共屙了仨儿子，他们有几个爹？竟不是一锅里出的馒头呢，这件事，在桃花湾，是个大笑话，谁人不知谁人不晓？哈哈哈哈——我要笑死了！"韦青凤手一扬，寒光一闪，尤氏的嘴角被划开一个口子，顿时鲜血直流，韦青凤威胁道："你的嘴巴里再喷粪，我就给你划到耳朵门子，再把你的鼻子割掉，看那时谁还对你不离不弃？"尤氏顿时捂住脸大叫起来，愤然骂道："你真的疯啦，夜叉？下手那么狠！"

韦青凤又把匕首递上去，尤氏捂着脸躲避着，韦青凤把她逼到墙角，她动弹不了了。韦青凤逼问她道："快说，陶明昭与言中关在哪里？陶明耿哪里去了？"尤氏仍然硬挺道："不知道！"韦青凤唰地一下，又在她姣好的脸上轻轻划上一道，女人视自己的脸比她的命还重要啊，尤氏招架不住了，便说："我只知道那死鬼回老家，在为他那个又秃又臭的弟弟办喜事去了。"韦青凤手一松，尤西月就像一条滑溜的鲶鱼，滑脱她的手，边跑边骂："啊啊，你真是一个疯女人，狐狸精！"她不再恋战，便迅速地躲进了另一间屋子里，闭门不出。

韦青凤也一转身破窗而出，她想趁着夜色查看一下老城形势，不料却惊动了日本人，呼啦一下，十几个日本人围拢了过来。韦青凤略微一惊，她镇定一下，借着地势，正要翻上屋顶躲避日本人的攻击，日本人开枪了，正在危急关头，言

富、言荣与石牙子及时赶来接应。他们个个如蛟龙出海，似有通天本领，搅得老城天翻地覆。日本人的子弹根本挨不到他们的身体。他们时而回首射一梭子弹，打死一串日本人；时而闪躲腾挪，跟日本人玩捉迷藏。但当他们来到城门外一片平地时，一无房屋二无树木遮掩，一时被动了；正在危急之时，又一阵枪声大作，韦青凤以为这下子玩了，腹背受敌。可她感觉枪头却是对着敌人那边射的，定睛看去，来人是相山游击队的人马，领头的正是李阵雨！韦青凤又惊又喜。在游击队的帮助下，击退了鬼子，他们退入城外小树林，韦青凤由衷地感激道："嗯，他二舅，你们赶来得很及时，游击队是好样的！"阵雨说："你一下山，文涛就报信了，我们早就在城外埋伏，随时准备接应你啦！"

桃花湾，凤仪楼下，果香坐在门内，她头发已经花白，满脸愁态，门前突然走来了一位身材高大的妇人，她一惊，问道："您是——"韦青凤拿掉毛巾，喊一声："大嫂。"果香擦了擦眼睛，一把抓住了她，大哭："哎呀，他二婶，你可来了！咱们家遭祸了哇——"韦青凤柔声说："大嫂，不要哭，这时不是哭的时候，时间紧迫，你快跟我说说，是怎么回事，椒红侄女哪里去了？她能说得清楚点。"果香摇头道："唉，她不在家，她跟灵心一块都在民兵连，天天要搞训练。"韦青凤惊喜地说："想不到纤纤女子，也从武练兵啦！"果香说："她整日说天下兴亡，匹夫有责，从武练兵，正趁她心愿。"她搬个凳子让韦青凤坐下，接着说："这些天，村子里总是少大牲口，牛呀，马呀，骡子的，这些大牲口可都是庄户人家的命根子，谁要偷一头牛，逮住了是要定死罪的。一个月影微亮的夜晚，村里人家又闹贼，多户人家又被牵去了大牲口。村里人都急疯了，到警务所去报案。陶明耿带人来查，登记谁家少了牲口，说一旦逮住盗贼，就送进宿州大牢，定死罪。他二叔每天夜里都睡在牛槽边，提防着盗贼。那晚，他一睁开眼，就发现牛不见了，他就瘸着腿追出去。只见有人牵着牛正往院子外走，还真被他二叔抓个正着……"

事情是：那时明曜蹒跚着，赶上前，死死地抓住牛绳不放，争执中，那人的蒙脸布掉了，在月影下分明看到他左眼黑了一块。明曜努力回想一下，他清楚地记得，当年言来被打死，那个拍照片的，不就是他吗？他去为言来收尸就见过这个人。明曜看到他的真容，那人急忙遁去。

次日，村子里仍有人家被盗去大牲口，村里人大骂偷牲口的盗贼，明曜突然说了一句令人惊骇的话，他说："哼，盗贼可怕，还有比盗贼更可怕的事儿呢！"众人不明白他的话里有话，便追问他，"到底是啥子更可怕？"明曜张了张嘴，没敢说出来。但他的莫名其妙的话传遍了村子，弄得人人自危，相互猜疑起来。

这天，陶明耿又来村里断案，他问："统计一下，村里少了多少牲口？谁家被盗了，谁家没有被盗？"众人都在排查，村子里从东头到西头，唯有明曜家的牲口未被盗。众人顿时起了疑心。

陶明耿此时提醒似的问一句："难道村子里有人通匪？"众人的目光唰地一下都落到明曜身上。明曜惊悚起来，说："不是，大家伙儿，你们都看我干吗？我可没有通什么匪啊！"陶明耿冷笑一声，耸耸肩。陶明耿这个动作更像一条导火线，一下子引爆了群众的怒火，大家一拥而上，围着明曜就打起来。看大家越打越起劲，陶明耿说："哎哎哎，大家伙，别把他打死了，打死了，就说不清喽！"众人怒不可遏，骂道："臭瘸子，打死他！他的土匪婆娘跑进山里去了，他不通匪，谁通匪？肯定是他！"

陶明耿问："他通匪，有证据吗？"

"有！"说着一位小警察押着一个人过来，绑在一棵树上，说："这个人就是偷牛贼。"

明曜抬起头，却见那个人左眼下面有一块青胎记。明曜挣扎着叫起来："就是他，那天晚上，他偷我家牛的时候，我撵上去从他手里夺回牲口，他的蒙脸布掉了，在月亮底下，我看见他的面目了，他有青胎记！"谁知那人开口说话了，说出的话让明曜始料未及，他说："你也是偷牛贼啊，咱俩可是串通好的，怎么现在你只赖我一个人？"

"啊，你怎么随便血口喷人？我可没和你串通什么，我那婆娘根本没扰过咱村。你这个人，我虽不知道你叫什么，但我知道你的来历，你不是那个警……"

众人群情激怒，齐声骂道："臭瘸子，竟然和盗匪串通一气，祸害乡邻，打死他！"

陶明耿说："乡邻们，盗贼确实可恶，绳之以法理所当然，但明曜兄弟是咱村里人，不知该如何处置啊？咱给他留点情面，且饶了他这一回吧？"

众人气愤道："饶了他？除非让他还我们的牲口，不然，我们不依！"

明曜解释道："你们听我说……"

村民喊："打死他！"

"把他送进县城大牢！"

"……"众人七嘴八舌。

明曜急得结巴了，"你，你们别被骗了，听我说一句，其实……"

"打进大牢！"

"处死他！"

村民的呼声越发高涨，简直要掀开一堆麦穰垛。

陶明耿点头道："兄弟，你看到了吗？众怒难犯，对不住了！把这二位送进宿州县城司法部门，再做定夺！"明曜愤怒地挣扎着，大声说："你们怎么不让我说话啊？这个人……这个人我见过，是警务所里的人，他们是贼喊捉贼哪！乡亲们，别上当，他们是栽赃我……"明曜一句话没说完，陶明耿急忙拿一个勒牲口嘴的铁嚼头塞进他的嘴里，厉声喝道："瘸子兄弟，你就别胡扯了。"喝令道：

"带走！"就这样，明曜被送去宿州县城，打进大牢，等候处死。陶明耿派人把明曜家的三口大牲口都牵走了。

果香对韦青凤说："他二婶，这些天，你不知道我过的什么日子，简直是油煎火燎啊，他爷俩陷在老城，不知死活；他二叔被关进宿州大牢，不知死活；言华、言久不在家，我和椒红娘儿俩无处哭诉，只盼你回来做主了！"

韦青凤听后，大骂道："他娘的陶明耿，真是吃狗屎不就蒜瓣的东西，他在哪里？我去找他去！"果香说："哦，今天他的那个秃瓢弟弟大婚，他八成在家。"

韦青凤略一装扮，来到陶明耿家的院子里。当时院子里站满了人，人人脸上都带着一团喜气。陶明耿在为弟弟癞头瓢娶亲。

原来，陶明耿兄弟两人，他乳名叫葫芦儿，他弟弟叫瓢儿。瓢儿幼时头上长疮，头皮上留有大片大片的秃斑，人们便给他起个外号叫"癞头瓢"。一到阴天下雨，他的头仍然发出腥臭的气味，所以，三十大几的人了，仍未讨到媳妇。

蓝灵心的姐姐蓝灵月嫁至上河桥的贺家湾，与丈夫到县城宿州做生意，日本人炸宿州城时，她丈夫被炸死。瓢儿听说，就找蓝媒婆去提亲，求灵月嫁给他。灵月新寡，尚沉浸在丧夫的悲痛之中，要她改嫁给癞头瓢，便一口回绝道："不嫁！"谁知，当夜她的五岁的儿子马小宝就不见了，灵月哭得死去活来。可祸不单行，夜半，突然来了一帮人强行把她装进麻袋里，放在马背上抢走了。正在狂奔着，在路上，她听到一声枪响，她被人救下来了，解救她的人正是陶明耿。陶明耿再次找蓝媒婆去提亲，并答应，会帮灵月找回儿子。灵月思儿心切，为了找回儿子，她便闭着眼睛嫁给了癞头瓢。

此时，陶明耿老宅院子里，宾客满门，异常热闹。新娘子一身红，像一枝盛开的石榴花，摇曳在人墙之中。灵月掀开了红盖头，一张脸儿鲜美得像三月的桃红。她看到癞头瓢了，依然是一根细长的脖子上，擎着一颗长满秃斑的癞头，在咧着大嘴嬉笑着，露出一排大黄牙。灵月恶心得想吐。但她顾不得这一切，她的眼睛在人群里巡睃，希望看到儿子那活泼的身影，但她失望了。她质问癞头瓢道："你们答应我，帮我找回儿子的，如今我儿子在哪里？"癞头瓢敷衍地说："别急，拜完堂，我哥会替你找儿子的。"

灵月杏眼圆瞪："啊，你们原说，我嫁过来就会看见我的小宝儿的，他人呢？你们敢骗我，敷衍我，我就死给你们看！"说着就一头撞向香案，鲜血像片片桃花溅落，洒满婚场。众人大惊，有人上去七手八脚地扶起昏倒的灵月，抓一把香灰按在她的伤口上。蓝媒婆坐地放声大哭："我那苦命的闺女啊……"

一场喜剧瞬间变成血泪横飞的闹剧，陶明耿那张本来笑成一朵菊花的脸，登时绷紧拉长，一脸铁青，他飞脚踢了蓝媒婆一下，骂道："号什么？还不快去劝劝你闺女，若是出了大事我拿你是问！"蓝媒婆的哭声戛然而止，一骨碌爬起来小跑进了屋。围观者都呆若木鸡，一副副笑脸瞬间变得目瞪口呆。陶明耿心里升起了一股无名火，正要发作，而在此时，却有人在人群中哗哗地鼓掌，是谁吃了豹子胆了吗？陶明耿怒不可遏地拔出手枪，转过身去，却看见韦青凤与石牙子他们。

韦青凤大笑说："一场多么精彩的好戏呀，好戏该收场了吧？"

陶明耿一惊："你，你们……怎么来了？"

韦青凤含讽带讥地道："我们怎么不能来？大喜事儿，怎么不告知我们一声，我们来讨杯喜酒喝，来看一场好戏啊！要我把这场好戏的主角丑剧当众揭穿吗？哼，你一撅屁股我就知道你想拉什么屎，你玩的那一套花里胡哨的把戏，你所做的一切，什么能瞒得了我？"说着她把枪顶住了陶明耿的脑门，石牙子掏出枪顶住了他的后脑勺；言富、言荣用鹰眼盯住其余众人。陶明耿扑哧一下笑了，说："韦头领，石头领，你们这玩笑开大了啊，当着那么多的人，这样不好吧，咱能借个地方说话吗？"

韦青凤说："不出去，我看你的老脸往哪儿搁，走！"

韦青凤与石牙子一边一个押着陶明耿从人群中劈开一条道，往村外走去，看客们像在看一出精彩绝伦的大戏，有没看够的，跟着走出好远。陶明耿被押着来到上河桥桥头站住。

韦青凤开骂了，一句比一句尖刻，她骂道："你他娘的真恶赖，日本人进中国，有人挺身而出，抛头洒血；有人慷慨就义，为国赴难；有人增砖添瓦，微献薄力。而你呢？却是浑水摸鱼，为所欲为地祸国殃民。有道是，兔子不吃窝边草，而你却专吃窝边草，恶赖至极，还不如我这个做匪的呢。日本人来了，就是把枪抵住我的脑袋，老娘但凡有一口气，也要跟他狗日的日本人拼斗到底。你好歹是一方治安之长，一方的保护神，可你却做了什么？欺男霸女，拉鹰放鸢，监守自盗，坑蒙拐骗，无恶不作，替日本人为虎作伥。日本人要'三久'酒铺的酿酒配方，替日本人找花姑娘，明曜通匪盗牛，等等。哪一出不都是你自导自演的把戏？红脸、黑脸你一个人唱完，你的良心被狗吃了，狼吞了，还是被鹰叼去了？你的心坏得流血流脓了吗？"

一阵阵疾风暴雨般的痛骂，陶明耿感到一阵阵狗血喷头，他一直低头受骂，最后结结巴巴地强言狡辩道："冤枉啊，冤枉啊，这都是误会……"

韦青凤唾骂道："孬种，敢做还不敢当。是不是你干的，你知我知天也知，这些缺德的事，非你莫属。我且问你，你诬赖陶明曜通匪盗牛，就是嫁祸于我喽，就是说，我把村里的大牲口都盗走了，是吗？你他娘的坑明曜还要带上我，你怎么向我交代？"陶明耿面不改色地说："非我坑明曜，是村人说他通匪。我做之事，没有害你之意。再说了，你和他陶家并不是一锅馒头，你管这些事干什么？"一语未了，就当头挨了韦青凤一枪托，她大骂："闭上你娘的臭嘴，我们不是一锅馒头，但我们吃过一锅馒头，陶家的事就是我的事，我非管不可！"

陶明耿继续强辩道："其实，我的心里一直在为你好，我做什么都是为你考虑，你不能永远占山为王，来到民间，需要有家有田。如果陶明昭陷在日本人手里回不来，如果瘸子被处死，他们的家产咱们三七开，你七我三，怎样？"

韦青凤连连冷笑道："好哇，终于露出你的狐狸尾巴了，可惜我并不领情，有我在，你休想！"

一阵啪啪响声，把枪推上了子弹，顶在陶明耿的太阳穴上，"你最好别惹老娘发毛，我现在就崩了你，此上河桥就是你的奈何桥，我这就送你上路！"枪栓又嘎巴嘎巴响起来，陶明耿依然无惧，不以为然地说："我真的是为了你好，还有咱的……"

韦青凤厉声喝道："闭嘴，你最好随我去解救明曜，他要是死了我就拿你陪葬，走！"

陶明耿为难地说："他既然入了宿州大牢，哪里是我能管得了的？"韦青凤说："我不管，既然是你送进宿州大牢的，我就只管向你要人。"陶明耿继续抵赖道："不是我把明曜送进宿州大牢的，是一村老百姓送他进去的。我岂能奈何他？"

韦青凤终于失去了最后一点耐性，她拔出佩刀照着陶明耿的小腿肚子削了一刀，当即就擦掉他的一层皮肉。再次喝问道："你去不去！"陶明耿痛得浑身哆嗦，他知道韦青凤发起疯来像魔鬼，生吃活人都有可能，他终于惊惧了，软下去了，当即带着她去了宿州县城。

一番周折，陶明曜终于被救出了牢笼，韦青凤亲自走上前去扶着他，让人看到了一幅动人的画面：明曜被折磨得更加瘸了，走起路来摇摆得像一只鸭子，韦青凤挽扶着他坐上一辆黄包车，明曜幸福得发飘，像孩子一般，似乎很难为情又似乎很享受的样子，把头倚在韦青凤的胳膊肘里……

第46章

三 打 老 城

山高月小，风清月明。韦青凤回到山寨，文涛满脸春风地站在山巅，恭迎她归来，手里还举着一封信，他眉飞色舞地笑道："恭喜二姑得胜归来，二姑真厉害，一出手就马到成功，旗开得胜！事情办得是如此漂亮，二姑一人，赛抵三军哪！瞧，您一回来，椒红的信就到了——"韦青凤耳朵里灌满了文涛的甜蜜话语，满心欢喜，哈哈大笑，问："椒红侄女说什么来着？"她展开看信，就见椒红也是一片热情洋溢的好话扑面而来：亲爱的二姑，您这次回家，咱娘俩没能晤面，深感遗憾。二叔深陷大牢，我以为二叔此生完了，没想到，二姑一出马，就拨云见日，扭转乾坤，救二叔完好无损归来。陶家有您，二叔幸甚，陶家亦幸甚！大恩大德，陶家没齿难忘。纸短意厚，这里受侄女三拜……

韦青凤看罢信，又是哈哈一笑，直咂嘴说："瞧，椒红侄女，人长得俊俏不说，连说话儿、写字儿都那么俊！"她抬眼看了文涛一眼，叹息说，"唉，老天就是偏待有些人，没法子。"文涛还她一个阳光灿烂的笑，说："比起二姑来，我们都差远啦！"韦青凤又爆发出一阵欢快的笑声，大厅内一片欢乐融融。

此时，言富过来问："娘，下一步该救我大爷和我大哥了吧？"

韦青凤瞪了一眼说："你让老娘喘口气再说嘛。"言荣过来了，说："娘，你在山寨歇着吧，我和我哥，趁夜进老城，去救我大爷和我大哥。"韦青凤说："进城救人，势必要去的，待容与游击队商量一下，合计合计再去嘛。"言富说："不用合计了，我兄弟二人这就下山进老城！"言荣说："走！"说着，兄弟二人就跑出去了。韦青凤大喊："站住——"拦不住俩儿子，她生气地对石牙子说："俩混账小子，这么莽撞！跟你一样……"她自觉失言，不自觉地掩一下朱唇。石牙子大笑说："像我就对了，做事就不能婆婆妈妈，拖拖拉拉的，说干就干嘛。"

石仲辉与言朗过来说："我俩也去！"文涛说："我也去！"石牙子说："咱们也该主动去打打小鬼子了。"韦青凤只得发令："仲辉、言朗，你们俩快带人跟去，准备策应他俩。文涛即刻去联络相山游击队，预备接应！"

"是！"几位年轻人纷纷跑出去。

可是这次攻打老城，他们很快无功而返，因为当夜月色太亮，言富、言荣尽管能飞檐走壁，但他们稍有动作，就惊动了日本人，不好隐蔽，施展不了他们的优势；日本人密集的枪声，逼得他们寸步难行，言富说："今夜天不助人，快撤！"

回到山寨，韦青凤大骂俩儿子莽撞、冒失。文涛回来说："二姑，关潼队长说，攻打老城、救人，需要找天时、地利、人和的好机会，还需要里应外合，若能获得陶警长的相助，是最好的了。"韦青凤支开言朗，说："这个时候，想获得他的相助，你觉得有可能吗？"文涛说："这……"

老城石板街，警务所里。晚上日本人派人传达，说日本长官井一要邀请陶明耿及夫人去司令部赴宴。日本人盘踞在口子街里，日本人无论要求陶明耿做什么，不论他情愿还是不情愿，他都唯命是从。今夜邀请他带太太赴宴，他简直有点受宠若惊，喜滋滋地对尤西月说："今晚我带你去日本司令部赴宴！"尤西月倩眉一挑，问："啊，赴宴？"她兴奋地说，"那我就能见到日本人的太太了，听说她们身穿和服，头倭堕髻的妆容，是极致美丽温柔的，真想看看她们穿和服的样子。"陶明耿说："会见到的吧，快快收拾一下。"尤西月欢天喜地地去梳妆。她在梳妆镜前试穿新衣，在镜子里能看到她：粉绿色旗袍勾勒得她胸高、腰细、臀肥，尤显得她身段优美体格风骚；再往上看，脸上是嫩白脂滑，尤其是那修长白润的脖颈，犹如美丽的白天鹅的颈子，转头顾盼，每一个镜头都是那么优美。她无论站在哪里，都堪称风姿绰约，她的美貌经受住了岁月的考验。陶明耿由衷地赞美道："孩子都那么大了，想不到你还是那么漂亮，真是难得！"尤西月嘴角一翘，讥讽地质问："漂亮吗？就这样某人还不知珍惜，今天素的明天荤的，到处乱吃；儿子都那么大了，还不知害臊。"

陶明耿不耐烦地说："行了行了，夸你一句你就蹬鼻子上脸。"尤西月审视着镜子里的自己，突然叫了一声："哎呀——"陶明耿问道："又怎么了？一惊一乍的。"尤西月气恼地说："我的脸被那个骚狐狸用剑尖儿划拉出一道口子，竟然隐约留疤痕了呀！"陶明耿过来趴在她脸上瞅瞅，说："你谁不惹，却惹那个烈货干吗？"尤西月气得一蹦说："什么我惹她啊？是她钻到咱家里来欺负我的，你知道不？你们俩有一腿……"陶明耿说："好了好了，你也不是省油的灯。哼，你们俩呀，是针尖对着麦芒，大哥甭说二哥，你们一个比一个强势。正如俗语说的那样，一个在席上一个在苇子上，麻子别说酒窝窝，你俩就是一对醋坛子，俩烈货！"尤西月气得跳起来，欲要发泼，张口骂道："你他妈的——"陶明耿不耐烦地说："好了好了，快收拾利落出门了。你还去不去？不去就拉倒！"尤西月忙闭了口，赶紧收拾好，挽着他的胳膊亟待出门赴宴。可是临出门时，陶明耿却有点害怕后悔了，他在心里隐隐地感到有点不安，但他看见尤西月满心欢喜渴望一去，最终还是忐忑地带着她出门了。

月光朦胧，灯光如魅。陶明耿和尤西月踏进了日本人的司令部。日本司令部客厅里就有三个日本人在，尤西月猜想，这三个可能都是日本人的大官。起初，他们还算和蔼可亲，彬彬有礼，举止文明。日本军官尊称她为"太太"，非常客气，让尤西月感到做女人的荣尊。她左顾右盼，她想象中日本人的太太会来与她并肩而坐，但没有，只有一个穿和服的日本女佣人在旁侍立，一会儿奉茶一会儿倒酒。几杯酒下腹，但见日本人的眼睛盯住了尤氏，就像饥饿的狼盯住羔羊一般，明灭间有野火闪烁。酒至尾声，其中一个日本人向尤西月提出邀请："美丽的太太。我太太就在里间，在恭候女士进去搓麻将，怎样？请！"这个人就是井一。井一伸手来盛情地邀请她，尤氏站起来，便兴奋地扭着细腰走进去，井一也跟着进去了，然后关上门。此时，日本人宣布，宴会结束。陶明耿谄媚地站起来，紧随着一个日本军官，也要走进那个房间里去。谁知被两个日本卫兵一叉一推，推出大门外面，他立即意识到了什么，他的脸顿时涨得像猪肝，愣在那里。日本卫兵像狼一般盯着他，呵斥他赶紧离开，他只好打掉牙往肚里咽，在心里愤怒着，却不得不转身离去。

次日一早，尤西月回来了。陶明耿看到她一副蓬头垢面、狼狈不堪的形态，突然勃然大怒，破口大骂："不要脸，你他妈的……"他不知如何发泄愤怒，他骂道，"你怎么不去死？"尤氏破口大骂道："你他妈的，分明是你舔日本人的屁股，送老婆羊入虎口，你只要你的脸，你到现在还有脸吗？我去死，便宜了谁？"

陶明耿愤恨地骂道："啊，啊，你简直不要脸，你，你——"

尤氏冷笑道："呵呵，谁不要脸？你什么都能干出来，反过来骂人家不要脸，真是又当婊子又想立牌坊。呸，真亏了我这一身白肉跟了你一辈子！我还不是为了保住你的狗命，不然，你以为你能活着回来？"陶明耿瞥见她天鹅颈一般的脖子上满是抓痕，便想象到她经历了什么。于是愧疚地上前去抚慰她，刚好，尤氏照着他的面部唾了一口，然后扑进房间号啕大哭。陶明耿脸上滴拉着一串唾液黏条，愣在原地欲哭无泪。

夜，像鬼魅一样眨眼间又降临，日本卫兵又来了，来接尤氏去"打麻将"。陶明耿赶紧推辞道："对不起，请转告太君，我太太病了！"日本人不予理睬，强硬地把尤氏"请走"了。他们走后，陶明耿恼怒地拔出匕首把一个大苹果一刀砍作两半。

一连几夜，尤氏都被"请"去日本司令部，陶明耿是羞怒交加，但又无可奈何。一夜，日本司令部突然枪声大作，还夹杂着女人的尖叫声，陶明耿心惊肉跳，忙带人跑进司令部，当他赶到日本司令部后院一看，惊愕地张开了大嘴——只见

尤氏被打爆了肚子，躺在地上，肠儿、肚儿、肝儿、肺儿淌了一地，屎尿也淌了一地！满地鲜血，但那双美丽的眼睛仍然雪亮地大睁着，似乎在无声地咒骂着他。

原来日本人在宴饮，井一拉着尤氏坐在他大腿上调情，另一个日本军官喝醉了，便一把抢过尤氏去；井一又一把将她抢过来，那军官又抢过去；井一怒火顿起，飞起一脚踢倒那个军官；那军官躺在地上拔出手枪，对着尤氏的肚子"噔啷"就是一枪，尤氏当场被大破膛，惨死在日本人的脚下。

陶明耿用手缓缓地合上尤氏美丽的眼睛，他心里苦啊，但是又哑巴吃黄连有苦说不出；他心里恨啊，但又敢怒不敢言。他让部下收拾了尤西月的尸体，默然回去。

消息传到龙脊山上，言朗闻声当场羞怒交加，晕死过去。众人忙七手八脚地把他晃醒。言朗羞愧啊，他竟然有如此爹娘，他拔枪对着自己的脑袋要自杀。言富手快，飞过去一颗石子，打掉他手中的枪，拉过他绑上了他的手脚。可言朗一心求死，又拿头去撞地。韦青凤一把提过去，骂道："小子，有种寻死，就没种杀了他吗？寻死，只能证明你是个孬种。"转身喝道："给他松绑！"又把枪扔给他。"给你两条路，一条是自杀，一条是杀他。"言朗拾起枪就冲下山去。韦青凤一挥手，众人紧跟言朗冲下山去。韦青凤自己殿后，也随着下山。她想利用此次机会寻找陶明昭与言中的下落。因为前几天她又接到了椒红的来信，椒红一口一句地直叫二姑，叫得她心软软的、甜甜的，她发誓，不惜一切代价，要救出陶明昭与言中。

他们赶到口子街附近时，太阳已经近山，但五月的天，太阳迟迟不肯落下。言朗等不及，就要往街里冲，韦青凤令言富拦住他，告诫他不可莽撞，待夜色渐深，再进城。夜，张着黑色的翅膀终于缓缓降落，大家迫不及待地进了城。他们进城全是高空作业，飞檐走壁，高来高去。在日本人毫无觉察之下就摸索到警务所。韦青凤撬开窗缝，看到室内陶明耿像泥菩萨一般，直直地坐在那里一动不动。她向里面投去一张黑桃 A，室内应道："进来吧。"韦青凤翻身进屋，谁知落地时竟然是两个人。言朗比她还先落地，他毫无迟疑地把枪顶在了自己爹爹的脑门上，陶明耿闭上双眼，默无一言，唯有两行浊泪像两条线一般垂下眼帘。"开枪吧，我就等着这一刻呢！"陶明耿闭着眼说。言朗两眼喷火，恶狠狠地质问："为什么？为什么？是人做的事吗？是个人都不能做出来的事啊——"后面的话是声泪俱下，痛不欲生的叫喊。"少啰唆，爹不配做人，你就痛痛快快地给老子一枪吧，那样老子就解脱了。"陶明耿仍旧闭着眼睛说。

言朗的枪嘎巴响了一声，那是他在推上子弹，他把枪口再次顶住了他老子的脑门，此时，他看到的是一张满布皱纹、老泪纵横的脸，言朗的手哆嗦了，哆嗦得越来越厉害，最后软软地垂下去，他重重地把枪摔在桌子上，对着他娘尤西月的相片跪下放声大哭。韦青凤又把枪顶在陶明耿的脑门上说："呵呵，给日本人

当走狗感觉怎样？赔了夫人又折兵啊！"陶明耿冷冷地说："你要是来笑话我的，就请出去！要是来杀我的，就请给我个痛快！"韦青凤说："想痛快，一了百了？想得美。死罪暂饶，活罪难逃。快告诉我陶明昭与言中关在哪里？"陶明耿张开眼睛说："言中能救，但明昭哥不好救。你们先躲起来，我去放烟幕弹。趁混乱时，你们迅速向警务所最后面的三间小屋靠近，言中就关在中间的小屋里。"韦青凤说："好，就信你一次。你们父子的恩怨待后解决，先救人要紧。"她紧紧拉住言朗做伴儿，谅陶明耿也不敢要花招。他们一出发时，文涛就对山下的周坤发出信号，相山游击队应声做出反应，拨出人马在城外静候。

夜继续滑入深处，静悄悄的，突然一声枪响，打破了表面的平静，城里大街小巷噼噼啪啪，枪声大作，有人大喊："土匪进城了！游击队来啦！"

鬼子出来了，慌作一团，不知往哪里去追。在暗影里等待的言富、言荣，迅速靠近那三间小屋，用飞刀匕首解决了一个个看守，打开房门，言中被绑在那里，他们解开言中手上的绳索，言富叫："大哥，快跟我走！"言中身上略有血迹，但无大碍。见到有人来救自己，喜出望外。言富拉起言中跑出去，言荣殿后掩护。走到街后面，韦青凤与言朗策马来接应，让言中上了言朗骑的马后面。他们绕道东关处，遭遇了日本队伍。日本军官刺刀一指，众枪口对准言朗骑的马，在危急关头，陶明耿赶到，他把枪藏在袖口里，照着日本军官打一枪，并大喊："抓土匪，保护太君！"然后趴在地上，让部下四处乱开枪。在混乱中，言朗带着言中跑进树林深处。日本人紧随着跟进去，正好遇到静候多时的游击队。激战片刻，日本人不敢恋战，退了回来。

日本军官井一挨了一枪，并没有送命，只是伤了左臂。他疑心是陶明耿对他开的枪，但又不敢确定，他想弄清楚真相时，却找不到陶明耿的影子了。

原来韦青凤趁乱掠走了陶明耿。到了山上，韦青凤问言朗道："怎么处置他？"言朗一字一崩地说："点天灯！"石牙子鼓掌赞道："好样的，大义灭亲，好男儿！来人，把那家伙吊起来。"有人把蜡烛准备好了，正要用刀尖挖陶明耿的肩窝，韦青凤喝道："让言朗自己来。"

言朗并不搭话，一手持着锋利的匕首，一手高擎着点燃的蜡烛，怒目圆睁，大步走来，一步，两步，三步……韦青凤此刻插了一句："小子，想好了，他是你爹啊——"言朗已经走到吊着陶明耿的树桩前。

风屏住了呼吸，月亮躲进了云层，虫儿也止住了轻吟……言朗高高地举起匕首，静止在空中，众人的眼睛盯着那把冷飕飕的匕首，许久，言朗挥起了匕首，陶明耿应声跌落在地。言朗别过脸去，说："你走吧，从此父子永不相见！"

望着陶明耿下山的身影，石牙子说："这，这，好不容易把他抓过来又放虎归山？"韦青凤笑说："山人自有妙计。我还要送他一程呢，让他到日本人面前好有个交代。"便让言富用弹弓，远远地对他小腿肚子处射去一石弹。

言中被送回上河桥桃花湾。果香与椒红看到他回来，简直是喜从天降。果香让椒红写信感谢二姑。椒红在信里再一次一口一句甜甜蜜蜜地叫二姑，并夸二姑本领高强，亲情大义、感激涕零的好话说一堆。韦青凤心里更加受用，她发下誓言：下一步，将不惜一切代价，设法救出他大伯！

韦青凤在大厅里与众人商议大事。她说："再深入老城救人，将是一场硬仗，因为鬼子已被惊扰两次，他们会加强防备的，怎么能确保完胜呢？"言富说："我们直接进城，把鬼子窝端走，不就确保完胜了吗？"言荣也如此附和。韦青凤说："事情哪里有那么简单？不可太轻敌！"石牙子说："只凭咱一边人马，确实不行。"文涛说："是呀，黑梅帮人人都是神枪手，再与相山游击队来个珠联璧合，确保能打赢一场硬仗！"韦青凤说："嗯，我这里有两个计策，一个是强攻计，一个是里应外合计。一计不成，还有一计，必须有人配合才可完成。"

文涛自动请缨，说："要怎么做，我来配合！我去到相山游击队走一遭，去商讨作战对策！"韦青凤断然拒绝道："你不可离开山寨！"文涛久在匪窝，这些天他发现韦青凤每次和他说话，话语里更是充满了温柔，笑靥里更添几分蜜意，令人心跳耳热。她总是问文涛晚上睡觉还需要什么，他总是把头摇得像拨浪鼓一般，答道："不不不，不缺什么，多谢二姑关照。"夜晚，他又一次听到沙沙沙的脚步声一步步挨近他的房门，有个声音柔声问道："涛儿，涛儿，睡了吗？"他又一次吓得要命，那时他故意发出似乎从梦中刚醒的腔调说："言荣哥，你压着我的腿啦，往一边挪一挪嘛。"尔后，他就听到那脚步声沙、沙、沙地远去了。打那晚开始，文涛总缠着言荣到他的房间里睡。此次提议要去相山游击队，就是想趁机离开此地。韦青凤怒问："小子，你要违反约定吗？"文涛忙辩："二姑，哪里话，我是去商讨大事，攻克强敌的，怎么会违反约定呢？一旦解决了大事，我会带人从那边攻进口子街，与你们会合，再随你们上山，此计有何不妥呢？"石牙子与言富、言荣都赞成，韦青凤不再言语，虽然默许了，但眼神闪烁，流露出的情愫令人难以捉摸，文涛也顾不得琢磨这些，就赶紧抽身下山。

文涛进了显通寺。显通寺在相山深处，掩映在一片翠绿的古木丛林之间。进入寺内，但见庙宇回廊，飞阁流丹，佛像、碑石、"惠我南黎"的匾额，都彰显出庙宇的悠久历史；青苔斑驳的渗水崖神秘莫测；合抱粗的菩提与银杏，诉说着千年的佛缘；袅袅的香烟与悠远的暮鼓晨钟，延续着源源不断的崇佛精神……

文涛看着眼前的光景忆起往事：那个美好的童年时代，相山逢会，盛况空前，明曜赶一辆大车，车上坐满了孩子们，他夹在其中。在庙里、他姑父对菩萨磕头许愿，他和椒红也半懂不懂地跪在菩萨面前磕头许愿。就在那时，椒红买下一对绿色的玉蝴蝶，特意送给他一个。无声的誓言，宣示着少年懵懂的初愿。想到此，文涛抚摸着怀里的玉蝴蝶微笑起来。

突然，有一个小沙弥跳到他面前，一棍打来，喝道："大胆狂徒，胆敢擅闯

佛门净地，吃我一棍！"文涛闪身抓住棍子，那人呵呵大笑，原来是祁镜。

文涛也笑了，惊叹道："啊，怎么这身装扮？"

"怎么，奇怪吗？看，方丈来了！"顺着祁镜的手指，文涛看见一位披红的方丈走来，文涛定睛看去又惊又喜，喊道："爹——"文涛鼻子有些发酸。阵雷出来见到了儿子，就急忙迎了过来。后面又走来好多人，都是僧人装扮，仔细一辨认，原来有关潼大队长，有二伯阵雨等，都是游击大队的人。关潼大队长把大家引进一间密室里商讨事情。根据文涛带来的情报：黑梅帮急于救出陶明昭。关潼大队长分析说："黑梅帮急于救人，我们游击队不仅要救人，更重要的是要歼灭鬼子。趁鬼子人数不多，尽快消灭这帮鬼子。合适的策略是，游击队从北，黑梅帮从东，形成掎角之势，进行攻打。同时，若取得陶明耿的配合帮助更好，救出陶明昭，歼灭鬼子都能进展顺利。"阵雨说："近日陶明耿被鬼子坑惨了，他的小妾惨死在鬼子枪下，他心里不会不恨鬼子，一旦有机会，他定会助我们铲除鬼子的。故要用好陶明耿这颗棋子。"关潼点头，作了作战部署，他要文涛快回龙脊山向韦、石二头领说个明白。文涛说："我不回去了，我想留在游击队里打鬼子。"阵雨说："咱们与韦青凤有言在先，你若不回去，怕她生疑，影响双方合作；为了大局，涛儿还须返回龙脊山。"文涛依恋地看着父亲，阵雷温和地说："涛儿，听话，去吧！"

文涛回到了龙脊山，传达关潼大队长的意思。韦青凤说："好，我们依计而行。这个计谋要想落实，需要得到陶明耿的紧密配合。怎么传信给陶明耿呢？城内关隘层层，危险重重。"石牙子示意让言朗去。韦青凤说："言朗刚发誓过：父子永不相见！"石牙子说："他发誓与他爹不相见，又没说不见他那个死去的娘啊。跟他说，母亲的三七纸要烧的，让他去拜祭母亲，不就随便捎信了吗？""哈哈，你他娘的脑子还挺灵光的嘛！"韦青凤难得地赞美了石牙子一回。"那是当然，要不然，会有人在咱背后夸我是赛诸葛吗？""哈哈，瞧瞧，说你胖，你马上就喘上了，哈哈……"

果不其然，叫来言朗没费多少口舌，他就答应了去城里拜祭母亲，让石仲辉陪他走一趟。言朗与仲辉换上夜行衣，快速前行，一会儿就摸进了警务所，并不费劲。他们爬上屋顶，揭开一块瓦，丢进一封信。陶明耿一看，知道儿子来了，激动得双手都抖了，正要拆开信，就飞进了两个蒙面人。其中一个瘦长者对着摆有尤西月头像的桌案，倒身跪地，连连三拜，然后连看都不看他一眼，起来飞身而去。陶明耿双手抚头，也跪在了尤西月的面前，仰天长叹："苍天在上啊，人不负我，天却负我啊！"

子夜时分，枪声划破了深沉的夜幕。密集的枪声，弥漫的硝烟，让城内外的人们心惊胆战。但训练有素的日本人，像狡猾的猎手，一旦遇到猝然攻击，他们会临时想出保护自己的最佳办法。井一得知老城北面与东面同时受到相山游击队与龙脊山土匪的夹击，他想出一个狠毒的计策：在北门城门上吊起陶明耿，在东门城楼上吊起了陶明昭。在吊起陶明耿时还客气地说："陶，对不起啦，委屈你一会儿，借你的身体用一下！"

游击队与黑梅帮攻到城前，远远地看到悬吊起来的人，都吃了一惊，关潼大队长命令道："这没法打了，撤！"同时东面来的黑梅帮也被迫撤去。

第47章

平 原 激 流

六月初，麦黄，天蓝，天空上的布谷鸟在加紧布谷。天时厚德载物善待人间，但人间的恶人却在沉溺于杀戮——侵占宿州的日本侵略军司令松井次郎，率部从濉溪口经渠沟、萧县瓦子口一带，堵截南撤的国民党军队。口子街的日本军队接到消息，准备撤离，可是在这里因醉酒而不省人事的日本军人多达几十人，令井一很是无奈。

日本长官井一想出好多办法欲唤醒他们，但无论是用冷水泼，还是用针扎，那些沉醉的日军都浑然不觉，仍然不省人事。倭人一怒，临行一炬。井一一声令下：焚烧！命人把这些醉倒在口子街的日军堆放在一起，浇上汽油，点火焚烧。火光冲天，一阵烈火烹油的焚烧啊，一股股烟雾冒着焦煳味腾空而起，有些日军就在烈火中醉生梦死了！而有些日本人中途被烧醒了，发出惨绝人寰的叫声，咿哩哇啦的嚷声与噼里啪啦的炸裂声交混在一起，火光照映着日本军官得意的狞笑或道貌岸然的肃然之态。

尔后，井一计划三天之内撤出口子街。他在考虑怎么能够保证全身而退，不让相山游击队与黑梅帮趁机围歼他们。他再一次想到了利用陶明耿与陶明昭做护身符。他下令：除了陶明昭之外，把关押的其他中国人全部处死。布局停当后，他要再摆一桌宴席，再品尝一次口子美酒。他真不舍得这天下美酒啊，想到那些醉死的日军，也许是幸福的，在酒醉中酣睡，在美梦中死去，永不醒来，这样的人生至少是美死的。他摆好酒，令人把陶明耿请来，他不知道陶明耿这颗棋子，会不会一直稳稳地掌握在他手里，一直为他所用。今晚有雅兴请他到月下对酌一次，再探探这颗棋子的忠诚度。陶明耿跛着脚走来了，端着一张像霜打过的茄子般的多褶的脸，觍笑着坐到他对面。井一打心眼里鄙视他，但他又不得不佩服陶明耿的老辣，佩服他为达一己私利而不择手段的执着。

井一看定他那张皱巴巴的脸，陶明耿心里一阵发毛，他把眼皮一耷拉，表情上就波澜不惊了。他怕井一再次问他，那晚究竟是谁朝他开的枪。他从龙脊山回来的次日，井一就把他叫过去盘问此话了。当时他花言巧语一番，说道："太君，你怎么怀疑到我的头上呢？太君简直是我的再生父母，大恩大德不报，猪狗不如啊。我更不可能朝您开枪。当时乱军之中，土匪一拥而上，双方都乱打枪，我大喊，保护太君！我拼着性命地正在保护太君的安全时，却被他们捉走啦！在山上，他们要活剐了我啊，已经商议好要给我点天灯！我若不对皇军忠心耿耿，我能拼了老命都不要地偷跑回来吗？你看，我偷跑下山，还被他们打了一枪，差点残废了啊！我拼了命地跑回来，孝敬太君您，太君还怀疑我的忠诚吗？"他的一番表白，陈述对日本的忠诚，连日本人都动容了，当时井一就暂不追究那事。今天井一看定他问："听说，土匪中有一个是你的儿子，有没有这回事？"

陶明耿心里一惊，心想：日本狗的消息真灵通，怎么连这他都知道？他皱巴巴的脸皮与眼皮，都耷拉下去了，看上去，一脸仍然是波澜不惊的样子，正好遮掩住了他内心的惊颤。他咪地一笑，淡然说："那是以前我在山上时，戏弄那土匪婆的，认她的儿子为干儿子，哪里是真的？"井一试探不出什么，就干笑着，不再追问什么。

陶明耿脑子飞速转着，想：韦青凤交代我的那件事，到底说还是不说呢？酒过三巡之后，陶明耿讨好地凑近井一，挤出一个谄媚的笑，登时眉眼与皱纹又挤到一堆去了，"太君，给您报喜了！""报喜？报什么喜？请明示，不要绕弯子。"

"就是，就是，就是，那……"

看他吞吞吐吐的样子，井一不耐烦了，狡黠的眼里起了警惕。陶明耿怕引起他的怀疑，脱口而出："花姑娘的，要不要？"

"花姑娘——美吗？"

"美啊，简直是人间绝色！"

井一狞笑了，"呵呵……"笑里藏刀，心想，他的女人死在我的手下，他仍然能对我那么忠心耿耿？他担心临走之际，陶明耿会耍什么花招，在犹疑再三之后，还是点头说："花姑娘的，多多益善！"

陶明耿在室内坐卧不安，耳朵里似乎还能听见日本人在火海中断断续续地发出杀猪般的惨叫声，他深知日本人的残忍。日本人两天内就要撤走了，他们说不定还要拿自己当挡箭牌。他不由得摸摸自己的两个膀子，喃喃地骂道："奶奶的，依靠小日本自己什么好处也没捞到，尤西月惨死在他们手里，自己的儿子跟我成了不共戴天的仇人。"回想那天在龙脊山时，见到儿子瞪眼看他，好像要一口把自己吞下去，还高举烛火要给自己点天灯，想想都令他不寒而栗。想日本人刚刚进城时，自己也曾得意一时，可是，日本人撤走之后呢？他不敢多想，那时自己肯定会像过街老鼠一样，人人喊打了吧？不行，说什么也不能让自己混到那个份儿上。对付老百姓不能只靠'嘿炸唬嘞轰'，还要以理服人、以德服人，才能走下去啊。但眼下这盘棋又如何走好呢？他从口袋里掏出那天言朗带给他的信，他看了直摇头，自言自语道："这个疯婆子，简直疯了！"

此时，一张梅花 A 又飞进来。陶明耿说："进来！"一道白影闪过，韦青凤飞身进来，她一身缟素，连头饰、耳环都是银白色的。她面如满月，长眉入鬓，杏眼含波，简直是仙女下凡。看得陶明耿差点眼珠子都要瞪出来了。"你，你今天为何这身打扮？一身白，怪吓人的！"韦青凤反问："怎么，这身打扮不好看吗？勾不动你们这些臭男人的心吗？"陶明耿说："好，好，简直太美了，简直就是那月亮宫里的嫦娥仙子下凡尘。但是，一身煞白，看着不吉利，况且……"韦青凤问道："况且什么啊？接着说呀！"

陶明耿说："况且——不说了！"

韦青凤鄙夷地道："哼，不说，就算了。前天托你办的事，说妥吗？"陶明耿不正面回答她的问话，顾左右而言他，他说："你——这么多年了，你的美态还是那么火辣撩人，让人念念不忘。刚才我还在惦记着你呢，真神，想谁谁就来了！"韦青凤撇嘴一笑道："谁信你的鬼话，哼，你惦记的是我的安危还是我的一身白肉？"陶明耿胆子大起来，说："都有，都有！"说着，欲伸手去摸她如莲般的脸，啪地一下他挨了一记耳光。"给你点阳光你就灿烂起来！恶心，离我远点！"

陶明耿讪笑道："怎么了？咱俩……咱俩当初可是……""住口！"韦青凤不屑地喝道。陶明耿点点头，说道："哦，我知道，你今天来，来者不善，善者不来。不过，但你信里写的，到底何意？"韦青凤不耐烦地问："我在信里说得难道还不够明白了吗？"陶明耿说："但我还是不太明白你的意思。"韦青凤瞪圆了凤眼，一字一顿地说："你装什么糊涂？我要你——把——我——献给日本人！听明白吗？""把——你——献给——日本人？！是你脑子坏了，还是我耳朵坏了？""都没有，我很清楚，再说一遍，你——把——我——献给日本人！"陶明耿的眼珠子与嘴巴同时都张大了，好像能吞下一座山。韦青凤说："瞪什么瞪，有什么惊讶的？"陶明耿问："到时候要找替身吗？临时调包，还是怎么的？""不，就是我自己，不要替身，也不要调包。"

陶明耿终于听明白了，他马上把头摇得像拨浪鼓儿，又像风中树上悬挂的葫芦头儿，打着咕噜地转。"不行不行，你馋男人不是这么个馋法，想尝尝日本人的味道吗？但也不是这个时候。"韦青凤骂道："放你娘的骚辣子屁，你满脑子里装的都是狗屎，一张嘴就呲屎尿！今天老娘要办正事。"陶明耿说："办正事？哦，是不是要救出陶明昭，是吗？你救他想法子是对的，但利用这种方式就不对了，也太冒险。你朝外看看，那一堆堆灰烬，都是他们焚烧同胞留下的骨头渣子，

简直是焚活尸，可知日本人有多残忍，多没人性吗？还有，尤西月……唉，我原是拿日本人当人待了，原来他们根本就不是人！你今天去喂日本人，他们未必会放松警惕，未必会被色诱，未必能为你所用。你去了就是肉包子打狗，羊入虎口，一去不复返哪。他们吃了你，连骨头渣都不会吐出来，没用，你会白搭上一条美丽的小命！"韦青凤说："不用你说，我自有主意，你只管把我献出去。"陶明耿坚决反对道："恕难从命！"

韦青凤开骂道："你，你他娘的怎么连点血性都没有啊！"陶明耿说："你回去吧，救陶明昭的事，我来想办法。"韦青凤说："哼，你个墙头草，两边倒，谁信得过你？"陶明耿迷惑地看着韦青凤，说："唉，我就不明白了，救个陶明昭，值得你冒那么大的危险吗？再说了抗日，由游击队他们抗去，你们待在龙脊山的深处，自在为王，多安心。日本人没有侵犯到你们，你们出来蹚这个浑水干啥？到处兵荒马乱的，数龙脊山最安全，所以，我才把言朗放心地放到你那里，还有咱言富……"韦青凤打断道："你少来，言富他只管明曜叫爹……"

"好好，好，好！尽管这样，我也劝你们没必要来蹚这浑水。"陶明耿显出一副苦口婆心的样子。

韦青凤更加鄙夷地说："呸，亏你是个男人，还是警局里的人呢，连中国的一句话'天下兴亡，匹夫有责'都不明白？试想，假如让日本人占领了这片地方，覆巢之下，安有完卵？试问我们到哪里自在为王去？与其死在倭寇之手，倒不如主动去杀倭。你给日本人当狗，你捞到什么好处来着？"陶明耿愤然地说："我日他八辈子的小日本，坑我不浅，害得我家破人亡，父子成仇，还把我吊在城楼上当挡箭牌！"韦青凤哈哈大笑道："是了，这就是当汉奸、亲近日本人捞到的好处哇！哈哈哈，活该！是中国人的，在小日本面前，宁要站着死，也不要跪着生，才是有种！你他妈的呢，受到奇耻大辱，还跪着舔日本人，真是没种，呸，原来你是个大尿包，我看扁了你！"

陶明耿定定地看着韦青凤，用了好像从不曾认识的目光看着她。看得韦青凤浑身发毛，问："你他娘的，看什么？眼光怪吓人的！"陶明耿半晌说道："你——我今日才进一步认清你，原来我认为你是一身匪气，流气，今天才知你原来还有一股正气，侠气，豪气，胆气，兼有一股英雄气，还有一副古道热肠啊！我服了你，敬了你啊！好，今儿就是舍得一身剐也要把那魔鬼拉下马！其实，我恨死那帮小日本了，上苍有眼，能让我亲手宰了井一方解我心头之恨！实话告诉你，昨晚我就跟井一说过了，那狡猾的家伙起初还犹犹豫豫的，最后终于答应了。说吧，今晚唯你马首是瞻，要我怎么办？"韦青凤兴奋得连凤眼都笑弯了，说："好，这回正可以将功折罪，只要你这颗棋子活了，为我们所用，依照相山游击队的预设之计，就可以趁鬼子急于撤退之际，歼灭其余部。"

韦青凤进了日本人的司令部。她身披一件火红的披肩，轻纱笼面，恍若神妃仙子。井一目不转睛地看了她好一会儿，并不知道，站在他面前的就是屡次与他作对，令他恨得咬牙切齿的土匪婆。因为，井一从没见过韦青凤的庐山真面目。眼前的美人，他认为就是陶明耿为了巴结他献给他的"礼物"，他在心里还暗笑陶明耿的愚蠢：我都要撤了，还能给你什么？

井一盯住这美妇人好一会儿，才发出似乎从地狱里传来的幽幽之声："天下竟有如此之美人？"他走近一步，想验证一下是不是真的。韦青凤低眉顺眼，颔首不语，粉面和羞。井一伸手欲揭她的披风，只轻轻一触，那披风就像美丽的枫叶一样，飘落一地。露出一身缟素，和她鲜竹一般的身材。井一又去揭她的面纱，露出像一朵水莲花不胜凉风的娇羞的脸。井一并未如想象中那样，立即扑过去，而是心存戒备地围着她转了一圈，仔细看她身上有没有带什么暗器。他见美妇人浑身上下，只穿一身紧身的白衣，还镂空，手里空空如也，似乎藏不住什么危险器物。他哗啦一下抽出匕首，从韦青凤脑门到胸口滑下去，看见美人吓得瑟瑟发抖，捂住脸啜泣起来。井一放心了，露出笑容，再也按捺不住，便猛地扑了过去。韦青凤装作生气地把身子扭动着，显露出不太情愿的样子，她那像蛇一样柔柔的身子，像猫一样魅惑的眼睛，火辣撩人。井一再扑过去，几次都扑了空，激得他火气起来了，他像猛虎扑羔羊那般冲过去，终于一把抱住韦青凤竹笋般的长长的身子，像一只小猫叼起一只大老鼠那般，沉沉地叼起，重重地放下，把她放到一张床上。韦青凤被他拖着走时，她的脚始终勾住地上的那件红披风，一直拖拉到床边。此时，她温顺地把眼睛闭上，井一不顾一切地扑倒在她身上。刚刚挨到她身子，韦青凤忽地圆睁凤眼，身子微微拧动，一股股红的鲜血便喷射出来了。"嗷，嗷，你的，刺客！"

原来韦青凤趁他扑下时，伸长手臂，摸出暗藏在披风里的暗器，猛扎过去，本来想要扎中他的腹部的，但可惜急切间她的暗器走偏了，刺中的是他的大腿。韦青凤霍地弹起身子，又把器物刺过去，井一转身就跑，边跑边喊："有刺客！"韦青凤紧追不放，井一的个头小，但灵活异常，像一条泥鳅，左滑右钻钻出屋外。韦青凤追去，就像一只大猫在捉一只小老鼠，左冲右突，就是难以捉住。日本司令部顿时炸开了锅，乱哄哄枪声大作起来。一个个枪口都对准了韦青凤，密集的子弹射来，韦青凤毫无惧色，她退进房间，扭动着蛇一般的身子，飞挪腾跃，翻转旋悬，一边躲避骤雨般的子弹，一边凭窗还手射击。这时正是她大显身手之际：翩若惊鸿，矫若游龙，像是风雨中摇曳的雪花。此时房顶上突然响起连珠般的枪声，那是不离不弃的石牙子现身来保护她来了。韦青凤破窗而出，对石牙子说："走，东门！"他们的两只手一搭，就在枪林弹雨中飞檐走壁，如入无人之境。但不好，石牙子身上中了一弹，险些栽下地去，韦青凤一把拉住他，石牙子说："你，你快走吧，恐怕我走不了了！""放你娘的屁，你这时候不能装孙子。我必须带你走，说好的，要生同进，死同归！"韦青凤坚定地说。说话间，子弹又

攒射过来，石牙子一跃，为韦青凤挡住了如飞蝗般的子弹，他身上马上变成了马蜂窝，千疮百孔，血崩如注，他滚下屋顶。韦青凤随即飞下，扑到他身上，不顾一切地来救他。如飞蝗般的子弹又飞来，有几颗打中了她，她躺倒在地，殷红的鲜血染红了她雪白的衣衫。突然，有一声狞笑："抓活的！"是井一。飞蝗般的子弹暂停，井一拨开人群，狞笑着走来，韦青凤突然睁开眼，攒足劲，对他射一枪。但可惜，她没有打中井一，井一狰狞地举起刺刀，要刺透她如莲的身体，千钧一发之际，陶明耿闯了进来，他急得近乎结巴了，他说："太，太太太太太君息怒！"井一见了陶明耿便气不打一处来，于是举刀刺向陶明耿。情急之下，陶明耿举枪就打，井一立即倒下，血溅当场。陶明耿哈哈哈哈大笑，大喊："尤西月，我终于为你报仇了！言朗，爹为你娘报仇了！"

此时枪声大作，日本人哄地大乱，死的死，逃的逃。原来是言富、言荣、言朗、石仲辉一齐赶来，陶明耿正要高兴地走过去，身后又一通枪声大作，相山游击队也赶来了。此时，他身后一声枪响，陶明耿转视身后，又见井一应声倒下了。陶明耿吓一跳，这日本狗我不是刚刚才打死他吗？他，他怎么又倒下一次？难道那么快就诈尸了？他哪里知道，原来井一并没有死，他爬起来，偷偷举枪瞄准了他的后背；此时的韦青凤突然睁开眼睛，看到井一举枪对着陶明耿，她拼足了最后一口气，给井一一枪，然后她才又合上了眼睛。陶明耿怒不可遏地奔过去对准井一一通扫射，补他一梭子子弹，把他打成蜂窝煤，以泄余恨。

在韦青凤利用美人计计赚井一之时，枪声一起，陶明耿就带领言富、言荣救出了陶明昭，正遇到游击队的苗宏仁迎头赶来，他带人接住陶明昭，立即送出城外，言青、椒红带着一支桃花湾的民兵队伍早已在那里等候，他们接过陶明昭。椒红见到爹爹安然无恙，喜极而泣。言青赶紧把陶明昭扶上马背，催椒红说："快走！"椒红说："我想——""你想见文涛，是吗？危险，鬼子追来就麻烦了，快走！"他们便急忙打马而去。

回头来看城内，言富、言荣看见了倒在血泊中的母亲，他们像豹子一般奔过去大喊大叫："娘，娘，娘！"他们扶起尚有体温的韦青凤的身体，可惜她已经闭上了那双凤眼。她身子底下压着石牙子,石仲辉一见就哭喊道:"爹,爹！爹——"顿时，言富、言荣、石仲辉都发出狮吼虎啸的悲号声，令天地为之悲恸。然后他们跳起来开枪猛射猛扫，边打边骂："狗日的小日本，还我娘来！"

"狗日的小日本，还我爹来！"

日本人被打得七零八落，余部从西门仓皇逃出，消失在茫茫黑夜之中。

第48章

喋血渠沟

随着布谷鸟清妙的空啼声一声紧似一声，惠风也加紧了吹送，麦浪滚滚，层层卷来，无边的金海，波涛汹涌澎湃，澎湃着淮北大平原的人们的心潮，澎湃着收获者饥渴的心声。黄淮大地的农家人都能听到麦穗儿在风中互相摩擦时发出的窃窃私语声，好像在催促他们赶快收割，入囊为安，与布谷鸟，心有戚戚。庄户人家已听懂了大自然的语言，于是都心急火燎地开始磨镰霍霍，备锹备叉，套石碌落石，准备打一场抢收之战。

可是万恶的日本人却要在这片美丽的地方布置一场血腥的大厮杀。早在阳历的5月16日那天，国民党刘汝明部和日本松井次郎部在濉溪口子北面的渠沟地域相遇，展开一场大厮杀，双方伤亡都较大，松井次郎竟然丧命于这场战役。战后刘部继续南撤。从口子街里撤出的井一余部与松井次郎余部相会合，这支部队的司令叫中左野田，他根据井一余部的报告，知道此地相山一带有抗日游击队，他们便停留下来，一来在此地搜捕游击队；二来报复当地百姓，发泄兽欲。

渠沟当地百姓听说日本人来了，已经四处逃散藏匿起来。但是狡猾的日本人找到了村联保主任房百楼、保长周学信假言诱骗道："皇军并不杀老百姓，只是来与共产党八路军争夺地盘的；皇军对占领地盘的老百姓不仅不杀，反而还会大大的保护，所以，乡亲们没必要害怕、躲避皇军，赶快让乡亲们放心地回家收麦子吧。"保长周学信信以为真，当真就自制一面小太阳旗，与房百楼一起，边摇旗边沿村喊话："乡亲们，皇军不杀人，是来争地盘的；不但不杀人，还会保护咱老百姓呢！""乡亲们，没必要躲藏了，放心地回家吧，麦子熟透了，赶快回家收麦子吧！"躲在暗处的百姓一听，都按捺不住着急的心，急切地想冲出去回家割麦子。

　　相山游击队关潼大队长焦急万分，为了不让百姓们上鬼子的当，就必须派人进村子里去阻止百姓回家。阵雨、阵雷与祁镜等带领一支游击队下山，他们乔装打扮一番：有的头扎白羊肚手巾，有的头戴草帽，有的嘴里含着旱烟袋……乔装成百姓，纷纷挨近村子附近。他们见到躲在山坳里、树林里的百姓，就宣传："日本人不讲信用，没有人道，善于伪装欺骗，千万不要上他们的当，鬼子杀人不眨眼哪！""千万不要上鬼子的当，千万不要急着回家啊！"阵雨带领游击队员对百姓再三警告，苦口婆心地劝导，可是百姓们眼看麦子已经成熟，明晃晃地泛着金子的光泽，诱惑着他们的心。民以食为天啊，百姓心急如焚，满怀着侥幸心理，宁可相信保长的话，也不顾游击队员们的劝阻，便一窝蜂地跑出来，不顾一切地跑回家抢收麦子去了。

　　这天下午，死了指挥官的日寇在抗日部队撤退之后，突然来到渠沟。日寇窜进村子里，到处搜索，说是搜索游击队员的。他们甚至把藏在麦草垛里、麦地里的百姓都搜出来了，把他们赶到渠沟街上，几百名日军全副武装、团团围住这些手无寸铁的百姓，然后把他们带到街北面两间作厕所用的墙框子中，先挑出五个人，让他们指认谁是游击队员。百姓们拒不指认，五人齐说："太君，俺们都是村里老百姓，这里没有游击队员。"日本司令中佐野田狞笑着，逼迫这五人一排趴下，然后他刺刀一挥，一群日本兵嗷嗷叫着，端着刺刀，从每人背后猛刺几刀，刺刀从五人的后背直穿过他们的前腹，顿时血流成河。五个刚刚还是鲜活的生命，就这样眨眼间消失了！日军又逼迫另外五个人过来，将前面五人的尸体堆放一起；再逼迫这五人指认游击队员，五人同样拒不指认，于是同样地又被刺死；以此类推，五人五人地被刺死，最后连两个四五岁的孩子也没有放过……是可忍孰不可忍？在强敌面前，在无可退步的底线上，就是最柔弱者也会发出愤怒的吼声，绝地反击。阵雨、阵雷当时就站在这些百姓当中，他攥起了拳头，手伸进腰里，此时有只大手按住了他的手。突然一个年过七旬的老人，拾起一块断截砖头，大骂："狗日的小日本，你们骗人，杀人，没人性，老子跟你们拼了！"他对准一个日军的脑袋砸过去，还真的把这个日军砸得脑浆迸血，扑倒在地。联保主任房百楼与保长周学信也跳起来了，大骂道："你们日本人真不要脸，你们不是说过不杀人的吗？你们骗人，杀人，不怕天打雷劈吗？"话音未落，几把刺刀一齐插进他们的身体，顿时血流如注。阵雨、阵雷忍无可忍，挣脱了一位老农的手，欲从后面跳出去。突然，墙头外面有人放鞭炮，噼噼啪啪，好似枪声大作，同时有人大喊道："游击队来啦！游击队来啦！"日本人哗啦一下子冲了过去。阵雨、阵雷趁机跳出墙头，他们知道，那喊叫的人是祁镜，他是掩护他们撤离的。

　　天黑了，为数不多的游击队员与众多的日军展开了肉搏战，斗争异常惨烈。天快明的时候，游击队员已牺牲了大半。祁镜在一个破墙头框里与三个日军相遇，三个日军端起刺刀嗷嗷地扑了过来，祁镜忙猫腰从一个死了的日军身上抽出一把刺刀，与三个日军展开了白刃格斗。三个日军虽然个子小，但是他们跳跃腾挪相当利落；而祁镜身高腰细，一人对拼三人，一开始还占上风，瞅了一个机会，他长腿一踢，将刺刀插进一个小日本的胸膛里；可是另外两把刺刀同时朝他刺来，他躲闪不及，被刺中大腿，他把身子一旋，带着满腿的鲜血继续英勇战斗。他的刺刀频频舔舐着小日本身上、腿上的鲜血，可是，他身上流的血也越来越多，体力渐渐不支，眼看就要倒在日本人的刀下。危急时刻，言富、言荣从天而降，他们俩手起刀落，像砍瓜切菜一般，一人一个，砍倒了两个日本人，救下了祁镜。

自从韦青凤与石牙子死后，龙脊山里一直沉浸在一片悲愤之中。这几天文涛也感到心神不宁，总感到有什么事要发生，就催动言富下山一探情况。言富弟兄与石仲辉正恨日本人恨得入骨，一心想要寻机一报家国之仇，文涛一提议，就一呼百应地赶来了，这才及时地救了祁镜一命。

夜幕裹着大地，风里夹着呜咽。墙角、街边不时地能见到倒地的尸体：时而是村民的，时而是日军的，时而是游击队员的。文涛每见一具尸体都心惊胆战。他在暗夜里急急地寻找着他爹阵雷和二伯阵雨的身影，心里一直在祷告着什么。

其实，当祁镜与日军进行白刃格斗的时候，阵雨与阵雷也与日军展开一场你死我活的殊死搏斗，不过他们遇到的是日军的主力，是劲敌。日军像追赶一群麋鹿一般追赶堵截游击队员，最后把阵雨兄弟包围住了。兄弟俩临危不惧，日本人朝他们喊："缴枪不杀！"他们俩拒不缴枪。十几个日本人拿着长长的刺刀围拢过来，阵雨、阵雷兄弟俩急忙就地捡起一把刺刀，与日军展开白刃格斗。他们一人对付七八个日军。他们俩的身材都是高大魁梧型的，孔武有力，每人砍倒四五个日军。尽管他们也身中数刀，浑身鲜血，但依然虎虎生威。激战之中，兄弟二人皆身负重伤，他们的胳膊被一群日本人戳穿几个洞，鲜血直流，兄弟俩举起钢刀杀鬼子的坚实有力的臂膀渐渐垂了下去，小日本群起而上，欲杀了兄弟俩。野田狞笑着说："抓活的！"有几个小鬼子一拥而上，抓住了兄弟俩。野田走近兄弟俩，仔细地看了看二人，说："一直以来，相山游击队像神龙一般，只见其尾不见其首啊。今日得见，幸会！我们大日本是佩服英雄的国度的，我们更佩服英雄的中国人。请不要误会，我们进入中国，其实是来帮助你们的，是来帮助你们中国人摆脱贫穷与愚昧的。但是呢，你们这些愚蠢的中国人就是不领情，还拼命反抗，真是亏了我们大日本的一片好心哪。如果你们当中的人能放聪明一些，为皇军效力，帮助我们大日本建立大东亚共荣圈，皇军不会亏待你们的，怎么样，我们合作吧？"

面对野田文质彬彬的手势与笑脸以及振振有词的恬不知耻的话语，阵雨、阵雷怒目而视，阵雨大怒道："住口！大言不惭，明明是小小的小日本，却一口一个'大日本'，真是不知天高地厚！你们日本人明明做着最卑劣的事，却说着最冠冕堂皇的话；手上笑脸献花，脚下却踢出钢刀背后杀人。你们明明是来侵略，

却说是'进入'；明明是来虐杀强掠，却说是'友好帮助'；我们的文明与宽厚，却被你们当作软弱与愚昧来践踏；而你们的野蛮无礼，却说成英雄与骄傲；你们嗜杀成性，却说成'好心'；你们用钢刀架在我们的脖子上，践踏我们的国土，蹂躏我们的国民，掠夺我们的资源……做尽了欺师灭祖的恶事，丧尽了天良，应该天诛地灭，你们知罪否？虽然你们能逞威一时，得意一时，但试问，你们能征服我们不屈的国魂吗？你们想建立所谓的'大东亚共荣圈'，也不想一想，弹丸之地，蝼蚁之国，妄想蚂蚁吞大象，就是你们有那么大的胃，可有那么大的嘴吗？一切都是做梦！哈哈哈——"

"哈哈哈哈……"阵雷也学着二哥发出一阵阵冷笑。鬼子怒问："你，你又在笑什么？"阵雷说："我在笑二哥说得太对了，你们小日本就是欺师灭祖，想我巍巍大唐时代，你们小日本来到我大唐，奴颜婢膝，求学我大唐文化，请问，至今你们的文字、建筑、服装，等等，哪一样不是从中国学到的？时至而今，你们却厚颜无耻地说是来'帮助'我们的，还说我们中国人不领情。是，我们中国人岂能领你们的情？还妄想吞并中国，建什么'大东亚共荣圈'，真是坐着飞机吹喇叭——想（响）得高，屎壳郎戴花——臭美！哈哈哈——"

一阵阵疾风暴雨般的奚落与冷嘲热讽，把野田那张白净的脸儿气得又红又涨，涨成猪肝，他怒不可遏地拔出刺刀，问道："你，你们就不怕我砍了你们的脑袋？"阵雨哈哈大笑道："我说了，你可以杀了中国人，但你征服不了中国人不屈的国魂！"野田拔出刺刀当胸刺了过去。阵雨，一个英武的游击队员，一个中国不屈的灵魂倒下了！阵雷长嘶一声："二哥——"撕心裂肺，他目眦张裂，大骂："小日本，海盗的遗族，倭寇的谬种……"他的眼珠里瞪出了血，势吞山河，似乎一口能吞下一个小日本，野田被他的气势所慑，胆颤心裂，再也不抱希望去劝降他，直接拔刀就刺。阵雷，又一个不屈的中国灵魂倒下了，伟岸的身躯像一棵大树，轰然倒下，其势可以砸倒一片日本人！

而后，野田像发疯的魔鬼，驱使日军窜进村里，对渠沟百姓进行野蛮的报复，大屠杀开始了——他放纵日军在渠沟街上放火，抢掠糟蹋家畜家禽，任由日军杀人，杀了之后堆放一堆，泼上汽油焚烧，除了大屠杀，还到处奸淫凌虐……像这样的放火、杀人、糟蹋老百姓的家禽家畜的暴行，前后持续约两个小时。离开时，将60岁的老农赵万江抓去带路，随后又将其杀害。这次日军没开一枪，在渠沟就杀害了200多人，还有20多名妇女被糟蹋致死。这就是震惊淮北大地的"渠沟大屠杀"。

当游击队长关潼率队赶来时，日本人的嚣张气焰已经渐熄，他们与游击队支应一下，作过孽，犯过滔天罪恶之后就仓皇而退。游击队员看到渠沟街上到处是狼藉一片：到处是家畜家禽的尸体，到处是横七竖八的男人的尸体和被折磨而死女人的尸体，还有幼小的孩子的尸体……惨不忍睹，游击队员个个义愤填膺，肝

胆欲裂。

文涛、言富等人终于在一个屋框里找到了阵雨、阵雷的尸体，兄弟俩几乎是肩并肩地躺在一起的！当时可能是阵雷拼足力气爬到二哥跟前而后合上眼睛的。文涛见了，当时就是一声长嘶，心裂血喷，一个倒栽葱就倒了下去！

关潼大队长匆匆赶来，又是掐人中，又是拍胸脯，好不容易把他叫醒。文涛醒来放声大哭。一声"爹——"，一声"二伯——"地哭叫，一声声的哭叫啊，捶胸顿足，以头抢地，打滚指天，令人揪心。谁说男儿有泪不轻弹？一声声恸哭，地崩山裂，风泣云悲，千山为之肃容，万木为之噤声，流水为之呜咽……

第49章

雪上加霜

文涛捧着父亲与二伯的骨灰盒回到了李子园的家中。

文江看到文涛，惊喜而亲热地迎了上去，"三弟，你回来了？"当看到文涛一身缟衣，面黄目枯，痴痴呆呆的样子，文江大吃一惊，忙问道："三弟，你怎么——"文涛见到大哥就向前一扑，无声地哭了。此时文江才看清他手中捧着的竟然是骨灰盒！他的泪水像江河一般迅速地奔流而出，他一面接过来骨灰盒一面大喊道："爹，二婶，三婶，你们快来呀！"

阵风与杨氏等人迅速从各自的房间里走出，来到院子里。汪氏、王氏、荣秀英，还有余下小姐妹随后纷纷拥到院子里。杨氏一眼看到了文江手中的骨灰盒，又看见兄弟俩哭成泪人一般，马上明白发生了什么，她一屁股坐到了地上哭道："老天爷呀，这下子天塌了呀！"便放声大哭。王氏看到儿子回来了，本是很高兴，一旦明白了发生什么情况，就一头扑倒在文涛怀里，大叫："我的儿呀，我的天，我的……"随即就晕死过去了。阵风抢前几步，一看清文江手里抱的是什么，他就声沉血泣地叫道："我的两个兄弟啊——"秀英大哭："我的两个叔叔啊——"一家人都大放悲声，号哭连天起来，原本一个虽然穷困却充满祥和的农家大院立时充满一片悲声。

众邻居纷纷拥进了阵风大院，阵风泣不成声地央求众邻救醒弟媳王氏。众人七手八脚地扶起王氏，大家一阵忙乱，有的掐人中，有的按摩胸口，终于唤醒王氏。王氏大放悲声："老天爷啊，睁睁眼吧，天塌偏压穷人命啊，叫俺往后怎么活啊？"就在这一天，中国有多少人放出如此悲号之声？

阵风带着文江忍悲含泣地操办两个兄弟的丧事。再穷也要给俩兄弟扶一口薄木棺材吧。他准备把俩兄弟葬在曾经奋斗过的绿豆湾大堤上面。众邻纷纷走来帮忙：吕胜利、李阵平、三黑等村里的老少男人们主动走来帮忙挖墓穴；女人们走来帮忙裁白布，做孝帽子，做白鞋、白大褂等；还有的女人们去劝慰搀扶伤心恸哭的主妇们……但在忙碌的人群中与看热闹的人群中，竟然夹杂着几个看客的笑脸。李阵辰与赖长贵竟然弹冠相庆起来。

椒红也来到李家。她此次来，一是作为亲戚，二是作为李家的准儿媳，前来吊唁。她身着一身白——一件雪白的合体衣衫，头戴一顶白色软帽，外披一件银雪色的披肩，款款走来，简直是七仙女飘落了凡尘。

她的款款而来，竟然惹动人群中火红的贼眼一双双——吕敬飞悄声惊叫："哎呀呀，哎呀呀，那不是陶、陶椒红吗？少爷的原配呀！"不消吕敬飞说，李文璇早在人群中觑准了美人目标，椒红一出现，他就感到眼前一亮，仔细一看，又一次悔青了肠子。如今碰见了她，他决定要正面与她交锋一下。他挤出人群，朝椒红走去。正巧，人群中跃出一个紫衣女孩，她喊道："陶椒红！"这紫衣女孩是朱茵。椒红正在对着灵棚门前跪拜两个舅舅——不，其中一位是她的准公公。她的内心沉浸在一片悲痛之中，听到喊声，她爬起来，微微偏侧一下修长的脖子，如玉观音般的脸正对着李文璇。李文璇先彬彬有礼地上前招呼道："陶小姐，你好！"椒红心里未有准备，被他的举动惊吓到了，她并不知面前人是谁，错愕中忙回礼道："哦，你好，先生！"李文璇伸出手说："认识一下，李文璇！"椒红始料未及，面前人竟然是曾经的他！她立即羞得面红耳赤，在惊愕中稀里糊涂地伸出手，碰了他的指尖一下，又厌恶地甩甩手，便转身走向朱茵。李文璇望着椒红纤细倩巧的身材、袅娜挺拔的背影，兀自发愣，喃喃自语："她的头并不歪啊？"吕敬飞说："不仔细瞅，是不歪；若仔细瞅了，就能发现微微有那么一点偏，但她的俏就俏在那里了！"李文璇瞪他一眼说："贫嘴什么，你早干什么去了？"

朱茵问椒红："你还好吧？"椒红答道："我没事，就是文涛他，唉——"朱茵今日接到椒红的传信，得知文涛家遭遇不幸，便前来吊唁。

椒红拉住朱茵，亲热地聊天，不再回头瞧一眼李文璇，她知道，李文璇的目光一直在那里盯着她的后背，她急忙拉朱茵一同走进了灵棚。李文璇转身离去，恨恨地说："奶奶的，好白菜都让猪拱去了！"吕敬飞插了一句不识时务的话，说："当初，不是少爷你怒砸花轿，那俏人儿不早就是少爷的啦？"李文璇可抓住出气筒了，他追着吕敬飞踢，踢得吕敬飞捂着屁股像袋鼠一样，一跳一跳地跑去。

椒红又换上另一身白，披麻戴孝，跪在棺材前，在一个陶盆面前边痛哭流涕边烧纸钱。然后她们在一片白衣白帽中巡视，寻找文涛。文涛已是声哑泪干，眼中滴血，他手持哭丧棒跪在棺材前，头上的孝帽一直盖到鼻子尖。椒红与朱茵走近他，他对朱茵跪倒磕头，只把孝帽掀一掀，算是打招呼了。他已经悲痛到了极

点，疲惫到了极点，在给朱茵磕头时，他软软地栽倒起不来了。椒红吓得一声惊呼，招来众人七手八脚地把文涛抬出去灌汤抢救；看着文涛悲痛欲绝，椒红心疼地哭了，一脸的梨花带雨，而朱茵也是一脸的泪花奔流。

丧事完毕，王氏哭倒在床，再也起不来，唯求速死。当时，杨氏与王氏都没有超过三十五岁，依然还有一张年轻葱嫩的脸庞，还有着健壮青葱的身体，过早地失去丈夫，年轻守寡，可谓是人生之大不幸。女子本弱，为母则刚。杨氏看着几个可怜的孩子，则硬撑着爬起来了。同样是可怜人，杨氏走去对王氏说："有规矩道，有山指山，无山自担。天塌了当被子盖。他去了，我也真想随他一起去。可看到孩子们，不能这么做啊，咱就是去死也死不利索啊……"她抑制住自己的悲声，继续说，"看到孩子们，咱不能过也得强打精神过！这日子再难，咱们也得咬着牙过下去！起来吧，要苦咱一起苦，要难咱一起难！"王氏睁开眼，大喊一声："二嫂啊……"妯娌俩抱头痛哭。

三天圆坟那日，文海才得以从口子街东关老城回家。回到家，但见父亲与三叔的坟墓，其情之悲，其状之惨，文字岂能备述？上坟回来，杨氏才发现，没见到林彩儿的身影。杨氏便问："家里出那么大的事，林妮不知道吗？好歹也要回来在她的公爹坟前磕个头啊"。文海为难地"嗨"一声，一声长叹，摇摇头就不再言语。杨氏明白儿子做人之难，便不再追问。她长叹一声凄然道："唉，家败了，连狗也不上穷人的门！"

民以食为天。哭泣悲伤难过之后，终究还要吃饭的，但荣秀英去缸里挖面时，只挖出了半瓢甘薯面；她又到两个妯子家的粮囤里去搜索，也没搜罗满一瓢。杨氏让秀英看看三家的粮囤里统共还有多少余粮。秀英说："不用看了，办完丧事，各家囤里颗粒全无，还借人家三石小蜀黍呢！"啊！就是说，今天就要断粮了？一大家子老老少少，这就要挨饿了？秀英放下那大半瓢面，说："我这就去地里掐些野菜来，掺和这瓢面，蒸一锅窝窝头，全家勉强哄饱肚皮吧。"懂事的文秀、文娟、文丽也跟着大嫂去野外掐野菜去了。文海看到家里的惨淡光景，心痛如绞。他看着饿得皮包骨头的小弟弟，与两个一脸菜色的小侄女，他此时也拿不出什么好吃的给他们了。因为他替姑父看的酒店，已是大不如以前，惨淡萧索，没有营业。他看着家中的困顿，一筹莫展。阵风抱着烟管在猛吸。大娘汪氏说："地里的麦子颗粒已满，先割些麦穗充饥吧。"杨氏说："唉，只能先吃个一顿两顿，吃多了不行。粮食没打下来，就已经派出去差不多了。首先交租是大头，还有平日借的债，说好的，都要用打下的新麦还的。还有办丧事借的新债。新粮没下来，就已经快派送完了！"汪氏道："这眼下青黄不接的，一家老小十几口，总不能眼睁睁地等饿死啊！"阵风依然在抱着烟管猛吸，一阵阵烟雾随风飘去，也飘去无声的叹息。

杨氏低了头思索片刻，再次抬起头时她的大眼睛里已溢满了泪花，她喃喃地说道："只有一条路——干脆把文秀送出去,送给人家当童养媳,换点粮食度日。"文海首先反对道:"不,文秀才十一岁,再过两三年,才可以出阁。"文江、文涛也坚决不同意。杨氏说:"我也是这么想的,但两三年,能等得及吗?饿死人的年成,莫说再过两三年,过了今年难望明年;兴许,过了今天,难望明天。能等两三年吗?"阵风也反对这么做,但看着全家空洞的眼睛,摸着饥肠辘辘的肚皮,又无可奈何,只能仰天长叹。

主意已定,次日就有姓赵的一家来说事。赵家在十里开外的赵家湾。这赵家家道还算不错,至少能吃上饭。赵家来接人了,全家人哭得抬不起头。杨氏自我安慰说:"说不定文秀是大命的,哪天全家都饿死了,兴许就秀儿能逃出活命来呢!"文秀哭得撕心裂肺,杨氏哭得肝肠寸断。赵家送来了三石小蜀黍,杨氏另外提一个条件,她还要一头毛驴,留着耕地用,赵家一概应允了。当赵家人来领走文秀时,文秀哭着跪别娘与亲人:"儿去了,愿娘多保重!"杨氏一听就哭昏过去了。文涛过来抱住文秀哭道:"秀妹,我,我,三哥没用,竟然保护不了你!我、我打鬼子去……"他嘶喊着跑去。文海转身向绿豆湾的爹与三叔的坟上跑去,文江泪流满面地与秀英一起救二婶。阵风仰天长叹:"老天啊,照此下去,要我家败了吗?!"

全家哭着送走了文秀!

李子园的农民也在忙着割麦子。绿豆湾之地,杨氏、王氏在割麦子时,她们先从东头割起,正面对田地那头的阵雨、阵雷的坟头,那坟上的土尚未干呢,妯娌俩看着心如刀绞,割着麦子眼泪也不干。杨氏喃喃地发誓道:放心吧,再难再苦,我们也要把孩子们领大!王氏一边割麦子一边擦眼泪,杨氏说:"咱从西头割起,省了看着坟头心里受不了!"今年割麦的主力是娘儿们,拉运麦子、打场的主力除了有阵风与文江之外,还添了一头毛驴,比往年快多了。

饿急了的人们,这边打了麦子,那边就碾成面粉先吃一顿。秀英打了一把芦苇叶带回家,文娟就麻利地铺在锅里,蒸出一锅香喷喷的白面馍馍来。文波与米儿、麦儿大口地吃着馒头,差点被噎坏了。终于能吃上一顿饱饭了。老百姓能吃上一顿饱饭,就不感到灾难有多沉重。人们的心里就滋生出一线新的希冀。

可是,这幸福的感觉才享受一天,当人们正热火朝天地抢收小麦的时候,就听到一阵呜呜的声音传来,有人惊恐地大喊:"水!水!大水!发大水啦——"眨眼之间,茫茫大水,从天而降,淹没了金黄的田野,淹没了满场的麦穗、麦粒!幸福来得那么艰难,然而逝去的却是那么迅速!面对这场来之迅猛始料未及的灾难,老百姓就像脱了壳的蜗牛,软弱无力,无从保护自己。如此灾难,老百姓知道是怎么来的吗?

徐州会战失败,国民党军队退出徐州后,蒋介石下令给部下程潜,要他"下决心,不遗余力地炸开黄河,水淹日军!"六月初,程潜派部下在黄河沿岸的赵口、花园口扒开黄河大堤，当时黄河水犹如万马奔腾，冲出黄河，淹向南岸千里平原，中原大地瞬间变成一片汪洋！

当时参与决堤的工兵营营长黄映清来到堤上的一座关帝庙，对着红脸长须的关公跪着磕了一阵响头，热泪长流道："关老爷呀，中华民族眼下遭了大难，被日本鬼子欺负得惨，我们万般无奈，只好放黄河水淹，淹死了百姓，你得宽恕我们啊！"情绪激动的士兵齐刷刷地跪在地上，面对波涛汹涌的黄河水放声大哭！

而此时阵风与杨氏领着全家躲在房顶，面对波涛汹涌的大水与打水漂的盼望了一年的希望，也放声大哭！是夜，中国无数人家、无数人在放声大哭！

遭此大难，阵风大院里的苦难越发是雪上加霜。

大水从天而降，无论是田里的，还是麦场里的，甚至装进家里粮囤里的粮食都被大水冲走了啊。人与房屋，一切都泡在汪洋大水里。挣扎在水里的人们四处逃命，老弱病残被淹死的，因饥饿而死的随处可见，大小牲畜的尸体遍地都是，空气里弥漫着死尸的臭味。此时，人的一条命与蝼蚁的命有什么区别？紧接着又连降三天暴雨，立在大水里的中国老百姓仰天长啸："老天爷啊，你要直逼我们走绝路吗？遭天谴的日本人，你逼得我们家破人亡，还要逼我们亡国灭种吗？我诅咒你日本人个个遭天打雷劈！"无数中国百姓发出这样愤怒的吼声与诅咒声。中华民族陷入了水深火热的沉重灾难中。

大水淹了十几天，才渐渐退去。杨氏带领娘儿们在田里一点一点地收集余粮，然后运回家，摊晒在院子里。此刻，杨氏忍悲含恨地正在院子里摊晒发芽的麦子，林彩儿的爹林油翁突然来了，他劈头就责问："你把我闺女给卖到哪里去了？"杨氏大吃一惊，忽地站起来忙不迭地招呼道："亲家翁，您来啦？您这话怎么讲？您说谁卖您家闺女来着？"林油翁问："没卖，那我问你，我家闺女现在在哪里呢？"杨氏说："林妮跟文海一直在口子街老城里待着呢，前儿，他公爹过世，她都没有回来奔丧！"林油翁火冒三丈道："你糊弄谁？你不知道，我家闺女早些天就不见影儿了啊？"说着就大哭起来，"我那苦命的闺女啊，不是被你们卖了，就是被你们害了，你说，到底把我闺女怎么啦？"荣秀英跳出来说："你家闺女本来就是个不安分的主儿，实话告诉你吧，她跟一个卖烧饼的人跑了！"卖油翁更不乐意了，反问道："跑了？谁能证明我闺女是跟人家跑的？既然知道跟人跑了，怎么早不到我家知会一声？"杨氏糊涂了，问秀英："怎么回事啊？林妮不是在口子街与文海在一起吗？怎么跑了，什么时候的事？我怎么不知道？"秀英说："前儿不是二叔、三叔去世了嘛，文海回来只是不敢跟您说，雪上加霜的，怕您受不了。一个多月前彩儿就跟一个打烧饼的人跑了！"

之前，彩儿就爱去一个烧饼铺子买烧饼吃，那打烧饼的是个帅气的小伙子，彩儿常去他那儿买烧饼，一来二去地跟他混熟了；有时彩儿还为他打个帮手，说要跟人学做烧饼。文海就听到了街坊邻居的风言风语。一次文海跟林彩儿说："我可警告你，你要跟那打烧饼的怎么样，我可不依啊！"彩儿脸儿一红，骂道："你胡说什么啊，你甭在那里胡猜瞎疑，我才不是你想象的那样的人呢！"文海说："哼，你是好人！我告诉你，你要小心啦，我好欺负，但我的兄弟和那些表兄弟可不是好欺负的，你若敢有非分之举，看我那几个表兄弟可打断你的腿！"彩儿红着脸低头半天不语。

日本人占领口子街那会儿，文海在酒店里顾不得彩儿。多天之后，他回到租房，发现彩儿果真不见了。就有街坊邻居来告知：彩儿跟那个打烧饼的私奔了！文海回家，看见家里出了那么大的事，他就不想给娘火上浇油，伤口撒盐，于是就一直瞒着娘没说。

杨氏一屁股坐到地上，半晌才对卖油翁说："哦，亲家翁，你都听见了吗？林妮的事我一直都蒙在鼓里，又加家里祸事连连，没来得及去到你家知会一声，真的是对不住了！"卖油翁道："哼，装得倒挺像的，肯定是把我闺女卖了，预先编好词对付我的。我问你，你没卖我闺女你家里哪来一头毛驴的？你们家素来穷得叮当响，这是我知道的！"说到这，杨氏也来火了，说："这头驴是我卖我闺女文秀得的，跟你闺女没半点关系！"卖油翁放赖道："哼，我不管，这次我非要见到我闺女不可，活要见人，死要见尸！"

文江跳过来大喝："不得在我李家撒野！"阵风说："你欺负我李家没人了吗？你闺女跑了就是跑了，你去找她去啊！"卖油翁也扑通一腔坐到地下道："哼，我闺女跑了，也是从你家跑的，你给我找回来，我亲自问问她，到底是她自愿跑的，还是你们卖给人家的。总之，我活要见人，死要见尸！"阵风警告他："你少要撒泼放赖啊！"卖油翁反问："我放赖了吗？我讲的不在理吗？反正，我要见闺女，不然，我就告官！"

告官！穷人是打不起官司的呀，真是告官了，有口难辩，有理讲不清啊。况且，这个当口，杨氏、阵风他们也没有心情去跟这个无赖纠缠不休。杨氏气愤极了，大喊："快快让文海回家，跟他说个明白！"

文海回来了，卖油翁一把抓住文海要闺女。文海说："她确实是跟一个卖烧饼的私奔了，我有何法？"卖油翁说："私奔了？私奔哪里去了？你让她回来亲口跟我说，她是自愿私奔的，咱便拉倒；不然，我就告官！"文海说："听打南边来的人说，有人在临淮关见到他们。"卖油翁放赖不起道："我不管，我活要见人，死要见尸，我要见我闺女！"文海面对如此耍无赖的前岳父感到万般无奈。林油翁逼着他，说："你把我闺女给找回来，不然，我拉你去到乡里讲理去！"杨氏生气地对着文海大骂："你个窝囊废，怎么连个女人都领不住啊？"杨氏骂着文海，想起死去的阵雨，为难地大哭不已。文海一气之下，说："我找你闺女去，回来看你怎么说？"文海立即起身南下，去找彩儿。

卖油翁在阵风大院里赖至傍晚，眼里瞅着那头毛驴就打起歪主意：他突然跃

起，一把解开那头驴的缰绳，牵了就走。阵风、文江一齐赶过去要夺回毛驴，但卖油翁把屁股撅着，死命抓住缰绳往怀里带，说："这驴是卖我闺女挣来的，我先牵回家去。如果你们把我闺女找回来了，她亲口跟我说，她不跟你们文海过了，自愿跟人家跑的，我二话不说，就把毛驴还给你们。不然，要么给我毛驴，要么给我闺女，要么我去告官，随便你们挑一个！"杨氏一跺脚，说："罢罢罢，你把毛驴牵走吧，事情早晚会见天日的！"

遭此又一打击，杨氏病倒了，躺在床上几天滴水不沾。阵风、王氏走来苦苦劝说，文娟等孩子们也来哭求，杨氏才勉强爬起来重整山河。

连天阴霾，偶尔有这么一天，天空刚刚放晴，李阵辰就带人来催租子了。他耀武扬威，煞有介事地带着小乙等几个家丁来到阵风大院，他似乎带了尚方宝剑似的振振有词地教训老百姓："前线官军与鬼子浴血奋战，奋不顾身，征收你们一点粮食不是应该的吗？国家兴亡，匹夫有责啊。捐粮就是支持抗日。你不舍得拿出粮食，就证明你不爱国，不支持抗日。要积极交租，多多捐粮捐物，多多益善哪！"

阵风、杨氏主动把有点像样的粮食拿出来，准备交租完税。但李阵辰小眼珠一转，说："这发霉发芽的麦子，怎么上交给党国浴血奋战的军人们吃啊？你们安的是什么心？"阵风说："这——今年遭大水淹了，你又不是不知道，我家还能拿出比这更好的粮食吗？"李阵辰一本正经，皱眉说："不要狡辩，这些发芽发霉的粮食怎么能交？不要！"

阵风说："不要？那正好，谢天谢地。除了这些，我家囤里再没有更好的了。不要，我就烧高香了，就是这些发芽发霉的粮食，也是我们的宝贝，救命粮呢！不要拉倒。"李阵辰反应过来了，说："哼，不能便宜你们，账房，收起来！"

账房刚想收粮走人，但李阵辰意犹未甘，他翻翻账本，说："阵风大哥，这点粮食也不够啊，你看，这上边说，每人要缴纳一斗粮，你们三家共有十八口人，需要缴纳十八斗，你这还差得远呢！"阵风愤恨地说："我家哪里还有十八口人？你又不是不知道，我俩兄弟刚刚过去，文秀送人了，文海家林彩儿走了！前面的文霞、文雪早早出嫁了，你也给算上了？"

李阵辰说："阵风大哥，这我也知道，但这统计簿上统计的你家就是十八口人嘛，我只得按原数收粮。"文江过来说："我们也愿捐粮捐物去救国难，但今年家里祸不单行，实在是没有余粮，即使是蛇蝎心肠，你也不能如此逼人太甚！"李阵辰说："我收不够粮，交不掉差事，到了上面，也是要挨政府板子的。"

文江反问道："政府可说，把老百姓往死里逼吗？政府可说让你们对老百姓敲骨吸髓吗？你待在村里不是不知道百姓的疾苦，遭此大水，上下还不体恤民情，主动减租免税吗？"李阵辰："打住，打住，交粮纳税的事，减租免税的事，都是政府的事，不是咱小百姓说三道四的事。我也是执行任务，当差的小卒子。

别难为我啦！"

阵风说："你看着办吧，现在要粮没有了，要人命还有几条！"李阵辰此时拉下脸来，说："哼，话说到这个份儿上，阵风大哥，甭怪我不客气了。小乙，上，进去搜粮！"几个家丁一拥而进，进屋抢粮。阵风一跃而起，奔进屋，抱出那把猎枪，对空鸣放，"轰隆"一声闷响，就像平地一声炸雷，吓得家丁仓皇而退，李阵辰也吓得面如土色，收了粮食狼狈而去。

阵风抚摸着老猎枪，耳边又响起二弟阵雨的叮咛："大哥，无论如何，不能丢弃这杆老猎枪啊——"想起他的两个兄弟，阵风热泪纵横。杨氏清瘦脸庞上也是泪花滚滚，她悠悠地叹息说："唉，这个世道，越渴越给盐吃，阎王从不怕小鬼受罪！"

第 50 章

悲 惨 人 生

七月流火，烈日当空。盼望已久的麦收季节的希望又落空，文海下临淮关去寻找林彩儿，一去不复返，家里断了收入，全家又陷入几乎断炊的境地。玉米、高粱、大豆都在田里长禾苗呢，不能吃；野菜大多都结种子了，也不能吃；树叶儿已变得老绿生硬，更不能吃。所幸的是还有些野菜头儿，可以入口，比如那些叫灰灰菜、马玲菜、绞股蓝的野草勉强可以吃，但即便是这些，也被饥饿的百姓摘光、吃光了。黄泛区的灾民此时处于惨烈的饥饿当中，眼睛泛着绿光，唰唰地投向大地，投向树上，搜寻一切可食的物什。仅仅是寻觅食物的困顿吗？还要躲避时不时流窜过来的日本侵略者的侵犯，比如有些摘野菜的妇女，由于躲避不及，就惨遭日本鬼子的蹂躏。

文江一边带领抗日民兵加紧巡逻，一边还要帮家里摘野菜、稼穑劳作。八月初，当地气候是三伏里面加一秋，初秋之际，杨氏领着荣秀英在绿豆湾下面河滩处开了一片荒地，种了几垄萝卜、白菜。萝卜、白菜长得快，但吃水多，必须勤浇水。赤日炎炎，庄稼、蔬菜需要水的时候，天气偏偏干旱起来了。这一天正午，毒日当空，荣秀英提上一只木桶到菜地里浇水。她从水井里提起一桶桶清澈的水浇菜地，看着清清的水流翻滚着雪白的浪花，涌进一畦畦菜田里，被青翠欲滴的萝卜秧、小白菜苗咕咕咚咕咕咚地吸收，秀英心里喜滋滋的，她似乎在说："小萝卜啊小萝卜，家里人正盼望着你们喝水足足的，长得快快的呢；孩子们、弟弟妹妹们正等着靠你们填饱肚子呢！"想到这些，她的细腰扭得更像绳一样，更加卖力地提水、浇水。

有村民经过她身边，看到她在拼命浇水，惊讶地问："秀英，你不要命了？大毒太阳底下，你这么拼命地干活，小心中暑啊！"秀英笑答："不要紧，不碍事的！"她脸上的汗珠子像下雨一般，滴答滴答地滴进井水里。最后终于浇完了整块菜地，她已热极渴极；提着水桶沿着河岸往回走的时候，她看见青翠茂密的芦苇丛底下，潺潺的流水，清凉的河水，引诱得她想洗洗澡。她四下里看看，没有其他人，便纵身跳进水里。她捧起清凉的河水，又是喝又是洗，好不爽快。可是，此时，有一支日本人的小分队悄然沿堤走来，他们看见一个女人在洗澡，"嗷"的一声就扑向河岸，秀英吓得刺溜一下钻进了芦苇丛里。鬼子跳下河里，把她从芦苇丛里拽出来，嘴里伊里哇啦地喊着："花姑娘，花姑娘……"就在万分危急时刻，就听一声枪响，鬼子一个个应声倒地。此时文涛领着一支黑梅帮人马赶来，与此同时，苗宏仁领一支游击队过来了，文江领着民兵赶来了，言青与椒红领着一支民兵队也恰好赶来。言富、言荣一阵扫射，日本人死了大半，余下几人钻进芦苇丛里，从另一个缺口逃遁而去。原来，关潼的游击队那边早已探明，有一支日本小分队潜入当地，早通知文涛带队追随过来。这边，文江帮秀英收拾东西，问道："没事吧？"秀英依然是惊魂未定。另一边，文涛与椒红相会，又是多日不见，四目相对，山亦含情水亦带笑，千言万语，化为破颜一笑。文涛说："哦，呵呵，脱去红装换戎装，娇小姐变成花木兰！晒黑了，不过，更显精神了，更显英姿飒爽！"椒红亦笑说："涛哥，你也大变样了，由文弱书生，变成绿林英雄！你也变黑了，但更加健壮了。还学会打枪了！"言富、言荣过来了，椒红亲热地招呼两位哥哥，言富撂给椒红与言青每人一把枪。"刚刚缴获鬼子的枪，送给你们！"椒红喜不自胜地抚摸着枪说："枪，太好了，我们民兵就是缺枪啊！"文涛说："没有枪没有炮，敌人给我们造！多打鬼子，以后能缺枪？"文江走来了，文涛又送一把枪给文江，特别叮嘱道："用枪有铁的纪律，只打日本人，不打自己人！"大家又匆匆而别，文涛骑上马，回首跟椒红挥手告别。椒红站在绿豆湾挥着手，望着文涛远去的背影，笑着笑着却流出了眼泪。

再说荣秀英回到家里，受到了惊吓，又加被凉水激着了，就病倒了。文江着急地说："你不该这么拼命的，豆儿那么小，还在吃奶，你要是病倒了，豆儿可怎么活？我去给你抓药去！"秀英一把抓住他说："我哪里有那么娇贵，哪里那么容易病倒了？家里哪有闲钱去抓药？喝口热水，用被子焐一焐，出点汗就好啦。"

婆婆汪氏也如此说："是呀，喝点热水，焐焐汗，就好了。"杨氏却不依，她说："不行，这晾着汗了不是个小问题，好歹要抓服药吃才放心！"此时三黑他们来找文江，报告说又有敌情。文江交代母亲一定给秀英抓药。母亲汪氏说："哎呀，你走吧，晾了汗有什么大不了的，焐一焐，淌出汗，不就行了吗？"文江急匆匆地出门走了。没想到，这一走，就是永别。三天后，文江回到家，秀英竟撒手人寰了！

绿豆湾老林地里，昨日旧土未干今日又添新坟！真是祸不单行，福无双至。

荣秀英的死,无疑给这个风雨飘摇中的家庭又加一层重创:三个孩子尚小,米儿、麦儿还少不更事,总是叫着嚷着要娘,晚上不肯睡觉,白天不肯吃饭。尚在吃奶中的豆儿,一旦饿了,就哭闹不休;一到晚上凄凉的儿啼声声,跟夏日池塘里的蛙声一样,叫个沸反盈天,令人听了揪心,凄神寒骨,简直是苦不堪言。中年丧妻,遭受打击最大的就是文江。秀英已经下葬在地,他还恍若在梦中。每到吃饭的时候,他就惊讶地说:"秀英呢?她下地还没回来,你们怎么就开饭啦?"大家面面相觑,不知如何回答。他说:"你们先吃吧,我下地去叫秀英回来吃饭!"他转身就直奔绿豆湾大堤走去。汪氏看着儿子痴痴迷迷的样子,忧愁得擦眼抹泪,怨天尤人地说:"你们有事,我们都帮你们担着揽着的,如今我们家有事,你们却在那里袖手旁观?!"说着气呼呼地去追文江。阵风瞪着汪氏的背影,然后抱歉地对两个弟妹说:"不要跟你大嫂一般见识啊,她是心疼儿子,心急糊涂了。"杨氏流着泪说:"大哥,你不用说,俺妯娌们心里都苦,俺懂大嫂,这时候她说的都是急腔话,俺俩不会跟她计较的。"王氏也点头说:"俺理解,大嫂心里苦,又着急又无奈。"

汪氏追过去拉文江,文江似乎进入了自己的世界,旁若无人地径直往前走。阵风面对家庭的又一次灾难伤心落泪,面对文江的执迷痴傻,一筹莫展,只能紧紧攥着老烟管猛吸,一个劲地猛搓脚底板。杨氏说:"文江这是得了痰迷症了吧,指望说劝都没有用的!"

文江总是从家到绿豆湾坟墓往返不已,从早到晚,汪氏不得不一边抹泪,一边寸步不离地跟着他,生怕她唯一的儿子再有什么闪失,若是那样,这个家才真正到了天塌地陷、苦比黄连的地步。

秀英去世的第七日,文涛带队巡查,路过桥头时,见三黑带民兵迎过来,便问:"我大哥呢?"三黑告知他大嫂过世了。文涛大惊道:"怎么可能?"他死活不敢相信这是真的。他忙奔去绿豆湾,见娘与二娘搀着文江,大娘领着米儿、麦儿,抱着豆儿正在坟地哭成一片。秀英的坟地就在阵雨、阵雷的坟地附近,坟上已经长出了稀稀落落的青草。文涛扑地跪下大喊:"大嫂——"遂号啕大哭。汪氏、杨氏、王氏一看是文涛回来了,顿时都大放悲声;她们都打着滚地哭,从秀英的坟头滚到阵雨、阵雷的坟头,滚来滚去,悲不可言,简直摧肝断肠。文涛一声怒吼:"这笔账还要算在狗日的日本人头上,我要报仇——"他狂奔而去,随他而来的言富兄弟也怒吼着狂奔而去。

阵风眼里包满了泪水,在静静地流淌。米儿、麦儿年龄小,不知道死是个什么概念,她们奇怪地看着大人们哭,怀里的豆儿也在哇哇地大哭,那是饿的。看着可怜的孩子,看着一座座冰冷的坟墓,隔着阴阳两重天,文江哭昏过去了,汪氏吓得呼天抢地。阵风感到叫天天不应,叫地地不灵。

文江一看到三个没娘的孩子,就心如刀绞,痛不欲生。豆儿饿了,哇哇大哭,任谁来抱她、哄她，也哄不好。文江找东西喂她，但趄摸半天找不到什么可吃的。豆儿一啼哭，米儿、麦儿也跟着啼哭。她们哭着要娘。米儿略大些，对文江说："爹爹，为什么要把娘送到地里睡觉？晚上了，怎么还不让娘回家睡觉？那地里多冷啊！小妹妹饿了，要吃奶，娘怎么不回来喂小妹妹？"文江抱着啼哭不止的豆儿，捂住胸口，求米儿道："我的小乖乖，你别说了，啊？你是要摘爹爹的心肝肺吗？"麦儿也拉着爹爹的衣袖在哭闹："我要娘！娘——娘怎么下地总是不回来？娘——"汪氏看着三个没娘的孩子，心如刀绞；听到一阵阵凄厉的叫娘声，也哭得肝肠寸断。她拉走了米儿、麦儿，哄道："乖，跟奶奶睡觉去！"

早饭时刻，文江一手抱着豆儿，一手端一只碗来喂豆儿米汤，豆儿不喝，两只小手乱抓乱挠，一碗米汤都倒在她的身上。豆儿哭得更凶了，文江崩溃了，他仰天大吼："天老爷呀，你怎么不给穷人留一条活路呀？你为什么不把我也一起收去呀？"杨氏走来说："把豆儿给我，我到村西头给她找奶吃去！"文江把豆儿往二婶怀里一放，转身冲出房间，向绿豆湾坟上奔去。

夜，漆黑无边，就像无边无际的大海，蜿蜒的堤坡，四面的矮松，像汹涌的波涛。辽阔的天上，一颗两颗星星在眨着眼，像诡秘无测的鬼火。文江一口气奔到秀英的坟上，扑倒坟上放声大哭，一声哭泣动山河！秀英——啊，你为何不把我也带走？撇下三个孩子，独留我在这个世上作难？大的哭，小的闹，让我情何以堪？哭着哭着，他眼前现出恍惚之景，看到了荣秀英笑着跑着，向他走来，手里还拿着一条大红的围巾。

下河桥南北两个相邻的村庄——李子园与荣家湾，仅一桥一路相隔，真正的是屋搭山地连边。绿豆湾百顷良田既有李子园的，也有荣家湾的。文江到绿豆湾田里种田干活，常常遇到荣家湾的一个身材细长的姑娘，也时常来到绿豆湾干活，无论是春日播种，夏日锄禾，还是秋日割豆，冬日施肥，总是与他同步同时，久而久之，文江就注意到了姑娘。他发现，别看那姑娘腰细得像麻绳，身材单薄得像个纸片儿，就是能干，无论割麦子、割豆子，还是掰玉米、打黍叶，钳高粱穗子，都是麻利得很，可以用"快刀斩乱麻"这个词来形容她干活的速度，干活的效率一点都不比他差。他在心里暗暗地对姑娘佩服起来。殊不知，姑娘也早已注意到他了。一次，赤日炎炎的初夏，文江在绿豆湾田里挥汗如雨地割麦子，割到田头，他喉咙里干渴得似乎要冒烟，嘴唇干裂得出血丝，他直起腰来，用袖子不停地抹汗。也巧，那姑娘也割到田头，直起腰来歇息，她拿起一个水壶喝水，文江的喉结在上下抖动，正在心里羡慕那姑娘能享受水的滋润时，姑娘从田头摸出另一个水壶，扔给了文江。文江顾不得推辞，只客气地说声："多谢！"就一扬脖子，咕咕咚咚地畅快淋漓地喝一通水，享受一番凉滋滋水的滋润，心里说不上的舒畅，感激得不知说什么好。姑娘又扔给他一条毛巾，大方地说："你留着擦汗用吧！"说完，弯下细腰继续割麦子。又一次，是深冬的一个早晨，树上、草

地上都挂一层白霜，天气很冷。文江拉一车农粪肥料到绿豆湾田里去施肥。远远看到田头有一个穿青色小袄的姑娘，在伸头张望什么，当看到他时，便含羞而去，她也是来田里撒肥的，似乎在翘首等待他的到来。此时，北风呼啸，雪花飘飞，在给小麦追肥的文江，身上衣服单薄，头上没有帽子，脖子上也是光裸裸的，他尽管埋头干活，还是冷得瑟瑟发抖。风更紧了，纷纷大雪下起来了。雪花大如席，瞬间天地白茫茫的。文江的身上、头上也白茫茫的了，雪花沾了他一头，像个白头翁；而那姑娘呢，像个白发小老太，他们俩彼此对视一眼，不禁哈哈大笑起来。雪花从领口钻进文江光裸的脖子里，冰得他直缩脖子。姑娘突然解开她的一条红围巾，跑向他，直接把那条火红的围巾围到了他的脖颈上，说："我撒好肥了，这个你围着取暖吧。"她的脸红红的，像熟透了的红柿子，是冻得还是羞涩得？兼而有之吧。说过，她转身跑去，那件青色的小棉袄在风雪中飘然远去后，文江才反应过来，发现围巾里藏着什么，取出来一看是一张纸条，上面画两个人，看去像一男一女在并肩锄禾。文江看懂了姑娘的意思，经不住心怦怦直跳，但他对此亦喜亦忧，陷入为难的境地。

因为他已经订婚了。

李阵风与吕胜利两家交好，文江与吕白梅自幼青梅竹马，两家订下了娃娃亲。白梅身材窈窕，肤白貌美，与文江很是般配，是一对金童玉女。可最近，白梅与文江闹僵了。文江约她与他一起下地干活，白梅总是借口诸多，如风大了不去，怕风吹伤了皮肤；烈日毒了不去，怕烈日晒黑了皮肤；风寒了不去，怕寒风冻坏了皮肤。文江戏说："你是穷人身子娘娘命啊！"阵风曾向吕家催了几次，让俩年轻人完婚。就让文江去问问白梅。白梅提议道："要我过门，就要依我一件事。"文江问："什么事，你说？"白梅说："你们三家要分家，不要囫囵地搅和在一块。"文江说："大宅门里人口都多，我们三家一个大院，三个小院，同住不同灶，一家和睦相处，同甘共苦，互相照应，有何不好？"白梅娇憨任性，说："不好。"文江问："为何你认为不好呢？"白梅揉着乌黑的辫梢说："不好就是不好嘛。而且还是二婶当家，为什么偏让她当家？"文江说："这个家只有我二婶能当得好。"白梅较着劲说："哼，你们一大家子在一块，我看着就不如分开的好。"文江为难地说："这个家不能分开，没的商议。"白梅噘起小嘴说："哼，不商议就解除婚约。"文江道："你——"文江的犟劲也被激起来了，说："解除就解除！"两人不欢而散。回家后，文江向阵风转述白梅的话。阵风问："这到底是谁的意思？你吕叔有这意思吗？"文江摇头说："不知道啊。"阵风说："唉，想问问你吕叔，但又怕问了更不好。先不去催人家了，若果他们家不来催咱，那就是你吕叔的主意了。"

如今，文江拿了荣家姑娘特有意义的纸条，犹豫不决，他决定去找白梅谈谈，如果白梅肯回心转意，就拒绝荣家姑娘。但白梅拒而不见文江。文江回来之后就

有了自己的主意。春天，蓝天上白云如帆，轻轻飘过天庭；大地绿色如海，温柔的暖风缓缓吹来，送来暧昧的春情。田野里碧波荡漾，卷起层层涟漪。春风如此浩荡美好，那么醉人，醉了草丛的野花，醉了树上成对的鸟儿，醉了盛开的桃花，也醉了田中劳作的人们。"桃之夭夭，宜其家室。"小伙子们把眼睛瞅向好姑娘。文江破天荒地在草丛中采了一把野花，等着献给他心爱的姑娘。远远地看见那细长的身影，文江心里很激动，等荣家姑娘渐渐走近他时，他铆足劲，红着脸儿，把那把野花举到姑娘的面前。姑娘兴奋的脸儿红得像盛开的桃花瓣儿，她拿出篮子里的一件新上衣，让文江穿在身上，说："正正好，没想到那么合适。"四目相对，你侬我侬之时，突然一声娇声怒喝："李文江，你！"啊，是吕白梅！俗话说："无巧不成书。"她是赶来下地干活，正好看到这一幕。她捂住脸转身就跑，回到家扑倒床上放声大哭。吕胜利惊问何故？白梅说："李文江有外心，跟人家搞一起去了。"吕胜利便到李家，当着阵风的面质问文江，阵风伴怒，骂道："孽障，为何出了这等症状？"文江闷声不语，只辩解一句："原来是白梅先要解除婚约的。"吕胜利说："我现在问你，你是要白梅还是要那荣家姑娘？给我一个痛快话。"文江沉默不语。一个十七岁的少年用沉默来回答是最合适的陈词。半晌不见文江吭声，吕胜利一跺脚说："退婚！"让吕家主动提出退婚，保住了吕家的颜面。但白梅不乐意了，她骄傲的心理受不了，凭她一个美丽可人的天使被一个长相平平、身材干不拉叽的丫头打败，夺去心上人，她岂可善罢甘休？她找到文江说："只要能不解除婚约，我什么条件都答应你。"这回文江断然拒绝了她。草已发芽，树已生根，什么威势能阻挡住真正的爱情呢？说什么都晚了。就这样解除了婚约，白梅一气之下嫁进口子街里，嫁给了有钱人。文江才把荣秀英娶进家门。

文江想到过去，口里唱了出来："北风紧，雪花飘，桥头上立着小青袄，青袄下面裹着小细腰，一条红围巾把我绕……"

文江唱过一段，顿了顿，他想起了秀英生前哄孩子的那段唱词，就又模仿秀英平日的唱腔唱道："米儿、麦儿别哭闹，娘去摘豌豆马上就来到，让你肚肚吃个饱。豆儿豆儿别哭闹，娘去干活就来到，吃口咪咪就会好……"就这样，文江一遍又一遍地唱，一直唱到深更半夜。

他只顾痴迷地唱，却不知道已惊动了整个村子。因为，夜半时分，村人听到秀英坟上有动静，都惊恐地认为，秀英死得太突然，可能心有不甘，怀疑秀英诈尸了！如此恐怖的说法，一传十，十传百，整个村庄都炸开了锅，他们见了文江抱着豆儿在村庄里到处找奶吃，有好事者亲自来告诉文江说："你可知道，秀英诈尸了？夜半时分秀英出来唱歌呢，围着红围巾，披着袄在那里跳舞！"啊，文江听了大吃一惊，更是悲从中来，他哭道："那秀英肯定是死不瞑目、尘心难去哇。"

　　此时，文江怀里的豆儿啼哭起来，文江一脸愁容，仰望苍天，多天以来，两位叔叔的丧事之痛，丧妻之痛，孩子的哭闹，已把他折磨揉搓得像一只泄气的皮球，又像一根枯木，毫无生气，连眼珠子看东西都是死死的，好像不会转动似的。他定定地盯着天空之时，突然红梅站到他的面前，走到他跟前说："文江哥，让我来照顾豆儿吧。"文江好像没听懂她说话似的，他把目光从天上收回，又定定地投射到红梅身上，不惊不喜，漠然不知。恰好，三黑赶到面前来，红梅说："唉，好好的人儿，快变成废人了！"三黑对文江表示无限的同情，他一跺脚，愤然地诅咒日本人道："天杀的小日本，害苦了文江哥啊！"

　　这几天，村里人被闹得人心惶惶，惊恐不安。夜半，大雨如注，风雨交加，雷电轰鸣。村里又听到秀英墓地有了动静，传来了凄凉的唱歌声。三黑、秋生等人仗着胆子，找来几人拿着刨叉、铁锹、锄头等农具去打鬼。他们先躲在桥头，确实听到了黑夜中，一阵风雨之中传来奇怪的如泣如诉的声音。他们大着胆子靠近秀英的墓地，那如泣如诉的凄切之音更加明晰了，他们一点点地靠近去，真的看见一个影子在一边舞动，一边吟唱。三黑大喊一声："上！"于是刨叉、铁锹一齐上，插进了鬼的身上，只听"哎呀"一声惨叫，鬼应声倒地。他们奇怪了，鬼也知道疼痛，也会呻吟？一道闪电，让他们看到了殷红的血液流了一地。奇怪，鬼的血也是红色的吗？不对，刚才那叫声听起来是那么耳熟，三黑大胆地撕开那鬼头上的红围巾，一看，傻了，大叫一声："文江哥！"

　　文江得了夜游症。他夜晚做了什么，白天一点都不记得。人们说夜晚闹鬼，他听后也感到很惊恐，心中更为秀英难过，却不知是自己所为。

　　阵风看到受了伤的儿子，哭闹不止的豆儿，感到日子已经坠入了无边的苦海，如漫漫长夜，无边无际。他手攥烟袋，困坐愁城，愁啊愁，如汹汹的一江之水向东流。

　　文江醒来后，看到自己的伤口，却问怎么回事，豆儿一闹，他还强撑起来要抱豆儿去找奶吃，汪氏拦住道："你身上的伤那么严重，还是好好地躺着吧。"可是，一到晚上他依然披挂一套奇怪的装束——长袄、一条红围巾，要出门，阵风拼命地拉住他，对他说："你已经得了夜游症了，快醒醒吧！"文江听了一怔，又倒地昏然而睡。

　　看到儿子如此，阵风再一次把头深深地埋进一片浓浓的烟雾里。

第51章

生死之恋

　　"北风紧，雪花飘，桥头立着小青袄，青袄里面裹着小细腰，一条红围巾把我绕……"一听到这个说唱的哭声，人们就知道文江又来上坟哭秀英了。"秀英你到哪里去了？我要到哪里去找你，天上飘的云里有你吗？天上下的雨里有你吗？到处吹的风里有你吗？河里流的水里有你吗？你说，你说，哪里有你？我要到哪里去找你！"文江哭一阵说一阵唱一阵，直哭得天昏地暗，云愁风惨，鸟奔兽走，人见人走，不忍卒听，谁挨近谁哭得抬不起头，擦不尽泪。

　　一旦伤势好转，文江几乎每天都到秀英坟上哭一两场，久之，秀英的坟边被踩出一条清晰光洁的小路。这天文江又来秀英坟上哭："北方紧，雪花飘……"村人一听都躲得远远的，不忍靠近。但在一侧树林里，隐藏着一个长身玉立的姑娘，梳着两条大辫子，她正在偷偷观察着文江。她注意文江不止一天了，当她得知眼前人是为他的妻子而哭时，大大地为之感动。仔细看此人，虽然被痛苦折磨得形销骨立，但依然遮不住骨子里的风流倜傥，英俊潇洒，不由得怦然心动。经多日来的观察，姑娘在心里惊讶道：作为如此英俊之男，何患无妻？然而他对死去的妻子如此痴情，真是天下罕有，难得一见。心里想：那躺在坟里的女人如果地下有知，也该知足了，活着能嫁给如此英俊的男人，死后还能得到他如此的痴情惦念，真是人生之大幸，此生可谓活时无憾，死了也无憾啦。

　　又一天，文江又来哭秀英，他还是那样唱一段，哭一段，说一段，当他说到"谁来给米儿、麦儿当娘？谁来给豆儿喂奶"时，突然，那姑娘唰地从树林里走出来，说："别哭了，以后我来照顾你的孩子！"文江冷不防被她吓得停住了哭声，他抬起头来，那姑娘一步靠前，说："这个纸条上写着我家的地址，三天后可抬花轿到我家来娶我进门！"未等文江反应过来，那姑娘甩着大辫子跑远了。

文江望着她那美丽的身影，惊为天人。他不敢相信自己的耳朵与眼睛，他狠劲地掐了一把大腿，又看到自己手里的纸条，才半信半疑地往家里走去。

走到桥头，远远地看到一个姑娘立在桥上，东张西望，好像在等什么人。到了近处，才看清是吕敬兰。吕敬兰看到文江木头一般地僵直地走过来，手里还捧着什么，跟圣旨一般。吕敬兰看着她崇拜有加的昔日美男，被丧妻之痛折磨得三分像人七分像鬼，心里万分痛惜。她近前一步拦住文江说："文江哥，你别这么折磨自己了，从今以后，我来帮你照顾你的仨孩子，只要你不这么痛苦，我，我以后不要自己的孩子也行。你说，你满意——我吗？"说过，吕敬兰红着脸，等着文江的回答。谁知，文江依然像捧着圣旨一般捧着那张纸条，僵直地朝前走去，吕敬兰说的什么，或许他没听到，或许他根本不予考虑。他就这样僵直地走去，吕敬兰在后面喊："哎，哎，我说话你难道没听到吗？"文江仍然僵直地头也不回地往家走去。吕敬兰恼羞交加，跺脚对他的背影喊道："木头，木头，木头——"然后甩着辫子，捂着脸跑去。

文江痴痴傻傻如梦游一般地走回家，躺倒在床，手里拿着那张纸条反复地在那儿看。阵风狐疑地走来，拿过那张纸条，只见上面写道：胡莲雪，家住口子街西关桥西头望来生棺材铺，父亲胡意生。阵风问："这是怎么回事？"

文江把他遇到姑娘的经过述说一遍。阵风听了感到匪夷所思。他说："天下能有这么好的事？"文江说："那姑娘好像还说了一句——三天后去花轿到她家抬她来。"阵风不相信这天上掉馅饼的事，以为他在说胡话。与杨氏商量，杨氏说："看这纸条，好像文江并非在说胡话，不妨按这个地址找到姑娘家打听一下，坐实了真有这么一家，真有这么一个人，咱再央媒人去说亲，那才靠谱。"阵风点点头，采纳了杨氏的意见。

经打听，口子街西关滩河大桥西头，真的有家叫"望来生"的棺材铺，老板叫胡意生，有个女儿叫胡莲雪。由于口子街闹日本，为避难而暂时住在荣家湾姑姑家。文江常常去秀英坟上哀哀哭泣，哭得雁啼猿鸣，引起秀英娘家荣家湾人的同情与怜悯，也有一些人去围着看热闹的。"亲戚或余悲，他人已歌矣。死去何所道，托体同山阿。"你的悲痛却是他人眼中的看剧，这在乡村里太正常了。胡莲雪也是偶尔来凑热闹，围观文江在坟上哭妻，才注意到文江的痴情与感人之事，他的感伤、憔悴，他的帅气而凄美，楚楚可怜，竟打动了姑娘的芳心。也许是冥冥之中，秀英托风做媒，以树为使，拨动了姑娘的心弦，让姑娘隐在树后偷偷听文江哭诉，令她热泪长流，让她终于做出大胆而果敢的抉择吧。

胡莲雪回到荣家湾姑姑家，说了她的决定。她姑姑首先反对："你一个城里姑娘，怎么愿意嫁给他，一个乡下人？"姑娘反驳："乡下人咋啦？你不也是嫁给乡下人啦？"

她姑姑被她一句话噎了回去，待了一会儿生气道："你——唉，你还是黄花

大闺女，他已经有仨孩子了！你不觉得吃亏吗？"

姑娘说："我不在乎。我心已许他，就要嫁给他。就是他什么都没有，就是他拉着要饭棍，我也情愿天涯海角跟定了他！"

姑姑生气道："啊，你这死妮子，这么犟。好，我拦不住你，看你爹可能拦住你，你爹知道了，看不打下你下半截来！"次日姑娘的表哥用毛驴车送她回家。

三天后，阵风、杨氏领着文江到口子西关桥头胡棺材铺子去提亲，为郑重起见，还特地到东关请来陶明昭做大媒。陶明昭欣然前往，连言中也来撑面子了，还买些礼物送来。阵风非常高兴，一行人来到口子西关胡棺材铺子。

转过濉河大桥西头，就看见一家门前排着花圈，门上赫然写着"望来生"几个大字。陶明昭说："哎，就是这家，胡意生，我认识。做生意打过交道。"他们一起走进了棺材铺子。

胡意生是个精瘦的老头儿，有着一双玲珑的小眼睛，三撇胡须，名副其实的山羊胡须。看见商会会长陶明昭光临他家，他是又兴奋又客气。但一提到把她女儿嫁给文江，他的瘦脸就立马拉下来绷紧了，紧得像一颗土豆，沉默不语。沉默冷场半天，令人尴尬。陶明昭一拍大腿，说："怎么样啊？成与不成，给个痛快话！"胡意生就是金口不开，只把瘦脸摇得像风中的瓠瓜，三撇山羊胡须也跟着东摇西摆。

"爹——"一声幽怨的呼唤，帘子一挑，站出来一个长身的大姑娘，众人看到她的身量比乡村姑娘要高出许多。姑娘一出来，一双明月般的大眼睛就左右一轮，在一屋人当中搜索到文江，文江一双星目正好迎接上去，四目相对，砰地一下，火花四溅，众人都似乎感觉到了，有情人碰撞出爱的火花，两人的脸同时都红了，微微垂下头。姑娘又勇敢地抬起眼睛说："爹，我说过了，女儿非他不嫁！"坚定的口吻，多情的眼神，她一甩辫子一转身作势挑起帘子，欲进又止。她爹沉声喝道："姑娘家，要自重！"姑娘回转身说："我知道，我很自重，我说过，我非他不嫁！"胡意生站起来骂道："死丫头，终身大事，岂可儿戏，你知道你在胡说些什么吗？"

姑娘接口答："我很明白我说的什么，我再说一遍，我非他不嫁！"胡意生生气道："你——胡闹，来人，把小姐关进东屋去。"应声走来一个后生，上来就拉胡莲雪。姑娘唰地一下，从袖子里抽出一把剪刀，对准自己的胸口，说："别动，动我一下，血溅三尺，就等着给我收尸吧，我说到做到！"后生不敢动了，一屋子的人都被吓得愣住了。此时，从里面走出一个富态的女人，看起来比胡棺材年轻十几岁，是胡莲雪的后母。莲雪的生母死得早。那女人说："女大不中留，留来留去留成仇，死活穷富由她去吧。""这——"胡棺材犹豫着。他看向文江，虽然瘦削，但确实是难得的俊逸后生。但是，胡棺材说："我听她姑姑说，你家里已有三个孩子，我女儿还是黄花大闺女，总不能嫁到你家就当后娘吧？你想要

我女儿可以，先把你三个孩子送人再说。"文江一听，立即就站起身来迈开长腿，率先离开胡棺材铺子。胡莲雪颓然倒在地上。

文江回到家跟母亲说："今生今世，我就是不再娶妻，也不能舍弃我的三个孩子。"文江经过前前后后的身体上与精神上的打击，终于彻底病倒了，一天天消瘦下去。他此刻爱着生的，恋着死的，生死两茫茫，都抓不着，他更加绝望与伤心。他照旧还是天天去秀英的坟上哭，哭累了就睡，醒来了就继续哭，他又患上了疯魔症。口子西关那姑娘也病倒了，不吃不喝，只等着末日到来。眼看着一对玉人儿就要双双赴黄泉。

又到了寒冬腊月，穷人最难熬的日子到了。这天，文涛带队巡逻路过回家，看到原本俊朗明智的大哥已病得人鬼不收，他难过得哽咽不已，但又万般无奈。阵风哀叹道："老天啊，眼睁睁地看着俺们一家人就这样死去吗？"杨氏说："大哥，我早看出一步棋子了，走这一步棋就活了，不走这一步棋就得死。"阵风问："哪一步活棋可走，你说？"杨氏说："就是把米儿、麦儿、豆儿都送人！"汪氏心疼地说："都送人？那不是直接要了文江的命吗？虽说是仨丫头，可也都是文江的命根子啊。"说着抹泪不止。杨氏说："大嫂，这我咋能不知道啊？仨孩子是文江的心头肉，但文江自己是望死不望活的了，自身难保。你看这寒冬腊月，自遭了黄河大水淹后，外面扔了多少死孩子啦！咱家的粮囤里又见底了。眼下，我就要领着文娟、文波出去逃荒要饭了，不能总窝在家里等着饿死。三个孩子送人，兴许能讨个活命呢。再则，口子街里胡家那姑娘要是能嫁过来，文江或许就有救了。这不是一步活棋吗？"汪氏想说什么，却哭得说不出话；王氏拍拍大嫂的背，陪着她流泪。阵风吸着烟袋沉思半响，说："这确实是一步活棋。唉，可那是逼上梁山的一步棋啊！"说着泪水纵横。文涛也流着泪说："这确实是一步活棋，可是，可怜了仨孩子——"

几天后，钟家湾来人领走了米儿，龙潭湾来人领走了麦儿，每家给一石小蜀黍作回礼。俩孩子临走时，哭得撕心裂肺地喊："爹爹，娘——救救我，我不要走！"文江已经病入膏肓，无暇顾及。临到豆儿时，汪氏求女儿文霞领养，但文霞晃着她白胖的脸儿却诉苦道："我家虽有口饭吃，可我有五个孩子，都要吃饭，还不够吃的呢。哪里能再养得起更多的孩子呢？"汪氏说："自家的侄女，不论好歹，给口饭吃就行，豆儿已经能吃饭了。"文霞为难地说："唉，唉，……"阵风生气道："别求她，豆儿在家饿死算了！"文霞见爹爹生气了，就转口说："哦，对了，您去问问老郑，问问他……"阵风说："你是做不了主是吧？那就留豆儿在家，饿死也不求你！"文霞说："哦，我想起来了，有一个白衣娘子，想要个孩子养……"又几天后，突然来了一个干干净净、穿一身白的女人，直接进了阵风大院，欢天喜地地抱走了豆儿。豆儿的哭闹声惊醒了病入膏肓的文江，他突然跳起来去夺豆儿，并嘶喊道："不许抱走我的豆儿！"他伸手欲夺回孩子，

却复昏迷过去，颓然倒地。全家人哭得死去活来。

　　而后，阵风央求陶明昭再次登上胡棺材铺子的大门，求胡棺材把女儿嫁给文江。胡棺材也不想让女儿就这么死在家里，他甩着三撇山羊胡子说："唉，罢罢罢，我这花儿一般的闺女，就便宜那个穷小子了！"他终于答应了把女儿嫁过来。这天，大雪纷纷，一顶花轿冒着风雪悠悠而来，奄奄一息的胡莲雪嫁进阵风大院，救活了奄奄一息的文江。

第52章

桃 李 原 上

胡莲雪嫁了过来，犹如妙手回春，药到病除，二人的病很快都好了起来。文江恢复到往日的健康俊朗、理智清醒的状态；他又回到民兵队伍中，领着三黑、秋生等继续投入到又生产又抗日的火热的战斗中去了。

这天文涛回到家，见到大哥一如往日那般生龙活虎的样子，惊喜万分。邮差送来一封信，文涛拆开看是文海的来信！杨氏大喜，忙让文涛念给她听。在信里文海说，他到了临淮关并未找到林彩儿，他无路可走，便进入一支部队，当了兵。得此消息，杨氏喜极而泣，全家都露出笑颜。

这天，杨氏忽然对阵风说："大哥，我决定带着文娟、文波出去逃荒要饭！"土氏走来说："大哥，我和二嫂商量好了，我带文丽随二嫂一道出去。"阵风说："金窝银窝不如自家的草窝，外面兵荒马乱的，你们出去讨饭，要有个闪失，我，我怎么对得起死去的俩弟弟……"说着泪流纵横。杨氏苦笑着说："出去讨饭，比在家忍饥挨饿强，也给家里省些。"

文涛走过来说："娘，二娘，你们怎么能出去逃饭呢？我和大哥再无能也不能让你们饿死！"沉浸在新婚燕尔当中的文江夫妇前来阻拦道："二婶，三婶，大冬天的，说什么也不能让你们出去逃荒要饭。在家就是吃糠咽菜，也比外面安稳。"

杨氏坚决地说："不必再劝，我意已决。"文江忧虑地问："您这一走像断了线的风筝，没得联系，可有大致方向？"杨氏眼望着南方说："文海不是在临淮关当兵嘛，我就往那里去，去找文海。"文江明白了二婶的意图，不再阻拦。杨氏坚定地领着文娟、文波走去，王氏坚定不移地领着文丽随她而去。文涛与文江夫妇只得洒泪送别他们，阵风端着烟袋，仰头看着苍天，涕泪长流。

汪氏在锅门下烧火，新媳妇胡莲雪甩着大辫子在和面做饭，阵风在院子里收拾柴火。汪氏满脸堆笑，拿眼睛时不时地瞟一眼新儿媳妇，那长长而细细的身材，亭亭玉立，面如芙蓉，眉如细柳，粉面含春，往那儿一站，就像一幅画；行动时，细腰玲珑，袅袅娜娜，一走一扭，一条大辫子随着细腰忽左忽右地摇摆，若风摆杨柳，随风飘扬，美人儿犹如随云飘流的月中仙子。汪氏越看越喜欢，喜上眉梢。饭做好了，文江恰好从外面回来，新媳妇麻利地把饭端上餐桌，馍框里有黑黑的野菜团团，其中有一个白馒头，净白生香，晶莹发亮，引人馋涎欲滴。汪氏抓起那个白馒头说："莲雪，你一个城里来的姑娘，吃不惯野菜团团，这个白馍馍，是我专门给你预备的，来，你吃这个！"说着，她把那个白馒头对莲雪白手心里塞。胡莲雪左右一看，阵风与文江都正在抓着野菜团团吃着，她忙摆手说："娘，这个白馒头我不能吃，你们都在吃野菜团团，我一个人吃白馒头，岂不是在折煞我？"她不接白馒头，伸玉手抓起黑菜团团边吃边说："爹爹该吃这个馒头，爹爹干活辛苦！"阵风也不接。文江说："还是你吃吧，娘怕你吃野菜团团，吃不惯！"胡莲雪说什么也不肯接那个白馒头，并说："以后，不要再另做白面馒头了，要不吃都不吃。我既来这里，就能跟大家一样吃糠咽菜，绝不需要另眼相待！"文江笑吟吟地频频点头赞许，汪氏与阵风感动得泪花打湿了眼眶。

　　吃过饭，胡莲雪甩着大辫子就要文江带她到田里去。文江笑说："寒冬腊月的，地面上还有一层积雪未化，田里也没有什么活要干的，你不在家待着，下地干什么？"胡莲雪眨着大眼睛说："家里受穷被困的原因，就是除了种地打粮，就别无营生。我在城里，我知道，现在乡下有一宝贝，可拿去城里换钱。"文江笑问："哦，你发现什么宝贝了？"胡莲雪站在下河桥头上顺河一指，说："你看，一河两岸都是白花花的芦苇缨缨，摘下来，拿到城里，正是那些织毛窝窝所急需的宝贝。"文江眼睛一亮，惊喜地说："对呀，我怎么想不起来呢？"胡莲雪拿着一个大麻袋，与文江一道走进密密匝匝的枯黄的芦苇丛里，手脚麻利地用刀钳芦苇缨，然后码得整整齐齐的，再捆扎起来。文江跟在她身后，学着她的做法，钳芦缨，码得整齐。他说："你们城里人脑子就是灵光，我们乡下，只一味地埋头苦干种地，向几亩薄田讨要生活，真不知道这地里有什么宝可以拿去换钱！"胡莲雪说："乡下到处都是宝，你没发现。你看，那堤坡上的桑树、榆树、洋槐树，等等，都是可以换钱的宝！"次日她就把芦缨拿到城里去卖，挣了钱，扯了几尺布，给文江做了一件崭新的棉袄，还给公公婆婆每人做一双棉鞋。新年之前，全家人每人添了一件新衣，穿上晃年新，可把汪氏乐坏了。她逢人就夸："我家文江哪里是娶个媳妇，分明是娶进来一个财神爷啊！"村里人听说，芦缨可以换钱，纷纷走去钳芦缨。红梅、吕敬兰等姑娘们走来跟胡莲雪学习钳芦缨，她毫不保留地指导她们，挑什么芦缨能卖上好价钱。红梅感动地偷偷跟吕敬兰说："想不到，文江哥的新媳妇，竟长得如仙女下凡一般！"吕敬兰说："是呀，我可见

着真正的美女啦！新文江嫂子，又漂亮，人还那么好！"她们钳了芦缨拿到城里，果真卖到钱了。于是，众乡邻都走来跟胡莲雪学钳芦缨，拿去换钱。这事被财主李阵辰知道了，他说："这还了得，让他们有钱，让他们有吃有穿？！哼，把芦苇全部都给砍了！"小乙把沿河的芦苇都砍掉，芦缨都被投到河里沤肥了。

此路不通，还有他路。这天，胡莲雪回口子街西关娘家一趟，回来时，带来一件宝贝——缝纫机！汪氏围着缝纫机转，看了又看，跟看西洋景一般，稀罕得很。胡莲雪走来上脚一蹬，玉手一推一拉，一件衣服顷刻做出来了！"阿弥陀佛，我可是活久见，我算是见过世面了！世界上还有这么个稀奇宝贝！"胡莲雪咯咯咯笑。她巧手一抖，又从一个布包包里抓出一把五颜六色的布头子，然后铺开，角对角，拐对拐一一拼凑，立马一张花花绿绿的画扯出来了。汪氏问："这又是做啥子嘛？"只见胡莲雪巧手一捏一捏，一朵朵莲花瓣绽开在这张画的周边。文江也好奇地走过来看她做活。在灯下，胡莲雪的粉脸上布满了柔和的光，更加温柔妩媚。文江站在她身后，轻轻抚摸她的肩头和那条乌黑的大辫子。他轻声问："这个叫什么？""这个叫缝纫机，就是做衣服的机器。""哎呀呀，这个可是个西洋景呀，咱乡里人从未见过呢！"胡莲雪咯咯咯地笑说："可不是西洋景？这是我娘的陪嫁品，据说整个口子街也没有两件呢！"胡莲雪说着，玉手一推一拉，把原来的碎布条条又连缀成一块块花样百出的整块布来，然后双手一翻一叠，就成一个带着百合叶的枕头皮了。再拿出一块一块的丝绸布——有大红色的，有雪白的，把这一块块的丝绸布与枕头皮合成一体，又拿出色彩缤纷的彩线，飞针走线地绣起花儿来。

灯光下，一张床上摆满了五彩缤纷的枕头皮，上面绣满了绚丽夺目的花儿，有龙凤呈祥，有鸳鸯戏荷，有梁祝化蝶，还有并蒂芙蓉，等等，一个个栩栩如生，流光溢彩，任谁见了，都会情不自禁地驻足欣赏，汪氏拊掌大赞道："呵呵呵，我家文江哪里只是娶个媳妇，明明是娶了王母娘娘家的织女！"文江听见娘夸自己的媳妇，便戏说："我该不是就是传说中的牛郎，恰好遇到了织女下凡尘，恰好降落到我家！"胡莲雪听了咯咯咯欢笑。她挑了一对并蒂芙蓉枕头皮，说："这一对，送给爹娘二老，愿你们百年好合，永结同心！"汪氏忙把双手在棉裤上蹭了又蹭，说："哎呀呀，我一辈子也没用过这么好的枕头！我当画儿收着。"宝贝一般地接过去。胡莲雪挑出那一对美轮美奂的梁祝化蝶枕头皮，对文江说："这一对留咱们用，好看吗？"文江看了笑道："太美了，我也当画收着，不舍得用哇！"胡莲雪咯咯咯地笑说："其余的，我拿去口子街里卖掉，换钱花。"文江由衷地说："哦，我当真娶回来一个织女啊！"胡莲雪听了又扬起一串清脆的笑声，如浪花朵朵。

阵风大院里，突然门庭若市起来，大大小小的姑娘、小媳妇都纷至沓来，走进阵风大院，踏入文江的家门，有来看胡莲雪蹬缝纫机的，有来跟胡莲雪学绣花的，有好多年轻小伙子也踏进门来，他们是来凑热闹的。胡莲雪不但人长得美，而且为人随和，脾气欢，动不动就飞扬出一串浪花般的清脆笑声，大家喜欢听她浪花般的笑声，爱沐浴在她的明眸善睐的光辉里，每个人的笑点都低了，动不动扬起哈哈的笑声，欢声笑语在阵风大院里此起彼伏，飞扬不断。

　　这天傍晚，三黑、丰收、长青等人在阵风大院里，与文江在说着什么，看着红梅、吕敬兰等姑娘们围着胡莲雪在专心学习绣花，胡莲雪在手把手地指点红梅绣花技巧。在绣一对鸳鸯时，她在翅膀尖儿上挑出几个小凸起，那鸳鸯立时就活灵活现起来。三黑看了不由得赞道："哎呀呀，瞧，这绣出的野鸭子看着要展开膀子飞起来了！"他憨厚朴实的话逗得胡莲雪爆发出一阵咯咯咯大笑，她纠正说："这哪里是野鸭子？这叫鸳鸯！"大家伙都笑了起来，丰收说："你个乡巴佬，只见过河里的野鸭子，何时见过这么好看的鸳鸯啊！"胡莲雪笑着说："这叫鸳鸯戏水！"丰收、长青大笑，说："这叫鸳鸯戏水，懂吗？"红梅不由得瞟了三黑一眼，脸儿红了起来。三黑的脸儿也突然漾出一层红晕，露出憨厚而幸福的笑。吕敬兰也飞眸看一眼丰收，长青、三黑又要笑起丰收来，丰收跳了起来，揪着三黑要摔跤，三黑站起来且笑且退，他们退进一个巷口里。丰收突然用手向屋后指了指，三黑顺势看去，只见院外树上面隐约有人——高高低低的房屋交错处的一棵大树上，有两个男人骑在大树枝丫间，躲在角落里，伸长脖子向院里偷窥。夕阳西下，薄暮冥冥，若不留心，院子里的人很难发现他们。丰收与三黑矮下身子，悄悄靠近胡同，发现躲在树上的人竟是癞痢头赖长贵！另一个是小乙！三黑骂道："老色鬼，贼心不死！"他摸出怀里的弹弓，会挽雕弓如满月，"啪"地一下射出一颗石子，只听后面的人"哎呀"一声大叫，紧接着扑通、扑通、扑通三声响，哎哟声一片。怎么回事？三黑、丰收与长青忙跑出去看，发现地下竟然趴着三个人，除了赖长贵，小乙，竟然还有李阵辰！原来三黑的子弹是一箭三雕，打中一个，摔下去三个。没等三黑等赶到，他们忙不迭地爬起来一瘸一拐地逃遁而去。三黑等回到院子里，告诫文江，要他警惕赖长贵这个老色鬼。文江大怒道："又是他！"

　　春回大地，冰雪融化，下河桥下春水涣涣，激流澎湃，芦苇发芽，一片明媚春光倒映水中。桥下，河岸边，一块块洗衣石旁，蹲着好多头裹毛巾的洗衣主妇，汪氏也在其中，她与众多的主妇们边洗衣服边聊着家长里短，她的口里三句话不离夸她的好儿媳胡莲雪——"俺家儿媳莲雪，别看是城里人，一点都不娇气，洗衣做饭下地干活，样样都是好样的，还是个巧手姑娘，插花描云，剪裁做衣，样样都拿得起放得下！"三黑的娘说："哟，你们家算是烧高香了，总是能娶到好媳妇，这个比那个秀英还好呢！"汪氏呵呵笑道："那是强多了，这个又勤快，又巧手！"丰收的娘说："最重要的是，这个儿媳，长得像是从那年画里走出来的大美人，实在是好看！"文良的娘附和道："是哟，你家儿媳人美，个子还高，俗话说，高高大大门前站，不会干活也好看！真是打着灯笼也难找这么好的儿媳，

竟让你家摊上了，老天有眼啊！"汪氏听大家夸奖她儿媳，更是喜得合不拢嘴，呵呵欢笑。她说："我只盼着，她给俺添个大孙子抱抱，俺家一天的阴云都散了！呵呵呵……"她们身后的堤坡上，阵风、李阵平与吕胜利等男人蹲着，手端烟袋，在吸烟聊天，李阵平对阵风说："好事多磨，否极泰来，你们家娶来这么好的儿媳，以后的日子，就等着芝麻开花——节节高啦！"吕胜利附和道："是呀，是呀，你们家霉运已去，好运又开始了！"阵风口含烟斗，抑制不住喜悦，呵呵笑着说："借大家吉言，但愿俺家是否极泰来，一切向好！"

春天向前走进四月，桃李原上走进最美的季节，到处是桃红梨白，田野的绿色染遍天涯，乡村四月是最忙最美的时节，有诗为证——绿遍山原白满川，子规声里雨如烟。乡村四月闲人少，才了蚕桑又插田。

天清气朗，原野一片葱绿，桃李原上，美景如画。绿豆湾绿油油的田野里，麦垄上满是劳作的人们。文江利用空闲之际，来绿豆湾麦田里除草，身边的胡莲雪把长长的大辫子盘起来，看上去，就像书上描绘的美女图——乌云覆雪，美不可状。她也手拿锄头，在青绿的麦垄里锄地，她的长胳膊一伸一锄头甩出去，就锄掉一撮麦苗；她皱了皱蛾眉；又一锄头甩出去，差点锄到自己的脚面子。身边的文江看了呵呵笑着指点她，说："手拿锄把在末端，手脚一前一后，前腿前弓后腿后蹬。"他在指导爱妻胡莲雪锄地。隔壁田里的三黑、丰收、文良等小伙子们，还有红梅、吕敬兰等姑娘们都从自家田里走过来，聚拢到文江夫妇身边，笑着看胡莲雪学锄地。红梅十分友善地给胡莲雪做示范，并手把手地教她协调四肢用力，使用好锄头。胡莲雪十分谦虚好学，不大工夫，使用锄头就协调从容了。大家为她喝彩，鼓掌。突然，从堤坡上又走来一对神仙般的眷侣——文涛与椒红并肩走来。文涛朗声喊道："大哥、大嫂，我们来了！"文江抬头看见是文涛和椒红，二人的笑脸明媚如朝阳，文江兴奋地向胡莲雪介绍道："来，你们见见，这位是咱未来的三弟媳，椒红表妹！"胡莲雪停下锄地，转过脸来，用手擦擦脸上细细的汗珠，明眸皓齿一笑倾城，柔声说道："哟，这位就是椒红表妹呀，早有耳闻，一见面就三分缘。瞧，表妹长得多好看，与三弟郎才女貌，十分般配啊！"椒红忙说："早听说大嫂貌美，一见果真如此，见了大嫂，我就想到年画里的孟姜女！"胡莲雪咯咯笑道："我一见你，就想起那戏台上的穆桂英，不但貌美还有一股英气！"站在一旁的文涛听了笑弯了腰，文江也在一旁呵呵大笑说："你们俩十分有缘，一见如故，一个赛孟姜女，一个赛穆桂英，好哇，年画里的、戏台上的美人都进咱家门来了，照得咱家，叫什么来着？"文涛笑接道："这个叫蓬荜生辉！""哦，对对，蓬荜生辉！吉星高照啊！"一句话逗得众多年轻人哈哈大笑起来。忽然长青从田地外跑过来，边跑边喊："文江哥，信，这个是邮差送给你的信！""啊，什么人送给我的信？！"文江接过信忙拆开，展开一看，惊喜交加地说："三弟，二婶、三婶来信啦！"文涛激动地问："啊，我娘和二娘有消息啦？她们说了什么？"文涛凑过身来，与文江并肩看信——信里说："我们一路到了临淮关，竟然巧遇文海，文海碰巧就在周凤山的麾下当一名火头兵。我们在南方讨饭还能拾庄稼，不挨饿；南方冬天不冷，能找到空房子住，家里勿要担心。"另一页信里王氏交代："让文涛抗敌要注意安全！另外，让文涛与椒红尽快完婚！做大爷、大哥的做主即可！"文涛看了信，意味深长地看了椒红一眼，椒红一脸娇羞，知道信中肯定提到她了。文江故意扬声说："三婶托我做主，给你们主婚呢，你们意下如何？"他对文涛说话，眼睛却盯着椒红，胡莲雪友好地拥住椒红，说："你们要完婚，我和你大哥为你们办婚礼，如何？"年轻人呼啦一下都围拢过来，椒红心里又兴奋又羞涩，脸上一片潮红，如堤坡上的桃花一般艳丽，大家都等着她说一句话。椒红垂下眼睑，抬起头，忽闪一下她的长长睫毛说："鬼子不灭，我们不完婚。鬼子灭时，就是我们结婚之日！""说得好！"三黑大叫一声。哗哗哗，所有的年轻人鼓起掌来。

文江赞道："椒红表妹，志比凌云，好样的！"

眼前站的都是青春年少的年轻男女，文江说："我今天当着大家的面，当一次月老，给两对年轻人牵红线。"他走过去，把三黑与红梅拉出站一起，又把丰收与吕敬兰拉出站在一起，笑说："你们的情，像一条小溪，早就暗暗地在流，此刻我给你们牵线搭桥，若你们乐意，我也为你们主婚！"三黑羞得黑脸变红脸，只知傻笑，不知如何回答。丰收也忸怩不安看向吕敬兰，吕敬兰羞涩而激动，她看向红梅，红梅羞涩地走向胡莲雪与椒红身边，她转过身来说："我也向椒红妹妹学习，鬼子不灭，我们不完婚，鬼子灭时，就是我们结婚日！"吕敬兰也走过去，落落大方地说："我们也是！"

"好！"文涛带头鼓掌，大家都鼓起掌来，欢喜地大笑，柔和的春风吹在他们青春的脸上。今天可谓是个好日子，春光乍泄，彩彻一域，桃李原上、田野里上演这最热闹的一幕，春风醉了，桃李笑了，鸟儿成双对，都记住这最美丽、最绚烂的一个良辰美景。

第 53 章

陌 上 花 开

桃李原上，草木青葱，绿豆湾堤坡，陌上花开一片。胡莲雪挽起一个精致的小篮子，与红梅、吕敬兰等姑娘们在堤坡上采桑叶。在柳暗花明的掩映下，在青苇绿水倒映中，胡莲雪犹若罗敷，吸引周边的眼球，引得锄者忘其锄，耕者忘其犁。

突然从林间走来一人，偷偷地提着胡莲雪的篮子就跑，她一惊，大喊道："喂，你提我篮子干吗？"说着她甩着大辫子，扭着细腰跑进林间去追，突然听到一声大喊："啊，救命——"红梅与吕敬兰闻声跑去林间，不见了人影。红梅大惊："文江嫂子怕是遇到坏人了！"吕敬兰对麦田里大喊："救命啊，文江哥，嫂子不见了！"

文江带着三黑、丰收等拿着锄头奔若惊雷，发疯一般跑进堤坡林间寻找胡莲雪。突然，听到密林处传来怒喝声、叫骂声、搏斗声，他们闻声奔去，远远看见林间有人在打闹，文江奔至近前，却见文涛挽住胡莲雪站在那里。胡莲雪乌发凌乱，脸色苍白，见了文江一头扑进怀里，嘤嘤啜泣起来。文江轻轻抚慰爱妻说："不怕，没事了！"文涛说："大哥，我们巡逻到荣家湾折回头，穿过林间，正遇上赖长贵老贼绑架了大嫂！"文江听了目眦尽裂。言富在痛打赖长贵，言荣拔出佩刀骂道："老东西，多次兴妖作怪，这次送你到阎王爷那里作去！"赖长贵跪倒，磕头如捣蒜，哀求道："小大爷，饶命，饶命啊！赖某再也不敢了！"文江过来抬起长腿踹了他一脚道："滚，若再出现在李子园，定要你的狗命！"赖长贵如临大赦，连滚带爬地逃命而去。

胡莲雪知晓了身处江湖之远之险，她不再敢独自出门，每次下地干活必与文江形影不离；喂蚕多是由红梅、吕敬兰等采来桑叶分给她一些。她从此躲进深闺在家绣花，裁剪缝衣，足不出户，少了诸多风险。

汪氏在菩萨面前烧香、跪拜，嘴里咕哝道："求观音菩萨保佑，赐给俺家一个大孙子！"之后，她天天往胡莲雪的肚子上瞅，半年了不见动静，一年了不见起色，一晃三年过去了，胡莲雪依然是一副杨柳细腰，走起路来袅袅婷婷，汪氏着急了，她多次在阵风面前咕哝道："怎么还不见她给咱添个孙子呢？"阵风说："这——别急嘛，总会有的！"汪氏不满地说："不急？人家儿媳，三年都添两个孙子了，她来三年了，肚子还是平平的！"晚上，汪氏把文江拉进她的房间偷偷问："三年了，你们怎么不要孩子啊？"文江笑说："现在抗日紧，我们不着急要孩子。"汪氏不乐意了，说："你们不急，我还急呢，我等着抱孙子！你抗日紧，抗日也不耽误你们生孩子啊。我可告诉你，我等三年了，你们今年就要给我添个大孙子抱，不然，我可不依！！"文江笑说："好，好，今年让你抱上孙子。"汪氏笑了。物换星移又一年，胡莲雪的腰依然如风摆杨柳，袅娜纤细，汪氏看到她，气就不打一处来。胡莲雪一见婆婆如锥子般的目光向她的肚子瞅来，就浑身哆嗦。汪氏又偷偷地审问文江说："你们为什么还不生孩子？"文江俊眉凝锁说："这——会生的，不急。"汪氏一听就炸了，"啊？啊，还不急，我快要等四年了，还抱不上孙子，她不会是个不生蛋的花母鸡吧？！"文江不满道："娘，别说那么难听！"汪氏急道："赵家湾的花郎中，专治不能生的毛病，很准，明天你就带她到花郎中那里拿药去！"次日，文江果真带着胡莲雪去了赵家湾找花郎中。夫妻俩面带喜色地回来了，拿来大包小包的中药，文江到田里到处挖药引子，阵风大院里飘出阵阵中药味儿，红梅从院子外面走进来说："你们家的中药味儿那么重，把我熏得头昏脑涨！怎么回事？谁在吃药？"胡莲雪天天喝这些苦汤苦汁，白脸喝成黄脸，她见红梅问此，一滴眼泪如珍珠般坠落下来。

汪氏天天对胡莲雪肚子上瞅，仍不见有动静，她着急了，自己偷偷跑去赵家湾问花郎中道："我儿媳吃了你开的方子，已半年有余，怎么还不见有喜呢？"花郎中沉思一下说："在十八湾没有人怀疑我的医道，你儿媳吃我开的药不见喜，有两种可能，要么是火候没到，要么是……一朵好看的莲花，天生的只开花不结果。"汪氏听了心凉半截，回到家在菩萨面前反复念叨。阵风问："你在念叨什么呢？"汪氏拉住阵风说："郎中都说了，或许咱家的儿媳，是一朵好看的莲花，只开花不结果。那咱文江不就绝后了吗？"她一屁股坐在菩萨面前号啕大哭，说："哎，难道老天要俺文江绝后吗？"阵风顿顿烟袋锅子说："文江并没有绝后，他不有仨丫头吗？"汪氏停止哭声说："有仨丫头，可都送给别人了啊。咦，咱把她们都要回来，不就行了吗？"阵风摇摇头叹气说："能要回来吗？"汪氏说："明天去试试，万一要回来，咱也安心了！"

次日，汪氏与阵风找人家去要回孩子，结果——碰壁，失望而归。汪氏对阵风说："咱媳妇，是个绣花枕头中看不中用，不如休了再娶！"阵风说："这是什么话？这话不可再说！"汪氏故意大声说："哼，一只花母鸡不下蛋，有啥用！"

胡莲雪一脸泪花站在门前，然后疾速扑进自己房间，啜泣起来。晚上文江回来，胡莲雪边哭边说："我知道娘嫌弃我不能生孩子，罢了，我离开你，你再另娶吧！"她痛哭出声。文江紧紧地拥住她道："古人言：执子之手，与子偕老！既执你手，我发誓今生与你生死不离！"胡莲雪扑进他怀里一脸泪花，亦哭亦笑。

这天，下河桥来了一个算命先生，自云："上测吉凶祸福，下算子孙未来。"好多人围着他在算命。有人点头直呼：说得太准了！汪氏走近凑前，算命先生瞟眼看她就说："我观这位大娘，双眉间迷雾愁云，家里定有烦心事缠身！"汪氏说："那你帮我算算命，看你可能说准！"算命先生煞有介事地相了相她面，忽然一声大叫："哎呀，你家有煞气笼罩，阴气甚重，远近之间必有三灾！""啊，我家将有三灾？"汪氏白了他一眼，显出不信任的神态来，说，"有哪三灾？你说说！"算命的说："近的你家必有火灾，血光之灾；远的嘛，则会妨碍子孙绵延。""啊，这倒准！我正愁子孙绵延之事呢。"算命先生说："看看，我看得准嘛！"汪氏催问："可有破解之法？"算命先生欲言又止，故作高深地叹气说："唉，本无破解之法，可怜你有诚意，我便替你求天赐一线机会吧。不过，天赐良策，卦金要高啊！"汪氏问："这一卦要多少？"算命先生用手打出个十字，"十斤小蜀黍。"汪氏说："卦金太贵了，不算了！"扭头走了。当夜，就听院子里狗狂吠，鸡乱叫。阵风与汪氏忙起来出去看，就见鸡窝那里有堆柴着火了，汪氏吓得直哆嗦。好在火势不大，很快扑灭了。

次日，汪氏忙去找那算命先生，算命先生仍坐在桥头古柳树下给人算命。汪氏火急火燎地求他出一破解之法。算命先生不予理睬，汪氏再三求他，他才高深莫测地说："俗话说，不听好人言，吃亏在眼前。我说你家远近有三灾已应了一灾吧？"汪氏脸色苍白，连连点头，她忙说："只要有破灾之法，那卦金我出！"算命先生这才拿出一支笔在一片纸上胡乱画，口里还念念有词，他起身领着汪氏走到她家屋后院墙外，把那张纸压在一块碎石头下，并神秘地说："这煞气盘踞在一阴人身上，她离开了，煞气也跟着去了！"他交代汪氏如何做，汪氏此时言听计从频频点头。

夏秋之交，正午毒日热风，汪氏拿一个笆斗递到胡莲雪手里说："绿豆湾田里长满了绿豆荚，我摘了几天了，还剩一小片，你去摘吧，不然就炸开了，我在家做饭！""这——"胡莲雪说，"他不在家没人陪我一道下田，他交代我，不可一人出门的。"汪氏说："哎呀，一只不下蛋的母鸡，谁还稀罕去抢？去吧！"胡莲雪亲耳听到婆婆说她是一只不下蛋的母鸡，她气恼得一甩大辫子提起笆斗就跑下地了。胡莲雪一出门，汪氏就端一碗鸡血走进胡莲雪的房间，上下左右地泼鸡血，完了后，拿一根木杠子拦在门前。阵风从外面回来，见了她问："那是做什么的？"她神秘兮兮的，不说话。她跪在菩萨面前祷告，咕哝道："求菩萨保佑，煞气阴气都走开！"阵风问："儿媳怎么不在家？"汪氏说："她到绿豆湾

田里去摘绿豆了，整日不出门，阴气太重，难怪生不出孩子！"阵风大惊道："文江交代过，不可让莲雪独自出门的，出事了怎么办？"汪氏白一眼道："能有啥事？"此时，吕敬兰气喘吁吁地跑来大叫道："不好了，我在大堤坡上，远远地望见文江嫂子在绿豆湾田里被俩大汉架着塞进一辆马车里，然后那马车就飞快地向东跑去了！"

啊！阵风大惊失色，忙去卧室摸那把老猎枪，此时文江回来了，闻此色变，立马大声呼叫，带领三黑发疯地跑出去。汪氏一屁股坐到菩萨面前祷告："菩萨，我没造孽啊，我这都是为了儿子好啊！"阵风怒问："你……你怎么做出如此之事？"汪氏吓得瘫坐一团，说："我一片苦心，都是为了咱儿呀，不孝有三无后为大呀！"阵风怒道："胡闹，这样会害死文江的！"汪氏拊掌大哭。

一辆马车赶到阵风大院门前，跳下马车的是文涛与言富、言荣，三黑从马车上跳下来，掀开马车，里面躺着昏迷了的胡莲雪和胳膊被砍伤的文江！三黑说："又是赖长贵在兴妖作怪，他绑架了文江嫂子，我和文江哥追上马车，两个彪形大汉砍伤了文江哥，危急之时，文涛兄弟骑马赶到，言荣砍掉了赖长贵一只胳膊，救了文江哥一命。"

汪氏看到文江胳膊上鲜血淋漓，惊叫："真有血光之灾啊！"她指着昏迷的胡莲雪对文涛说："都是她妨的，她煞气太重！"文涛问大娘："此话何意？"汪氏说："算命的说的，她身有煞气，妨人！"文涛问："哪个算命先生说的？我找他去！"遍地找算命先生，再也不见踪影。

胡莲雪清醒之后，伤心欲绝，见文江伤势严重，哭红了眼睛，她强忍痛苦，伺候文江伤势转好。这天，她收拾停当，郑重地对文江说："我来几年没能为你生下一男半女，这个家容不下我了，我还是离开你好！"文江苦苦哀求，劝她留下，胡莲雪还是坐上表弟的毛驴车洒泪而去，文江痛苦得绝倒在地。

胡莲雪走后，文江跟丢了魂的一般，再也没有人听到他的笑声。汪氏劝他再娶妻，文江说："除了她，我谁也不要！"文涛回家、看到大哥郁郁寡欢，病恹恹的样子；他浓眉紧锁，替大哥着急担忧。他和言富、言荣骑马到上河桥桃花湾去见椒红。椒红见文涛愁眉不展，便问："怎么了？有什么心事吗？"文涛说："大嫂走了，大哥又病了……"椒红叹气说："大嫂人又好又漂亮，却遭此待遇，搁在谁身上都会伤心而去。"文涛说："是呀，大娘她……唉，被那算命的坑了！"椒红忽闪一下长睫毛说："大嫂和大哥依然情深似海，以女性的角度去看，大嫂回娘家过一段时间，消消气，大哥去低头求她回来就好了。"文涛眉毛一挑，兴奋地说："哦，领教了！"

文江先后两次去了口子街西关接胡莲雪，都被胡意生一顿臭骂，他失望而归。

春天来了，桃李原上又是桃红梨白，繁花似锦。文江眼望堤坡陌上花开，便想起胡莲雪的笑靥如花，一时思念钻心，一口鲜血喷薄而出，三黑等人忙把他扶

进家里。文江病倒了，睡梦里都在喊："莲雪，莲雪……"他渐渐消瘦下去。这下汪氏着急抓慌了。文涛回家看望大哥，汪氏央求文涛道："仨儿，快想招把你大嫂接回来，救救你大哥吧！"文涛去桃花湾见椒红，说："红妹，大哥病倒了，他得的是相思病！大哥就是那么个痴情男儿，大嫂若不回来，大哥的命都不保了！这可怎么办？怎么才能把大嫂接回家？"椒红思忖道："解铃还须系铃人，症结在大舅妈身上，只要大舅妈不计较她生不生的问题，一切问题就迎刃而解了。"文涛说："这……具体要怎么做？"椒红说："我来安排，设法请回大嫂！"

这天，春和景明。口子街西关大桥头一个茶馆里，陶明昭大摆宴席，阵风、文江与胡意生两边相对而坐，文涛与椒红陪坐伺候。陶明昭发言："胡老板，文江与你家千金伉俪情深，他前来三接其妻，已足够感天动地。你还是让贵千金回去吧！"胡意生一甩山羊胡须道："哼，你们李家媳妇难做啊，骂我家小女是不会下蛋的母鸡，又说她满身煞气……哼，有那么屈辱人的吗？"阵风说话了："亲家公，贱荆那是中了歹人的算计与挑拨。她发誓：儿媳若肯回来，愿为她拉石碾套磨盘都行！她既那么说了，就保证她痛改前非了。"明昭说："是呀，婆婆都这么说了，杀人不过头点地，就原谅她吧！让他们夫妻团聚吧！"文江虚弱地作低头乞求状，文涛在帮衬劝说，椒红在殷勤地为他倒水。最后胡意生说："那我给陶会长一个面子吧，不可再有下回……"椒红与文涛拉上文江踏进胡家的大门，文江终于见到日思梦想的爱妻，胡莲雪也是为伊消得人憔悴，二人见面抱头痛哭，场面感人至极。最后，文江再次载得美人归。

第54章

抗 战 胜 利

立秋后的傍晚，龙脊山上树林阴翳，清凉宜人。文涛在看言富、言荣操练喽啰兵。周坤忽然进山来，通知道，关潼大队长要文涛前去开会，有要事相商。

文涛带着言富、言荣立即进入显通寺。故地重游，睹物思人，想起了当年父亲与大伯迎接他的情景，他心如刀割，勉强让自己镇定下来，专注地听关潼大队长讲话。

关潼大队长谨慎地说："这是个机密会议，据可靠消息，我新四军一位高级将领，将奉命率领一支铁骑向津浦路西征抗日，西进路线将经过豫皖苏边区，正好路过我们这里，恐怕路上受到国民党顽固派的阻挠，若有战事，我们地方游击队务必要全力以赴，为正规部队西进抗日保驾护航！"下面游击队将领议论纷纷，文涛则严肃而响亮地回答："是！"

文涛回到龙脊山让言富、言荣加紧练兵。不几天，周坤气喘吁吁跑进龙脊山里来告诉文涛："战斗在小朱庄打响了！"文涛惊讶道："啊，那么快！战斗怎么会在小朱庄打响的？"周坤说："新四军的彭师长率领新四军西进抗日，越过津浦路时，在白顶山竟遭到国民党苏北挺进军第40纵队的狙击，这个纵队不打日本，不打伪军，专门反共欺负百姓。这纵队的司令叫王传绶，盘踞在咱相山之东北的小朱庄，而小朱庄正好横在我新四军西进的路上，所以战斗在那里打响了。"言富长眼一凛，睥睨天下，哼了一下，问："王传绶，何等人也？我去把他人头提来，不就得了吗？"周坤哂道："你以为他就那么好对付的？据说，他个高肥壮，武艺高强，凶恶无比，犹如一头猛兽。他盘踞在小朱庄已久，防御工事坚固，有几米高的土墙，墙外有外壕，外壕外还有鹿寨，层层防护，易守难攻；他拥有的武器精良，有迫击炮、轻重机枪多挺，两千精兵，外加一干亡命土匪，是一股

不小的势力呢！"文涛听了大惊道："啊，这可是个劲敌，不可小觑！"

文涛跟随关潼走进指挥部，那里有几位团旅级别的新四军领导在研究作战方案。阳光灿烂的正午时分，彭雪枫师长莅临指挥部，文涛用崇敬的目光去打量这位彭师长的风采：只见他恰至中年，精力充沛，干练精明，目光炯炯，镇定自若。他进来后，用目光扫视一周，便含笑和官兵一同研究作战方案，之后他拿起望远镜向小朱庄观察地形与防御工事。他下达命令："北面地势平坦，须马上做工事！"关潼大队长立即带领游击队员协助新四军31团挖壕沟，做工事，文涛与言富、言荣也踊跃参与做工事，他看到新四军纪律严明，做事效率奇高，从心里钦佩他们。

下午，彭将军下达总攻命令。关潼大队长和苗宏仁各带领一支游击队员被分配在北面、西面协助新四军官兵作战；而文涛率黑梅帮骑兵队与新四军的骑兵队埋伏在敌顽的东南，欲伏击逃窜之敌。

文涛等埋伏在一片树林里，就听外面炮声隆隆，枪声哒哒，喊杀声一片，南、西、北三个方向在激烈战斗，惊心动魄。约两个多小时，敌人余部向东南方逃窜而来，文涛忽然望见一个光着脊梁赤着脚只穿一条裤衩的大汉被众多人簇拥着狼狈奔逃，文涛忍俊不禁想：这司令，竟这德行？一声令下，骑兵团出动了，顿时喊杀声骤起，枪声大作，钢刀挥舞。文涛热血沸腾，与言富、言荣纵马杀入阵营，与新四军官兵并肩作战。言富、言荣驱马纵横，挥舞钢刀，大开杀戒，如腾蛟舞龙般，势如破竹，杀出一条血路，向那光身大汉杀去。突地从斜坡处闯入一骑马大汉，挥刀砍死那光身司令，这司令就是王传绶。骑兵团仅激战半个多小时，就全歼敌人余部。言富、言荣骑马回头去找文涛，却找不到他的踪影。

言富兄弟骑马四下寻找文涛，遇见周坤说文涛丢了。周坤忙带他们去报告给关潼大队长。关潼一听，忙去新四军指挥部查询伤亡情况，据悉，敌顽官兵伤亡达五百多人，新四军这边伤亡人数达三百多。彭师长率领新四军继续踏上了西征的路，关潼率队打扫战场，处理掩埋阵亡人员，照顾伤员，并留心寻找文涛。最终文涛是活不见人，死不见尸。言富兄弟带人与游击队员围绕小朱庄四周找个遍，仍不见文涛的踪影，只好回桃花湾告诉椒红。椒红一听，急得当场喷出一口鲜血来。椒红与言富兄弟立即骑马到李子园去见阵风与文江，听说文涛丢了，阵风泪落如雨。文江大惊道："啊，三弟出事了？若三婶回家知道了，不是要她的命吗？我要去找三弟！"他随着言富兄弟和椒红一道去寻找文涛。

他们一行到相山见关潼大队长，一起分析，文涛会发生什么事。据言富回忆说："我们一开始在并肩作战，后来战斗激烈，就分散了，战斗结束，才发现文涛不见了。"大家分析多种情况，祁镜突然说："会不会文涛人、马都受伤了，马受惊而逃，把他驮到别处村庄，说不定在那儿养伤呢！"椒红一听，绝望灰暗的眼睛里顿时闪出希望之光，大家都肯定祁镜的说法有可能，关潼派人分头到四

周村里去找人。

言富兄弟骑马载着文江与椒红沿周边村庄打听，一户户里去找。听说，北面的坡里有一户农家救得一名伤员。言富兄弟骑马火速奔到这户农家。一位老大娘说："那是一位女伤员，伤好后，已经走了！"希望变成失望，椒红痛哭流涕。文江拍拍表妹的肩说："咱继续找，就是掘地三尺，也要找到文涛！"

他们找到更远的地方，这天下午，他们走进大五柳的山里，在路边一个茶棚里喝茶休息。文江打听有无伤员流落到此，茶棚主人说："村里还真来了一位伤员！"文江兴奋地问："在哪里？"茶主人用手一指，说："前面稻田尽头那个村庄，进村一问便知。"他们立即骑马奔去。到了村子里，问到那家农户，走来一位跛腿大爷，说："是来了一位伤员，前天夜里，突然有一匹白马闯进我家院子里……"不等老人说完，言富急问："那马呢？"老人说："拴在后屋呢。"言富奔过去看马，大叫："这正是文涛骑的马！那人呢？"老人吞吞吐吐地说："那后生从马上掉下来，一身都是血，我扶他躺在床上，他一天一夜未醒，身上都发臭了，我……我把他抬出去扔了！""啊，扔了！"椒红一听就栽倒晕过去了。言荣揪住老人要打，文江大喝："还不带我们去找他！"老人忙带他们走进一片乱坟岗子里。荒草丛生处，坟头密集，白骨散落，尚有未掩埋的尸体，让人看了毛骨悚然。在乱草堆里，老人停住，用手一指，说："人还在，幸好未被野狗拉去吃了。"文江扑过去，把那脸朝下匍匐着的人翻个看去，那人脸发紫，肿胀得面目全非，他看了摇头说："这——是文涛吗？"椒红扑来，一把撕开那人的领口，往里翻找，竟然看到那只晶莹碧绿的玉蝴蝶，她嘶吼道："是文涛！"

几人不管文涛是死是活，把他带回口子老城石板街，陶明昭马上请来最好的郎中。老郎中探手一摸脉，惊道："气息尚存，但微若游丝，希望渺茫。"椒红扑地给老郎中跪下，说："请老人家一定救活他，他要不能活，我也不活了！"说完号啕大哭。文江也跪倒祈求道："请一定救活我三弟！"老郎中感动地说："医者仁心，某尽力而为便是。"老郎中看文涛伤势，他身中数弹，前胸中一颗，后颈中了三颗，背上多处受刀伤。老郎中动手给他取弹。老郎中咕哝道："奇迹也，前胸中的子弹似被什么挡住，未深及心脏！"椒红拿出那只玉蝴蝶，发现翅膀处残缺一个小口。老郎中没费劲就取出前胸子弹，但取后颈子弹费了九牛二虎之力才取出两颗。他说："还有一颗子弹太深，取不出来。"郎中清理伤口，用药消毒，撬开文涛的牙齿，灌进一碗中药下去，然后他擦了把额头的汗水说："某尽力了，余下就看他的造化了。"椒红看着文涛，眼睛已哭得红肿如桃，文江劝她休息一会儿，但她通宵达旦不合眼地看着文涛，寸步不离。次日一早，老郎中复来给文涛用药，诊脉，摇摇头。文涛仍然气息奄奄，椒红再求老郎中救文涛。老郎中查看文涛后颈，伤口溃脓紫里透黑，发愁道："这溃脓难除哇！"椒红哭着问："难道说，一点办法都没有了吗？"老郎中说："办法是有，除非用口吸

脓。"一语未了，椒红趴到文涛后颈上就用口猛吸，一口一口紫黑的溃脓被吸出，腥臭无比，令人作呕，可是椒红一口一口地吸，直到把那紫黑的溃脓吸得干干净净。老郎中目瞪口呆，大为感动地说："小姐痴情，死神也会为之却步！"下午，老郎中又来诊脉，他"咦"了一声，说："奇迹也，他脉搏清晰起来啦！""啊，太好啦！"椒红惊喜交加，文江也转忧为喜。又是一个通宵，窗外，月光澄澈；室内，灯光柔和，文涛缓缓地睁开了眼睛。椒红与文江一左一右趴在床边已沉沉睡去。

一年后，口子街上，到处爆发出朗朗的笑声，人们欢呼雀跃。

"噢——太好啦！"大小的孩子们雀跃着，欢呼着，拍着手唱道："小日本坏坏坏，炸死他个王八蛋！"所有的人哈哈哈大笑，这笑声像大海的波涛汹涌澎湃，一直澎湃到全中国！澎湃到全世界！这是因为美国向日本投去两颗原子弹！气焰嚣张的日本人已成丧家之犬，过街老鼠，人人喊打。1945 年 8 月 15 日，日本人终于被迫宣布向中国无条件投降！

"噢——中国胜利了，日本鬼子投降啦！"一声呼喊，就像黎明前的雄鸡一声啼唱，这一声，惊动了大江南北，大河上下！口子街上大人孩子拥向街头，欢呼雷动。人群里看到了椒红、灵心、朱茵的身影，她们被拥挤的人推着，不由自主地往前走。大街上到处锣鼓喧天，披红挂彩，兴奋的人们有演讲的，有唱大戏的，有唱快板的，还有耍狮子的，等等，人们用五花八门的形式在庆祝抗日胜利。

椒红等人来到昔日母校前，看见一个高台上，文涛丰神俊逸，神采飞扬地站在那里在演讲："欲使之灭亡，必先使之疯狂。法西斯主义就是一只疯狂的九头虫，但是即使它再疯狂，终也被世界人民反法西斯主义的正义之剑，斩掉了爪牙，九头虫变成无头虫了！哈哈——"

"哈哈——"

"哈哈——"

……

第 55 章

霁月难逢

抗战胜利了！

文涛与椒红、三黑与红梅、丰收与吕敬兰举行了集体婚礼。

仲春时节，杨氏一行回到了故乡。桃李原上人们开始了春耕，遍地响起了悠扬的牛歌，正是桃李盛开之时，桃花红，梨花白，一路繁花似锦，美景若画。历经沧桑的游子，又回到了这片热土。

刚到下河桥附近，就有两对新人来迎接他们——文江夫妇和文涛夫妇笑脸相迎，文波见了他们远远喊道："哦——日本投降了，我们回来啦！"文江等看到他们吃惊不小：临走时的小姐弟仨都还是拖着鼻涕的小孩子，今日归来，原来的丑小鸭都变成一只只美丽的白天鹅！文娟、文丽已是亭亭玉立的漂亮大姑娘；文波呢，已成玉树临风一少年。文涛带着椒红过来喊一声"娘——"，王氏一见文涛和椒红双双对对地并肩而来，她喜极而泣。杨氏也为之高兴。文波见文涛身边的椒红，惊呼道："哇，椒红表姐，变成三嫂了？呵呵，三哥，你什么时候给我娶回的三嫂？家里又多了一个仙女嫂子啊！"文波的话逗得大家哈哈大笑。

文波看看大嫂又看看三嫂，调皮地又唱又念："大嫂美来三嫂俏，凤凰飞到俺家笑！大哥啊，咱家栽了梧桐树了吧？才落下了这般模样的金凤凰啊？俩嫂子个个都像天上的仙女下凡尘！"文波的俏皮话又引来大家的一阵欢笑。大家看文波，头戴破了洞的瓜皮单帽，细长个儿，虽经受逃荒要饭、风餐露宿的折磨，但依然细皮嫩肉，俊眉俏眼，掩不住那一股特有的调皮睿智，蓬勃朝气，可爱非常。于是招来两对哥嫂的手一齐伸来爱惜地抚摸他的头。文江说："二婶三婶，你们受苦了！快，坐上毛驴车，歇歇脚。"

文江赶着毛驴车，毛驴儿四蹄飞扬，一路铃儿叮当，大家有说有笑往家赶。

风中还扬起文波清亮的声音，述说一路见闻："你们不知道，二哥头戴军帽，一身军装，可威武啦，可英俊啦！等我长大了，我也要当兵！"到了家门口，阵风托着烟管远远地迎接过去，文波第一个跳下车，跳着喊着："哦——日本投降了，我们回家了——"汪氏也笑盈盈地迎了上去，妯娌们见了面，彼此拥在了一起，一家人亲热异常。

繁花如烟。蓝沱河一如既往，碧波荡漾，两岸桃花、梨花，翻着浪花地蘸水而开，在花丛中穿梭着两对玉人儿——李文涛与陶椒红，苗宏仁与蓝灵心。他们身跨两匹骏马：一匹雪白，一匹枣红。一大早就相约郊游，文涛与椒红共骑一匹白马，缓缓而来；而宏仁与灵心共乘一匹枣红马，姗姗而来，一直走到蓝沱河大湾处的北岸，那里桃花、梨花开得最艳。他们放马岸边，钻进繁密的花丛。花丛里游人如织，美女俊男双双对对。苗宏仁激动地说："这桃花如火如霞，花儿开得真美啊，我们的家乡真美啊！很久没有能这样欣赏家乡的美景了。"文涛接口说："是呀，难得有空一赏家乡美景。"文涛念念有词，"我们蓝沱河两岸，桃花如霞，梨花如雪，倒映在清澈的水波中。瞧，连美人也倒映其中，就是到了瑶池仙境也不过如此啊！"苗宏仁看了看四周风景，又看了看身旁的美人，不禁抒情吟道："江山万里，美景如画，美人亦如画。人生若此，夫复何求？"说过二人哈哈大笑，都看向自己的如花美眷。

椒红与灵心欢喜地站在红白相衬的花丛里。椒红新婚少妇，娇媚迷人，她偏着头，顾盼生姿，一边欣赏着火焰般的桃花朵朵，一边无限爱惜地咬一瓣桃花在唇，妩媚动人。灵心呢，虽然是两个孩子的年轻母亲，但依然美若娇花，她攀一枝梨花横在粉颈，风韵迷人。她眯着眼欣赏着椒红，不由得赞道："人面桃花相映红！在桃花丛中你简直太美了！真是人逢喜事精神爽，新婚很愉快吧？哈哈哈——"椒红羞涩浅笑，说："还说我呢？你简直是美而不自知。你们是小别胜新婚吧？你瞧，你雪腮红晕，胜过梨花！"两人互相恭维，呵呵地笑起来。

灵心笑说："不打仗了真好，能悠然无虑地享受家乡的美丽春天，多好啊！"椒红说："仗打完了，但愿永远打完了。我愿永远守在这桃李盛开的家乡，情愿做一个农妇，生一堆可爱的孩子，就像老母鸡一样，领着一群小鸡在田野里觅食，看孩子们慢慢长大，自己慢慢变老；住一座篱笆小院，侍弄菜蔬花草，亲手耕地稼穑，采菊东篱，赏月西楼，想想，那样多美啊！"灵心被她的话逗得咯咯直笑，她说："但愿如你我所愿，不再打仗了。"

椒红突然眉心上耸，担心地问："你说，到底还会不会再打仗呢？"灵心摇头道："我也说不好啊。"

那边文涛问："以后的路会何去何从，怎么走呢？"苗宏仁摇头说："何去何从，谁知道呢，仗还会打吗？"两位女士走到他们面前来，齐声说："但愿不会打，我们打够了，全国人民都打够了，不能再打啦！"两位男士看着他们的妻子，娇艳如花的脸庞掩映在花丛中，人比花艳，心有感触。他们回应道："但愿不会再打仗，家人需要团圆，人民需要安居乐业，和平的日子来之不易，弥足珍贵啊！""但是……"苗宏仁拧着眉毛，忧凄地问，"文涛，你们是否又接到新任务？我这边，关潼大队长已经通知我们还要整装待命！"文涛喟然长叹："唉，谁知道未来的情况呢？我确实接到三表哥的通知了，要我们不久去宿州县城待命。"苗宏仁惊讶道："啊？你离开了，龙脊山的黑梅帮怎么办？"文涛说："言朗与石仲辉早就离开了龙脊山，去了宿州城；山寨是言富兄弟俩的啦。"苗宏仁说："一段时间以来，黑梅帮与咱游击队，互为照应，合作愉快。你走了，以后会怎样？"文涛说："这正是我今天要托你之事，我打算把龙脊山交给你，言富、言荣是性情中人，只要你引导好，他们仍会与游击队继续友好合作，仍会有利于我党我军。切记！"苗宏仁点点头。

椒红突然说："我有个好主意，我们到惠风庐找老爷子占卜去，预测一下时局的发展。"大家都赞这是个好主意。

椒红回到娘家，母亲兴奋地迎过来，椒红发现表妹文娟也在，果香说："你不在家，有文娟来陪我，可好啦，文娟手脚勤快，干活做饭比你强多了。"椒红拉过文娟笑说："表妹，辛苦你啦！"她上下打量着文娟，兴奋地说："表妹越来越漂亮了，瞧这小脸蛋儿，简直像桃花瓣儿，一拧就出水儿！"文娟只是扑扇着大眼睛微笑，沉默不语。

晚上，明月如玉，高悬蓝空。大家纷纷进了惠风庐，道宗老爷子越发地发若银丝，赛过神仙。惠风庐里依然是塞满了人。几个年轻人进来与老爷子打招呼，老爷子兴奋地对椒红说："红辣椒，你回门来了？"椒红笑对："呵呵，老爷子，你还没忘记我的外号呢？"

老爷子手捋银髯，笑道："呵呵，我给你起的外号，怎么会忘记？"椒红与文娟并坐在人群中，道宗老爷子右侧的灯影里有一个英俊的后生在写字，时不时地向人群中的文娟瞟过来一眼，他就是言玉。他的举动怎能逃过老爷子那双锐利的眼睛？他手捻银须额首微笑。椒红问："老爷子，今晚给我们说段什么？"老爷子扬声唱道："咱今晚，来一段那个，重温鸿门宴，再解那个楚汉争霸哇——"说着，就操起烧火棍，敲着破锅盖，有声有色地唱了一段，然后歇下来吸旱烟。有人问："当初，刘邦与项羽可是一对拜把子的好兄弟啊，他们何不隔河为界，各治一方，共享天下呢？"

有人反驳道："都像你说的，天下早就太平啦，事实上，他们俩总有一个不乐意的嘛！不说以往啦，就说当今吧。如今鬼子滚回了东瀛老家，以后咱们会怎样呢？老爷子，你给大家分析一下当下的时局何去何从吧？"老爷子说："你们没看报吗？没看的话，那旮儿里有一沓呢，看看不就明白了吗？言玉过来，拿报纸给大家读读。"言玉从灯影里走出来，正好站在文娟的面前，他看了文娟一眼，

显得羞赧不适，但他端端地往那里一站，身姿挺拔，秀如青竹，文娟扑扇着大眼睛看了他一眼，遂垂下了眼睑。言玉挑拣几条消息，然后亮起嗓子清晰而有条理地读给大家听——国共双方发表了会谈纪要即《双十协定》……

言玉读过报纸，又坐回去写字。苗宏仁问："老爷子，国共双方签订这个协定，就是谈和了，以后就不打仗了吧？"道宗老爷子抱着烟袋吸个不停，说："不打仗了，咱小百姓当然乐意看到刀枪入库，马放南山喽。"文涛说："要是两党秉持诚意，真正以和为贵，为民谋福，共治天下，不就不用打仗了吗？"老爷子听后嘿嘿地笑，说："那敢情好啦。但是，我问你，若你有一百个馒头，我才有一个馒头，你愿意和我一锅吃饭吗？一个小孩的玩具多，另一个小孩的玩具少，他们乐意在一块儿玩吗？"文涛道："这——"他回答不好。椒红问："老爷子，你看两党和谈不是很顺利吗？那个《双十协定》签订后，全国安静好些日子，老百姓盼望和平的日子到来盼得跟那啥一样——可以说，简直是望穿秋水！"

老爷子抱着旱烟袋，吸个不停，喃喃自语："霁月难逢，彩云易散哪，唉……"椒红是个急性子，耐不住沉默，她惴惴地问老爷子："那依您的意思，仗还要打？"老爷子眼望窗外，仍然吸烟不止，默然不应。袅袅烟雾弥漫室内，好像是浓浓的大雾弥漫于天地，沉重地笼罩在每一个人的心头上。

第56章

恋美迷情

一声娇啼，一个最漂亮的男孩诞生在这个世界上——胡莲雪生孩子啦！

杨氏、王氏一回到阔别六年的家，杨氏就偷偷问："大嫂，文江与莲雪生几个孩子啦？"汪氏一听，忙连连摆手，但又喜滋滋地说："自你们走后，她一直没怀一个。而今老天爷总算开眼，她已身怀六甲，眼看要生了！但愿上天能赐给咱一个大孙子，一天的云彩就都散尽了！呵呵……"

如今果然如人所愿，胡莲雪终于生了个雪人儿一般的胖小子，一家人都乐坏了，千宝贝、万宝贝地叫。杨氏、王氏都去祝贺小夫妻喜得贵子，文江央道："二婶，您走南闯北，见世面多，给孩子取个名吧！"杨氏略一思忖，说："这不，抗日一胜利，咱家就喜添男丁，就叫抗胜吧。"全家鼓掌赞成，齐声说："抗胜好，抗胜好！"此时文涛与椒红进来了。椒红坐到大嫂胡莲雪的身边，伸出素手去摸摸孩子粉嘟嘟的脸蛋。胡莲雪逗她说："弟妹，你们也抓紧吧，生出一个，跟我们的抗胜做伴儿，咯咯咯……"王氏的眼睛渴盼地瞅着椒红，笑着说："是呀，我可等着抱孙子呢！"椒红脸红了，但心里在窃喜。文江拍拍文涛笑说："是呀，三弟，你们可不要让三婶等得太着急哦！哈哈哈——"文涛笑着说："要是不打仗了，我们就生一堆！"一句话逗得全家哈哈大笑。

文涛与椒红走进了他们的新房。椒红说："大嫂的孩子真可爱！"文涛笑着问："你羡慕了？那咱也生一个。"说着他把椒红揽进怀里。椒红咯咯地笑着说："正如你说的那样，要是不打仗，咱生一堆。咱去郊游那天我跟灵心也是这么说的！"文涛严肃地说："唉，谁不想老婆孩子热炕头啊？可是，战争一天不停止，把一个小生命带到这个世界上来，看着他遭罪，咱心里也不忍啊。"椒红肃然地说："是呀，但愿战火早早平息，等一切都风平浪静了，咱再要孩子也不迟。反

正咱还年轻，咯咯咯……"夫妻俩相拥而眠，各自脖子下面的碧绿的玉蝴蝶正巧碰到了一起，拼成一对比翼齐飞的图案。次日，文涛与椒红就接到通知，立即去了宿州。

最美人间四月天，院子里的梨花吐云绽雪的时候，胡莲雪抱着雪孩儿般的抗胜，坐在梨花树下喂奶。她穿一身藕荷色的薄棉睡衣，孩子则穿一身象牙白的小棉衣，裹着娇嫩的小身子，抱着母亲雪白的双乳跟抱着一对雪梨一般，咕咚咚咕咚咚，在醋畅淋漓地吸乳汁。文江蹲在井边洗着尿布，看着梨花下的母子，简直像画中人，满足感、幸福感塞满他的心头，他又恢复了美男子的光辉形象。突然，大门被"咣"的一声撞开，从外面闯进来一个十八九岁的后生，他裹着一阵风进来了。文江抬头一看，笑问："文凯呀，啥时回来的，怎么风急火燎地跑来了？你在大学里也能中途回来？"文凯说："我三哥结婚，我请假回来了。"文凯瘦瘦的身材，白净面皮，生得小鼻子、小眼睛，显得很机灵。他说："文江哥，帮帮忙去，我大爷家人手不够，让我多找几个人搬桌子板凳，我已经找过几个人了，可人手还是不够，就来找你。"文江急忙晒好尿布，跟他往外走去。文凯一转脸看到梨花树下的胡莲雪母子，登时张大嘴巴与眼睛，毫不掩饰地说："呀，呀，这是文江嫂子吗？文江嫂子生得可真漂亮，真是人间绝色啊！"胡莲雪不好意思地抱孩子起身回屋，文凯站在原地目送她一直走进屋门。文江催他："小屁孩，还愣着干啥？走哇！"文凯自知失态，不好意思地挠挠头，笑笑，一面走一面还频频回首，嘴里赞不绝口："真漂亮，真漂亮！"文江早已听惯了他人对妻子的赞美，便不以为然。

又一日，胡莲雪抱着孩子倚门而立，梨花枝头扫着屋檐，雪白的花瓣儿随风飘落，落了母子一身梨花花瓣，又是一幅迷人的画卷。文凯推门而进，问："文江哥呢？"文江从里屋走出，抱了一把尿布，看见他，招呼道："文凯兄弟呀，你三哥的婚事忙完了，你怎么还没回校？"文凯说："不忙，还有两天假呢。大后天再走。"他挨近胡莲雪，伸手捏捏她怀里的小抗胜，赞道："小侄子大概是雪捏成或者莲藕做成的孩子，我从没见过这么白这么漂亮的孩子！瞧，他的小胳膊小腿儿多像白白胖胖的莲藕节。"趁机，他近距离地欣赏到胡莲雪的美。胡莲雪的美真正惊艳到他了——那是一张大大的瓜子脸，疏朗而开阔，她的眉眼等五官都安放得那么适如其分，简直就像画家特意布局安排的，毫无败笔。

"嫂子真是太美了，国色天香，倾国倾城，这样的词就是为嫂子这样的人儿造的。以前不理解，也想象不出，那究竟是何等的美，真是百闻不如一见，今日见了嫂子，始信世间真有如此绝色。相比之下，我那几个嫂子，唉——"文江笑着说："你又在这里贫嘴了，你那几个嫂子又怎么了？"文凯一拍屁股说："唉，一言难尽，说起来都令人伤心啊，文理嫂子长得像个茄子，文玑嫂子像个地瓜，而我这位新娶到家的文璇嫂子，却像一个大南瓜！"他的话逗得胡莲雪哈哈大笑，她清妙的笑声像一条小溪里奔腾的浪花，动听之至。她笑着说："那敢情说，你的几位嫂子都是菜做的啦！哈哈哈——"文凯自己也笑了，他那本来就很局促的五官，这时都挤成一团儿了，看到他那滑稽的样儿，文江与胡莲雪都笑得前仰后合。文凯继续说："嫂子的美，我是无法描绘的，不过古人会描写美女，我背几句给你们听啊——北方有佳人，绝世而独立。一顾倾人城，再顾倾人国。宁不知倾城与倾国？佳人难再得——这首诗出自汉武帝时期的李延年之手，他是宫中的词曲家，他想把自己的妹妹嫁给汉武帝，就作了此曲，把她妹妹夸耀得如天仙下凡啊。汉武帝果真纳了他妹妹作妃子。"文凯能说会道，又有学识又会逗笑，胡莲雪听他讲话，并不反感，反而饶有兴趣。

李文凯见胡莲雪对他的谈话感兴趣，便更加卖弄他的学识。他说："嫂子若是在古代，就是那倾国倾城的美女。"胡莲雪笑成一朵花，文江笑着轻嗔他道："兄弟你就贫嘴，究竟什么样的才叫倾国倾城？"文凯一拍脑袋瓜子，便更加放肆地胡乱诌下去，他说："啊，倾国倾城呀，就是，就是，简单地说吧，那国王见了她的美，就忘了治理国家；守城的士兵见了她的容颜，就忘了守城，都为之倾倒啦。""咯咯咯——"胡莲雪笑问，"美女有那么厉害吗？那打仗的时候，都不要打了，只派一个美女去，不就赢啦？"文凯一拍大腿，兴奋道："没想到嫂子冰雪聪明哪，这话可被你说对了，还真就有两国因为一个美女或起干戈或平息战争的，比如，古希腊就有个叫海伦的美女，她突然被别国的王子给拐跑了，为此引发了一场战争，两个国家一打就是十年啊！结果她本国打赢了，迎她回来的那天，为她打了十年仗的士兵恨死她了，但一见了她那绝世风姿，都说，为她再打十年仗也值啊！我国春秋时代，吴越争霸，越国送西施去吴国，换得多年息战，越王勾践才得以卧薪尝胆，厉兵秣马，反败为胜。汉元帝送王昭君入匈奴，换得大汉止戈多年。汉末王允利用一出美人计，派貂蝉离间董卓与吕布之间的关系，一举除了奸贼董卓。而大唐天子李隆基宠爱杨贵妃，险些丢了大唐江山。这四大美女西施能沉鱼，昭君能落雁，貂蝉能闭月，玉环能羞花，她们的绝色都可以或安邦或倾国啊。"

文江开心得哈哈大笑，说："兄弟，你好学问，好口才啊！"被文江夸了一下，文凯更加得意了，他清了清嗓子，继续说："不过，这四大美女，都还有缺点呢，据说……"突然，打门外走进一个人——是李文璇！他进来就喊："四弟，该吃午饭啦，你怎么还在这里叨扰人家？"文江客气地招呼道："兄弟，进来坐会儿啊！"李文璇客气地回道："不坐了，家父等着大家吃饭呢！"文江本无话与他可说，但为了不尴尬，就没话找话说："这次大婚，能住几天啊？"李文璇严正地答："本来军务繁忙，不过奉家父之命，完成大婚，只可小住几日，便要回程。"说话间，他的一双鹰眼不停地扫视小院子，他装作不经意地看了几眼胡莲雪，随便赞了句："你家孩子真可爱！"胡莲雪被他看得浑身不舒适，急忙抱

着孩子回屋去了。李文璇又对院子里来回唰唰地扫视几遍，似乎顺便地问一句，"文涛兄弟不在家？"文江没有多揣摩他的话，就回道："哦，三弟他们去了宿州城做事，不常回家。"又一番客套之后，他便带着文凯走出院子。

他们走后，胡莲雪说："都是一家子，但文凯就显得单纯可爱，而那个李文璇就显得阴险可怕，瞧他那双小眼睛，看人一眼，就像锥子一样锐利，令人起一身鸡皮疙瘩，好不瘆人！"文江说："没错，他们是堂兄弟，但差别很大。文凯是一个大学生，还善良单纯，自小就没心没肺的，他跟谁玩得都好，不分穷富。小时候就爱跟在文涛屁股后面打转儿，没少拿好东西给文涛吃。他大伯家弟兄三个，老大文理还算老实，没有他老子会兴风作浪。而文玑、文璇俩兄弟眼睛都长在头顶上，傲视穷人。之前文璇与椒红订婚又毁婚，曾经闹得沸沸扬扬；后来他又想娶椒红，可椒红自小就已心许文涛，她逃到宿州找文涛，如今有情人终成眷属。可以说，文涛和椒红在一起，也是历经磨难啊。如今李文璇终于娶了大鹏山有钱人家的千金了，大家都各自安好，总算消除了一段孽缘，不然，他说不定还会生出什么幺蛾子呢。呵呵，据文凯说，那女人长得像个大南瓜，她肯定没有椒红长得好看喽，但人家有钱啊！"胡莲雪"哦"了一声，说："难怪呢。不过，我感觉，李文璇的那眼神，那语气，不是那么单纯。"文江问："你感觉到了什么？"胡莲雪说："我说不上来，但就有那么一种感觉。"

李文璇走到大门外，似乎自言自语，恶狠狠地哼一声："奇怪了，天下的金凤凰难道都瞎了眼啦，为什么单单拣破茅屋顶上落？"文凯傻乎乎地问："三哥，咋的啦？"他不解地蹙着眉头，努着嘴巴。文璇不理睬他，"——可恶！"文凯莫名其妙，还傻乎乎地问："可恶？你是说我吗？三哥，我究竟怎么了？"文璇瞪了他一眼，骂道："幼稚，傻蛋！"文凯被他骂得摸不着门，傻傻地看着他，不敢再多问。

这些日子不知怎么了，自打文凯来过阵风大院后，李阵星与李阵辰也时常来光顾阵风大院，频频走来串门，有时坐着不走，一聊就是几个时辰。特别是李阵星，一口一句"阵风大哥"叫得特别亲热。

"阵风大哥，你看报吗，国共两党又和谈了，这次国共两党可真的会好下去了。你想啊，抗日时，两党并肩作战，常言说：打虎亲兄弟，上阵父子兵。经过并肩作战，两党的情谊更深了，以后就不分你我了，以后再没有仗要打啦！咱老百姓就等着过太平日子喽。"阵风兴奋地说："那敢情好，处家过日子的人家，谁想打仗啊？我们家可是受够了打仗的苦，唉，一说两眼泪，不能提啊。"

阵星说："那是日本人造的孽，咱不是把他打跑了吗？"说着，他溜达进了阵风的里屋，用手摸摸阵风挂在床头的那把老猎枪，阵风警惕地盯着他，他讪讪地缩回了手，说："阵风大哥，这把枪可是个好东西，不过，在和平年代，也没大用了。你想啊，国家不打仗了，都已经刀枪入库，马放南山了，咱老百姓要杆

第56章 恋美迷情

枪有啥用嘛？哈哈，你说是吗，阵风大哥？"阵风不知如何回答，便不置可否地"嗯哪"一声。

此后，阵星阵辰频繁来阵风大院串门，主动向他示好，好像完全忘记了以往的恩怨。今年的麦收季节，还主动要给他家减免三成粮租。阵风跟杨氏说："真是太阳打西边出来了，今年李阵星兄弟怎么那么心善，主动向咱示好，要给咱们减免租子，他到底何意？"杨氏也不解地说："是呀，他到底打的什么主意呢？俗话说，主动献殷勤非奸即盗，要提防他啊，看他到底想干啥，想要什么？咱要打定主意，无论他提出什么要求，咱都不要答应他。"阵风点头称是。结果呢，他们并没有要求什么，也没干什么。于是李阵风对李阵星兄弟渐渐放松了一些警惕。

第57章

彩 云 易 散

夏日来了，文凯回来了，他一有闲暇就来阵风大院与文江、胡莲雪谈古论今，大谈美女经。

晨光熹微，文江在井边打水，胡莲雪蹲在井边，拿把木梳蘸着水，梳理她一头乌黑的长发。文凯雀跃地进了院子，拊掌大笑道："妙妙妙哇，嫂子临水梳头的这般模样，正合了古美女临水梳妆之美态典故——传说后羿打猎归来，在河边洗脸，见水中倒影，一个长发及腰的美女在蘸水梳妆，便惊喜地与嫦娥相识。当年周幽王攻破褒国，士兵发现一美女在井边汲水，见她美艳惊人，便献于幽王，她就是褒姒。范蠡当年在溪水边发现了浣纱的美丽西施，把他献给吴王阖闾。曹雪芹形容林黛玉之美——娴静处如娇花照水，行动时似弱柳扶风。曹公这两句道绝了女子的柔美之态。嫂子这般临水梳妆的美态，就堪称一绝。嫂子的美态正合了此上句，下句却不合了，因为嫂子的体态可不似弱不禁风的林黛玉那种病态之美。类似林黛玉那样的病态美，天下男人只有贾宝玉，不，准确地说，只有曹公才喜欢；林黛玉拿到咱现在，谁去娶她？那只不过是个美人灯，碰一碰就碎了，恐怕生个孩子都是小病秧子。"

一语未了，文江与胡莲雪都笑翻了。文江说："你就在这糟践名著吧，人家林黛玉那是天上掉下来的仙姝，岂是你这肉眼凡胎能欣赏得了的？"文凯挠挠头，笑了，说："我确实是肉眼凡胎，不识仙容。不过，我倒欣赏曹公笔下的另一个美人——薛宝钗。她不仅生得肌肤丰腴却不臃肿，那是一副康健之美；更要命的是，她面若银盆，肌肤胜雪，还目若水杏。哎呀呀，这相貌，合着不是描述嫂子的？我一见嫂子，就想描述一下嫂子的美，但一时肚子里搜索不出合适的言语来，想起曹公笔下的宝钗之美，正合嫂子。到底还是曹公高明，寥寥几笔，一个冰雪

可爱的美人就出来了。嫂子莫不是才从《红楼梦》里走出来的薛宝钗吧？"

文江与莲雪又是一阵大笑，文江说："你读书，就单记得书里描写美女的那些话了，是不是？"文凯挠挠头笑说："说的也是，我记得，古之写美女的体态美莫过于曹植的《洛神赋》，他写洛神之美，其形'翩若惊鸿，矫若游龙'。这是写少女身姿轻盈的绝笔！这洛神肯定是一个善舞的女子。不过，比她更瘦削更轻盈更善舞的女子，莫过于汉成帝的宠妃赵飞燕了，传说，她可在掌上舞蹈，汉成帝特制一个水晶盘，供她舞在其上。书上常说的'环肥燕瘦'的'燕'就是说她的。我认为她的美并不可恭维，因她太过瘦削，连孩子都生不出来。你想啊，一个瘦得跟个柴火棒一样的女子，脱了衣服岂不像个鬼？"

"哈哈哈哈——"胡莲雪对文凯的侃侃而谈饶有兴趣，听到最后，被他的直率逗得哈哈大笑，笑得花枝乱颤。文江也开心地大笑，就问："兄弟，你在大学里学的啥？怎么懂得那么多美女经？"文凯说："我是学地质的。"胡莲雪好奇地问："啥叫地质？"文凯挠挠头笑说："呵呵，噢，这个呀，这么跟你说吧，地下面哪里有煤，哪里有铁矿，哪里有金子，我们扒出点土，研究一块石头，就知道它们分布在哪里，含金量有多少啦！"

"哦，真厉害！"胡莲雪睁大了一双明眸惊叹道。文江打趣道："研究地质，顺便也研究一些才子佳人，你学了一肚子美女经呢！"文凯说："嗨，才子佳人，英雄美女，可是构成咱文化史与历史的一部分哪，但凡有学问者，谁不懂这些经典？"文江笑说："哎哟哟，你懂得那么多美女经，在学校里肯定追了不少女孩子吧？"文凯说："事实上，我一个也没追上啊。"胡莲雪好奇地问："为什么呢？"文凯不好意思地说："因为我——她们跑得太快，我追不上啊！"

"哈哈哈，哈哈哈——"愉快的笑声在阵风大院里又飞扬起来。

天空一片祥云笼罩，他们继续闲聊。文江说："赵飞燕与杨贵妃的故事，我也曾在惠风庐里听老爷子说唱过。"文凯又来了劲，他说："'环肥燕瘦'的'环'说的就是杨贵妃。据说她长得身材玲珑，体重却有一百三十八斤，天哪，那体态要有多臃肿！但以胖为美的大唐却封她为天下第一美女，真是不可思议。可见，各个朝代都有不同的审美标准。战国就有楚王爱细腰的说法，以瘦为美。古代堪称十全十美的美女，当推《诗经》里描写的庄姜，她——手如柔荑，肤如凝脂，领如蝤蛴，齿如瓠犀，螓首蛾眉，巧笑倩兮，美目盼兮——乖乖，瞧这美女，嫣然一笑动人心，秋波一转摄人魂啊！若把嫂子比庄姜，未尝不可，在我看来，唯有嫂子可以与她一较高低。"胡莲雪哈哈地笑道："文凯兄弟的嘴巴，能说会道，嘴巴像抹了蜜糖一样甜，在学校肯定招女孩子喜欢。"文江笑说："肯定在学校是个恋爱专家。南京美女如云，到底追到一个没有？"

胡莲雪说："江南是鱼米之乡，听说那里的女子个个都是肤如凝脂！江南出美女啊。"文凯说："未必，江南是出美女，但一到夏天鲜有肤如凝脂的，多数

被晒得黑不溜秋的，有的还不如北方的女子呢。女人的皮肤有雪白、清白、黄里透白、白里透粉，以雪白为上乘，最上乘者为白里透粉，色如桃花之艳；以嫂子今日之容颜当属于后者。描写美女的眼睛美者，有秋水、秋波、明月、深潭、深泓、明珠、黑白水银等，当以秋水与深泓为上乘，嫂子的眼睛就赛过秋水，眼波流动如水银泻地，满满地都是亮晶晶的光，令人见之忘俗。"

胡莲雪笑道："兄弟呀，你怎么说什么都能拐到我身上？哈哈，小嘴够逗的啊！"

文凯挤住眉眼一笑："我不是恭维嫂子啊，嫂子就是那巧笑倩兮，美目盼兮，瞧，嫂子的一扬手一投足，都是一幅画啊！"文凯边说还边模仿胡莲雪的动作。

胡莲雪与文江又爆发一阵哈哈大笑，文江无奈地说："真是服了你啦，你是莲花络子嘴，口能吐莲花，你若生在古代帝王家，肯定也是一个只爱美人不爱江山的主儿。"

文凯挠头笑道："历来帝王都是江山美人兼爱的，但那些嫁给帝王家的女子最后都落得什么好了？不得宠者则老死宫中无人知，受宠者多数又得不到好下场，最后还落下一个红颜祸水的坏名声。比如那可怜的桃花夫人，那惨死的杨贵妃……'宫中多少如花女，不嫁单于君不知'这句诗，就是说王昭君的，她虽然生得美，但多年埋没于汉宫，不得见天子；远嫁匈奴之后是得宠了，但侍候单于祖孙几代，最后还是不得善终，可谓可怜之至啊。可见，好女不如嫁入寻常百姓家，独得一人宠，足矣！"

文江反驳道："红颜祸水？美有错吗？祸害江山的岂能是弱女子？"

文凯赞成地说："美当然没错了，错在贪美色而弄权的那些帝王，自己荒淫无耻弄丢了江山，却推脱责任，借口红颜祸水。应该这么说：是帝王祸害了红颜，弄丢了江山，还嫁祸于红颜背黑锅。"

文江说："此论很妙！"

文凯说："在古代，美女因美而得祸，往往会遭到权势的欺凌，如西晋的美女绿珠，就遭到了孙秀的强抢，还连带着石崇被斩，她自身坠楼而亡，这是因美而致祸。"胡莲雪听了文凯这番话，陡然变色，脸上现出不悦。稍顿，文江感悟地说："所以俗话说得好，男人有三宝：丑妻、薄田、破棉袄，没人抢的就是福。"胡莲雪也深有感悟地说："那明天我把脸画花，变成丑女得了。"文江说："也不至于画花啊，人家往脸上擦粉，你往脸上擦层锅底灰，不就得了吗？"

"哈哈哈——"愉快的笑声又在阵风大院里飞扬。

哇啦一声，孩子的哭叫声从屋里传来，胡莲雪慌忙起身奔去照顾孩子。胡莲雪抱着四肢乱动的抗胜出来时，手里还拿着一块热腾腾的菜馍吃着。文凯说："这么香，嫂子吃的啥馍馍？好像很好吃。"胡莲雪说："菜馍，想吃，屋里还有。"文江进屋拿了两块菜馍，递给文凯一块，说："给，有钱人，尝尝我们穷人家吃的野菜馍馍吧。"文凯接在手里，烫得吱哇乱叫。文江就撕了一页他写过字的纸为他包上馍馍。此时，从门外进来一人，大家一看，是文涛！文凯一见文涛，跟热锅贴一般贴上去，大惊小怪地嚷成一片："文涛哥，我终于见到你啦！好久没有见到你啦！听说你已经娶媳妇了，听说文涛嫂子生得也是美若天仙，此次回来带回来没有，可否让我见识见识，一睹芳容？"

文凯一连串的发问，让文涛哭笑不得。等他停下来之后，文涛伸手抚摸他的头笑说："兄弟，都是大学生了，怎么还跟个没长大的孩子一般，你问了一大串问题，我答哪一个的是？"文凯抓住他的手摇晃着，撒娇般地说："那你就一个一个地回答我呗。"文涛说："好，一个一个回答你——我现在在宿州城，在一家医院里谋职。你嫂子呢，她现在那家医院当了一名护士，她很忙，脱不开身，没有回来。这次我一人回来的，下次介绍你们相识，行吗？满意了吧？我也是好久没见你的面了，想不到，前几年还拖着鼻涕的破小子，今日竟成了一个英气勃勃的大学生啦！哈哈……"

文凯挠头笑道："文涛哥，今晚咱们去摸蝶喇猴（知了）去吧，今年咱这里蝶喇猴可多了，昨晚我和亚子摸了好多呢！"文江在一边笑，文涛苦笑道："呵呵，兄弟，我真想回到童年，去摸蝶喇猴，可是不能了，为了谋生，来去匆匆，能如大学生那么悠闲自在吗？等我哪天回家做个田舍翁，咱再重温旧梦，去摸蝶喇猴，行吗？"

文凯满意地笑了，但他抓住文涛的手还是不舍得松开，这时，大门外有个人影晃动一下，又不见了。文凯突然神色大变，松开文涛的手，往外就走，却回头说："文涛哥，我先回去吃饭啦，得空来找你玩儿，咱俩好好聚聚。"文涛说："好吧，老弟，回头见。"众人面面相觑，文凯刚才还跟热年糕一样黏着文涛，怎么突然间跟见了鬼一般，说走就走了？

文江问："三弟，怎么突然回家，有什么事吗？"文涛神色凝重地说："回屋说。"

文江心里紧张起来，与文涛一起到了爹爹阵风的房间，文江问："到底发生什么大事了？"阵风见了文涛回来，又听文江如此问话，便紧张地站起来，问道："仨儿，发生什么事了？"

文涛表情严肃地说："你们没听说吗？《双十协定》被撕毁，中国爆发了全面内战！"阵风与文江同时"啊"了一声。阵风怀疑地说："又打仗了？前几日李阵星来串门时，说国内不会再打仗了，怎么又打起来了呢？"文涛说："什么，李阵星说的，不会打仗？他还来咱家串门了？"阵风说："是呀，这段时间他没少来咱家串门。"文涛警惕地说："奇怪，他跟咱家仇深似海，怎么说好就好，还来咱家串门？"阵风说："原是文凯到咱家串门，一来就和你大哥大嫂说笑一会儿。自从文凯来过，他们兄弟就经常来咱家串门啦！"文涛问："他们来咱家

有没有干什么，说什么？"阵风说："没有啊，也没干什么，也没说什么，就说国共两党和好啦，今后不会打仗了！"文涛说："他的话你也能信？以后他来咱家，你们要提高警惕，可要提防着他，防止他耍什么阴谋。文凯还行，他心思单纯，没有多少花花肠子。他爹和他大伯就诡计多端。"阵风点头说："嗯哪，以后提防着他们就是了。"

文涛兴奋地说："我回家，告诉家里一个好消息：我们的毛主席发表了《五四指标》，宣布要把减租减息的土地政策，改为没收地主阶级的土地分配给农民的政策。所以你们要动员村民继续斗争，做好斗地主分田地的准备。"阵风为难地说："这——减租减息，哦，对了，前些日子，李阵星主动对我说，今年要给咱家减去三成租子呢！"文涛惊问："啊？他主动给咱减租子！给全村都这么减了吗？"阵风说："他只是许诺给咱减租，还没实行呢，他哪里愿意给全村都减去三成租子啊！"

文涛说："他这是在给咱们灌迷魂汤呢，千万不要中计上当！多年的宿敌，哪里会那么容易一笑泯恩仇？他主动示好，俗话说，'无事献殷勤，非奸即盗'。不知他包藏多少祸心呢！大伯，大哥，千万要警惕啊！"文江一拍案子说："不错，我说他怎么那么好心呢，主动给咱减租减息，这里肯定有阴谋。现在国内又打起仗了，那么说，他早就知道这个消息了！"

忽然，抗胜哭叫的声音刺耳地传来，阵风说："咦，这孩子今天哭闹那么长时间，哭的声音有点怪，快去看看怎么了！"文江慌忙走进卧室，看见小小的抗胜小肚子一挺一挺的，扯着嗓子，拼足力气地在哭叫，胡莲雪为难得脸儿通红，嘴里哄着："娘的金马驹子，银牛犊子，你倒是哭啥的啊？"文江问："怎么了？孩子哭那么厉害？"胡莲雪红着眼说："不知道，给奶头也不吃，喂水也不喝，只拼了命地哭！"文江搭手一摸孩子额头，大叫："哎呀，那么烫！"

小抗胜得了重病，胡莲雪花容失色，一家人恐慌不已。一夜之间，阵风大院里好像笼罩在不祥的云雾之中。

第58章

深 谋 远 虑

话说文凯正如热年糕一样黏着文涛讲话，戛然而止，扭头就跑，原来他是看到了三哥李文璇了。他在心里有点怕三哥，因为他一来阵风大院里玩，三哥文璇就骂他傻蛋。所以，他见到了文璇，就赶紧跑出阵风大院。

到了家里，文璇就斜睨着他，文凯忙把头低下去，赔着小心地问道："三哥，你为何这样看我，我咋的了？"这次，李文璇不但没责备他，反而打趣起他来，他不怀好意地笑了笑，问："四弟，你整日价地待在人家院子里，是不是看上那个美娇娘了？"文凯当即跳起来了，气愤地说："三哥，你这说的什么话？我只是看她长得好看，脾气又欢，谈话能谈得来，我可对人家没有二心啊！"

李文璇笑得更厉害了，说："哈哈，还死鸭子嘴硬呢，我看，大概是有贼心没贼胆吧？"文凯更气了，脸都憋红了，跺脚说："你别以小人之心度君子之腹啊！我既没有那份贼胆，更没有那份贼心思。"李文璇笑弯了腰，说："还真是死鸭子嘴硬呢，别装了，你若真的看中了，三哥哪日帮你抢过来，行不？"文凯瞪圆了眼睛，问："你说的这叫什么话？她是人，又不是什么物件，可以抢的，你以为，这个世界上，只要你看中什么都可以抢过来的？切，不和你聊了！"文凯吃完菜馍，随手把纸对地上一掷，扭头跑进屋。李文璇在后面笑："哈哈，你就装吧！"他低头拾起那张纸，仔细看起来，然后嘴角露出一丝不易觉察的笑，他把那张纸仔细地折叠起来，揣在裤袋里。

一天，陶明昭与果香突然来到阵风家大院，是特地来找杨氏商量文娟与言玉的婚事的。

文娟在大姑家帮忙打理家务，忙完活，有闲空了就走进惠风庐里听老爷子说书。每每到了那里，总能见到言玉在老爷子那里习文写字，文娟倍加欣赏。他俩虽然不能像儿时那样随便拉手玩耍，但在心里都彼此欣赏。二人眉目传情的情景被目光锐利的老爷子看得清清楚楚，他就示意儿子明亮。吴氏也看中了文娟，看到她面如银莲、温柔沉默、勤快能干的样子，打心里就喜欢她。吴氏就去求果香，让她保这个大媒。果香素来知道吴氏是个厉害角色，她在家里上欺老，下压小——她不但辖制着落魄的道宗老爷子，还时常虐待她的大儿媳田氏——大儿媳是言青之妻，她是童养媳，吴氏"调教"儿媳的基本方式是棍棒起，棍棒落，让人家受尽了窝囊气。吴氏求果香保媒，果香正色说："嫂子，言玉是我看在眼里长大的，确也是个千里挑一的好男孩，可是，我家文娟更是万里挑一的好女孩。我可把丑话说在前面，我家文娟可不能受气，谁让她受半点委屈我可不依呀！"吴氏露出少有的媚笑，打手接掌地说："哎呀呀，他婶，瞧你说的什么话？我跟你下保证，我决不给闺女气受。那么一个雪娃娃、粉团团一般的乖孩子，我哪里舍得让她受半点委屈？你就放一百个心吧，你就等着瞧，看我往后怎么疼她吧！"

今天，果香携明昭郑重其事地回娘家来与杨氏、阵风商量文娟的婚事。杨氏表态说："你当姑姑的，看着好就好！"

午饭时分，李阵辰突然溜达着走进阵风大院，借口说是来找文凯回家吃饭的。见了明昭便寒暄几句。饭后，李阵星也串门来了，他热情地招呼陶明昭，坐下不走，与明昭东拉西扯。

阵风见李阵星又来串门，心里想到，正好，我有一句话要当面问他，看他怎么说。就问："阵星老弟，前些日子，你不是说不会再打仗了吗？怎么又打起来了呢？"李阵星干笑几声，说："哈哈，哦哦，这个嘛——阵风大哥，你想啊，一家子亲兄弟还有吵嘴掐架的时候呢，何况两个政党呢？没事的，以前不也打过吗？打两天就又和好啦，没什么的。再说了，这是国家大事，咱小百姓管不了，是不是？咱照旧过咱的小日子，管那么多干啥？放心吧，两党又打起来，咱两家该好的，还是好！"阵风听他那么一说，无话可说，不由得心放宽了许多。

李阵星强拉着陶明昭，说："走走，陶会长，到寒舍一聚，我有话跟你说。"明昭挣不过他，就随他进了梧桐苑里。李阵星神秘地问："明昭老兄，你知道国共两党打仗，打到哪里了吗？打到什么地步了？可知未来孰胜孰负？"明昭摇头说："打仗，不在咱中原地带，离咱家乡远着呢，咱过问这事干啥？你刚才不是还跟阵风说，国家大事，咱管不了那么多吗？日本人被咱打跑了，只要能保证我收到优质的高粱、小麦，让我能酿出优质的口子酒，做好我的生意，就行了。"李阵星摇头又摆尾地说："明昭老兄，此言差矣。国家大事还是关乎咱百姓的生死存亡的。我问你，你想让国民党打赢，还是想让共产党打赢？就是说，你想让谁来坐拥天下？"陶明昭说："我无所谓，国、共都是咱国家的，谁坐拥天下都一样，又不是日本人，叫咱亡国灭种。咱的天下，国、共谁来坐，都会让咱百姓过太平日子，都会让我酿出口子美酒，咱管那么多干啥？呵呵呵……"

李阵星摆手说："非也。来，明昭兄，来看看这几份报纸，看看这几条新闻。"明昭问："看报，这是何意？"李阵星解说："你没注意到吗？早在三十年代，共产党在西北延安，就提出一个所谓的土地政策，叫减租减息。你忘了，那一年，我为收租子，还跟村里的穷人打了一架，你那位大舅弟，嗨……不说了，毕竟你们是亲戚。前些日子，那边又颁布了新的土地政策，把减租减息的土地政策，改为没收地主的土地分配给农民的政策；明确规定废除土地私有制，把地分给穷人。在所谓的解放区，这样的土地运动已经轰轰烈烈地展开了！他们把财主们揪出来斗，把他们家世代相传的土地分掉，分给那些穷人。啊呀呀，简直是步步紧逼，简直是翻了天呀！你还说，天下谁坐都一样呢，那能一样吗？"

明昭皱眉，疑虑道："不会吧，共产党会把咱打拼多年挣来的土地拿了去，分给穷人？"

李阵星说："是呀，这报纸上白纸黑字写着呢！"

明昭说："啊，这——这，是真的吗？"

李阵星说："咦，你还不信，你问问我家小儿文璇，他从县城来的，见过世面，让他给你说说。"李文璇从里间走出来，客气地招呼："伯父好。"明昭尴尬地回应了一声。李文璇正襟危坐，掷地有声地分析了当下国内形势，并信口雌黄地说着关于共产党的谣言，让他千万要警惕，远离共产党！明昭紧张了，问："眼下如何是好？"

李阵星说："咱们这里暂时还算安静，眼下要紧的是，要安抚好村里的穷人，不要让他们受了共产党的影响。天哪，那些穷人可是听风就是雨啊，若要是有那么一个人来蛊惑、宣传他们的所谓土地政策，再有那么一个人出来带头闹事，乖乖，那可就翻了天了，咱们这些人，将死无葬身之地！"

明昭以手拭汗，紧张兮兮地说："倘若是共产党那边打赢了，坐拥天下，那结果不是一样的吗？咱也左右不了局势啊。"

李文璇冷笑一声，说："伯父，这个不必担心。党国实力雄厚，有飞机、大炮和坦克，还有美国强大的国际支援作为后盾。而共产党那边，他们手里的武器都是一些叉子、扫帚、扬场锨，至多就是小米加步枪，哪里是党国的对手？要不了多久，他们就会山穷水尽，毫无退路——这次绝无柳暗花明又一村留给他们了。胜局握定在党国之手。"

明昭的脸色开朗了，说："那好，那好，那咱就不会被共产喽！"

李阵星顿了一下说："不过，眼下，还要防止咱身边的共党分子捣乱，比如，带头闹减租减息，带头闹分咱的田地，他们穷人人多势众，一旦闹腾起来，咱就不好收拾。不等党国坐稳天下，咱的财产不保，咱的好日子也就不保了哇！"

明昭说："咱身边哪里有什么共产党？"

李阵星说："有啊，你的身边，你的亲戚，甚至你们家里就有共产党！"陶

明昭震惊地问："你说什么？我的身边有共产党，我们家里也有共产党？我怎么不知道？你别草木皆兵了啊。"

李阵星说："你还不信？据小儿所查，你的大舅弟和文江就是，你家里嘛，你的女儿和女婿就是，还有你女儿的同学蓝灵心夫妇都是！"明昭大吃一惊："啊！这——其他人是不是我不知道，我的女儿椒红，我是清楚的，她不可能是共产党，她能乐意分她爹的财产给穷人吗？她一个弱弱的女孩儿怎么是共党分子？不可能，不可能！"李文璇说："共党分子都隐藏在穷人当中，你家千金或许是受了共党分子的影响，近朱者赤近墨者黑嘛，你说，她会不会误入歧途？"明昭哑然了："这——"

李文璇恐吓道："党国有令，肃清铲除共党分子，宁可错杀一千，不可漏过一人！到时，清算起来，岂能饶过谁？"椒红可是陶明昭的心尖尖啊，他听说椒红是共产党，会遭到杀头，便紧张得直冒冷汗："这——"

李阵星拍拍他的肩膀，笑说："也不是完全无路可退了。"明昭脸上露出乞求的神色，李阵星趁机说："你以后少和你那位大舅弟来往，以避嫌疑嘛。还有，目前有一个大好消息，你可要抓住机会。若抓住这个机会，你们家有共党的嫌疑或许也可破除，或许就有救了。"

陶明昭急问："什么大好消息，你快说！"

李阵星说："我听小儿说，最近党国可以买官做，你何不给你儿子捐个大好前程呢？"陶明昭问："具体是怎么做的？"李阵星说："据说，党国可以拿钱或拿物捐个县长或乡长当。近来就已经有人捐十几石小麦或高粱就当了乡长。"陶明昭问："有那么好的事？"

李阵星说："我儿文玑、文璇都在县城警局里供职，咱有这个门路哇。眼下，周围各乡暂时没有缺，等一旦有了，就为你引荐一个。你看，你想为谁捐个前程？"

明昭不假思索地说："当然是为言中捐了。你看，言华当了中学教师，算是体面的职务。老三言久，大学毕业，在县城党机关里文化局工作，也算很体面的了。只有言中，老实巴交的，只能帮我撑撑店面，管理个酒店。若为他捐个前程，在国家机构里当个一官半职，也算我家老林地冒烟了。多久有缺呢？"

李阵星说："不急，我让两个小儿为你留心着，一旦有缺，就抢到手给你，咋样？"明昭拱手，千恩万谢。

李阵星说："只要你舍得银子，就能帮你儿子捐个大好前程。最低的，也能当个乡长。不过当官，就要为党国效劳，为党国出力……只有这样，党国坐拥天下时，有功赏功，有罪治罪。若你家千金误入歧途，而你家言中却立了大功，综合一下，你家也能将功折罪，你说是不是？"

明昭激动万分，抱拳说："多谢阵星老弟的高瞻远瞩，你真是深谋远虑啊！"
李阵星交代："回去跟你的那位大舅弟说，千万别带头闹事，我们毕竟是没出五服的兄弟，收租子，我会给他们减去三成租子。你劝劝他，别和那些穷鬼搅和在一起瞎闹腾，没好处的。咱们是啥关系？亲得很呢，若听我的，以后有他的好处。"

明昭答应："好说，好说，我一定劝他，一定照办。"这次谈话后，他们又重修旧好，握手言和。

第 59 章

血 色 黄 昏

明昭回到阵风大院，问阵风："李阵星要给你们减三成租子了？"阵风说："他是说过，还没兑现呢！"明昭说："他要不给兑现，我找他。不过，若他真的兑现诺言了，以后，在村里就不要带头闹事了。我知道，当财主的也都不容易。"阵风点头说："他财主不逼俺太紧，俺也不会跟他闹事。"这年秋季，李阵辰带着小乙来收租子，到阵风大院门前，说："给他三家都减去三成租子！"阵风少交了些许租子，感恩戴德地说："多谢老弟啦！"

又是一年麦收季。连绵的雨，早不来晚不来，偏在麦子熟时来，黄河跟接到信号似的，一夜之间又是千里滔滔，把到口的粮食冲去过半。庄稼歉收，但仍然要交租子。阵风他们交过租子，去了房钱无火钱。李阵辰又来收租子，说："阵风大哥，今年又发水了，小麦歉收，今年再给你几家减去三成租子，你看，兄弟够意思吧？"阵风双手抱拳，鞠躬三拜感激他。

文涛又回家来，问及村里的斗争情况，阵风说："财主近两年都主动给咱家减租减息了，都不容易，咱怎么好意思再闹？"文涛无言以对，但他告诫大伯说："我绝不相信李阵星会变得如此开明。至于他包藏着什么祸心，一时猜不透，不过，您和大哥千万不要放弃警惕他。"

小抗胜又病了，小脸瘦得蜡黄，大眼睛深陷在眼眶里。胡莲雪愁容满面。李阵星踱进阵风大院，他拿来两个白面馒头，递给胡莲雪，小抗胜接过馒头，三两口就吃光了一个，吃过还闹着要吃；胡莲雪忙把另一个馒头像宝贝一样，收了起来，说："小宝儿，省着点吃，这个留着下顿吃。"阵风看着又心酸又无奈。李阵星说："阵风大哥，咱两家就坐在同一条船上，大河里干小河里无。我若没吃的，你就更别说了。但凡我有口吃的，你就有一口吃的。"他说着踱进里间，突

然惊诧地说："阵风大哥，你还有件值钱的宝贝呢，若卖了它，能换回些许精粮啊！"

阵风说："再值钱也不卖！"阵星呵呵大笑："阵风大哥，在李子园，谁敢惹咱两家？如今咱两家亲如一家啊！要饿死人了，守着一杆枪，放在家里也没有用啊，可惜，可惜喽！"阵风犹豫一下，他想起阵雨的话，摇头不语。

时光摇曳着多彩多姿的步伐又踱进如火的七月。文凯又放假回来，抽空来到阵风大院里闲聊，一见胡莲雪，他大吃一惊，见她已失去往日神采！小抗胜发烧昏厥过去了，一家人慌作一团，胡莲雪早吓得面色苍白，六神无主。阵风请来郎中又扎针又灌药，总算把小抗胜从死神手里夺回来。郎中说："小孩子缺营养……唉！"胡莲雪一听，愁袭蛾眉，泪光点点。阵风正困坐愁城，李阵星踱来了，说："有一猎户要买猎枪呢！你卖不？我帮你引荐，可以卖个好价钱。"阵风也是疼孙子疼得急眼了，这次他不再犹豫，他从内室取下猎枪一咬牙就给卖了。

文江回到家，看到桌子上放了一块猪肉，还有鸡蛋、红糖、糕点等难得一见的好吃的。他惊问："这些是哪儿来的？"阵风说："我把老猎枪给卖了……"文江顿足道："爹，你好糊涂啊，那枪不能卖！"阵风也略感后悔，但说："卖了就卖了吧，反正用不着了，抗胜看病要紧。"

文江在睡觉，他猛地坐起，惊魂未定地睁开眼。夜，漆黑一片，他伸手一摸身边的胡莲雪和抗胜，身子是温暖而柔软的，娘俩正发出均匀的喘息声，像晓风颤颤，像溪水涓涓，起起伏伏，是那么酣畅，那么安然。他放下心来，他意识到，刚刚是做了一个噩梦。他睁着眼回味那个梦，涌起恐惧感。

外面传来了凄绝的哭泣声，时远时近，文江身子一震，他悄悄下了床，打开房门，往外看，屋外无月无星，只有风在低泣。他关了门迅速回到床上，也许是风声吧，他猜定。他的目光落在妻儿的脸上，朦胧中，妻子与儿子的脸像大小两轮月亮，柔和而美妙，他心里荡起温柔的涟漪，舒了一口气，又安然入睡。梦里出现了两轮太阳，火红得像晚秋的柿子，突然从那太阳里流下血，瞬间染红大地。文江又一次遽然惊醒，一跃而起，他摇摇头，咕哝道："奇怪，怎么老是梦见血光？"他拉开房门，外面已是晨光破晓，东方天际挤出几缕殷红的丝带。他来到院子里，舀一盆井水洗脸。然后扛一把镢头到绿豆湾豆田里去薅草。

爹爹阵风以及二婶、三婶也来到豆田里薅草。一轮火红的太阳跳出云层，高悬空中，红光四射，焕发出无与伦比的光芒。太阳能驱除一切恐惧，文江为夜里的荒诞的梦，为自己的胆小怕事而感到可笑。他把昨晚的梦境说给二位婶婶听。杨氏听了心中一震，但她安慰文江道："梦都是跟实际相反的，也许是预示有啥喜事，也说不定呢。"突然三黑跑了过来，边跑边喊："阵风大爷，文江哥，李阵辰一大早带着小乙到村里征粮，你知道不？向你家征吗？"

阵风说："征粮？征什么粮？收麦子时粮租已经收过，还收什么时候的？这

豆子正长苗呢，玉米也正长在地里呢！难道要提前征秋粮吗？"三黑说："不是，说是又征军粮。"文江说："摊派军粮，只要他财主有粮上交就行了，跟咱无关，咱已经交过了。"三黑一跺脚说："大家都是这么说的，但李阵辰说，去年与今年夏季接连两次给村里都减免了租子，他上交不够，还要各家再添加些上交。"阵风问："还要添加多少？"三黑说："添加的，比他们减免的还多一成呢！""啊！有这事？"杨氏、王氏也怒了，杨氏说："就知道他兄弟俩黄鼠狼给鸡拜年——没安好心！舍的没有要的多。"

阵风问："村里人怎么说，你岳父吕胜利怎么说？"三黑说："村里人当然不答应了，岳父正在和他理论呢。"阵风说："走，回家吃饭，去看看。"

小抗胜在满院里跑，他脚步轻快，活泼可爱，人见人爱，谁看到他都想蹲下身来逗他一会儿，一逗，他就嘎嘎嘎地欢笑。人间无论有多少忧愁烦恼，都会在孩子的笑声中消散。

阵风大院里，杨氏、王氏都端着饭碗到大院里来吃；文娟、文丽、文波围着抗胜边吃边逗弄，一片欢声笑语；汪氏与胡莲雪你一口我一口地在喂抗胜；阵风与文江分蹲在两边吃饭，满足地看着，享受着这来之不易的温馨的天伦之乐。院外还有炊烟在袅袅升起，村庄沐浴在一片祥和的晨光之中。

突然，吕胜利走进阵风大院，卷来了一阵风，他急火火地说："阵风大哥，你怎么还安心在家吃饭啊？李阵辰都逼出人命啦！"

阵风不紧不慢地问："怎么啦？"吕胜利说："我不是让三黑跟你说了吗？李阵辰又催逼二次征粮了！"阵风说："你不会跟他说，去年和今年缴午季的麦子时，家家都歉收，减租减息你也兑现了，怎么好意思又征收二次，是反悔了吗？"吕胜利说："你说的话，我都说了，和他理论一早上，可是他仍态度强硬，非收不可。你去跟他说去吧。"李阵风很有把握地说："我去说，肯定他要卖给我一点薄面的。"他起身跟着吕胜利走向西头。

村子西头，吕胜利家门前，李阵辰正喝令小乙闯进吕胜利的二弟吕得利家，强搬出一笆斗高粱，吕得利与女人拽着笆斗不放，小乙抬脚踢了过去，吕得利跌倒在地。吕胜利、阵风赶到了，吕胜利大喝："你们是强盗吗？又抢粮又打人的！"李阵辰抬手止住小乙，说："少安毋躁！"吕得利爬起来，又去拉笆斗进屋，李阵辰挡住，说："哎哎哎，党国的粮税怎么说也要完成的，赖着不交，可说不过去。"吕得利说："已经交过了，马上就要播种小蜀黍了，再交就连种子都没有了！"阵风到跟前劝说："散了吧，阵辰老弟，别把人往死里逼！"谁知李阵辰把眼一瞪说："哼，谁逼死你们了？是你们要把我往死里逼。党国的军粮不完成，县里就会要我的命！"

阵风一愣，感觉他说话口气冰冷如铁，怎么全然不似前日那样，又软又暖？阵风还以软语相劝说："老弟，小户人家不似你们大户人家，除了种子就几乎没有余粮，你再逼就逼出人命了，再逼也逼不出多少余粮来啊。听哥的一句劝，别逼啦，用你们的余粮先交完国税，我们欠的，到今年秋季收成后，再补给你，行不？"李阵辰毫不留情地说："我们家的粮食又不是大风刮来的，也不是树权把上掉下来的，先拿我们的余粮交，凭什么？"

阵风被他的话噎得面红耳赤，竟然没给他留半分面子。阵风口气也硬了起来："那穷人家的粮食就是大风刮来的、树权把上掉下来的吗？凭什么上面一征粮就要我们出？"李阵辰说："你们种我的地，我收租子，天经地义。"阵风说："租子已经交过，两不相欠。"李阵辰说："去年与今年午季麦收，每家减收二成到三成，能不相欠？"阵风说："黄河发水，收成减产，减租减息，理所当然，你情我愿。"

李阵辰说："什么叫理所当然？此地是我开，此树是我栽，种我地，交我粮，才叫理所当然。减租减息，减是我留情，不减是我本分，你有什么可说的？"阵风毫不相让地质问他："前日你们还说，有你一口吃的就会给我们穷人留一口吃的。庄稼歉收，你们主动减租减息，村里都念你们个好。你现在又反悔了？难道说，你吐下的唾沫，能再舔起来吗？"李阵辰说："哼，此一时彼一时，现在又征军粮，必须每亩再拿出三到四成来。"阵风不相让了，嘲讽说："庄家老头真会算，小斗出大斗进，左右你都赚。做梦吧，没有！"

李阵辰阴险地一笑："阵风大哥，你想成心带头造反吗？哼，若是那样的话，别怪咱兄弟翻脸无情，不客气喽。军粮交也得交，不交也得交，小乙，上！"小乙又要动手抢粮，三黑与李阵平父子突然横在他面前，李阵辰手一挥，后面蹿出几个家丁，吕胜利手拿锄头大喊一声："乡亲们，他财主欺人太甚，上！"庄稼人拿着锄头、刨叉、榔头拥过来，与小乙等家丁混战起来。

文江在举着抗胜逗着玩儿，立冬突然跑进来，急切地说："文江哥，快去啊，打起来了！""啊！"文江放下抗胜扛了一把榔头就奔向西头。路上一人突然拦住他的去路，是吕敬兰。她劝道："你千万莫去参与打架，莫中了人家的计谋。"文江不明白地问："什么计谋？"吕敬兰左右看看，说："你别问了，你只听我一句劝，别去打架就行啦。"可立冬在前面回头催道："快啊，阵风大爷跟人打起来啦！"文江不顾得考虑吕敬兰的劝，便迈步跑去。他追上立冬说："你去敲锣，通知大家伙都过来！"

一阵紧急的锣响，乡亲们都扛着农具从四面八方奔来了。当时，阵风、阵平与吕胜利都手握三齿钉耙；文江与三黑手持榔头；小乙等一帮家丁手持节棍，双方拉开了架势，一场大战一触即发。突然，吕敬兰又跑回来，她拦住小乙劝道："不要打架，我说一句话，你家也是穷人出身，打死了的都还是咱穷人，你看东家可在场？"大家一看，不知李阵辰何时溜走了。狗仗人势的小乙暂时收了威风，这场大战没有打起来。此时汪氏跑来尖叫："抗胜出事了，吐了一身血！"文江

第59章—血色黄昏

与阵风闻声跑回家。

胡莲雪一眼不见了抗胜，却听到大门外传来孩子尖利的哭叫声，胡莲雪忙奔出大门外，一眼看到抗胜正躺在粪池里，她嘶叫一声："抗胜，娘的金马驹子啊！"她像一只大白鹅，扑进粪池里，抱起抗胜。见孩子满嘴吐血不止，前襟血红如染。胡莲雪抱起抗胜，疯了一般嘶吼："来人啊，救救我的孩子！"她奔进院子里，汪氏吓傻了，继而发疯地奔去喊文江与阵风。

文江跑回来，一见抗胜满脸满身都是血，就浑身不由得颤抖起来。

"啊，天哪，血光！"

"娘的金马驹子啊！"

"我的命根子啊！"

"快找郎中！"

……

一家人慌作一团，阵风迅速套好了毛驴车，文江搀起抱着孩子泣泪不止的胡莲雪，坐上驴车，一路飙风，奔去口子街。

口子街西关，一家中药所，郎中在给抗胜诊病，郎中说："孩子的肚子受了重力撞击，幸亏小儿体格软，没有致命。吃点中药，疗养内创就好。"胡莲雪口念："阿弥陀佛、谢天谢地！"文江奇怪地问："孩子怎么能受重力撞击的呢？"小抗胜清醒了，他用小手比画着，断断续续地说："大脚……踢肚肚……摔倒……呜呜……""啊！是谁用大脚踢你肚肚的？"抗胜嘟起小嘴，嗯嗯地答不上来。文江愤然道："是谁那么丧心病狂，竟然会对一个孩子下毒手？"

夕阳西下，阵风和文江赶着毛驴车回家，文江向西望去，啊，残阳如血！梦里那血样的晚霞啊，梦里那样染红了大地、染红了西边的村庄！他们刚刚进了村里，就听人说，村里打死人了！文江心里一紧，问："打死谁了？"回答："是三黑与阵平，还有吕胜利，都被打死啦！三条人命哪！"

啊！文江与阵风都往西头跑去。未到吕胜利的大门前，悲怆凄绝的哭声已传来。阵风和文江赶到当场，只见吕胜利、阵平与三黑满头满身都是血，躺在地上；红梅与她婆婆等众多的妇孺在抚尸恸哭；地上的血迹流淌得很远，很远，似乎与西天血色黄昏的残霞相接。啊，一股血腥涌上胸口，文江想吐。他想起了昨夜的梦，想起了吕敬兰的话，不寒而栗。

第60章

血雨腥风

打人者已经扬长而去，得胜回朝。

原来，在文江与父亲阵风去口子街为抗胜看病之际，李阵辰搬来了援军，阵平父子、吕胜利兄弟等众乡邻与之搏斗，在厮杀中，大鹏山上的猎户在众人之中，单单打死了吕胜利与阵平父子。

文江与父亲阵风协同立冬等人把浸在血泊中的吕胜利、李阵平父子抬进各自家的院子里。

红梅仍在嘶声号哭，披头散发，呼天抢地，凄凉哀绝。文江看了心里戚然不已。西天的残阳带着最后一抹血色，沉沦下去，沉沦下去，明天还会再升起吗？文江在心里问道。文江想到，看来李阵辰早有预谋，不然，为什么在众人中单单打死他们仨？去掉他们仨，就等于砍掉我的左膀右臂。下一步，李阵星兄弟还会做出什么？

文江回到家时，天已半黑。天上乌云压城，狂风大作，火红的闪电一闪一闪，仿佛要一把一把地撕开天空的胸膛。稍停，就在空中炸开一个霹雳来，紧跟着这霹雳，瓢泼大雨就铺天盖地地倾泻下来。风一阵比一阵猛烈，雨一阵比一阵狂烈，那阵势马上要天塌地陷、山崩海倾似的。树梢在狂风暴雨中像着了魔似的摇晃，有的树头咔嚓咔嚓地被折断，大小的树枝断落一地。突然，轰隆一声，阵风大院外边的一棵合抱粗的大杨树，被连根拔起，轰然倒地。这么酷烈的天气，即使躲在屋里的人们也个个心惊胆战，浑身战栗起来。在狂怒的大自然面前，人类显得多么渺小、柔弱、无力，灾难随时会从天而降。

风雨夜归人，文涛突然冒着暴风雨回来了。文江大惊："三弟，你怎么突然回来了？"文涛着急地问："我娘呢？你不是告诉我，我娘得急病了吗？"王氏

听见儿子的声音惊喜地走了过来，喊道："文涛！"文涛大惊问："娘，原来您没有病啊？"王氏愕然道："谁说我有病来着？""咦，奇怪了！"文涛拿出信件在灯下看，问："这信是谁写的？明明是大哥的字迹，也是大哥的口吻啊。"文江大吃一惊，说："奇了怪啦，我绝对没写此信，三婶也没生病啊！"

"啊，怎么回事啊？"文涛问。文江惊讶道："这里肯定有阴谋！三弟，你知道吗？村里出大事了，打死人了！胜利叔、阵平叔与三黑都被打死了！"

文涛急问："啊，怎么回事？快说说！"文江说："李阵辰带人二次征粮，穷人据理力争，大家就和李阵辰打起来了，可抗胜摔伤了，我和爹去口子街给孩子看病，回来后，胜利叔、阵平叔与三黑都已经被打死了。李阵辰把联保队和大鹏山上的猎户都搬来了。"

文涛问："怎么会这样？！那把老猎枪呢？你们的民兵连对付不了他们？怎么不去黑梅帮求援？"文江顿足说："唉，猎枪，为了给抗胜看病，让爹给卖了！求援，没来得及哇！"

"唉，好糊涂啊！"

文涛与文江走进阵风的卧室。阵风看着挂老猎枪的木桩，背后一阵阵透凉气。文涛问："猎枪什么时候卖的？"阵风不语，只低头吸烟，文江说："就，就是在三天前。自收麦后，黄河又发水，麦子歉收，抗胜缺乏营养，三天两头生病，我爹就……唉——"文涛急了，说："卖什么也不能卖枪啊，那是咱家的镇家之宝，咱村民的保命之塔啊！"文江说："爹受了李阵星的哄骗。之前，他态度和蔼，与咱家好得不得了，主动要减租减息，好话说尽，无可无不可；可如今，那态度来了一百八十度的大转弯，蛮横至极！"阵风只唉声叹气，后悔万分，羞愧难当，只有吸烟，吸烟，吸烟……文涛看了无奈，不好再责备大伯。

文涛说："我早就感觉到财主主动献殷勤，不怀好意，原来他包藏的祸心在这里啊。为了钓出这把老猎枪，他们是煞费心机，设了一个大局，预谋已久啊！现在终于凶相毕露。他们先前的好，就是精心设计的麻痹我们之计谋。以后，我们的斗争就越发艰难了，危险重重。"阵风攥住老烟袋，手颤抖不已。文江问："我们以后该怎么办？"他的声音有点颤。文涛说："隐忍，暂时不要再轻举妄动。明天给胜利叔、阵平叔与三黑办丧事时，告诉大家不要动声色，不吵不闹，先忍得一时风平浪静，以退为进，保存实力。以我们现在的实力，不足以与财主抗衡。他们再来侵犯，即可去向黑梅帮求援。原来我把丰收、长青与文良安排在黑梅帮里，该派上用场了。另外，今晚睡觉时也要提高警惕！"

文江说："若不是急救抗胜，也该去求援了，谁料到，这次李阵辰下手那么狠毒，竟然又搬大鹏山猎户来行凶杀人！"

电闪雷鸣的大雨过后，树梢依然在风中摇晃不止，树欲静而风不止，不知下一步会有什么命运。连树上的鸟儿。地下的虫子等也噤了声，胆怯得都不知躲到

哪里去了。

赵家湾来人说，文秀即将临产。杨氏匆匆去了赵家湾。

王氏想给儿子做点好吃的。做什么好吃的呢？她转了一圈，确实拿不出什么好吃的来。胡莲雪说："我那里还存着一包干了的地角皮，咱就熬地角皮汤喝吧。今晚二婶不在家，文娟、文波也没地方吃饭，三家都在我们这里吃吧。"胡莲雪把抗胜交到婆婆汪氏怀里，就去泡地角皮。王氏烧锅，巧手的胡莲雪和面，打一锅面筋，又贴一锅圈野菜薄饼，往汤里还甩一个鸡蛋（这是抗胜的营养品，平日谁也不舍得吃一个）。今天文涛回来了，一家人像过年一样，美美地吃了一顿晚饭。连小抗胜肿着小嘴，都喝了一碗汤，肚子喝得像个小西瓜，乌亮的大眼睛又恢复了熠熠之辉。

大家正吃饭，文凯溜达过来了，他还和往常一样，见了文涛亲热无比，他还没心没肺地和胡莲雪调侃："哦哦，你们熬的什么汤？那么香啊！我也要喝！"文凯确实是一个人人皆友的人儿，今天，尽管大家恨李阵辰恨得咬牙切齿，但见了李文凯却恨不起来。胡莲雪盛了一碗汤给他，他美美地喝着，还不住地赞美："想不到嫂子还心灵手巧，熬的好汤啊，真香啊！"大家都心情沉重，没人接他的话茬儿。文涛想了想，说："文凯，今晚陪我下几盘棋怎样？"文凯高兴得跳了起来："好啊，我正求之不得呢！"文凯一蹦三跳地回家拿象棋去了。

文江问："这个时候了，为什么还留他陪你下棋？"文涛望着大门外雀跃的文凯，说："会是谁冒充你写的信呢？文凯是不是李阵辰故意放来探底的呢？虽然他看似纯真烂漫，但也不能排除可疑之处。"文江说："是呀，那你打算怎么办？"文涛似乎自言自语地说："我要下一盘……棋！"

雨后的夜黑得像涂了黑漆的墙壁，村里人称之为"鬼打墙"，那是连灯光也穿不透的夜色，有几条狗在夜里叫，几辆黄包车穿巷而来，停在梧桐苑，大门开了一下，立即又关上了。

夜晚了，文娟、文波走到胡莲雪跟前，文娟说："大嫂，我娘还没回来，俺害怕，俺要在你家里睡。"文丽走过来说："大嫂，我要和文娟姐在一起。"胡莲雪说："好吧，都在这里睡吧。"她安排小姐弟仨先睡下，然后才回到自己的房间。抗胜已经睡着了，她端来洗脚水，伺候文江洗脚。然后洗抗胜的那件带血的小上衣。

一灯如豆，房间晕染着潮气。胡莲雪移过棉油灯，从针线框里拿出抗胜的小衣裳，飞针走线做针线活，还时不时地给抗胜盖一下他蹬掉的薄被。柔和的灯光，简陋而温馨的房间，温柔体贴的美人，文江撩开蚊帐，关切地说："你也睡吧，已经累了一天啦！"

胡莲雪嫣然一笑，说："我不累，你先睡吧。抗胜的小衬衫还有几针，我缝缝，明天他就能穿上身啦。"灯光下，她更加妩媚动人，几缕青丝从鬓角一直垂

到嘴边，使得她的唇线更加柔和而优美，文江看得心里痒痒，便伸手过来，用指头触摸她柔柔的唇。她衣领低开，酥胸半露，馨香四溢，文江不由得拉过她到身边，来一场鸾凤交合。文江翻身，长长舒了一口气，好像把满心的恐惧、焦虑、压抑都吐了出去。文江摩挲着莲雪光滑的肩膀，抚弄她柔顺的秀发，幽幽地说："你一个城里姑娘，嫁给我这么个乡下穷汉子，让你受苦了，我内心时常感到亏欠了你。"莲雪莞尔一笑说："哪里话啊，女人啊只要跟着她心甜的男人，就是手里拉着要饭棍也心甘情愿啊。你也辛苦了，二叔、三叔不在了，你和爹要为咱一大家子操劳，还要为一村的穷人操心。唉，胜利叔、阵平叔与三黑死了，危机四伏，你还要坚持斗下去不？"文江悠悠地说："斗，就是死，也要坚持斗下去！无路可退嘛。唉，让你也操心啦。也辛苦你了，一大家子你都顾着，吃呀，穿呀的，不容易。"胡莲雪说："我不觉得苦，跟秀英姐比，我还差得远呢！"文江幽深地念叨："秀英，唉，秀英她人虽没有你长得齐整，但她勤快能干，眼里处处都是活。可惜，她命短，可坑坏了我那几个苦根苦藤结出来的苦菜花般的孩子了，一想到她们被纷纷送人，常常痛得我心滴血！"莲雪说："别说了，我不该提她的……唉，养儿才知为母难，养活一个孩子真不易，时常头疼脑热的，在这多灾多难的年月里，咱的抗胜能顺利长大，我就心满意足了。"夫妻俩闲谈着进入了梦乡。

暗夜如漆，酣睡中的文江惊厥而醒，他又做噩梦了！他转身看见莲雪与孩子酣然在身边，他心稍安。他一时睡不着，聆听窗外，似乎有窸窸窣窣的声音，想起文涛的叮嘱，夜里睡觉警醒些，他惊怵怃怃，久久睡不着。突然听到外面传来了敲门声，还有喊叫声："阵风大爷，文江哥，杨二婶在赵家湾那边出事了，有人捎话来，让你们去人看看呢！"一连喊几遍，文江静听，是文凯的声音！文江激灵一下，一跃而起，把胡莲雪也惊醒了，莲雪惊问："怎么啦，出什么事了？"文江安慰道："没事，你安心带孩子睡觉，我出去看看。"

文江披衣下床，拽开门，外面黑夜如磐，雨已停了。他听到文凯还在门外叫："文江哥——"文江答应着："听见了，是谁捎话来的？我二婶能出什么事？"文江说着，人已站在了院子里，突然，"轰"的一声巨响，文江似被一物剧烈撞击一下，他高大的身躯晃了晃，欲转身去看，但瞬间轰然倒地。与此同时，阵风房间里的灯倏地亮了，阵风听到院子里突然炸起一声霹雳般的雷声，他手端一盏油灯，抖得几乎站不住，他听那响声是那么熟悉。当他颤颤巍巍地打开房门，站在门外，端着灯照着，想看看到底发生了什么事时，又是一声巨响，院子里又炸开一声霹雳，阵风也轰然倒地，油灯从门外滚落进室内，被扑灭了！

听到一声巨响的时候，胡莲雪一袭白衣飘出室外，来到院子里，她被绊了一跤，正好倒在文江身上，她的手触到了文江，感觉一手黏糊糊、湿漉漉的，还带着温热，一股血腥扑来，啊，血！血！血！文江的血像喷泉一般汩汩地流淌，流

淌……胡莲雪一声凄厉的惨叫，昏倒在地。室内的汪氏，听到一声又一声的霹雳声，一个跟头滚落床下，颤抖地站立不起来，她爬着来到了门口，摸到阵风身上流出来的热血，她一连串地叫爹喊娘，瘫软在地。文娟等仨姐弟爬起来，跑到门外，跨过大伯阵风的尸体，踏着血泊跑出来；来到院子里见地上躺着一黑一白两个身影，突然，那道白的身影像升天一般飘起来了，一直飘到墙头外面去了。文娟姐弟仨顾不上多想，拔腿就跑，一直跑进三院。王氏哆哆嗦嗦打开房门，问："外面是咋回事？"此时，她就着门旁近处的光，看见文涛和文凯似乎在打架，两个人抱在一起挣扎着，眨眼间都奔跑出去了。回首时，只见有几个黑影，从大院的墙头上跳下，穿梭而去，瞬间一切都消失在黑夜的大幕里，只留下大嫂汪氏那悲凉的撕心裂肺的长号声，飘荡在漆黑的夜空里。

第61章

劫 后 之 劫

†

天空阴霾依然未散。一大早，杨氏回来了，一进院子，就看见用白床单蒙着个人，院子里塞满了村里人，看到此，就知道家里出大事了，她吓得魂飞天外。

王氏在那里哀哀地哭泣着，村里人进进出出地忙着，院子里大片大片的血迹！杨氏快步过去掀开床单，啊，阵风大伯哥哥！又掀起另一张床单，啊，文江大侄子！她一屁股跌坐在地。抗胜的啼哭声从室内传来，汪氏抱着只挂着一个肚兜兜的抗胜出来了，抗胜的大眼睛里流着泪水，在人群中搜寻母亲的身影，失望之后爆发出凄厉的尖叫声："娘——"人群刹那间泪如雨下，汪氏满脸泪花，凄苦、为难、无奈写满了她的脸，她抱着抗胜扑通一声跪倒在地，连抗胜也扔在地上，厉声哭喊："老天爷啊，你让我家破人亡、天塌地陷了啊，还留给我一个缺爹少娘的孩子，让我作难，你简直是零刀子剐我啊！苍天有眼，你咋不天打雷劈那帮万恶的人啊？"她发出最悲怆的抗议和诅咒声。她的悲声，引得众人又一阵泪雨飘飞，唏嘘不已。杨氏泪雨滂沱，她心疼地抱起抗胜，哭喊道："仅一夜之间，家里的壮丁又去了两个，老天爷啊，你是要灭俺们一族吗？"王氏也声嘶力竭地在那里痛哭。

李文凯突然脸色煞白地跑进阵风大院里。见白布蒙着的尸体，哀哭的人，他走向前去，汪氏一把揪住他嘶喊道："还我儿文江的命来！还我家老头子的命来！你把我儿媳莲雪抢去藏哪儿了？你这奸白脸，没安好心眼！"王氏也抓住文凯不放，问道："你把文涛害死在哪儿了？还我儿子！你们财主有钱有势，看谁碍眼，就害死谁；看谁家媳妇好，就抢走！你们无法无天了吗？"文凯不辩解，人群中有人喊："打死他，财主羔子，够坏的，就是他半夜叫的门！"众人欲怒打文凯，文凯慌忙挣脱汪氏、王氏二人的手，拔腿跑去。

院子里的百姓们议论纷纷："真看不出，文质彬彬的大学生竟然这么黑心、贪色，比他老一辈人还坏，真是鳖出一湾，王八一滩，一样的货色，诡计多端，心狠手辣。"人群中有人悄悄地说："昨晚我在村头好像看见李文璇了，他才是最坏的种呢，害死阵风与文江的人，离不了他。"

"昨天打死了吕胜利、李阵平、三黑之后，财主家的大门就紧闭了。"

"昨天半夜三更，开枪打死阵风父子的，据说就是用的阵风家卖出去的那把老猎枪。"

"这下完了，村里穷人一时群龙无首了！"

村里人你一言我一语小声地议论着，有的怕祸事临到他们头上，都不敢来帮忙办丧事。立冬、秋生强忍着怒火与悲痛，为阵风与文江操办丧事。

文凯奔回家，家里静悄悄的，他进入内室，发现只有他娘龙氏在家。龙氏见了文凯说："你们爷几个都到哪里去了？一大早就不见一个人影！"文凯顾不得回答母亲的问话，急忙说："娘，我身上黏糊糊的，要换件衣服，我的那件白绵绸的衬衫呢？"龙氏说："前天我帮你洗过，收西屋里了，你找找去。"

文凯奔进西屋，在晾衣绳上翻找，不见，却看到一张床上有一件半截月白色的衬衫，他一眼辨认出，就是他的那件衬衫。"怎么被谁撕烂了？"他拿起来，奇怪地自问。他竟摸了一手黏糊糊的东西，他气恼地甩了甩手。

文凯不及多想，欲冲出院外。可是未到大门口，却闯进两个长身而细瘦的人来！文凯见这两人，那身板就像用刨子刨过的杨树板似的，又单薄又直溜。走路时不像在走，倒像是在平行移动。他们旁若无人，直视无碍地直逼过来。文凯大吃一惊，倒抽一口凉气：这莫非是传说中的黑白无常——言富、言荣？正是他们！他二人笔直地逼近文凯，就听"噌嘟"一声，一把长剑已经横在他的后颈上了。

"你就是李文凯？说，你把文涛兄弟弄哪里去了？"文凯左右看看，他祈祷道："娘啊，你千万别出来啊！"可是龙氏偏偏这时候走出来了，她见到这阵势，失声大叫："啊，杀人啦！"言荣把长剑一亮，龙氏一下子就吓死过去了。文凯跪下哀求道："求求你们不要动我娘，你们找的是我，我跟你们走就是了！"

原来文江之死、文涛失踪的噩耗传到龙脊山上，言富、言荣立即策马赶来。

果香与陶明昭前来奔丧，果香伤心道："我就这么一个娘家兄弟了，还被人害死了，要报警，查出凶手，给我兄弟和侄子报仇雪恨啊！"陶明耿骑着摩托车，带一队人马耀武扬威地赶来。自从他开枪杀了日本人井一，找李文玑斡旋之后，就被提拔一级，由代理所长升为正牌所长。

言中、言华也都赶来吊唁。

陶明耿煞有介事地问："此等大案，系什么人所为？"村里人不屑回应。陶明耿又问："杀人者的杀人动机是什么？是劫财，还是劫色？"有人小声地说："文江媳妇长得国色天香，姿容艳丽！"言中保持沉默，言华清晰地说："那定

是劫色喽！"陶明耿追问："是吗？有目击者没有？有证据吗？"文娟站出来说话了："当夜，俺们吓得往外跑的时候，就见一身白衣的大嫂往外飘，一直飘到墙外面去了！"陶明耿继续询问："当时还有什么可疑的事发生吗？"汪氏哭诉："哦，有啊，半夜听到李文凯叫门，他喊阵风大爷，文江哥，说他杨二婶出事了。正好，他二婶昨晚确实不在家。我儿文江先开门出去，一出去，枪就响了啊。他爹听到枪响，端着灯，开门出去看发生了什么，又一声枪响，他爹也倒下了哇！"王氏抹泪说："我听到响声，就出了门，看见李文凯与我儿文涛纠缠在一起，然后他们一起消失了，到现在一直不见我儿文涛回来。"

陶明耿命手下围着院子里外寻找蛛丝马迹。结果在院外拾到一个皮毛手套。他断定说："此系大马子所为。"立冬实在忍不住了，愤然说："还用问吗？这定然是有人勾结大鹏山猎户所为！"陶明耿问："你有何依据，断定是他们所为？"秋生说："怎么没有依据？昨天白天打死三黑哥他们仁，就是大鹏山猎户来当的帮凶。当夜，就用猎枪打死了阵风大爷和文江哥！"陶明耿不再多问，只拿笔在那里记录。

文凯被绑在言富的马背上，一直被带进遮天蔽日、古木参天的龙脊山深处。他们来到波光潋滟的龙吟湖岸，下马歇息。文凯求道："求两位大哥帮我松开绑，让我洗把脸，我一身跟泥猴一样。"言富给他松开手，文凯捧着清澈的湖水喝了几口，又洗把脸，他乱糟糟的脑子清醒了许多。

胡莲雪醒来，发现自己在一间异样的房间里，四周墙壁挂满了刀、剑、箭、弓、又等用具。她大吃一惊，啊，这是什么地方？我怎么到了这里？她忆起了昨夜惨烈的一幕，一股巨大的悲痛潮水般袭来，让她痛不欲生。那个像美神一样的丈夫倒下了，那汩汩的鲜血，那躺着的巍巍身躯，在她眼前晃动，她的心在抽缩，在滴血。

胡莲雪忽然跳将起来，拔下一把刀，对手腕割去。突然，她停住了。她喃喃自语道："我可怜的金马驹子啊，你让娘怎么办啊？娘要死了，你就没爹没娘了啊！一想到你，娘痛彻心扉。苍天哪，我活着难，死也难，要我怎么办啊？"她凄然泪下，泣啼难抑。

门咣当开了，进来的人是李阵辰！胡莲雪很诧异，"怎么是你？难道是你把我劫持到这里的？"李阵辰似乎很委屈地说："哎呀，唉，我说哪庙里没有屈死的鬼哇！不是我劫持了你，而是我救了你。原是你的美貌引来了山贼，才打死你的公公和丈夫，把你抢走。我沿途一路追来，求山里的朋友舍命把你夺回来的。"

胡莲雪对此将信将疑地问："你确定文江已死？"李阵辰丝毫不留给她幻想的机会，冷笑着说："那还有假吗？那猎枪打狼、打豹子都能打死，何况打人？"胡莲雪摇头说："不，我不信，文江不会死。叔，我求求你，你送我回家，我要回家看文江，他倒下时，我摸他的身上还是热的呢。我要回去救他，我要回家抱

我的抗胜，他一天也离不开娘啊！"李阵辰安慰她道："此刻你不能回家，回家还有血光之灾。不妨告诉你实话，你公公得罪了人，有人要把他全家灭门，全部杀光，一个不留！""啊？！"莲雪不由得跪下了，哭着祈求道，"求求老天爷了，不要杀我的抗胜，他还小，什么也不懂。就是长大了，我也不要他报仇。还不行吗？千万不要杀我的抗胜啊！你知道是谁干的吗？求你帮着说句话，放过我的孩子，好吗？"李阵辰摇头说："不行啊，人家说了，斩草不除根春风吹又生，坚决要斩草除根哇。"胡莲雪继续跪求道："那么说，叔，你知道是谁干的了？求你了，救救我的小抗胜！"李阵辰得意了，他说："这个嘛，我可以劝劝人家，对你和小抗胜网开一面。不过——你要听我的话，我要你做什么你就做什么，才可以。"胡莲雪犹如即将溺死的人抓住了一根稻草，她看到了希望，说："叔，只要能救我的儿子，要我做什么都可以，就是要我做牛做马我都愿意。"

"那好！"李阵辰挨近她，伸出手抚摸她雪绒花般的脸蛋，忽然，他一把抱住了她。啪啪！两计响亮的耳光，结结实实地打在他的脸上。胡莲雪个子高，耳光快如闪电，打得他眼冒金星。胡莲雪指着他的鼻子骂道："畜生，你说话跟编大鼓书一般动听，却要做出猪狗不如的事，亏我口口声声喊你一声叔。"李阵辰恼羞成怒，骂道："臭婊子，实话告诉你吧，你已经是老子的女人了！这个时候了，我也不怕你知道了，你公公，还有你丈夫，就是我找人杀的。本来连文涛也要杀的，不过让那小子给逃走了。"啊，面对凶相毕露的李阵辰，胡莲雪还是感到震惊，问："为什么？你们家和我们一大家子不是挺好的嘛？你们总是口口声声地说，你家和我公公是没有出五服的兄弟啊，你怎么那么狠心呢？"李阵辰说："不错，我们确实是没出五服的兄弟。不过，谁让你公公与丈夫不识抬举，总是站在共产党那边，年年嚷着要减租减息，还要没收我们的土地，一言不合，就拿那把破猎枪威胁我们，早恨得我牙根痒痒了。你公公昏了头，被我大哥哄得卖了枪，还要那样地抖威风，哼，找死！还有你，不识抬举，还恋着文江那死鬼，不知拐弯。哼，你们全家再也没有人，再也没有啥子能够威胁到我们一家了，哈哈。哪天我不高兴，就把你们全家杀光。哈哈——"胡莲雪骂道："你，你，你这披着人皮的狼，畜生，我跟你拼了！"胡莲雪准备三头碰死在他面前。

李阵辰哈哈大笑，"随你怎么骂去，今天你从了我也得从，不从也得从。"他跟饿狼一般扑过来，胡莲雪啪啪啪地扇他耳光，但他迎着耳光直上，把头抵到莲雪的胸口，无论怎样挨打就是死死抱住她柔软的腰肢不松手，像猪一般，把她拱倒在床上，撕开她前胸，露出雪脯；他又像狗一样舐啃着她的香雪腮与天鹅颈。胡莲雪嘶喊："来人啊！"李阵辰发出淫笑："哈哈——你喊啊，喊破嗓子都没用，这里都是我的人！"胡莲雪欲咬舌自尽，他抓过那件从家带来的半片衬衫塞住她的嘴。胡莲雪终于挣扎累了，他就像剥竹笋一样剥她的衣服，胡莲雪似待宰的羔羊，颗颗泪水从美丽的眸子里滚落下来。她晕过去了。李阵辰像一只无耻的鬣狗，正要享受一顿肥羊美餐，有人破门而入，他转头去看，来者是赖长贵！他骂道："你这个独臂老怪，竟来坏老子的好事！"赖长贵说："你真不够意思，是我煞费苦心设计钓出李阵风的猎枪，除掉了他父子，终于打来这只美肥羊，你竟然捷足先登，抢我口中食！"李阵辰回道："拉倒吧，你只是出坏主意，可跟人家拼命的是我啊！若我不搬大鹏山猎户去助威，指望你能除掉他们，抢来美人？"二人互不相让，便打起来了。赖长贵是独臂，被李阵辰推倒压在身底捶打，他发出猪叫声。

正在此时，有人开门闯进来，把他们拉到院子里，说："二位抬头看看，那是什么？！"他们抬头见天上的月亮明晃晃的，头顶上垂吊着两只"羊"，那两只"羊"的上方，是直插云天的山头，山头背上还有人在晃动，李阵辰问："那么高的山头，谁能把两只羊吊上去的？"那人冷笑一声说："李员外，你怎么看不出来啊？那山头上垂吊的不是两只羊，而是两个人，那后面还有人在端着枪呢！"李阵辰迷惑地问："那吊着的俩人是什么人？为何吊在那里？"那人说："那吊上去的，一个是吴庄主的小孙子，另一个人你看看是谁吧！"李阵辰在月下仔细瞅去，当时吓得魂飞魄散，那其中一个竟然是他的儿子文凯！

李阵辰急忙问："是什么人能绑架我的儿子和吴庄主的孙子？"那小猎户说："有能耐做出这等事的，除了龙脊山上的黑白无常，还能有谁？"啊，在一旁的赖长贵一听是言富、言荣，早吓酥了骨头，嗖地一下躲起来了。李阵辰急忙去找吴车臣，他们正在大厅里紧急议事。吴车臣问："黑白无常兵临城下，咱猎户庄的上百口人都命悬一线哪，如何是好？"一老者说："问问他们意欲何为？"

少顷，吴车臣带领众猎户鱼贯而出，来到月亮底下。众人抬头，看月亮下吊着的人与居高临下的枪口，都吓得倒抽一口凉气——猎户村四面环山，众多山头把猎户村包围得如一口井，其中有一个山头，突兀凌空而出，斜倾在村子的上空，远远看去，就像苍鹰的长喙；下面两面山头，就像苍鹰的翅翼，远远望去，就是一只巨型的大鹏鸟凌空展翅，落在山头，故此山唤作"大鹏山"。大鹏山的鹰嘴处，峭拔险峻，猎户们一向是敬畏若神的，从来无人敢攀登。言富、言荣竟然神不知鬼不觉地登上山头，还绑架了庄主最疼爱的小孙子。

吴车臣对着月下一拱手，问道："山头上的高人，不知意欲何为？"山头上传来索命鬼般的声音："不想灭门的话，放了你们劫来的人！"吴车臣听出，果然是言荣的声音。

吴车臣看向李阵辰，李阵辰像一只老鼠瑟缩着，指指那个房间，然后躲了起来。吴车臣一拱手说："好汉，好说，好说！"

他们放了胡莲雪，并恭送在寨门外等着。言荣打马奔来，迅速掠起胡莲雪上马，坐在他胸前；言富始终举枪朝着吊起的那俩人，突然一挥手，那俩人便从空中直坠下来，趁着吴车臣等众猎户七手八脚地去救人之际，言富说："小弟，你

带嫂子先走，我断后！"言荣拨马就跑，刹那间，不见了踪影。言富倒骑在马上，边举枪掩护边打马狂奔。

言富、言荣连夜把胡莲雪送回阵风大院。转身去血洗梧桐苑，但见整个梧桐苑里，已是人去楼空。

汪氏、杨氏等正发愁没有棺材葬阵风父子时，胡意生来了，他拉来了两口棺材，让阵风、文江得以成殓。得知女儿失踪了，胡意生暴跳如雷，向汪氏、杨氏要人，见女儿回来了，才不言语。

胡莲雪进家就搜寻儿子的身影，她一把抱过抗胜柔软的身子，如有隔世之感，她抱着儿子，跪在文江的棺材旁，放声大哭。围观者无不感伤，泪如雨下，悲声凝噎。胡莲雪要求打开棺材看文江最后一眼，众人为难，胡意生劝女儿："既已成殓，看什么看！"胡莲雪坚决地说："不让我看他一眼，我就一头撞死在棺材前，随他去，便一了百了！"说着，拿头撞去，众人拦住她，打开文江的棺材。胡莲雪俯身看文江，那是一副死不瞑目的表情啊。她感到心寸寸在裂，在碎，在沥血，她不顾一切地扑上去。有老人惊慌地说："赶快把她搀走，切莫把眼泪滴到死人身上！"众人拽着搀着，把胡莲雪拉开，重新把棺材钉上。

阵风、文江下葬之后，胡莲雪的爹胡意生及后母又来了，同时带来几个女人，一拥而上，拉起胡莲雪就走。胡莲雪说："不，我不走，我要给文江守寡，我要把抗胜养大成人！"胡意生说："恋无可恋，守无可守，回家！"胡莲雪抱住抗胜说："要我走，我就把抗胜也抱走。"胡意生一挥手说："抱走！"汪氏跳了起来，一把夺过抗胜，说道："莲雪啊，把孙子给我留下吧，我没了儿子，不能再让我没了孙子，不能让我李家绝户哇！"胡莲雪一把又夺回抗胜，说："不，文江去了，我不能再没有抗胜，就是死，我也不能离开儿子！"孩子在你争我夺中，嫩藕般的胳膊腿儿几乎被撕裂，痛得哇哇大哭，最后胡莲雪心疼儿子松了手，但那几个女人却不放开她，近在咫尺，不能抱儿子，娘俩相对而哭。胡莲雪被硬生生地拉出阵风大院，小抗胜伸着小手，一声声呼喊："娘，我要娘——"胡莲雪几乎要疯了，披头散发地往回挣，口里叫道："给我的金马驹子，给我的银牛犊子——"杨氏忍不住出来劝道："莲雪，你先回去吧，这个家你可随时回来，随时可来看孩子。"胡莲雪忽然想起一件事，停止哭声，说："二婶，你是个明白人，我有一句要紧话，你可千万要记住喽！"就附耳对杨氏悄声说几句，杨氏听了悚然变色。胡莲雪几度挣扎，还是被生拉硬拽拽回娘家。

据说还有灭门之灾，杨氏惊恐不已。夜里，门外传来如泣如诉的悲声，村里人说：那是阵风、文江的鬼魂回来了，因为死不瞑目啊。阵风大院里风吹草动，草木皆兵，让人提心吊胆。汪氏忙求女儿文霞："你把抗胜带回家养吧。"文霞欲言又止。汪氏哭着说："你就这么一个娘家侄子，独苗苗一条根了，你还不乐意接收？"文霞说："不是了，娘，我家已有七个孩子了，家里就那几亩薄田——"

汪氏生气地说："仅仅多养活一个小孩子就那么难吗？"文霞为难地说："你问问老郑吧！"汪氏说："尧多啊，只要你们能照顾抗胜，李家不会忘了你的好，抗胜再也不能有个三长两短啦，文江可就这么一根苗苗喽！算是大娘求你了！"郑尧多沉吟着说："这个嘛，唉，只是我家的地少了点，你家的田，又没人耕种了啊。"汪氏听出他的弦外之音，说："哦，你是担心抗胜的吃喝用度吧？抗胜的吃喝都由我来出，不占用你们的一分一毫。"郑尧多还是不答应，汪氏说："那好，我家的地反正没有人耕种了，你都拿去种吧，除了每年交租，留下一点我吃用，余下的都拿去养抗胜，总该没问题了吧？"杨氏说："大嫂，绿豆湾那块地最好留下在李家……"汪氏说："这块地是文江给他三奶打幡杆子摔老盆挣来的，我当然留着养我孙子。"杨氏一摊手说："大嫂，既然你这么决定了，我也不说什么了，以后别后悔啊！"汪氏说："我把地交给我闺女女婿种，有什么可后悔的？"她转对郑尧多说："这些，够了吗？"郑尧多眉开眼笑地说："呵呵呵，她姥娘，您这是说哪里话啊？抗胜就交给我们养好了，还那么客气，养个孩子，还问够不够，别跟我客套啦。"然后，他与文霞欢天喜地地抱走了抗胜。

多日以后，李阵星兄弟回来，正欲直接把绿豆湾的土地占为己有，却听说，地被汪氏转送给郑尧多了，他跌脚叹道："煮熟的鸭子又飞了呀！"

杨氏来到桃花湾找果香，说："我怕孩子们有闪失，想把文娟嫁过来，越快越好！"果香前去跟吴氏与明亮说，吴氏听了乐不可支，一拍大腿说："好嘞，求之不得啊，谢天谢地！"

大婚那日，在惠风庐里大办宴席，果香出资特意为文娟做一身石榴红百蝶穿花的嫁衣。文娟身披大红石榴裙，艳若桃花，犹如一朵红云出青岫；而言玉着一袭长衫，玉树临风，犹如一株秀竹出深山，一对新人珠联璧合，羡煞了旁人。杨氏请求言华："赶紧把文波带去山里躲躲。"文波攥起拳头说："我要跟言荣哥哥学练武功，我要给大爷大哥报仇！"言华连夜送文波去了龙脊山。

家里只剩下文丽。文丽也是出落得犹如一朵红莲初出水。王氏回徐州娘家一趟，当即给文丽订了一门亲事，并立即成亲。文丽出嫁时，王氏也随即住到徐州的娘家，再也不愿回到这个是非之地。

阵风大院里，偌大一个院子，原本热闹非凡，笑语飞扬，如今空荡荡的，只剩下汪氏与杨氏守着。文娟出嫁三天之后，杨氏来桃花湾看望文娟，在果香家正谈话，言久突然回来了。果香关心地问道："萧妮生了没有？"言久说："快了，大约在本月底就要生……"果香又问道："红儿还好吧？"言久反问道："小妹回家来了吗？"

"啊，红儿没回来过，她不是一直和你们在一块儿吗？"

言久说："这——好些天没见小妹了，我以为她回家来了呢！"啊！果香一屁股跌坐地上，忧从中来。

第62章

末 代 乡 长

次年，九月的天空依稀有晴天，雁阵惊慌掠过高空。在江苏徐州至安徽蚌埠一带打响了淮海战役。解放大军锐不可当，势如破竹，在波澜壮阔的大趋势之下，沿路各县，乡镇政府土豪劣绅与各级官员吓得无处藏身。

城南乡乡长孙成圭吓得屁滚尿流，如热锅上的蚂蚁，急于脱身而去，但又患腰包里银子不足。他找到李文玑，要出卖乡长头衔。他说："当初我就是捐了十三石小麦，从你手里买的这个乡长之缺，板凳没有焐热呢，就感觉这个乡长是烫手山芋，要不得，俺还是想……想出手转卖出去。"皇姑庙乡的乡长、青蔚乡的乡长也陆续找来了，要出卖乡长之位。李文玑冷笑道："瞧你们一个个井底之蛙、惊弓之鸟的熊样儿！这乡长之位，紧缺得很呢，不要，有人排成队在等着要呢，供不应求，你们辞职正好！"城南乡的乡长孙成圭心有不甘地说："我要转卖乡长之位，还想捞回点本钱呢！"李文玑说："哼，休想！你一分也拿不回去！"孙成圭要横道："我可以卖便宜些，当初我买这个职位的时候，捐了十三石小麦，今儿我只要十三石高粱，怎样？一口价，不还价了。"李文玑正犹豫着，李文璇过来接口说："好，成交！"李文玑微微一笑说："这——三弟，职位交接的事你去办吧。正好，陶明昭早已在等待这个空缺呢。"李文璇把乡长之缺揽下来，转手卖给陶明昭，他又要了十三石小麦。就这样，陶明昭掏十三石小麦给儿子陶言中买了个末代乡长职位。

言中以为福从天降，接过孙成圭手中的乡长大印，便走马上任，鸟枪换炮，换了行头。他马不停蹄地组建他的乡公所班子。自古以来就是一朝君子一朝臣，这朝不用那朝人。言中他家世代没做过官，自己不懂，便去口子街请教警务所所长陶明耿。陶明耿见了言中今非昔比，那态度马上变得恭敬又殷勤起来。听言中说出"请教"二字，他挤出一脸菊花纹，卖弄地说："大侄子，你问我可算问对了，我可告诉你啊，肥水不流外人田。你要组建乡公所班子，让言华当秘书长，至于警卫队嘛，呵呵，更是有现成的，龙脊山上的言富、言荣可比谁都亲，比用谁都强，这才叫上阵父子兵，打虎亲兄弟呢。大侄子，照我说的办，你这个乡公所的组建，没有比这更合适的了，以后你的仕途可谓顺风顺水，青云直上喽！"

言中听了陶明耿的一席话，认为是至理名言。他马上让言华去龙脊山一趟，招来言富、言荣。言华到了龙脊山，说明来意，言富、言荣二话没说，立即答应。言富对言华说："二哥，你先回去吧，我们兄弟最迟不过今日夜半，一定到城南乡政府报到，说到做到！"

丰收、长青等听到言华、言富的对话，吃了一惊，赶紧通知苗宏仁来龙脊山议事。关潼与苗宏仁听到这个消息，吃惊不小。关潼叮嘱苗宏仁道："务必要晓之以大义，务必要阻拦他兄弟二人入城南乡，事关重大！"苗宏仁郑重点头，直奔龙脊山而来。

在文涛离开龙脊山之前，言久就来信指示："黑梅帮是一把利剑，一定要引领好，使其继续与淮北游击队合作，给我党助力。"文涛为了防止黑梅帮偏航，临走前，特意跟文江商量，从民兵骨干里抽调丰收、长青、文良三人，安插进黑梅帮；同时又把重任托付给苗宏仁。苗宏仁一直在相山与龙脊山两地奔波，一听说陶言中当了城南乡的乡长，要招走言富兄弟，苗宏仁就感到大事不妙。

苗宏仁赶到龙脊山的时候，言富正在打发丰收等三人带着文波离开龙脊山。苗宏仁说："兄弟——"言富一见苗宏仁张口，立马说："我就知道，你要来当说客，阻拦我们下山。但我明白地告诉你，纵使苏秦、张仪再世，诸葛孔明复生，舌如利剑，口若悬河，也难阻住我兄弟下山的脚步！"苗宏仁说："我并不是来阻拦你们的。"言富一愣，问道："那你是支持我们的决定喽？"苗宏仁摇头说："也不是，请看这一摞报纸吧。铺天盖地的报道，我解放大军，即将兵临城下，覆盖全国各地。而国民党已经到了江河日下、日暮途穷的地步。原来城南乡乡长孙成圭看清了天下大事，便急于把乡长头衔还给李文玑兄弟，李文璇又高价卖给陶保长。若椒红与文涛在此，定会说陶保长糊涂，定会坚决反对陶言中当这个末代乡长。末代乡长，跟末代皇帝一样，有什么前途可言？你兄弟二人，乃人中之龙，还是劝劝你言中大哥，辞官不受，才是明智之举！"

言富冷笑一声道："我不必听你劝，也不必劝我大哥。我兄弟受我大爷的养育之恩，无以报答。即使我大哥踏上一只沉船，只要他乐意，我兄弟也乐意与他一起沉下去，绝无怨言。"苗宏仁说："你知道吗？你们一旦进了城南乡，就成了李文玑手里的一把利剑，刺向人民群众，那样，会让亲者痛仇者快。你大舅一家的血海深仇，难道就不报了？"言荣接口说："我大舅的仇，早晚会报，但不劳你们操心。至于说我们是一把利剑，不错，在抗日爱国时，我们是杀日本的一把利剑；我们无论在谁的手里，都是一把利剑。但到了战争结束，刀枪入库，马放南山的时候，我们这把利剑，就会成为一根尖刺，谁都会拔去而后快，最后的结局都是一样的。"言富说："小弟说得不错。所以，与其跟随他人，不如跟随自己兄弟，你不必再劝，吾意已决。从此，相山与龙脊山桥归桥路归路。"苗宏仁实在无奈，说："今后咱们还是兄弟否？"言富说："昨日是，今日是，但明日便不是。他日两军相对时，我会放你一马。你们快快下山吧，过时不候！"苗宏仁知道多说无益，只得即刻带领丰收等人领着文波下山去了。

夜晚，星月诡谲。城南乡政府，言中与言华在看着钟表等言富兄弟到来。言中问："言富兄弟会来吗？"言华说："言富说了，最迟不过夜半，说到做到。"说着，钟表时针指到12，就听大门外传来了嗒嗒的马蹄声，言富、言荣及时赶来了。

言富、言荣兄弟俩具有忠犬性格，臣属于谁，就忠诚于谁。他们现在与言中、言华多了一层手足情，愿以二人马首是瞻，即使让他们赴汤蹈火，肝脑涂地也在所不辞。在言中短短的任乡长期间，兄弟俩在当地一带搅起漫天风雪。

秋光淡淡，菊花怒放，城南乡院子里梧桐树静静地飘下一片片金黄色的落叶。陶言中乡长安然地坐在办公桌前，一手拿着笔闲敲着桌面玻璃，享受清闲，过足官瘾。他的眼睛扫视室内：整洁的地面，桌子上码得整齐的办公文件，面前冒着袅袅轻烟的紫砂壶，感觉舒服极了。他的眼睛透过窗户望向院子里，整齐划一的排房，门前一盆盆绽放的菊花，笔直的路，成排站立的梧桐树，一个个圆心花园，里面还有红白鲜花在吐艳，大门内外，笔直地站立的荷枪实弹的警卫，而自己门前言富、言荣侍立两旁，就如同关羽、张飞一般。他哑然失笑，把他兄弟俩比作关羽、张飞，自己不就是刘备了吗？他感觉这个比方很好，本来是啸聚山林的英雄，今天在我面前竟然毕恭毕敬，我一个眼神，香茶奉上；一个投足，软座送前，出门在外，前呼后拥，威风凛凛。想到这里，他端起面前的紫砂壶呷了一口绿茶，感到香气四溢，齿颊生香，惬意非常。他坐在老板椅上悠哉游哉，不时地呷一口茶。他想到，战争还有好事呢，不是战争，自己做梦也没有想到，今天能当上政府的乡长。真是时势造英雄啊。不然，自己还是一个卖酒的小掌柜，整日为口子酒盈余或亏损而烦忧，为烦琐的账目而烦心，为顾客的争斤夺两的争执而烦恼，为市井的呕哑嘲哳之声而闹心……如今，这一切都像电影片的一幕，都撤去了，再也不会回到他的生活中了。想到此，他在老板椅上坐得更舒服一些，跷起二郎腿，不时地啜一口香茗。他突然觉得还有美中不足，自己不会抽烟，还不够范儿。他想试试他的乡长之权好不好使，便一招手，就上来了贴身秘书小曹，经他示意，小曹恭敬地给他点支雪茄，他试着吸了一口，呛得一阵咳嗽，又坚持吸几口，就习惯了，他跷腿吸烟，感到自己有点官范儿了。他又想，当官，难道就是整日坐着享受清闲，到月就拿俸禄吗？不会吧？当乡长要干什么呢？哦，就像大戏里唱的包黑子打坐开封府一样，坐大堂之上，审案子，哦，那才威风八面呢！都说，当官不为民做主，不如回家卖红薯。我要当个好官，造福一乡百姓，以后在当地祠堂里青史留名，千万不要学季老汉那样，祸害乡民。

言中正在做美梦，李文璇来到了城南乡。顶头上司来了，言中、言华毕恭毕敬相迎。李文璇来布置任务来了。大意是：为配合护国战争，你们要清除一切造反之徒，凡在乡里的共党分子、游击队员、造反民众，都要查实，坚决翦除。啊，是要杀人啊！言中傻眼了，他不知如何应答。言华倒是能从容应付："兄弟明白，定不辱党国使命。不过——"

李文璇问："怎么，有什么为难之处吗？"言华说："听说，西北、华北、华中都被共产党的军队占领，连杜聿明将军都一泻千里，我们这个小乡，能有几号人马，敢与解放大军对抗？"李文璇说："大哥啊，你傻啊？我又没让你明刀明枪地与共产党对干，咱们要来暗的，知道吗？把那些潜伏在党国周围的造反分子清除掉，党国就会无所障碍，易守为攻。至于杜聿明将军一泻千里，那是撤退，而不是败退，这叫以退为进，是一种战略战策，懂吗？你没看报吗？咱党国有美国杜鲁门总统的大力支持,还怕不能取胜？他们给咱配备了美国先进的武器装备，还有高科技化学武器——毒气弹！共军都是落后的装备，最终哪是我们国军的对手！你们在下面只管尽好自己的职责，至于上面怎样打仗，不必过问。"

尽管李文璇大肆吹嘘，大力给他们鼓劲打气，但言中、言华依然懵懂无知，不知如何去做。李文璇在心里鄙夷道：真是俩棒槌！他一招手，进来一人，李文璇介绍道："这位是陈子有，日后让他协助你们的工作。"李文璇继续指示道："你们在下面先撑着局面，待党国大军兵临城下，到时，我们党坐拥天下，你们也是党国功臣，只要我每一次向上级汇报你们的佳绩，你们就会官升一级。"顿时，言中、言华眼里迸射出了希望之光。

"不过有一点，你们要注意，来日我把一本机密名单从上司那里拿来，你们的天职就是服从，不论亲疏，拿出壮士断腕之力，大义灭亲之心，执行使命，不得有误！"言中、言华正襟危坐，齐声应道："是！"

秋风萧萧，言中回家来了。他身披一袭崭新的灰色呢子大衣，头戴绅士礼帽，围一条浅色新围巾，脚蹬一双锃亮的大头皮鞋，可谓是衣锦还乡啊，自己也感到光鲜无比。从村头到家，穿乡而过，他从村里人看他的目光、打招呼时的敬畏之感，收获了满满一心的骄傲与自豪，自己也感到身价倍增。陶明昭也在家，爹娘看到儿子神气活现地回来了，都喜不自胜，赶紧下厨房做好吃的，给当官的儿子接风洗尘。言中回到自己的房间里去，过一会儿黑着脸出来了。饭做好了，果香只顾高兴，并没有注意言中的脸色。开饭了，陶明昭特意让人开了一坛椒红酒，儿子当官了嘛，他感到门庭生辉，人逢喜事精神爽，当然要喝酒庆祝。还专门请来了道宗老爷子前来陪酒同贺。正在觥筹交错之际，言华的妻子郑氏慌张地跑来报："不得了了，大嫂上吊啦！"

原来，言中这样想的：爷我当官了，从今往后，我要过自己想要的生活，美美地活一把。他想，我这一辈子最不满意的就是自己的婚姻。妻子孟氏，一天到晚，沉默无语，与之对面，站着像一棵不会张嘴说话的树木，躺着就是一具僵硬的木头，每次跟她睡觉时，他简直是在奸尸……这样的婚姻令他窒息。他来到家就跟孟氏提离婚。孟氏先是一惊，瞪着眼愣一会儿，半天摇摇头，也不吵也不闹，沉默无语。言中想：这时候了，你能吵闹几句，骂我几句，也胜过沉默不语，比当个活死人强啊。他脾气也大了，问："不乐意是吧？好，你就等着休书吧！"言中说过一摔帘子就出去到堂屋吃饭去了。孟氏想：本想着夫贵妻荣，跟他一场，享受荣华富贵，结果却是一场凉梦，夫一贵糟糠之妻便下堂。与其让他休掉自己，丢人现眼，不如一死百了。她默默地流着泪，拿了一根绳子上吊去了。郑氏也是不得宠的，来贵人不敢上桌吃饭，就去找大嫂闲聊，推门一看，大嫂正在上吊，便大喊起来。果香忙把孟氏拦住。果香骂言中："小人得志，挺腰子凸肚，这时候就翘尾巴，以后官当大了，还得了？这时候不要老婆，以后连爹娘也干脆不要了？孟妮儿有啥不好？家势、长相哪一点配不上你？况且，还给你生了两个长腿修腰的儿女，你还要出症？你妹妹不见了，我难过得不能行，刚刚好受些，你又想闹得家破人亡？孟妮，你等着我，我也上吊，咱都死了算了！"陶明昭怒骂："畜生，再敢胡来，让你滚回家来！"言中吓得赶紧跑回城南乡里去了。

言中回到乡政府，心里窝气：看来休妻也不是好休的。刚刚坐定，李文璇又来了，交给他一本秘密名单，训示几句，匆匆而去。言中打开名单一看，脸色倏地变了。"有传秘书长！"小曹应声走进，他回答道："乡长，秘书长不在！""不在！哪里去了？"小曹答："这——"

"说！"

"是！陶秘书长，据说——说，他带着言富警卫长去找董小姐去了。"

"这个时候了，还有闲心去会情人！"

"那么，陈秘书哪里去了？"

小曹答："陈秘书去了宿州城，暂时未回。"

言中看着秘密名单，倒抽一口凉气，想到，看来乡长也不是好当的！他气得一把抓过秘密名单扔到地上。

第 63 章

搅 天 风 雪

夜风乍寒。言中裹紧大衣拾起地上的秘密名单,再次翻开,仍旧是大吃一惊。这名单上有自己的同乡、同学,还有亲人!还有两个人,更令他匪夷所思,就是陶椒红、蓝灵心!这些都是李文璇要他们从地球上消失的人!他的手在颤抖,心也在颤抖。天哪,我长那么大,连一只鸡都没杀过啊!名单上有一个人的名字,在他面前闪着光,就是蓝灵心。柔美若莲的她会造反吗?自古造反是要杀头的。那个神秘的共产主义组织究竟有着什么样的灿烂光芒,能够吸引这些人勇做扑火飞蛾呢?言中感到不可思议。

言中再一次琢磨那份秘密名单,这些人我怎么下得了手去杀啊?他突然感觉到,这个乡长原来是个鸡肋,是人家扔掉不要了的,我却当宝贝一般捡起来。唉,人生的路哇,是谁主沉浮,谁来主宰?我自己吗?好像不是,他感觉好像有一股强大的力量推拥着自己,身不由己地被卷进一股惊涛骇浪里,被一个个未知的浪头裹挟着,抛进茫茫无边的汪洋大海里去了。

言中拿起一张白纸,胡乱写着:几番挣扎,几度辗转,舞台上装扮,你唱罢了,我登场。怎奈雄心不泯,追索那锦绣前程心中的月圆,又追寻那香草美人来服一颗野心。又怎奈雨送黄昏,酒色中荒唐度,只盼春草绿我枕畔。你是我伤口上放不下的幽居于心的那一朵莲,是我心头剜不去的一颗朱砂。耗今生,跋山涉水,衣带宽,终无悔。他写过之后,看着自己填写的诗非诗、词非词的东西,自以为文采还不错。他把目光投向窗外,望着夜空的一弯明月,他拿笔勾画,两弯烟眉,一双美目。然后忐忑而怅然地走进卧室。

言华让言富骑马载他来到杨家洼,来找董琳儿。

董琳儿本是言华的学生,十五六岁时就发育得很丰满。她为人胆大泼辣,担任言华班级里的国文课课代表。当董琳儿走进办公室送作业本时，言华趁机以手抠其手心，她会意地一笑，然后红着脸出去了。言华再上课时，她总以长发遮住半面，羞答答的，不抬头，却透过长发缝隙间窥视着他的一举一动。她那犹抱琵琶半遮面的仪态更勾动言华的蠢蠢欲动的心，于是言华约她进他的房间，她竟欣然前往。之后，二人干脆在外租房姘居起来。言华要休妻，其妻郑氏娘家也是大户人家，来问责明昭，明昭便差言富兄弟前去打散了这对野鸳鸯。在抗战时期，明昭被日本人关押起来了，董琳儿又与言华复合；抗日战争胜利之后，明昭再次打散了他们。言华终究回归了家庭，并与郑氏生下一子。董琳儿被迫嫁到了杨家洼，但她与言华一直是藕断丝连。

言华与言富站在杨家院外，言富往院子里投进一块石头作试探，一只狗便吠叫起来。言华站在马背上，把头探进墙头上，往院子里偷窥；正巧董琳儿来到院子里，她一眼看见言华，便招手让他进院里来。言华翻墙跳进院子里。董琳儿已经为人母，她高高的个儿，养得丰乳肥臀，像一只肥硕的大白鹅。趁家中无人，他们急切地重温旧情，之后，言华慢慢地穿着衣服。董琳儿一摸衣服，惊讶道："这衣服那么光鲜啊，是好料子呢！"言华炫耀地说："你还不知道啊，我哥当了城南乡的乡长，我则是乡里的秘书长啦，以后，咱就前途无量，不再是教书匠了！"董琳儿惊喜道："哇，还有这样的好事啊，你当官了！"一声婴儿的啼叫，董琳儿的儿子醒了，言华伸头看一眼，惊叫："这是你的孩子？怎么长得有点像我呢，难不成是我的儿子？"董琳儿以指压唇："嘘——，这孩子确实是提前一个月出生，是不是你的孩子谁知道呢？仅仅从孩子的长相来看，大家都说像我。"董琳儿忧虑起来说，"假如，以后杨家发现孩子不是他们的，可怎么办呢？"言华一拍胸脯说："发现了又怎样？爷现在是谁？城南乡的秘书长，可以号令一方！他要拿你怎样，大不了我把你娘俩接到乡里。我回家休了那小脚婆，立你为正牌秘书长夫人，怎样？"董琳儿喜出望外地说："真的？这次要一言为定啊，你不可再骗我了啊！"此时，前门响起开门声，言华大吃一惊，立即跳进院子里，他踩着鸡窝，跳过墙头，言富正在院外牵马等着接应，言华一骨碌翻过墙头落到马背上，说声："快跑！"言富立即打马一路狂奔向城南乡里。

次日，言中把那本秘密名单拿给言华看，唉声叹气，愁眉不展。言华看过，面无表情。言中奇怪地问："你看后怎么无所谓的样子啊？你也感觉为难了？"言华说："请示陈秘书了吗？看他怎么指示，他怎么指示，咱就照着上级布置的任务怎么执行就是了，这有啥为难的！"言中诧异地说："这，这，这上面的可都是咱周边的同乡老少爷们啊，还有亲人，能下得了手吗？"言华一副无所谓的样子说："量小非君子，无毒不丈夫。做大事的人就不能婆婆妈妈的，不能有妇人之仁。大哥，你不要顾忌什么亲疏，上级不是要我们壮士断腕，大义灭亲吗？"言中惊讶地问："什么，真的要这么做？我连一只鸡都没杀过，要我去杀人？我，

我做不来。"言华坦然地说："你做不来也得做，如今骑虎怎能下？开弓哪有回头箭？往后啊，凡事听陈秘书的指示，由我来替你裁决，由言富、言荣去执行。大哥你呢，一不要你去伤脑筋，二不要你亲自去做，你只需签字，作批示就行了。何愁之有？"言中由衷地感到自己真的不是做大事的料，便默认了言华的主张。从此，兄弟俩像是一对演双簧的演员，言中只张嘴不说话，言华只出声不张嘴；政由言华出，命由言中签，任务由言富兄弟去执行。自此，言华差使言富、言荣在一乡内外搅出漫天风雪来。

月黑风高。言华指使着言富兄弟向当地革命群众挥起了屠刀——言华摸清了以冯吉为首的二十几个共产党员在七子桥秘密开会，等他们出来时，言富、言荣端着枪，像狼驱赶羊群一般，把他们赶到一个巷口，一阵扫射，死伤一片，最后只有祁镜、苗宏仁、周坤等少数人逃脱。陶言森、陶言林失踪，冯吉、王军、赵顺子惨死，其中王军年仅二十二岁，系苗宏仁同村人。

城南乡一时之间陷入魔域，暗无天日，人人惊恐不安。

言富兄弟回到城南乡，言华问道："七子桥会场上，听说不是有苗宏仁那小子吗？"言富说："让他逃脱了。"言华斜眼瞟了一眼言富、言荣，问道："哎呀，那里还有祁镜、周坤呢，咋那么巧，他仨能逃脱你们的手掌？"言富面露愧色道："是我故意放他们一马的，毕竟我们曾经是兄弟，况且，我有言在先，答应要放他们一马的。"言华默然。陈子有在一旁听了，立即一立睖眼道："敌我对立，你死我活；你对敌人仁慈便是对己残忍。干大事的人，哪能婆婆妈妈，心存妇人之仁？下不为例！"言华忙附和道："下不为例！"言富兄弟同声应道："是！"

傍晚，夕阳文弱的红光斜铺在美丽的蓝沱河大堤上，泡桐树、杨树叶儿纷纷飘落，干枯的野草厚厚的，在地上铺了一层彩金地毯。一个十六七岁的姑娘，甩着一条大辫子，在放牧一群绵羊。羊儿在捡金黄的落叶吃。她拉过一头头羊，拴在一棵树上。手拿一个木钩，对后衣领里一插，抱着一棵泡桐树干，三五下，便爬到树上。她骑在树丫上，从后背抽出钩子便钩枯干的树枝，随即掉落了一地的干树枝；然后她又三五下，麻利地跳下树，拾起干树枝，用一根绳子捆起来；解开头羊，背起树枝，甩着大辫子，赶着羊群踏着夕阳唱着小曲儿回村。那干净利落劲儿和那一身蓬勃的朝气，明朗而明媚的青春活力，令人动容，谁见了，都会被她那明艳的青春吸住眼球。她就是苗宏仁的小妹妹苗宏雁。可是最终，她竟然没有回到家，她莫名地失踪了，同时失踪的还有那一群羊。

冷风带着锋利之剑，灌进村子里，陶明耿推开弟弟癫头瓢的大门。他的弟媳蓝灵月在橘色的灯光下弯腰洗头，听到大门响，从水盆里抬起头，她从长发如帘的缝隙中看来人的身影，竟不是癫头瓢！她便往后一甩长发，睁开黑亮的眸子。那一刻的星眸美目，肌肤胜雪，瞬间让陶明耿浑身震颤。灵月此时脱掉了夹袄，身上只有一件贴身的胭脂色薄衫，露出的粉颈，微微晃动的胸波，以及细腰、圆臀。他就那样面对着灵月，眼睛直勾勾地瞪眼张嘴地愣看着，灵月转身披上了夹袄跑回里间。癞头瓢迎出来惊叫："哥，夜黑了，你咋得空回来了？""嗯，回乡公差，顺便来家看看。"他努努嘴问道："怎么几年了，还没见有动静？"癞头瓢哭丧脸，小声说："唉，你哪知道，人都说，我娶了个仙女，谁知道我娶了个烈货，刺猬头？夜夜不能挨身！"原来，灵月自被骗嫁给癞头瓢，她一直嫌弃癞头瓢头上腥臭，还嫌他有口臭；他一挨近，灵月就立马拿出剪刀对准自己的喉咙道："你敢碰我一下，我就死在你面前！"几年来，癞头瓢就这么干熬着过来了，因此，灵月跟他一直没有孩子。陶明耿一连声地训斥他："没用，真没有用，窝囊废！"他连夜走了，临行还对灵月房间艳羡地瞟一眼。

他来到城南乡，和言华谈了好久的国事家事。次日夜，村里发生了怪事，癞头瓢竟然吊死在一棵歪脖子的枣树上，蓝媒婆的大女儿蓝灵月莫名地失踪了。

夜晚，风雪大作，窗外的大地一片死白，漂白了无尽的黑夜，夜晚好像睁着一双有眼无珠的眼睛看着，一任风吼雪嘶。灵心在家中闭门深藏，哄睡两个孩子之后，又蹑手蹑脚地拿起棉衣服做针线活。在黄淮之间，八月的被，九月的袄，十月的棉裤跑不了。今年，风雪早早袭来，她要赶制更厚的棉衣，孩子的，还有丈夫的。她轻蹙柳眉，想着这些天怪事连连，宏雁失踪了，姐姐也失踪了，听说袁寨、韩楼村里都有姑娘、少妇失踪，这些失踪的都是一些妙龄姑娘或美貌少妇！哎呀，天哪，这个世道简直变成了魔影纵横的世界了。门外突然传来了敲门声，她惊恐得一哆嗦，手被针尖扎了一下，她吸着手瑟缩着。门外又轻轻敲了几下，她轻手轻脚地走到门前，扒门缝往外看，听见有人压低嗓子说："嫂子，我是周坤！"灵心半惊半喜，一把拉周坤进来，又往后面瞅瞅。周坤掩住门说："别瞅了，就我一人！"灵心惊问："啊，你，你怎么来了？他，他还好吧？"周坤说："好，没事。家母病重，我冒死来探，顺便来取宏仁哥的棉袄。同时捎来宏仁哥的口信，他交代你在家一定要小心，少出门！"

灵心点头答应，说："嗯嗯，我知道。他的棉袄，还有两针，我这就缝好。你稍等。"灵心麻利地穿针引线，几下缝好，折叠一下交给周坤，并交代："你们千万要保重，留得青山在，不怕没柴烧！"周坤说："嗯，大家各自珍重！"

周坤抱了棉袄出了门，就倏地消失在茫茫风雪中。灵心忙闩上大门，穿过院子，走向后门，再看看后门是否插好，突然又有人敲门，她以为周坤又回来了，便问："怎么，你忘了什么没有？"说着，她小心地把门打开一条缝往外看，突然，"咣"的一声，门被撞开了，一张黑网兜头罩下，眼前一团漆黑，她的身子被一股力量提了起来，平移着走去。她意识到，她被恶人捕去了！

天阴沉了几天，又来了一场搅天风雪。言华、言富又带来一个特殊的女人——董琳儿走来了，她怀里还抱着一个孩子，耀武扬威地走进城南乡大院里。

第64章

舞 台 魔 影

雪倾人间。蓝媒婆两个女儿都莫名地不见了，她哭天喊地，不知如何是好，她走到惠风庐前，来找道宗老爷子给她算一卦。老爷子深深叹了一口气，摇摇头，说了一句莫名其妙的话："唉，叶未朽而根先枯。"

老爷子说："我只能帮你指一条路，你须找几个人陪着你，一直向北走十里地，就会另有其人给你指路。"

蓝媒婆果真央求几个婆子陪她向北走了十里地。她忽然看到了城南乡政府，恍然大悟，她便学着唱戏的那样，进乡政府里喊冤告状。她往乡政府里闯，门卫不让进，她就在门外喊冤。言华出来了，身后跟着黑脸的言富和秘书小曹，远处还站着陈子有。言华笑容可掬地问："蓝婶子啊，所来何事？"蓝媒婆急切地说："你，你，你们现在可是青天大老爷了啊，我两个闺女都不见了，请官府帮我找找哇！"言华故作惊讶道："有这等怪事？"蓝媒婆说："我要见乡长，以前的恩怨咱都不提了，咱总算是一个村的吧？常言说，亲帮亲，邻向邻。你们当了官了，可要为咱乡亲办好事哇！"言华说："乡长在忙公事，跟我说是一样的。蓝婶子，咱谁跟谁啊？什么当官不当官的，咱们还跟以前一样，照旧；你家的事，就是我的事，我哪里敢不放在心上？"他拍拍胸脯，吩咐小曹道："记下了吗？蓝婶子的事咱可要上心啊！"小曹毕恭毕敬地拿出记事本写着什么。言华态度和蔼地问："蓝婶子，你放心了吧？这都帮你记上了，我一定把你的事当作头等大事去办。蓝婶子，除了这事，还有什么事要侄儿办的吗？你尽管说，我洗耳恭听，肯定为您办好！"蓝媒婆感动得热泪盈眶，说："言华侄儿，你可要帮婶办好这事儿，我都急死了！"蓝媒婆还想多磨一会儿，跟言华诉诉苦，表表心中的焦虑，但见言富眼中射过来的目光，正像一头在捕食时的狼一样，死死地盯着她，利剑

一般，冷飕飕的，好像随时会一跃而起，急掠过来，撕碎她，令她感到不寒而栗，她便拉着几个婆子转身离去了。

陈子有问言华："为何不做了那婆子？"言华说："你没看见她身边还有几个婆子吗？做了她，没大意思。"

言中坐在乡长办公室老板椅上，左手夹雪茄，右手端紫砂壶。近来，他感觉人生犹如一个舞台，几番辗转，由一个整日拨拉算盘的小掌柜摇身一变成了一乡之长，成了某一舞台的主角，在觥筹交错、满座喧哗中，自己算是一个角色，受人瞩目，心里很是自足，默叹今生逢时，好不春风得意。然而繁华喧嚣过后，静谧的夜晚，又黯然神伤，那颗红尘未泯的凡心，又觉孤零零的，似乎没有了灵魂。试问，世间还有什么能令他激动的呢？他在寻找心中的那轮圆月——那曾经山盟海誓的爱情，那令他魂牵梦绕的俏影，那花开般的温馨美好，还有失去时涩涩的痛，一起又泛上心头，随着他的呼吸在漂浮。这一切，好像一只纸船，本来已经逝远了，但在峰回路转处，划了一道优美而深邃的弧线，又转到他的面前。像微雨杏花，今夜雪花飘飘，他的心湿漉漉的，涌起伤感的诗意，他又找出那张他勾画一半的纸来，继续勾勾画画。

言华进来，他看到桌上一张纸上的画像：如烟的柳眉，扇形般的长睫毛，方额头，圆下巴。言中忙把纸推远些，挡住言华的视线，言华会意地一笑说："大哥，咱现在是一乡之长，在这个地盘里，要风得风，要雨得雨，要月亮，我也能搬梯子给你摘下！"言中脸一红，说："你说什么？我不明白！"言华大笑道："大哥，恭喜你了！"言中不解地问："喜从何来？"言华神秘地一笑："梦中人，马上就成眼中人也。与梦中人相见，岂不是人生最快意的喜事？"言中疑惑地问："什么梦中人，眼中人，乱七八糟的，你在说什么？"

言华翻出那张纸，"这儿呢，曾经沧海难为水，除却巫山不是云哪，不是吗？如今巫山神女，就在你触手可及的地方。"言中一惊："她——怎么来了？"言华说："你别问她怎么来的，反正她现在就在后花园的那间密室里，你会会旧情人去吧。"说后抽身跑去。

言中呆了一呆，默念："曾经沧海难为水，除却巫山不是云。"日思夜想的人儿，近在咫尺？他来回转悠，在大穿衣镜前，审视自己，正正衣冠，对自己满意后，才去后花园。

他看见灵心了！只一眼就吓一跳——灵心那双在他印象中温柔得像月光下湖水般的眼睛，此刻瞪得又大又圆，仿佛能吞下整个城南乡大院，喷出的火焰似乎能熔化他。"出去，你想干什么？长本事了，当了乡长了，就可以抢男霸女啦？"灵心的当头炮轰，像倾盆大雨般浇醒他的梦。他红着脸辩白："不，不，这绝对不是我的本意，我也没想强掳你来……"灵心杏眼圆睁，骂道："哼，用麻袋把人装来，还不叫强掳？没想到，再次相见，你把我当犯人抓来。试问，下一步，你是不是就要砍我的头了？"

言中痛苦地摇头。"其实，我不是你想象的那样。那年我被日本人幽禁在暗室里，命悬一线时，心里想着的、让我担心的还是你，我一直没有放下你……"

灵心鄙夷地说："哼，说得比唱得好听。你强掳我来，就是让我听这些的吗？"言中摇头说："其实，心妹，请你别对我有那么大的敌意，请你到这里来，也许我可以保护你。目前，党国指示：宁可错杀一千，不能让一人漏网。你既来之则安之吧，你待在这里，或许比待在家里更安全！"灵心反问："你的意思是说，我也在你们捕杀之列？那就杀呗，就用我的血来染红你的乌纱帽吧，我不需要什么保护！"

言中看着她美丽而冷漠的脸，乞求地说："心妹，不要拒人千里嘛，我是真心的。自从我们被棒打鸳鸯散，我的心已死，就想在单调的算盘声里、一壶壶打酒声中，荒度余生。但你一直幽居在我的伤口上。思念，就像一片春草，越想压，越青青一片滋长，一直绿到无处不在，蔓至我的枕畔，塞满我的心房，填满我的梦乡……曾以为，今生再无交集，谁知，人生又给我一个舞台，让你我重聚，如果可能，我愿再回到从前。"

灵心温柔了些许，悠然地望向窗外，"人生最可悲的是，再也回不到从前。当初，你既然选择了放弃，今天就没必要再次提起。心口上的伤疤，没必要再次揭开！"言中动情地说："心妹，你在哀怨？心里一直在怨恨我了？如果，再有一次机会，我绝不会再辜负你！"灵心别过脸去，打断他道："够了，往事如烟，请你不要再提起，我不想听。"言中有点伤情地说："心妹，多年不见，你就真的没有一句话要和我说吗？哪怕是一句怨言。"灵心摇头道："再次相见，我成了你的阶下囚，还有什么可谈的？哦，我还真有一句话和你说呢。"言中兴奋了，"说，说！"

灵心郑重地说："请你放下屠刀，不要再杀一乡的老少爷们了！"言中一怔："可我连一只鸡都没杀过呀！"灵心愤恨地看着他说："不错，但那些人终归是你作为乡长杀的啊！你的双手沾满了一乡人的鲜血了啊！你敢说，跟你没关系？"啊，言中看着自己的一双白净软和的手，默然走出去，回到办公室里，颓然坐下。

我无数次幻想，和你有一次美丽的邂逅，重温一段久违的温情；想我今天的辉煌，在你欣赏的目光中闪耀与盛开，该是多么骄傲……可如今，相见不如相念，相见不如不见；我做的一切没有了你的欣赏，还有什么意义呢？再次相见，连曾经的美好都荡然无存了。他突然感到当乡长索然无味，这个头衔就像另一个枷锁套住了他的人生，能取下吗？

透过窗户，言华看到大哥颓然枯坐，他对言富说："看来大哥也没有能征服那个烈货，不会霸王硬上弓吗！"言富嘴往两边拉一下，算是笑了，又恢复原位，绷紧了，说："大哥嘛，打死他也不会那样做的。"言华咕哝道："哼，女人都

不是好东西，都是敬酒不吃吃罚酒，看我的！"

在言中会灵心的时候，言华溜进另一房间——关着苗宏雁的地方。苗宏雁见了他像一只受惊的小兔子，坐直了身子，扑闪着大眼睛看着他。言华满脸堆笑道："宏雁啊，别怕，哥哥请你来，是想问你句话，你只要实话实说，就让你回家了。不想走，就留在这里，浇浇花，扫扫院子，享享清闲就行了，胜过你在家放羊拾柴！"说过他凑近苗宏雁，定睛欣赏眼前的姑娘。她仍是扑闪着大眼睛，默然不语。她黑里透红的圆脸盘，正燃烧着青春的美丽，四肢粗壮，高胸，宽臀，长腰，一股盎然的朝气，令人怦然心动。言华伸手摩挲拍打着她柔厚的肩膀，说："小妹妹，你可如实回答哦。"苗宏雁默然点点头。言华得意地笑，问道："就是，你哥哥与嫂子在家时，都在做些什么，都见哪些人，说过什么话？"苗宏雁摇头："没有见什么人，只是干活，吃饭，睡觉。说什么话，我不知道。""这——就这些？还有吗？"

"没有了。"言华又笑说，"你看，我给你买来了花衣服，是城里人穿的，又时尚又漂亮，可比你身上穿的衣服好看多了。"苗宏雁把身子缩在墙角，脸别一边，说："不要，我穿不惯，干活不利索。"

"哦，还有这糕点，你没吃过的，你尝尝。"

"不吃！"言华突然扳过苗宏雁的肩膀，嘴巴子贴上她的额头，"来嘛，让哥哥疼疼你。"苗宏雁忽地推他一把，没想到小姑娘的劲儿那么大，竟然把他推得一屁股坐到地上。他笑了："好大的劲儿，好，你好好在这儿待着吧。"他愤然关门，咕哝道："哼，小烈货，得空再来收拾你！"一出门，遇到黑着脸的陈子有。照陈子有的指示：凡是关进来的人，都要严刑拷打，审讯逼供。但这次，言中作了主张，不让言华那么做。

言华刚出来，就遇到董琳儿的当头炮轰。"你到哪里去了，你说？你说？"

言华板着严肃的面孔训斥她："你敢那么大声对老师说话？"董琳儿哭着说："我为了你，丈夫也死了，家也回不去了，你还三心二意，朝秦暮楚，这样待我，你有良心吗？"

董琳儿可不是吃素的，她又哭又闹，不依不饶，她还脱掉一只鞋扔过来，言华吓得掉头就跑。他跑过乡长办公室门前，当他看到言中耷拉着脑袋在枯坐，便把一股气撒到灵心身上。

言华闯进了关着灵心的房间。灵心怒喝一声："出去！"言华一笑，露出一对小虎牙，说："灵妹，干吗发那么大火，一向可好？""哼，没到这里之前，我一直都很好！"言华冷笑道："哟嗬，还不识抬举！你到了这里，最好要乖乖的哦。""哼，畜生没资格与我说话！"灵心怒斥道。看见陈子有站在窗前，言华勃然变色："把这个女共党给我绑起来，吊上梁头，严刑拷打！"话音未落，言富一把抓住灵心；言华走来把她按在床上，刺啦一下撕开她的领口，灵心仰面躺着，啪啪地扇他耳光，挣扎着，骂着："畜生，禽兽！救命啊——"言中跑进来，看见灵心在疯狂挣扎。

"放开！"言中怒喝。

"大哥——"

言中又喝道："放开！"

言华说："大哥，让我绑上这烈货，要审，要上，随你！"

言中脸都气白了，骂道："放肆！胡闹！出去——"言华愤然出去。

灵心起来掩住领口，说："哼，真是小人得志便张狂。好端端一个老师，往日传教仁智礼义，人间正道，一旦跳上魔鬼的舞台，得了势，竟也如此丧心病狂，比魔鬼还凶残！"

言中默然几分钟，说："对不起，有我在，我决不让别人拿你怎样！"他拉把锁锁上门，才放心出去。陈子有一脸黑，满是不悦。

第65章

风 雪 弥 漫

天，一场大雪连着一场大雪地下，城南乡政府的行动，一次比一次疯狂。

言富、言荣在言华的麾下可谓得以大展身手，两人就像天生的嗜血动物，迷恋捕猎，迷恋血腥，一旦嗅到猎物，便去猎杀，大快朵颐。他们有枪在手，他们杀人，有时为公有时为私，有恩必报，有冤也必报，这就是他们做人的信条。城南乡周边的共产党员，兄弟俩逮到一个杀一个，抓两个杀一双；他们的魔爪甚至远伸至萧砀、丰沛，以及河南商丘等地区。远近四邻省、县，只要遇到黑白无常者，无不血流成河，恐怖一片，淮北大地变成了一座风雪弥漫的人间地狱。

不过，言富、言荣只是忠于言中、言华，却腹诽于李文璇。又是一个大雪飘飞的夜晚，言富、言荣翻山穿林去执行任务，路过大鹏山，顺手牵羊，把大鹏山的猎户给灭了。血洗了大鹏山后，他们跳下山崖，潜入吴车臣户内，四处翻找，要翻出当初大舅李阵风卖给他们的那把老猎枪。好一番翻找，终于找到了，言荣拿在手里，喜滋滋地背在身上。最后顺便牵走了他们的快马，满载而去。

当他们欢天喜地回到城南乡时，言华拿把枪就顶在了言富的脑门上了。言华气急败坏地骂道："混账小子，你们知罪否？你俩怎么把大鹏山的猎户给杀了？你们简直不分敌友，滥杀无辜，上头要追究你们的责任呢，你俩能担当得起吗？"言富说："他们是杀咱大舅的仇人啊！"言华说："胡闹，即便是杀咱大舅的仇人，这时候也不在咱的行动之列。"言荣说："一路杀来，不觉杀顺手了，顺势把他们也给端了！"言华又把枪顶在言荣的脑门上，骂道："胡闹，你们闯了大祸了，知道不？"言中不置可否，他低着头，拿一支笔，在一张纸上涂涂画画。言华继续训斥："鲁莽！为你俩的鲁莽，李文璇过来差点要了我和大哥的命，他喋喋不休地骂了我们一宿，知不知道啊？"言富、言荣对视一眼，然后嘴角露出

一丝不易察觉的笑。

原来，李文璇的岳父就在猎户村，一并被言富、言荣杀了。得知消息，李文璇惊惧到胆破心裂。因为，言富、言荣一直是他们家的克星，早前他恨之入骨，但峰回路转，兄弟俩却成了他手里的一把利剑，替他做了之前一直未做到的事，令他好不得意。谁知，这把利剑竟然会剑走偏锋，血洗了大鹏山猎户，伤及他的亲故。他马上意识到，他们是在有意识地为阵风父子报仇雪恨。这还得了？如果他们的宝剑再走偏一次，下一个要血洗的就有可能会是梧桐苑！他连夜跑来城南乡，拿枪一会儿顶着言中的头，一会儿顶着言华的头，大骂一宿。他骂道："看看你们养的什么狗，不分敌我，胡乱咬人，啊？再不训好，军法不饶，都去死吧！"当时，言中低低地耷拉着脑袋不吭一声，在一张纸上涂涂画画。而言华则保证道："长官放心，下属一定会训好自己的狗，哦不，训好自己的人，下不为例！"言华点头如小鸡叨米，保证事不再犯。李文璇骂过言中、言华，又狠狠骂了陈子有一顿，对他下达死命，令他一定严密监视好这帮人的行动。陈子有保证道："下属再不敢松懈，下不为例！"

李文璇走后，陈子有对言中、言华说："看看，一步走错，前功尽弃，谁要你们不按上级指示胡乱来的？从今往后，一定要严密地执行命令，不得有半点偏差。要怎样将功折罪，就看你们的了！"

所以，当着陈子有的面，言华学着李文璇的样子把言富、言荣骂了一通，然后下达死命，让他们将功折罪，兄弟俩身子一挺答道："是！"

自此之后，言华简直疯狂了，他急于要立功，频繁地派言富、言荣执行"任务"，要严刑拷打那些被关起来的女人。为此，言中与言华发生了激烈的争吵。言中痛心疾首地说："早知道那么血腥，我当哪门子乡长啊，啊，啊——"他捶胸顿足地哭着。言华说："大哥，不是说过了吗？凡事你都不须过问，你只负责签复批示即可。咱们兄弟现如今都已是骑虎难下，必需硬着头皮做下去啊！"言中痛心疾首地说："做下去，做下去，以后别想回家了，咱会被乡邻活活骂死的！"言华说："嗨，大哥，你真是……菩萨心，好吧，你就不要顾虑那么多了，以后，连批示我都代你签吧。你什么都无须知晓，行不？"言中说："以后你们杀那些拿枪的我管不了，但关在乡里的那些姑娘媳妇们，谁都不可胡来，不能在我眼皮底下制造血腥，这是命令！"言华叹气道："我做的事，都是为了咱兄弟的锦绣前程啊！"言中坚持道："我不管为了啥，就是不得在我眼皮下制造血腥！"言华耸耸肩，扭头走去。

李子园又起风云。逼近年关，李阵星兄弟又要征税，这次不是要粮，而是要钱。广大的穷苦农民缺吃短喝的，哪里有钱完税？又一次激化了矛盾。这次领导农民运动的重任落到了秋生、立冬的肩上。民兵们手里拿着叉子、棍子、榔头等农具，小乙领着众家丁拿着铁棍、铁鞭等利器。李阵辰在着急地东张西望。时近傍晚，地上的积雪还贴在地面上，天阴沉着脸，寒风砭骨，风里夹着盐粒子砸下来。此次，派言富兄弟出去执行任务，言华一再叮嘱："千万不可再出差错，以免坏了咱弟兄们的锦绣前程！"

言富兄弟穿巷而过，看到两军对峙，已经摆好阵势，便提身飞到屋顶，埋伏好。李阵辰立即大叫一声："兄弟们，上！"两军喊杀声一片，一窝蜂地打到一处。上天好似来助阵，瞬间风雪交加。正在混战之中，就听到"啪啪"两枪，立冬与秋生应声倒地，鲜血马上染红了铺到地面的一层新雪，农民们愣了片刻，马上一窝蜂地四散逃去；小乙等乘胜追击，李阵辰发出的狂笑声震破天宇。风更猛了，雪更大了……

当夜，李阵星兄弟设宴款待言富兄弟。外面的哭声凄惨尖厉，梧桐苑内却喜气洋洋。两位财主说不完的奉承话，李阵辰恨声说道："这帮穷人跟雪下的野草一样，除草不除根，春风吹又生，干脆一不做，二不休，那个小文波，也给除了！"言荣一立睖眼道："哼，他还是个孩子，谁敢动他一根寒毛，我让他全家陪葬！"二人将酒杯一掷，抬腿就走。李阵星兄弟吓得在后面直作揖。

蓝灵心、苗宏雁的失踪，被相山游击队的苗宏仁、祁镜知悉后，令他们忧心如焚。因为苗宏雁是祁镜的未婚妻。关潼大队长说："最近，城南乡简直就是蒋家王朝的刑场，人间地狱，我们务必要拔掉它！"苗宏仁要亲自来打探，快腿祁镜主动请缨，说："我去！"周坤也说："我去！"关潼思考一下说："你们俩一起去！"于是，祁镜与周坤趁夜来打探虚实。

月黑风高的暗夜里，祁镜、周坤摸索到城南乡后面的城墙外，突然一片石子像无数飞蝗般飞来袭击他们，他俩像机警的兔子，闻到了猎鹰的味道，撒腿就跑。周坤与祁镜跑了好久，喘息不止，看看后面并没有人追来，祁镜说："咱们是不是太小心了？并没有人追来啊，咱再回去，走城墙另一边，沿着河岸那面再去查探。"周坤摇头道："不可，你不了解言富兄弟的禀性，大凡他不想穷追猛打的，他就警告你知难而退；他要想置你于死地，决不会只投石而不追的，不可再冒险回去摸老虎尾巴！"

祁镜问："那怎么办啊？"

"先回去，报告情况，请关潼大队长与宏仁哥商量拿主意。"祁镜只好同意周坤的意见，一同回去。

关潼说："蓝灵心是党的人，不能不营救，苗宏雁是宏仁的妹妹，不能坐视不管。城南乡成了人间地狱，必须除去而后快。言富、言荣这两个冷面杀手，本是与咱们并肩作战的兄弟，今日成了敌人，他们骁勇善战，枪法精准，不好对付。我们要出动人马，夜袭城南乡，来个出其不意的袭击，以多胜少，或可险胜。"苗宏仁自愿带队，祁镜、周坤愿相随作辅，丰收、长青、文良也随队出征。

寒风刺骨，苗宏仁率队趁夜悄然向城南进发。可是他们刚刚来到口子街，就迎头遭到几个黑衣人的袭击，子弹如骤雨般从屋顶倾泻而下，游击队员猝不及防，倒地几个，队伍就像羊群般被冲散，惊慌地四散而去。

苗宏仁带一支小分队跑向西关大桥头，钻进桥洞，欲以桥墩作掩护与之作战。在桥下正好看到胡棺材家正在张灯结彩，吹吹打打，门口停一乘披红挂彩的花轿，有好多人出出进进，看来在办喜事。

苗宏仁与丰收正想借桥墩作掩护，与敌对峙。谁知，突然有人从他们头顶俯射一梭子子弹，对手身手敏捷如猿猴，桥上桥下，翻飞自如，一枪一个，游击队员死伤惨重。听到枪声，胡棺材家门口的人吓得一窝蜂地钻进院子里，关上大门。此时胡意生家后门被"咣"地一下打开，跑出一个身材高大的女子，丰收等一惊，他们看见那女子正是胡莲雪！后面又跑出几个女人来追她，她大喊着："我不嫁，我不嫁，我死也不嫁。我要回去养我的——"突然她的嘴被人堵住，然后被那些人七手八脚地拉进大门里去了。枪声暂停，周坤建议道："趁暗我们冲出桥底，跑进街里，利用街巷掩体与之战斗。"苗宏仁点头道："走！"

他们在街里、巷子里东躲西藏，最后被追赶得又转回来了，众人转到胡棺材家旁边的胡同里。灯熄灭了，周围一片黑暗。奇怪的是，言富、言荣忽如从天而降，骑在胡同两边的房顶上，居高临下，一阵扫射，游击队员犹如风中的小树，纷纷被连根拔起而倒下。丰收俯在长青、文良身旁大喊："长青，文良，你，你们醒醒，不要吓我！"言富跳下来，他的枪口已对准了丰收的后心，正在千钧一发之际，苗宏仁的枪响了，子弹直射向言富的后心，言富一个空翻，飞上胡棺材家的屋顶，躲过这一弹。丰收一骨碌躲进门前的花轿里，向言富开枪，但一扣枪，发现子弹打光了。苗宏仁、周坤、祁镜三人分头躲开，朝屋顶开枪。子弹打光之际，言富飞身而下，以迅雷不及掩耳之势，下了苗宏仁的枪，他以枪抵住他的头；言荣抵住周坤的胸，又把祁镜夹在二人中间，把枪都卸下了。言富冷喝："走！"

丰收在花轿里掩嘴痛哭："文江哥啊，你尸骨未寒，文江嫂子被逼改嫁了啊！还有，我们'下河桥七杰'，就剩下我一个了啊！"

言富兄弟押着苗宏仁他们仨沿着潍河大堤，一路向南，走了二里路，在潍河西岸停住。月光照夜空，河面积雪，与岸同色。两岸树林稠密，灌木丛生。树林外是一片麦田，被雪盖住，像一张花被单铺在大地上。灌木丛里突然传来一声怪叫，言富、言荣唰地把枪口对准了灌木丛，趁此，机灵的祁镜迈开长腿，嗖地一下钻进后面的灌木丛里。言富、言荣不屑于去追赶，言富对着河滩喊："祁镜，你小子乖乖地给我出来，信不信，我能百步穿杨，隔着树丛、隔着墙也能打烂你的头！"河滩那边寂然无声。

两把枪对准两个脑袋。夜死寂，空气也死寂。突然苗宏仁仰天哈哈大笑起来。言富奇怪道："死到临头了，难道很可笑吗？"苗宏仁仰天长叹道："我笑，我笑人生一场好大戏。昔日游击队与黑梅帮，情同手足，并肩作战，昔日好兄弟，转眼生死敌，拔刀相向，岂不可笑？兄弟，咱们曾经东西村住着，同饮一条河水长大，同一个学校读书，人不亲，水还亲呢。你既然不念旧情，忍心下手，你就下手吧，谁不知你兄弟二人的手段！”言富抵住苗宏仁的枪垂下来，言荣抵住周坤的枪也放下了。言富点头说："是，昔日咱们是兄弟，曾经并肩作战打小鬼子，但，造化偏弄人，让我们走向舞台的对立面。"他顿了顿说，"可我在七子桥村，已放过你们一马，不要怪我没讲兄弟之情。"他转身走去，走了七八步，犹豫着，突然停住了，他仰天看看，似乎发出一声微弱的轻叹，说："可是——命，不由你我。我的人认你是兄弟，但我的枪不认你是兄弟。兄弟，对不住了！"周坤大喊："别，二位哥哥，听我说——"可是言富已经把右手插进左腋下贴在腰上，枪口向后，"砰"的一声巨响，苗宏仁应声倒下了！周坤嘶喊："宏仁哥——"言荣说："周坤，念你喊我们一声哥哥的情分上，我暂时省一颗子弹，以后最好不要再相见。"说话之时，两人一直都是背对着他的，而后迈开长而直的腿，并肩平移地向前走远了。

周坤扑到苗宏仁身上，喊："宏仁哥！宏仁哥！"他颤抖地摸宏仁的身上，摸到了滚热的血，找到他身上汩汩的流血处，借着月光雪色，他看到苗宏仁正胸口上有一个圆洞，像泉水一般在喷血。他倒吸一口凉气，惊讶言富的枪法精准。他仰天呼啸："天哪，简直是魔鬼哇！"鲜血依然在汩汩地流淌，苗宏仁周边的雪被血染成黑色，瞬间融化了一片，露出空地。躲进河滩灌木丛里的祁镜爬了出来，跑过来，带着哭腔问道："他们，还真的下毒手啦？！"周坤带着哭腔说："你说呢？呜呜——宏仁哥家里还有老母，两个幼小的孩子，就——呜呜，呜呜——"祁镜还抱着幻想，不相信苗宏仁会死，"宏仁哥，宏仁哥，你醒醒！"他拍拍他的脸，用手指试探他的鼻息，看到他胸口在汩汩冒血的圆洞，他一屁股坐到地上，"天哪，两个大马子养的，真是心狠手辣，造孽啊，真是灾星下凡哪！"祁镜为难地干搓手，结结巴巴地说："这，这，这怎么办啊？"周坤说："还能怎么办啊？咱把他扛回去交给苗大娘吧。"祁镜摇头说："不可，她最近又丢闺女，又丢儿媳的，再知道儿子丢了命，不是要她的老命吗？再说了，咱也没法挨近村里啊，那俩魔头时时盯着咱呢！"

周坤问："那你说怎么办？"祁镜冷静地说："唉，咱先把宏仁哥就地掩埋在这里，等以后再想办法迁回家。""那好吧。"周坤说着从腰间拔出刀，祁镜也拔出刀，两个小年轻在河堤灌木丛与麦地之间挖出一个坑，就地把苗宏仁掩埋了。刚刚掩埋好，天上又搅出一天雪花来，风吼雪嘶，瞬间把苗宏仁的坟头盖住。他俩跪地磕头，默默悼念，"宏仁哥，你先安息吧，我们一定要为你报仇雪恨！"然后，洒泪而别，继续踏上血与火的征程。

周坤、祁镜连夜返回相山。一回到那里，两人就惊得心胆俱裂——他们看到游击队员的尸体横七竖八，到处都是！啊，肯定遭到黑白无常的袭击了。他们在死去的人堆里翻找，生怕关潼大队长也遭到毒手。周坤祈祷道："老天啊，保佑关潼大队长平安无事吧！"他们没有找到关潼大队长，便深入山林里，到另一个更加隐蔽的据点去寻找自己的队伍。

那一夜，除了相山游击队遭受重创，其他各地革命组织、革命武装，都遭受到空前的灾难，简直是一夜屠城，血流遍野。城南乡的上空愈加风雪弥漫，阴森恐怖，草木惊心，鬼神凄惶。一时，言富、言荣兄弟俩被视为杀人魔王，天罡地煞。夜晚若哪家有小儿哭闹，大人说："黑白无常来了！"小儿就会被吓得立马噤声。

第 66 章

红楼秘事

下午，宿州城电影院里。言久在放电影，他透过小窗，竟然见到一个熟悉的面孔，仔细一看，竟是蓝媒婆的大女儿灵月！言久困惑：她怎么会到这里来的？电影放映完毕，灵月走出电影院，言久喊住她，故人相见，聊了几句，灵月说："我住在电影院隔壁的小红楼里。"

那夜蓝灵月在自己的房间里正熟睡，听到屋外传来嘈杂的脚步声、搏斗声，还有被压抑的嘶喊声，她披衣下床，推开门想看看发生了什么。突然，有人拦腰抱住她，塞住她的嘴巴，一个麻袋兜头罩来，她眼前一片黑，然后她感觉被人提到马背上，有人打马飞奔。她被闷晕了，醒来后，发现自己在一个房间的床上躺着，房间的布局跟农家不一样。她想：自己又遭抢了？是什么人抢她？她一摸袖口，还好，剪刀还在。有人推门而进，灵月摸出剪刀准备战斗，进来的却是一个扎着两条辫子的小丫头。小丫头端来了洗脸水，近前道："奶奶，洗脸了！"灵月诧异，我成了人家的奶奶了？小丫头轻柔地伺候着她。灵月把剪刀放在床头，问："这是什么地方？"小丫头说："这是宿州城里，我是专门来伺候奶奶的。"她又端来杯子，说："奶奶喝杯水吧！"灵月接过杯子，问道："你家老爷是什么人呢？"小丫头摇头说："不知道，我也是刚刚被卖到这里的。"

灵月不知自己昏睡多久了，此时又渴又饿，她接过水杯一饮而尽，而后又不知不觉迷迷糊糊地睡着了。等她一觉醒来，发现自己像葱白一样，被剥得光裸裸的，盖在锦被底下。她大惊失色。她抬眼看去，正有一个人背对着她，立在窗前吸烟。听到动静，他脸也不转，就问："你醒了？"啊，是陶明耿！

"你，你，你把我……""是的，你已经成了我的女人！"她去摸索剪刀，但再也找不到了。"畜生，强盗，魔鬼，八种，八种养的！"灵月破口大骂。陶

　　明耿冷笑道："我就是九种养的，又怎样？你骂吧，骂人又粘不到别人身上，自己反而会舌头长钉。实话不瞒你，我弟弟瓢儿被土匪害死了，看你再次守寡可怜，一个绝色的女人闲在那儿，怪可惜的，你要是愿意，这座小洋楼就是你享清福的福地。"灵月指着他又大骂："你弟弟被土匪害死了，我的儿子被土匪抢走了，你当一方的警务所长有个屁用？你白披了这张皮吗？"陶明耿悲凉地说："不错，如今，我什么都没有了，只剩下这张皮了！"灵月鄙夷地说："哼，在外面你充当抓坏人的人，其实，在背地里尽做些见不得人的勾当，你才是这个世界上最大的坏人呢！你抢男霸女，拉鸢放鹰，无恶不作，你不怕不得好死吗？"陶明耿斜眼看她一下，一副无所谓的姿态，耸耸肩说："没错，本来我这辈子就压根没打算得好死，死后被打进十八层地狱，那又怎样？"灵月又骂："你要得报应的，近报自身，远报子孙！"陶明耿冷笑说："哼，近报自身，我没打算好死，无所谓了；远报嘛，我自己都不知怎么死呢，也没人管我，我哪里还管得了儿孙？你听说过这句话吗，'在我死后，哪管洪水滔天'！"对他的满不在乎、寡廉鲜耻，灵月没招了。陶明耿说："你想清楚了，红楼富贵地，阎罗幽深门，任你挑选。找你儿子的事，我会记在心上。"他把剪刀掷到灵月的床头，转身就出去了。灵月一把抓起剪刀，照着自己的腹部扎去，但就在剪刀即将扎到腹部之时，她收住了手，她喃喃地说："小宝儿，你在哪里？你爹死了，娘今若死去，你以后回来了，不是连娘也见不到了吗？我可怜的小宝儿，你让娘死都死不利索哪。"她扑倒在床，痛心疾首地大哭。灵月哭了一会儿，坐起身来，自言自语地说："为了能见到小宝儿，我什么屈辱都可忍。"灵月暗暗告诫自己，要活下去。

　　灵月对言久说："你知道吗？你大哥言中当了城南乡的乡长了，他指使你二叔家的两个小子，杀了好多人，咱家乡那里，现在到处刮的都是腥风啊！"在此之前，言久已收到关潼的消息，知道大哥当乡长的事。今天听了灵月的话，他忧心如焚，便匆匆回家，希望能阻止一下他们的杀戮行径。谁知一进家门，二哥言华拔枪就顶住了他的脑门。言久吃了一惊，言中愣在了那里。言久问："二哥，你这是在干啥，演戏吗？"言华冷冷地说："哼，演戏的人是你，你当我猜不到吗？以我的政治敏锐性，我猜你是共产党的地下党员，引诱得小妹也误入歧途，小妹失踪了，都怪你，都是你带坏了她，你还好意思回家装好人！"言富、言荣像拴在链子上的狼狗，狂急地看看这个，看看那个，不知如何是好。明昭与果香今天很高兴，儿子们都回来了嘛，一见此情景，果香惊得大叫："怎么了，这事？兄弟见面怎么拔枪相对呢？混账的孽种，放下枪！"言华说："爹，你不知道，老三是共产党！"明昭暴怒骂道："放肆，你凭什么说他是共产党？"言华说："这还不好推理吗？文涛与小妹都是共产党，而他们俩在宿州，一直都是和老三在一起，难道他不知道？肯定他们是一伙的！"言久说："那也只是你的猜测，毫无根据。他们干什么，又不在脑门上写着，我怎么知道？你和大哥当了乡长与秘书长，若不说，我还不知道呢。"言华仍用枪顶住言久，明昭骂道："八种羔子，我不管是什么党，你们都是我的儿子，谁不听话，我，我，我就家法伺候！"说着，他从墙上取下了鞭子，果香扑过来夺言华的枪，又用身子挡住明昭的鞭子，骂道："孽种，你先打死我吧！"她又骂言中："你是哑巴吗？不说一句话！"言中左右看看，喝道："放下枪，怎么着也不能杀自家的手足兄弟啊！陈子有不在，做样子给谁看？"言华这才肯放下枪。

开饭了。为了不让这顿饭成为鸿门宴，明昭请来了道宗老爷子。道宗老爷子仙风道骨，威威堂上一坐，仿佛能镇邪似的，刚才还剑拔弩张的兄弟几人，转眼又觥筹交错起来。席间老爷子夹掉一颗花生米，他俏皮地说一句话："人生如蚁哪，为寻粒米会迷途，若能迷途知返，或可得归途。"对于老爷子语重心长的话，言中听了似有所触动，默默地低头不语。

饭后，言久拥抱一下大哥，说声："大哥，保重啊！"拍拍他的肩膀匆匆告辞。明昭送他到蓝沱河大堤，走到上河桥，明昭秘密地问："仁儿，你怎么加入那个党呢？听说共产党……"言久哭笑不得说："爹，那纯粹是对共产党的污蔑、歪曲。爹，这个时候了，你怎么给大哥捐个乡长当啊？"明昭说："这个时候怎么了？你们都有大好的前程，唯独你大哥没有，不是想让你大哥也有个锦绣前程嘛。"言久摇头说："爹，你好糊涂啊，你不看看天下局势啥样了，眼下解放大军即将兵临城下，大哥却当国民党的乡长，将来别说有锦绣前程了，恐怕连命都保不住。大哥生性善良，连只鸡都不会杀；但二哥呢，依然在那做一枕黄粱梦不醒，不知迷途知返，领着言富、言荣兄弟俩，刮起一乡血雨腥风，闹得满城恐怖，这一笔笔的人命债，早晚都会血债血还的！爹，你快劝二哥放下屠刀，大哥放下乡长大印，解甲还田，卖酒为生，二哥还去当他的教书先生，方是正途。"明昭听后冷汗直冒，愣愣地立在那里。言久看着蓝沱河依然清澈的河水，念叨："真担心，这河水会不会被血染红！"明昭仍不放心地问："仁儿，你到底是不是共产党？"言久犹豫一下不置可否地说："甭听二哥瞎猜。"说完匆匆而去。送走了言久，陶明昭站在桥头呆呆地发愣，看着滔滔的河水，犹如奔腾的野马，不可收缰，一片阴影蒙上他的心头。

言久回到宿州城不久，就被李文璇兄弟打进了水牢。

年底，名噪一时的由著名演员周璇主演的《歌女之歌》电影在宿州城里放映。宿州城里人人想一睹周璇的迷人风采，有身份的人都争相来看。李文璇也来了，但电影票卖完了，李文璇可不管，依然昂首要进去，被检票的人拦住，他抬脚就踢。此时，治安警察来了，该是冤家路窄，来的警察正是陶言朗与石仲辉。陶言朗见是李文璇，就语带嘲讽地说："堂堂一个政府大员，欺负一个检票的小百姓，哎呀呀，乃真英雄也！"李文璇也认出他俩来了，也反唇相讥："哦，我道是谁呢，原来是当年的手下败将，今日竟换了张狗皮，在这儿咬人哪！有人在狗撑耗

子多管闲事啊。"陶言朗哈哈大笑:"原来这里有耗子精啊!"石仲辉也哈哈大笑,李文璇意识到反遭他们的羞辱。他便拔枪相向,恐吓道:"小子,活腻了吗?我碾死你们俩,就像碾死两只蚂蚁。"言朗笑说:"我好怕怕啊,走,猫不跟耗子斗!"两人嘲笑着要离开时,李文璇"当啷"一声,枪走火了,言朗当场血染电影广场!发生了枪杀案,电影院里轰地一下炸开了锅,众多人奔跑出来,造成拥挤、踩踏,死伤多人。据说此次踩死了某位大员的母亲,上级追究下来,李文玑就追究放电影的责任,把言久投进一个及腰深的水牢里去了。

言久进了水牢,萧沉思带着孩子躲进附近的乡下。萧沉思失去了工作,生活一下子陷入了困顿,她一咬牙,给自己的孩子断了奶,回到城里给人家当起了奶妈子。

一座西式小红楼,一个深深的庭院,有几道门,还有一个精致的小花园,梅花在枝头袅娜地鼓起无数粒胭脂扣般的花蕾。萧沉思走进去,给人家的孩子喂奶。据说,这家女主人生过孩子就疯了,不能给孩子哺乳。萧沉思进了二楼的一个房间,女佣抱来一个襁褓中的男婴。萧沉思坐下来,撩开胸,开始喂孩子吃奶。她抬头扫视房间,望见拐角处一张小床上坐着一个女人。那女人披头散发,衣履不整。她心想:这位可能就是那发了疯的主妇吧。等她再次抬头看向那主妇时,发现那个女人突然露出半边雪腮,她似乎正对她这边看来。萧沉思蓦然发现,那女人风骨清丽,这么眼熟,哦——椒红!她惊得差点叫出声来。四目相对时,她发现椒红也露出惊讶的眼神,那警觉的神态,告诉她,椒红并没有疯。萧沉思明白了,她装作若无其事地继续给孩子喂奶。楼下传来了脚步声,上来一个男人,一身军装,此人正是李文璇!

李文璇并不认识萧沉思,见她虽然是一身农妇装扮,但一看就是一个干净利索的女人,见她在给自己的孩子哺乳,他微笑了,表示很满意。转头问女佣:"给太太吃药了吗?"女佣回答:"吃过了。"李文璇说:"不吃药,等会儿狂躁症又该发作了。"此时,椒红表现的是一副木讷、痴傻状态。李文璇趴在她脸上看看,"嗯,今天比较安静。"他开始拿木梳为她梳理乱发,然后给她穿上漂亮的外套。椒红就像一个石膏模特,一动不动,任他摆布。

椒红是怎么落入李文璇的小红楼里的呢?

原来,她与文涛回到宿州做地下党工作,明面上的工作是在宿州医院里做事,椒红在布莱夫人手下当护士,文涛在中药房里工作。他们俩在宿州城里出双入对,金童玉女一般,惹人眼球。李文璇就像一匹狼一般,隐在暗处,暗暗地跟踪、观察着。一次李文璇回家,与赖长贵相遇,与父亲及叔叔,合谋一计,引诱阵风卖猎枪,写信骗文涛回家,勾来大鹏山猎户,血洗阵风大院。本想一石三鸟,兼害死文涛,夺取椒红。但文涛不知所踪,令他日夜不得安宁。

那是一个湿漉漉的夜晚,椒红知晓文涛已回家探母,一夜未归。下了班,她匆匆地朝着他们的爱巢走去。当她走进一个巷口时，突然眼前一黑，就什么都不知道了；醒来时，发现眼前人却是李文璇。她震惊至极，继而大怒，瞪圆了眼问道："是你？怎么回事？我怎么到了这个地方的？是你把我强掳到这里的吗？为什么？凭什么？"李文璇两手一摊，似乎很委屈、很无辜且无限温柔而有礼貌地说："不不，陶小姐，请别误会！听我慢慢跟你解释。"他一边迅速地眨巴着细细的眼睛一边缓缓地说，"近日，我们局里搜捕行动很紧，简直是到了草木土石皆过刀的地步。一经捕捉到蛛丝马迹，就逮捕格杀勿论。你是被人逮捕了，在送往局里的路上，是我把你截获救到这里来的。若是你到了局里，麻烦可就大了，想救你也救不出来啦。毕竟我念咱两有过那个曾经的……所以……你就到了这里。"椒红听了她的一番鬼话，感到简直是不可思议，她翻了个白眼。从她的眼神，李文璇就猜出她的心思，说道："你别不相信。你还想问文涛兄弟的下落吧？他昨晚回乡了，是不是？不过，连夜他又回到宿州城了，是不是？让他可要小心喽！"啊！椒红掩饰不住她的惊恐，她最担心的是文涛的安危。她听出来，李文璇是在套她的话。那么，由此可推断，他们在追捕文涛。她暗暗地在心里着急，但在嘴上什么都不说。李文璇看着她的脸色，说："不过，你甭担心，一旦得知文涛兄弟的消息，我就会及时通知你。若是被捕，我定会设法将他救出来，可好？毕竟我们也是未出五服的兄弟。"椒红瞟了一眼那张写满狡黠的脸，心想：哼，你有那么好心？不过，她听出来了，文涛暂时未被捕，她略略松一口气。

起初，李文璇对椒红秋毫无犯，每天小心翼翼地伺候着她好吃好喝，彬彬有礼地跟她讲话。几天过去了，椒红焦急万分，她迫切地想知道文涛的消息。李文璇一再安慰她："少安毋躁，慢慢等待……"椒红在小红楼里度日如年，她实在是按捺不住焦急的心，依她的个性，她绝不是可以慢慢等待的，她要冲出去。她便去开门，发现门在外面锁上了；她去开窗，窗户是扣死的。她思忖道：事情的真相绝非李文璇说的那样。他究竟藏着什么样的阴谋呢？我要尽快戳穿它。我该怎么办呢？她灵机一动，便大喊大叫起来："放我出去，放我出去！"李文璇打开门进来了，吓唬她道："你一出去，就会被逮捕或暗杀！"椒红说："我不管，我就要出去！"说着她欲夺门冲出，李文璇伸出手臂拦住她，说："你冷静一下吧，其实，其实……""其实什么？你快说！"李文璇说："其实，文涛兄弟已经……死了！"啊！椒红的心里滚过惊雷，泪水哗啦啦流满脸庞，她惊叫道："你撒谎，他不会死的，他不会死的，绝不会！"她发疯地往外冲。李文璇一把抓住她，说："他确实是死了，当初他逃出去了，但最终还是被抓回来，执行枪决了。不信，你看看这些被处决的共党的名单吧。"说着，他递过来一个笔记本，上面密密麻麻写满了名字，椒红看见，在李文涛的名字上果然打了一个红色的大叉叉。啊！李文璇说的是真是假？椒红再也按捺不住她那刚烈火爆的脾气，她爆发了，她不顾一切地扑过去打他耳光，边打边骂道："文涛死了，也是你们兄弟害死的。别

假仁假义装好人了，谁不知道你们兄弟专门做些伤天害理的勾当。你们手上沾满了多少人的鲜血！你还我的文涛来，你把他害死了，我也不活啦！"说着，她转头向墙撞去。椒红对文涛的爱以及过激的反应，激起了李文璇的妒火与怒火，他一把抓住椒红，将她按倒在沙发上，说："老虎不发威，你当爷爷我是病猫啊？当年老子被你耍得好惨啊，我在家里眼巴巴地等着娶你回家，你他妈的却逃到宿州来找李文涛，还弄个丫头，假新娘，去糊弄我！你们陶家简直欺人太甚！"椒红被他压着不能动弹，想起惨死的巧儿，她喘息地骂道："猪狗不如的东西，是你害死了巧儿！当初，是你砸坏了花轿，破坏婚礼，难道不是你李家欺人太甚在前？"李文璇气急败坏地说："那是一场误会。还不是陶言朗、石仲辉那两个土匪羔子搞的恶作剧？害得我好惨。老天啊，让我有朝一日再遇到他们吧，我定让他们死在我手里！"椒红说："娶你？哼，活该，谁让你没有人情味，心术不正的？我倒要感谢他们，提前识破了你是只披着羊皮的狼。我死也不会嫁给你的！"李文璇眼睛发绿了，闪耀出野火，他说："你和文涛之间名不正言不顺，你我之间好歹有父母之命媒妁之言，你注定是我的，就永远逃不出我的手掌心。呵呵，来来来，今天你我正式入洞房！哈哈哈——"他动粗了，他一把撕掉椒红身上的绿荷般的衣裙，椒红骂道："猪狗！"李文璇淫笑道："哈哈，你省点力气吧，我替你骂，我是牛马骡子！"有鲜血从椒红口里流出来了，李文璇一惊，迅速拿起她的裙子一角塞住了她的嘴巴……

之后，李文璇为防止椒红自杀，就拿一条被单缠住她的身体，再把她绑在床上，一直用衣物堵上她的嘴巴。他来折磨椒红时，再为她松绑，椒红就拿命跟他相搏；只要有一丝机会，椒红就想尽办法竭力逃跑。为此，李文璇一直不让她穿衣服，天热，给她裹一条被单；天凉，就给她套一条棉被。李文璇还雇了两个女佣日夜轮流看着她，并交代：一定要照顾好他的"太太"，若有任何闪失，拿她们是问。女佣唯唯诺诺地答应，轮番看着他的"太太"，不敢稍有疏忽。椒红多次绝食自尽，她们就绑住她，往她嘴里灌流食；椒红要咬舌，她们就用丝织品塞进她的嘴巴里，绝不给她留自杀的机会。就这样，椒红深陷李文璇的小红楼，无法脱身，求生不得，求死不能。后来她发现自己怀孕了，怀的是李文璇的孽种！李文璇让人看她更紧了，就连她如厕，也让女佣紧紧盯着她，即使她生下孩子之后，也不让她穿衣服。一天，椒红去如厕，她想趁人不备，不如一死了之。她唰地推开厕所的一扇小窗，欲跳楼，就在即将跳下去的那一刻，她突然想起灵心曾经对她说的话："爱情固然重要，但除了爱情，我们还有亲情、友情，还有社会道义等值得我们去珍惜和争取呢……我们要留着有用之躯，去尽一分社会道义，为国为民尽一分力量，那才是生之有意义、死之有可嘉的事。所以，你目前要做的事就是珍惜自己的身体，不要心急，留着有用之躯，徐徐筹划，等着柳暗花明的那一刻。"对呀，我不能死，即便去死，我也要为文涛报仇雪恨，我也要为我

党我军做点有意义的事，再去死也不迟。于是，她开始正常吃东西，并向李文璇要衣服穿。

李文璇喜不自胜，好吃的自不必说，还专门派人买来一堆精美的服饰堆在她面前。他对椒红说："像你如此美丽的女子，就该嫁给一个有钱有势的男人，吃得好，穿得美，我就是这样的男人。跟了我不胜似跟文涛那个穷鬼？"椒红鄙夷地说："你以为，世人都跟你的追求一样吗？百灵鸟装在金丝笼里，能有在自由的枝头歌声动听吗？蝴蝶失去了自由的花丛，能扇动她美丽的翅膀吗？鲜花囚在富丽的幽室里，能明媚鲜妍地绽放吗？"李文璇鼓掌大笑："诗心绣口，出口成章，真乃才女也！美女加才女，我要的正是这样的女人。女美而无才，如火之无焰，花之无香。早知你如此，我真悔之当初。还好，我终于拥有了你。让我今生拥有你一刻，便死而无憾了。自古英雄爱美人，有美人相伴，江山可以不要，古人尚且如此，何况我辈？"从此，他常给椒红买来更多的美丽首饰与衣服，不管椒红乐不乐意，他都扭住她，给她梳发，戴上首饰，穿上亮丽的衣服，就跟摆弄漂亮的芭比娃娃一般。李文璇一出门，椒红就扯掉这些，故意把自己弄得蓬头垢面，一塌糊涂；李文璇一回来，就又扯住她接着为她装扮，她就烦躁得打他，撕咬他，而他就像一头草原上的野牛，任凭一只小猎豹撕咬自己，从不还击。但一到晚上，他就变成一头贪婪的鳄鱼，紧紧地把自己的猎物圈进自己的怀里；椒红在心里厌恶他，有时烦躁得歇斯底里地狂叫，李文璇说："你疯了？"他这句话似乎提醒了椒红，她想，对呀，我何不装疯？椒红想到此，就歇斯底里地发作。孩子一出生，她就近乎疯了，她告诫自己：要硬下心来，不看，不喂。李文璇也怕她狂躁症发作会伤及孩子，于是就花钱雇来奶妈子给孩子喂奶。

第67章

绝 处 逢 生

李文璇为椒红侍弄好衣饰之后，欣赏一番，满意地说："嗯，这才像个人样儿，蓬头垢面的，怎么见外人啊？"他飞快地瞟了萧沉思一眼，萧沉思赶紧低头喂奶，不让他看清自己。家里的电话铃声响了，李文璇接个电话又匆匆出门而去。

椒红立马扯掉她身上的衣服，抓乱头发，以长发盖面，向着萧沉思看去。萧沉思抱起孩子，踱着步，走到椒红的对面，四目相对时，纵有千言万语，也难倾诉。此刻，她见到三嫂，竟然来当奶妈子，便猜到三哥出事了。面对着亲切的三嫂，她不禁难过得潸然泪下。久积在心的愤怒、焦躁像一条条火绳，把她的心抽打炙烤得欲哭无泪，今日终于流出泪来，她感到好畅快，好像天降甘霖般滋润了她干涸的心田。

姑嫂二人在小红楼里不期相遇，彼此都感到意外。萧沉思见椒红在无声地流泪，她想，我该怎么告诉她，让她要挺住，告诉她，给她以希望。萧沉思用眼神和椒红交流一下，并露出一个灿烂的笑。被禁在此一年多，椒红饱受精神的折磨，过着炼狱般的生活，生不如死。当她看到三嫂灿烂的一笑时，心里一亮，仿佛暗夜里点燃的一颗火种，寒冬里的一朵梅花破蕊，春光乍现，心中又燃起了一丝希望。

萧沉思出了小红楼，走得很快，她要拿着给人家孩子喂奶挣的一块大洋，去给自己的孩子买米粉喝。可怜的孩子啊，娘将乳汁喂了别人家的孩子，你只能喝米粉了。萧沉思很兴奋，因为她知道椒红还活着，她要把这个好消息告诉谁呢？她想了一圈，竟然找不到可倾诉的人。

萧沉思想：椒红有下落了，那么文涛究竟怎样了？

文涛此时站在南方某处，脑海里回想那惊恐的一夜——

那夜，血雨腥风里，文涛被文凯拉着跳墙而出，跑向村东头的一片树林里。

李文璇带人追至小树林里，文凯让文涛躲进他熟悉的一棵大树的树洞里；李文璇一步一步逼近过去，文凯突地跃起跑出去，引诱李文璇带着一群人喊着叫着追过来。文凯把李文璇引开，自己跑一圈迂回跑过来，一把拉起文涛返回村，穿村过户，跑到村后面，又穿过一片梨树园和玉米地，终于摆脱了李文璇的围追堵截。那一夜暴风雨，到处沟满河平，文凯帮文涛在田间逢山开路遇水搭桥，逃出李子园地界，终于见到一条通向南北的路。文凯说："文涛哥，这条路通向萧砀、丰沛，你可拦一辆顺风车，逃命去吧！"文涛一抱拳说："多谢了兄弟！我不明白，你为什么要救我？"文凯真诚地说："我不杀伯仁伯仁却因我而死。——我无意中害了文江哥，咱兄弟一场，我救你算赎我之罪！"文涛再次抱拳说："多谢兄弟，后会有期！"

二人别过，文涛就想：我何去何从？去龙脊山找言富、言荣替我报家族血海深仇！此时迎面来了一辆拉粮的卡车，他不顾一切地攀住后车厢，飞身翻到车上，躲进车厢里。

卡车一路奔驰，到了口子街西关停下。文涛跳下车，躲进西关濉河的大桥下。他想进入城里，然后东去龙脊山，但他正遇到各街道在戒严，警察拿着枪驱赶人群。一群人跑过来了，文涛被夹裹进人群当中，不由得不跑。警察像赶羊一般，把众人一股脑地赶进一间大房子里；众人刚刚进去，警察就开枪了，站在门口的人纷纷倒下，顿时血流成河。房间里没有后门，也没有窗户，没有光，文涛在人群中往后挤，躲到一根大柱子后面，迅速地攀着柱子飞身上了梁头，躲在横七竖八的梁头暗处。枪声又响了，下面的人全部遭到荼毒。其中一个警察说："奇怪了，刚才明明看见一个大高个，哪里去了？"另一个回答："什么高的、矮的，都进来了，连门窗都没有，他能插翅飞了不成？可能被压在死人堆底下了。咱找找！"文涛闭着眼，大气不敢出。就听到一个声音说："没有，难道逃跑了？追！"文涛侥幸又逃过一劫。

黎明前，文涛跳下梁头，脚被崴了一下，他跑出黑屋，沿着濉河大堤一路胡乱跑去，可谓是"惶恐滩头说惶恐，零丁洋里叹零丁"。他跑进一个村子里，一看此处是龙潭湾，哦，这正是在朱茵的村里。他一瘸一拐地跑进朱茵的家里。朱茵的父母留他住下。此时，文涛才发觉左脚疼痛难忍，那被崴着的脚后跟肿得像馒头。他在朱茵家调养一天，又出发了。他再次来到口子西关，躲在大桥下。他思忖着怎样才能到得龙脊山，但他发现沿路设有道道关卡，无法通过，因为街里驻扎了军队。他想设法回宿州城，但他又想，也不行，李文璇定会布下天罗地网等待他，自己不但可能被抓，而且还会连累更多的人，连累地下组织。他踌躇不定。夜，张开翼翅降落人间，正犹豫着，又有警察端着枪来驱赶人群，由不得他多想，当他看见过往的车辆时，他又一次飞身攀上一辆车，一翻身，进了车厢里躲着。一路颠簸，他被颠睡着了。不知过多久，再次下车，他发现自己来到了一

个陌生的地方，一打听，这地方叫临淮关。在这里，举目无亲也无友，何去何从呢？他忽然想起二娘曾说过，二哥文海在临淮关待过，是在周凤山表叔的军团里。对了，我何不去找二哥？找二哥回家，我们一同为大伯、大哥报仇雪恨！于是，他走遍临淮关的各个地方，四处寻访驻军的踪迹，但一无所获。他无处安身，可怜他竟然成了流浪街头的乞丐。

夏去秋至，眨眼之间，淮河南岸已是深秋天气，但文涛心里仍有一个执念，就是报仇！报仇！报仇！报仇的念头狂热如一团烈火，在他心里熊熊燃烧。他急于想找到二哥，即刻回家报血海深仇。因此，他下定决心在这里寻找下去。在这里，他白天讨饭，夜晚或钻稻草垛睡觉，或钻进废墟里取暖休息。可是，寒冷的天气，以及三餐不继的困厄，在侵蚀着他的身体和毅力，一天夜里，他又冷又饿，终于撑不住了，昏倒在一家包子铺门前。好在人不该死，有老天保佑。包子铺老板听得夜里狗吠不止，便开门查看，见一个人昏倒在门前，忙搀起他进包子铺里，给他灌进些热汤，救活了他。

老板见文涛长相俊美，人又机灵、勤快，便留他在铺子里帮他做些卖包子、擦桌子、招呼客人等活计。不久，那家包子铺由于文涛的到来，生意竟大火起来；老板很高兴，不但管他吃喝，还给他些小费。文涛在包子铺里一边帮忙，一边不忘打听大军的去向，注意听着过往客人的谈话。一天，他听几个客人说，原来驻扎在这里的大军，调到淮南之西去了。文涛闻言，又动起寻兄的念头。他辞别了包子铺老板，甩开大步向淮南之西奔去。但走到了淮南之西，他并没见到任何军队的影子。失望、疲劳、饥饿、寒冷，一齐向他袭来，他昏倒在路边。许久才醒来，他爬到一个浅浅的水沟边，捧起冰冷的河水，不分清浊，便喝个饱，以水压饿，强撑着，望着西边的落日继续走去。"夕阳西下，断肠人在天涯。"文涛望着西沉的落日，心里涌起无限酸楚。那太阳落在天之涯，那西北的一角，那里大概是家乡所在。他想家了，想得彻骨蚀心，家乡啊，那个桃李盛开的桃李原啊，那里有我的亲人，有娘，还有我心爱的美丽姑娘，他们可安好？他想到椒红……我，我还能回到那个美丽的家园吗？不，我一定要活着回到家乡，回到红妹的身边！他一想到大伯那慈祥的眼神，大哥那巍巍的身材，那可亲可爱的微笑，他就痛得心在颤抖，眼里喷火。我还有血海深仇未报，我一定要活着回去报仇雪恨！想到这，他又鼓起勇气继续走下去。所幸的是，他胡乱走，竟然走进一个不知名的小镇里。到了那里，他惊喜地发现，竟然有军人的身影在走动，他想，这是什么军队？老天保佑，让我碰到二哥吧！默默祈祷着，他摸摸口袋，口袋里还剩一枚钱，仅仅够买个烧饼吃的。他走进小镇，碰巧找到一个烧饼铺子。他三步并作两步奔到了跟前，但同时过来几个当兵的，把他挤到一边，呼啦一下，抢走了所有的烧饼。那个卖烧饼的人年纪不大，一跃而起，抓住一个当兵的，哀求道："军爷，给钱！"那当兵的手一挥，说："去去，国军来保护你们小民小命的，吃几个烧饼，还想要钱？"卖烧饼的说："军爷，小民以卖烧饼养家，不要钱，怎么养家？求军爷赏几个钱吧！"那当兵的吼道："去去去，哭什么穷，吃你几个烧饼，你全家就会饿死不成？"说着拔腿就走。卖烧饼的探手抓住他的衣角不放，继续哀求："军爷，赏几个钱吧，这些天，打的烧饼都是这样被军爷拿走了，一个子儿都不给。再这样，小民的烧饼铺子本儿就折完了！"那当兵的掏出长枪，挥起枪托砸去，正砸在卖烧饼的脑门上，那年轻人顿时脑袋开花，扑倒在地上。呼啦一下子，拥来好多人，众人小声地议论："强抢百姓，算什么国军，不给钱，还打死人！""是呀，这些军人，越发地扰民了，成为百姓的一害了啊。"一个拉着三四岁大的孩子的女人跑来了，尖声叫道："孩他爹，你怎么了？"她把孩子一扔，挤进人群里，扑倒在卖烧饼的身上，号啕大哭，呼天抢地。文涛刚好看到这一幕，看那女人好生面熟，再仔细一看，哦，天哪，这不是我二嫂林彩儿吗？！

　　人越围越多，又有几个当兵的过来，看发生了什么事。其中一个中等身材的军人，伸头看了一眼那又哭又叫的女人，遽然一惊，不自然地别过脸去，转身欲走。文涛个高眼尖，看那军人就扑了过去，激动地颤声喊："二哥！"——他确实是文海！文海见一个瘦得两眼深陷、胡子拉碴的男子，憔悴得不成人形，莫名其妙地问："兄弟，你是——"

　　文涛哽咽道："二哥，我是文涛啊！""啊，三弟？！"

　　兄弟二人悲喜交加，激动得涕泪交加，文涛孩子般地伏在文海肩头呜呜哭了一气，才抬起头。文海含泪问："三弟，你怎么会来到这里的？我娘可好？家里不会又出什么大事了吧？"文涛大哭："家里出大事了，大伯、大哥都……""啊，都怎么了？你快说！"

　　"那夜我听到两声打雷一样的枪响声，慌急间我就跑出去看，李文凯死活拉着我往外逃，他说，咱大爷、大哥都被人用枪打死了！我逃出来了，我一直在到处找你，也不知今天家里情况究竟怎样了！"啊！文海惊得呆若木鸡，泪雨滂沱。

　　一个孩子尖利的哭叫声，刺破人的耳膜穿空而来，一个身材颀长的女人打街面款款走来，她忙蹲下身来，抱起那个孩子。单看那女人的侧影，穿着考究，仪态端庄，身材窈窕；她抱着那个哭叫的孩子，久久凝视着，若有所思。她仰起脸来，那是一张雪一般苍白而姣好的脸，那凄迷的眼神，似乎隐含着多少前尘往事；那欲说还休的朱唇，似乎封锁了一颗跋山涉水的心。她抬起头的一刹那，目光恰好与文涛相遇，文涛怔住了，"大嫂！大嫂，敢问，你是我的大嫂吗？"那女人十分惊诧，问道："你，你是哪位？""我是文涛啊，你不认识我了？这个就是我二哥文海。"文海愣住了，原来新大嫂长得那么美！胡莲雪轻轻放下孩子，扑过来，她警惕地左右望望，拉住文涛说："走，这儿不是说话的地方，请到别处说话。"他们到了一个僻静处，胡莲雪早就一脸的梨花带雨。

　　"你怎么到了这里？"文涛、文海、胡莲雪三人齐声问同一个问题。原来大

家都彼此彼此，皆有一肚子疑问，皆有一言难尽的苦楚。胡莲雪自述，她回到娘家后不久，爹爹与后母不顾她的伤心与对儿子的挂念，强硬地把她远嫁到淮南姚家，就是这个姚镇。千里淮河在滚滚东流时，来到淮南西处拐了一个弯儿，此地是姚姓人家的聚集地，叫姚家湾，外面的人都叫这里是"淮南姚"。

胡莲雪凄然泪下，说："都死了，你大伯，你大哥，都死了！是财主李阵星兄弟设计陷害的。"她悲叹一下，继续说，"不知我的抗胜怎样了啊？他如今才跟那个孩子差不多大啊！我嫁至此不久，山遥水远，每每北望，肝肠寸断哇——"胡莲雪掩面泣涕。文涛看着前大嫂苍白的脸，忆往昔她的美丽曾惊艳了岁月，她的到来曾给大哥带来生机与幸福，给一家带来安宁祥和；想当初，抗胜出生了，她初为人母，抱着小抗胜，露出无限温柔的微笑；椒红和她并肩而坐，无比艳羡地抚摸着小抗胜那粉嘟嘟的脸；他又想到了大伯、大哥的惨死；想到自己九死一生，历经风雨，便无语而泪千行。文海想到，为了寻找林彩儿，自己被逼外出而参军，十年生死两茫茫，家里屡遭大难，自己却无能为力。他越想越悲愤而无奈，也不由得泪如雨下——三个人各有各的无以言传的伤心事，便相对而泣，直哭得风凝噎，花泣雨，天悲云暗。

突然，文涛晕倒下去了，文海与胡莲雪惊慌失措，文海说："三弟准是饿晕的！"胡莲雪忙掏出她包里的糕点给文涛充饥，文涛随即清醒过来。

文海说："大嫂，还是再见吧。文涛流浪多日，已经瘦得走样了，我赶紧带他回营地。相信吧，有朝一日，我们兄弟会为大伯大哥报仇雪恨，会把侄儿抗胜养大成人。"

胡莲雪留恋不已，她借街道商家的纸笔，匆匆写个地址，交给他们，然后一声声叮咛："记住，以后回到了家，就来信，告诉我抗胜好不好，告诉他，不要想娘，要好好听奶奶的话……"

"记住，你们俩路过此地要来看我啊，看到你们就像又看到了你们的大哥……"

"记住，你们有为难之处，需要什么，就来找我啊，我随时盼你们来……"
……

千言万语，胡莲雪有交代不完的事。

兄弟俩一面流泪一面不住点头道："一定！一定！"文海兄弟走了好远，回头看时，胡莲雪仍站在原地目送着他们。兄弟俩为此动容不已。

在回营地的路上。文涛说："刚刚见到二嫂了。"文海答："她已不是你的二嫂了。转眼十年了，当初为了找她，我踏破铁鞋无觅处，吃尽了苦头哇。今日得来全不费功夫，可是，我们却成了两不相干的人啦！"

第68章

风云变幻

回到营地，文海赶紧给文涛弄些吃的，看着三弟的吃相，好像一个世纪都没吃过东西似的，他心疼得泪又下来了。

文涛一边狼吞虎咽地吃着东西，一边急不可待地说："二哥，咱即刻回家吧，咱兄弟联手，回家为大伯、大哥报仇雪恨！"文海却摇了摇头，文涛诧异道："怎么了，你不想为大伯、大哥报仇啊？"文海又摇了摇头，说："也不是。"文涛不解地问："那——是为什么？"文海慢条斯理地说："报仇，若有可能的话，我即刻就回家报仇雪恨。可是，你冷静一下想一想，你我手里有枪吗？你不是说，我爹给咱大伯的枪被财主李阵星骗去卖了吗？正是因为咱大伯手里没有枪了，才被财主害死的。如果，咱此刻回到家，我们去找财主报仇，其结果会怎样呢？"文涛一听急了，说："没有枪又怎样？那，那咱大伯与大哥的血海深仇就不报了吗？"文海说："大仇一定要报，但时机未到。你快吃饭，吃饱了，我带你去见周表叔。"文涛乖乖地听话吃饭。

接着，文海引着文涛去见周凤山。文海交代："周表叔待人宽厚，不过，你也要当心，一定要谨言慎行，千万不得暴露身份。"文涛说："记住了，二哥！"

周凤山较之以前，儒雅之中又多了一份军人的威严，见了文涛显得比较亲热，见了故乡人了嘛，又是亲戚，所以他显得很高兴，让兄弟俩进来后，马上关上门。他和蔼地询问道："文涛，怎么这个时候突然来到这里呢？"文涛小心地陈述了大伯与大哥的悲惨遭遇，并述说了自己千里寻兄来到这里的经过。周凤山听后惊讶，深表同情地说道："多少年了，你们两家还是纠缠着绿豆湾那块地，一直还在闹？竟然闹到这个地步！唉——真是个死疙瘩，解不开，终致闹出人命来了。我早就看出，你们家哪里是财主家的对手啊！"他摇摇头，继续说，"李阵星兄

弟做得确实有些过分了啊，毕竟是没出五服的兄弟，哪里可以下毒手，把人家父子都打死啊？！过分，过分了！"说到这里，文海、文涛都哭了，看着兄弟俩珠泪滚滚，周凤山也唏嘘不已。顿了一下，他说："这下子，老弟兄几个都没了呀！唉，那家里还有男丁不？"文涛说："有，还有小弟文波和一个三四岁的小侄儿抗胜。就他俩，也不知能否逃出财主的毒手。"文海哇啦一下大哭起来："小弟啊——"周凤山赶紧安慰道："得得，那俩还是个孩子，不至于吧，赶尽杀绝？结果……结果不至于会如此。先放宽心态，死者已矣，活者当惜吧。唉——"

兄弟俩终于止住了哭泣。周凤山看看文涛说："哦，时间过得真快哇，一晃十年过去了，不想，今日你已长大成人啦，哈哈……你祖辈总出大高个！"一席家常话，让人听了亲切而温暖，文海兄弟俩放松地笑了。周凤山说："我想想，给你安排个什么活儿呢？你写一行字，我看看。"文涛唰唰地写了一行字。周凤山拿起来一看，直夸："哎呀呀，不错，你写了一手那么好的字！我这里正缺你这号人，你给我当文书吧，抄写文稿、电稿之类，好不好？"文海、文涛一听，高兴极了。文涛感激地说："多谢表叔！"周凤山哈哈大笑，"罢了，你兄弟先回去休息吧！"

周凤山在淮河两岸忽南忽北、忽东忽西纵横作战，文涛所见，他每每败北而归，他每次打了败仗归来，都气急败坏地摔军帽，大骂娘，儒雅风度里又平添了几分暴戾与狂躁。他总是大骂道："他娘的这仗没法打了，越打越熊包！"文涛默默地听着，也不敢多问。晚上，休息时，兄弟俩闲聊，文涛对文海说："最近周表叔总爱发火，骂娘。"文海说："难怪他发火，最近他总是打败仗嘛。上将瞎指挥，下面死一堆。兵熊熊一个，将熊熊一窝。周表叔再有能耐，也不顶用啊。"文涛好奇地问："这个军团的上将不是赫赫有名的薛岳将军吗？怎么就熊了呢？"文海小声地说："你不了解，自去年初，薛岳将军就已经不在我们这个军区了。"文涛继续追问："啊，怎么回事？"

文海说："我也说不清楚，你最好别多问，以后慢慢了解吧。据说在鲁南战役，薛岳将军就被撤了。我们这个师部，尤其是周表叔，那个气呀，就在那之后，时常听见他骂娘。部队下面反战情绪高涨。国统区各省的灾荒严重，杂牌军开始动摇，纪律松散，强抢百姓。你那天看到在镇上公然抢烧饼不给钱，还打死林彩儿的丈夫的，就是一些杂牌军军人。"

"哦，原来这样！那周表叔部下怎样呢？"文涛问道。文海肯定地说："周表叔军纪军风还是比较严明的。"文涛欲打破砂锅问到底地问："薛岳将军离开后，后来怎样了呢？"文海就挑他知道的说："后来，更不妙了，自刘伯承、邓小平带领解放大军进入大别山，国军，连表叔这个团也被派去围追堵截了，回来之后，就听表叔感慨地说，风水轮流转，形势大逆转，无力再回天！现在，解放军的三个大军成"品"字形占据中原，就像三把尖刀插进来，把国军割得七零八

落，打破了国军在中原地带的整个防御体系，首尾照顾不周了。"文涛听了很是振奋，他不由得赞道："哦，真精彩，后来呢？"文海说："睡觉吧！注意了，你在周表叔面前，用眼睛只管看，用耳朵只管听，但千万别用嘴巴说，别发表任何意见哦！"文涛连连答应道："哦，知道的。"

这天，周凤山又一次打了败仗回来，关上房门，又是发了一通火，骂了一气娘，然后自言自语地念叨："沧海桑田啊，今非昔比喽！这些人早晚会被那些虎狼之师分割掉，关在一个一个栅栏里，被一口一口撕烂、吃掉，包括武汉和南京！"文涛不敢吭声，只专注地抄写稿件——他在周凤山面前，总是装聋作哑，或一问三不知。周凤山默默地盯着文涛看，盯得文涛心里直发毛。周凤山突然和蔼地一笑，说："文涛啊，看来，军队的伙食养人啊，你刚来的时候，又黑又瘦，你看，现在的你又白又嫩，多标致的后生啊！"文涛笑了，原来他在欣赏他的容貌。周凤山又问道："你原来在家是干什么来的？"文涛小心地答："在家啥都干，农忙时，帮着家里干农活。冬季农活不忙时，就到宿州医院里帮忙，搬运、管理药物。"

周凤山点头说："哦，那好嘛。你从百姓的角度，怎样看待战争啊？"文涛低头答："不知道啊，表叔，我不懂打仗。"周凤山又问："你猜猜国军与解放军哪边能赢啊？"文涛摇摇头说："我猜不到。"周凤山苦笑说："呵呵，你说，从实力上本来是我强彼弱，今天已经倒过来了，人家那边打得国军满地乱跑！"文涛在心里暗喜，但他故作懵懂地问："表叔，我真弄不懂，为啥世间要打仗啊？"周凤山吸烟，喷出一圈烟雾，若有所思，又摇头，说："究竟为啥非要打仗，自古及今，小百姓是不明白的，只有肉食者最清楚。我常常想，我当初为啥要参军入伍呢？唉，想当年，我在咱口子街当警务所长，你也记得吧？"文涛点点头。"那时，小日本侵略中国，警察局上下也是一团腐败，乌烟瘴气，好多人见了鬼子如老鼠见猫，可是敲诈勒索起百姓来，倒勇猛如虎。那时，正值你们家和李阵星家打架，打死了陶言来，贫苦农民和李阵星家，以及陶李两家，闹得不可收拾，我有心秉公处理案件，可是李文玑总是来信来电地指手画脚地瞎指挥，我被上级压制着，屁都不敢随便放一个，一气之下，我弃官投戎，进了国民党大军。当年，为了爱国，为了打日本鬼子，不惜流血牺牲啊。我参加了万家岭大战，无数的中国好儿郎浴血奋战，数不清的战友都死了，血河尸山，但在敌人的枪林弹雨中，谁眨巴一下眼睛谁都算孬种！人死得越来越多，但兄弟们却越战越勇，越打越带劲。大家都在想，青山处处埋忠骨，何须马革裹尸还？你没有参战，你不知道，那个同仇敌忾的氛围，多令人激昂慷慨和自豪啊！终于取得了万家岭大捷，活着回来的人，那个自豪啊，欢声雷动！后来随薛岳将军带领的大军参加长沙保卫战，一想到对面是日本人，那简直是仇人相见分外眼红，战士们心中杀气白虹贯日，气冲斗牛，人人皆舍生忘死，奋不顾身，毫无畏惧，一口气杀他个三天三夜也不解恨……"周凤山说得激动起来，吸了一大口烟，咳嗽一阵，转下的口气就黯然神伤了——他幽幽地接着说："现在，一上战场，我却害怕了，我指挥作战，喊一声：开炮——那一刻，我的心都在颤抖，在流血。因为喊开炮的时候，呼啸的炮弹，弥漫的硝烟，就意味着一个个鲜活如你般的生命将从这个世界上消失。那边人的中间或许就有我的骨肉同胞。你知道吗，我的两个弟弟还有妹夫就在对方的军队里！我这边一个炮弹过去，打死的或许就是我的亲弟弟哇……"说着，周凤山动情了，大颗的泪珠砸了下来，虎躯在震动。文涛走到跟前，轻轻拍拍他的肩膀，表示安慰。

文涛心里想：原来，国民党军队里，不仅广大士兵有厌战情绪，连表叔这样的高级军官也厌战情绪高涨啊。在他心里突然闪出一个念头：也许，我来这里，来对了，假如，我能做些什么，把表叔争取到解放军阵营里，那么就算我为我党我军做了件大好事了！

一天，周凤山忽然接到命令，呼啦一下把军团拉到山东、苏北徐州；呼啦一下又一路向南到了宿州城之北的双堆集地区。周凤山的部队一下子又归为黄维兵团下的110师指挥。这样的风云突变，这样的纵横捭阖的千里大行军，文涛是平生第一次经历，他有点兴奋，令他兴奋的是，一夜之间他回到家乡啦。那熟悉的宿州城就近在咫尺。但是"近乡情更怯，不敢问来人"，家里情况如今怎样了？尤其是椒红怎样了？一别一年多，思念成殇，他想趁夜黑，跑出去，摸进宿州城里去看椒红，此地距离宿州城只有十八里路，一夜跑个来回没问题。但是，他走出帐篷，就打消了这个念头。士兵们在挖战壕，四周的堆土如山，一夜之间，营地犹如置身崇山峻岭之间。这里满眼是战地风物："八百里分麾下炙，五十弦翻塞外声，沙场秋点兵。"意境犹如他想象中的古战场。这里没有花香鸟鸣，只有愁云暗月；能听到的是近处的鼓角争鸣，远处的炮声隆隆。眼前的士兵、将士，都灰头土脸，忍饥挨饿，慌乱如热锅上的蚂蚁。这里看不见高昂的斗志，听不见铿锵有力的脚步声，只有满地白霜，乌鹊南飞。回到帐内，见周凤山在喝闷酒。他边喝边吟："浊酒一杯家万里，燕然未勒归无计。羌管悠悠霜满地，人不寐，将军白发征夫泪！"

"何以解忧？唯有杜康！"

文涛随口对："抽刀断水水更流，举杯销愁愁更愁。"

周凤山醉眼迷离地说："来，与尔同销万古愁！"文涛问："表叔，不知今日为何如此愁闷？"周凤山反倒看着他呵呵大笑说："你心里就没有事吗？你就别瞒着我了！"文涛吓一跳，他的心忽地提到嗓子眼了。周凤山说："你能不愁吗？你的愁就写在你的小脸上呢，你看你那对眉毛都拧成疙瘩了！"哦，他说的是这么回事啊。他的心忽地一下又落地了。周凤山如吟诗一般地说："咫尺天涯，家有古稀老母，下有束发小儿，一别十年，今过家门而不入，是为哪般？想到母亲依门盼儿归，儿却要马革裹尸还，这是何等的人间凄惨悲剧！"文涛问："表叔，你怎么那么悲观啊？"周凤山凄然一笑，说："小子，你看看外面战地工事，这叫什么？这就叫自掘坟墓。我们待的地方，像什么？这就是瓮，一个成语知道吗？瓮中捉鳖。不要几天了，对方的大军就在四面八方，一旦兵临城下，我们就像瓮中之鳖，就要被人给活捉了。百万雄师，两军对阵，一旦厮杀起来，泥沙俱下，玉石俱焚，在劫者难逃。而后，送回家的骨灰不是我的，就是我胞弟的，你说，能不愁吗？"

文涛思谋：表叔的厌战反战情绪愈加明显，我更不想陷入其中，玉石俱焚，我还有大仇未报呢。我若能离开这里，并能帮助表叔、二哥也冲出藩篱，这不是一步活棋吗？但如何能做到如此呢？这要有严密的逻辑构思，制订行之有效的计划，确保万无一失方可。他暗暗思谋起来。

第 69 章

逐鹿中原

文涛按照周凤山的命令，去接一个从南京来的女秘书陈力君。文涛不敢多问，服从命令是天职。他果真接到一个女秘书，那是一个一身紫衣的美貌女子，围着紫色的头巾，提着公文包；文涛近前，那紫衣女子掀开紫色的头巾，露出她弯弯的月牙般的嘴唇一笑，哦，原来是朱茵！二人相见，彼此都大吃一惊。彼此对视一会儿，朱茵忙伸出一个指头压住嘴唇，忙说："嘘，咱们……以后再叙……"他们装作初次相见的样子，文涛伸出手来与她握手问好。

朱茵见了周凤山，拿出介绍信，周凤山只扫一眼，然后一挥手说："请，陈秘书！"朱茵冷傲地走进战区。

周凤山在军帐里喝闷酒。文海进军帐内送来几个小菜，转身就走，在帐外遇到文涛，他小声交代文涛："三弟，你陪陪表叔去，但可别多说话啊。"文涛点头答应。他在周凤山面前，从不多问，只是赔着小心，陪他喝酒，听他发牢骚，当他忠实的听众。

周凤山喝了几杯酒后，一拍桌子说："唉，完了！你知道什么叫兵熊熊一个，将熊熊一窝吗？"他呷了一口酒继续说，"我跟随薛岳将军不论是战徐州护武汉还是打长沙，与天魔地鬼般的小日本对干，行军打战，威风凛凛，战功赫赫。薛岳将军可是日本小鬼子的克星啊，人送给他一个外号'老虎仔'。你听过吗？薛岳将军的威名如同骄阳之光，令日本人不敢直视；他的威名誉满天下——就赫赫有名的陈毅、粟裕等大将军也不得不承认薛岳将军具有超凡卓越的军事能力，你说，跟着这等神威将军打仗是多带劲啊！"文涛点头附和，但心里想，他还是败给了我们这边的将军。

周凤山深沉地叹一口气说："唉，今非昔比了。在鲁南战役之后，薛岳将军

遇到了他指挥作战生涯的滑铁卢——连续几次失利，丢了两个师的兵力，老蒋即派来总参谋长陈诚来徐州坐镇指挥督战。更可笑可气的是，经陈诚与蒋老头子一气瞎指挥，导致第二绥区的李仙洲在莱芜被全歼，丧师失地。而老蒋反倒拿薛岳将军当替罪羊，竟然撤掉了薛岳将军！可悲可叹啊。这下好了，从此整个国军的战斗力就江河日下，直到今天，几乎场场败北。再往下走，不知是黑还是白呢，我看，多半是哪黑哪住喽。最后走到哪一步，会成什么样子？唉，真不敢想象喽！"

文涛听到周凤山的这一番话，愈加听出了他内心充满了沮丧和迷茫，对未来和前途已失去信心，整个人似乎进入了乌云密布的黑暗之中，他多么渴望有一道光引领他走出黑暗。文涛脑子里的那个大胆的想法又跳跃出来了，我希望，我能够做出给他带来光明并引领他走出黑暗的事来。

周凤山指一指里面，悄悄地跟文涛说："莫名地又给我安排个女秘书来，不知是何意？你说，这……意欲何为啊？"文涛懵懂地摇摇头。

周凤山点点头，又悄悄地问："我们来到此处，暂时动弹不了，不知人家那方面的情况是怎样的。"文涛说："刚刚送来的报纸里有那边的消息，我为您解读解读，听听，好不？"

周凤山点点头。文涛手拿报纸，解说新闻：国共两党逐鹿中原的时刻到了。解放军吹响了大反攻的号角，淮海战役开始了。解放军大军压城，即将兵临城下！

文涛解说完之后，周凤山喃喃地自语："哦，解放军大军即将兵临城下了！唉……"他又深沉地叹了一口气，陷入了愁闷之中。

相山深处。游击队的大队长关潼说："同志们，解放大军终于到来，逐鹿中原的时候到了。我们要助力解放军，铲除反动势力。据侦查员来报，黑白无常昨天外出了，拔掉这个令人恐怖而痛恨的魔鬼窝巢的好机会来啦。我下令攻打城南乡，此刻出发！"

这又是一个滴水成冰的夜晚，寒风阵阵，彻入骨髓。祁镜与周坤领命出发了，他们再次来打城南乡。祁镜有些急不可待，因为他年轻的心里怀揣着切齿的恨和火热的爱——苗宏仁的死，大仇未报；苗宏雁，他的心上人尚囚禁在魔窟里，报仇与救人的执念在心头，让他血脉偾张。

二人对城南乡的地理形势很熟，他们带领游击队员从西面一个窄窄的巷口穿过，直接靠近城南乡政府后院墙根。望见后窗灯影阑珊，祁镜轻声下令，顿时飞爪齐上，勾住屋顶，几个蒙面人飞速攀升，攀至屋顶；见乡政府大院里静悄悄的，他们一齐飞跃而下。却有一室在亮灯，近前看竟是言中、言华在灯下悠然对弈。祁镜心中大喜，心想：正好可以瓮中捉鳖，射人先射马，擒贼先擒王。待我逮走了乡长言中，黑白无常再怎么厉害也要乖乖地听我摆布！他们迅疾靠近，却不料，在他们身后响起了枪声！祁镜、周坤急转身回头看，从乡公所大门处、房顶上传来阴鸷的笑声，这笑声比此刻夜晚的寒风还冷，令人不寒而栗。啊，不好，是黑

白无常赶回来了！话音未落，一梭子弹已扫射过来，对方居高临下，游击队员来不及应对，就倒下一片，死伤惨重。周坤与祁镜连忙带余部撤回巷口。可是进了巷口才发现，巷口两头已被堵死，游击队员进退维谷。祁镜等人正在着慌，对方又窜上后面的屋顶对这里开枪，简直像鸭子吞蜗牛一般，一嘟噜一串，游击队员又倒下一片，一时血流成河，染红了脚下的土地，最后只剩下周坤与祁镜了。

夜晚高墙内外枪声大作，早惊动了楼上佳人，南北两面小楼上有人纷纷打开窗户，只听到其中一个娇嫩的声音问："谁在楼下？"祁镜敏感地听出来，那正是他的心上人苗宏雁的声音！另一面窗户也有人在问："楼下是谁？"周坤听出，这声音是蓝灵心的。祁镜回望着夜空里的那座小楼，他多么希望能看上一眼他的心上人，可是，除了漆黑的夜色他什么也望不到。言富倏地一下就把一把枪顶在祁镜的脑门上，与此同时，言荣的枪口也顶在了周坤的脑门上了。祁镜不顾一切地对小楼上大喊："嫂子、宏雁，不要紧，我们没事，我们和言富、言荣大哥在唠嗑！"就听宏雁的惊喜的声音穿过夜色，问道："啊，祁镜，是你吗？"灵心的喊声传来："你们要当心啊！"祁镜说："不怕，冬天来了，春天也不会远了……"言富操了祁镜一把，冷哼一声："别废话了，眼看要进鬼门关了，还那么多情浪漫，下一站，到奈何桥相会吧！"

风更冷更大了，北风萧萧，突然下起雪粒，硬硬的，砸在脸上生疼。乡政府后面是上河桥迤逦过来的堤坝，堤坝后面是大片的麦田。雪粒下得很紧，白茫茫的，新雪一会儿就盖住了旧雪。言富兄弟俩押着周坤与祁镜走到堤坝上，祁镜看到堤坝，又动起脑筋来，他想再一次钻进灌木丛，可是，言富伸出鹰爪抓住他，他顺势一滚，言富飞跃一步，一脚踩住祁镜的腿，冷笑一声嘲讽地说："祁镜，你想故伎重演啊，上次我是故意放你一马。难道你一点都觉察不到？再次相见，我就没那么好的脾气了。我已经放过你一马，今日你还敢来自投落网，就要死在我的枪下了，可有什么怨言吗？"祁镜站起来说："没有什么怨言。只是我还想给你一句忠告。"言荣说："哥，别跟他废话，下雪冷着呢，赶紧解决了事。"言富说："不忙，就让他说两句吧！"

祁镜说："其实，你们俩好可惜，好可怜啊。如今逐鹿中原者，势力今非昔比，你们这边的大势像秋天的蚂蚱——已经蹦跶不了几天了。你们自进了城南乡，两手沾满了乡亲们的鲜血，今日我劝你们，放下屠刀立地成佛！看在昔日曾经并肩抗日的分儿上，我党会对你们网开一面，从轻发落。"

此话一出，言富恼羞成怒地说："你这么说，骗鬼去。我反正是一不做，二不休了，既然好多人都做了我枪下之鬼，再添几个，也是一样。逐鹿中原，鹿死谁手，尚不可知呢！假如，我大哥这边赢了，我们会是功臣；假如你们那边赢了，我们就是罪人。说从轻发落，鬼才相信！我也不需要你们轻饶，我也不怕什么报应。怎样？愿赌服输，此次你栽在我手里，甘愿受死吧！"说罢，他把枪扔给祁

镜，说，"这样吧，咱毕竟并肩战斗过，兄弟一场，这次呢，我不想像上次对待宏仁兄那样，亲手打死曾经的兄弟，显得我不仁。这回你自己解决吧，省得我动手。"

祁镜接过枪，把枪口对准了自己，突然他对地上一躺，翻转枪口对着言富射去，言富迅捷倒地躲过，祁镜射击不停，言荣斜刺里飞来一枪，打中了祁镜的腿部，祁镜就躺在地上，身子仍滚动得像一轮风车，伺机还击。言富呵呵冷笑，命令言荣："你看住那个小子，我好好和他玩玩，看他有多大能耐！"

他俯地一趴，一枪打中祁镜持枪的胳膊，祁镜一只手举不起来了，可他就用另一只手射击，口里还不住声地骂着："大马子养的野种，我做鬼也不会放过你们！"言富早就一枪打过来，又断了他另一只胳膊。祁镜躺在地上仍大骂不止："大马子养的野种，大马子养的野种……"这是言富、言荣最忌讳的话语，言富向他射出一梭子子弹，祁镜身上顿时如蜂窝煤一般，全身每个窟窿都喷血如注，又一片鲜血染黑了大地！

言荣用枪死死地顶住周坤，冷冷地看着这一切。言富对着言荣一晃枪，说："走！"言荣下了周坤的枪，然后丢下他走了；走了好远，扔来一句话："小子，再给你一次机会，不过，事不过三，你好自为之吧！"周坤看着血泊里的祁镜切齿恨道："大马子养的野种，我不会承情的，我还会再来的！"

此次是周坤独自一人含泪掩埋了战友的尸体。掩埋好祁镜之后，他回到相山游击队，哭着向关潼汇报了一切。关潼拍案而起，"我命令，三打城南乡，即刻出发！"此次攻打城南乡，规划好利用游击战术，关潼命令队员："敌进我退，敌退我扰，敌疲我打，打不垮他我拖垮他，拖不垮他我扰死他！"

夜半，言富、言荣还没来得及合眼休息，游击队员一拨一拨拥来了，像棉花糖一样，黏着不放，单凭人数上，城南乡已无法与之抗衡。言富、言荣就是两条龙能浇多少水啊？游击队和城南乡兵将来来回回地像是拉锯一般打了十几个回合，终于，城南乡被拖垮了，被扰怕了；言富身上竟然挂了花，最后精疲力竭，招架不住，趁夜躲进龙脊山老巢里去了。

第70章

谁主浮沉

次日晨，城南乡的墙上就贴上一张讨伐乡长的檄文，罗列乡长的罪状，阐明解放大军即将兵临城下，劝乡长放下屠刀，停止杀戮，给自己留得一条后路。檄文上列举了一大串被言富、言荣杀害的共产党员的名字：王涛、王军、苗宏仁、赵顺子、祁镜……言华揭下了檄文拿给言中看，言中看后，呆呆地发愣，双手在不停地颤抖。

陈子有转述李文璇的话，给他们打气道："蒋委员长就要来了，美国的援军就要到了，再坚持一段时间，党国就胜利了！"言中第一次质疑道："一个小小的城南乡，焉能挡得住势若江河奔流的解放大军的步伐？那岂不是螳臂当车——不自量力吗？解放大军一到，就像老虎吃蚂蚱——不稀牙，会毫不费力地吞掉咱们，咱们根本来不及支撑到蒋委员长以及美国援军到来呀。"

但是，一心想着锦绣前程的言华却说："大哥，咱莫要被关潼吓破胆子。中共的解放大军没那么神，此时正是逐鹿中原的关键时刻，鹿死谁手，还指不定呢。咱还是咬咬牙再撑一阵吧，再为党国多尽一分力，说不定蒋委员长会奇迹般地从天而降！若美国援军也降临，他们犹如天兵天将，他解放军哪里是他们的对手？等到党国胜利了，怎么着咱兄弟为之做出的政绩，他们也会在功劳簿上记一笔，说不定咱兄弟的飞黄腾达就在于这坚持之上呢。"

听了言华的一席话，言中犹豫不决起来。他在想，到底要不要再撑下去呢？他想破脑袋也想不出头绪。他自幼信命，每逢想不明白的大事，总爱找道宗老爷子为他测字算一算。今日，他决定回家一趟，去找道宗老爷子算算命测测天下。惠风庐里道宗老爷子正敲着破锅盖，拉着唱腔，用长短不整的句式抑扬顿挫地在唱楚汉争霸，只听他唱道——"话说那个楚霸王项羽名籍单字一个羽，楚国名将

项燕之孙哪，出生秦末在下相，属江苏，盖世英雄世无双，一手能举千斤鼎！随叔父项梁起东山在吴中，破釜沉舟那个把英豪显，巨鹿之战大败章邯真英雄，一举灭了强暴秦哇——阿房宫，三百里，楚人一炬，灰飞那个烟灭哇——楚河汉界来争霸，楚霸王一直占上风，鸿门宴里显仁慈，可惜了，可惜了——急转直下节节败，垓下一战，四面唱那个楚歌，大势已去，无力回天哇——别美人辞了那个虞姬，可怜啊终落得那个乌江自刎千古遗恨哪……"老爷子唱到后面，尾音高亢，继而低回婉转而悠长，哀怨苍凉，余音袅袅，不绝于耳。

言中默然站立门口，听了似有感触，如有芒刺在扎心。他一进惠风庐，大家都怯怯地离去，只剩下道宗老爷子和埋头读书的言玉及其身边的文娟。文娟见了表哥，便走去，一会儿捧来两杯茶放在他和老爷子面前，又默然退到言玉身边做针线去了。道宗老爷子见言中满腹心事的样子，知道他遇到难题了，便招呼道："喝茶吧。"

"古语说：国为舟，民为水，得民心者，水则载之；失民心者水则覆之。天下之事，天主三分，人主七分，冥冥之中，终合天意。昔楚汉之争，原楚强汉弱，而楚霸王纵然盖世英雄，但他火烧阿房宫，坑埋将士，不可一世之举，无异于暴秦之暴。故垓下一战，四面楚歌，大势已去，自刎乌江。令天下人无不为之唏嘘。而汉王刘邦取得关中后，对手下将士约法三章，对关中之民秋毫无犯，关爱民生，故得天下，也是他施仁于天下所得。"老爷子喘口气接着说，"两军相争，就是善恶之争，上天终究裁定分明，给予各自的结果。《三国》里既生瑜何生亮，天下英雄逢敌手，胜败虽则快哉天意，但主孰浮孰沉者，亦凭民心裁之。"

老爷子吸口烟袋仍接着侃侃而谈："孔子创立儒家思想的精髓，就是实行仁政，'仁'者乃爱人也，唯有尊重天下之民，敬畏天下之民者，方可久居天下，此老祖宗的古训，不可丢哇！《礼记》有名篇曰《大道之行》的，我至今尚能背诵其文：'大道之行，天下为公。选贤与能，讲信修睦。故人不独亲其亲，不独子其子，使老有所终……是谓大同。'管理军民，治理天下，大凡能推行'大道之行，天下为公'者终昌，为私者终亡。有的人为私，有的人为公，千秋功罪，谁主浮沉，自有民心这杆秤去秤。"

老爷子用楚汉之争，借项刘来评议谁主浮沉；还背诵那诘屈聱牙、深奥难懂的古文，言中听了很不耐烦，也很不满意，就直接打断了老爷子的话，追问一句："当今群雄逐鹿中原，鹿死谁手？究竟谁主浮沉？"

老爷子以上的一番高谈阔论，可谓是秃子头上的虱子——已经明摆在那儿了，但言中仍旧揣着明白装糊涂，反复这般提问，老爷子只好含糊其词地说："我夜观天象，见帝星渐明于东方，天意啊，天意！"

言中还在那里一个劲地直不愣登地追问："天意？天意偏垂谁？"道宗老爷子笑："天机不可泄露也！"

言中大有不达目的不罢休的执拗劲儿，还在那儿打破砂锅问到底，一再追问，似乎非要老爷子说出他想要的那个结果他才肯善罢甘休。老爷子看他仍是执迷不悟，便拿言玉抄写的几首诗词来，其中，一首是项羽的《垓下歌》，另一首是刘邦的《大风歌》。老爷子说："你看，这是言玉练的字，他一直在临摹柳公权的楷体字帖《玄秘塔碑》，这刚劲挺拔的劲儿，是不是有我的风骨了？是不是大有进步？"

言中也爱柳体的正楷，他曾跟老爷子学写柳体字，但此时他哪里有闲暇心思去欣赏言玉的字，便敷衍地点点头说："嗯，不错，言玉老弟的字练得越发地好了。老爷子，这《垓下歌》与《大风歌》藏着什么玄机吗？"

道宗老爷子说："这两首诗里就藏着大玄机呢。"他指着两首诗歌说，"这两首诗，可是古代帝王留下的文字啊。常言道：言为心声，观其言知其意，你看西楚霸王的《垓下歌》道：

> 力拔山兮气盖世，
> 时不利兮骓不逝。
> 骓不逝兮可奈何，
> 虞兮虞兮奈若何！

再看汉王刘邦的《大风歌》道：

> 大风起兮云飞扬，
> 威加海内兮归故乡。
> 安得猛士兮守四方！

这两下一对照，其气魄都是一样的，都有帝王之气，但其胸襟、境界以及格局就大有不同了。你看西楚霸王，在生死关头，他忧虑的不是江山社稷，不是将士们的生死，也不是老百姓的安危，而是他的美人虞姬何去何从。这分明不是显示出，他的英雄气短，儿女情长，胸无天下吗？再看汉王的《大风歌》，他既得天下，便衣锦还乡，想到的是江山社稷，想到的是笼络天下猛士，为他安邦固土。其胸襟开阔，境界齐天，皆高出西楚霸王一筹哇！如此一比，你可能分晓？"

老爷子绕着弯子，东扯葫芦西扯瓢，就是不明说，但言语之中偏向谁，不言而喻了。言中叹口气说："老爷子，再给我算一次命吧。"

老爷子同情地看看他，不由得也叹了一口气，只好说："你再写一字来。"言中提笔写了一个"中"字。老爷子略一思忖，仍用拆字法给他算命，说："'春占事情刚起步，夏占滋长复壮大，秋占不利，冬占宜守'，此所谓观物取象是也。

'中'字，东西南北中，中为中央之土，其属性为土，土厚淳德。此占为深秋之后，深冬之时，主事不利，为事者当应守正中和是也。又'中'，忠也，忠心耿耿做事，其实与土厚淳德相去甚远，大肆行杀戮之事，此为迷失了方向也。大势已去，不合时局与节气，上天不佑也！"

言中听后，一股恐惧的寒流袭遍全身，不由得哆嗦起来。他问："老爷子，当务之急，我该怎么办是好？"老爷子深深叹一口气："你本是良善之人，可是终被红尘黄粱梦迷雾障住天眼，大势已去，少犯罪孽，宜守正中和是也。"言中问："什么叫'守正中和'？请老爷子明示。"老爷子已闭目养神，犹如神游天外，唤不醒了。言中只好怀着一颗忐忑不安的心回到家中。

家里。妻子孟氏依然像一个闷葫芦一般，一言不发，也不过问他的忧喜。往日，言中一看到妻子沉默不语的那副状态，心里就觉堵得慌，气儿不打一处来；此次见妻子温柔沉默，百事不问，倒感觉是一大幸事，至少，家里是安宁的，儿女心里是温馨的。对这个家，他突然感到有些歉意。外面的世界和美人，曾经让他迷失方向，尽管费尽心思，跋山涉水地去追求，但那本来不属于他的，终究得不到，依然永远不属于他。日子长了，爱情还是跑不过亲情。他想：干脆待在家里，再不要回到城南乡，当那个鸡肋般的乡长了！家里多安稳，多舒心啊。母亲果香看出了儿子心事重重的样子，她关心地问："儿啊，怎么了？"言中假意道："没事，只是感冒了，不舒服。"果香说："别瞒娘了，你坐卧不安的样子，我已看出你有心事。当官不当官的，没有什么，你终究是我的儿子。这个乡长当得不痛快，咱就辞了不干了，好不？不当乡长，咱还回到东关老城卖酒去。"言中低下头，心里想，我现在何尝不想回去卖酒？但树欲静而风不止，什么事一旦开了头，岂能是说终止就终止的？他抬起头说："好了，娘，天不早了，我该回乡公所了。"

言中裹紧大衣，走出门，言富、言荣即刻奔上前来迎接他，一左一右簇拥着他。他顿时感到，还是手里有权好，有权其势赫赫，威风八面，又感到乡长之位可坐；他又想到灵心，心里又有了一种生机蓬勃的欲望，又感到，其情可恋，其欲可逐。于是，他裹紧大衣，义无反顾地走向城南乡公所。

第71章

风 雨 满 楼

萧沉思这次来小红楼，女佣出去很长时间。

女佣一出门，椒红就一跃扑了过来："三嫂！"萧沉思惊喜地说："小妹，我就猜到你没有疯！""嗯，三嫂，文涛真的死了吗？三哥怎么了？你怎么当起奶妈子来了？近些日子以来，到底都发生了些什么？"椒红带着哭腔问道。故而萧沉思把前因后果，林林总总都告诉了她。桩桩件件，在椒红听来，都像一声声霹雳，震耳欲聋，她不停地发出啊啊啊的声音——

"啊！文涛逃出去了？"

"啊，我三哥坐了水牢！"

"啊，大舅与大表哥死了！"

"啊，我大哥当了乡长！"

"啊，言朗也被枪杀了！"

……

她的泪水不知该为谁流了，她挑最关心的问："三哥如今怎样了啊？"萧沉思说："你三哥还坚强地活着呢。"椒红问到令她最揪心的人，"文涛到底逃往哪里去了哇？到如今是死是活？"萧沉思乐观地一笑："告诉你，文涛活得好好的呢，而且他还近在咫尺！"椒红身躯一震，"啊，什么意思？他在哪里？"萧沉思警惕地走到窗户前，往外看看，马上返回，说："据可靠消息传来，他就在双堆集，在黄维兵团的一个营地里，在他的表叔周凤山的麾下当文书呢。"椒红更加惊讶了，瞪起大眼说："啊，他他他，他进国民党的部队里去了？他叛党投敌了？"萧沉思抿嘴一笑说："怎么可能？他当初是走投无路，才去投奔他二哥的，是无意转到此中去。正好，这倒是一件好事，对我党我军大有裨益，组织上已想办法去协助他了。还有一个大好消息呢，近几个月来，河南永城、安徽蒙城截断了国民党的军队南逃、北撤的路，咱大军不久要兵临城下啦！"

"啊，原来是这样！那文涛在里面，会不会很危险？"椒红又担心了。萧沉思安慰她说："不会，你放心，文涛那么聪明，组织上已派朱茵跟他取得了联系。"

"啊，阿弥陀佛，太好了！"椒红激动得念起佛来，她的眼睛一闪一闪的，充满了希望之光，并露出了一个灿烂的笑容。她看向窗外，天高云淡，压在她心里的阴霾豁然开朗。外面响起来脚步声，萧沉思赶紧交代她："你隐蔽好，一旦情况好转，组织就会设法救你出牢笼。"她忙抱着孩子坐回到门口，继续喂孩子。椒红马上恢复了痴呆状态，在那里茫然地枯坐着。

女佣进了门，萧沉思笑对女佣说："这孩子吃吃玩玩，可能吃了哇！这一会儿，他就吃了三气奶，小肚子吃得像麻籽儿啦，呵呵。"她拉上胸口衣服，逗着孩子说："好了，你吃饱了吧？"她转对女佣说，"我该走啦！"她把孩子交给她，匆匆走去。

椒红躲进卫生间，捂住嘴巴偷哭，让她又惊又喜的感觉随着哗啦啦的泪水流淌出来。惊的是，近些日子以来风云激流，发生了太多太多的事；喜的是，终于知晓了文涛的消息，他没有死，她终于放心了。思念、担心，一度曾让她心灵干涸，她感觉自己已只剩一副躯壳，没有了灵魂，没有了感知，也感觉不到痛苦或喜悦了。此刻，她的感觉似乎又恢复了，灵魂又复活了。她蹲在厕所里捂住嘴巴无声地哭了许久，谁能体会得到这无声的哭泣中包含多大的伤痛吗？今日她哭个够，哭个心里透，似乎把所有的苦水与眼泪都倾泻出来，感觉好受多了。文涛有了消息，我不能让我的容颜再这么荒芜下去了，她照照镜子，一看，吓了一跳，自己竟然成了一个赤目黄发的女鬼了！啊，若这个样子让文涛看见岂不吓死他？她用手梳理一下乱发，用水洗把脸，对着镜子粲然一笑，哦，那清丽的风骨依然在，那青春的韵味依然掩不住。她立在窗前，看见了外面雨中的蜡梅，已经灿然擎起了星星般的花骨朵，醉意蒙眬，她的心也醉了。她突然想起了英国诗人雪莱的一句诗——冬天来了，春天还会远吗？她坚信：春天即将到来，即将到来的春天，会给她带来一个奇迹。

她忽然想到自己怀了孽种并且已经把他生了下来，这——文涛还会要我吗？她的泪又簌簌地落下来了。"此情无计可消除，才下眉头却上心头！"她越发地心事重重起来，她想不到日思夜想的文涛竟然近在咫尺。她默默倾诉：你可知道，自别离，想你想得我肝肠寸断，双眉愁对青山，窗外雨停我泪仍垂？你可知道，自别离，一颗愁心寄明月，梦里频回故乡寻？她又想起，那个美丽的人间四月天，桃梨盛开，碧草青青，她和文涛，灵心与苗宏仁，双双对对骑马到蓝沱河畔郊游，一起畅想未来。那时那景是多么美好，多么令人难忘！故园啊，那个桃李盛开的地方，我能否再回到你的身旁？如何能活着走出李文璇的牢笼和涛哥相见？她想到，我必须托三嫂给文涛捎去我的心声。她便咬破自己的中指，蘸血在手帕上写了两首词——《长相思》与《浣溪沙》。

长相思

一道眉，两道眉，
皱向窗外哭对谁？
红销泪雨垂。

心亦飞，魂亦飞，
缕缕丝丝碎一堆。
月明梦频回。

浣溪沙

常忆桃梨河岸，
放马看花草畔。
兴尽晚回楼，
携去两肩香瓣。
知否？知否？
梦醒时分肠断。

题后，她正在欣赏，突然听到李文璇上楼的脚步声，在客厅里惊问："太太呢！"女佣答："在厕所。"她忙收起手帕，藏在贴身的内衣里，抓乱头发，回到客厅枯坐。

李文璇进家就接到一个电话，听他说："哦，嗯，陶言朗怎么死的？他参与暴乱，在乱枪中被打死的。啊，哪里会？我怎么会打死他？这话说的，你是在问责我吗？"啪地一摔电话，挂掉了。萧沉思已经说了，言朗被李文璇打死，李文玑把言久打入水牢。兄弟俩坏事做尽。椒红揣摩，刚刚打电话来的肯定是陶明耿。

一想到李文璇兄弟害得那么多人家破人亡，妻离子散，而他却心安理得，性情刚烈的她，岂能忍得住？她暴躁起来，"啊——"椒红歇斯底里地叫起来，像拉响了警笛声。李文璇一惊，想不到自己的一通电话竟然引起椒红的狂躁症发作了，他说："又来了，又怎么了？"

"你杀了……"她差点脱口而出，她想说：你杀了我大舅与大表哥，害三哥入了水牢——但这样一说，既暴露自己的底细，又暴露了三嫂，她马上改口道："你，你说，你吃了人？啊——吃人啦——"

李文璇不以为然地说："啊哈，我不是吃人，而是杀了人，不就一个小警察吗？杀了又怎样？是他自己不好嘛！"他停顿一下，忽然想起了什么，"哦——对了，你原来发狂是为了他呀，想起来了，老相好！你还记得他，你心疼了？难怪哦，真是个疯子，哼！"

他的不以为然与酸溜溜，刺激得椒红火上加油，怒不可遏，正巧，女佣端来了水果和茶，椒红端起茶杯泼了李文璇一脸，紧接着拿起苹果呀、梨子呀像抛手榴弹一般，一连串地向李文璇没头没脸地砸去。李文璇简直是一堆棉花，砸在身上似乎无痛无痒，椒红向他掷水果，他只把身子左偏右转，还笑呵呵地说："我躲！我躲！我躲！砸不到！砸不到！哈哈——"

椒红一步跨到他面前，又撕又咬，他就抓住椒红旋转起来，"来，亲爱的，咱们来跳个舞，你发怒的样子可真好看！"

椒红像一个纸人儿，被他转得飘起来，像一只风中飘摆的蝴蝶。忽然，他抓住椒红的头发恶狠狠地说："疯女人，听着，你现在是我的，以后永远是我的，不论你的老相好，还是你的旧情人，一个一个都要从这个世界消失！哼！"忽地一下把她推到小床上，他对女佣说："以后再不老实，还把她绑起来！"

"是！"女佣低眉答。

晚上，李文璇把椒红圈在臂弯里，兴致来了，解她的衣扣，椒红从来都是反抗，不让他轻易得逞。他就自顾自地扒她的衣服，等她挣扎累了，再肆意摆布。最后就让她那样裸着，夹在他腋下，像鳄鱼一般守卫着他的猎物。

等李文璇的鼾声响起来之后，椒红大睁着双眼，欲哭无泪。她望着窗外，沉沉黑夜里透出一丝朦胧的月光，她心里却风雨满楼，一夜无眠。她过滤着三嫂说的每一句话，想着文涛，想着大舅与大表哥的惨死。抗日胜利那年的春天，桃花盛开时，大表哥像美神一般，玉树临风；大表嫂胡莲雪粉面桃花，美若天仙！不想，雨打飘零，桃花满地，他们的命运那么悲惨。她又想到苗宏仁的惨死，可想灵心会多么痛苦！这个恶魔，你造成多少对玉人儿劳燕分飞，生离死别！想到陶言朗的惨死；想到爹上了他的当，让大哥当了城南乡的乡长；大哥、二哥最后都要落得可悲的下场……这桩桩件件，都跟这个恶魔有关，她恨极了他。她想杀了他，但她动不了身。

灵心怎样了呢？她想起闺密灵心来，她的脑海里又出现他们两对夫妻春游的画面，当时二人都人面桃花，夫婿怜香惜玉。结婚成家的人，唯愿天下太平，不再有战争。可是，战争不依人愿而远离。战争啊，你毁坏了多少人间的良辰美景与如花美眷啊？苗宏仁去了，灵心啊，如今怎样了啊？

灵心依然被囚在城南乡公所里。她看到院子里鼓起来的梅花骨朵，她在盼望春的到来。她仰天问道："椒红，你还好吗？你我何日再相聚？"她忽然想起她的一双娇儿，心急如焚。她拉开窗户，一树梅花临窗横枝，在细雨中努着金色的骨朵，她伸出素手，攀折一枝带雨珠的梅花，放在鼻尖上闻着幽幽不尽的馨香。

言华看在眼里，他像猫一样，轻手轻脚地靠近窗户，猛地翻进窗户，抓住了她的手说："好有雅致，美人折梅，花香醉人，美人更醉人！来，难得的机会，咱们同醉吧！"他把脸一下子贴到灵心的脸上。

"干什么？白长一张斯文脸，披一张人皮吗？"灵心大喝。言华嬉皮笑脸地说："我是长了一颗怜花、惜花、爱花的心哪！"灵心大骂："无耻，亏你当过教书先生，传过人间正道，竟然没有了礼义廉耻吗？"

言华继续把滚圆的身子缠住灵心，欲把嘴贴近她的脸，露出细细的虎牙说："到什么山唱什么歌，在什么舞台演什么角儿。昔日在讲台上传人间正道，今日我就代表城南乡政府审讯女共党，哈哈哈！"

他说着就上一把下一把地猥亵灵心。灵心一边扇着他耳光，一边骂着往后退，直退到墙角，无路可退，便欲撞墙而死。危急关头，言中从外面赴宴归来，他听到灵心的房间里一片骂声和淫笑声，急忙跑过来，当他看到这一幕时，气得哆嗦着，竟然掏出手枪来指着言华的头，半天说不出话，"你，你你……滚出去！我警告你，再敢进来，我打死你！"言华悻悻地翻窗跑出去。

灵心大骂："你兄弟真是丢尽天下教书先生的脸，丢尽天下男人的脸！"

言中红着脸道歉："对不起，以后我把窗户也锁上，由我亲自给你送饭，保证再也没人敢打扰你了！"

言华依然怙恶不悛，他又钻进关苗宏雁的房间里去故伎重演，欲行不轨。这次他吸取上次教训，他直接一把抱住苗宏雁的腰，任凭她有多大的劲儿都推不开他，他跟一头牛一样，直接把小姑娘抵倒，任凭小姑娘的拳头雨点般地擂打他。他正要得手撕开姑娘的衣服，突然门被撞开了。

"好哇，我说进家怎么就不见人影儿了，原来又勾搭上这个小贱人了！"是董琳儿闯进来了。言华爬起来，夺门而逃。董琳儿跟出去大闹。"你骗我，你说，你要休了那小脚女人，扶正我为妻的。可你今日拈花惹草，明日朝秦暮楚，骚的臭的，你都贪吃，我跟你没完！"她威胁道："你不休家里的小脚女人，是不是？我这就死给你看！"说着，她佯装以头撞墙。

言华吓得忙去抱住她，没好气地说："休，休，休！我说不好，你回家说去！"董琳儿一跺脚，说："这是你说的啊，让我说，我这就去说！"她抱着孩子就走出乡公所。

董琳儿当真走进了凤仪楼。果香第一次见到言华在外面养的小妾，只见她，一张满月出云的白胖脸儿，头盘云髻，鬓插珠花，身材高大，丰盈肥硕，裹一件光彩华丽的旗袍，哎哟，还挺有一股雍容华贵的派头呢。

董琳儿见了"婆婆"大人的面，就一把鼻涕一把泪地哭诉："您看，孩子都那么大了，我还没进过家门！我本来是一个黄花大姑娘，上学上得好好的……跟了他，孩子也有了，终是不让进这个家门，这对我们娘俩公平吗？"

　　果香一看那个孩子长得很像言华，还咧开嘴对她一笑。果香一见孙子的面，顿时欢喜得不知如何是好了。她又见董琳儿说得可怜，哭得跟泪人儿一般，心就软了，反问道："闺，闺女，你，你说怎么办好，咱就怎么办，好不好？"

　　董琳儿大胆说："陶言华答应我，要休了他的小脚女人，扶正我的，他说到就要做到，不然，我不会善罢甘休的！"

　　啊，言华原配郑氏慌乱地看看董琳儿，又看看婆婆。婆婆本就胆小怕事，这会儿被闹糊涂了，没了主意。可怜的小脚女人郑氏便默默地找根绳子走进房间。此时，一贯沉默寡言的大嫂孟氏来了，她破天荒地要了一次威风，只见她大手一指，说了一句："名不正，言不顺，休得在此撒野！"郑氏在房间里正要上吊，忽然听到这句话，她把绳子一扔，走了出来，挺直了腰杆；果香也明白过来了，三个女人同仇敌忾起来，并肩而立，伸手直指，齐声大喝："名不正，言不顺，休得在此撒野！"一步一步地把董琳儿逼出大门。

　　董琳儿登时收了泼威，抱起孩子仓皇而逃。回到城南乡找言华大闹，并把一肚子火气撒到苗宏雁身上，直把城南乡公所闹得满楼风雨。

第 72 章

城南遗恨

言中颓然地坐在乡长办公桌前，再一次看着眼前的讨伐檄文，眼神呆呆地发直，一个个被杀害的共产党员的名字跳跃在他眼前，所有的血淋淋的罪状都扣在他乡长的头上。他看着自己一双白嫩柔软的手，悲切地感叹道：我这一双手除了打过算盘，写过字，连只鸡都没杀过啊，此时此刻却成了杀过几百个人的刽子手！千古奇冤哪，但把责任推卸给谁呢？灵心说得对，那些人终究算是我杀的啊，可悲可叹啊！有道是，人生如戏，戏如人生。我原本在口子街东关老城石板街卖酒，好好地过着小日子，可如今为什么非要当这个鸡肋一般的破乡长不可呢？我捞到什么好处了？高官，美人吗？唉，什么都没有，更可悲的是，到如今，为什么还不舍得放下？一壶酒，一碟花生米，一番自斟自酌，过后，他便到口子街警务所去找陶明耿。

山中无老虎，猴子为大王。言中一去，言华就肆意妄为起来。他又蹿进苗宏雁房间里欲行歹事。正与苗宏雁撕扯着，又被董琳儿逮个正着，他吓得转头就跑，董琳儿把一股邪气撒向苗宏雁身上。她骂道："小娼妇，你三番五次地勾引男人，不知害臊吗？"苗宏雁委屈地说："你看不到吗，是他一次次来欺负我的，我怎么会勾引他？大姐，我被困在这里，你应该劝他少做些缺德事，或者你放我出去，不就没事了吗？"董琳儿冷笑道："你都被困在这里了，还卖弄风骚，勾引得男人魂不守舍。我若放了你，你不更勾得他往你家里跑？真是个不知廉耻的骚货！"苗宏雁红了脸说："你，你嘴巴放干净些，怨不了我的。你管不住他，倒对我撒气。"此时的董琳儿一点就炸，她恶狠狠地骂道："贱货，还敢跟我顶嘴，你就是个会勾男人的小贱货！"她这几句话也惹毛了小姑娘，小丫头嘴巴也不饶人，忍无可忍，便反唇相讥，她柔里带刚地说："你就是董琳儿吧？陶言华家里有妻有子，听说，你本是他的一个学生，你不会勾引男人，怎么会跑到这里来的？名不正言不顺的。""啊，你竟敢也这样骂我？"董琳儿扬起巴掌就挥过去，苗宏雁一把抓住她的手腕，她往回挣，苗宏雁一松手，她摔个仰八叉，但她爬起来又一次扑过去；苗宏雁两只粗壮的臂膀不是白长的，她打苗宏雁几下，苗宏雁就还击她几下，结果她被苗宏雁掌掴得眼冒金星，丝毫没占到便宜。她咆哮着骂道："臭婊子，你等着！"她转身出去，正好碰到秘书小曹，她要小曹进去，把苗宏雁给强奸了。小曹红着脸不乐意，她就逼迫他，小曹求饶道："饶了我吧，太太，这，这事，我做不了！"正好，言荣走来了。董琳儿一把抓住言荣说："我要你进去把那个小骚货给弄死，先奸后杀，方解我心头之恨！"言富、言荣兄弟俩只嗜血，对香草美人并不感兴趣，言荣断然拒绝道："哼，苟且之事，大丈夫不为也！"

董琳儿平日看言富、言荣在言华面前跟狗一样，一声呼唤就狂奔而去，上刀山下火海，甚至下油锅都决不迟疑怠慢一下，今日竟然敢不听她的命令，这又等于给她火上浇油，她火气冲天，竟然昏了头，唰地一下，扬手打了言荣一个响亮的耳光，骂道："大马子养的野种，我的命令你竟然敢不执行？"董琳儿没想到她惹了什么样的鬼，言富、言荣只唯言中、言华马首是瞻，你董琳儿算个什么东西，敢命令使唤我，还敢骂我打我？只见言荣一把抓住董琳儿的脖子，像拖拽一只死狗一般，把她拽到一个花坛边，拔出佩刀，手起刀落，正要像杀鸡一般，剁掉她的脑袋。言华看到了，大喝："兄弟住手！"言荣松开了她。董琳儿用手扶着脖子咳嗽不止。看言华来了，董琳儿又狗仗人势起来，咳嗽一气，便站起身来，喘息着对言华说："现在给你一次选择的机会，你是要我还是要这个野种？他竟敢对我下毒手！这不是藐视你吗？"言富走来了，立在那里冷眼看着眼前，一言不发。言荣昂起脸，眼睛眯成一条缝儿，说："二哥，我们兄弟任凭你发落！"言华看定他们，全场静了下去。许久，言华用细虎牙咬着下唇，突然指着董琳儿大声地说："把这个女人给我撵出城南乡大门，越远越好！"言富一步跨到董琳儿面前，用鹰隼般的目光逼视着她，她不得不像兔子一样，退后几步，一直退出大门之外。此时，小曹把孩子抱来塞到她怀里，说："太太，你赶紧抱着孩子逃命去吧！"言富、言荣并肩站在大门口，目光如炬地盯着她，令她毛骨悚然，不寒而栗，她哪还敢再踏进城南乡公所的大门一步，最终她尖叫一声说："陶言华，你会后悔的！"然后怀恨而去。

言华站在楼上，看董琳儿抱着孩子渐渐远去，他发疯般地冲进苗宏雁的房间里，苗宏雁惊得一跳，但马上准备好迎接暴风雨，再来一场搏斗。言华像一头发疯的野牛，一次次冲过来，苗宏雁抬起粗壮的腿一次次地把他踩回去，苗宏雁一边踢一边骂："畜生，我哥和祁镜不会饶了你的，早晚会找你算账！"言华哈哈大笑说："死丫头，还做梦呢，你哥与祁镜早就做了枪下之鬼了！"啊！苗宏雁

一听，又悲又痛，愣住了，几欲晕倒，言华趁机猛扑过来，像狼一般扑倒一只洁白的羔羊！被扑倒在地的姑娘，依然与恶魔作殊死的搏斗；在搏斗之中，被撕碎的棉花像雪花，像柳絮，四处飞扬，满室飘荡。可最终，乌云还是吞噬了莲花般的云朵，一股股处子的血在流淌，氤氲成片……她咬舌自尽了！言华的兽欲得到发泄之后，感觉自己的嘴里有股咸腥味，一摸嘴，抹了一把鲜血。他对她身上踢了一脚骂道："呸，真是个烈货！哼，骨头再硬到底还是被我啃了，是不是？你死了不要怪我啊，谁要你不乖呢！"

言中到口子街警务所探听消息，他从陶明耿那里并没有看到一丝希望，陶明耿狡猾多端，他对言中说了一些模棱两可的话："识时务者为俊杰，拭目以待吧，这个时候，咱走一步看一步吧，别担心那么多。"言中明白他是个狡猾的老狐狸，是个墙头草两边倒，善于见风使舵。在他这里，讨不到好主意，便失望而归。

言中急匆匆地走在回城南乡的路上，因为他心里放心不下灵心。那日枪战后，灵心一直追问他把苗宏仁等人怎么样了。他诳灵心说苗宏仁被放走了。灵心破天荒地用温柔的眼光看他一眼。他感到幸福极了。他善良的灵光能照亮美人的心房，赢得她的一眼秋波，真好！可是，他又羞愧起来，因为那是假的，他在撒谎。时至今日，大厦将倾，南柯梦碎，他什么都可以放下，却唯独放不下她。试问天下情为何物，直叫人生死相许？试问天地人间，人为什么还有这么多不舍？不舍那花椒树下挂荷包的甜蜜期盼，不舍那月明星辉草垛旁的温柔相伴，为伊相思人憔悴，为伊衣带渐宽终不悔。明明知道一切都是昨日风景，明日黄花，但那湿漉漉的感觉，仍然像青青芳草扎根于心，绿至天涯。

言中刚刚走进乡公所的大门，就听到有人在拼命地尖叫，这声音就来自关押灵心的房间。他心里一惊，急忙跑到灵心的窗下，就听到一片嘶叫声与骂声，他看到言富、言荣像两尊泥神一般站在大门两旁，对楼上的叫声、骂声、呼救声，置若罔闻，浑然不觉。言中三步并做两步奔上楼去，见言华与灵心滚打在床上，灵心拼命抵抗，身上的棉袄棉裤已被撕成一条一缕，露出雪白的胸乳与肚腹，她仍在扭动着身子，双臂拼命挥打着，竭力不让言华贴近自己。言中掏出枪，在言华后脑袋上一磕，言华身子一震，不情愿地爬起身来。言中用枪抵在他脑袋上，言华退着，言中跟着，他气得手抖了，声音也颤了，痛心疾首地说："我，我，我打死你个畜生，我警告过你，你，你竟还敢来祸害她！你在乡里兴风作浪，犯下滔天罪行，害咱兄弟将会死无葬身之地哇！你你，你该死！"言华举起手来，向门口一步一步挪动着脚步，然后一扭身跑出去了。

言中扯过被子盖住灵心的身体，转过身去。想了想，叹口气，无力地说："这里有一身衣服，你换上后，就回家吧。今晚或明早，我也该走了！"然后退到门口等着灵心迅速地换好衣服，他不顾陈子有从远处投来的目光，他温柔地对灵心说："我在这守着，你从后面小门走出去，我盯着，没人会拿你怎样。走吧，走

吧！你走了，我就安心了。"灵心走到他跟前停住脚步，想说什么，嘴张了张，
却什么也没说就头也不回地跑下去，并从后门迅疾地跑出了城南乡的大院。如鸟
儿归丛林，如鱼儿回大海，她不顾寒风刺骨，不顾遍体鳞伤的疼痛，奋力地跑向
白雪皑皑的田野。言中登上城墙，目送灵心的背影渐渐远去，他就那么痴情地盯
着她看呀看呀，看着她脖子上的红围巾，在一跳一跳的，在风中飞舞，与白雪相
辉映，多么美丽啊！看着那渐渐远去的美丽背影，心里涌起无限不舍，但又觉得
做了功德一件的好事，减轻一点自己的罪孽。他忘情地盯着她的背影，不知不觉
陷入了幻觉：他似乎看到她回头看他一眼，还对他嫣然一笑；他不由自主会心地
对她一笑。可是，他万万没有想到，在他的身后，有一个罪恶的枪口，伸出楼上
的一个窗口，死死地对准那个美丽的背影。突然，一声闷雷炸响在空中，那个美
丽的身影缓缓地倒在那片空旷的雪地上。"啊，灵心——"一声嗾叫，言中不顾
一切地奔向雪原。后面言华、言富、言荣也跟着奔了过去。言中抱起灵心软软的
身子，鲜血已经染红了她身下的白雪。灵心半睁着眼睛，嘴巴张了张，便僵住了。
言中抱住她呜呜地失声恸哭。他哭，他哭灵心的死，也在哭自己迷茫的人生，哭
这末路之途。哭了一会儿，他心里好似亮堂了许多，觉得这滚滚红尘中，再也没
有什么令他放不下的了，他望望西天即将落下的夕阳，看看眼前的灵心的尸体，
倏地拔出枪对准自己的太阳穴，眼睛一闭——言富、言荣一跃而起抱住了他，大
喊："大哥，不要——"言华此时哭了，说："大哥，不要啊，我……我错了，
我该死——"他们仨抱住言中不松手，言富把他手中的枪硬生生地掰下来，然后
簇拥着他，急匆匆地返回城南乡公所。

次日，关潼队长率领人马到来，准备一举端掉这个反动的据点时，却发现已
是人去楼空。他发现桌子上面留一张纸，上面写了晚唐大诗人白居易的一首诗《花
非花》：

> 花非花，雾非雾。
> 夜半来，天明去。
> 来如春梦几多时？
> 去似朝云无觅处。

关潼看后，扑哧笑了，说："陶言中啊陶言中，你真傻啊，这个时候，你捞
个末代乡长当，你说你像什么？花非花，雾非雾，简直是个四不像嘛。一枕黄粱
春梦未做完，美梦就像朝云一般，大风一吹就轻轻地散了。哈哈哈——"大家都
被关潼的解说逗乐了。

此时，多日的风雨雪雾连绵的糟糕天气，豁然放晴，太阳出来了，光芒万丈，
照亮了寰宇。

第 73 章

草庐宴客

这天傍晚，雪晴风住。上河桥的老百姓从来没见过这么多当兵的，百姓们吓得战战兢兢。然而见这些当兵的对百姓秋毫无犯，只是一队队的，排成长龙，向东南方向快速移动。

关潼、周坤来到了桃花湾，走进了惠风庐。他们拜望了道宗老爷子，关潼郑重地对道宗老爷子说："大部队里来了几个大人物，准备安排在惠风庐里吃饭、休息，可否？"道宗老爷子拊掌大笑："啊哈，昨夜我梦见凤凰叫，不想今日果然贵客到。当然可以，请！"

可吴氏一听，老大不乐意了，她问："招待那些军官对咱有啥好处吗？"道宗老爷子回答："不清楚。"吴氏一翻白眼说："桃花湾那么多人家，凭啥就要咱破费招待那些人？我们家的粮食都是大风刮来的吗？"道宗老爷子啪地一拍桌子发火了，这是他弃官回乡以来，第一次发雷霆之怒。他发起怒来，简直威风八面，再现了当年的官威。他大喝一声："把明亮给我拿来！"有人跟明亮说："老爷子大发脾气，要传你去呢。"明亮一激灵，心想，爹从来没发过什么脾气，出什么事了？明亮一到面前，老爷子怒喝一声："跪下！"明亮毕竟是敬守家规的孝子，扑通一下就跪倒了。言玉与文娟吓得赶紧捂住了嘴巴，吴氏也吓得噤了声。老爷子以拐棍指明亮的额头，数落开了："我是大器稀声，不鸣则已，一鸣尽述。我自归乡以来，家里的大小事，我能不问的就不问了；无论你们待我怎样，我都是能忍则忍，装聋作哑。我知道，你们怨我，不就是怨我吸掉了百亩良田吗？就是眼前的这些家业是你们打下的吗？家里尚有良田和房产，保你们衣食无忧，你们不还是在享受着我挣来的家业吗？我若不吸掉家业，又怎样？什么良田百亩，什么千秋家业，都不是永保不变的——万里长城今尚在，不见当年秦始皇！你岂不听说，明崇祯皇帝，当李自成大兵压城之际，他砍伤自己的女儿说道：'谁要你生在帝王家的？'然后便上吊而死。他作为一代帝王，拥有万里江山，普天之下莫非王土，率土之滨莫非王臣，可谓天下都是他的，不是照样转眼成空？万里江山也好，万贯家财也罢，都会转眼成空。我问你，什么是你的？除了你的命是你的，其他的都不是你的！都是身外之物，都是过眼浮云——江山社稷都可舍，你们还不舍得一粥一饭吗？反正那几个大人物来这里吃饭住宿的事，我已经应承下来了，答不答应就看你的了！"

那天，明亮也第一次向吴氏发了大火，说了硬气的话："吃饭住宿的事，我答应下来了，答不答应，你看着办吧！有两条路可选，舍得一顿粥饭，一封休书，任你挑选！"吴氏第一次低下了她高傲的头，不敢怠慢地去备饭菜，又备了几床干净的床单被褥。

是夜，惠风庐里灯火通明，第一次安安静静。真的有几个大人物走进了惠风庐。用餐时，静悄而快速。道宗老爷子坐在上座为客布菜斟酒。几个大人物见道宗老爷子须发银白，仙风道骨，礼貌周全，非常尊重，非常客气。与他拉家常，知晓他曾经是清朝副五品官员，在滁州任过知州，更加敬重有加。有个操着四川口音、白白胖胖的将军相貌堂堂，富态而儒雅，态度和蔼可亲，朗声说道："老人家，你可以说是宿儒了，能在清朝时代中进士，当朝廷命官，哪个不是读破四书五经，哪个不是一肚子学问？观老爷子言行，就知你们是诗礼之家。我们应该敬你一杯！"道宗老爷子微微一笑，谦逊说："哪里，哪里，不胜谬赞。"

饭后，放晚学的言玉归来，依然在灯下读书、写字，文娟伴在左右递茶送水、研墨，然后坐在一旁默默地绣花纳鞋底。四川口音的将军看了这一幕，便振振有词地笑说："红袖添香夜读书，妙哇，古之美妙情景跃然眼前，真乃妙也！小公子，在哪里读书啊？"

道宗老爷子说："我这个小孙子尚在读私塾，已经学了《论语》《孟子》。他是我几个孙子中最有出息的一个，自幼就求知若渴，可是，唉——"道宗老爷子欲言又止，那将军是何等的敏锐之人，听出老爷子话里有话，便好奇地问："怎么，书香门第，读书求学还有什么波折不成？"

道宗老爷子半含凄凉半忧伤地娓娓道来。自己早年当官，染上烟瘾，卖地荒财，晚年辞官还乡，势颓潦倒。儿媳吴氏备受刺激，便觉读书无用，五个儿女，一个都不让入学读书。其他的几个孙子也就罢了，唯有言玉，天生好学，自幼跟老爷子识字、习读。道宗老爷子年事已高，没有精力再开私馆教他，言玉就在干活之余，偷偷地趴在乡私塾馆的窗外听人读书。结果馆内人未学会，馆外人倒先学会了。一日，言玉在替人家写作业，被私塾先生发现了，惊讶他写得一手好字，先生问："你为何不进馆来读书，总是在外面偷听？"言玉道："母亲不允。"私塾先生亲自到家里来，找明亮与吴氏商量，请求允许言玉读书。吴氏推托：

"没钱交学费。"私塾先生爱其才，便说："学费可以免半。"吴氏还是不答应。私塾先生又说："那样吧，可以拿粮食抵学费。"吴氏说："他读书，家里的活谁干？"言玉见母亲松口了，急忙向母亲保证说："我一边读书，一边干活，绝不因读书而耽误干活。"吴氏终于允许言玉去读书。道宗老爷子叹息一声说："唉，没想到，世事变迁，家道中落，弄得子弟读书都难啊！"

四川口音的将军鼓掌称赞道："小公子，好事多磨哇！"便近前与言玉谈话，见言玉身如青松，面如冠玉，眉似远山，目若星辰，鼻梁高挺，便赞道："小公子生得一表人才哇！"又看文娟，便哈哈大笑，"好一个郎才女貌呀！"又问言玉："目前小公子临什么书？"言玉说："多临柳帖。"将军拿过桌子上的字，不觉啧啧惊叹："哦，你瞧这竖如悬针，横若游龙，撇如柳叶，捺如刀锋，刚劲挺拔，不失苍润，尽得柳体之神韵也。小公子了不得呀，了不得！现年几岁了？"言玉不卑不亢地答："刚过十七岁。"

将军对道宗老爷子说："老先生啊，你家小公子若遇良机，是可成就人中之龙的人才啊。这样吧，您若舍得，让我带去，在我身边做一文书，您看怎样？"

道宗老爷子一笑："那敢情好啊。但这事我做不了主。"找来明亮商量，明亮又去与吴氏商量，吴氏舍不得儿子，她说："我怕打仗时那枪子儿不长眼，孩子去了有危险咋办？"她百般阻挠，老爷子无奈，只得推托说："谢谢将军美意，皆因孙子学业尚未完成，又刚刚新婚，不便离家。"

将军哈哈大笑："啊哈，没关系的哟，不跟我去也罢，但小公子是个人才，千万不可荒废他的学业呀！男儿读书是大事，做不做官没关系。我们出生入死地打仗，就是要创造一个和平的世界，给娃们提供一个好的环境读书嘛。不读书，我们五千年的文明何以传承？不读书，我们还要处于愚昧落后的状态。落后就要挨打嘛。百年来，不落后，我们国家怎会遭受西方列强的欺凌？不落后，又怎么会遭受日本人的侵略？想我大唐国势威赫时，四方来朝拜，那是因为我们的经济文化发展到鼎盛时期。所以，无论怎样，都要我们的后代读书，我们的娃们都不要放弃读书。"道宗老爷子捻须颔首，赞许默笑。

次日大军悄悄开走了，那几个将军也辞别了道宗老爷子。等大军开拔之后，关潼说："那些都是解放军里面的大人物，那个白白胖胖四川口音的将军就是赫赫有名的陈毅将军！"道宗老爷子手捻银须，念念有词道："气度不凡，和蔼可亲，关心百姓，远望民族的命运与未来，嗯，解放军呀，乃前无古人的仁义之师，未来可期也。难怪我夜观天象，见帝星愈加明朗，如此，乾坤有人定喽！"

周坤说："那几位将军已住进了临涣文昌阁，双堆战役的总指挥前委就设在那里。"道宗老爷子点头赞许："兵临城下，沧海横流，但看泥沙俱下啊！哦，丫头哪——"文娟一听他呼唤，就知其意，她忙去偷来打火器，给老爷子点上烟斗，再偷偷地把打火器送回原地。老爷子对人说："自从丫头来了，我的福气也

来了。"自文娟嫁过来，老爷子烟瘾一来了就喊丫头，文娟立马左瞅瞅右看看，趁婆婆不注意，就去偷来打火器，让老爷子过一顿烟瘾。有一次，很可笑，老爷子正在美美地过烟瘾，吴氏进来了，老爷子忙把烟袋掖在腋窝里藏起来，可过一会儿，老爷子的腋窝里竟着起火来了！吴氏看见了，冷哼一声，"嗯？你哪里弄来的打火器？"她目光如炬，盯向文娟，"是不是你偷我的打火器了？"文娟低了头不吭声。老爷子接口说："不要怪她，是我自己拿的。"吴氏说："不可能，打火器除了我就只有她知道放在哪里。"言玉忙揽过来说："是我拿的！"吴氏因为管饭一事，正窝着火，要借题发挥，欲借骂文娟来指桑骂槐骂老爷子一顿，不想言玉挺身而出，护着文娟，吴氏更加生气，就要拿文娟撒气，她刚张口骂道："你个小扫把星——"此时，果香哭着走进来了，陶明昭也紧跟其后。吴氏便捂住嘴巴，急忙退了出去。

果香一把鼻涕一把泪地哭诉："老爷子，快想办法救救言中他们吧！都怪他爹，听信了阵星的瞎胡咧咧，给儿子捐个什么破乡长当，这解放军都打到咱家门前了，要是宿州城破了，言中他兄弟几个还有命吗？言中、言华眼看命不保了，椒红失踪了；听明耿他说，仨儿坐了大牢，也是望死不望活的了。老天爷啊，我造了什么孽啊！竟这样待我！几个孩子都没命了，可活活地要了我的命啊！"她号啕大哭。明昭也愁得眉头皱成一大把，带着万分懊悔的语气说："唉，实指望给孩子捐个锦绣前程，让他出人头地，没想到，仅仅几个月，就风云突变，天翻地覆了……我哪里能料到啊？谁能长前后眼啊！我肠子都悔青喽！唉，这可咋办啊？"

老爷子也为难地直摇头，说："万事皆然啊，只能看到它的开局，却难料到它的结局。言中那孩子，悟性不高，又没有主张，那日我劝他宜守正中和——就是要他放下屠刀，守在这里，顺势归降，接受这边的审判，他却要跑进宿州城里，那不是继续助纣为虐吗？"

果香气愤地说："肯定是言富、言荣那两个野种鼓捣的！"明昭说："你别不凭良心骂人家的孩子，言华那个混账的东西，八种羔子，是个省油的灯吗？我多次劝他，别对老少爷们动手，可他……唉……"

此时门外传来了嚷叫声，果香一听，吓得缩着身子，原来那是苗宏仁、王军、祁镜他们的娘，还有蓝媒婆等好多老婆婆在游行，她们拊掌大喊："老天爷呀，你睁开眼呀，让那些杀人的恶人有恶报啊，天理昭昭啊……"

果香听出来，她们是故意喊给她听的，她双手捂住脸默声恸哭，明昭也惭愧地低下了头。

第74章

曹营汉心

朱茵终于有机会和文涛相见密谈。朱茵犹豫了一会儿，说："李文涛，我这里有两个消息，一个是坏消息，一个是好消息。你愿意先听哪一个？"文涛说："我愿意先听坏消息。"朱茵问："为什么？"文涛说："先听坏消息，固然令人沮丧，但后面的好消息却可以振奋人心，给人以希望。"朱茵拍手说："好聪明的选择！"她认真地想好措辞，说："坏消息嘛，就是，当初你一离开宿州，椒红就失踪了！""啊！"文涛震惊得张大双目，嘴巴张成"O"形，倏地一下，有泪花的影子闪现在他的大眼睛里。他一把抓住朱茵问："椒红怎么了，她怎么失踪的？你快说！"朱茵被他抓痛了，赶紧说："你不要着急嘛，你弄疼我了！"文涛发现他双手在紧紧地抓着朱茵的手腕，不好意思地松开双手，催促道："你快继续往下说！"朱茵说："好消息嘛，就是椒红已经被找到了。"文涛脸上迅疾掠过一层惊喜的光芒，急切地问："她在哪里？她还好吧？"朱茵声音变得沉重起来，犹犹豫豫地说："但是她……"文涛又急躁起来，不自觉地又抓住她的手说："你快一口气说完吧，别吞吞吐吐的了，你想急死我啊！她到底又怎样了？"

"此刻，她……她陷在李文璇手里！"

"啊，怎么会这样？竟然会这样！"出乎意料但一切又在意料之中，那双一直在他心里的狼眼睛又浮现出来，他跌足道："我一直怕的就是这个，我早该料到事情会发生！你怎么会知道红妹陷在李文璇那里的？"朱茵便向他简述事情的始末：李文璇枪杀了陶言朗，社长陶言久被打进水牢；萧沉思失业，去小红楼那里给一户富人家当奶妈子，发现那家的主妇竟然是椒红！

文涛惊讶得倒退几步，摇着头，泪水顺颊而下，他喃喃地说："都是坏消息，都是坏消息！"良久，他一拳擂在桌上，"杀父之仇，夺妻之恨，不共戴天，此

生不报，枉为人也！李文璇，我要和你来个了断！"他攥紧的拳头，已经暴出了血管，喉结一起一伏。朱茵找不出劝解他的话，便拍了拍他的肩膀，表示安慰。他背过朱茵，虎躯在震动，他在隐忍着哭泣。

朱茵担心地问："你，你还好吧？"文涛喘息一会儿："没，没事！我要设法离开这里，立即，马上！"朱茵紧张地问："你要做什么？"文涛火急火燎地说："还用问吗？我要进城去杀了李文璇，救椒红！"朱茵说："你不要冲动行事，一、你出不去；二、即使你出去也杀不了李文璇，救不了椒红。你要冷静，个人恩怨，先放一放，党还有艰巨的任务要交给你。"文涛急忙问道："啊，党有任务要交给我？只要能为党做事，万死不辞。请党吩咐！"

朱茵看看周围，悄声说："听说，他，这个团长，是你的老乡？他最近思想动态是怎样的呢？"文涛如实说："他是我表叔，早有厌战之心，对这边的军事能力与腐败作风早有不满。"朱茵激动地说："既然这样，那就好办了，你设法晓以大义，劝其弃暗投明，归在我党麾下，如若成功，待时机成熟，师团上下一心，大事一举可成，方保万无一失啊。"文涛说："不瞒你说，促其弃暗投明，我早有如此打算。表叔为人正直，爱国忧民，满腔忠义，又待我不薄，无论于公于私，我都要设法把他争取过来。"朱茵兴奋地说："你能这么想，正合组织之意。这事就交给你了。不过，你可要审时度势，见机行事，千万不可盲目自信，鲁莽行动，操之过急，若一着不慎，全盘皆输，那就糟了。"文涛坚定地说："请组织放心，我一定会谨慎行事。"

军帐里，周凤山在沮丧地喝闷酒。文涛一进来，他就拉着文涛陪他喝一杯，并要文涛说说今天的消息。文涛展开一张报纸说："今天的最新消息有一条说，最近货币飞速贬值，物价飞涨，导致城乡民不聊生，大城市如南京、武汉等爆发了大规模的示威游行，党国的大厦即将倾塌——"文涛说到这里观察一下周凤山的脸色，见他期待听下文的样子，他又加进自己的评论说，"大厦将倾，上至幕僚豪富，下至军官将士，在劫者难逃，如我等小百姓定是大厦倾倒下葬身的蝼蚁，唉，覆巢之下，安有完卵？"说到这里又戛然而止，不再说了。不料，周凤山催着他，"说啊，接着说啊！"文涛小心地说："表叔，这不是我说的啊，是报纸上这么说的！"周凤山说："不论是报纸上说的，还是你说的，但说无妨。"文涛胆子又放大一些，说："近来，国民党统辖区各地不仅对党国政府不满，而且还酝酿着反战运动呢，各省灾荒严重；杂牌军开始暴动；美国已经批评国民党，后续支持无望。好多国民党纷纷要求退党，各方面原因、各种力量都在动摇着党国政府的根基——表叔，依你之见，党国的大厦颓势不可挽回了吗？"周凤山反问："依你之见呢？"文涛一笑："我一介种地小民，哪里敢妄谈国事？我也看不清天下大势呀。"周凤山悠悠地说："唉，这个时候，谁也说不准哦。男怕入错行，女怕嫁错郎。人生如行船走马，行船走马三分险。你说得对，覆巢之下，安有完卵？若上错了船，大家都会与这艘破船同沉！"说过，他独闷一口酒。

文涛细心地揣摩他的心思，便摇摇头说："表叔，未必吧，我看古书上说，那些仁人志士，即使上错了船，一时明珠暗投，但并不选择与船同沉，与泥沙俱下，而是设法破局，走出迷宫。表叔，咱就不能设法破了这个迷局吗？"

周凤山被他逗笑了，说："呵呵，破局？小子，你说怎么个破法？你看这四围犹如铜墙铁壁一般，要想破局，要么腾云驾雾飞出去，要么变个土行孙土遁，哈哈……"

"哈哈……"文涛随着也调皮地笑了。二人对酌一杯，文涛又笑着说："表叔，我小时候跟道宗老爷子学过测字算命，要不，我给您测字算算命，测测您的命运，行不？"

周凤山大笑，来了兴致，"好！来，小子，今天就让你给我算一卦！"文涛让周凤山写几个字来。"写啥呢？"他问。文涛告诉他，写生辰八字或姓名都可以。他就写"周凤山"三个字推到文涛面前。文涛学着老爷子的样儿，拆字分析，他说："凤山，凤鸣于山。北方有大鸟，不鸣则已，一鸣惊人。凤者，天神之鸟也，有凤来仪，天惠灵气，凤居于山，山必集天地之精华，有菁菁之草，茂密之桐，方可鹏举宇宙。但若错居于光秃山石之上，恐神鸟灵气尽失，便无一鸣惊人的鹏举之力也。"周凤山不由得微微颔首，"嗯，小子，不错，说得振振有词、有板有眼，你说得颇有玄妙之理呢！依你之见，我现居何山呢？"

文涛说："恕我直言，您现居介石之山也。"

周凤山黯然失色说："是呀，我目前不就是站在介石山上吗？我纵然有鹏举之心，也没有一鸣惊人的鹏举之力了啊。"文涛摇头道："未必，其实你的周边还有山泉叮咚，草木荣发，你只是未觉察到而已。"周凤山惊讶地问道："嗯，你这话何意？"

文涛不说了，只微笑。周凤山催道："说呀，继续说嘛，什么是我没觉察到的呢？"文涛心想，他要打破砂锅问到底了，我下面说话不能信口开河了，必须要格外小心啦！于是，他滑稽地一笑，荡开一笔说："呵呵，表叔啊，我这不是在测字算命吗？你这名字起得好，名字自带好运气，这算命准不准，无法一时看穿。因为人的命脉与运气是按着人的行程而发展着，并非一成不变的。人的一生当中要山不转水转，水不转人转，历经多重变换，有时看似山重水复疑无路，走进绝境，但一个转折，或遇柳暗花明又一村，又一片春光明媚在眼前。所以，人的命运如何，必须要且走且变，事在人为哪。"

周凤山第一次用异样的眼光看文涛，说："先前的你是一问三不知，再问三摇头，不料你小子是深藏不露啊，原来你是胸有韬略，并非简单一后生，肯定还有大秘密藏在心里，不为我所知道罢了。"文涛呵呵笑道："哪里，今天信口开河，本为博表叔开怀一笑而已。"

周凤山坐在帐内，文涛在一旁抄文稿，文海送来一盘清心小菜，周凤山喊住文海坐下喝一杯，文海推辞说："表叔，我还有事要做，不能陪您啦！"说完匆匆而去。周凤山就喊文涛过来陪他喝一杯。周凤山依然愁眉不展，他不开口，文涛从来不多问。周凤山问文涛："今天看到什么新的消息没有？"文涛说："最新消息没啥大新闻。我最近在看《三国演义》呢，看得津津有味。"周凤山呵呵地笑说："难怪你小子近日说话那么有板有眼呢，原来你在研究《三国》呀。俗话说，少不看《水浒》，老不看《三国》。看懂《三国》，就相当于学会一部兵法啊！你年纪轻轻的，看了《三国》学会说话跟人斗智斗勇斗心眼啦。看到哪一回了，对哪个人物感兴趣？说说你的高见。"文涛说："我今天看到'阚泽密献诈降书，庞统巧授连环计'——这情节环环相扣，谋略一个比一个高明，人物一个比一个技高一筹，呀呀，扑朔迷离，眼花缭乱，看得我沉醉其中，三日不知肉味啊。我对徐庶这个人物非常感兴趣。"周凤山问："哦，呵呵，你竟成《三国》迷啦！这一点跟当年的我很相像啊。书里那么多传奇人物，你为什么单对徐庶感兴趣呢？"文涛说："当年曹操率八十万大军攻打江东，北方士兵晕船，庞统献上连环计，曹操欣喜接纳。此计虽高，但被一人识破，是坑曹的，他就是徐庶。徐庶在曹营里，他看破不说破，只因为他是被曹操强拉过来的，曹操还害死了他的母亲。他发誓对曹不献一计一策。有个歇后语叫徐庶进曹营——一言不发。今天他看破有人在坑曹操，但他并不去告知曹操，皆因他身在曹营心在汉。更妙的是，在生死攸关之际，他不愿与曹军玉石俱焚，他求庞统设得一计，助他成功脱身而去。您说，徐庶离开曹营，是不是明智之举？"

周凤山听了文涛滔滔不绝地谈论徐庶，他若有所思地说："是呀，《三国》里的人物个个都是智谋过人。这个徐庶嘛，于曹船覆灭之前，成功脱身，这不就是你说的成功破局吗？"文涛说："是呀，他走对了一步棋，就赢得了满盘局。"周凤山点头夸赞他："蛮好嘛，看书善于思考，有独到的领悟！"文涛敬了他一杯说："多谢表叔夸奖，我从小看书就爱瞎琢磨。看了这一章，我就在琢磨，庞统与徐庶都是当时的谋士高人，生于乱世，虽然境遇不同，但皆郁郁不得志，因而彼此心意相通，骨子里都是反曹兴汉，所以才有后来的一拍即合。"

周凤山被他的话带入其中，津津有味地说："是呀，你悟出新的高度来了，徐庶正因为背后有庞统指点迷津，才走出一步好棋的。"文涛说："是的。徐庶与曹操本是道不同不相为谋，离开他，就是弃暗投明。表叔，您怎么看待徐庶，您赞成他的做法吗？"

周凤山没有正面回答，沉吟一会儿说："徐庶本心向汉，原是刘备的谋士，曹操为争取他，便抓走徐母，逼得徐母自杀。他进入曹营后，不满曹操的诸多行径，于私于公，他早晚必弃曹而去。徐庶是个有心人，有幸的是他遇到智高一筹的庞统。"

文涛借着说《三国》，察言观色，在一步一步地探寻表叔的心思。他听出了表叔心中之所想以及心中之所患。周凤山喃喃地沉吟道："假如，这军营里有庞统那样的高人，就好喽……"文涛机敏地说："嗯？有庞统就好了？假如有庞统，你愿做徐庶吗？"周凤山惊讶地问："谁是庞统，难道你是——"文涛调皮地笑着说："表叔，我若是庞统，我定会渡你出苦海。"周凤山笑说："那我就等着你渡了！瞧瞧，咱爷俩《三国》迷，又成了《三国》痴啦，在这儿痴人说梦呢！"

"哈哈……"二人齐笑起来。

一连几天，文涛与周凤山都在谈《三国》，论徐庶。

夜晚，夜幕上的星月暧昧地在对眨着眼睛。文涛与朱茵秘密会谈，简单交流几句，便匆匆转过背去走开。

周凤山与文涛又一次在大帐里对酌，他起身探头往外看看，回来坐下劈头就问文涛："你和陈秘书在嘀咕什么？"文涛一惊，心里紧张极了，他红着脸说："表叔，我……"周凤山微微一笑，说："文涛啊，自你投奔这里以来，你感觉我待你如何？如果你信任我的话，你就坦诚地跟表叔说句实在话吧，这些天，你一直在探讨一个问题，我问你，你是不是发觉了什么？这里谁是徐庶，谁又是那庞统？你葫芦里到底卖的什么药？你能跟表叔说说吗？"

一连串的提问，让文涛听得出表叔在暗暗观察他，他能觉察到表叔对他确实没有威胁，就卸掉一些戒备，他动情地说："其实啊，表叔，我自来这里，感激您待我恩重如山，咱爷俩建立了忘年之交。近来，我见您苦闷沮丧，郁郁不欢，壮志难酬，我恨不得我就是那高人庞统，助表叔您破此困局，一飞冲天！"周凤山一听，深受感动，说："哦？如此，多谢你有心啦！唉，可现今你我同困于此，无计可施。奈何？你本投奔我避难，却被困在这里，若玉石俱焚，多么无辜啊！你还年轻，你更需要脱困于此，是不？"文涛点头说："我是迫不及待想离开这里，我不是怕死，而是怕我大爷大哥的大仇不得报，我，我还有一件更紧迫的事……"

周凤山问："你还有什么更紧迫的事啊？"

文涛眼睛里充满了泪水，哽咽着说："我要去救人！"他沉痛地说出李文璇抢走了妻子椒红这一令人痛心疾首的事。他说得含血泣泪，周凤山听后气得目眦欲裂，大骂道："李文璇真乃猪狗也！当年，陶、李两家为婚事就闹出过人命，我亲自处理的这个案子；后来，在乱军中，他又掳走了陶家千金，是我拦下救出她。你们俩有情人终成了眷属，历经多少磨难啊，没想到，今日竟是这个结局！"

文涛才得知，当年椒红被裹进乱军之中，竟然是李文璇干的！救下椒红的恩人是表叔！他切齿痛恨道："所以，我与李文璇有不共戴天之仇，恨不得我此刻一脚踏进宿州城，把他碎尸万段！"周凤山说："杀父之仇，夺妻之恨，试问天下血性男儿，是可忍孰不可忍？孩子，表叔非常同情你！不过，外面重重围困，我也不是那高人庞统，爱莫能助啊！若一旦有转机，我定助你脱困。"文涛感激

万分，但他摇头说："不，表叔，若是让我一人脱困，我宁可不出去。"周凤山迷惑地问："啊，这又是为何？"文涛情真意切地说："我不忍心丢下您和二哥受困于此，等着玉石俱焚啊！我若能脱困，必助表叔突围。"周凤山感激涕零，说："好孩子，多谢你有情有义！可你纵有此心，又如何办得到啊？"

文涛神秘地说："等待时机吧，表叔您知道，战局犹如棋局，风云突变，天时地利人和之际，或许会有奇迹出现！"

周凤山一激灵，悄声问："啊，等奇迹出现？你是否早已成竹在胸？"文涛摇头说："我虽没有十分把握，但我相信吉人自有天相，命不该绝，有贵人相助！"

周凤山说："但愿吧，借你吉言，或有一天，贵人一现庐山真面来。"文涛答道："是呀，表叔，相信吧，贵人会在某个地方等着咱们呢，到时，您与我携手同行！"二人对视片刻，周凤山低下头思考片刻，似乎下定了决心，肯定地点点头说："即便愿与你同行，那又怎样？其结果如何？"文涛一听，心里的那层朦胧的迷雾又揭去一层，甚为欣喜地说："表叔，您既肯与文涛一路同行，呵呵，那就看咱的造化啦，且行且看，行到水穷处，坐看云起时，顺势而为，坐等高人渡……"周凤山心里掠过一片惊雷，他越来越觉察到眼前的这个后生，绝非等闲之辈，感觉他在琢磨他的心思！他瞪着文涛，一脸的严肃，沉默片刻，说："夜深了，睡觉去吧！"

文涛躺在床上，回想着跟表叔之间的几次交锋，他是在一层层剥茧抽丝，一步一步拱卒，去琢磨表叔的心思，眼看一轮明月要穿云而出，渐趋明朗；后来，他观察到表叔的脸色忽地有些愠色，心思依稀仿佛又处于云山雾罩之中。他揣摩着，到底表叔又会做何反应呢？他心里不免忐忑起来。

次夜，帐内烛火摇曳，周凤山在饮茶，文涛站在门外偷偷观察着表叔的脸色，没想到，表叔一见他竟然微笑起来，他忙走进来递上几张报纸，接着二人又谈论起来。周凤山指着报纸说："你看，时局动荡，战况变幻，种种迹象表明，不容乐观呀，真的要走进山穷水尽的境界了吗？"文涛点点头，又摇头说："大厦将倾，泥沙俱下啊！但是，东边日出西边雨，或许一个峰回路转，咱能迎来柳暗花明又一村呢！"周凤山感慨地说："年轻人就是乐观啊，如何能峰回路转啊？谈谈你的高见。"文涛说："战事如棋局，步步走棋，步步险，在风云变幻之际，咱顺势而为吧。"周凤山又听出了他的弦外之音，便问："嗯？你说怎么个顺势而为？"文涛心里有话，不敢明说。看着他犹豫不决的样子，周凤山用手蘸水，在桌面上写："但说无妨。"文涛感觉已吃透了表叔的心思，引得源头水，进入渠中来，终于放下心来，便进一步因势利导起来。他伸手蘸水画了两个圆圈。周凤山瞪圆了眼睛，问："两个圆圈，此为何意？"文涛说："其中一个圆圈代表您，渡人先渡心。"周凤山说："青青子衿，悠悠我心，我的心意你还不明白？别兜圈子了，请打开天窗说亮话吧。"文涛伸出中指从一个圆圈画到另一个圆圈。

周凤山又问："这——又是何意？"

文涛解说："这一个圆圈代表您的处境。您如今正处在一座光秃秃的山头，困于牢笼，难展鲲鹏之志；另一个圆圈代表另一座山头，这座山四围是泉水叮咚、草木荣发，一片生机呀。若您肯从一座山头飞到另一座山头，你不就能获得鹏举云天的力量，遨游蓝天，成功冲破困局了吗？人生命运的转折点，就在抓住一个机会、一个瞬间，扭转乾坤。"

周凤山迷惑地问："这——如何能做到？"

文涛说："能！表叔，相信吧，我观您命里定有贵人相助，到时会有贵人渡您一劫。"

周凤山疑惑地问："哦——呵呵，果真如此？"文涛坚定地点点头。周凤山如梦方醒地瞪圆了眼睛问："你究竟是什么人？"他的表情由惊讶到疑惑再至洞彻，他指指外面说："哦——若我没猜错的话，你是——那边的？"文涛会意地用眨眼睛来表示肯定。

周凤山严肃地盯了文涛好一会儿，悠悠地说："哦——你小子先前在我面前装作懵懂无知的样子，原来你是心里有簧呀！我早就怀疑，一表人才，写得一手好字、能言善辩的你，怎么会是在家种田、打杂工的人！"

他恍然大悟似的说："这么说，你才是那个身在曹营心在汉的徐庶，你竟瞒了我好久啊！你是故意潜伏在我身边的？"文涛摇头说："哪里，我是无意转到此中来，我是避难来的，表叔您忘了？"

周凤山"哧"的一声笑了，说："开玩笑，这不还是缺庞统吗？"文涛说："是呀，我也在等着依傍表叔身后的贵人来相助嘛！"周凤山皱眉道："这——不知这贵人为何人？何时能出现？"文涛露出神秘的笑容。

周凤山蘸水写道：何去何从？文涛写：静待花开！周凤山又写：花开何时？文涛又写：守——守得云开见月明。周凤山又写：守口如瓶，静待花开！

文涛接着又写：万事俱备，且待东风！然后两人大笑，畅快地端起茶杯碰在一起。

第75章

回 头 是 岸

雪晴后的夜晚，空中微微发亮，前面的宿州城里的灯火辉煌，似乎近在咫尺。文涛望着宿州城，恨不得一步踏进宿州城里去解救处于虎狼之窝的椒红。他对着不远的宿州城，心里默默念叨：椒红呀，我的好妹妹，我的好妻子，你放心，不论你是怎样的，你都是我的纯洁的好妻子，我的好妹妹，我一定救你回来。你一定要挺住，坚强地与敌人斗争下去，顽强地活下去！

文涛突然接到朱茵传来的一个好消息，大军已经兵临城下！他得此消息后，想即刻离开这里，奔向宿州。周凤山便设法助他出去。与此同时，朱茵也神不知鬼不觉地离开了。

文涛接到任务，便奔向三浦。在战斗的解放军的一个纵队里，竟然遇到老同学来枭晓，他已经是营长级别了。文涛到来后，便迅速被收编进解放军的一个分队里当排长。这支队伍由陈司令指挥。文涛入队后便参加了战斗。由于他救妻心切，战斗勇敢，身手敏捷，枪法精准；他对此处地理位置、地形都比较熟悉，得到军长的赏识，很快升任为战斗连的连长，接着又升为营长。文涛参加了解放宿州的战斗。

萧沉思再次进入小红楼来哺乳，趁着女佣出去之际，她给椒红带来两个消息，椒红听后，惊得激浪滔天，悲愤交加。

萧沉思带来的第一个消息是，蓝灵心在城南乡郊外被射杀，大哥言中带领几个兄弟从城南乡逃到了宿州城里。啊！椒红一听，哇啦一声大哭起来，泪水像开了闸的河流，奔涌而出。萧沉思赶紧指指外面，示意她不要出声，以免惊动了警卫人员。椒红紧紧地捂住嘴巴，许久，才憋住哭声。她悲叹道："灵心与我情同姐妹，想不到今日人鬼殊途！"她又顿足道，"大哥、二哥真是官迷心窍，不知道迷途知返！当初，大哥、二哥为灵心争得死去活来，可今日客走茶凉，日驰情不再暖，可怜灵心竟死于他二人之手！"

接着，萧沉思又把第二个惊天的大好消息带给了椒红："文涛已到达三浦，参加了解放宿州的战斗，解放宿州的枪声即将打响！"椒红听后一阵惊喜，不禁跳了起来，"啊！太好啦，你是说，文涛即将要来了？"但马上她的眉头又皱起来，不禁忧从中来。她说："攻打宿州并非易事，他并没有什么战斗经验，仅凭一股年轻气盛的勇气和救妻心切的激愤，哪一场战争没有牺牲啊？万———我真不敢想象……"萧沉思赶紧安慰她说："小妹，别忙着瞎想，咱暂且往好处想，往高兴的地方想吧。关键是，眼下，怎么劝你大哥、二哥回头是岸，若他们肯回头，或可能就救了他们自己！""对呀，要赶紧给爹娘传信，劝大哥、二哥回头是岸！事不宜迟！"椒红奔进里间，唰唰写了一张字条，回来就塞进三嫂怀里。

趁着女佣还没回来，姑嫂忙着交流。萧沉思分析了一下宿州城内的现状说："想打进宿州城并非易事，即使城被打破，我们也会损失很大。"她还对椒红说："你大哥、二哥还有言富、言荣仍然负隅顽抗，从城南乡逃进县城，经李文璇推荐，得到县长张绩武的重用，还官升一级，继续助纣为虐，准备助县长张绩武与解放军决一死战呢。"椒红又一次着急地顿足说道："好个糊涂的大哥、二哥，好个不知死活的言富、言荣！"

萧沉思突然提到一个人——石仲辉！椒红眼睛一亮，领会了三嫂的意图。此时女佣提着东西返回来了，萧沉思眨眨眼睛，二人不说话了。

待三嫂离开小红楼之后，椒红在心里盘算着，我能做些什么，能够帮到这场战争？能够帮到文涛呢？咦，我不是正在虎穴狼窝里吗？我此刻在敌人内部，可以窃得一些消息，这不是有利条件吗？她开始分析、筹谋一些事。

她在脑海里回想，一次，她偶尔进得李文璇的一间密室里，当时抽屉未锁，她顺手扒拉一下他的抽屉，看了一眼一张手绘的高清地图，那时，她没有在意也不感兴趣。今天想来很后悔，为何不多看一眼呢？今天想再看一眼，不是没有机会，但那要冒很大的风险。虽然她对生死已无所谓，自己身陷泥淖之后，多次寻死未果。今天要为文涛为解放军做点事，要我冒生死之险，我一定是义无反顾的。但她想，此刻，不可盲目就死，要死得其所。她思索着。

椒红开始坐卧不宁了，她一直在想，我怎么能弄到他的钥匙呢？她看到李文璇睡觉时，总把钥匙别在裤子上。她的眼睛在房间里扫视一圈，窗台上放着一个花盆，她灵机一动，有了！

晚上，李文璇回来了，他显得有点焦头烂额，不再有心思去纠缠椒红，他匆匆地脱衣睡觉，把裤子一扔，钥匙就暴露在那里。深夜，李文璇发出了鼾声，椒红悄悄起来，轻手轻脚地走到窗台，从花盆里挖出些泥土，轻轻地拿走钥匙，——按在泥巴上，次日她就寻机交给了萧沉思。之后，椒红交给萧沉思一张高清

手绘地图和一张字条。从此，萧沉思就不再出现在小红楼里了。

萧沉思找到了石仲辉，说了她与椒红的构思。萧沉思说："目前宿州城指日可破，你还要跟着他们一路走到黑吗？"石仲辉顿足说道："嫂子，你不知道，自从言朗死后，我跟没魂的鬼一样，没地方去。你说，我不跟他们走，又到哪里去呢？此刻，不可能再回龙脊山了吧，那里已不是昔日风景了。我上天无门，入地无孔的，你给我指条明路吧。"

萧沉思把椒红的构思说了出来：炸毁敌方火药库！石仲辉吓得吐出舌头，说："哎呀呀，嫂子，你太瞧得起我了，我纵有那个胆儿，我也没有那个能力呀！我纵有那个能力，也找不到那个地方呀，我得挨近那些地方吧？我到哪里去找啊？"

萧沉思说："你可以找两个人帮助你。""谁？"石仲辉好奇地问。

"言富、言荣！"

"啊？！这——言富、言荣他们俩现在只听言中、言华的，他们现在对李文璇那边忠心耿耿了，唉，可怜，被人家整死还不知道怎么死的呢。"萧沉思微笑道："会有转机的。有人回老家去搬人来劝言中大哥回头是岸呢。他若肯回头，咱不就有机会了吗？"石仲辉说："那敢情好，言中大哥要是肯回头，言富与言荣就没问题了。"

其实，从老家搬人来劝言中回头的事，文涛也想到了。他从朱茵那里获得言中他们兄弟几人的近况，他一边说着姑父做事糊涂，大表哥、二表哥的行为荒唐，一边为他们担着心。言华仍像是中了毒，成为李文璇的鹰犬，不知死活地还在捍卫着国民党在宿州的残余势力。文涛想，宿州一旦破了，他们将会玉石俱粉，到了那时，他们会死得很惨；他毕竟要念一分亲情，不能看到表哥们那么悲惨，他不忍心也不会坐视不管。因此，在攻打宿州之前，他把这个消息传到桃花湾。与此同时，椒红的信也被传到桃花湾。

在桃花湾，果香与明昭一看，女儿女婿都传来了消息，知道他们还活着，顿时喜极而泣；一听说，即将要攻打宿州城了，又急得简直火上浇油。椒红与文涛带信来，都要家里人去劝言中兄弟回头，此时果香又是哭又是笑，不知如何是好了，嘴里还在埋怨明昭："你捐了十三石小麦，给儿子捐得个什么狗屁官，马上就要了儿子的命了呀。"

明昭跌足怒斥："瞧瞧你的嘴，现在说这些有用吗？我哪里知道会有这个结果？当初不是想为了儿子好吗？当务之急，赶紧去找三叔想办法救孩子们！"

明昭开始铺开纸写信，信写好了，他们急忙奔进惠风庐，找老爷子商量大事。老爷子提笔挥毫在信封上添上四个大字：回头是岸！

老爷子说："言华那孩子有点极端，只要一提到共产党就红眼，六亲不认。须派几个非共产党员身份的人前去才行。前去的人须是他们愿意亲近的，对他们动之以情、晓之以理地劝说，方可奏效。"最后商定由明亮、明义、明锐三人去

宿州。

明亮、明义、明锐三人怀揣着明昭的亲笔信奔向宿州。

明亮等三人好不容易摸至宿州县衙，到城门下抬头一看，吓了一跳，见言中正穿着一身威武的军装，试着一把崭新的大盖枪，砰砰砰地在练枪呢；砰地一枪放出去，就像平地炸起了闷雷，震得地动山摇，吓得明亮等三人战栗不已。明义胆小，吓得想撒腿往回跑，被明亮一把拖住，才勉强站稳。言富、言荣眼尖，看见了他们，言中也看见了，一摆头，言富、言荣奔下来，像老鹰叼小鸡一般把三人叼上城楼。

言中让他们三人进了县衙。明亮看见县衙内，人人都身着威武的军装，个个都显得那么威严，进进出出，走起路来唰唰唰的，威武无比，那气势，那氛围，无不让人感到灵魂被震慑得好像已出了窍，身心变得萎缩下去，渺小下去，渺小得连一只蚂蚁都不如。

言中勉强地让他们坐下，一改往日的谦和、亲切。回想往日，一见面总是谦恭地伯长叔短地叫得那个甜啊，而今日他连正眼都不瞧他们一眼，冷漠得拒人千里，似乎不曾认识。而言富、言荣则用老鹰看小鸡的眼神睥睨着他们。明亮他们此时噤若寒蝉，再也张不开口。

言中冷冷地问："所来何事，说吧！"

明亮不再说什么了，就撩开衣襟，掏出明昭的信交给言中。言中皱着眉头看了看信封上的一行刚劲挺拔而功力老到的柳体字：回头是岸！认得是老爷子的亲笔手迹；又拆开信来，看完父亲的信，一声不响地丢在一边。言华拿起来看，看过后就折叠几下，然后撕碎，撒了一地。言中皱眉思索一会儿，然后说："你们回去吧，告诉父亲，我现在如箭在弦，不得不发，开弓没有回头箭。多说无益，让他们保重！"

明亮已看出不必多言，一听让他们回去，如遇大赦一般，赶紧起身走出了县衙。走到城楼下，忽听"砰"的一声，言中又在试枪，吓得明义差点尿一裤子。

送走明亮等三人，言中把自己关在房间里，过了好久，才打开门，让言华、言富、言荣都进来，然后关紧房门，幽幽地说："现在就咱弟兄四人，咱开个会，我交个底吧。我，现在已经是过河卒子，没法回头了。老爷子与父亲劝我回头是岸，其实，我就是回头了，也回不到岸上了呀。你们想，我当乡长的短短几个月，咱们杀了多少共产党员？那些都是咱东西村的，我们的手上沾满了多少人的鲜血呀？我身上背负这么多的血债，说一声我回头，就一笔勾销了吗？没那么简单。"言中苦笑一下，继续说，"没办法，事到如今，悔不该当初上错了贼船，造了孽。天作孽犹可恕，人作孽不可活！也许，我的命该如此，我无所怨。事已至此，我不入地狱谁入地狱？"

他怜惜地看看几个弟弟，心疼地说："你们就不同了，你们都是我的随从，

你们的处境是可以回头的。你们一回头也许就可以上岸，渡过苦海，捡得性命。我已经把资料整理好了，一切犯罪事实都写在我的名下，我全揽过来了，但愿你们能安全无事。也许就在这几天吧，宿州城就要被攻破。一旦城破，你们不要拼死抵抗，应该从善如流，举手投降。以后审问你们的时候，尽管把一切罪行都推到我身上。若共产党能对你们宽大处理，你们都得了活命，我一人赴死，我死得其所，也会含笑九泉了。"说过泪如雨下。

言华也泪流满面，后悔当初不该那么疯狂，害人害己，害死了大哥。言富、言荣虽然心硬，但也红了眼圈。言华突然大骂李文璇："李文璇，你不得好死！都是你指使我们杀了那么多人！"

一提到李文璇，言中想起了小妹椒红。因为他早就知晓椒红在李文璇那里。现在，他对李文璇敬不起来也恨不起来了。

言富、言荣突然像泄了气的皮球，再也不像以前跟打了鸡血一般那么凌厉，用狼一般的眼睛看所有的人了。一天，他哥俩出门遇到了石仲辉，石仲辉不失时机地拉他俩去茶楼喝茶，吃点心。石仲辉一番语言试探之后，向他们透露了文涛和椒红的下落，他告诉他俩说，文涛他现在就在那边，并说他马上要来攻打宿州城了；椒红呢，此刻她就陷在李文璇的小红楼里。石仲辉又把李文璇当初设计害李阵风、文江、文涛，血洗阵风大院、抢走了椒红，打死了言朗，又把言久投进水牢等都说与他们听。又说："其实，言中以及你们兄弟，都上了李文璇父子的当，你们现在所做的一切，都是为李文璇父子在牵马坠镫，让亲者痛仇者快。"说着，仲辉把椒红写给他们的字条拿出来，递给言富，言富展开一看，那熟悉的字迹跃然眼前："言富哥、言荣哥，见字如面，别的不多说，我希望你们这把利剑，去插进害苦我以及咱们全家的人的心中！"落款"小妹椒红"。

言富一看到椒红的亲笔信，就恨得哇哇直叫，咬碎了钢牙；言荣则圆睁了细眼，一拍桌子说："李文璇，我一定让你死得很难看！"

言富说："仲辉，你今后何去何从？我们怎样做，才能帮到文涛而让李文璇感到很难过？"石仲辉卖起了关子，"你俩必须听我的，我才肯给你们指出一条光明之路。你们若是做得好了，文涛看到你俩肯回头是岸，说不定能念旧情，将功抵过，到时，给你们一个可以赎罪的机会，或能减轻罪责，从轻发落呢。"言荣说："好吧，这次听你的，行了吧？我俩不图赎罪，但图能为文涛与椒红做点什么。你说做什么，上刀山下火海，爷爷眨一下眼，我都不回来见你！"石仲辉心里得意极了，说："呵呵，打了这么多年的交道，你俩终于有听从我的时候了。"他接着说，"目前，正有一桩惊天动地的大事要你们去干，此项任务完成了，你们就是帮文涛一个大忙了。"一听能帮助文涛，言富、言荣一拍胸脯说："别啰唆了，请下达任务吧，我等万死不辞！"石仲辉说："你们只须这么这么干……"石仲辉拿出了椒红偷偷绘制的那幅高清手绘图交给言富、言荣。言富说："好，我们兄弟定不负小妹之托，就等我们的消息吧！"

　　言富、言荣听从了石仲辉的主意，又从萧沉思那里获得了准确的消息，于是就干出了夜袭东关城、火烧军粮以及炸毁弹药库的惊天大事；还趁机打开了水牢，救出了言久等一干被关押之人。他们在宿州城也搅出漫天风雪来，让李文璇惊掉了下巴。

第76章

梦 碎 红 楼

李文璇这些天越焦头烂额，椒红心里越开心，她知道，她的计划肯定是被言富、言荣落实了。南京那边来电骂他，县长张绩武在嘲讽他，连蒋介石都震惊了，责令他要为火烧军粮、炸毁军药库负责。有人竟然在他眼皮底下打开水牢，放走犯人，炸毁火药库，火烧军粮。他断定这事都是中共的地下党干的。什么人有那通天的本领呢？他心惊了，害怕了。他做梦也想不到是言富、言荣所为。他不解，他做事历来精明、细致，怎么会出那么大的乱子而自己却未能防备到呢？他仔细地梳理每一个环节，排查自己做的保密工作，他自认为没有什么疏漏。不过，他排查一遍，排查到进他家的每一个人。他想到，原来那个奶妈，为什么突然辞职了，又神秘地消失了？他下令满城搜捕那个奶妈。他又把女佣抓起来盘查，审问无果，竟把女佣投进了水牢。最后，连椒红也不放过。在他的思维方式中，认为一切皆有可能。于是他重新雇来一个女佣，叮嘱她要防备椒红；他自己一旦回到家，就把钥匙、枪袋都严密地保管起来。

此后，椒红感到小红楼的一切都改变了：奶妈换了，女佣也换了，新来的女佣不似原来的那个对她那么谦卑恭顺，低眉顺眼的，那气势要凌驾于她之上，她所到之处，女佣都盯着她，让她感到有芒刺在背，扎得她浑身又痛又冷。她所做之事，都受到限制，女佣总是冷冷地对她说："太太，那里不可以去！太太，这里不可以摸！"仿佛一夜之间，女佣变成了奴隶主，而她却变成了奴隶。椒红明白：李文璇在监视她。

椒红依然装傻，依然保持安静与枯坐，但她的内心里却是翻江倒海，着急万分，她在盼望着每一秒钟都有令李文璇惊恐万分、坐立不安的大事发生。李文璇回家最大的乐趣就是逗弄孩子，即使焦头烂额的现在，他也不忘逗弄一会儿孩子。

孩子已长得白白胖胖，逗弄起来，四肢乱挠，有时还嘎嘎地笑出声来，越发地可爱了。

李文璇逗儿子说："呀呀，我的俊儿子，双眼叠皮的，眼珠子黑白分明，亮亮的，比天上月亮的光辉都亮；大大的眼睛，翘翘的长睫毛。"他对椒红看一眼说，"多谢你啊，不管怎样，你给我们李家生个这么漂亮的儿子。大眼睛，啊，我们家人老几辈子没见过这么大眼睛的孩子呢。呵呵，今后，我这一支就摆脱小眼睛了。"

自儿子出生以来，椒红发誓：绝不对李文璇的孽种投入半点感情，所以，她从来没有正眼看过这个孩子，无论他是哭还是闹，她都硬起心肠不管不问，仿佛这个孩子跟她是毫无关系的。可是，李文璇这么一说，她瞟了一眼孩子，只一眼，她那颗母性的心就颤抖起来，不由得爱意涌动起来，她马上意识到什么，就硬生生地扭过头，眼睛瞟向一边，但她那颗心在颤抖，在滴血，她真的想扑过去，抱起他——她可从来没抱过自己的儿子呢。她再次告诫自己：我是共产党员，革命需要心硬一些。

电话铃声急促地响了起来，李文璇钻进密室，扣严门。开始，他总是压低嗓音讲话，可是后来他跟电话那头争吵起来了，声音不由得高起来，大起来，椒红仔细聆听，断断续续，听清几句音符——毒气弹——推迟——预期不效。最后围绕17号、18号争来吵去，再然后李文璇气急败坏地走出了密室，离开小红楼。

椒红听出电话那头的声音是李文玑的，他已被抽调到南京去了，他经常打电话给李文璇，指示作战，椒红已经熟悉了他的声音。椒红琢磨：毒气弹是什么意思？她思索分析，是不是利用毒气当武器，阻止解放军攻破宿州城呢？她越想越肯定自己的猜测。那么，17号、18号究竟是什么意思呢？是毒气弹的型号吗，还是指日期？她忙去偷翻一下日历：啊，今天已经是11月13号！先假定是日期吧。天哪，刻不容缓，若文涛那边攻打宿州晚于这两天，他们的毒计就得逞了，那满城的百姓就要遭殃了，文涛或许会中毒！我既然知晓了，就不能袖手旁观，我若能把这个可怕的消息传出去，该能救多少人啊？也许能够帮文涛一个大忙，把解放宿州城往前推进一步，若能那样，我即便粉身碎骨也值了！怎么办，怎么办？身边没有一个可信任的人了，椒红在脑子里迅速地盘算着，传出去，传出去，传出去！可是怎么才能够把消息传出去呀？她想到，只有自己脱身，脱离虎狼之窝，才可以……可是怎么才能脱身呢？椒红着急地在各个房间里不停地走动，满脑子里想的都是脱身！脱身！脱身！

椒红趁女佣在客厅里拖地，走进了卫生间，轻轻地去推厕所的小窗户，竟然推开了；她从小窗户往外看，发现二层小楼下面就是厨房，那是在院子里独立的两间房子；院子的大门外站有荷枪实弹的警卫，但他们的脸都对着大门外面。她迅速回到卧室，在心里盘算一下：若从窗户跳下去，正好落在厨房顶上，再翻过院墙，就可以成功出逃了。于是，她写了一张纸条，掖在贴身内衣里。她在里面穿上一件紧致利索的衣服，外面穿一件棉袄，准备好这些之后，她就盼望快快天黑。夜色茫茫，寒气飕飕，合巧，李文璇一直未见回来。椒红迅速把棉袄的扣子解开，走进了卫生间，轻轻启开小窗户，上半身就探出窗外了，此时，女佣跟过来，看见椒红如此，她大叫一声："太太，你要干什么？"说着她一把扯住椒红的棉袄，椒红一抽胳膊，棉袄就脱掉了；她又一把拽住椒红的小腿，椒红忽地一蹬，把她蹬倒在地，接着，椒红一个倒栽葱就翻出了厕所。椒红头往下脚朝上从二层楼上直坠了下来，当她坠到半空中时，她轻盈地来个空中翻，想要落到厨房顶上，可惜，她竟翻偏了，落到了院子里的厨房门前。女佣在楼上大喊大叫："太太逃出去了！"大门前的其中一个警卫忙跑进来伸手去拦椒红，椒红劈手夺下他手里的长枪，扣响了枪，她端着枪，转着圈，尖叫着："啊——"只见嗒嗒嗒……嗒嗒嗒……机枪直喷火，警卫吓得趴在地上，不敢动。厨房里以及其他房间里的人都出来了，一看，都吓得不知如何是好。此时，一个厨师拉着一车菜进院子里，厨师吓得跌倒在地，菜滚落下来；与此同时，李文璇回来了，发现院子里枪声大作，人仰马翻，也吃了一惊，他迅捷地捡起一个土豆扔向椒红，正巧砸在她的头上，椒红被当场砸晕了，倒在地上。李文璇又把椒红抓回楼上关起来。

椒红的逃跑，李文璇已见怪不怪了，因为她曾经多次逃跑，也砸过门，也破过窗，也打过女佣，但以往都不曾有这么大的动静，这次，她竟然逃出了楼房，还动了枪！令李文璇感到有些震惊，他把女佣骂了个狗血喷头。见椒红醒过来了，他接着又骂椒红道："哼，想逃跑？没门，你生做我的人，死做我的鬼吧！再想逃，我还把你的衣服扒光，再在你的脚上套上锁链，哼！"椒红很沮丧，心想，出逃又没成功，她担心李文璇真的照他说的那样，用更加严厉毒辣的手段限制她的自由。她就傻傻地在那儿笑起来，李文璇说："呵呵，这一土豆砸的，人不疯了，却傻了！把你那一点小心思省省吧，无论你是疯子还是傻子，都别想离开小红楼一步！"不料，椒红十分清醒地对他说："我想娘了，我要回家看娘嘛！""哦，原来是这样啊。"李文璇的细眼骨碌一下，便笑着说，"你若是乖乖地跟着我，并好好地养这个孩子，我会带你去见你娘的。正好，现在咱们陶李两家又和好了，其实，你在我身边，你大哥言中是知道的，他当了乡长，还多亏了我的提携呢。"椒红听了，心里又惊又恨，但她的大眼睛转动一下，计上心来。李文璇去抱孩子，她随即起身贴了过去，并伸手捏捏孩子的小脚。李文璇看了欣喜异常，他以为，椒红傻傻地信了他的话。

次日，李文璇回家，看见椒红竟然穿了一身夹棉的衣裙，那是一件白色底子上撒满了金色小花的漂亮套裙，上衣的领口、袖口与下摆都镶了一圈雪白的狐狸毛，下配一条同色的长款裹裙——这是前日，他看了别家的阔太太穿了好看，心生羡慕，便买了来给椒红穿，可椒红就是不配合，连碰都不愿意碰一下，气得骂

道："真是烂泥扶不上墙！"今天，她倒主动穿上了这件他最喜欢的衣裙，把她那青春美丽的身体曲线勾勒得恰到好处、优美动人，他又惊又喜。他再往椒红的脸上看，只见她把脸儿也涂抹得粉黛分明——脸庞上涂上薄薄的白粉，两颊上荡一层淡淡的胭脂，越发显得白里透红，楚楚动人；剑眉如黛，星眸灵动，朱唇盈盈，秀发高盘。她一见他，还对他粲然一笑，呀，那一笑，真美，可谓是花见花开，人见人爱。他可从来没见过椒红对他笑呢，此时此刻，他被迷得眩晕了，激动得揽她在怀深深地吻了下去，椒红闭紧眼睛，装作陶醉的样子，但她闭紧了嘴唇强忍着恶心。

电话铃声响了，李文璇又匆匆出去了。椒红迅速走进卫生间，去洗掉她嘴上的吻痕，她在镜子里审视着自己清丽的倩影，心想：你以为，我是为你心悦而装扮吗？我和文涛即将见面了，我要让涛哥看见我依然美丽的容颜。

傍晚了，椒红又迅速地筹划着怎么逃出去，可是女佣也进了厕所，就站在她跟前。她明白，李文璇表面上对她温柔有加，其实防范得更加紧了，因为她发现，她走一步，女佣就跟一步；她走到哪儿，女佣就盯到哪儿，她再也没有出逃的机会。又回到卧室里，她想，无论如何，我都要出去见文涛，哪怕付出生命的代价。她看到了熟睡中的孩子，她定睛贪婪地看着孩子，那雪白圆实的额头、大眼的轮廓都像她，但从鼻子到下巴与两腮却像李文璇。她惊讶了，孩子竟然把两人的相貌融合得那么巧妙。她再看那醂睡如泥的憨态，晕红湿润的小嘴，睡着了还时不时蠕动着的娇唇。啊，多么可爱呀，要是他是我和文涛的孩子，该多好啊。此时，她多想扑过去抱抱他。她在心里感到一股愧疚，因为她一直亏待着这个无辜的小生命，因为自得知自己怀孕以来，她曾故意不吃不喝，想以此导致自己流产，可小生命很顽强，不但没有流产，而且还提前早产了，七个月就出生了。她看着孩子，突然脑海里跳出一个想法，她为自己的想法吓一跳，摇摇头，但马上又肯定了自己的想法，除此之外，别无他法。但若做下去，比杀了自己还难。她犹豫，彷徨，着急，愁闷，坐卧不安，一筹莫展。她又想：有时一个人的生命并非完全是自己的，为了一种信念或使命，必须选择活着或死去……所以，她最后决定，横下一条心——做！

她走到客厅，对监视自己的女佣说话了："今晚我要吃饺子，你到厨房去吩咐一声，我要馅儿细点的、灌汤的饺子。"女佣犹豫着，不动身，她突然发怒道："你竟然不听我的吩咐？你搞清楚了，这里的女主人到底是我，还是你？你伺候不好我，雇你有何用？"女佣见她发火了，毕竟有所畏惧，便急忙奔下楼去吩咐厨房做水饺。女佣吩咐完就匆匆上楼，恐怕椒红又闹出什么乱子；若再出乱子，待李文璇回来，又要狠狠地骂她。回来之后，女佣见椒红安安静静地在梳妆台前坐着，便放心地做手头的事去了。

椒红从客厅又走进卧室，往窗外望望，估计李文璇不会马上回来，她便挨近

第76章 ｜ 梦碎红楼

孩子，自奶妈把他喂饱之后，他一直在酣睡。她把脸扭向一边，伸出自己的大拇指插进了孩子的小嘴里，孩子在睡梦中把她的拇指当作了奶头吸吮着，她感觉又痒痒又舒服。那一刻她多想拔出自己的拇指，摇醒孩子，让他吸吮自己的乳头，那该是多么神秘而幸福的感觉啊！可是一种信念在促使她没有拔出她的手指……做完这一切，椒红已经是大汗淋漓，她拉起被子重新盖住了孩子的身体，然后她就像石化了一般呆滞地坐着，眼空无物，大脑一片空白。

佣人端来了水饺，椒红立马扑到餐桌去吃水饺。她拼命地往嘴里塞水饺，她想借剧烈的动作压抑住内心的汹涌波涛，可是压不住，她就在心里拼命地诅咒自己——陶椒红啊陶椒红，你是人吗？你是世界上最狠心最歹毒的母亲，死后要下油锅要进十八层地狱的呀！有道是，虎毒不食子，你竟然害死你亲生的儿子，都怪造化弄人啊。儿呀，咱母子缘分太浅，前生也许你欠了我一命，今生我又欠你一命，若无相欠怎会相见？咱们两讫了！儿呀，下辈子我甘愿为你做牛做马，变猪变狗，任你宰割千百次！儿呀，你等着娘啊，娘不久就会与你共赴黄泉。到阎王爷那里，我甘愿接受任何审判与惩罚。

椒红迅速地吃完一碗水饺，又要了一碗吃下去。她在心里想道：这可能是我在人间吃的最后一顿饭了。等到她听见李文璇上楼的脚步声时，便一跃而起，跑进卧室，抱起孩子走进客厅，又是掂又是抖，嘴里还哼唱着儿歌，夸张地哄着孩子；佣人站在那里吃惊地看着她，刚刚上楼的李文璇看到这一幕也惊诧不已。他笑着说："啊哈，今儿太阳打西边出来了！怎么竟然自己哄起孩子来了？"椒红谁也不理会，她嘴里自顾自地唱着儿歌："俺的馒头暄，俺的馒头甜，俺的苏州的果子赶口的甜，引得你小孩儿口水馋……"她唱的儿歌，逗得李文璇呵呵大笑。椒红抱起孩子往空中抛，越抛越高，但孩子不哭也不动，李文璇走近，担心地说："别抛那么高，可别吓着孩子！"说着他伸手要接过孩子，椒红不让他抱。李文璇便抓住她的胳膊，抢过孩子，当他看到孩子的脸是青灰色的，又感到孩子的小身子不再是柔软的，他吓得三魂飞了七魄，嘶声喊叫："司机，医院！"他像受了惊的野豹子抱着孩子奔下楼去。椒红颓然倒下，仰面躺在地板上，身子瘫软成一团面，再也爬不起来。她想哭，但悲伤过度的人哪里还有眼泪？她就大睁着干枯的眼睛躺在地板上，用人把她扶起来拖进卧室旁边的一张小床上。

一个时辰过后，又听到了李文璇急促上楼的脚步声，椒红等待着，等待着一场暴风雨的来临，这也是她准备好的也是她预料到的。她想，我要赌一把，倘若我被他一下子打死，什么也做不成了，我就赌输了；若是不被他一下子打死，暂时留得我一口气，我就赌赢了。李文璇进门就直接扑向她，他像极了一头凶猛的狮子一般猛吼一声："疯女人，你害死了我的孩子呀！你简直不是人！"他放下孩子的尸体，扬手一个耳光把椒红打落床下，然后趋步上前，左一脚右一脚，把椒红当作足球踢，踢得椒红像足球一样满地乱滚，她分明地听到了她的肋骨咔吧咔吧折断的声音。李文璇像野兽一般发泄震怒之后，狂烈地叫嚣着："把这个疯女人关进放废物的小阁楼，活活饿死，然后像死狗一样扔掉！"

次日，黎明时分，月亮星星即将谢幕，太阳还没有登场，夜色黯淡，在值班的石仲辉看到街面上有一只白狗，似乎受伤很严重，趴在地面上向前爬着走，每爬一步就停下好久，但奇怪的是，这只"小白狗"的身子看起来那么长，头发却是黑色的。石仲辉很好奇，便趋近去看，呀，这——不是一只狗，倒像一个人，而且竟然是一个女人！在她努力向前爬的时候，头稍微抬高了点儿，石仲辉看见了她的脸，似乎面熟，再细看，啊，椒红！"椒红，怎么是你？！"

原来椒红被关进小阁楼里，昏迷了好久，竟然清醒过来了。她环视阁楼，周围都是一些断腿的桌椅、破烂杂物，还有垃圾，散发出一股股霉味儿，令人窒息。她醒来后的第一个意识就是庆幸：还好，我还活着！这是老天最大的恩赐了。能活着，就是赢了，这个冒险的赌注，我赌赢了。我要出去，把消息传给文涛，这是她醒来后的第一个执念。

一丝月光透进来，她看见窗户上挂一个破窗帘，她惊喜万分。有办法了。她挪动身子，可是她的肋骨断了，她每动一下就浑身钻心地疼痛，几次昏过去，一旦苏醒过来就再努力地爬向窗户。她抓起破窗帘，用尽力气撕窗帘布。还好，窗帘布已腐朽了，容易撕开。她轻轻地做着这些事，生怕弄出声音，引来人，那就前功尽弃了。这个阁楼高，距离正室很远，再也没人关心她的死活了。她心想，李文璇想让我受到更多的折磨，所以，才不把我一下子打死的，把我当死狗一样扔到这里不管不问了。多谢成全！她把撕烂的布条结成麻花辫，再一条条接在一起成一条绳；她再把绳子一头拴在窗棱上，一头拴在自己腰上，然后在废桌椅堆里慢慢挪动身子，一点点挨近窗口，幸运的是，窗户也是朽烂的，一推一扇窗户掉进来，砸在她身上，她此刻已不知什么叫疼痛了。对她来说，任何肉体的痛，都抵不过她心里的痛。她终于把身体挪进窗口里，然后不问高低，一股脑儿地把自己丢向阁楼下面。可是绳子有点短了，距离地面还有两三米远，她身子吊在空中，就这样悬着，好久，最后窗帘结的绳子撑不住了，断了，她重重地摔在地面。她惊喜地发现，她已到了外面，逃出了红楼这个虎狼之窝。她摔下的地方是一片乱糟糟的灌木丛。

椒红又昏迷了，不知在灌木丛中昏迷多久，她才苏醒过来，月亮隐蔽到乌云后面去了，天黑得伸手不见五指。她在心里再次庆幸上天的庇佑，她不顾浑身的疼痛向前爬，她想趁着黑夜的屏障，爬到电影院那一片去找三嫂萧沉思，却意外地遇到了石仲辉！

第 77 章

血染蝴蝶

石仲辉把椒红用儿子的命以及用自己的安危换来的血书交给了萧沉思，继而又传到了文涛手里，文涛体内的血液都要偾张出来了。打宿州，救椒红！一念系于心，他当即去找老同学来枭晓，和他一同去见首长陈司令，建议马上打宿州。

陈司令得知情况，激愤起来，马上电传谢将军，提议当晚攻打宿州城，上下意见取得一致。是夜，天气陡变，狂风大作，大雨滂沱。陈司令不顾天气恶劣，下令立即向宿州进发。

在大军出发前，还未恢复元气的言久找文涛来了——言久在水牢里待了半个多月，当言富、言荣救出他的时候，他下半身都生了蛆，奄奄一息。此时他正在恢复当中，走起路来，只能小步小步地挪，这个后遗症一直伴随了他一生。从此，他走路再也不能像以前那样龙行虎步地走了。他叮嘱道："涛弟啊，我知道咱党的纪律，也明白军队的原则，但一切都系于心，咱也不能不念亲情。我大哥、二哥，还有言富、言荣都在宿州城里，如果他们肯放下武器举手投降的话，根据宽待俘虏的政策，就给他们留一条活路吧。"

文涛说："当然，三表哥，你放心，我心里有数。"

在大军攻打宿州之前，文涛提出一条建议，要派人用小喇叭对城里喊话，奉劝城里的人放下武器，缴械投降。这个建议得到上级赞成和批准。一些士兵用喇叭筒喊："城里的人听清了，你们已被解放大军包围，城里已经弹尽粮绝，若负隅顽抗，便是死路一条；若肯放下武器，缴械投降，解放军会宽大处理，优待俘虏。"来回喊了小半天。城里的人听了都人心惶惶，在内心里各有打算。在解放军打开一处薄弱之地时，哗啦一下，就有好多人缴械投降了，机灵的石仲辉夹在人群中，率先举起手来。文涛看见了，赶紧交代人给予石仲辉特别关照。

文涛着急地等待着，巡视着，希望能看到几位表哥的身影，希望他们也能缴械投降，争取宽大处理。然而他失望了，他始终没有看到那几个熟悉的身影。第二天傍晚，总攻宿州城的战斗打响了。大炮轰隆轰隆，像天庭滚动着无数的响雷，机枪嗒嗒嗒喷射出无数条火舌，手榴弹砰——咣——炸起无数个深坑，溅起冲天的灰土，激烈的战斗，弥漫的硝烟，令人睁不开眼，喘不动气。激烈的战斗打了一天一夜，文涛眼见得昔日熟悉的建筑，顷刻间樯橹灰飞烟灭，他亲眼见到了战争的残酷无情，感到遗憾和无奈。

天明了，战斗打打歇歇，不是那么激烈了，在间歇中，有大批的对方军士举手投降，文涛依然盼望着奇迹出现。可凌晨时分，县衙处居然火力更猛了，文涛指挥还击时，有点投鼠忌器，但在解放大军一阵猛烈的还击之下，对面终于变哑巴了。突然县衙的大门打开了，走出一队举起双手的人，文涛眼睛一亮，居然看到了言华、言富、言荣身在其中，却见不到大表哥言中。文涛安排人护送他们兄弟三人到安全之处，并一再叮嘱要优待俘虏。

再往下打，文涛对城里的进攻就大胆一些了。他们终于攻进城里，占领了宿州城。文涛带领自己的队伍在追打残余势力，他们攻进县衙，已经人去楼空。文涛看到一小队人马在亡命奔跑，他瞄准一个一身威武军装的人，刚想射出子弹，忽觉那身影看着眼熟，定睛一看，啊，那不是大表哥言中吗？他正卖命地搀扶着中间的人在奔跑。文涛把枪收住，命令人去前面堵截，交代要捉活的。最后费了一番周折，终于活捉了县长张绩武，当然言中也在其中。文涛一声令下："绑了！"在看到大表哥被人按倒在地五花大绑起来的时候，文涛心里很难过，泪水不禁夺眶而出。心里默默念叨：大表哥啊，你怎么走到今天的地步了呢？

文涛突然命令手下，即刻向县衙附近的那座小红楼猛攻！

医院里，椒红躺在病床上，萧沉思守在床边。椒红看上去已是奄奄一息。布莱夫人给予椒红以最特别的护理——她用绷带缠住椒红的上身，缠得像个雪孩子，额头也缠满了绷带，像戴了一顶雪帽子；并给她一直输着氧气，打着点滴。椒红偶尔醒来，布莱夫人就端来汤汁，让萧沉思给她一勺一勺地喂下去。可是，尽管这样，椒红还是时日无多了。在布莱夫人给椒红清理伤势，缠绷带时，萧沉思在旁看着一切，简直是惨不忍睹，只见椒红从面部一直到腹部以及背部像打翻了调色瓶和调味瓶，赤橙黄绿青蓝紫各色都有，还有酱色醋色，氤氲成片；昔日那美丽娇俏的小脸肿大得像一个猪头，原来一双水灵灵的大眼睛已肿得合成一条缝！上身胸腔处，跟折叠扇一般，几乎可以折叠起来。布莱夫人一边缠绷带，一边惊叫："太悲惨了！太不可思议了！"萧沉思明白"不可思议"的含义，如椒红般娇小脆软的小身板，受到如此摧残，本来当时就会毙命，但正因为她心里有一个执念——救文涛，救宿州城，才支撑着她逃出魔窟，拯救一城军民。她对这个妹妹除了同情，还多一层肃然起敬之意。

朱茵来到了医院，她静静地守在椒红的床边。此时，椒红竟然醒来了。看到朱茵，她从眼神里闪耀出惊喜的光彩，她动了动嘴唇，想说什么，但发不出声音来。朱茵亲切地握住了她的手。椒红用喜悦的眼神看了朱茵一眼，然后转动眼珠向四周寻觅。朱茵明白她是在找谁，忙安慰她："别急，椒红，文涛在打最后一仗，战斗即将结束，他马上就到！"

椒红眼睛里流露出既欣慰又失望的眼神，不久，又闭上了眼睛，再次陷入了昏迷状态。过了许久，她突然惊叫出声："文涛！"她惊恐地睁开了眼，似乎刚从噩梦中醒来。她转动眼珠，仍然没看到文涛的身影。她的眼神黯淡下去了，脸上呈现出死亡的苍白。萧沉思看出来椒红的情况不妙，着急万分地向外张望。

可是，时间已到傍晚，战斗仍然没有结束，枪声还时而稀落，时而猛烈。

文涛在带人攻打小红楼。他带人刚到楼前，就遭到一阵猛烈的攻击，攻打小红楼并不比攻打县衙省力。激战两个时辰，文涛的小分队多次被击退。最后，他派人用火把蘸上汽油，在小红楼周围燃烧，借着滚滚浓烟，众人攻进了小红楼。文涛说："见到李文璇，不分死活都要！"

战火暂熄，出乎意料的是，李文璇狡诈地挟持着两个人出来了，文涛甩出一把飞刀，李文璇手里的枪应声落地，文涛下令："绑了！"就这样活捉了李文璇。但在押解的路上，李文璇用手掌里的刮胡子刀片割断了绳子，钻进了断墙颓垣之中，一转眼就没影了。

文涛气得跌足大骂，但他无心去追赶李文璇，因为他心急火燎地要奔向医院看椒红。他顾不得疲倦的身子，顾不得辘辘饥肠，一边揉着眼睛，一边迈开大步奔向医院。

医院里的椒红生死线已打开，出现了短暂的回光返照，她对朱茵伸出手，嘴唇微动着，朱茵随着她的手，触碰到了她脖子里的玉蝴蝶，椒红用闭眼的动作，示意她，朱茵明白，把它取下来。啊，这是一个染了血迹的玉蝴蝶，它莹莹的绿意被血染上一层黑褐色。朱茵知道，这是椒红与文涛的定情之物，他们一直视它为生命至宝。朱茵把带血的玉蝴蝶轻轻地从她脖子上摘下，放到她手里；椒红吃力地提起来看一下，然后示意朱茵把手伸过来，她把带血的玉蝴蝶缓缓地放到朱茵细白的手掌里，然后把朱茵的手一个指头一个指头地扳弯，用她惨白的手握紧朱茵的手，压一压，眼睛狠劲地闭两下，张嘴要说话。朱茵以耳贴近她的嘴唇，听到的是极其微弱的气息声,却是沉重的嘱托——"玉蝴蝶和文涛都——交给——你了！"

朱茵很是诧异，她握紧了这只带血的玉蝴蝶，不知如何是好，心里五味杂陈，她眼睛里溢出了晶莹的泪花。她激动地说："不不，椒红，我暂时替你保管，你不要瞎想，你会好起来的，文涛就要来了，他不会放你走的！"

椒红知道，朱茵对文涛的爱并不比她少，她要离开了，在这个世界上，最爱文涛的就只有朱茵了，只有把文涛交给朱茵，她才放心。自交代好后事之后，椒红的眼珠就定住了，静静地，静静地，在等待那一刻的到来。但她心口里还有一口气，已经是细若游丝。

五步、三步、一步，文涛终于踏进医院的大门，手里还拉着一个像乞丐一般的小女孩，他把小女孩一丢，就奔至椒红的病床前。萧沉思、朱茵一齐惊呼："你终于来了！"文涛看见椒红，远远地伸出手，椒红也出奇地伸出一只枯黄的手，可是，在两手相触的一刹那，仅仅只是刹那间的一触，椒红的手就无力地垂落下去，再也抬不起来了。文涛握住她的手，已感到彻骨的冰凉，看她的眼珠，半开半合，有大滴的眼泪在滴落，一会儿，眼珠定定的，不动了！

文涛不愿相信椒红瞬间就去了，他大喊："红妹，红妹，我来了，你睁开眼看看我，我来了！对不起，我来晚了，红妹啊——"文涛失声恸哭。谁说男儿不流泪？定是未到动情时！文涛痛哭得浑身乱颤。

萧沉思与朱茵悲伤得珠泪涓涓。萧沉思以手慢慢合上椒红的眼睛，说："安息吧，好妹妹，再也不要受人间这么多的折磨了！"

布莱夫人给椒红的身上蒙上一层雪白的床单，双手合十，口里念叨："阿门！"做个基督徒的敬礼。

萧沉思匆匆回去了，顺便带走了那个乞丐女孩，她回去是为可怜的椒红准备一些后事。

夜，很静，很静。文涛守在椒红的身边，朱茵相伴着他。悲痛至极的文涛，眼睛里布满了血丝，本来白皙的脸庞被愁苦折磨得蜡黄，满腮的胡须楂子，约有半寸长，愁、苦、悲、怒一齐折腾得他像一只困兽，欲怒无处发，欲哭已无泪。问君能有几多愁？恰似一江春水向东流。他心里仿佛有一团火在熊熊燃烧，又仿佛在心里蕴藏着一座火山，随时都要喷发。家仇国恨，郁积在胸，恨不得马上抓住李文璇啖其肉，喝其血。他不时地揪着自己的头发，捶打着墙壁。此时此刻，用长江的滚滚之浪，也冲刷不了他的万千愁绪；用奔流不息的黄河水，也涤荡不了他心里的绵绵恨意。

朱茵默默无语，一直陪伴着他。她知道他此刻心里的痛和恨，只有无言的相伴，才是最好的安慰；此时无声胜有声，此时，任何语言都是多余，唯有默然相伴，才是心有灵犀的相知。多年来，朱茵一直是爱他懂他的那个人。即使他与椒红结婚了，朱茵依然静静地守着他，不相扰也不远离。今日，她终于看清椒红对文涛的爱，是可以拿她的亲骨肉、拿她自己的生命去换的。她在内心深处感到震撼而敬服了。她手里握着这只带血的玉蝴蝶，突然感到其友临终时的重托，重于泰山，简直让她不胜其重。

文涛挠乱了一头乌发，张目决眦，朱茵看着心疼，她想，我要让椒红看到我对他的爱。她拍拍文涛的肩膀，流着泪柔声说："若你心里痛，就哭出来吧，别

憋坏了！"可是，文涛已被悲痛与仇恨烤焦了心，哪里哭得出来？突然，来枭晓来了，还带来了何凤鸾，他们来送椒红最后一程。何凤鸾一看椒红已蒙上白床单，便不由得失声痛哭道："雅兰——走好！"此时，文涛的泪水才如决堤之水，汹涌而出。朱茵陪着他默默地流泪。来枭晓也红了眼睛，拍拍文涛的肩膀鼓励道："你要挺住，革命尚未成功，大仇未报！放心吧，同志们，一定会为李雅兰，不，为陶椒红同志报仇雪恨的！"

在椒红遗体告别仪式上，就连谢将军与陈司令都来了，谢将军致辞道："我代表全军对陶椒红同志为解放宿州做出的巨大牺牲和贡献致以最崇高的敬意！"

"西风吹老洞庭波，一夜湘君白发多。"文涛一夜白了头，苍老了许多。在遗体火化之前，文涛突然想起了什么，他要求再看椒红最后一眼，他的手探向椒红的脖子，倏地一惊，他发现，椒红的脖子上的那只玉蝴蝶不见了，却藏着一方带着血迹的手帕。朱茵飘然走过去，松开她的一只手，露出那只绿莹莹的玉蝴蝶，上面还沾着斑斑血迹。文涛看到，睁圆了眼睛，从疑惑而瞬间洞彻。他缓缓地展开那方带着斑斑血迹的手帕，见上面题了两首词——《长相思》与《浣溪沙》。他目不转睛地盯着那一个个蘸血而写的文字，"知否？知否？"这是一声声的责问，又是一声声的鞭挞啊，令他汗颜，令他悔恨，令他感到百身莫赎，他瞬间泪崩。他握住自己脖子上的另一只玉蝴蝶，呜咽难禁，号啕出声，其悲情摧动山河欲崩，在场者无不涕泪迸流。

文涛想到刚烈的椒红被蹂躏而死——他恨李文璇，他也恨自己，恨自己没有保护好椒红，恨自己没有提防住狡猾的李文璇让他逃脱了。他发誓：就是掘地三尺，也要揪出李文璇，为死去的亲人报仇雪恨！

第 78 章

助 战 双 堆

文涛忍受着巨大的悲痛，处理完椒红的后事——火化后将骨灰盒暂时置于宿州城内，委托萧沉思保管。

文涛接到通知，执行新的战斗任务，他心里怀揣着要活捉李文璇报仇雪恨的念头，只能暂时放一放了，他虽然心有不甘，恨不得马上捉住李文璇啖其肉、饮其血，方解他心头之恨。但是大敌当前，只能放下小我之仇，他马不停蹄地奔赴双堆集，又进了周凤山的营地。

周凤山到营地巡视，拿出望远镜，登高远望，看到一个奇特的景观：只见包围圈的外面，远处黑压压的人流，往前涌动而来，他以为是对方的军队，及到近处，但见貌似是一队队男女老少的百姓大军，更奇特的是他们所有的人手里都推着一辆小推车，其中夹杂着一些年轻的女人们，竟然把孩子也放在小推车上，夹在小推车的洪流中滚滚前行。但见浩浩荡荡的小推车队伍，前不见头，后不见尾，群蚁排衙般地前行，场面可谓壮观宏大。周凤山看到这个情景，心里惊诧不已。

他回到宿地后，就悄悄地跟文涛说了他看到的壮观景象。文涛会意地一笑说："哦，那是我军以百姓组成的后勤部队，他们在给前线部队运送军需物资呢。"周凤山奇怪地问："那么多的老百姓，就那么乐意冒着枪林弹雨为解放军出资出力？解放军是怎么做到的呢？"文涛笑说："哦，这都要归功于我解放大军背后的那位被称为'粮草大将军'的后勤司令指挥有方，他是刘——"文涛即将透露出那位将军的大名时，突然留个心眼，打住了。周凤山莞尔一笑，说："小鬼，还是不放心我！"文涛说："恕不奉告！百姓们推小车为浴血奋斗的解放军运送军需物资，不仅仅归功于刘司令的指挥有力，最重要的是，反映了我解放军之行，得到百姓的热烈拥护。这不是'得民心者得天下'的见证吗？"周凤山听了深有

感触。

晚上，文涛见到了二哥文海，文海也把他看到的小推车的宏大阵势说与文涛听，文涛骄傲地说："这是我解放军后勤司令刘瑞龙将军的神来之手，刘司令以徐州为心脏，以各省为动脉，以各镇为毛细血管，统筹组织指挥 500 多万名民工运送军需物资，为保障战争胜利解除了后顾之忧。各解放区的百姓自发地推出自家的小推车向前线运送物资，形成浩浩荡荡的小推车大军，你说神奇不神奇？"文海赞道："确实神奇！那位刘将军真乃神人也！小推车大军真蔚为壮观也！"

这几天，周凤山为双堆阵地被围得水泄不通而纠结，更百思不得其解。黄维将军并非是等闲之辈，怎么会轻易上当，钻进这个口袋里的呢？他好像自言自语，又似乎在询问文涛，文涛笑而不答，或答非所问，他说："黄维将军过去有什么样的辉煌闪耀的战绩？我知之甚少。"

周凤山说："嗨，你不了解，黄维当年可是黄埔军校一级学生，参加过淞沪会战、武汉保卫战、缅甸反攻战，等等，在抗日战争中曾立下赫赫功勋。尤其是在淞沪会战时号称'血肉磨坊'的罗店战役中表现神勇。黄维兵团的主力本来是十八军，而其前身是整编十一师。本是一只庞大得不可一世的兵团，共有十二万兵力呀，犹如一只钢铁般的战争猛兽。黄维有着如此辉煌的战争业绩，想当初，他可是威风凛凛不可一世的大将啊！"

周凤山呷了一口茶，继续说："如今，黄维兵团竟然滞留在这个狭小的圈子里了。这么神勇的军团怎么陷入如此窘迫的境界的？你说这是命，还是什么？黄维将军怎么突然不那么神威了呢？"

文涛笑了笑，说："这可能是命吧。不过，表叔，我在外面听到一些有趣的传说呢。"周凤山好奇地问："什么有趣的传说？"文涛就把他听到的故事转述给他——据说，国民党中许多高级将领都信命。听说当初黄维来双堆之前，还特意找了一位当地号称"神算子"的算命先生给占卜一下未来的吉凶呢。那"神算子"就用拆字算命法给他算一卦，告诉他说："堆集，这地名好，堆字左边的土字旁为十一，集字下面的木字可拆为十八，合起来便是十一佳，十八佳。长官，大军驻留在此地一定会逢凶化吉，遇难成祥哪。"黄维将军一听，有道理，因为，他的主力军本是十八军，而前身是十一师嘛，正合此数，便坚定地说："天助我也！"随即命令大军驻守双堆集。

周凤山一听，便惊讶地说："啊，小子，这——你说，这算命可信还是不可信呢？未来的路是死局还是开局？"文涛摇头说："还是那句话，静待花开，拭目以待吧。战局如棋局，局局新，开合死活，都有天机人运在运作，谋事在人，成事在天，谁能断定结局如何？"文涛又开了另一个话题，与他趣谈道："其实，还有另一个说法，在黄维兵团前进被阻之时，以黄维的精明布阵，肯定要寻找一个易守难攻的防御阵地。当时，黄维将军摊开军事地图，发现双堆集周围有尖古

堆、平谷堆、黄沟、杨围子、张围子、李围子等地名。从字面上，黄维将军理解'堆'就是高山，'双堆'就是两座高山，'黄沟'就是大河或湖泊，'围子'便是芦苇丛生的芦苇荡包围着的地方。黄维将军认为这正是军事上有利于防守之势，正是他要找的地方。于是决定大军驻扎在双堆集。他为了确定他的决定是正确的，特地找来当地的百姓询问情况。但他又怕当地百姓不说实话，便拐弯抹角地问：'此地山有多高，河有多宽，河上有几座桥？'当地百姓不假思索地回答：'山有多高，不知道，这里有尖顶的，有平顶的；河有多宽不知道，但有桥，有二百单五孔石桥。'将军听后大喜，啊，这里真的是有山有河呢，还有两百零五个拱洞那么长的大桥呢！他对自己玩的高明心思感到很满意。可是，殊不知老百姓玩的心眼比他还高明呢。其实啊，他是误会当地老百姓的意思了。"

周凤山饶有兴致地听着文涛的讲述，好奇地问道："他误会了什么呢？"

文涛笑着说："表叔啊，我这都是道听途说的段子，可别当真啊。民间有的是编故事的高手啊。"周凤山也笑着说："无妨，你只管说来听听。可别小瞧民间编的故事，有时里面藏着大玄机与大智慧呢。"文涛说："好吧——话说黄维将军到了双堆集一看，他傻眼了，此地既没有高山、大河，也没有湖泊，所谓一个尖顶的、一个平顶的山，不过是两个高二十多米的大土丘。杨围子、张围子、李围子等并不是什么长满芦苇的湖泊，而是村庄名，其实是杨圩子、张圩子、李圩子。那二百单五孔的石桥呢，实际上是二碑另加一座无孔的石桥。咱当地方言'百'与'碑'是不分的。'单五孔石桥'其实是一座单独的无孔石桥。这整句话的意思是说，一座无孔的石桥，另外，前面还有两块石碑。而黄沟呢，确实是一条河，但最宽处不过二三十米。黄维将军确实被当地的百姓幽默了一把。将军大呼上当，但后悔为时已晚，只得在这双堆集固守下来了。"

周凤山听了哈哈大笑，说："也就是说，黄维将军被当地的方言误导了。这些趣说，你是从哪里听来的？"文涛小声说："前几日我在三浦那里，听一些当地百姓与民兵说的。"周凤山惊讶地说："啊，群众里真有这样的高人啊，这里确实藏着机智与韬略哪！"文涛说："表叔，您没听说高手在民间吗？可不要小觑了老百姓啊，能人、巧匠、辩才、鬼才、赛诸葛、赛大仙、赛半仙等都在民间呢！"周凤山深有感触地说："是呀，万里长城是劳动者建成的，历史的前进是靠人民群众推动的。民间的大智慧是不可小觑的。"

这日，大雾弥漫，雾霭沉沉，风卷云涌，好像海面上的波涛汹涌，上天也好像撒下了天罗地网，包围住双堆集。黄维将军依然镇定自若地指挥倜傥，他派几个师团，准备突围。他选中了85军的主力110师突围。周凤山在静静地等待什么。夜，是那么静。突然文涛进来了，他身后还跟进一个人，周凤山眼睛一亮，惊讶道："啊，三弟，你怎么来了？你不是——"他欲言又止。周凤林说："我一直在陈司令部下，我换了装，随文涛一块儿来看你来了，多年不见了，十分想念大哥啊！"说着兄弟俩都热泪盈眶了，兄弟俩紧紧拥抱在一起，许久才分开。周凤山迫不及待地询问："三弟，你二哥凤谷、妹夫许铮都还好吧？"

沉默……

周凤山疑惑地问道："三弟，怎么——"

周凤林压抑住自己的悲伤，才沉痛地说："他们——都壮烈牺牲了！"

"啊？什么时候？在哪一场战役？"周凤林说："二哥是在淮南，那一场与你们师团相遇。妹夫许峥就是在不久前，在徐州，也是与你们师团打遭遇战牺牲的。"

"啊——"周凤山惊得后退几步，喃喃地说，"都是我，都是我，我一声令下，开炮——开炮——在炮声隆隆中，亲手打死了自己的亲弟弟，打死了自己的亲妹夫！"大滴大滴的泪珠一颗一颗砸了下来，虎躯在震动，唏嘘悲叹了许久。周凤山对三弟说："你的来意，我很明白，以后，我知道该怎么做了。我送你回去。"

送走了三弟之后，周凤山瘫坐在椅子上，眼泪仍在簌簌地滑落，喃喃地念叨："无颜见江东父老！我回家怎么面对可怜的妹妹？怎么面对盼夫归来的弟媳？又怎么面对老母枯干的眼睛？"

文涛为椒红的死，心还在滴血，有着同样的感慨，说："与吾心有戚戚焉！在这场战争中，每个人都做出了巨大的牺牲，付出了惨痛的代价，牺牲了亲人，甚至有可能是自身。"

突然，有人通知周凤山去开会。不到半小时，周凤山回来了，面露喜色，文涛察言观色，说："是不是终于等到了花开有时？"

周凤山笑对："东风阵阵来！"文涛对："战鼓声声催！"

当晚，解放大军总攻的号角已吹响，110 师在廖将军的率领下，规定部队官兵一律扎白布条或毛巾，全师向双堆集刘庄方向突围。阵前，廖将军又召集营、连以上的军官开会，训话，大意是说，现在解放军包围了双堆集，外无援兵，在没有退路、没有弹粮的情况下，黄维要他们师打头阵突围，让大家去送死，大家干不干？

"不干！"周凤山带头响应。

"不干！"下面大家异口同声答。

翌日凌晨，黄维命令各路军马突围，在飞机大炮的猛烈轰击后，廖将军率领 110 师临阵起义，向刘庄冲锋而去。

战场临阵起义。文涛在周凤山部下，上下一心，一声号令，顺利突围。周凤山的队伍迅速被编为中国人民解放军，参加了双堆战役。

黄维兵团的防御工事似乎固若金汤。针对黄维兵团依托村庄以及地堡群固守的情况，中原野战军采取以地堡对地堡、以战壕对战壕的攻坚战法。就是都跟土

第78章一助战双堆

行孙一样，挖地道钻土沟，一步一步前进，一个村庄一个村庄地攻占，紧缩包围圈。文涛也参加了挖地道，连后勤人员文海也放下菜刀拿起了铁锹来参加挖地道。

战斗打响了，空前激烈。黄维兵团依托双堆高地的地理优势，居高临下地发挥坦克、大炮的优势，敌方阵地一时难以突破。刘邓大军开会商讨对敌策略时，周凤山也被提名参加了。他建议：集中火力、兵力攻克一个高地，然后逐个攻破。得到认可。

那是一个寒风如刀的夜晚，解放大军趁着浓重的夜色，发起了向尖谷堆强攻的命令。炮火空前猛烈，战火浓烟简直是火山喷发，一浪高过一浪，一浪猛过一浪，多么惨烈的战斗啊！血流成河，尸堆如山白骨如沙！连民兵、后勤兵都参加了战斗。文海从来没有上过战场，今日他放下切菜刀，拿起了冲锋枪。文涛给他示范握枪、发射要领。文海与文涛兄弟并肩作战，起初害怕，打着打着，竟然越战越勇，文涛在一旁打气道："二哥，好样的！""二哥，棒极啦！"

激战中，在接近尖谷堆时，大事不妙，对方似乎投放了毒气弹，他们的眼睛都直流泪，睁不开眼睛，喘不动气，文海兄弟以及好多士兵都趴在地上，恨不得把脑袋钻进战壕土堆里去，文涛一下子被掀起的一丈多高的土浪埋在底下了，文海不顾一切地奋力把他扒出来。这时候，兄弟同心，其利断金。战斗结束时，兄弟俩不顾一脸的血污，激动得拥抱在一起，又哭又笑。

解放军也攻克了平谷堆，惨烈的双堆战役结束了。黄维兵败被俘，国军钢铁般的王牌军队就这样神话般地解散了。

震惊寰宇的淮海战役结束了，民间在庆祝之余，趣说传说同时也传播开来——据说，黄维兵败，但心有不服，他又找到那位高人算命去了。那高人笑说："双堆是两个堆字，当时只拆一个字，双堆，拆开来，应该是十一难，十八难，焉有不败之理？"黄维恍然大悟说："噢，原来如此，是天要亡我，不得不亡啊！"这是逸闻，这个逸闻传到道宗老爷子那里，道宗老爷子一语道破天机，说："人算赶不上天算，这乃是民心向背在主浮沉、定天机，推人运而致此啊！"

第 79 章

新 仇 旧 恨

战争中，文海、文涛都受伤了，文海的脚后跟中了一弹，后来落下终身残疾，走路一瘸一拐的。文涛呢，肩头后背又中了两颗子弹，跟以前中弹位置差不多，其中有一颗子弹太深，无法取出，以致成为他晚年罹患皮肤癌的祸根。

双堆战役一结束，大军就开向河南陈官庄，刘邓大军主力开向南方，准备渡江战役，周凤山、关潼等都跟随大军南去了。文海、文涛受了伤，就留在当地。伟大的渡江战役，一战定乾坤，解放大军以惊涛拍岸之势，卷走千堆雪，卷走了蒋家王朝。

经战争重创的宿州、濉溪等地，百废待兴。言久、文涛等革命党员依然是任重道远。文海回家养伤去了。文涛留在宿州城，一是为了养伤，二是他还有一桩未了心事——就是抓捕李文璇，为椒红报仇雪恨。文涛现任新设的宿州城保卫部科长。他在疗伤之间，也不忘在宿州城的大街小巷溜达，他留意每一条胡同、每一个角落，到处寻找李文璇，但他并没有发现李文璇的任何踪迹。文涛感到奇怪，难道李文璇人间蒸发了？死了，还是逃出宿州城了？

春风又绿淮河岸，刚刚被战争摧残的宿州城，竟然又出现了烟花三月的盛景，再次能看到几处美丽迷人的春色：桃花树树挂腮红，梨花枝枝翻云白，翠柳飘飘，芳草萋萋。双双蝴蝶，翩翩飞舞。看到桃花，看到蝴蝶，文涛心里如针扎般地痛——他想到了心爱的妻子椒红，回想到了抗战胜利后，在桃花盛开的上河桥，他和椒红，苗宏仁与灵心，那时佳人正美郎正少，可如今，转眼人鬼殊途。"人面不知何处去，桃花依旧笑春风。"文涛不由得忧伤地吟咏着椒红的那首《浣溪沙》——

常忆桃梨河岸，
放马看花草畔。
兴尽晚回楼，
携走两肩香瓣。
知否？知否？
梦醒时分肠断。

又喃喃地吟咏那首《长相思》——

一道眉，两道眉，
皱向窗外哭对谁？
红销泪雨垂。

心亦飞，魂亦飞，
缕缕丝丝碎一堆。
月明梦频回。

他想象到，椒红时常梦见那个美好的一幕，不由得在梦中呼唤着我的名字，醒来之后，定会受到李文璇那个禽兽怎样的妒忌与折磨？

文涛想到了苗宏仁与灵心，为他们夫妻的死而伤感。他的心转来转去，但挥之不去的还是椒红之死，令他更伤感更放不下。突然，有一只小小的花蝴蝶飞来，停在他的肩头，久久不去。他站在草丛里不敢动，他对这只蝴蝶念叨："红妹，你是否化作了一只美丽的蝴蝶，飞舞在芳草鲜花丛中？你是否在寻找我的身影？我本愿化作一缕清风，伴你左右，慰你魂安。可是，请原谅，红妹，我现在不能去伴你，大仇未报，家国未安，我还要留着有用之身，守得云开见月明。"此刻，他多么希望这只蝴蝶就是椒红的化身，永远停留在他的肩头。

文涛用手触到他脖子上的那只玉蝴蝶，他忽然想起，椒红脖子上的那只玉蝴蝶，那沾满鲜血的玉蝴蝶啊，可谓是椒红的化身，它怎么传到朱茵手里的呢？他猜想，那定是椒红临终所托，她临死都在爱着我，她把玉蝴蝶转交给朱茵，定然也把我转托给了朱茵，才放心而去。红妹啊，你虽然香魂飘去，但在这个世界上你仍然留给我一颗心、一片爱、一个春天。此情之重，今生何以承载？何以为报？

当文涛疲惫地回到住处，朱茵就赶忙地嘘寒问暖，递来热热的毛巾，为他擦脸，把从食堂打来的可口的饭菜留着给他吃。朱茵目前是宿州城机关的秘书之一。在文涛受伤住院期间，她夜以继日地照顾着他。对朱茵的款款深情，文涛并非草

木，怎能不动情？但此刻的他无暇顾及红粉佳人的款款深情，因为椒红尸骨未寒，大仇未报，他的爱暂时冰封，水波难兴；对朱茵的万千柔情，无力回应，他现在仍处于困兽欲怒的状态，满脑子里都是报仇、报仇、报仇。而朱茵呢，也非常善解人意，她几次想把椒红临终时托付的遗言告诉文涛，把那只带血的玉蝴蝶捧到文涛面前，让他拿出另一只玉蝴蝶，刚好与她手里的这只相配，之后的事便顺理成章了。她多年来默默的爱，终得善果，可慰平生了。她对文涛的爱从来没有停止过，但这份爱像地下的温泉，一直都是在地下默默地汨汨流淌。文涛与椒红结婚前，她不争不抢；他们结婚后，她默默地守着这份爱。这么多年来，尽管她身边不乏追求者，但她的心始终爱的是文涛，不曾加也不曾减。曾经一度，文涛失踪了，椒红也失踪了，她为他们两人都担着一份心。如今，椒红牺牲了，她并不为此幸灾乐祸，而恰恰相反，实际上她也是异常悲痛的——爱一个人就要爱着他的爱，悲痛着他的悲痛，才是心有灵犀，才是最高境界。当她看到文涛因椒红的死变得时而愤怒，时而忧郁，她都能理解。所以，曾经几次话到嘴边她又咽下，这层窗户纸她不想马上捅破，留待一层朦胧，慢慢斟酌；留下一步光阴余地，慢慢游走。来日方长，不必急于求成。她要留给文涛足够的时间去慢慢疗伤。

在伺候文涛吃好喝好后，朱茵拿出红药水给那个小丫头擦头皮。文涛问："丫头的头怎么了？"朱茵说："刚才，丫头走过县衙大门口时，不知谁扔了一个空罐头瓶，正砸在她的头上，哎，你看，头皮都被砸出血来了。我怕她得破伤风。可怜的孩子，已经瘦得皮包骨头，又——唉！"这个小丫头，正是在攻打宿州城时，文涛救下来的那个。当时，文涛攻打小红楼后，急火火地奔赴医院去看椒红，奔跑时撞倒了一只垃圾桶，一个瘦骨伶仃的小丫头从垃圾桶里滚落出来，文涛正好一脚踩到了她的手指上。文涛弯下腰看她伤着了没有，看见她的小手指竟然被他踩破了，刹那间变得乌青。文涛过意不去，就一把拉了她一同到了医院，布莱夫人忙让一个护士给她的手指处理一下。萧沉思同情她，打算收留她。待小丫头浑身洗干净了，换了身干净的衣服，睁着一双大眼睛，扑闪扑闪的，挺好看的。后来看她嘴巴甜，见人就喊大哥或大姐，招人喜爱。当她看到萧沉思忙时，知道主动去帮她打扫卫生，帮忙抱孩子。萧沉思看小丫头那么懂事，就把她留在了身边。今天萧沉思打发小丫头给朱茵、文涛送来一盆饺子，让他们改善一下生活，谁知，走到县衙大门被砸伤了。朱茵忙找来红药水给丫头擦伤。文涛看着丫头的伤口，疑惑地想：怎么会有罐头瓶砸中她的呢？

文涛再次出去溜达，走至县衙大门口，见一个老人，弓着背，低着头，正在捡拾地上的树叶、罐头瓶、烟头、饼干包装纸等垃圾。在文涛的印象中，自他来县衙，就见这老头坐在大门口看大门，他戴着一顶大黑帽子，帽檐总是拉得很低很低，偶尔从帽檐底下偷窥周遭一下。今天，文涛无意间瞥到了他那双眼睛，啊，那是一双与众不同的锐利的眼睛啊！文涛在脑子里转动：这老头的眼睛怎么那么熟悉，仿佛在哪里见过似的？文涛不由得再回望他一眼，此时那老人正转头看他，两人正好四目相对，啊，陶明耿！文涛豁然想起，他回步走来，轻声说："你是陶——局长？！"

那老者一笑，平板的脸马上挤成一堆菊花纹。他把那顶大黑帽子往下拉拉，说："这位先生，这里哪里还有陶局长啊？只有看大门的陶老头喽——"后面一个"喽"字音拉得很长。他摇摇头，笑笑，似乎很无奈，又似乎很认命的样子。

"识时务者为俊杰"，这是陶明耿的人生信条，所以，当解放大军兵临城下时，陶明耿率先开门纳降。他总是在人生的转折点上，给自己安排一个最好的结局。如今，几经转折，他竟然跑到宿州县衙下来看大门。

文涛与陶明耿不便多说什么，想寒暄几句就走。陶明耿拦住他问："李科长，我观察你多日了，你整日满犄角旮旯里钻，若我没猜错的话，你在寻找一个人，是吗？"文涛被他猜中心事，一惊，嗯？他一直在盯着我，他到底何意？他隐藏在这里，是敌是友？文涛试探地问："陶——局长，不，陶老，你所指何意？"陶明耿看出文涛的警觉，便眯眼一笑，"李家公子，别误会，你所找之人，也正是我所找之人！"文涛又是一惊，他知道我在寻找李文璇？他现在为什么找他？哦，想起来了，原来他们曾是上下级关系。他找李文璇是寻仇还是报恩？文涛试探地问："陶老，有什么指示吗？"陶明耿严肃起来，说："我们二人，一个要雪夺妻之恨，一个欲报杀子之仇。这难道不是同道同心吗？还有必要怀疑我的诚意吗？"哦，文涛马上想到，李文璇枪杀了陶言朗之事。文涛心里坦然了，他向陶明耿诚恳地讨教，"陶老，有什么高见吗？"陶明耿讳莫如深地说："以我看来，你要找的人，并不远，而且，甚至还很近。"啊，文涛惊喜交加，"何以为据？"

陶明耿说："你不知道那个道理吗？最危险的地方，也就是最安全的地方。高明的敌人，都是这么做的。"文涛惊问："以你之见，李文璇现在就在我身边？"陶明耿说："八九不离十。""何以为据？"文涛还是不太相信。

陶明耿说："以我的观察为据。你看，我收拾的这些垃圾，在门口，总是在同一个地方，有一堆的罐头瓶、饼干包装纸、烟头等。县衙内人都吃食堂，有几人吃罐头、饼干的呢？而且，你瞧，这香烟，是雪茄，是有钱人才吸得起的啊！"

一语惊醒梦中人。文涛恍然大悟，丫头经过县衙大门时，被空罐头瓶砸伤头，他知道是怎么回事了。文涛转身回去，在县衙城楼布置了兵力，把县衙包围起来了。他自己端着枪，让人爬上城门楼和两侧的小阁楼里去搜查，突然，上面竟然有人先发制人，射出一梭子子弹；文涛忙躲在下面大门的柱子后面与上面对射，但对面却平静下来了。文涛怕上面的人跑了，带人欲冲上去捉拿。此时，朱茵冲了过来阻止他，大喊道："李文涛，不可莽撞，危险——"一句未了，突然火光一闪，一切都来不及了，一颗子弹直飞向文涛的胸膛。朱茵顾不得多想，猛地趴在文涛的怀里。血、血、血，殷红的鲜血从朱茵的后胸汩汩地直冒了出来！

文涛大喊："朱茵，朱茵，你怎样？"

朱茵躺在文涛宽阔的胸前，幸福感让她痴迷，可惜已没有更多的时光允许她享受这来之不易的美妙时光了。她半张着弯弯的唇，露出扇贝般好看的牙齿，轻轻地说："玉蝴蝶，在——我这里——"文涛从她玉颈下摘下那个又被浸润上鲜血的玉蝴蝶，放到朱茵的手心里。朱茵托着血染的玉蝴蝶，深情地看着文涛，断断续续地说："椒红——临终——把它——还有你，都——交给了——我，对不起，我——恐怕——完不成任——务啦！"她嘴里溢出了殷红的血沫。

文涛心疼地把她的脸贴在他脸上，说："不，你能，你一定能！你撑住，我带你去医院，救护车——"

文涛嘶喊着。朱茵笑了，弯弯的唇，弯弯的美目。她伸出苍白的手来抚摸文涛的脸颊，一直摸至长满胡须的下巴，久久地笑着，一直含笑到闭上了她那双美丽的弯月亮般的眼睛。

"朱茵——"文涛嘶喊一声。小丫头也跑来了，她看到朱茵浑身是血，吓得大哭："大姐，大姐——"文涛大声说："丫头，你看好大姐！"他把朱茵放到丫头怀里，新仇旧恨促使他像一只苍鹰，箭一般地飞出去追捕李文璇。可是，狡猾的李文璇趁乱已经逃遁得无影无踪了。

第 80 章

千 头 万 绪

文涛怒极攻心，玩命地去寻找李文璇。但几经转折、周旋，直到暮色降临，李文璇还是不见踪影。文涛发了疯一般，到处乱翻。陶明耿突然来到文涛面前，拦住他的去路。

文涛吼道："为什么要拦住我？"陶明耿说："穷寇莫追！"文涛对他发怒了，咆哮起来："不追，让他跑了怎么办？我前面的努力不就前功尽弃了？椒红、朱茵等许多人不就白死了吗？你这是什么意思，你是在帮我还是在帮他？"陶明耿淡定地一笑说："当然在帮你。有道是，穷寇莫追。天色晚了，他作战的经验比你丰富，射击技术比你强，你在明处，他在暗处，久追，久战，他狗急跳墙，逮谁咬谁，吃亏的是你，不可做无谓的牺牲啊！"文涛听后，冷静了许多，他语气和缓地问："你说该怎么办？"

陶明耿说："这么办，你调用兵力，把宿州城包围住，再绘影图形，到处张贴，全城通缉，用老百姓监视，他想出来买东西吃都难，早晚不是你掌中之兔？"

文涛听了觉得有道理，便命令收兵。文涛回到县衙，朱茵的尸体已蒙上雪白的床单，丫头守候在她身边嘤嘤哭泣，萧沉思与言久在默哀，来枭晓与何凤鸾赶来了，也在默哀着。

文涛揭开朱茵脸上的床单，深情地在她额头上献上一个吻，给她一个崇高的敬礼，说道："朱茵，走好，我不会辜负你的！"他拿出那只带血的玉蝴蝶，深情地凝视着，这只玉蝴蝶，被两个人的鲜血浸染，承载两个人的深情。文涛面对血染的玉蝴蝶默默垂泪，不禁喃喃地问道："不知你要历经几多劫数？你究竟要浸染几多人的鲜血？"

言久走来递上一个信函，通知文涛，他已被重新任命为濉溪市委政治处主任，负责处理俘虏以及一些政治战犯。文涛一听，头就大了，这里的事还没有个了结，李文璇的人头一日不落地，他一日就食不甘，寝不宁。那边的事，千头万绪又在等着他，他有点犯难，他讨教言久道："三表哥，你说大表哥、二表哥，还有言富、言荣一干人等应该怎样处理才好呢？"

言久不假思索地说："不必犯难，国有国法，家有家规。国法家规各按原则，人情亲情适当定夺，我相信你，你会处理好的！"文涛只得点点头。

又一个桃李盛开的日子，春色不因人间的苦难和悲哀，减淡了她的绚烂与色彩，依然是田野铺碧玉，河流滚雪浪，两岸桃红梨白，锦绣一片。文涛回到了离别近两年的故乡，感慨万端。他看着那远山近水，由衷地感叹："还好，家乡山河依旧。"

文涛回到了李子园。他打算先安葬自己两位最亲近的人——他郑重地捧回了两个骨灰盒，一个是椒红的，一个是朱茵的。椒红是他名正言顺的妻子，不必赘言。而朱茵追慕他多年，并为他牺牲了宝贵的生命——多年来，她默默无语，那种关爱与温馨始终像春风般依偎着他，不离不弃；她那浓烈如酒的爱，只能放在心的最深处窖藏着，隐忍着，爱一个人却不能说，只能看到一个没有花开的春天，可是，今天，她终于等到一个花开的季节，花儿却匆匆地凋谢了，人生是多么无奈啊！上天似乎跟她开了一个玩笑。文涛想：这次，我一定不能再辜负朱茵的心。他去了龙潭湾朱茵的家，郑重地和朱茵的父母商量，要给朱茵一个正式的名分，追认她成为他的妻子。朱茵的父母痛哭一场，有感于文涛的有仁有义，便欣然同意。

在绿豆湾的堤畔上，在埋葬着阵风、阵雨、阵雷等人的祖坟边，又新起了两个坟头，坟头上竖起两个墓碑，上面赫然写着"李文涛之妻陶椒红之墓"，另一个写着"李文涛之妻朱茵之墓"。

文涛从墓地回到久违的阵风大院。啊，终于又回到这个生于斯、长于斯的院子了，往日的一幕幕——欢乐的、痛苦的、惊喜的、惊险的，像电影镜头一般飞过他的眼前与心头。他推开尘封多日的大门，撩开密布的蛛网，走进大院里。如今的阵风大院，萧条、败落，有几处的墙头颓然倒塌，已成半截矮墙了；那一棵年年雪花盛开的老梨树，已不见了踪影，唯留下一个矮矮的树桩。想起那棵老梨树，他就想起往昔的岁月——那时爹和大伯、二伯都还在世，每到吃饭时最热闹，二院、三院的人都穿过庭院聚到大院里来，在老梨树下吃饭：一边是大哥、二哥与他和小文波四兄弟在边吃边嬉闹打斗；另一边是文雪、文秀、文娟、文丽四姐妹在边吃边嬉谑欢笑，俩小侄女米儿、麦儿扎着羊角小辫，吃了一口饭就笑着满院子里来回穿梭，身影单薄的大嫂荣秀英连吃饭都在忙碌着，娘和大娘、二娘妯娌仁依然是牡丹芍药满庭芳艳，她们在边吃饭边拉着家常，而大伯他们老弟兄仨蹲在一边吃着饭，满足地看着满院子里万紫千红总是春、充满勃勃生机的一家人。看到这棵老梨树的树桩，文涛又想起大哥文江与大嫂胡莲雪，那一对神仙般的眷侣，那棵老梨树见证了他们甜美的爱情，也见证过小侄子抗胜欢乐的笑容。总之，老梨树见证过整个大家族的虽贫穷但和睦温馨的时光。而今，淫雨酷风吹落了梨花一片片，多少往事已成灰，想到此，他肝肠欲裂双泪垂。

文涛又迈步走进三院自己的家，看到房子上的茅草都被大风刮光了，院子里早已失去往日的熙攘与欢笑……看到自己的家物非人亡的凄凉景象，他不由得再次悲从中来，思悠悠，恨悠悠，大颗的泪珠簌簌地从他的脸上滚落下来。

此时，二娘杨氏出来了，她见是文涛，惊喜交加又兼悲喜交加，她大叫一声："是仔儿呀，我的儿啦！"文涛趴在二娘肩头，与二娘抱头痛哭，他把多日来的悲伤与焦虑都哭出来了，才停止哭泣。杨氏拍着他欢欣而又凄然地说："终于回家了，回家就好嘛！家——家里只有我和你大娘守在这院子里了；大娘病了，躺在床上下不来。"

现在整个家全由二娘一人来操持、打理。二娘心疼地说："仔儿，饿了吧，二娘给你做面吃！"

文涛屁股刚刚坐定，大姑果香就坐着马车赶来了。果香一下车，走进院子，见了文涛就乖呀、儿呀地亲热地一路喊："文涛呀，乖孩子，快跟大姑说说，你几个表哥的案子咋样了？严重吗？能要命吗？能宽大处理吗？你打算要怎样处理啊？"

一连串的提问，一堆事务一股脑儿地提出，文涛不知道回答哪一个的好。果香着急地问："咋啦，乖儿，不好说吗？你好歹说一些，也让大姑心里有个底儿。这些天，我的心就跟被生生摘了似的，生疼生疼的，着急上火，恨不得钻天入地，寻法子，解救那几个不长眼的孩子！"说着眼泪稀里哗啦地流出来。文涛也心有戚然，很无奈，便安慰说："大姑，别着急，临来时，三表哥已交代过我，他说，让我既要照顾政府原则，又要照顾亲情，这些我都会考虑的。"果香流泪说："椒红的死，已经要了我半条命啦，要是你这两个表哥有个三长两短的，我就整个命就没啦，我就不活了——"说着号啕大哭起来。文涛忙安慰说："大姑，别着急，我还没看大表哥的资料呢，审过资料，再商讨，我会尽力照顾亲情，根据他的罪行，争取从轻发落。总之，您放心，我会心里有数的。"果香停止哭声说："哎，哎，那就好，那就好，你一定要心里有数啊。现如今，只有你能救你表哥了呀！"

杨氏留果香在家用中午饭，果香坐卧不安，不愿意吃饭，说要到椒红坟上看看去。杨氏、文涛陪她去了椒红的坟上。果香扑到椒红的坟头打着滚地哭，哭得天昏地暗，杨氏陪着落了许多泪，文涛回想起与椒红的一幕幕，也禁不住哽咽难耐。果香在椒红坟上着着实实，悲悲哀哀地哭了个够，筋疲力尽才肯回去。

果香走后，文涛心里感到既难过又沉重，他怕拿捏不好，处理不好这么棘手的大事——国家法律原则不可罔顾，民心人愿不可违，亲情人情不可不顾念。回想自己小时候，家里吃不上喝不上，大姑怜惜自己，时常接自己到她家过，与椒

红相伴。几个表哥对自己也是疼爱有加。逢年过节，在大姑家过得最长的就是自己。如今，大姑如此低三下四地哀求着他，令他感到为难，忐忑不安。

杨氏心疼地说："仁儿，看这些天，一连串的事把你折腾得人又瘦又黄，可怜见的，你娘要是看到你这个样子，不知要有多心疼呢！你歇会儿吧，二娘去做面就来。"文涛说："好的，二娘。"他才想起问道："二哥与文波呢？"杨氏说："你二哥又去口子街，给你大姑父帮忙看酒店去了，文波也一同去帮忙了，怕你二哥一人忙不过来；你姑父现在上了年纪，又兼儿女出了那么多的糟心事，他心事那么多，唉，哪还有心情管理酒店？家家都活得不易啊。哦，有一桩好事，听说，政府要给你二哥安排工作，他在等好消息呢！"

文涛挤出一丝笑容，说："哦，那好。大娘怎么病了，生的什么病？"

杨氏叹了一口气，说："什么病，肺气肿呗。至于怎么病的，唉，伤心能要人命，但生气也能要人命！"文涛问："怎么了，谁惹大娘生的气？"杨氏小声地说："唉，一言难尽呀，罢了，不说了。说了，我也气得不行喽！"文涛说："那我去看看大娘。"

文涛坐到大娘汪氏的床边，汪氏一直在长吁短叹地哭个不停："家门不幸啊，活该断子绝孙喽，还出逆女，我活该死了……"文涛询问："大娘，你这是——"汪氏一见是文涛回来了，便挣扎着想坐起来，一把抓住文涛，像是遇到了天神一般大叫道："哎呀，仁儿，乖儿，你总算回来了。你回来了，你大伯、大哥的大仇要报啊，他，他们死得好惨啊——还有，我的乖孙抗胜，好惨啊——"

一提到大伯、大哥，文涛心如针扎，他心里的一团火，腾地一下又升起来了，他拍拍腰中的盒子枪，说道："如今，咱有枪了，为大伯、大哥报仇雪恨的日子到了！"说着，起身要去李阵星大院。此时，杨氏端来了两碗面，一碗给汪氏，一碗给文涛。杨氏又端来一碗自己吃。文涛一看，他和大娘汪氏每人碗里都卧着两个荷包蛋，而唯独二娘她自己的碗里没有。文涛夹起一个鸡蛋送至二娘碗里。二娘急了，说："干什么呀？仁儿，我不缺吃这个。你在外面打仗，处理事情，千头万绪的，又危险又辛苦，吃个鸡蛋，还你推我让的，不必要。小孩子家，来家就知道家亲，还推让，生分了不是？这段时光，没有财主剥削咱了，咱的粮囤里好歹能剩点余粮，不怎么缺吃少喝了。"说着便又硬将荷包蛋夹回文涛碗里，并看着他吃掉。文涛吃了，心里暖暖的，暖得想哭。

文涛碗还没放下，吕胜利的儿子二亚，还有三黑的妻子红梅等纷纷拥入二院，他们嚷着，要开批斗大会，批斗李阵星、李阵辰、小乙，并要他们血债血还。丰收过来请示，他该怎么办？文涛被大家簇拥着进了李阵星的梧桐苑里。文涛进去一看，李阵星与大儿子李文理已被绑在了一棵树上，并不见李阵辰。李阵星已经呈现了一副老态，耷拉着脑袋，脸上、脖子上的褶皱也松弛得像布袋子。不知怎么了，文涛心里却涌出几分怜悯之情。

又一群人拥进梧桐苑，其中有红梅的娘，她拿了一根棍子去打李阵星，边打边骂："恶霸地主，你也有今天！"后面拥上来更多的婆子，拿棍子打李阵星与文理。另有好多人在院子里打、砸、抢，文涛喊："大家住手，不要乱打人，不要乱抢东西。政府是有政策的，不让胡乱打、砸、抢！要按章办事！"大家捉住了小乙，一顿暴打。突然有个老婆婆跪倒在文涛面前哭着求道："文涛，就饶了小乙吧，往日他也是为了混口饭吃，才听地主老财的话的呀！"但有人反对说："文涛，不要听她求情，装可怜。他小乙就是二狗子，帮着财主欺负穷人，今天他奶奶反倒来求人饶了他，试问他作恶时她怎么不管呢？"文涛搀起老婆婆，对大家喊："善恶各有报，大家请放心，政府会一一清算的，不会冤枉一个好人，也不会放过一个坏人。但我们不得胡来，一切要按照政策来！"骚动的人群暂时安静下来。文涛交代了丰收一些政策与处理原则，就匆匆去了桃花湾。

文涛走进了惠风庐。道宗老爷子依然神采奕奕，赛过活神仙。他让文涛坐在他身边。文涛讨教："如今千头万绪，如何裁定？"老爷子一指："悠悠众口，岂可违心！你看——"大门外走来一群老人——文涛看到苗宏仁的娘、蓝灵心的娘蓝媒婆、祁镜的娘，还有王军和王涛的娘等，都是老太太，扯扯唠唠的，都拥进了惠风庐，围着文涛哭喊着自己儿女的名字，一致喊道——不杀乡贼，天理难容！

文涛逃也般地跑出了惠风庐，跑出了桃花湾。老爷子金口一开，让他心里豁然开朗，他在心里把眼前这团乱麻整理出个眉目来了。

第 81 章

大 梦 归 来

言中等一批战俘都关押在皇姑寺里。文涛到了皇姑寺，首先翻看言中的资料。看了资料，他倒抽一口凉气，心里更加沉重。言中当乡长短短几个月的时间，竟然杀了三百多个人！杀人的时间、地点、姓名、性别都记得一清二楚，令他包庇不得。文末，言中特别注明：这一切都是我一人干的，政由我出，令由我发，责由我一人担，跟任何人无关。

文涛看过，直摇头，感到无可奈何。这些资料要公之于世，经多个机关审查，还要开审判大会，宣读给老百姓听。如此这样，他看出言中的意思，他要拼得一人受剐，救赎其他兄弟。但大姑不乐意这样，她要保全儿子的性命呀！但如此罪恶累累，馨竹难书，如何能够保全他？但若遇到政策大赦的话，只要保全性命，未尝不可。

文涛回想，大表哥一向温文尔雅，谦和静默，见人不多说话，只是微笑一下，柔声地打声招呼，然后就没有话了。儿时，他和椒红蹲在草地玩草虫时，他就走来，一手一个把他俩高高地举起，逗得他俩四肢乱颤，高声尖叫，才把他们放下，然后一笑而去。回想往日的欢乐与温馨，文涛真的想徇私一回。因为他明白，大表哥从小到大，连一只鸡都没杀过。他很清楚，那三百多个人命债应该记在李文璇头上，政由他出，二号罪魁应该是二表哥，他对李文璇忠心不贰，富有野心；再次就是言富、言荣，他们俩是最彪悍的杀手，这些生灵毕竟是他们俩亲手荼毒的。

文涛亲自到关押处看言中。言中很平静，见到他点点头，算是打招呼了。他说："表弟，我知道，你是来送我上断头台的。是时候了，该怎样就怎样吧，你也不必为难。"文涛怜惜地看着他，说："大表哥，事情并未到那么严重的地步，还是有转机的。"

"转机？"言中抬头问，"如何转机？"

文涛拿出资料，说："你看这资料，你把一切罪责都揽在你一人身上了，按规定，你是死罪难逃。但你若肯把资料改一改，把罪责往别人身上推卸一些，平摊一些，你应该罪不至死。"言中说："我推卸一些罪责，言华、言富、言荣会怎样？他们能免受处罚吗？"文涛答："不能免！"言中说："不能免，会怎样？"文涛说："根据政策，量刑而判；而且政策也在不断地调整。"言中问："推给他们，他们会死吗？"文涛对："这——不好说，经审判而定。"言中摇摇头说："那就算了，我谁也不推卸了，一切罪责由我一人担就行了，资料也不必改了，省得你在中间为难。"然后闭上眼，再也不说话了。

文涛为难地恳求说："大表哥，审判大会过几天才开呢，你就改改资料吧，或许上级来个大赦天下，你或许还有转机呢。"

言中不言。

文涛又说："你可以不惮死亡，但你要想一下年迈的父母，还有膝下两个儿女。"

言中簌簌地流泪了，但仍不言。

文涛说："我知道，你讲兄弟之情，你一心想救二表哥，还有言富、言荣，但即使你死了，也未必能救得了他们。"

言中睁开眼，摇摇头，又闭眼，仍无言。

文涛无奈，次日，派人搬来了文海。文海来了，言中见到他很高兴，开口说："没想到，在我临死之前，咱兄弟还能见上一面，我真的是很欣慰。"忠厚老实的文海说："我不是来给你送行的，我是来救你的！"言中苦笑道："别说了，文海，我知道，你们兄弟都念亲情，都想救我一命，我很感激。我不是不想活命，但我自己犯下的罪孽，百身莫赎，我有自知之明，谁也救不了我。人生啊，因为有太多的放不下，就不想死；然而，人又有太多的放不下，又乐于赴死。没想到，咱兄弟在口子街卖酒，能各走异途。我当了几天的乡长，杀了那么多人，罪孽由我一人造，也由我一人担。不然何以救赎我的灵魂？唯有归去。若死能让众人解脱，我也就解脱了。我愿意放下生死。在我即将四十载的生涯中，我感觉被命运耍了一把，开了一个天大的玩笑，偶然间做了一枕黄粱梦，眨眼间就醒了。醒了，不如归去。我被命运耍了就算了，不想累及其他人了。"文海不善言辞，诚恳地劝他几句，言中闭口不言了。文海尽力解救未果，做到仁至义尽了，便不再勉强。

在一个淫雨霏霏的日子，言中被押至城南乡，全乡开审判大会，让他接受群众的审判。大会台下人山人海，千人哭诉，万人喊冤，血泪控诉城南乡乡长的滔天的罪行。文涛在审判大会上，不得不亲自宣布，判言中死刑，明日执行！

审判大会之后，果香来到了城南乡，要进去找文涛；文涛再也不敢见大姑，他很为难啊，他让人把大姑阻挡在乡公所大门外。果香就在城南乡大门外跪着不起，文涛派人劝她回去，她死活不肯。她在大门口大骂文涛："小东西，长本事了，不念亲情，竟然亲自判你表哥死刑！你还有良心不……"凄凉悲哀的哭声传来，让文涛苦恼万分。只听果香继续哭诉，"他可是从小到大没杀过一只鸡呀，老天爷呀，睁睁眼吧，别屈杀了好人啊！"文涛左右为难，他有力使不出，着急上火得直甩头。次日早晨，一夜未眠的文涛，红着眼睛，心情沉重地来看大表哥。言中见了文涛就跪了下来，文涛吓了一跳，问："大表哥，你，你这是干啥？"言中眼里满是央求，说："文涛表弟，看在咱亲戚一场的份上，看在椒红的份上，大表哥求你一件事。"文涛要搀他起来，言中说："不，你不答应，我就不起来。"文涛说："好，你先说来听听。"言中说："你裁定，千错万错，都是我一人的错，千刀万剐，都由我一人承担，千万别再连累他人，别再去追究你二表哥言华还有言富、言荣他们的罪，他们还小，他们都是因为我才被牵连进来的。都是我，官迷心窍，跟着李文璇厮混，犯下了滔天罪行，罪不可赦。无论怎样，你既然管这桩事，就裁定由我一人承担一切罪责，放了言华、言富和言荣兄弟几个吧，可行？"说得文涛的眼泪都出来了，他再次搀大表哥起来，他就是不起，说："你不答应，我死都不起来，这是我临死前最后一个请求了。"文涛无可奈何地说："好，好，我答应，我斟酌着办吧，毕竟不是我一个人说了算的。不过，我尽力而为吧。"言中站起来，深鞠一躬，说："我替言华他们谢谢你！"文涛哽咽道："你从不为自己争取一线生机，生死关头，还为兄弟担道义，其兄弟情深，其宅心仁厚，令人动容。"当日文涛特别交代，供应给大表哥一顿比较好的早餐。早饭后，文涛去看大表哥时，却见他早已坐立桌前，专注地在一张纸上写着什么，文涛立在一旁，不去打扰。言中写好后，站起身来，平静地说道："走吧，上路了！"文涛走到桌子旁，看那张纸上写道：

花非花，雾非雾。
夜半来，天明去。
来如春梦几多时？
去似朝云无觅处。

　　文涛看了，立即被一层泪雾迷住了眼睛。他忆得儿时，大表哥爱练字，他临柳体帖时，就爱临这首诗，难道冥冥之中，就预兆了他今生的宿命了吗？临出门时，言中突然开口对文涛说："哦，对了，今天正好是我四十岁的生日呢！"说后便笑笑，笑得竟然很灿烂。文涛顿时泪崩大哭。

　　这天，天上飘起了雨丝，像织布一样密密地织个不停。执行枪决公示大会开始了，大会台的上上下下依然是人山人海，会场外面的人仍络绎不绝地从四面八方拥来，像条条小溪汇入大海。大会上，死难者家属，纷纷站起来控诉，控诉陶

言中当乡长时杀人如麻，令人发指。苗宏仁、蓝灵心和祁镜的母亲等人更是哭声震天，骂声凄厉，她们哭一阵，诉一阵，骂一阵，令旁听者为之动容，令人为之掬一捧同情之泪。会场上群情激昂，呼声如雷，纷纷举起拳头，吵吵嚷嚷，都讨伐不仁不义的陶乡长。

言中像木雕泥塑一般，矗立在会场中心，任人控诉、任人讨伐、任人咒骂。台下竟然有好多人要冲上台上去揪打他，要撕碎他。幸亏那天新任濉溪警察局局长石仲辉来了，他是来执行枪决任务的。文涛看台下群情激动，怕出暴乱，也是心疼大表哥，就示意石仲辉维持秩序，确保安全。言中站在会场高台中心，听得真真切切，灵心的娘在控诉他的滔天罪行，他听了反倒有种快意的感觉，感到一种解脱和欣慰。就是因为灵心的死，才让他那么坚决地放下生死。他想去赴黄泉有什么不好？这样我可以尽快地去找灵心，我去找她赔罪，赎我一世的罪孽。

执行枪决之前，文涛怕大姑有个三长两短，就派人到宿州城接来三表哥言久，叮咛他在家安抚好大姑和大姑父，千万莫让他们来会场看见枪决的那一幕。可是，果香还是来到了现场，陶明昭也赶来了。果香见人就求，逢人就跪，她要冲上台来求文涛阻止枪决的执行。石仲辉派人把他们挡在会场的外面。果香手里握着一方丝绣的花手帕，一边拭泪一边分拨众人，不顾一切地冲过来，谁挡她，她就以命相拼。石仲辉怕出乱子，就亲自出面拦住果香，他搀扶住果香，搀着她往外面走，边走边说：“大娘，你冷静冷静，这样的审判大会，毕竟是政府行为，你这样冲动，究竟不是个法子，有问题，你要通过正规渠道反映。不能无理取闹，你说是吧？你有什么要求，跟我说。”果香像溺水的人，逮谁是谁，抓到什么是什么，她抓到石仲辉说：“你要我提要求是吧？我的要求就是，你们不能枪决我的儿子，你们不是不知道，他从小到大，连一只鸡都没杀过呀！那些人都是他听李文璇的话，才杀的，与他无关哪。你们杀了他，他多冤啊，你们千万别屈杀了好人哪！”

石仲辉说：“以后会调查清楚的，你放心！”果香跳起来说：“以后查清楚有个屁用？我的言中马上就要人头落地了。我要你们现在就把言中放回去，现在调查清楚，不调查清楚，你们别想处决我的儿子。我不依！”石仲辉正为难时，言久急急忙忙地撮着小碎步赶来了，石仲辉把果香交给了言久，忙脱身而去。

言久说：“娘，你这是干什么？你这是在阻碍执行公务，是会犯法的。”果香说：“我不管，你大哥马上就要被人枪决了，我还有什么可怕的？”言久搀住娘再也不放手，他说：“娘，别无理取闹了，别添乱了好吧，你这样闹，是无济于事的。”果香没法了，就手指明昭说：“你你你，你到底还是送了孩子的命啦，如今，我单要你赔我儿子的命！”跳着，骂着，坐地捶胸顿足地号啕大哭。明昭面如土色，面对妻子的责骂，他有苦难言，蹲在那里抱着头啜泣。

四月的风还是凉飕飕的，言中穿上他最喜欢的一身衣服——呢子帽，军大衣。

这是文涛有意照顾他的体面，好歹让他保持一个完美的形象。枪声终于响了，台下爆发一片欢呼声。众人欢呼时，明昭直直地倒下去了，果香一下子昏死过去了。言久也怔住了，"大哥——"他大喊一声，泪如雨下。

刚才还是缠绵的小雨，枪响之后，变成了滂沱大雨。一时间，言中殷红的血被大雨冲刷得干干净净。这也许是上天给他的一个最好的结果。

文涛流着泪，派人拿一张雪白的床单盖上言中的身体，又拿一张席子卷着，捆上，让人抬着送回家去。这才叫一枕黄粱梦，大梦速归来。

第82章

国 仇 家 恨

结束了一段公案，文涛心里还惦记着一段私仇，他匆匆又返回了宿州城里。来到宿州城，未进县衙大门，一个衣衫破烂不堪、头戴破黑帽的老头，及时来到他身边。文涛见了他，便问："陶老，这些日子，可有什么收获？李文璇有线索吗？"陶明耿神秘一笑，说："线索倒是有，但我没有亲见其神龙首尾，却见到了另外一个人，他对破案可是至关重要啊。""另外一个人，你指的是谁？"文涛着急地问。陶明耿说："你走后的这些日子，我像一只狼一般，潜伏了好久，寻找猎物，等待猎物的出现，但没想到，对方更像一只狼，一只极富耐性、极端狡猾的狼，他深深地隐藏下去，再也没有出现过。我围着宿州城，里里外外，远远近近，边边角角，一寸寸地找，仔细地观察，我就这么驴推磨般地找，连一只鸟和一只野兔子都未放过，我简直掘地三尺——我不信找不到他！相信再狡猾的狐狸，也会露出尾巴的。那天中午，我走到一个破墙头框子边，看到了几块红芋皮、几张饼干包装纸，我就蹲下来，不走了。我凭直觉认为，那一片有我要找的线索。我就蹲在那里，等啊等，一直等到傍晚，咦，我竟然没有白等，我见到一个浑身黑不溜秋的人，像幽灵一般，突然从破墙头框子里钻出来了，他像一只黄鼠狼，贼眉鼠眼的，这里瞅瞅那里嗅嗅。我仔细地看他，好家伙，果然，再狡猾的狐狸，也难逃我这双老猎人的眼睛——要知道，咱以往是干啥吃的？我看清了他，你猜他是谁？"他的一番车轱辘话，令文涛不耐烦，他说："陶老，你就别卖什么关子了，你直接说嘛，你已发现李文璇了。"陶明耿把他的瘦脑袋摇得像风中的葫芦，答道："否，否也！"文涛问："那能是谁？""吕敬飞！"陶明耿说。

文涛一激灵道："吕敬飞？李文璇的一个忠心耿耿的奴才，那他们主仆还在一起？走，看看去，你是在哪里看到他的？"陶明耿又摇了一气他的瘦脑袋，说："他们才没有那么笨呢，他们不在一块儿。我不是说了嘛，未见其神龙首尾。但我尾随吕敬飞走了很远，看着他买些吃的东西，然后走到城外的一处破窑场里，钻进去就不见了。好久，才出来。我又尾随他回来，他又钻进破屋框里。这样，我跟随他多天，他总是在这两个地方钻进钻出。你说，这是不是极好的线索？我猜，狐狸就在其洞。""哦。"文涛恍然大悟，说，"佩服前辈，观察甚细。走，我们去破窑场。"

城外一片麦田，田头远处河堤上有一片颓废的窑场。陶明耿说："就是这里了。"文涛迈步就要进去搜。陶明耿阻止道："慢！"文涛问："又怎么了？"陶明耿老谋深算地说："要再观察一下，以免打草惊蛇。"他们躲进附近的麦田里，四月的麦田青葱油绿，他们蹲下去身子，半趴下去，等啊等，接近傍晚，果真看到吕敬飞像一只老鼠一样钻进了破窑洞。文涛一跃而起，就要追随他进去，陶明耿一把按住他。文涛发怒了："你为什么三番五次地阻止我，误失了良机怎么办？他跑了怎么办？"

陶明耿说："哎——心急吃不了热豆腐。等吕敬飞出来后我们再进去，一来可以确定里面有人，二来以让里面的人少了些戒心。我们最好在这里守株待兔。"文涛又一次佩服陶明耿的老辣。时候不大，吕敬飞又像老鼠一样钻出来，戒备地东瞅瞅西望望，看四周无人，便大胆远去。此时文涛一个飞跃，钻进破窑场，陶明耿也紧跟而去。他们进入洞口，穿过狭窄的通道，到了里面却豁然开朗，就听有人问："你怎么又返回来了？"见无人应答，有个身影猛然跃起，四目相对，啊，李文涛！啊，李文璇！二人同时惊叫起来。李文璇仓皇跑向洞口，却发现洞口被人堵住了，当他看见是陶明耿时，他惊诧地问："是你？你是敌是友？"陶明耿阴森森地冷笑，反问："你说呢？"李文璇惊得一震。他退后几步，突然身子往上一纵，直跳了出去。文涛与陶明耿跟着跳了出去。

文涛与李文璇两个，在破窑场的断墙残垣间，在树林子里追踪角逐，犹如两支离弦之箭，只听耳旁灌耳风，但见两个影匆匆；然后周旋，再然后你一枪我一枪地相互射击，最后在麦田里，李文璇的子弹打光了，他把枪往地上一扔，恶狠狠地掐腰而立。他叫嚣着："来吧，今天不是你死就是我亡，或者同归于尽！有种的别用枪。"文涛的子弹也不多了，他索性也把枪一扔，迎了上去，开始了徒手搏斗。

两人的个头差不多高，但李文璇纤细灵巧，而文涛魁伟有力，他们展开了好一场搏斗，简直是惊心动魄、异彩纷呈。最后两人抱在了一起，滚过来滚过去，互相掐住对方的脖子；李文璇训练有素，搏斗技巧似乎更高一筹，看上去他渐渐占了上风，他鹰爪一般的手指死死地卡住了文涛的脖子，文涛奋力挣扎着，可是，渐渐地，渐渐地，文涛似乎支撑不住了，李文璇猛地一扬手，爆发出一阵狂笑，叫一声："你死去吧！"可当他的鹰爪向文涛脖颈抓去时，文涛突然使起了言朗、仲辉教给他的功夫，倏地伸出两指牢牢地钳住他的鹰爪；此时，就听"啪"的一声，枪响了，一颗子弹正好打在李文璇的臂上，登时鲜血淋漓。李文璇怪叫一声，骂道："混账，我是你的上司！"陶明耿冷笑道："笑话，这里哪还有上司？这里只有血浓于水，难道你不知道陶言朗是我的儿子？"文涛一个鲤鱼打挺翻身起来，把李文璇压在身底，站起身，一只大脚踏在李文璇的胸脯上。李文璇喘息着说："好，好兄弟，痛快点，给我一招毙命，让我快些死，让我好快快地到黄泉路上去找椒红！哈哈，咱俩谁先死，谁先去找椒红，哈哈，你快成全我吧！"

文涛肺都气炸了，骂道："猪狗不如的东西，你是找不到椒红的，你只配下地狱。你机关算尽，坏事做绝，阎王一定会把你打进十八层地狱！你欠了我们一家多少条性命？多少血债？今天我要你血债血偿，去死吧！"说着，文涛铁钳般的大手，向李文璇的脖子卡去，李文璇渐渐瘫软不动了。文涛站起身去找他的枪，却发现枪握在陶明耿手里，而此时那把枪的枪口正对着他。文涛心里一惊。陶明耿马上堆一脸菊花笑纹，掉转了枪口，把枪缓缓地送到他手里。文涛接枪在手，一颗仇恨的子弹，伴随着他胸膛喷发出的怒火，呼啸而出，带着凌厉的劲风射向李文璇的胸膛！看着那殷红的鲜血汩汩冒出，文涛想，即使把李文璇的身体打成千疮百孔，也不解我心头之恨。于是他又举起了枪，但转念一想，一切的仇恨，一切的一切，都随着这汩汩喷洒的血流而消逝殆尽，干脆为国家省几颗子弹吧，他不值得浪费子弹。故而他收住了枪。

在回去的路上，陶明耿一直对文涛端着一脸菊花纹。文涛忽然想起什么，说："哦，前辈，你若见了吕敬飞，告诉他，好歹把李文璇的尸体弄回去，以免被野狗吃了。"陶明耿堆起菊花纹赞一句："他对你不仁，你却对他有义啊！"文涛说："我党优待俘虏，何况对死者？无论他生前犯了多少罪恶，但随着他的死，都一笔勾销了，还有什么可计较的呢？"

文涛再次回到李子园，到椒红、朱茵的坟头，告诉她们："我们的大仇已报，请二位妹妹安息吧！"罪大恶极的李文璇死了，李阵星、李阵辰还需处置否？但当他看见大伯、大哥的坟头已长满了青青茂草时，眼睛里又涌起了一层泪雾。"宜将剩勇追穷寇，不可沽名学霸王。"一股无名之火蹿上胸来，他拍拍腰间的盒子枪发狠道："大伯、大哥，我们报仇的时候终于到了，我这就找李阵星、李阵辰报仇雪恨去！咱今天给他来个新仇旧恨一起报！"文涛回到了梧桐苑，发现已是人去楼空，偌大一个院子里，竟然没有了人气。他往里走，猛然听到一声招呼："文涛哥！"文涛一惊："啊，文凯？！原来你一个人在家？"文凯那张原来稚嫩的脸，如今已长满了络腮胡子，他凄然地说："院子里除了我，就没有其他的活人了。"

原来这些天，李子园在丰收的领导下，斗地主分田地，在批斗中，李阵星的大儿子李文理受惊吓而死，李文玑在南京被炸死，骨灰盒前天才寄回家来；李阵星天天被五花大绑拉去受批斗，昨天回到家，他又看到了吕敬飞带回了小儿子李文璇的骨灰盒，于是，他伤心欲绝，就对着墙一头撞去，活活把自己撞死了！文凯说："这个院子里只有我一个活人了，我来替他们收尸，让他们入土吧。我娘走了，爹不见了，大爷一家没有人在了。我的弟弟妹妹们该散的都散了。我知道，在劫难逃。我们家欠你们家的人命债，此时，你为刀俎我为鱼肉，我的命，随便你拿去吧。"说过，两行清泪簌簌而下。

文涛看着文凯的脸，马上脑海里回映出那个难忘的夜晚——他和文凯下棋，规定游戏规则，谁输了，就必须用左右手轮换着或画鳖或写字，承认自己输了。他这样规定游戏规则，就是为了查一下，那封信是否是文凯冒名写的。文凯照着游戏规则做了，文涛看了他的字迹之后，断定那封信跟文凯没有关系，他还在心里责怪自己对文凯诚挚无瑕品行的亵渎。果然，那晚文凯对他拼死相救，证明他没看错人。他走上去拍拍文凯的肩道："我们是好兄弟，以前是，现在还是。多谢你当初救了我。我会善恶分明的，你没有害过人，自然不会受到人民的惩罚。你多保重，以后，我依然还拿你当好兄弟。不过，冤有头债有主，我还是要报仇的！你放心我不会连累无辜的，共产党人从来不会冤杀一个好人，也绝不放过一个恶人……"

文凯欲言又止，文涛知道他心里还有话要说，但他此时不再心软，只能告诉他："善恶各有报，众怒难犯。"文凯抬眼看到门外丰收、二亚带了众多的百姓，黑压压地堵住了大门，文凯闭了口，摆摆手道："该怎样就怎样吧。"他转身走去。

在丰收的背后众人推搡着小乙和吕敬飞进了梧桐苑，众人把他们背靠背地绑在树上。群众批斗咒骂着打手小乙，指责他凶狠毒辣害乡邻；声讨吕敬飞助纣为虐。此时吕敬兰来了，哭着求道："文涛兄弟，敬飞受了李文璇的蛊惑，他并没做多少恶事，就求你们高抬贵手，从轻发落他吧？"百姓嚷道："吕敬飞身上也有人命案啊！"文涛对众人喊道："小乙身上背了多条人命，罪不可赦，判处死刑，三日后执行！"人群爆发出一片欢呼声。文涛接着说："吕敬飞，虽有人命案，但皆因受其主蛊惑，视为从犯，死罪可免，但须经县里量刑处理，先押进乡里关起来！"吕敬兰流泪感谢文涛。

文涛与丰收、二亚带着民兵掘地三尺去寻找李阵辰。李阵辰身上不仅背负李阵风一家人命案，还有吕胜利家、三黑家，以及其他人家几十口人的命案。大家下决心，纵然是上天入地也要把李阵辰抓回来，把他的罪行公之于世，为冤死的亲人与乡邻讨回公道。文涛带民兵在下河桥的芦苇荡里仔细搜寻，还是无果。文涛突然想起，当年他逃难时，躲藏的那棵大树可在了？他和二亚走进村东的树林，幸好那棵经历磨难的大树还在，他们走近前去查看树洞，伸头一看，果不其然，李阵辰正靠在里面睡大觉呢。一声呼唤，上来几个民兵把李阵辰五花大绑起来。

于是开大会公审，判处死刑。暂押到城南乡公所，等候枪决。由文涛亲自押送。走到绿豆湾时，大堤两岸的麦田已翻动着金浪，河边的芦苇荡里芦苇青青。阵风、文江等的坟头上萋萋绿草呈现在眼前。文涛让李阵辰停住脚步，立在阵风、文江的坟头边，李阵辰说话了："我知道，你是想让我向你大爷、大哥赔罪，是吧？争夺绿豆湾这块地，在角逐中，你家和我家，总的来说有胜有负，你大爷一家已断子绝孙，不过，我大哥一家也已断子绝孙，算是一报还一报。而我呢，就要被你们枪决了，想想我们当财主的也够惨的，老天呀，想不到穷人赢了！"文涛说："不错，我们赢了，穷人翻身了，你们财主作威作福的日子彻底结束了。你刚才说错了，我大爷家并没有断子绝孙，我还有小侄子抗胜呢。"李阵辰嗤一声笑说："你还做梦呢，你看，那是什么？那个小土疙瘩，正是抗胜的小坟。哈哈哈……"抗胜的坟墓？文涛看见那里果然鼓起一个小坟包，难道那是抗胜的坟墓？疼痛一箭穿心，文涛的心似乎被摘掉一般地痛。李阵辰幸灾乐祸的笑声，激起了他的愤怒，他举起了手中的枪。"你笑什么？小小的抗胜悲惨的命运，不都是拜你所赐？"文涛眼里喷火，杀机显露，李阵辰害怕了，大声说："别，别，你们共产党不是优待俘虏的吗？况且还没到杀我的时候哪！"文涛的枪口依然在对着他，李阵辰又说："别忘了，当初是文凯救了你一命啊。"文涛把枪放下了，上前一脚，把他踢翻在地，怒喝道："跪下，向我大爷、大哥谢罪！"李阵辰见文涛像一只激怒的豹子，他胆战心惊了，立即跪下连连磕头，说："阵风大哥，我错了，我向你赔罪，来生变牛变马，供你使唤。"

文涛押着李阵辰继续向城南乡公所走去。走至芦苇丛生的浓密处，李阵辰央求要解手。他说："大侄子，人有三急，求你给我松松绑，我要大便。你放心，我逃不了的，你们已布下天罗地网，我能逃哪儿去？"文涛也料想，他是在耍滑头，但又想，他已是网中之鱼，鹰爪下的兔子，逃不掉的，于是就解开了他手上的绑绳。可是，半个时辰过去了，李阵辰还在芦苇丛里磨蹭，文涛嘲笑："别在那里拉滑头屎了，你的小心思就省省吧。"李阵辰只好走出来，主动伸出双手，说："麻烦你，绑上吧！"文涛拿绳去绑他，谁知，李阵辰猛地一推文涛，文涛脚下一滑，跌倒了，李阵辰趁机撒腿就跑。文涛跳起来，举起了手枪，瞄准——然而，当他看到李阵辰满头白发，佝偻着身子，瘦骨伶仃的四肢，跑起来像一只八脚螃蟹一般，惶惶然像丧家之犬，想到此时的李阵辰与当年不可一世的李阵辰已不可同日而语，他老了！他败了，彻底败了！报仇，一定是虐杀吗？他还值得去穷追猛打吗？他想到了文凯那曾经爱笑而单纯的脸，今日沧桑凄然的表情，文涛犹豫了，缓缓地将对准李阵辰的枪口垂下了。

多年后，得知李阵辰当年一口气逃到了山西平遥，隐姓埋名，躲在煤窑里替人掏煤谋生。晚年靠捡煤渣度完他罪恶而凄凉的一生。

第 83 章

又 见 故 人

　　这天，文涛回到李子园的家中，惊讶地遇到一个故人——胡莲雪！当时，她正与大娘、二娘一起痛哭，哭得悲恸惊天。看到她的一刹那，文涛的刚刚放晴的心情马上又沉重起来，阴霾又布满天空，越来越阴沉。

　　桃花红，梨花白，春天同样在淮南的姚家湾不停地变换美景。殷红的桃花还没有褪去她腮上的红晕，雪白的梨花又迎风招展。在姚湾小镇上，胡莲雪桃花开时，来看桃花，她忆起当年与文江去迎接讨饭归来的二婶、三婶时，她已身怀六甲，在享受着迎接新生命的幸福时光。梨花开时，她来看梨花，她忆起，在那梨花盛开的阵风大院里，她坐在院子里，怀抱小抗胜，梨花飘落在娇儿的脸蛋上，文江捏起娇儿脸上的花瓣儿，却插在她的鬓角上，又用他细长的手指插进她的乌发缝隙里，轻柔地摩挲她的发丝，她痒痒得直乐呵。那时那地，一切都是多么地美轮美奂。年年花开皆相似，可叹可悲的是年年岁岁人不同。自那年，在姚湾镇上，她巧遇了文海、文涛之后，她常常来到他们相遇的地方等待着，盼望着，希望再一次与兄弟俩相遇。因为从他们兄弟俩的眉眼笑貌中，她似乎能看到文江的影子；从他们谈话中能捕捉到文江的声音，更希望能从他们那里得到抗胜的消息……她盼啊盼，盼来桃花开了，又落了；又盼到梨花开了，又落了；见到大军来了一拨又走了一拨，但再也见不到他们兄弟俩的影子。

　　胡莲雪最爱在这片临街的花树下徘徊，她的丈夫，以为她爱看这里的花，也因此养成习惯并摸清了她的行踪，也常常来这片花树下找她、陪伴她。

　　她现在的丈夫名叫姚连宝，一位白白胖胖、眉眼清秀的年轻商人，从事贩卖竹笆生意。为人很和蔼善良，看待胡莲雪犹如掌中之宝。每次跑生意回来，都不忘给胡莲雪买来精美的首饰、美丽的衣服，还会特为她带来外地的特产小吃。把胡莲雪装扮得浑身锦绣、满头珠翠，让她享受锦衣玉食的生活。可是，胡莲雪自从嫁过来，从未开心笑过一次，从未主动讲过一句话。她总是静静地坐在一隅，或托腮沉思，或凝眸远望，还时不时地以帕拭泪，状如西子捧心，轻蹙蛾眉。丈夫姚连宝不知其中缘故，只猜定她或是思乡，或是闺中弱柳娇质，身体不适而导致这般，便百般地细心呵护她。冬天冷时，就把饭菜端至床头喂她吃；晚上，把滚热的洗脚水端到她跟前，蹲下身来，为她洗脚。当胡莲雪对镜梳妆时，他就站在她身旁，面带微笑地替她轻描蛾眉，柔情款款地在她乌云般的鬓角插上珠翠辉煌的头花，轻柔地帮她戴上玎玲流光的耳环。

可胡莲雪心里是怎样认为的呢？纵使你举案齐眉，到底我还是意难平，我心里刻骨铭心思念的人儿仍然是我的文江，梦牵魂绕的是我的抗胜。我人在淮南，但心却在淮北。她在心里觉得很对不起他。他那里是喜滋滋娶娇妻美眷，可我这里是滴不尽相思血泪抛红豆；他那里是雕梁画栋花柳满画楼，我这里却是睡不稳纱窗风雨黄昏后；他那里是锦衣玉食供床头，我这里却是玉粒金莼噎满喉；他那里是金花玉翠插满头，我这里却是照不见菱花镜里形容瘦；他那里是喜上眉梢，笑口常开，我这里却是忘不了新愁与旧愁，才下眉头又上心头。故乡啊，山遥水远，青山隐隐，绿水悠悠，今载过去，明年是否绿草埋我坟头？

胡莲雪与文江，历经生死磨难才赢得有情人终成了眷属，她本打算今生今世跟定了文江，即使是吃糠咽菜，也毫无怨言；他们本是白头鸳鸯不分离，孰料一夜之间，人鬼殊途，天上人间，银河岸隔断了牛郎织女双星。她怨呀，怨自己不能如前朝的英台女那样去化蝶追夫，双双对对翩翩飞在花丛，永不分离；她恨呀，恨上天不安排他们一如牛郎织女那般，能一年一度鹊桥上相会。怨重重，恨重重。她和文江的这段未了情，令她百般不舍，有心追随他而去，一了百了，可一想到她的小抗胜，她就愁肠百结，那是她留在这个世界上的唯一理由，她怎能割舍那一声声呼唤娘亲的骨肉娇儿？我的娇儿呀，为了你，娘留也留不好，去也去不得，你难为死为娘了呀，为了你，娘每日流不尽泪千行；为了你，娘每日愁肠百结心万缕。她感觉她简直就是一只春蚕，满腔装的是愁丝，满心装的是泪水，是不是春蚕到死丝方抽尽，泪方流干？

一天夜晚，姚连宝被一阵凄惨的哭声惊醒。他惊坐起来，听得哭声竟然是来自枕边人——"我的金马驹子，银牛犊子哪，我的亲人啊，我的夫哇——"姚连宝感到好生奇怪，他忙点亮了烛灯，看见娇妻一脸的泪水，此时她仍沉浸在梦境里哀泣不已，边哭边诉。他轻轻地推醒了她。胡莲雪醒来了，问："什么事？"姚连宝柔声说："你半夜三更哭什么，做噩梦了吧？"

胡莲雪惊讶地问："我哭了吗？"她以手摸腮，腮上尚淌着泪水；一摸枕头，果然枕巾都湿了一片。姚连宝正襟危坐，问："你知道，你哭的什么吗？你一个黄花大姑娘嫁来的，怎么哭道：我的金马驹子，银牛犊子，那是什么？我的亲人，我的夫，又是怎么回事？我不是好好的吗？"胡莲雪披衣下床，端端正正地跪了下去。姚连宝大惊失色道："这？怎么回事？！"

胡莲雪哭道："我先说一句，对不起！我，并不是什么黄花大姑娘，是我爹——那个老狗，瞒着你，把我当作黄花大姑娘嫁给你的。其实，我并不是。"姚连宝闻言，眉头一会儿跳上发际，一会儿拧成疙瘩。胡莲雪继续说："其实，我是有过丈夫和孩子的人。由于地主老财杀了我的丈夫与公公，我本想守着儿子过一生，但没想到，被我爹与后娘强迫远嫁到此，就等于把我卖了，从今撒手不管我的死活了。"说后捧脸哀泣。

姚连宝听了，感到五雷轰顶。但他看到胡莲雪哭得梨花带雨，哀怨凄惨，他心里涌起无限怜惜，心疼地说："快快起来，地上凉！"胡莲雪却跪着不起，她说："你休了我吧，我隐瞒了你那么久，我感到是天大的罪过！"姚连宝也流泪了，他说："也罢，你我之间，我不计较什么就是了，你如今只落得一个人，怪可怜的，你若忘记往日伤心事，继续跟我做夫妻，我还会待你如初！"胡莲雪摇头道："可是，我……"姚连宝抱住胡莲雪说："没有什么可是，你已经是我的人了，我就负责你到底。快起来吧，看，你的手脚都冻得冰凉了！"

姚连宝趴在窗前，听听外面的动静，悄声对胡莲雪说："切莫声张，千万别叫爹娘与外人知道了。你的秘密，就是我的秘密，我守口如瓶就是了。你我两人，一个在淮北，一个在淮南，远隔千里，却能结为夫妻，看来是缘分天注定，也许是那位仁兄在天之灵托我来照顾你的。我不计较，一切安好，你可以心安了吗？"胡莲雪扑在姚连宝的怀里，哭道："傻瓜，你为什么要待我那么好啊？"

尽管胡莲雪在淮南姚家过得衣食无忧，尽管依然受到丈夫姚连宝的爱心呵护，但还是挡不住她对文江、对抗胜刻骨铭心的思念。思念，让她衣带渐宽；思念，让她逐日憔悴；思念让她噩梦连连，精神恍惚。尤其是，每当她看到两三岁的孩子，就看不够，若是有机会抱在怀里，就百般不放，直到人家孩子的娘来抱走时，她还不舍得放手。几次三番，近处有孩子的人家，发现她有些不正常，一见到她就吓得躲得远远的，弄得姚连宝很是尴尬。久之，甚至公婆也开始疑心她精神有毛病了，但他们也没说什么，只是要求她尽快给姚连宝生个孩子。就这样，胡莲雪整日以泪洗面，伤心过度，近一年了，肚子仍不见动静。公婆开始埋怨，话里话外，说姚连宝娶个花瓶，只好看，不中用，娶了一只不会下蛋的美丽的花母鸡。

姚连宝并未对胡莲雪失去耐心，他依然珍爱着她。但再美丽的容颜也经不住蚀骨销髓般思念的摧残，胡莲雪渐渐憔悴得形销骨立、面黄肌瘦、乌黑的青丝间竟有白发突现。可怕的是，她精神上真的出了问题，有时一天坐卧不安，烦躁易怒；有时吃着饭，忽然把碗盘推掉一地；有时坐在梳妆台前，挥手一扫，把所有的粉盒、首饰等扫落出去；有时一天都不说一句话，像个活死人。

看到她这样，姚连宝也备受折磨。一天，姚连宝问她："你到底要怎样，才肯高高兴兴地跟我过日子？"胡莲雪说："放我回去一趟，我要见见我的儿子，哪怕只看一眼，见我儿子一面，知道他活得好好的，我就甘心回来跟你好好过日子。"姚连宝一听，也有道理，胡莲雪患的是相思病，必须带她回去一趟。于是他就送胡莲雪回到了口子街西关。刚刚回到她的娘家，不等吃上一顿安稳饭，胡莲雪就迫不及待地坐上毛驴车，赶到了令她魂牵梦绕的下河桥的李子园。她带来了一车子好吃的、好玩的，都是为抗胜准备的。

到了阵风大院，胡莲雪惊讶得目瞪口呆——昔日还算气派干净的大院，只剩了残破的墙头，井旁的几棵杏树、梨树，往日接连地开出粉红、雪白的花朵温馨着他们温柔梦乡的景物，如今连一点痕迹也没有了。但往事一幕幕，恍如隔世，却又历历在目，又回到熟悉的地方，千言万语，百感交集，一时难以尽述。她疾步走到二院找二婶。二婶杨氏迎出来，她喊了声："二婶！"杨氏转身看到她，大惊，叫一声："我的儿，你怎么来了？"胡莲雪像久未见着娘的孩子，扑到二婶的怀里嘤嘤地哭了。杨氏心疼地抚摸着胡莲雪的后背，安慰道："我的儿啦，别哭了，快快进屋，歇歇脚！"

在二院的门口，靠西的一间小屋里传来了声音，"谁，谁在外面说话？"那是汪氏听到了似曾相识的声音，她在喊叫。杨氏说："孩子，来，进屋，去见见你婆婆吧！"胡莲雪说："啊，婆婆尚在？她，她在哪儿？"

"在屋里，进来说话吧！"杨氏把胡莲雪引进屋里。汪氏一见往日的媳妇，激动得又像哭又似笑，欠起身子大叫："啊，莲雪，我的儿呀，真的是你吗？我的儿呀，我不是在做梦吧？没想到，有生之年，咱娘儿俩还能见上一面！"胡莲雪扑到汪氏的床边大哭道："婆婆，娘啊，我终于回到你的身边了——"便放声大哭。一时间，小屋里充满了哭声。莲雪突然停住了哭声，东张西望，"抗胜，抗胜呢，我的金马驹子呢？娘回来了，怎么不来见娘呀？看娘给你带来多少好吃的，多少好玩的！"

杨氏不敢吭声，汪氏一听她提到了抗胜，就立即大放悲声哭道："抗胜呀，我的乖孙子呀——我家的金马驹子呀，那个天杀的没了良心的呀，害死了我的金马驹子啦——千顷地里就剩一棵苗，也没给我留下啊——"啊！胡莲雪听出了什么，她当场仰面朝天，晕倒在地，不省人事了。杨氏慌了手脚，一边埋怨道："大嫂，你说话悠着点，看，把孩子激着了！"一边手忙脚乱地给胡莲雪揎胸口，掐人中穴，捣鼓半天，胡莲雪口里吐出一口黏痰，清醒过来。文涛回到家时，胡莲雪刚刚醒过来，她大叫一声，撕心裂肺："我的抗胜，我的金马驹子哪——"得知自己日思夜想的孩子竟然不在人世了，胡莲雪高大的身材直蹦直扑棱，像一只扑棱蛾子一般，扑棱扑棱就又昏厥过去了。杨氏与文涛手忙脚乱地又给她揎胸口，掐人中。鼓捣半天，再次把胡莲雪救醒过来。可是，醒来后的她，又扑棱几下，再次昏迷过去，一连昏死过去三次。杨氏吓得简直没招了。汪氏看着往日的儿媳如此伤心欲绝，卧在床上，张着嘴地儿呀孙呀地干号。此时的汪氏也后悔，当初不如让胡莲雪带走小抗胜。

文涛看到昔日的大嫂如此悲痛，他心如刀绞，泪如雨下，手脚无措。胡莲雪再次醒来，发了疯地尖叫："文江——我回来了，你把我带走吧；抗胜——我的金马驹子，娘来了，你跑哪里去了？你快来啊，让娘抱抱你！"一声尖叫，凄绝人寰，她又一次昏死过去！汪氏也哭得昏死过去了。杨氏彻底慌了，忙让文涛喊来邻居帮忙，不然要出人命了。呼啦一下，众邻居赶来，看到往日仙女般的胡莲雪如今落得如此悲惨，众人为她惋惜，无不为她掬一把同情之泪。杨氏让众邻居先救醒了大嫂汪氏；然后派人去荣家湾请胡莲雪的姑妈过来。众人七手八脚地救治胡莲雪。文涛给胡莲雪掐人中，拍背，但见胡莲雪依然昏迷不醒。有迷信的乡邻说："怕是她多久不回，文江的魂来附体了，她的魂已出窍，赶紧把她唤回来！"虽然文涛相信世界是唯物的，但在危急时刻，他还是依照吩咐，大喊："大嫂，回来吧，大嫂醒醒吧……"大约一顿饭的工夫，胡莲雪才清醒过来。此时胡莲雪的姑妈来到了，看见自己的侄女被悲痛折磨得如此之惨，心疼得她"心呀、肉呀"地直叫。胡莲雪看见姑妈，扑到姑妈的肩头抱头痛哭。这一场痛哭，简直像一场暴风骤雨，打落了一片春天。哭个够的胡莲雪，提出要去看文江，找抗胜，说后，便发疯般地向绿豆湾的大堤上跑去，众人不得不尾随她而去。

文涛也不明白，可爱的小抗胜怎么就死了呢？

当初，阵风、文江被杀之后，为了保住文江的一根独苗苗，汪氏央求女儿、女婿帮她养育抗胜。汪氏将绿豆湾的田地以及家里的房子拆了，连同木棒、石头、院子里的树木锯掉都送给女儿家，女婿郑尧多答应了养抗胜。

抗胜思念母亲，体弱多病，他渐渐消瘦，原本雪娃娃般的小脸儿，变得蜡黄瘦削，只剩一双大眼睛了。文霞有些害怕，就抱着抗胜到上河桥桃花湾找老中医为他看病、抓药。抗胜病情加重了，文霞就央求郑尧多抱着抗胜去找郎中。郑尧多很是爽快，他抱着抗胜就走出了村庄。回来后他跟文霞说："郎中说了，孩子没啥大病，只是着了凉而已。他交代，弄个热毛巾给孩子焐焐肚子，多喝些白开水就好啦。"文霞问："抓药了吗？"郑尧多说："孩子那么小，一天到晚吃那么苦的药，他能受得了吗？"文霞不敢与他多争执，就拿热毛巾给小抗胜焐肚子，给他多喂些白开水喝，但抗胜依然是腹泻不止，高烧不退。眼看着抗胜的病越来越重。汪氏看在眼里急在心里，但她考虑到，祖孙二人寄人篱下，告诫自己，有些事能忍则忍，把气憋在心里。

抗胜病得越发厉害，连馍饭都吃不下了，可怜一个雪娃娃，如今犹如秋冬之际一棵遭酷霜打过的嫩茄子，蔫了，几近枯萎。汪氏暴躁起来，文霞也沉不住气了，忙央求郑尧多再次带抗胜去看病，他正要抱起抗胜往外走，汪氏一把夺过孩子，没好气地说："谁都不必劳烦，我自己带他去看病！"她扭着小脚，气呼呼

地抱着抗胜走去。

到了郎中那里，郎中一看孩子，便直叹气，说孩子的病情已被耽误了，汪氏一听，她一阵伤心，落泪不止。她拿了药，匆匆回来。到家煎药喂抗胜，但抗胜已经吃不下药了。她想起郎中的话，忍不住炸了起来，她不敢骂女婿，便骂自己的女儿道："孩子病了，不给孩子拿药吃，总是喂他白开水，若是白开水能治病，天下谁还要郎中？我就落得这么一个孙子了，若是他有个三长两短，我跟你们谁能拉倒？"

文霞被娘骂得也炸了，她斗胆责备郑尧多道："老郑，你不该偷奸耍滑，不给我娘家侄子好好看病。你可凭着良心做事吗？"郑尧多脸色顿时黑了下来，但他反问文霞说："你哪只眼睛看见我偷奸耍滑来着？你不是亲眼看见我带抗胜看郎中的？"汪氏接口说："是的，俺娘儿俩也亲眼所见，你带孩子去看病了，可郎中亲口说，孩子的病被耽误了。这——怎么说？"郑尧多强辩说："郎中——想怎么说就怎么说。天地良心呀，他姥娘，您可不能屈赖好人啊！"

汪氏说："我屈赖好人？哼，谁做的啥事，谁心里清楚。孩子病了，不给他吃药，只喂他白开水，但凡把心眼放在正当中的，善待一个孩子，他也不至于病成这样。"

郑尧多一听不乐意了，他说："他姥娘，您这是非屈赖好人不可了！凭良心说，自您祖孙俩进了我的大门后，一年到头里，都是吃我的喝我的，咱不说了；小侄子多病多殃，我也跟着倒操多少心啊？整日为他看病拿药，倒坏了我多少钞？我养他一个孩子，比养我七个孩子花钱还多呢！"

汪氏一听此话更加气愤，问："你说什么？我跟抗胜吃到你的了吗？我问你，绿豆湾那块地一年要打多少粮食？就是抗胜一年到头吃药，也花不着你的一分钱。"汪氏与女婿你来我往地辩论一番，从此她与女婿之间揭掉了那层和气的面纱，互相怨怼起来，经常为一些小事吵架。一边是娘，一边是丈夫，二人吵架，文霞夹在中间，左右为难。

汪氏与女婿失和之后，她与抗胜祖孙俩的日子更加难过。有一次，当她进女儿的房间，再出来时，郑尧多就伸腿拦在房门口，说："你偷了我们家什么东西没有？别偷了东西，藏在身上啊。"汪氏大怒说："我们家的田地、家产，就连房子都扒了给你了，我还偷你家什么不成？"郑尧多说："人心隔肚皮，虎心隔毛衣，说不定呢，你偷我们家什么，我不查查怎么能放心？"汪氏大骂："混账东西，我能偷你什么？即便我拿了你们什么，也是应该的，那你要拿我怎样？"郑尧多笑了，说："看看，瞧瞧，老少爷们啊，看看这老太婆，不打自招了吧，她还是偷了我们家东西。今天，不由我翻翻，休想过这个门！"汪氏气得把裤腿挽得高高的，把上衣一脱，露出白花花的肚皮，大骂："混账东西，我让你翻，你翻，翻着了东西，我就三头撞死在你面前！"

汪氏出得大门，围着村庄大喊大叫，宣扬女婿占了她的家产，反过来还把她当贼防。可怜的小抗胜就在他们的争吵声中，被疾病夺去了生命，悲惨而死！

汪氏伤心欲绝，口吐鲜血，从此病倒了。她与女婿结下了不共戴天之仇，她要回家去，于是，文霞含泪把母亲送回到李子园。那时，文海正好回家养伤。汪氏在杨氏与文海母子面前大哭，悔不当初没把抗胜让给胡莲雪，今日后悔为时已晚。她央求道："文海啦，你就给大娘盖一间小茅草屋住下吧，以后，我死也就死在家里啦！"文海就协同文波一起为大娘建一间小茅草屋，让她住进去。返回之后的汪氏，越想越窝囊，就得了肺气肿这个病，从此卧病不起，眼看着已时日无多。

文涛气得怒目圆睁，愤而起身，说："我找郑尧多评理去！"杨氏拦住了他，说："清官难断家务事，当初你二哥文海也去找他理论了，但你大姐她还哭得很委屈，说她为了养娘和抗胜尽力了，结果是出力不讨好，受尽了委屈。你如今再去找郑尧多理论，能理论出什么呢？再争论，也争不出个子丑寅卯来。自古就是，寄人篱下，吃人家眼角饭。事不怪一个，当初，你大娘太偏信女婿的话，把什么都给了他，不给自己留一点后路，导致这个结果。"

如今，胡莲雪得悉儿子死得如此之惨，心痛得几次昏死过去。胡莲雪一口气跑到了绿豆湾，见到文江的坟头，正直秋季，衰草连天，落叶缤纷，天上洒下密密的细雨，"秋风秋雨愁煞人"，一看文江的坟头被一片荒草覆盖，当年做幡杆的柳树枝，已长成手腕粗的小树，在秋风秋雨中凄凉地瑟瑟发抖，胡莲雪就好像看到自己心爱的人儿在寒风中发颤一般，她的心在抽缩，在发颤，她便不顾一切地扑倒在坟头，放声大哭，她长号一声："文江，我的亲人哪——我终于来到了你的身边，我终于又看到你了！"她伤心的泪水像眼前的大河里的河水，绵绵不尽，悲戚不绝。她泪眼蒙眬中，看到文江的坟与荣秀英的坟比肩而立，那是两个坟头，虽不是合墓而葬，但犹如连体而立。胡莲雪与文江结缘，便是因哭坟而起，她想，荣秀英是有幸的，死去被丈夫垂念追悼不已；如今，她羡慕荣秀英，她情愿那躺在坟里的是她，让文江追念她。死去的人是幸福的，而活着的人是痛苦的，如今的她肝肠寸断，痛不欲生，备受煎熬，她真正体会到了什么叫生不如死。她多么希望，文江能听到她撕心裂肺的哭声，突然撑开坟墓，揽她入怀，让她随他化蝶而去。若果能那样，她会毫不犹豫地纵身跳进坟墓里。可是，她千呼万唤，也唤不回他的一声回应，终究也无法化蝶而去。

经年思念的块垒，恸哭一场，让胡莲雪清醒多了，在众人的劝说下，她暂时止住哭声。刚刚止住哭声，她便着急地四下张望，她在寻找小抗胜的坟墓。由于抗胜年龄小，不能入祖坟，就在祖坟不远处大堤下坡的绿豆湾田头，埋着一个很小的土疙瘩，胡莲雪一头栽下去，一声唉叫："我的金马驹子，我的娇儿——娘回来了，娘给你带来满车子好吃好玩的，没想到娇儿已入黄土啊——"一声凄厉的哭喊，直哭得鸟儿断翅，江河废流……

文涛到濉溪市委办公多日，心里放不下，便回家看看。他再次见到胡莲雪，被吓了一跳——悲伤催人老，美丽的胡莲雪已经是三分像人，七分像鬼了！

胡莲雪自得悉抗胜死去，就三天两头地往李子园跑，一旦跑来，就直奔绿豆湾大堤上文江的坟头，哭过文江再去哭抗胜，来回地哭，直哭得精疲力竭，被人拉着才肯离开。任凭她爹胡棺材怎样劝怎样骂，也不肯止步。无奈，胡棺材就把她关在家里，不让她出门。可她千方百计地逃出来，一经逃出，就直奔西来，一口气跑到下河桥的绿豆湾，一声凄厉的哭叫"我的夫哇——""我的儿啊——"哭得人见人躲，花听花落，不忍卒闻。

胡莲雪回娘家已有多日，痴情的姚连宝专程到口子街来接她。胡莲雪一口回绝他说："不，我不回去了！"姚连宝乞求道："爹娘只知你回家省亲，十分挂念，便问我，你何日南归？求求你，快快跟我回去吧！不然，爹娘可不依我啊！"胡莲雪摇头道："姚大哥，你又不是傻子，你看不出，我已是一个身伤心碎的人了吗？有道是，枯木难回春，落花难返枝，你再深的情用在我身上已没有用了哇！且不说，我对我的前夫文江有多留恋，就是我的孩子抗胜的死，已经要了我的命了！我感觉，我的心已死，我的身体，黄土已埋了半截，我已是时日无多，不中用了，连我自己也劝不回我的心了啊。"

说得姚连宝簌簌地落下了伤心之泪。胡莲雪于心不忍，她又一次跪倒在姚连宝面前，诚恳地说："姚大哥，你是世上难得一遇的大好人，家富人善，我胡莲雪能遇上你，算是上天对我的垂怜，可我就是天生的苦命伤心人，我本想哭前夫一场，见儿一面后，就回去跟你好好过日子，但不料儿子死了，我再也没有活的心了；我分明地感觉到自己已魂飞魄散，只是熬时间罢了，明年你若来，或许就会看到我坟头的草已是盖满坟头了！你是好人，好人终该有好报，我整日戚戚哀哀的，搅和得你好日子不得好过，我于心不安，我不能再耽搁你的人生了。你回家后，找一家知根知底的好姑娘娶了吧，别在我身上浪费感情了！"说过，她给姚连宝连磕了三个响头。姚连宝流泪说："你好好养病，等你好了，我再来接你回家！"姚连宝哭着走了。胡莲雪伏在地上，深深一揖。她目送姚连宝远去，一个转身又奔向李子园，来哭文江，哭抗胜。

文涛看到如女鬼一般的大嫂，伤心地回想，当初身为少妇的她，脸如秋月般静美，神态恬静，依偎在大哥文江的身边，一脸幸福，楚楚动人。她抱着抗胜，大眼睛里荡漾着甜蜜的笑意，说话总是轻言细语，吐气如兰，声音里充满了甜蜜与温柔，浑身充满了母爱的光辉，注满了安宁之美。就是在淮南看到她时，她依然有着动人的美丽容颜。可如今的她，披头散发，衣履不整，憔悴的脸上，一双大眼睛显得更大了，眼圈乌黑，目光失神，眼神干枯，再也没有往日的光彩。原来的白丝绸般的雪肤，已变得蜡黄如纸，并爬上了丝丝皱纹。更扎眼的是，原本的一头青丝，鲜明地闪耀着一缕缕白发——一朵鲜花就这样枯萎了，往日美若天仙的丽影再也找不回来了！文涛看到今日的大嫂，鼻子一酸，眼泪都出来了。她见到文涛流泪，就凄然一笑说："三弟，我们都是伤心人，我感觉我的心已经漏个洞，每天都在流血，早晚会流干的。那样也好啊，我就会早日去和你大哥相会了。还有，我可以见到我的娇儿抗胜了！"

再后来，胡莲雪发疯了，文涛见到她时，她赤脚露腿，到处乱跑，嘴里胡言乱语。但她再疯，再迷糊，她还知道跑来李子园，跑到文江、抗胜的坟上，时哭时笑，有时还咿咿呀呀地唱，娘家人把她捉回去，但不到半日她又跑回来了……偶尔，她恍恍惚惚地跑进汪氏的小屋里，指着汪氏说道："是你，是你害死了我的金马驹子，还我的金马驹子来！"汪氏被指责得语塞，她意识到，她当初的执念到底遭到儿媳的抱怨了，她悔恨地捶打自己，边捶打边哭边骂："老天爷呀，你对俺们家是赶尽杀绝了哇，我的金马驹子一样的孙子都没了，你还留着我多喘这口气干啥？早早让我死了算了！"

后来，文涛先后回家两次，办了两次丧事。他和二哥文海，在祖坟处又多安放了一个新坟头，那是大娘汪氏的；另外，在埋着小抗胜的地方又加一个新坟头，那是大嫂胡莲雪的。可怜，林花谢了春红，太匆匆……

第84章

扬眉吐气

在胡莲雪死后，杨氏刚刚平静了的生活又刮起一股风浪。因为，把胡莲雪葬在何处？为此，胡棺材亲自来到李子园，找到了杨氏。胡棺材说："她二婶，虽说小女改嫁他人，可她的心还没走出你们李家。可怜我鲜花一般的闺女呀，活活地想孩子想疯了，最后惨死在家里。照莲雪的心，那是生做你李家的人，死做你李家的鬼呀。她疯后，连我都不认识了，但她仍记得回李子园的路，记得文江、抗胜的坟。唉，如今她去了，我想，若把她埋到我们灉河大堤上，就远离了文江与抗胜，可怜她就做了孤魂野鬼。我想，把莲雪和文江及孩子葬在一块儿，以了她心愿，您看行不？"

"这——"杨氏犹豫了，说，"论说，莲雪已改嫁，不再是李家媳妇了。大嫂刚刚过世，没个人可商量的。唉，想不到，莲雪那么一个如花似玉的可人儿，如今落得……"杨氏禁不住流下伤心的泪。最后她做决定说："好吧，想到莲雪的仁义，想到她的可怜无依，我就做主让莲雪葬到绿豆湾的田头。可是，为了不犯忌讳，雪莲不能进祖坟，那就让她和抗胜埋一块儿吧。"胡意生千恩万谢地去了。一副棺材悄悄地进了李子园，胡莲雪已被装进这口棺材里送来。可是，去埋葬时，被郑尧多挡住了，他说："绿豆湾那块地已经是我家的了，要埋人，必须经我的同意。"杨氏问："你要怎样才同意埋人？"郑尧多盘算着说："为了这块地，倒浪费了我多少钱钞？多少粮食？我养抗胜，养抗胜的奶奶，可费了我不少钱钞呀！"杨氏听出了他话里的意思，懒得跟他争论，她便通知文海、文涛都回家来，一是为莲雪送丧，二是要回绿豆湾那块地。此时，文海、文涛兄弟俩回转家来，得知郑尧多提出过分要求，气不打一处来，于是兄弟俩兵临郑家大院。文海见了郑尧多先开口与他商量说："大姐夫，我们这次来，是想讨回我们李家绿豆湾那块地。"郑尧多一听脸一黑，说："这地原是李家的不错，岳母家的土地该由她的儿孙来继承，没儿孙继承，就由她女儿继承；再怎么着，也轮不着你们来继承，你们凭什么来要绿豆湾？"文涛说："姐夫，我倒要问问你，你从我大伯家拿走多少地？十三亩地，是吧？十三亩地，可以养活几口人？"

"这——不知道。"郑尧多说。

"当真不知道？据我所知，你家不到十亩地，养活你家九口人。我大伯家十三亩地，你没有养活我大哥的一个孩子，也没有对大娘尽养老送终之职，你有故意侵占他人财产之嫌，该当何罪？"文涛的话很有分量和威力，他的言之凿凿，让郑尧多削减了气焰，但他仍然不服气地说："谁说我侵占他人财产？当初可是岳母上赶着求着我，自愿把绿豆湾和家产给我们的！"

文涛生气道："就算你说得不错。可是，这么可爱的抗胜，被你虐待死了；大娘被你气病了，你把她撵回家之后，不管不问，你尽到半子之责了吗？大娘的五大财产你占尽拿完，到最后，活了不养，病了不治，死了不葬，你有什么权利继承她的财产？"一连串的责问，问得郑尧多哑口无言。文涛继续说："我把你虐待孩子和老人的罪行资料，递到乡里去，够批斗至死的！"

郑尧多一听吓出一身冷汗，他拿眼向文霞求救。文霞过来求情了，说："两个兄弟，进家来说话吧。亲不亲，打断了胳膊连着筋。咱们是亲姐弟，还要讲点情面，不要把老郑抓进乡里去啊。说抗胜是被虐待死的，那就言重了，凭良心说，我和你姐夫都视抗胜如亲生，没有短吃少喝分毫，可是，抗胜那孩子体弱多病，我和你姐夫倒是抱着他看过多次郎中，抓过多次药，可最终还是没能养活，我们不是不伤心难过啊。"文涛说："你六个孩子都养活了，偏我大哥家一个孩子养不活，能说得过去吗？"文霞抹眼流泪地说："天地良心，我都是一样养的，我丝毫没有丢奸，你姐夫也没有丢奸，可娘总是疑心他亏待了抗胜，你姐夫脾气不好，就和娘争执几句，是娘自己不愿意住我们家了，老郑也没撵她走。"

文涛说："我听大娘说，姐夫天天把她当贼防着，搁谁能住下去？可怜的大娘回到那个令她伤心的家，家呢？那是一片平地，你们连一根木棒也没给她留下！她无处安身，还是二哥和文波盖了一间小茅屋让她安身。她生病后，没见你们谁去带她看医生、拿药，也没有人去为她端一口茶，喂一口饭；还是二娘和二哥自掏腰包，供她吃喝，为她端药送汤，一直到她悲惨死去。大娘临死前还骂你们不孝呢，可怜她死不瞑目啊！你们如此不孝，该当何罪？这个我……我……"文涛越说越气，"我现在就拿他去乡里，斗他一斗，先把你们的地分了！"郑尧多吓得面如土色，再次拿眼求文霞，文霞也吓得不知所措，便"扑通"一声给两个兄弟跪下了。文涛说："大姐，你就是护短，你甭护着他！"他叹口气说，"新的土地政策要斗地主，分田地，要重新分配土地，你们占着绿豆湾，晚放手不如早放手……"郑尧多不再争执，便一跺脚说："罢了，罢了，把绿豆湾还给你们，

我不种了便是！"兄弟俩费一番周折，终于要回了绿豆湾，就这样，把胡莲雪葬在了抗胜的身边。

文涛向杨氏建议说："文波已经长大，尚无稳定的营生，何不在桥头建一家茶棚，卖大碗茶，供过路的人解渴，也权当文波与您老人家安生的资本。"杨氏一听喜上眉梢，文海也满口赞成。文波回家来，协同二哥、三哥一起在下河桥东头那里盖两间房子，又在前面搭一个棚子，这就是茶棚。茶棚落成之后，文海与文涛离开家，各忙各的事去了。杨氏与文波在家忙着搭灶台，购买烧水的大锅以及茶壶、茶碗，等等。忙好这些，杨氏心里开心多了，只等着文海、文涛回来给茶棚剪彩开业。

可是，一个人的突然造访，又打乱了杨氏刚刚平静的心。郑尧多来了，他不为别的，单为的是来出一口气。他黑不提白不提，单提到林彩儿的事。他毫不客气地对杨氏说："你李家人都说我偷奸耍滑，你李家也不是善类，想当初，你家儿媳林彩儿，就是被你李家给卖了，换了一头毛驴，不是吗？"杨氏生气道："这是哪里来的混账话？当初我把文秀给了赵家做童养媳，是赵家送我们一头毛驴。那时候林彩儿早就跟一个打烧饼的跑了，跑淮南姚家湾去了，文海、文涛在淮南还见到他们呢。当年，林油翁就这样冤枉了我，他还讹走了那头毛驴。今天，你又来嚼血沫子，嚼舌头根，也不怕天打雷劈？我知道，你是为绿豆湾的事，心里不痛快，来说气不忿的话的，是吧？"郑尧多说："谁说气不忿的话啊？我说的句句是事实。不承认就是抵赖。你们家现在有势力了，能整别人了。自己一身毛，还说别人是妖怪，哼，仗势欺人！"

杨氏被气得浑身发抖，怒道："谁仗势欺人啦？他兄弟俩要回李家的地，不是理所应该的吗？还有，我说我李家没有卖林彩儿，我敢拿我的两个儿子发毒誓，若是我说半句瞎话，就让天打雷劈我两个儿子。你也要发下毒誓在这里。"郑尧多说："反正我没说谎，我也不必发毒誓。"杨氏说："不发毒誓不行，不发毒誓就是诬陷我，我拉你告官去。"郑尧多说："发誓就发誓，我若说半句瞎话，就让天打雷劈我家小儿。""好！"杨氏说，"你走吧。有朝一日，老天爷会弄清真相的。"

那天，文海、文涛都回来为茶棚剪彩，文涛为茶棚取名为"海波茶棚"，亲邻好友前来道贺喝茶。等众人散后，杨氏便说了郑尧多来此，并提起当年卖了林彩儿的一事。如此一说，文海才想起一桩事，他说："是了，这一段家事公案，也该做个了断了，我与她解除婚姻，必须有个正式手续。"于是文海央文涛一块儿去林家湾走一趟。

林彩儿在淮南时，那个打烧饼的徐姓丈夫死后，她带着两个孩子回到了娘家。这天她正与林油翁一起忙着磨香油，突然，家门前驶来一辆小轿车，从轿车上下来两个衣着光鲜的人，直接走进她的院子里。她非常惊奇，定睛一看，啊，她

一眼认出走在前面那位个子矮、走路微瘸的人，那不是李文海吗？后面个子高高、相貌堂堂的，正是他三弟李文涛。

林彩儿在心里惊道：他们怎么来了？是来接我的吗？不可能。是来找我算账的吧？她忐忑起来。家门前拥来众多的人看热闹，农村人一见小轿车都稀奇地围来观看，叽叽喳喳地议论着。林彩儿忙躲进里间，透过窗户窥看外面。

林油翁一见文海、文涛，不知怎么说话，先愣愣地眨巴着小眼咧嘴一笑，又突然想起什么，喊道："老婆子，给客人倒茶！"

文涛在油乎乎的凳子上落座后，说："刚才走进屋里间的大姐，是我前二嫂林彩儿吧？"

"啊，这——正是小女。"林油翁答。

文涛问："她是从淮南带着孩子回来的吧？""你们怎么知道的？"林油翁很惊讶。

文涛笑说："在淮南我见过她。当时，国民党的一个士兵抢了她男人的烧饼，并把那男人打死了。那时他们其中的一个孩子也在那里。那天我和二哥正在淮南，亲眼所见。"

啊，亲眼所见？林彩儿在里间听得很清楚。

林油翁犹豫着说："这——是的。"文涛说："这说明，大姐是跟卖烧饼的私奔的了，并非是我二娘家卖的，事情终于真相大白了，当初，你牵我二娘的毛驴，是不是属于栽赃讹诈？"躲在里屋的林彩儿听见文涛说话，她想：我就猜到他们来者不善。

林油翁一听，有点发抖了，顺势就跪下去了。他说："其实，当时我也不清楚事情端底，当年我去卖香油，在街上遇到贩卖毛驴的郑尧多，他对我说，李家把我闺女给卖了，换了一头毛驴。我牵来的那头毛驴，为我磨香油，磨了七八年，老了，我又把它卖给郑尧多了。要不，我把毛驴钱还给你家，可好？"文涛说："起来说话，现在不兴罚跪了。"

文海说话了："我们不要你还钱，只要你还一个公道。我们今天来，一不是仗势欺人，二不是找你们算后账的。只要求你女儿在这张纸上签个字，明确表示，与我脱离夫妻关系，并承认当年并非我家所卖即可。"

林油翁拿起文海递过来的纸，走进里间，一会儿又捧着纸出来了。文海看见，纸上除了有林彩儿的签字之外，还有斑斑的泪痕，她肯定是流下了后悔的眼泪吧？

文涛说："请大叔跟我们走一趟吧！"啊，走一趟？林油翁吓得魂飞魄散。以为要抓走他呢。他再次"扑通"一声跪下了。文涛说："不要怕，请你到我们李子园走一趟，与郑尧多三面对质去！"

海波茶棚外，小雨霏霏，柿子正红，高高挂起了红灯笼。海波茶棚内，林油翁、郑尧多、杨氏、文海、文涛、文波都在座。

文涛说："你们谁先说？到底是谁诬陷我们李家卖人的？"林油翁先开口了，说："是老郑对我这么说的。他说，我闺女被你们李家给卖了，换了头驴。"

郑尧多说："你，你，你瞎说，我没跟你说这回子事。"林油翁说："老郑，不兴这么抵赖的，当初你就是这么对我说的嘛！"郑尧多擦了把汗，说："林油翁，你可不兴血口喷人啊，我当初没有这么说，这不是原话。你想讹人家的驴，瞎编的吧？后、后来，你反过来对我说，李家找不回你闺女，实在理亏，所以不敢来要驴了。卖人换驴的事，都是你自己编的，别屈赖我！"

林油翁骂道："你真不要老脸！"郑尧多还击他道："你才不要老脸呢，你讹走了人家的驴！"他俩吵起来了，互相推诿，赌咒发誓，对骂起来，摩拳擦掌，马上要打起来了。

文涛厉声大喝："够了！当年国难当头，我李家正是家破人亡、苦不堪言的时候，你，还有你，作为亲戚，不来帮一把也就罢了，反而来坑上一把，做出趁火打劫、落井下石的卑鄙勾当，是人吗？"骂得他俩低下了头。文涛接着说："你们两个，论法律，一个诬陷罪，一个讹诈罪，你们知罪否？"两个人的身子都哆嗦起来了。林油翁胆怯地说："知、知罪了，我赔驴钱。"郑尧多吭哧一会儿说："我，我，我赔礼！"

此时，杨氏与文波端来了大碗茶，每人面前放一碗，她说："也不要你林家赔钱，也不让你郑家赔礼，喝茶吧。别看这大碗茶，白开水，可是它能滋心润肺洗脑，做人也要像它，清清白白。俗话说得好，平生不做亏心事，半夜不怕鬼敲门；不说过天话，不怕下雨天打雷。做人哪，无论是说话还是做事都要凭良心，做正直的人，说真实的话，办正经的事；不要坑蒙拐骗，不要胡搅蛮缠，不要认为自己精明，别人都傻。说话做事不要瞒天过海，人在做天在看，头顶三尺有神灵，试看老天能饶谁？"二人都羞愧地低下头，齐声说："是，是，是，二娘教训得极是！"

此时雨过天晴，艳阳高照，天空一碧万顷，远处飘荡着几丝薄如蝉翼的云彩。多年来，杨氏遭遇到的都是冤屈、悲伤、郁闷，此时此刻，一切的不快瞬间都被一扫而空，杨氏一家脸上露出了灿烂的笑容，感到欢欣鼓舞，扬眉吐气。

第85章

天 下 大 白

1949 年 10 月 1 日，在北京天安门城楼，举行开国大典，毛泽东主席庄严地向全世界宣告："中华人民共和国中央人民政府今天成立了！"中国人民从此站立起来了！于是，一面鲜艳的五星红旗冉冉升上碧蓝的天空，随风高高飘扬。

"一唱雄鸡天下白，万方乐奏有于阗。"一时九州雷动，举国欢庆。

老爷子吸了一口旱烟，总结说："战争无赢家。但唯一结论，正义之师总会赢，胜利之神总是站在民众一边。这一声'中华人民共和国中央人民政府今天成立了'，可谓黄钟大吕，声震寰宇呀！老朽从未听过如此声音。只知道，历代帝王宣布登基，打的都是自家江山，姓刘、姓李或姓赵，却从来没有姓人民的，这可谓江山永固、海域无疆也。此人一出，世界为之改观；此声一出，世界为之震动。诸位，也许未来老朽看不到了，我把话先放到这里，诸位替我见证一下，此位伟人将会改写中华之春秋，威震全球，令寰球惊为天人，尚在日后。以往的百年魔怪，一扫而空！然而，魑魅魍魉，虎狼在边，虎视眈眈，将来呢，天下岂能如我等想象，从此就可马放南山，刀枪入库，天下太平了吗？未必——路漫漫其修远兮……"

"啊，打了百年仗了，天下还不能太平？依照您老说，难道以后还会有仗要打吗？"众人如此追问老爷子，老爷子一直都不再开口，似乎在那闭目养神；言玉便上前去摇晃老爷子，发现老爷子安详地睡着了，永远地睡着了！道宗老爷子，如同天神道仙，说了一番谶语，就羽化登仙而去，享年 97 岁。

整个上下河桥的人都来送葬。老爷子，百岁老人，恰如一乡的精神领袖，他的存在，犹如一乡人心上灯塔一般，高高地悬挂在人们的心灵上空，在那个风雨晦暗的年代，指引人们扬帆远航。乡人把老爷子送下地之后，大家思念老爷子，就走进惠风庐，有人把老爷子的破锅盖拿回家，有人把他敲鼓用的剔火棍拾走，有人收藏了他的老烟袋，有人搜集他写的字，有人收藏了他唱过的古书。据说，老爷子最疼爱的孙子言玉，得了老爷子的三个锦囊。老爷子曾交代言玉："人生如行船走马，风平浪静时尚有三分险，送你三个锦囊，可助你踏上风雨之程。"此话不知真假，有人想亲眼看看那三个神秘的锦囊，言玉已经考上了大学，离开了家乡。陶明耿言之凿凿地证明说，他曾亲眼看到过这三个锦囊。

明义问道："你凭什么能看到那三个锦囊？"

陶明耿说："就凭我给老爷子主持丧事，我就有机会见到。"

当初，陶明耿在宿州县衙看大门，文涛杀了李文璇之后，脑海里总是出现陶明耿曾用黑洞洞的枪口对着他的情景，他跟来枭晓说明，陶明耿就回家来了。回到家的陶明耿积极地参加斗地主分田地的运动，又与农民维持会的成员打得火热，俨然是一个积极分子；见小孩三分笑，见老人三打躬，俨然是一个善良谦和的老人；村里的大事小情，红白喜忧事都能看到他的身影，他在村里的地位，即将可以替代道宗老爷子了。

可是，这一天，蓝媒婆家突然来了一个后生，蓝媒婆问："你找谁？"后生一见蓝媒婆就号啕大哭："姥娘，可找到您了，我是小宝儿啊！"蓝媒婆跳了起来，"啊，你，你，你是小宝儿？"马小宝止住号啕声说："正是，姥娘，你都认不出我来了吗？"蓝媒婆哭道："认得，认得，十几年过去了，你都长大了，看这眉眼，看这小鼻子、小嘴儿，多像你娘灵月！你让姥娘想死了，小宝儿，这些年你都去了哪里了？"小宝儿说："五岁那年，我在临涣街头玩儿，突然来几个穿警服的人，他们说，我娘去了桃花湾姥姥家啦，是我娘让他们带我去找她。我就信了，结果他们一直把带我到了泗洪县。我在一个朱姓人家长大。我现在的父亲，为人还算忠厚。我现在双沟酒厂当工人，此次我到濉溪口子街参加酒展会。我还记得临涣镇与桃花湾，根据记忆，我便抽空回家找娘，但娘不在。我就到桃花湾来找姥娘您啦。我娘呢，娘在哪儿呢？"蓝媒婆一听他问娘，就止不住大放悲声："我那苦命的闺女啊，你到哪里去了啊——"

事该凑巧，此时，一个衣衫褴褛的乞丐婆，一瘸一拐地直奔蓝媒婆家，蓝媒婆开了门，给她拿吃的，不料那乞丐婆扑了过来，大喊一声"娘——"就晕过去了。她正是灵月！

解放宿州之前，在宿州那座小红楼内，灵月突然捧起一个白瓷盘，一摔两半。她拾起有锋刃的那一半，对准自己的手腕割去；但她又停住了手，她把半截陶瓷碎片藏进袖子里。是夜，风凄月寒。陶明耿像头牛一般撞开了门，醉醺醺地摸到灵月的床上。灵月第一次温驯地静躺着，任他动作。他正要得意时，灵月猛地欠起身，拿出那尖利的碎片，对准他的喉咙刺去。陶明耿感觉眼前一亮，他把头一偏，滚到床下，瓷盘尖只刺破了他的脖子后侧。他大怒，甩手给了灵月一巴掌，骂道："哼，臭娘们，想刺杀老子！哼，也罢，反正警察局长的位子我也坐不了

几天了，罪孽呢，我已够被打进十八层地狱了，我也不怕阎王爷再记上几笔罪证。明天我就把你卖到淮南妓院里去。"说完，他摔门走了。夜，凄寒入骨，残月也在落泪。灵月撕开床单，结成绳，悬上梁头。可是，绳扣没打好，她竟然从梁头上掉下来了。她哭了一会儿，冷静下来，既然阎王不收我，我就暂留一口气，继续找我的儿子小宝去。于是，她爬起身，冲入茫茫的黑夜，消失了。一年多来，她乞讨、流浪，为了找儿子，她用脚丈量遍了淮河北岸所有的村村镇镇。她走到城镇，但见战火纷飞，她就走向乡野村庄。她也不辨东西，只管胡乱地往前走，最终迷失了方向，竟不知自己的家乡在哪里了。她走着走着，突然发现，她熟悉的上河桥出现在眼前。啊，她跪地祈祷，感谢上天有眼，终于让她回到了家乡。出乎她意料的是，她回家之际，正是她们母子相会之时。

灵月母子重聚，一时间惊喜交加，一家人抱头痛哭，桃花湾的人拥来瞧热闹，都替他们一家人高兴。在看热闹的人当中，竟然还有陶明耿的身影。陶明耿和众人一起看热闹，解读眼前的故事，当他认出故事里的人物是灵月时，他扭头走出人群。原来当年，陶明耿喝醉了酒，透露他看上了美貌的灵月，惋惜她跟着癞头瓢弟弟白白浪费了。言华为讨好他，就授意言富、言荣去抢来灵月。癞头瓢拿命相搏，结果被言富失手打死，言富、言荣怕被陶明耿责怪，便拿一根绳子把他吊上树，谎称是他自己上吊死的。陶明耿一直认为言富是他的儿子，就囫囵地不去追究弟弟的死因。想当初，蓝媒婆因为灵月失踪找到陶明耿时，他倒打一耙，诬陷灵月跟人私奔，勾奸夫害亲夫，要追究蓝媒婆一家人的罪责。村里人信以为真，一直对蓝媒婆一家指指戳戳。蓝媒婆百口难辩，一直背着莫名的黑锅。如今外孙失而复得，女儿灵月也回来了，还揭开了一个惊人秘密——害死癞头瓢的不是别人，正是他的亲大哥陶明耿！啊，一切的一切，终于真相大白了！

陶明耿踽踽地从村东头走到村西头，走到明义、明锐家门前，又围了一堆看热闹的人，陶明耿抬脚又走进人群中，想看看发生了什么。只感觉人群里像炸开了锅，议论纷纷，陶明耿侧耳细听，据说，失踪多年的言池、言超回来了！村里人又一窝蜂地纷纷跑进明锐、明义家的院子里，来看热闹。他们看到两个年龄一如马小宝一样的年轻人，再往他们的脸上看，一看便知没有错，他们的相貌各像各的爹，确认就是当年失踪的言池与言超。据两位年轻人回忆，他们当年被警察放在马上一直走，最后把他俩卖至盐城的一个财主家去当奴使唤。如今解放了，那位财主已被镇压，兄弟俩尚记得自己的家在桃花湾，在当地政府的帮助下，他俩终于找到了自己的家。明锐、明义夫妇欢喜得又哭又笑，双手合十直喊："感谢老天有眼，感谢新中国，感谢人民的好政府！"

陶明耿弄清事情的眉目之后，又一个转身消失了。

啊，老百姓又一次见证了，一切的一切，真相大白了！

第86章

壮 士 悲 歌

新中国成立后的第二年，来枭晓被任命为濉溪县县长，而文涛被调到萧县担任县长。石仲辉担任公安局局长之后，任命周坤担任公安干警。言久被分配到四川成都担任文化厅厅长，携妻带子前去赴任。口子东关老城的"三久"口子酒店，由私转为公，变为国营企业口子酒厂，由李文海担任副厂长。而陶明昭由于思想开明，乐于奉献，急流勇退，回家后成为一名光荣的公社社员。

陶言华死在狱中，由言富、言荣帮他收尸体，送回家来。言中伏法之后，言华、言富、言荣都暂时被收进监狱里，言华到底没有熬过来，便死了；言富、言荣坚挺着遇到了大赦，暂判释放回家务农，劳动改造。当言华的尸体送到家的时候，病榻中的果香咽下最后一口气。文海、文涛回来帮助姑父办丧事，把他们都埋葬下地，依傍在言中的坟墓旁。那天，枯叶凋零，大雁哀鸣，在秋风萧瑟的暮秋里，走来一位穿白衣的美妇人，还带着一个两三岁的男孩，她走到言华的墓边，对陶明昭说道："这是格冲，是陶言华的儿子！"然后就扬长而去。她就是董琳儿。小男孩撕心裂肺地喊叫："娘——"陶明昭一把将孩子揽进怀里，泪流满面，仰天长叹："天哪，这才叫祸不单行哪！"在悲伤忧困之中，陶明昭不久也病逝了。

言富、言荣在家帮助父亲明曜养着言中的两个孩子格霆与格菲和言华的两个孩子格致与格冲，在家务农，和村里人一同下田干活，一如寻常百姓家。

看到言富、言荣毫发无损回来了，广大群众如蓝媒婆、祁镜的娘、苗宏仁的娘等不乐意了，说他们兄弟俩本是山匪大盗，杀人如麻，怎可让他们逍遥法外？他们犯下了滔天罪行，怎可让他们与乡人并肩劳动，让乡人与狼共舞？这让逝者何以瞑目？不杀二人，天理难容；不杀二人，民愤难平！

状告言富、言荣的信雪片一般飞进县公安局。石仲辉很是为难，便打电话上报给负责肃清工作的县长来枭晓。来枭晓了解言富、言荣，是有名的黑白无常，本领高强，对于他们犯下的滔天罪行，民愤很大。也了解到，他俩很讲江湖道义，知道他俩和文涛之间的特殊关系。他便打电话讨教文涛，如何处置二人。文涛接到电话后，沉默了一会儿，他就知道言富、言荣早晚躲不过这一劫。

回想，言富、言荣虽然出自土匪窝，生性冷酷，但也是性情中人，他俩既念亲情也讲江湖道义，他们从未亏待于他。二人从骨子里忠于他，敬重他，多次无私地帮助过他。他们对抗日效过力，也为解放宿州立过功；但这一切都难洗刷掉他们当年在城南乡屠杀共产党员和革命群众的罪恶，他们的双手确实沾满了众多人的鲜血！文涛因此发一声深叹："可惜了！"可惜什么呢？人做事，天在看，民在判，历史会把一个人钉在什么柱子上，是功在千秋，还是遗臭万年，不是由一个人说了算的，而最终审批的是民心，是悠悠之口，所以，文涛打电话回复来枭晓说："尽管我与言富、言荣私交深厚，但也不可包容他们的滔天罪行。他二人有功也有罪，属实。死罪可免，但活罪难逃！望老同学勘明情况处理，既平民愤，又犒功臣！"

来枭晓明白了文涛的意思，他便指示石仲辉下达拘捕言富、言荣之令。

但拘捕言富、言荣谈何容易？石仲辉是再清楚不过了。当初在龙脊山上的那段时光里，他和言朗每与言富、言荣打交道，无论智斗还是武斗，从来都没有打过平手，从来都是他俩的手下败将。如今要抓他兄弟俩，真是难煞石仲辉也。石仲辉只好去找周坤商量，周坤说："还用说吗？只能用智取，不可强攻。不使出玩龙捉虎的功夫，岂能降住他们？"石仲辉说："那你去吧！"周坤吓一跳，反问："你怎么不去？我岂是他俩的对手？"石仲辉说："我们自幼在一块长大的，抓捕他俩，我下不了手啊。"周坤说："我还下不了手呢，他们杀苗宏仁与祁镜时，我都在场，若不是他俩故意放我一马，我比他俩死得还早呢，好歹我要念他俩的不杀之恩吧？况且，你们自幼一块长大，身手都不凡，而我就差远了。还是你亲自去吧！"石仲辉把头摇得跟拨浪鼓一般说："我去不了……还是你去吧。"周坤恍然明白一件事，说："哦——原来你是考虑到，据说，你和言荣是一个锅里的馒头呢，哈哈——"石仲辉正色道："这——都是有些乡人胡扯的，况且这是父辈们的事，我哪里知道啊？但凭我对韦头领的敬畏之心，对言富、言荣的发小之情，我也不能去用绳锁去捆绑他们，所以——还是你去吧。完成此任务，我当以美酒接风，还给你记大功，怎样？"

周坤说："无事献殷勤，非奸即盗。呵呵，你只要请我就没安好心！不过，看来，你具有一副厚德、一副仁心呢，走喽。"石仲辉笑了："呵呵，我备一瓶好酒等着你，去吧，啊，这是命令！"周坤无奈地呵呵地嘲讽他："好大的口气呀，还这是命令呢，好吧，谁要你官大一级呢，嗨——"于是周坤悄悄地来到桃花湾潜伏起来，夜晚才去找明亮、明锐、明义商量对策。

七月的天气，暑气蒸腾，闷热难耐，多半是阴雨天气。农村人闷在家里无事，百无聊赖，突然村里的大喇叭响起来："社员同志们，告诉大家一个好消息，公社的宣传队送戏下乡，要到咱桃花湾演出。请社员同志们到村中央高台子听戏，看演出！"

噢，看戏去喽——村民轰动起来。言青走到明曜门前，喊："曜叔，搭戏棚子还缺一张箔，队长要借您家的箔使用呢，待会儿请您把箔送到高台子，行不？"言富出来了，说："我爹的腿脚不利索，我代他送箔去吧！"言青说："那敢情好，多谢老弟啦！"

一说看戏，缺少文化娱乐活动的农村人都兴奋地拥到村里一块高地，此高地称为"高台子"。言富扛着卷成席筒状的高粱秸做成的箔走在人群中，他的身后跟着言池、言超、马小宝、灵龙等一些年轻人；到了高台子，言富弯下腰、双手仍合抱着箔，准备把箔放下地，此时，马小宝与言池、言超等一拥而上，用胳膊粗的缰绳把言富连箔一起捆起来，捆绑成一个长柱子。

当时，言荣也远远地跟来了，但他眼尖腿快，看到势头不对，只一个转身就不见了人影。

周坤先将言富送到濉溪看守所拘留着，然后回村发动群众寻找言荣。三天过去了，五天过去了，依然不见言荣的身影。奇怪了，他难道逃到村外了？不可能啊，事前他在村子各个路口早已布好了哨兵，他绝无外逃的机会。他在村子的关键之地，大堤上下、豆田、玉米地里、高粱棵里等处，每一垄田地里都布置站两个人，就像梳头发一般，梳理每一处，连一只蚂蚱都不放过，但仍找不到言荣。

傍晚时分，伏蝶声四起。周坤与言青在村池塘边吸烟纳凉，眼睛仍不忘搜寻目标。池塘里的荷叶长势旺盛，阔大碧绿的荷叶铺展开来，高高地擎举着，覆盖着下面幽绿的水面；粉艳的荷花点缀在碧绿的荷叶之间，这里一朵那里一朵，像一盏盏明灯，熠熠生辉，空气里飘荡着一阵阵的清馨芳香。清风过处，荷叶卷舒灵动，引诱着人的眼球。细心的周坤蓦然发现，荷叶中间有一根光杆藕莲子，上无藕叶，藕莲子上端，微微露出水面，在不停地往外冒水泡，在水面上荡出一圈圈的涟漪，异常清晰。周坤反复地观察那里，并与四周情形相比较，他感到那里有蹊跷，他猜想，那里或许有一条大鱼，或许……他捣捣身边的言青，言青看了一会儿，恍然大悟似的，默默走开了。

过了一会儿，池塘边突然拥来了几十个后生，把小池塘团团围住。言青带着言池、言超等几个年轻人每人拿一张撒渔网，蓝灵龙也在其中，大家都在池塘里撒网捕鱼，当灵龙拉网时，发现网里那么沉，以为捕到一条大鱼，大家喊着号子一起用力帮他往上拉，拉出的竟然是一个人，是言荣！大家隔着渔网就用麻绳将他牢牢地捆个结实，捆成一个粽子。原来，言荣一直躲在荷塘里，把全身隐没在水下面，嘴里含一根藕莲子用来呼吸。听后，大家都感佩他的手段之高明。

经开大会公审，判言富、言荣死刑，先关押进宿州大牢，不日执行，群众欢呼雷动。可是，恰值庆祝第二个国庆节，再颁布大赦天下之令，正像文涛所料，死罪可免，活罪难逃，兄弟俩被改判无期徒刑，发配到青海刚察县劳改农场劳动改造，永世不得归乡。

言富、言荣又被送回濉溪看守所。在濉溪县的看守所里，文涛、石仲辉、周坤都来了，他们摆一桌酒菜，为言富、言荣送行。文涛端起第一杯酒，举杯说："我们哥几个，多年来，在公事上是亦敌亦友，但我们在私交上一直是好朋友，今天为我们的曾经干一杯！"

文涛又端起第二杯说："这些年我们经历了多少是是非非呀，我们身边多少人走了，可我们还活着，感谢上苍让我们再次相聚，来，为我们的今天干一杯！"

文涛又端起第三杯说："二位大哥其实是慷慨壮士，我们曾经合作融洽，你们也多次有恩于我，我没齿难忘。明日相去千里之外，此去天遥地远，请多多保重，来，为你们的明日干一杯！"

三杯酒下肚，言富的眼圈也红了，他戴着沉重的手铐与脚镣，给自己又满上一杯，说："文涛兄弟，你是个心里能装山能藏水的人，当初，愿意与你合作，甘心忠于你，就感于你瞧得起我们，你从骨子里敬我们一尺，我们就从骨子里回敬你一丈。要知道，我们出身于匪，在常人眼里，我们是上不了台面的反面人物，他们不是怕我们，就是鄙视我们。而你不是。你来到我们身边，把我们推向抗日的舞台上，好歹让我们为国人做对了一次，我们心中唯有感激之情。可是，在城南乡时，我们俩真正成了人们眼中的黑白无常，成了乡人的索命鬼，这次我们对于乡人做错了一次。但那也不是我们个人的错，为其主，听人谋，人在世上走，人的命运用你们文化人的话来说，就是随着舞台的变动而变动，天知道是谁让我们这些人这么做的呢？或许这就是命吧。人生就是一场豪赌，我大哥赌输了，我们俩也就赌输了，愿赌服输，今日纵使乡人把我们凌迟活剐，死去打进十八层地狱，我们也无所怨。我俩一生只结交了你，内心深处佩服你，以你为友，恩怨情仇此生皆不相忘，来生相报吧。来，我们干一杯！"

周坤眼睛里蒙一层模糊的云雾，也举杯说："我曾蒙二位不杀之恩，恩怨情仇，前尘往事，都不说了，来，干一杯！"

言富说："其实呢，兔子不吃窝边草，这句古训我们没有忘记，苗宏仁和祁镜等同乡人，我们本来也是不忍杀的，但是，当时我们还有别的选择吗？毕竟我们的心也不是石头做的。我也不必为我们的行为百般抵赖，做都做了，感恩或仇恨，不屑计较了，我们只等一个结果，别不赘述。"周坤说："我知道……"

石仲辉打断了他们的对话："别说了，以前的恩怨情仇都不要再提，来，最后为我们弟兄的此时此刻干一杯！"

言富拍拍石仲辉的肩膀说："老朋友啊，当初我们在匪窝里混的哥几个，就数你混得最好，言朗死了，我们俩如今落得如此境地，唉，人生真是一场戏呀，哈哈哈……祝贺你，来干一杯！"

言荣同样是一身铁链，他端起酒杯说："我早说过，我们兄弟俩放在谁手里都是一把利剑，等刀枪入库马放南山的那一刻到来时，我们这把利剑就该放哪儿就放哪儿喽。呵呵。"他破天荒地笑了一声，突然朗声唱起来了，"风萧萧兮易水寒，壮士一去兮不复还……"唱罢他举起酒杯一饮而尽。接着他又说道："这歌是历史舞台上，只配荆轲这样的壮士唱的，今日，我就借荆轲壮士之歌，以表我之心，大丈夫在世，混到这个地步，没有什么可遗憾的，死则死耳，无须惺惺相惜，感谢你们，感谢政府不杀之恩，来，干了这一杯，我们即刻上路！"

几人同举杯，齐声说："来，干杯！"

大家碰杯，举杯豪饮。此时，发现门外有人来了，言富突然惊叫一声道："爹，你怎么来了？""啊，我——来，来——送，送你——们……"这结结巴巴说话的人竟然是陶明耿，他激动得哽咽了，他以为言富此时肯认他为爹了，但他发现言富的目光却是对着他身后面说的，他转脸一看，不知何时明曜已站在他的身后。言富兄弟起身走过去，双双在明曜面前跪下了，明曜哭得已说不出话来，一双粗大的手掌只顾擦泪水。言富说："爹，多谢你的养育之恩，儿不能尽孝了，从今往后您要多保重！"言荣说："爹，您养儿一场，爹的大恩大德，儿至死难忘！"兄弟俩嘭嘭地跪地磕头，明曜一把抱着兄弟俩呜呜地哭，兄弟俩也哭了，真是又破了天荒！陶明耿艳羡而妒忌地站在一旁看着。明曜抽泣着交代道："到了那边听话，一定要好好的啊……"

来了两个荷枪的警察把二人押走了。当日夜半，言富、言荣就被押着上路，向大西北而去。可是，当走到甘肃河西走廊之西的茫茫大沙漠中时，他们突然萌生了逃跑的念头，因为拒捕，双双被押送人员开枪击毙。

来枭晓把电话打到文涛那里，文涛沉默半晌，也不知道说什么，他无奈地扶额叹息："唉，人生如此……一路走好！"

第87章

十恶不赦

灵月与马小宝，言池与言超回转家来，陶明耿深藏不露的秘密、十恶不赦的罪行昭然若揭，但他依然毫不在乎，还是那样泰然自若，我行我素。他每日还提笼架鸟，喝美酒，吸大烟，过着优哉游哉的快活日子。

他原来在蔡里山的妻儿，也搬回村里住。他家里还有后娘，可他从来不过问后娘的事。他的妻儿从山里来，没田没地，他也一概不问。他后娘只好安排他们一家几口住进癞头瓢的破草房子里。他一直自己单住单过，并不与他的妻儿在一起过。有人说，他私藏了好多银圆，但他妻儿从未见过他的一个子儿。在村野生活，他早出晚归，满村满野地转悠，身上有枪，腰里有刀，见鸟打鸟，见蛇逮蛇，山肴野味，美味不断。如遇村里人请他操办红白之事，人家还有酒有肉地招待他。他的小日子过得可谓人间天上。

根据言池、言超的说法，明义、明锐断定，卖掉孩子的事，定是陶明耿干的，当初还错怪了韦青凤。村里人说："陶明耿罪恶滔天，不杀不足以平民愤，必须马上动手，不然村里可能又要出大事。"村里人纷纷地去告状，说他罪大恶极，十恶不赦。于是"十恶"之人的罪证铺天盖地地呈现在公安局长石仲辉面前。

石仲辉看着雪片般的检举信，他默默无言。从感情的角度，石仲辉是对陶明耿怀有恻隐之心的，因为自小就与他打交道，人不亲情亲呢。况且他与陶言朗自幼一起长大，曾经形影不离，对于言朗的父亲，他在心里不免涌出一股浓浓的怜悯之情。

石仲辉在心里矛盾着。但让他逍遥法外，受害的老百姓不乐意，诸如桃花湾蓝媒婆亲自来状告他；明义、明锐也亲自来状告他；口子街里的王行好等人更是天天来状告他。

恻隐之情归恻隐之情，石仲辉还是暗暗地下了拘捕陶明耿的命令。但一想到拘捕陶明耿并非易事，上河桥、下河桥的人谁不知道陶明耿的身手与手段？石仲辉又找当公安干警的周坤来商量。周坤一听要抓捕陶明耿，吃惊不小，说道："陶明耿可不是等闲之辈，他那身手与手段，较之言富、言荣还深不可测呢，咱们三八五十的也挨不上他的边儿呀。无论是文斗还是武斗，咱们都不是他的对手。弄不好，擒虎不成反被虎伤。他临死前，捎带上十个八个小命陪葬，都不当玩儿。据说，他手里还藏着一把日式手枪呢，从不离身。"

　　石仲辉笑道："要是好办，我早就下令抓捕他了，还来向你讨教？你说，怎么办好？"周坤皱眉说："此事，还是那句话，只可智取，不可硬攻。我想起来村里一句老话啦——小孩要哄，老人要请。咱们何不在'哄'与'请'上下功夫？"石仲辉拍手叫好，说："具体怎么办，我就把这个任务交给你了，你执行去吧。"周坤瞪眼说："你——你套我啊，你又想把皮球踢给我啊？"石仲辉亦庄亦谐地说："你，你什么你，你不办谁去办？"周坤说："你呀你，你赖皮，你是黏年糕啊，黏着我就不放了啊！"两人哈哈大笑。

　　周坤再次回到了桃花湾。他先不打草惊蛇，而是不动声色地去串门，拉家常，至晚，悄悄地去拜见明亮、明义、明锐等人，与这几位农民维持会的领头人商议此事。明锐、明义一听说要法办陶明耿了，激动得摩拳擦掌地说："这一天终于到来了，拐卖自家兄弟的孩子，害得我们好苦啊，简直不干人事，我恨不得生剥了他！"周坤说："千万不要声张，事情只能这么办……"

　　冬天，天上飘着微雪，严寒异常。陶明耿腰里掖着那把日式手枪，插一把小匕首，在村里慢慢走动，还张着眼睛东瞅瞅，西望望，希望看到一只鸟或一条蛇。就是冬天，他依然时常打鸟啖肉，荼毒生灵。他从不惮于杀生，从不放过一道美味。可惜，冬季来临，蛇已进入冬眠，他为找不到蛇的影子而抱憾。野兔在冬季也很难遇到，他只有向树上寻觅鸟儿的身影，可是，斑鸠这样美味的鸟儿也不常见了，他能见到的多数就是那些在屋檐下叽叽喳喳的麻雀。他便制作了一把弹弓，一边走一边寻寻觅觅地往各家屋檐上瞅去。

　　明锐、明义二人似乎随意地迎面走来，明锐好像突然发现了陶明耿似的，说："哎呀，这不是明耿哥吗？我那里捉到一只野兔，交给了明亮嫂子煮着呢，此时该煮熟了。明亮哥已温好一壶老口子，还在惠风庐里摆好了一桌麻将，三缺一，正说要找你去，你竟自来了。走走走，明亮哥在家都等急了！"他们二人一个搀一个扶，缠着陶明耿走去。

　　惠风庐还像以前一样，敞开大门，纳四方来客。陶明耿被"请"进了惠风庐。一看，桌上果然摆的有酒有菜，吴氏从锅里捞出热腾腾香喷喷的野兔肉。一闻到香味，陶明耿的口水都流出来啦。明亮把他按进一张软座椅子里，陶明耿毫不客气，坐下就开始大碗喝酒大块吃肉。于是四人酒过三巡菜过五味，而后又打几圈麻将，让陶明耿赢得腰包鼓鼓的。但即使这样，陶明耿还是不肯放松警惕，只要面前有人，他就把枪握在手里。明亮看着他手里的枪说："老哥哥，我还给你烧好一袋上好的烟泡呢，你尝尝。"陶明耿好久没吸到这么好闻的大烟了，心里一喜，便把枪放到面前桌子上，双手接过烟，美美地吸上一口，吐出一股烟雾，眯着眼在享受。明锐走到他身后，给他捏捏肩，还捶捶背，似乎随意地把他的枪挪了挪；明义走来给他续烟，用身子挡住陶明耿的视线。明锐悄悄地把枪拿走藏在一边。明亮坐到陶明耿对面，亲热地与他东一句西一句地聊着家长里短，他舒坦地继续闭目抽烟。此时，明锐、明义同时都绕到他的身后，轻轻而又麻利地用细麻绳绕上他的脖子与上肢，然后猛地一齐发力，死死勒紧麻绳。等陶明耿发觉时，麻绳已经死死地勒住他的脖颈。然而，陶明耿毕竟是陶明耿，只见他顺地一躺，整个身子直直地飞出去丈余远，明锐、明义被他拖着匍匐着顺地滑行而去；陶明耿紧接着顺地打滚，眼看明义、明锐手里的麻绳抓不牢了，明亮大喊："你们此时不出手，更待何时？"

一直藏匿在惠风庐里的马小宝、灵龙甥舅俩和言池、言超兄弟立即飞跃而出，扑到陶明耿身上，欲用绳索擒龙伏虎。但见陶明耿的身子灵巧地滚动起来，滚得像车轮子一般，横着滚，纵着滚，众人根本扑不住他。此时，陶明耿即使身上缚着麻绳也站起来了，便拔腿疾跑出惠风庐；在千钧一发之际，明曜瘸着腿走过来了，陶明耿偏偏一头撞到明曜的身上，明曜被他撞得仰面朝天倒下了，陶明耿一时刹不住脚，反被明曜绊倒在地，跌了个狗啃泥。此时，周坤一跃而出，大喊一声："上！"从他身后拥出十几个身着便衣的公安人员，众人齐扑，按腿的按腿，压胳膊的压胳膊，村里人也拥来了，七手八脚齐上阵，犹如山中擒猛虎，涛中捉蛟龙一般，终于按住了他。明锐、明义急忙送上麻绳，公安人员一甩手说："不用。"说着，一把铮亮的手铐铐住了他的双手。

陶明耿细长的眼睛里喷射出寒光，如箭如锥，足以穿透每个人的心脏。他半是自嘲地骂道："哈哈，老子终年捉鹰，没想到今朝却被鹰啄瞎了眼！若不是上那几个小子的当，哼，你们这些熊包都过来，整村的饭桶都上来，也不是我一人的对手！"他这话是对着周坤说的，他的话令众人不寒而栗，也不容置疑。周坤抱歉而又语带嘲讽地说："对不住了，明耿叔，您是前辈，您在濉溪口子一带，为警长多年，谁不知道您的鼎鼎大名？在您眼里，我们晚辈都是熊包，村人也都是饭桶，可是，你知道吗？铐在您手上的这把手铐，就是当年您铐别人常用的那把啊！"众人听出了周坤话中的意味，都哄然大笑起来，其中明曜笑得最响，甚至瘸着腿在那里手舞足蹈起来，陶明耿如锥的目光刺向了明曜，明曜说："瞅啥瞅？这时候，你再来欺负我啊？来啊，来啊！哈哈……"而明义、明锐的两家婆娘脱下了鞋子，要一起来抽他的脸，被周坤拦住了；明义突然拿来一串鞭炮，明锐拿出打火器点上，于是，鞭炮噼噼啪啪地炸响起来，村里人都弹冠相庆起来。

第 88 章

关 山 难 越

新中国成立之初，文波已经长成轩然挺拔的大小伙子，他应时参军，成为一名光荣的解放军战士。

寒来暑往，时光荏苒，很快，文波当兵就转业回家了。当他回到家，发现家里多了两口人：一个是大哥的女儿麦儿，一个是他的未婚妻乔四芳。

文波问母亲："她们二人是怎么来的啊？"

杨氏说："她们呀——"

原来，在清明节时，朱茵的母亲来下河桥祭奠女儿，说到同村的龙家童养媳非常受气，常常遭受恶婆婆与大小姑子的欺负，杨氏一听，就怒火中烧，她说："那是可怜的麦儿。文江的女儿！她家没有人了，我要管！"杨氏亲自到龙潭湾去探看麦儿的生活状况，一看，果不其然，龙家连饭都不给孩子管饱。杨氏当时就把麦儿领回家来。规定龙家，到麦儿十八岁时抬花轿来娶。就这样，麦儿回家跟二奶奶一起照看海波茶棚的生意。

这天，家里又来了一位客人，是文波的未婚妻乔四芳，因她在家受嫂子的气，过不下去了，便被哥哥送来这里。她哥哥跟杨氏商量："可不可以提前让四芳嫁过来？"杨氏问："这——怎么可以呀？文波在部队里，没回来呢。"四芳的哥哥说："文波不回来也没关系，可以让别人替文波娶亲。"哦，这句话提醒了杨氏，她就让麦儿代替小叔叔把新娘子"娶"回了家。

文波看到麦儿，跟母亲说："麦儿在龙家受气，同是从小送人的，那米儿在钟家可受气？豆儿在白衣娘子那里过得怎样呢？"杨氏同文波便去钟家看米儿，到得钟家正遇到钟家后生在打米儿，爹娘在旁边还喝令狠打。杨氏文波大闹钟家，并把米儿带回家来。次日，文波找来文海、文涛一同兵临钟家，要教训钟家后生，并要求解除婚约。结果，米儿跑回家来，跪着求几位叔叔放过她的丈夫。钟家后生被感动了，便待米儿如宝，米儿遂过上了幸福的生活。

文波又去打听豆儿的生活，他回来后兴奋地告诉母亲说："听说，豆儿过得很好，白衣娘子搬进城里，还让豆儿在城里上学读书呢。"杨氏听了口里念佛："阿弥陀佛，豆儿过得好就好，且不要去打扰人家啦。"

有一天，文娟突然哭着回到娘家，说言玉在外上大学，婆婆吴氏给她气受。原来，文娟能说会唱，人又年轻漂亮，成了桃花湾公社宣传队的台柱子，并加入了中国共产党。婆婆吴氏嫌她在外抛头露面，她在外演出一天回到家，吴氏连饭都不给她留一口。杨氏与文波一听，抬脚就来到上河桥桃花湾，找吴氏理论。

杨氏质问吴氏说："当年，你和她大姑曾经打手接掌，下了保证，说决不给我家文娟气受的。如今她一过世，你就不认账了，忘了誓言啦？孩子随公社宣传队表演一天，回到家，你这个当婆婆的竟然连口饭都不给她吃。你当初说的话还算不算数？难道说，你唾沫吐到地上，又舔回来不成？"吴氏一翻白眼说："当初我说什么来着？我什么也没说啊。我管教儿媳，你也要来过问不成？"杨氏说："有你这么管教的吗？连饭都不给孩子吃。这桃李原上上下下的人谁不知道你的厉害？上欺老下压小的。你让别人受气我不管，你欺负我闺女就不行！我就问问你，你说话到底可算数了？你可是跟她大姑下过保证的啊。你说你怎么保证的来着？"吴氏说："那你问她大姑去呀。"杨氏说："她大姑这边去了，你那边就变卦。好，你既然变卦了，我就把我闺女领回家去！"吴氏不以为然地说："哼，你想吓倒我啊？大路朝南开，爱走不走，没人拦着你！"文波什么也没说，当即就领着文娟回家来了。

到家，杨氏马上让文波写信给言玉，问他，有没有能力保护好自己的妻子？言玉已经在五河县当了一名中学教师。他接到信后，立即搭车到李子园，直接把文娟接到了南方，远离了吴氏的魔掌。

麦儿很快长到了十八岁，看着龙家来花轿把麦儿隆重地娶回家去，杨氏长舒一口气，她对文波说："自你转业回家，只顾忙别人的事了，怎么不考虑一下自己的事呢？你看，四芳既贤惠又勤快，人温柔又甜美。别人的事你处理好了，该想想自己的事了。你的小日子怎么过啊？"并小声说，"赶快要个孩子吧，我着急上火地等着抱孙子呢！"

"呵呵……"文波羞涩一笑，"娘，别着急嘛，人家城里人都流行婚前检查一下身体，好生个健康的孩子。结婚前，我们想先做个婚检。"杨氏也笑说："哎呀呀，还赶个时髦呢，什么叫婚检，我也不懂，去吧去吧，只要是好事，你们就去办吧。"

于是，文波携四芳到宿州县医院去检查身体。因为之前，在他当兵的时候，他同室的一位战友就查出患有乙型肝炎病。军医曾警告过他们，要提防被感染上

肝炎病。后来大家匆匆地转业回家分散了。一说要结婚生孩子，文波就想起了军医的嘱咐，为防万一，就去检查身体。他和四芳检查一番，都抽了血样。医生告诉他们等一周后再来拿体检报告。一周之后，文波又带着四芳去宿州县医院拿检查结果。那天是个人间最美的四月天，春深似海，百花在枝头上百般红紫，斗芳争菲；树上的鸟儿在繁花嫩叶丛中欢歌雀舞，呼朋引伴，对对双双，在热恋，在筑巢，它们也在做着绵延子孙的准备。文波与四芳看到窗外火烈的春色与热闹的鸟儿，会意地相视一笑。

他们再次来到宿州县医院，很渴盼地拿到体检报告单。医生递过来体检结果单时，文波急不可待地先打开自己的化验单看，他居然看到一个可怕的迹象——肝部呈现阳性二甲！！！

犹如晴天霹雳，震得文波呆呆发愣，他年轻的心往下沉往下沉，一直沉到冰凉的深水井里去了。他们的检查单，必须拿去让医生看一下，先看四芳的，一切正常。医生恭喜她。四芳欢天喜地、娇羞而幸福地依偎在文波身边，重复一遍医生的话说："医生说，我一切正常。"文波在心里为她祝福，却为己悲哀。临到医生看他检查单了，文波怕四芳受不了，就说："我饿了，你出去给我买包饼干吃吧。"四芳很乖巧听话，她雀跃般地跑出去，为文波买饼干去了。

医生仔细地看了文波的检查单，看到他那呈现乙型肝炎的阳性二甲符号，他严肃地说："小伙子，结过婚生过孩子了没有？"文波红着脸结结巴巴地说："没……没结婚呢。"医生唉了一声说："刚刚那位，是不是你未婚妻？"文波答："是。"医生皱眉说："你这个情况，刚刚患病，传染性很强。短时间里，你不能结婚，不能同房，更不能要孩子！要知道，乙型肝炎的传染性，是通过三种途径传播的——性，母婴，血液。血液传染的病，就连夫妻同房都不能够继续了。你要是继续，就通过性生活传染给了你的妻子；若是生了孩子，病就直接传播给孩子。把病传染给他人和下一代，那样就不好了。"

医生的话，每一句对文波来说，都是一个霹雳，文波的脸色越来越苍白。买来饼干的四芳走到了门口，听到医生与文波的对话，惊得呆若木鸡，连手里的饼干掉落在地上都不知不觉，她倚着门，泪流满面。医生说完话了，文波摇摇晃晃地站起来，脚步沉重地走出医生的诊室，走到门口，他看到掉在地上的饼干，却不见四芳的影子。他明白，四芳肯定是听到医生的话了。

当文波找到四芳时，她站在医院大门外，大眼睛茫然地看着天，看着街景，眼睛是红红的，显然是刚刚哭过了。文波心里一凛，啊，她都知道了？而且也很在意我的病！回去的路上，一路无言。从宿州到濉溪的火车，车窗外，春色不再明媚，突然灰蒙蒙的，天空乌云密布，似乎有一场暴风雨要来临。一对鸟儿，突然从密林深处惊慌飞出，飞到半空中时，就分开了，一个向东，一个向西，远远地拉开了距离。文波盯着其中的一只，直到看不到它的影子。一层泪雾蒙住了他

的双眼。

回到家，四芳就睡倒在床上，晚上吃饭时，杨氏欢天喜地去叫四芳来吃饭，叫了几遍，四芳也没起床，推脱说不舒服。杨氏问文波："怎么了，小两口生气了？"文波摇头说："没有。"四芳在辗转反侧，在嘤嘤哭泣。她在哭她的命苦。在家受嫂子的拿捏，急急忙忙地嫁过来。好在是，婆婆开朗大气，未婚夫他不仅人帅气而且还对她体贴入微。她像久枯的禾苗，正喜滋滋地享受着天降甘霖。可谁料到，呼啦啦，平地起风雷，老天又给她使绊子！真倒霉啊，注定她这一生，没有好命吗？不但要伺候一个病汉子，而且恐怕连自己的孩子都不能生。

文波走进卧室，看四芳在哭泣，他温柔地说："你坐起来，我和你谈谈。"啊，那么严肃的口吻！四芳惊得坐起来了。

文波说："我的病，不多解释了，想必你都清楚了。我看出你很痛苦，也很烦恼。别痛苦了，也别烦恼了，我想清楚了，我不坑害你，也不想拖累你，咱们解除婚约！"啊，又是一个晴天霹雳。四芳惊呆了，但马上脱口而出："不，我不解除婚约！"

文波以为她听到后会很乐意，她竟然不同意，轮到他惊讶了，问："为什么？趁你年轻，又没孩子拖累，解除婚约对你不是最轻的伤害吗？你还有更多的机会选择更广阔的幸福前程呢。"

"不，我不要解除婚约，说什么也不解除婚约！坚决不同意！"四芳几乎是嘶喊着在说。

文波坚持道："你不解除婚约，过得也不痛快，何苦呢？我不想耽误你的幸福和青春，我是在为你着想啊。"四芳说："那我也不愿意解除婚约。我是为我的命运不好而悲伤，我并非是埋怨你，我不会离开你！我要照顾你一辈子，我宁愿一辈子不要孩子！"文波更坚持了，说："不，我不要你同情，不要因为我，牺牲你自己的幸福，分也得分，不分也得分！赶快收拾东西，明天我就送你回去！"

"不！我求求你，不要赶我走好吗？"四芳哭诉了一夜，也没挽回文波的心。

次日，四芳见了杨氏扑通一声就跪倒了，杨氏大吃一惊，问："四芳，你这是要干什么啊？"四芳哭诉文波要解除婚约的事。杨氏大怒，叫文波进来，大喝："跪下！"文波扑通跪下了。杨氏骂道："四芳那么好的女孩儿，人家不嫌咱家穷，不嫌咱家破，你拾个白馒头却嫌馊；趴倒拾了块狗头金，你不庆贺自己三生有幸，却还要嫌弃，出症作死，说什么要解除婚约，疯了吗你？"文波拿出体检单给娘看。"娘啊，我没有嫌弃她。是因为医生说，我染上了乙型肝炎，会传染，以后不能生孩子。我不想耽误四芳的青春啊。""啊！"杨氏的一颗热心瞬间掉进凉水井里了，哭道，"老天爷啊，你怎么那么不开眼，霉运怎么又找上俺家的头上了啊？"

四芳跪着说："娘，我不走。留下我，伺候你们娘俩吧，我就当你的闺女，当文波的姐姐，伺候你们吧。"文波说："不，你走吧。娘，我自己可以伺候。"

四芳哭倒在地，再三恳求，文波就是一个冷面郎君，一口咬定要解除婚约。乔四芳想：当初自己骂嫂子，好女不嫁二汉；嫂子回击：就看你可能一竿子甩到头了！今天，我要是回去，不让嫂子活打脸，被她笑话死吗？说什么，我也不会同意解除婚约，回家让嫂子看我笑话啊。可最终，还是解除了婚约。

眨眼间，秋日来临，秋风秋雨愁煞人。那天，细细的秋雨零星地飘着，文波已经备好了车，冷冷地在茶棚外等着，乔四芳要离开海波茶棚了。临走时，她又一次跪倒在杨氏面前，依依不舍，哭得天昏地暗，杨氏又心痛又无奈。她流着泪，拉着四芳说："四芳啊，文波赶你走，看似无情，可你要知道，他是好心，他不想害你一辈子啊。什么都别怨，怨只怨文波的命苦，无福。你，还是走吧！"然后别过脸去。四芳只得跪地磕了三个响头，凄然而去。

送走乔四芳之后，文波痛苦地躲在房间里三天没有出来。命运多舛，击倒了他那颗年轻的心。文海、文涛很心疼文波。好在文波能享受国家给予的退役军人的待遇政策，文涛帮文波谋一个在水利局就业的差事。就是在绿豆湾三岔河道，当年季老汉的水牢处，今天已建成桃李排灌站。文波就到那里做了水利站的工作人员。他上班处，离家只有二里之遥，上班兼照顾茶棚的生意，两不误。他上班之外没什么事，就蹲在碧悠悠的河岸边钓鱼。他身材颀长，长相俊逸，常戴一顶黑色的佐罗帽，神情冷峻，面对清流，目不斜视。河汉岸上左右村里的大姑娘、小媳妇，常在水电站院墙外出没，在河边洗衣服，在河里洗澡，任她们怎样嬉闹喧哗，文波依然是目不斜视，目不转睛地盯着碧波。姑娘们偷偷地给他起个外号，叫他"冷面罗成"。好多姑娘为他做起春梦，想靠近他，故意用喧哗声与嬉笑声，想惹起他的注意，可他就是冷冷的，把俊逸的容颜藏在佐罗帽子底下，谁也不看，谁也不睬。终于，有人熬不住了，就托媒人，走进海波茶棚，找杨氏提媒。杨氏给文波说此事，文波总是一口回绝，他已决定，唯母侍奉，孤独终老。杨氏无奈，纷纷辞了媒人。可有位叫荣三改的姑娘，就是不灰心。她见文波在那里垂钓，她就在文波附近洗衣服，干扰文波钓鱼，没话找话说。文波依然不理不睬，目不斜视。她找他讲话，他干脆收起鱼钩走人。他成了坐怀不乱的柳下惠。荣三改拿他无奈。有时，文波把他和母亲的衣服拿到河边去洗，他正在洗着，突然，连衣服带盆，都被荣三改劈手夺去。文波又诧异又愤怒地问："你夺我的衣服干吗？"荣三改也不回答他，拿着他的衣服，蹲在河边自顾自地哗啦哗啦地洗起来。洗好了，才推给他。文波也拿她无奈。

常常是，荣三改到达桃李水电站比文波上班还准时。可在一个夏天热火蒸笼的日子，文波中午回家吃饭，下午上班竟然晚了一会儿。等他到了桃李排灌站时，奇怪地发现，今日竟然没有见到荣三改的身影。却突然听到附近有人在喊救命！他以为是幻觉。"救命！救命！"喊声更真切了。他听出喊救命的声音来自附近

的玉米地。他循声走进去，发现一个全裸的男人正压在一个人身上，身下的人一边挣扎，一边喊救命，是一个姑娘！文波立即折断一棵玉米秆，啪、啪、啪，打在那男人身上，男人惊跳起来，跑了。文波发现躺着的姑娘正是荣三改，上衣已被撕破，露出白花花的肌肤。文波赶紧闭上眼，脱掉上衣。荣三改吓得又一次大喊起来："啊，你，你要干什么？"文波把上衣扔到她身上，转身跑开，追赶那个男人去了。那男人已跳进河里，拼命地向对岸游去。文波怕他再游回来，就掐腰立在河岸，怒对着那人。荣三改红着脸从玉米地里走出来，身上穿着文波的上衣。阔大的衣服裹住她娇小的身体，跟袍子似的。她看见文波站在河边背对着她，他的上身是那么地纤细，那么地笔直优美，尤其是他背上的皮肤细白得简直像瓷器一般细腻白皙，在阳光下闪耀着白花花的光。荣三改想到：他的身体比我的身体还白呢！想到此，她的脸更红了。她对文波说一声："衣服改天还你。"就跑回家去了。

从此，荣三改更加欣赏文波，了解到他是一位面冷心热的君子。发誓此生非他不嫁。但无论怎样，文波还是不为所动。荣三改对他说："你今生不娶，我就今生不嫁，就陪你垂钓到老！"于是，在桃李排灌站，河汊岸边，人们经常能见到这么一幅画面：一边是一个身着黑装、头戴佐罗帽的俊逸男子，在临水独钓，一边是一个拖着两条大辫子的青春少女，在不远处洗衣服；一个是目不斜视，一个是左顾右盼。

如今，杨氏总算过上了一段平安顺畅的日子。文海已娶妻生子，妻子俊美贤惠，儿女双全。女儿们如文雪、文秀皆过得很好；孙女们如米儿、麦儿也过上了顺顺溜溜的好日子；侄子侄女如文涛和文丽也时常来看望她；逢年过节，文霞也来看她了。家里瓜果梨桃等水果常常是堆满桌。可她还悬心远在五河的文娟。一天，她收到文娟的来信，在信中，文娟说："言玉当上五河县的县长了。"文娟还报喜道："他们已有了一对可爱的儿女，过上了幸福无比的生活。"

杨氏得信后念了一句"阿弥陀佛……"

一天，杨氏又听到一个喜讯，医生说：文波的病治愈的希望很大，治愈后，可以考虑结婚生子。

此刻杨氏的心情，犹如风雨过后见彩虹一般，灿烂无比。她不由自主又念一句："阿弥陀佛，老天终于开眼啦！"杨氏回想自己的一生，历经悲欢离合，阴晴圆缺，坎坎坷坷，起起伏伏，恰似"正入万山圈子里，一山放过一山拦"。生活的大山犹如道道难关，关山难越啊，不过今天，她历尽人间劫数，尝遍人生百味，终于蹚过岁月的山河，有望迎来阳光灿烂的艳阳天。

第 89 章

枯 木 逢 春

时光荏苒，又是一年春去秋来。正值燕子成双结对地辞去朔方温情的梁头，飞向多情的南方的时候，文涛回到李子园来看二娘。

杨氏关心地说："仨儿，椒红走了多年了，你怎么不再找一个啊？"文涛苦笑道："唉，找谁去啊？都快成半截老头子啦，还找谁去啊？"杨氏说："咦，这是啥话，这话我不爱听，谁说三十多就是半截老头子了？再说了，你身为县长，找个媳妇能作难？咱老李家的男人，个个都是好样的，唉，可就是，个个都命苦，一个个的，都不平顺。唉，不管咋说，不孝有三，无后为大。好歹找一个，生个孩子，你娘和我看着也高兴。我和你娘妯娌俩，自进李家的门都没红过脸儿，好得比亲姐妹还亲呢。看着你还这样单着，苦着自己，你娘担心，我也不开心哪！"文涛苦笑说："一天到晚在县里忙，顾不得考虑此事。以后再说吧。"

文涛为官几年，琐碎而忙碌的工作，纠缠得他身心俱疲，他感到生活没有了激情。忙碌一天，回到一个人独居的房间，马上感到孤独而忧郁。回想往日，在乡下，看那炊烟袅袅升起的地方，于艰苦中尽享流年的喜悦温馨，那时看山是山，看水是水，心儿像一股山泉，带着无限的期盼与激情，心无旁骛地流下山冈，去探寻远方。而今日呢？人生似乎走到一眼可以望穿的地步，再没有什么祈望的未来与激情。他甚至都不敢揽镜自照，怕照见自己憔悴的面容，斑白的双鬓，失神的双目，昔日那妙年白皙，沉静郁美的青春芳华，不复存在。一双大眼睛的眼角，堆起了几重皱纹。算算自己，不过三十几岁，但已经是苍颜白发，暮气沉沉，他感慨的不仅仅是岁月的无情，最主要的是自己的内心犹似枯木一般，毫无生气。窗外的秋雨，敲打着玻璃，秋风秋雨愁煞人。怀旧与思念慢慢晕染开来，充满了房间。孤寂的心情，将栏杆拍遍，纵有万种风情，更与何人说？

此时，文涛在萧县县政府后院自己的宿舍里，照例铺开纸，练毛笔字。近来，他下班回来，以练字打发时间，他写纳兰性德的诗词，反反复复写他的《忆江南·宿双林禅院有感》——

心灰尽，有发未全僧。风雨消磨生死别，似曾相识只孤檠，情在不能醒。
摇落后，清吹那堪听。淅沥暗飘金井叶，乍闻风定又钟声，薄福荐倾城。

这首悲凉凄绝的悼亡妻词，最能抒发他现在低沉忧郁的心情。他一口气写完后，一束斜阳落在写字台上，照到他的字上，他的目光也追随到那里，写字台的正中间还有一个相框，相框里镶嵌着一张中学时代的照片。那时恰同学少年，风华正茂，他们是何等潇洒飘逸。照片上有会健、甄桐、朱茵、来枭晓、何凤鸾、椒红和他，当年的"中学七友"，他站在中间。梧桐更兼风雨，庭院锁清秋，无言独上高楼，剪不断理还乱，是离愁，别是一般滋味在心头。他逐一看着照片上的每个人在吟咏着。望着椒红与朱茵的笑靥如花，如今他只有在回忆中温习着昔日的热闹。他从脖子上取下一对玉蝴蝶。其中一只的颜色不似另一只那么碧翠明艳，那是因为里面浸满了椒红和朱茵的鲜血。他问自己，这只血染的玉蝴蝶，我该交给谁呢？不，最好是谁也不给。他想起二娘的话——"咱老李家的男人，个个都是好样的，唉，可就是，个个都命苦，一个个的，都不平顺。"二娘说得对，也许自己生来命运多舛，凡是和我交往的女孩，都没有好结果，她们都因我而薄命。既然不能给人家带来好运，就决定孤独终老吧。他无限怜惜地看着手掌心的这块晕染了血迹的美玉，默默念道："你只属于我，我就珍藏你一生吧。"他重新把这块血染的玉蝴蝶挂在脖子上，把它和另一只合在一块，成双成对地珍藏在离心脏最近的地方，暖着它们。

此时的文涛希望当真有另一种世界存在——天堂和地狱，以便让好人坏人，优劣得所，奖罚分明。那个世界神秘莫测，但希望，比人间更深具慧眼，能洞穿好人坏人。好人都升上天堂，坏人诸如李文璇者，都下地狱。若能那样，最起码，有梦可做，可梦见他们的生活是好或是坏。今日他终于体会到《红楼梦》里贾宝玉的心情了，在林黛玉死后，他把一腔思念寄托在做梦上，他渴望在梦中会见林妹妹，终于有一次，他梦见了林黛玉在仙境做了潇湘妃子，在他心里是多么大的安慰啊！此时，文涛也渴望能梦见一些他想见的人，比如若是能梦见椒红、朱茵都已进了天堂，做了花神、花仙，整日与花为伴，过着快乐无忧的日子，那该多好啊，那样自己内心会得到莫大的慰藉。他从镜框后面拿出那方带血的手帕，椒红蘸血题的两首词——《长相思》与《浣溪沙》，字迹已模糊不清，但他已把每一个字都刻进了自己的心里，永远铭记在心。至今，看到每一个字，仍犹如霹雳轰鸣，珠泪滚滚。椒红与朱茵的死，让他感到百身莫赎。他把手帕珍藏在一个方盒里，再次放在镜框后面。摊开纸，将椒红的两首词，反反复复抄写，当字帖练习。他的目光又落在那张照片上，他怀念起那沸腾的青春岁月和青春时的伴侣们了。他突觉心中有感要发。于是，他摊开日历，提起钢笔信笔写来——

致会健——你并没有失去青春，而是将青春定格在永恒里。你在天堂还好吗？我分明看见，你赶着马车，与太阳神并驾齐驱。

致椒红——你是桃花湾池塘里的一朵白莲，祥和与美丽同你相伴；出淤泥而不染，濯清涟而不妖，亭亭净植，香远益清，宁静而姣好。可我却把你弄丢了。你在仙山，唯留下我，寻寻觅觅，凄凄惨惨戚戚，山盟虽在，锦书难托。我发誓，上穷碧落下黄泉，决不辜负卿卿之心。

致朱茵——紫衣紫巾紫气中，你是紫衣仙子，往日，轻轻地，你曾用紫色的温柔温暖过我的心；今日，轻轻地，你又去了紫衣的国度，请相信，我没有忘记那一抹紫色的美丽与温柔。

他又想到更多人，他想到了苗宏仁与蓝灵心等。他也写给苗宏仁与蓝灵心一封寄语，致宏仁与灵心——世人都说天上有金童玉女，地上有并蒂之莲，说的就是你们两人吧？今日双双又回到那美丽的天堂，再也没人把你们分开，你们还好吗？

……

今夜他写了很多，一直写到半夜，最后他写累了困了，倒头就睡，睡时嘴里还咕哝道："今夜谁来入我梦？谁入我梦都欢迎，来吧，来吧，请到我梦中一游！"

次日，文涛张开眼，发现自己竟然睡过了时间。顾不得刷洗，抱着文件就直奔办公室而去。可当他风风火火地走到走廊的拐弯处，顶头跑来一个风风火火的大姑娘，他闪躲不及，与她撞个满怀。文件啊，印泥盒啊，印章啊，全都被撞落掉到地上，四处滚落，文涛追撵不及。那姑娘却玲珑地笑起来，文涛还在狼狈地追赶那个正在滚动的印泥盒，那姑娘又爆发出一串玲珑的笑声。文涛又气又急地说道："你就是会笑，就是会笑……"那姑娘突然止住笑，一本正经地问道："咦，你怎么知道我的名字的？是呀，我就是会笑，你是——"

文涛哭笑不得，气急败坏地说："我哪里知道你的名字？我是说，你就知道站在那里笑，不会帮忙？你看——"

哦，姑娘意识到什么了，说声不好意思，急忙弯下腰去拾文件、印泥盒等，逐一都捧了给他。文涛看见姑娘有一双特别大的眼睛，似曾相识。此时那姑娘也正在打量他，突然大叫："啊，你长得这么像我文涛大哥啊？"

文涛哭笑不得道："什么叫长得像，我就是李文涛！"姑娘大吃一惊地说："啊，你怎么会是文涛大哥，他没有你那么老……""老"字说了一半，她突然捂住了嘴巴。

文涛奇怪了，说："看来，你是认识李文涛的，你又是哪位啊？"

姑娘半嗔半怪地问："如果你当真是李文涛的话，难道你当真没有见过我？除非你不是李文涛！"文涛说："我，李文涛，行不改名坐不改姓，如假包换。怎样？说说你吧！"

姑娘又爆发出一串玲珑的笑声，说："我叫会笑，我是丫头呀，你竟然不认得我了？！"

文涛懵懂地说："丫头，可不，你不就是一个小丫头片子嘛，我哪里见过你啊？"

姑娘急得直跺脚，说："嗨，怎么和你说不明白啊，你忘了，在宿州，你救了一个女孩，我就是当年那个女孩！"

文涛惊讶了，说："啊，你就是当年的丫头？！"姑娘说："是，如假包换的丫头！"

当年，文涛在赴任之前，又到宿州去一趟，来见尚未赴任的老同学来枭晓，有一桩小事相托——言久去四川赴任之前，问起丫头何去何从。丫头说，愿意回到家乡去找自己的亲人。言久就写信告诉文涛，帮丫头回到故乡找她的亲人。文涛想，朱茵死了，萧沉思去了成都，如今没人管丫头了，他此刻百事缠身，一时难以去帮她找亲人。他便来到宿州找老同学来枭晓。文涛站在宿州来枭晓的家门前时，来枭晓与何凤鸾夫妇俩肩并肩地一齐迎了过来，文涛惊喜道："二位伉俪情深，一路相伴，可敬可羡啊！"

来枭晓知道文涛先后失去了椒红和朱茵，心情抑郁，不便跟他开玩笑，就庄重地说："莫愁前路无知己，天下谁人不知君。天涯何处无芳草，望君莫停伤心处。文涛，相信你，未来会好的，一切都会好的。"文涛苦笑一下，摇摇头，说："我已经不再抱什么希望，不相信'一切会好'这句话，我只相信，也许我就是一个苦命人，但凡是跟我接近的人，都会不幸。因此，我打算天涯沦落，独自笑傲江湖得了。"

何凤鸾正色道："别胡思乱想啦，你哪里是什么苦命人？她们的不幸，岂非是你之过？那都是战争带来的。你这么一个优秀的男人，是多少少女的梦中情人，你想独自笑傲江湖，在我看来，都很难！"文涛挤出一缕哭笑之纹来，问："是吗？我还算优秀？我不觉得我优秀，我只知道我命苦啊。"

来枭晓问："你何日赴任？"文涛答："近日就要到任。临走之前，我有一事相托。"来枭晓说："你我之间，客气什么，有事尽管讲来。"文涛说："在打宿州之时，我碰伤一位小姑娘，这小姑娘连一个正经的名字都没有，就叫她丫头。三表嫂与朱茵收留了她一阵子。如今，朱茵走了，三表哥一家远去了四川，我若离去，她又流落街头，岂不辜负了朱茵先前的善意？若带走，我孤身一个男人，有诸多不便哪。你看，你们能否先替我照顾一段时间？她是一个受战争伤害的孩子啊！"来枭晓说："没问题，只要是你委托的事，哪里有不行之说？你带来吧。"

　　丫头来到了来枭晓、何凤鸾的面前，她那双大大的眼睛有了光亮，但依然怯生生的。看她瘦骨伶仃，像个八九岁的孩子一般，何凤鸾怜惜地拉了过来，给她拿点东西吃。文涛放心地离开了宿州城。

　　如今丫头站在面前，文涛感慨地说："几年过去了，当年的小丫头，如今都出落成大姑娘了！你说，我能不变老吗？"姑娘不好意思了，说："你并不是那么老的，只是变得……变得我不敢认识了。"文涛好奇地问："'会笑'是怎么回事？你怎么到这里来了？"会笑说："'会笑'是我的大名，是来大哥与何姐姐给我起的学名。我来这里一段时间了。来之前，我回了老家砀山一趟，发现家里已经没有什么亲人了。到这里之前，来大哥说，若我没有地方去，就来找你。我就来了，还是你帮我安排的工作呢。"文涛惊诧了，问道："啊，是我帮你安排的工作？我怎么不知道这回事？"会笑咯咯咯地笑着说："你是贵人多忘事呗！"

　　原来，来枭晓来到濉溪当县长也把丫头带来了。丫头很懂事，非常勤快，主动帮他们打扫卫生，带孩子。一天，丫头在收拾桌子，发现桌子上有照片，就好奇地趴过去看。看着看着，她突然指着一张照片喊"哥哥"，并说："这照片里有我的哥哥！"何凤鸾奇怪，问："哪一位是你哥哥？"丫头指着其中那个笑得顽皮的会健。

　　"啊，会健是你的哥哥？"

　　丫头问："会健是谁？我只知道我哥哥叫阿牛，不知道他的大名。"

　　"那你知道你是哪里人？你姓什么，叫什么吗？"

　　丫头说："我是砀山人啊，姓会，没有什么大名，家里人一直都叫我丫头。"

　　"你确定这照片上的人是你哥哥？"丫头点头如鸡叨米，"我确定，因为我老家也有一张这样的照片，娘常让我看哥哥的照片，怎么不认识？当年娘带着我来宿州找哥哥，我们才走散的。"何凤鸾急忙在抽屉里翻找朱茵的遗物，果然，在一个小小的镜框后面，夹着一张小女孩的照片。从那双特别大的眼睛上看，确定丫头说的不假，她确实是会健的妹妹。何凤鸾不敢把照片拿给丫头看，更不敢提到她哥哥的事。她偷偷地把此事说与来枭晓听，并说，会健临终前，把他小妹的照片递给朱茵，说"是我小妹，家……家……"话没说完，他就闭了眼，当时大家捉摸不透会健的遗言是什么意思。如今老天有眼，阴差阳错地，他小妹竟然被文涛捡到，又被朱茵和咱们收养，是老天把她送到咱面前的，咱可不要亏待了她。来枭晓点头说，是！从此，来枭晓与何凤鸾对丫头的关心与照顾又增进一层，并送她上学读书。因为她爱笑，就取名叫会笑。

　　一天会笑问："来大哥，我哥哥呢？他现在在哪里呢"何凤鸾急忙给来枭晓使个眼色，摇摇头。来枭晓会意地说："你哥哥嘛──这个──是这样的，打仗的时候，大家都跑乱了，比如说，我在这个部队，你文涛大哥在那个部队，你哥哥嘛，肯定在另一个部队喽，大家都不在一块儿嘛。现在不打仗了，我在濉溪工作，你文涛大哥在萧县工作，不是吗？你哥哥肯定在另一个城市工作。可我们当初中断了联系，现在我也不知道你哥哥在哪里。不过，这是暂时的，时间长了，他会和我们联系，也会来找你的。"

会笑笑得很神往，她说："哦，我哥哥在另一个地方工作呢。他现在为什么不来找我呢？"来枭晓说："这个嘛，你现在要好好读书，等你长大了，识字多了，你自己去找他。你知道，他现在很忙的，跟我们一样忙。"会笑天真地笑了，说："好，等我识字多了，长大了，我自己去找哥哥。"便一蹦一跳地跑出去。来枭晓糊弄丫头成功，大松一口气，咕哝道："可怜的孩子啊！"

转眼几年过去了，会笑出落成亭亭玉立的大姑娘，已经能识文断字，她思念着家乡与亲人。再次追问自己的哥哥在哪儿。来枭晓不好再糊弄她，也不忍心告诉她会健已死的事实。正好会笑要回家乡，来枭晓说："也好，这样吧，你文涛大哥正好在萧县当县领导，你若是回乡没着落，就去萧县找他。"

会笑回到了故乡，发现家里已经没有什么亲人了。村里人告诉她，她父亲早年出去抗日，死在了战场。她母亲带她走出村子，再也没有回来过。会笑记得，当年母亲带她到宿州城里，那里正在燃烧着战火，突然她们被一阵黑烟淹没了。黑烟过去，会笑便不见了母亲。这些年，会笑早已意识到，母亲可能已不在人世了。家里只有叔伯哥哥招呼她。她在家乡只住了几天，就到萧县政府去找文涛。当时文涛正忙，以为是家乡人来找他安排工作的，他并没见人，便对秘书说："就安排她在后勤做事吧。"于是，会笑在县政府落脚了，她并没有急着去见文涛本人，因为秘书总说他很忙。姑娘很善解人意，就踏实地在食堂里帮忙打水、烧水、做饭、打扫庭院，等等，什么粗活都干。

中午了，文涛在食堂打了两份干部餐，约会笑来吃饭。简朴的衣着，颀长的身材，青春逼人的气质，甩着两条大辫子，会笑由远而近地款款走来。文涛笑着说："丫头，不，该叫你会笑了，真的长成大姑娘了！"会笑莞尔一笑。文涛发现她的长相当真与会健很相像，但她的脸部线条又渗透了女性的柔和与优美。尤其她那双特别大的眼睛，特别引人注目，好像一间房子，因为窗户开得大大的，使得整个房间显得特别宽敞明亮，特别通透舒朗。那双大眼睛让她的脸庞更加开朗有致，映照出一脸的明辉，像一轮明月，清辉动人，任谁见了她，都想多看几眼。

傍晚，夕阳把一抹赭红色涂抹在县委大院，文涛带着一身疲惫回到自己的房间。他大吃一惊，发现他的房间门窗大开，地面被打扫得干干净净，桌子上的文件啊，杂物啊，都被整理得整整齐齐，床铺也被整理得整洁而有序。一些脏衣服啦，脏袜子啦，都已被晾晒在绳子上；几双鞋子被刷得泛着白光，呈"一"字形地摆在窗台上。咦，这是怎么回事？文涛怀疑起来，难道我走错房间了？

　　"疑心家里进小偷了，是吗？"一个清脆的声音从后面响起，文涛急转身，会笑正怀抱着一簇盛开的菊花走进来。文涛笑说："不，我以为家里突降河蚌仙子了呢！"会笑咯咯咯一阵欢笑，把一簇沾着水珠的菊花插在写字台上的一个花瓶里。

　　文涛问："我写字台上的文件等物都是你收拾的？"会笑说："是呀，怎么了，不好吗？原来可乱了！"

　　文涛皱眉，说："这下可坏了，原来乱的时候，我找什么文件，都能找到；你把它们收拾整齐了，我倒找不到了！"会笑也皱眉笑说："哪里有这样的，乱的能找到，整齐了反而找不到了？"文涛说："我那叫乱而有序，乱而有章。"

　　会笑咯咯咯笑了说："什么呀，那叫乱七八糟！放心吧，你会找到的，呶，每一种文件我都分门别类地给你整理好了，并且都一一贴上了标签。我在来大哥那里，经常替他整理文件，就是这样做的。"

　　文涛激动地说："哇，原来是训练有素啊。那你来大哥可亏大了，把那么个好助手白白送给我了！"他幽默的话把会笑逗得又爆发出一阵玲珑的笑声。插好菊花后，会笑带着玲珑的笑声，载着妩媚的夕辉雀跃而去。文涛看着她轻盈婉约的背影，一丝微笑不觉挂上嘴角。

　　此后，隔三岔五，傍晚时分，文涛下班后都能见到会笑到他房间里打扫卫生，洗衣服，收拾写字台。他每次都大惊小怪地感慨道："啊，阿弥陀佛，菩萨显灵了，河蚌仙子又下凡来，又神不知鬼不觉地帮我整理房间啦！谢天谢地！"他的幽默每次都把会笑逗得咯咯咯地欢笑不已。一次会笑问："河蚌仙子，是什么来路？我只听人家讲过牛郎织女的故事，从没听说过河蚌仙子，那是怎样的一个故事啊？"

　　文涛突然来了兴致，说："你没听说过河蚌仙子的故事啊？这个故事还是我小时候听道宗老爷子讲的呢。要不要听一听？今儿本人兴致好，可以免费给你讲讲，过了今儿，明天再想听，我可能就要收费了哦！"会笑咯咯咯地笑了一气，说："行啊，我今儿也有兴致听嘛，我可喜欢听故事了。"文涛爽快地说："好！"他清了清嗓子，便带着几分怀旧的感情讲起故事来。

　　从前，有位穷后生，爹妈都去世了，他一个人生活。一次，他到河边挑水，看见一个小小的河蚌，那河蚌贝壳上色彩斑斓，像彩虹一般的美丽。他见了，心生欢喜，便小心地捡起来，带回家，把它放到他的水缸里养着。他每天都去河里挑新鲜而清澈的水，倒进缸里，悉心照料小河蚌。小河蚌也不辜负他的厚爱，长得非常快，而且贝壳上的花纹与色彩越来越美丽。几年后，后生长大了，小河蚌也长大了，长到有磨盘那么大的时候，后生就又换一口大水缸来供养它。一天中

午，他从田里锄地回到家，又渴又饿，就急忙走进厨房去做饭吃。可是，当他一推开厨房的门，就看到厨房被收拾得井井有条，而且还闻到一股股饭菜香。他急忙掀开锅盖，令他意外的是，他发现锅里竟然有煮好的米饭，还有鱼虾，香味阵阵飘散，令他馋涎欲滴。此时，他正饥肠辘辘，便无暇多想，先吃了起来。吃后，他想：这是谁做的好事呢？他就去问邻居大娘，是不是她为他做好了饭菜。邻居大娘感到莫名其妙，说并没有这回事呀。后生感到很蹊跷。一连三天中午，他都遇到这种事，他愈发感到奇怪了。这天，他决定躲在家里看一看，到底是谁在为他做饭。等到中午，便听到门"吱呀"一声被推开了，他屏住呼吸，定睛一看，啊，只见从门外飘然进来一个姑娘，那姑娘身着一件美丽的彩衣，五色斑斓，幻彩迷离，令人眼花缭乱。姑娘进了厨房，先收拾东西，然后捣鼓几下，就闻到了一阵饭菜的香味儿阵阵袭来，令人馋涎欲滴。而后，那姑娘又飘然而去。后生想看个究竟，就从厨房追出来，但是那姑娘一出门，眨眼之间就不见了。他把他看到的一切告诉了邻居大娘。大娘告诉他，下次再见到那姑娘来给你做饭，你就从后面抱住她，别让她走了。后生采纳了大娘的意见，次日，那彩衣姑娘一进厨房门，他就从后面抱住了她，于是，那姑娘就嫁给了后生。后来，后生问那姑娘："你怎么会乐意嫁给我呢？"姑娘说："我因受了你的养育之恩，特来报恩的呀。"后生看到她一身彩虹般的衣裳，便恍然大悟，她原来是河蚌仙子啊。

　　文涛讲完故事，本以为会逗得会笑爆发出一阵咯咯咯的玲珑笑声，说他讲的故事真逗。谁知，会笑听完故事后，若有所思地看看他，嘴角拉成一个弯弯的月牙儿，大眼睛挤成两轮半月来，只是默然而笑，脸蛋儿泛出两团红潮来。她站起来说："天色晚了，我该走了。"便飘然而去。文涛感到有点意外，怎么了她？是否自己说话不小心冒犯了她？一回想，文涛突然捂住了自己的嘴巴，并打了自己一个嘴巴子。他喃喃自语道："我不该讲这个故事啊——故事里的河蚌仙子嫁给了后生，是为了报答后生的养育之恩。我讲这个故事，会笑是不是误会我，以为我是故意暗示她，因为当初是我救了她，她就要报答我并嫁给我啊？哎呀呀，天哪，我不是这个意思的呀！"文涛自己羞涩了，以至于好多天，躲着不敢去见会笑。

　　又一个傍晚，文涛回到自己房间，发现会笑趴在他的写字台上哇哇地大哭，身子还一颤一颤的，好像哭得非常悲痛，他吃惊不小，连忙问："怎么了，丫头，不，会笑？是哪里不舒服了，还是有人欺负你了？"

　　会笑头也不抬地说："是有人欺骗了我！"

　　"啊，是谁敢欺骗你？快跟我说，我找他去！"

会笑仍不抬头地说："是你，还有来大哥！"

文涛出乎意料地叹："啊——"

原来，会笑今天领了工资，平生第一次拿到自己挣的钱，很是兴奋。她从食堂打一点好吃的，一来感谢文涛，二来她想问问文涛，打听到他哥哥的消息没有，一旦有他哥哥的消息，她要去找自己的哥哥了。这是她多年的愿望。今天她进文涛房间，在给他整理写字台时，那个日历被风吹到地上了，她弯腰拾起来时，随便翻了一下，发现那上面写了那么多字，她无意中看了一眼，发现上面写道：

> 致会健——你并非失去了青春，而是将青春定格在永恒里……你在天堂还好吗？

啊，"你在天堂还好吗"这是什么意思？她再往后看，还有致椒红，致朱茵……她知道，椒红大姐、朱茵大姐都是已经过世的人，这么说，会健，就是自己的哥哥，难道也已去世了吗？她不相信，也不愿意相信这残酷的事实。她反复地看和琢磨，很显然，文涛大哥写的"致会健"，就是说自己的哥哥已经死了！

简直是晴天霹雳！世界上还有什么比这样的消息，更令人感到失望与痛苦的吗？

会笑颀长的玉身颓然倒下，俯身恸哭。此前，会笑也曾问过文涛，我哥哥在哪里呢？文涛试探地问："你来大哥没告诉你，他在哪里吗？"会笑说："来大哥说了，我哥哥可能在另一个城市工作，还没有联系到他呢，让我问问你可知晓。"

文涛就顺杆子溜了，说："哦，对对，你哥哥可能在另一个城市工作。你想啊，中国那么大，城市那么多，彼此失去联系了，是很正常的嘛。相信，以后会有消息的。我帮你打听着，一旦有你哥哥的消息，我就立即告诉你。"

会笑笑了，年轻人就是有一颗天真单纯的心，她也相信了文涛的谎言。如今会笑知道真相了，她在恸哭，文涛内心很难过，回想，那个血雨腥风的战争年代，夺去多少青春的生命，使得多少人失去亲人，使得多少人家破人亡啊！

文涛把手搭在会笑颤动的肩膀上，说："对不起，请原谅我们的谎言，请相信，我们的谎言是善意的。请相信，战争是残酷的，但人情是温暖的。在战争中，谁没失去过亲人？你亲眼看到你朱茵姐姐的死了吧？前面的还有你椒红大姐，再之前有我大伯，我的大哥；再再之前，有我爹和我二伯……失去亲人，谁都会痛不欲生，悲痛都是一样的，若说哭泣，谁都有理由哭泣。但我们悲痛，我们哭泣，这些并不是那些逝去的亲人希望看到的。我们只有擦干悲伤的眼泪，坚强地迎接每一天，珍惜当下，珍惜亲人们用鲜血与生命换来的幸福的今天，好好地活下去，才不辜负他们的期望，才是对他们最好的报答和纪念。"

会笑呜咽着说："可是，哥哥是我在这个世上唯一可盼的亲人，如今也没有

了啊！"

文涛真诚地说："不，你还有好多亲人，我，你来大哥，何大姐，共和国的好多人，都是你的亲人啊！"

他扶起会笑的身子，温柔地点着她的鼻尖："会笑，会笑，笑一个！"会笑破颜一笑，流下悲伤而又温暖的泪水。

会笑更加勤勉地工作、学习。文涛的房间里更加一尘不染，写字台上的鲜花两天一换。文涛奇怪地发觉，自己也开始有了变化，开始讲卫生了，心情愉悦了许多，连走路的脚步也轻快了许多。他还奇怪自己的感觉，无论是睁眼还是闭眼，都感觉有一双水灵灵的大眼睛在关注他，一串串玲珑的笑声在环绕着他。他下意识地摇摇头，但又默默地在微笑。

有一天，文涛坐在写字台，揽过日历想记点什么，蓦然发现，日历的一页上面有画有字。画面上画了一个房子，房子上一道袅袅炊烟；一个后生立于房前；还画了一口水缸，一个衣袂飘飘的姑娘从水缸边走向后生，下附一行小字："可否登堂入室？"

文涛的心悸动了一下。自己无意间讲了一个故事，讲者无心，听者却有意哇！难道说这搅动了姑娘的芳心？而他那久已干枯的心井，竟然顿觉湿漉漉的，似乎有种久违的感觉从冬眠中苏醒。但他揽镜自照，发现自己苍颜白发，一副老态；想人家姑娘嫩如春韭，姣好明媚，我何德何能，与她相配？心想，她是情窦初开的小姑娘，受到一个男子哥哥般的照顾，难免不唤起爱情的感觉，其实，她是缺少父爱与兄长之爱，错把他给予的爱当作爱情了。她还小，并不理解爱情是什么。我已经是过来人，经历了爱情的酸甜苦辣与伤痛，深深地了解，爱情犹如一把双刃剑，可给予一个人幸福，也可毁了一个人的幸福。在他的情感经历中，爱情给他带来的都是伤痛，今天那道伤口的创伤犹未痊愈，还在滴着鲜血。他拿出那个浸染过鲜血的玉蝴蝶，又想起自己是命运不济的人。假如，我不能给她带来幸福，最好不要伤害人家。在万丈浪漫红尘中，不再有我的身影，只留下曾经的故事传说吧。他收好那只带血的玉蝴蝶，在他的内心深处，再次坚冰壁垒，春风不度玉门关；即使今天春风欲来，他也下意识地关上了那个唯一可度春风的通道，紧紧地关闭了心门。

所以，当他一次次看到会笑热情似火的爱情召唤时，他便尽力地去压制住他那颗悸动的心，不予答复。他撕掉那页日历，小心地压起来，让她知道，自己已收到她的心意，但不予回复。

可是之后，他每天都能看见日历上又添新画——日历上又画一棵树，树上一个喜鹊窝，窝里一只小喜鹊，还有另一只喜鹊栖息在树枝上。那只小喜鹊嘴下一行字："哥哥，哥哥，你怎么不开口讲话？"文涛照旧每天撕掉一页，小心地压起来。

　　"曾经沧海难为水，除却巫山不是云。"今日的他愈加感觉自己与诗人是心灵相通的，唯有此句才能道出他们共同的情感。他对爱情的诠释是：爱情犹如秋天的枫叶，只有经受过风吹雨打，经过秋天风霜的磨砺，岁月的沉淀，才能煅造出最火艳的红。爱情不是一见钟情的轻率，也不是一点好感的轻许，而是需要经受得住生活甚至生死的考验，才能炼出的真情，那是一件需要极其慎重的大事。此时的他，无暇也无心思去涉足其中。

　　文涛又看到日历上的字画，上面小喜鹊质问道："哥哥，哥哥，你总是不回答我，是你看不上我，嫌我配不上你喽？"泪水滴落在小喜鹊眼下。文涛为难了，总是回避不答，也是对姑娘的一种伤害啊。怎么办？他就在小喜鹊的话下面回复道："不是你配不上哥哥，而是哥哥配不上妹妹，哥哥已老，妹妹还小，哥哥不忍伤害妹妹。"次日，文涛又见字画，小喜鹊说："君生我未生，我生君未老，愿作比翼鸟，终生绝无悔。"文涛为难了，他想找会笑当面谈谈，开导她，希望她去找一个年貌相当的伴侣，过上幸福美满的生活，那样他才能放心，他才感觉能对得起他死去的同学会健。可是，一场不期而遇的风雨袭击过来，也把他裹挟而去，让他又一次运交华盖。

　　据有人挖掘出，文涛曾经进过匪窝，还在国民党的军队里待过，所以就怀疑他思想的纯洁性和对当今政府的忠诚度，一夜之间，他便从一县之长沦为阶下囚，他被停职了，接受调查，后来又被送进一个农场里去劳教。在农场里，他白天下地干活，晚上有写不完的自我检查报告，让他感到苦闷失落，他再一次坚信，自己是个命运不济的人。但此时，却有一双明澈的大眼睛，从窗外投来关切的目光。他被停职受管制长达两年的时光里，会笑自学了会计专业，从一个后勤人员转正成为一名专业的会计。她每隔一周来看文涛一次，给他送来吃的，送来穿的；用她有限的薪水，买来营养品给他滋补身体；还亲手给他做衣服、鞋子，总之，她源源不断地为他送来关爱。正是这源源不断的关爱，让文涛再次度过了最艰难的光阴。

　　"路遥知马力，日久见人心。"在人生的低谷处，他们之间的感情经受住了考验，文涛的心慢慢地被软化，软软地着陆了，像躺在沙滩上的蚌，被海水那样深情地久久地轻轻地抚摸着，摩挲着，柔柔的，暖暖的，终于敞开了心扉，露出最珍贵的心……

　　后来有人证明文涛是一个思想纯粹的共产党员，为抗日战争、解放战争都曾立过汗马功劳，政府及时地给予纠错、拨乱反正，还其清白，于是两年后，他又得以官复原职。

　　当他走出农场大门时，一片红紫繁花之中，有一张明媚鲜妍的笑脸——他看见会笑正笑盈盈地拿着一身簇新的衣服，站在门外等候着。他抬眼一看，哦，此时桃李盛开，春光正好，一片明媚。

第90章

山河依旧

风，凄凄惨惨；雨，淅淅沥沥，一年一度的清明节又到了。

"清明时节雨纷纷，路上行人欲断魂。"清明总是要下雨的，因为老天也知人间情，她知道这一天，人间有多少悲伤，多少愁绪，都需要宣泄，她便洒下无边的瑟瑟风，潇潇雨，为人们表达心中绵绵不尽的哀思。

山一程，水一程，身向故乡那畔行。清明节这天，文涛冒着微雨回乡扫墓来了，身边还带着一个人——会笑。

下河桥的绿豆湾处，河堤上柳色如烟，嫣红的桃花尚未褪去红晕，而那雪白的梨花正当时，千树万树梨花开，风雨袭来一片雪。春风送来，枝头的梨花，纷纷飞扬，扑落到这里那里。故乡的山山水水还是那样美丽，故乡的桃李还是那样盛开，可是物是人非，换了人间。文涛来到他不忍看到，却总在梦里心牵魂绕的那个地方——绿豆湾，他家的祖坟头上，松柏青青，绿草萋萋。

文波搀着母亲杨氏来了，二哥文海带着妻儿来了，文涛与他们一起铲土添坟头，烧纸钱，凭吊祭拜一番。一阵阵风吹来，纸灰到处飞扬，家家都在寄托着对逝去亲人的无限哀思。

红红的火苗，缭绕的烟雾，飘起又飘落，泪水模糊了文涛的双眼，像过电影一般，他看着脚下绿豆湾的土地，点数着一个个坟头——他陷入了追忆往昔那峥嵘的岁月之中。

为了这块热土，祖坟地上是频添坟头啊！一个一个，又一个，每增添一个坟头，都让他痛不欲生。尤其是，那两个并立的坟头——椒红与朱茵的坟墓，更令他扎心。看着一个个坟头他默默念叨：为了祖国的新生，为了故乡的依旧，我们家付出了多么沉重的代价……

　　文涛的目光再次落到椒红与朱茵的坟墓上，一时感慨万千。他想起椒红，内心还是一阵锥心般的痛和刻骨铭心的思念——他想起他们青梅竹马、两小无猜的日子，还有那些一起长大的日子，那些悸动的日子，那些花前月下的日子，还有那些并肩战斗的日子……又想起，为了他，她亲手杀了自己的亲骨肉，而后被活活打死！往事不堪回首，一想到椒红的死，他就感到百身莫赎，泪湿衣襟。

　　文涛永远忘不了那一幕，在医院里椒红伸出苍白的手，和他只搭一下就仙逝而去，他不明白，盼星星盼月亮地盼他到来的她，何去太匆匆？

　　文涛的目光落在朱茵的墓碑上——"爱妻朱茵之墓"，这是他亲手所写。想到朱茵，他也涌起满心的愧疚。如果说，椒红是一朵红玫瑰，而朱茵就是一朵白玫瑰，温婉而美丽，细腻而温柔。她明明可以做其他男人的好妻子，过上幸福的日子，但她却甘愿在彼岸久久地守候着他，一往情深，痴心不改；为了他，她可以用自己柔弱的身子勇敢地为他挡子弹，可以毫不犹豫地替他喷洒鲜血。当年，朱茵拿出那颗浸血的玉蝴蝶时，他才明白了一切，原来椒红是因她心爱的人有所托付，才放心而去的，而朱茵呢，是心甘情愿地接过爱的接力棒的。当朱茵美丽的身体在他怀里由软变硬的那一刻，他才追悔莫及，后悔在朱茵生前，没来得及给她一份爱意，辜负了她一生的柔情。

　　韶华如梦，林花谢了春红，太匆匆。他把椒红写的两首词《浣溪沙》与《长相思》，在她的墓前再次深情地吟咏着。

　　吟咏过，他的脸颊上已是泪雨滂沱，几欲站立不稳。会笑忙上前拿手帕给他拭泪，并关心地劝道："别这么伤感过度，惊扰了两位姐姐！"杨氏祭奠完毕要急着回家做饭，便与文海一家提前回去。

　　文涛拭着汹涌的泪珠，再看两人的坟墓，已草木深长，几乎合二为一，肩并肩，显得融融洽洽的样子。他惊讶地发现一个现象：椒红坟的右侧长几株青草，开几朵黄色、紫色的小花，而朱茵的坟呢，在其左侧，也长出同样的青草，开出同样的小花。连她们坟头上的花草长得都那么相像，那么对称，难道说，在那个世界里，她们真正做到了彼此的相通相融？忽然，有一对白色的蝴蝶，双双落在椒红和朱茵坟头的花草上，来回徘徊飞舞，起起落落，久久不肯离去。文涛不禁吟道："花落草齐生，莺飞蝶双戏。"这一对蝴蝶，难道是她们俩在冥冥中对我暗示着什么吗？是了，我不能辜负这两位曾经用生命爱过我的伟大女性的深情。想到此，他对着坟头深情地说："椒红，朱茵，我来看你们了。你们俩可谓是我的亲密爱人，又是再造恩人，深情厚谊，我李文涛没齿难忘。我要好好活着，照你们期望的那样活着，绝不辜负你们的深意。"他拉过会笑的手说："你们看，这位就是当年会健托我们找的小妹——会笑，不知是天意，还是缘分的安排，让她来到我身边，你们同意让她来接管这颗玉蝴蝶吗？"出乎文涛意料的是，那对白色蝴蝶忽地双双落到会笑的头顶上，会笑应声倒地，人事不省！文涛大吃一惊，

忙喊回正在远去的二娘回转身来。二娘帮文涛给会笑掐人中穴，但是无济于事，杨氏吩咐文涛说："快，去拜拜她俩！"尽管文涛不信邪，但此时，他顾不得多想，依照二娘的吩咐忙跪在两座坟前喃喃祈祷："二位，若是不同意，我便孤独终老便是！"但见那对蝴蝶飞到会笑脸庞上，会笑悠悠地张开了美丽的双眼。那对蝴蝶欢快地飞起来，紧贴着他们身边翩翩飞舞，绕了三匝，双双飘然而去。二娘解释道："刚才是她们对会笑姑娘亲了一下呢！"

文涛心头滚过一阵急流，他郑重地把玉蝴蝶挂到会笑的玉颈上，握住她的手，双双对着坟头恭恭敬敬地跪拜。会笑激动得双手合十，把玉蝴蝶合于手心，祈祷道："两位姐姐，文涛哥是我的恩人，也是我爱的人，我今生会像你们一样，用生命去爱他，照顾他，愿两位姐姐安息吧！"令文涛感到匪夷所思的是，那对白蝴蝶又从天而降，直接落到会笑的头上，停了片刻，扶摇直上而去。两人盯着蓝天，默默祈祷。

雨停了。文涛从下河桥走到上河桥。一路上，繁花似锦，除了惹眼的桃花、梨花之外，还有金黄的蒲公英、紫色的紫荆花、粉色的芙芙苗等遍地的小野花，乱花渐欲迷人眼，它们在姹紫嫣红地盛开着，像满天里璀璨的星星，装扮着美丽的原野。文涛欣喜地看着故乡的一切——清凌凌的蓝沱河水，碧油油的田地，坦荡无垠的大平原，辽阔无边的湛蓝的天空……四月的春风，惠风和畅，柔柔地吻上他的脸，空气里飘散着草花的香味儿，他笑了。天空是那么高远，鸟儿在安闲地比翼齐飞；大地是那么开阔，百姓们安详地在田间劳作，他们在享受着太平生活。文涛不禁想唱起来，想吟一首小诗——桃花红梨花白，为这片桃李盛开的地方，有多少人不惜抛头颅洒热血？为这片桃李盛开的地方，又有多少人付出宝贵的青春？他想，先前付出的一切，再多的流血，再多的牺牲，也都值了。

一路上，但见坟头簇簇，掩埋在青草丛，杨柳间；坟头上有墓碑的，没墓碑的，但他们的名字，他都能耳熟能详。其间有民有匪，有友亦有敌，但他们为这片桃李盛开的地方，都流过汗洒过血，献出宝贵的生命。江山如此多娇，家园是多么可爱，为了这片桃李盛开的地方，我们不愿战争，但为了这片桃李盛开的地方，我们又不怕战争，不怕流血牺牲。这片桃李盛开的地方，勿论忠奸都曾深深地用生命爱过它，为它战斗，为它流血，为它献出生命。"贤愚千载知谁是，满眼蓬蒿共一丘。"在历史的长河里，贤愚忠奸之间的争斗都是史册上的一笔事迹，是非功过，都是组成历史的一部分。

文涛到了上河桥，就不停地游走在散落的陵园坟墓间，不论贤愚忠奸都祭拜一番。

文涛来到大姑与姑父的墓旁郑重地祭拜一番。他站在墓旁，回想大姑与姑父生前的慈爱以及为了儿女受到的种种煎熬，他不禁潸然泪下。在言中的坟头前，他遇到了明曜，他还带上三个孩子，言中的一对儿女格霆、格菲和言华的儿子格致，他们选在清明节来上坟。他们在祭拜韦青凤以及言来、言富、言荣母子四人。

一二三四，明曜数着，文涛也在心里数着，一二三四，一时百感交集。

明曜数着数着，似乎感觉上天给他开了一个天大的玩笑，给他的人生画了一个让人费解的圆圈。从起点，他是一个人，转了一圈到了终点，他仍然是一个人。起点到终点岂不是一个零吗？然而为了这个零，他经历了人世间多少的酸甜苦辣啊？可转过身后，又都烟消云散了。

往事如烟，明曜的脑海里又把往事放映一遍。瓜田艳遇，令他欲罢不能，稀里糊涂地落得一个土匪老婆，还顺便当上了爹。那个时候，可引起一乡的轰动啊，有多少人艳羡他，又有多少人盼着看他的笑话。面对这些，他是又惊喜又害怕。回想往事，明曜脸上不由得又堆起一层啼笑皆非的神情。

看着他们母子四人的坟头，他想：不论乡亲们怎样评价你们，是非好坏，我心里明白，这片热土也明白，天地都能辨别得清楚；你们犯的错，欠的人命债，只愿你们来世偿还吧。

这块瓜田，是他与韦青凤初遇的地方。人生若只如初见，那该多好，可悲的是，在初见的地方，却是永别的地方。想想，这一切是零吗？一二三四，他数了一遍又一遍。人生如戏，即使曲终人散，但他参演过，他相信，这一切并非完全是零。

突然，有四个少年走来——三男一女忽地出现在墓地中间，面貌皆似曾相识。其中那个大一点的说："爷爷，我们从叁念商店来，是，是……是舅爷让我们来的，来……认祖归宗的！"

"啊，叁念商店？认祖归宗？"明曜糊涂了，问道："你们是——"那个大一点的说："爷爷，我叫格龙，我弟叫格虎，我们分别是陶言来、陶言富的儿子；那俩是小叔叔陶言荣的一儿一女，他们是格豹、格花。"明曜仔细瞅了瞅那个叫格花的女孩儿，还真瞅见了韦青凤的影子。明曜惊讶得嘴巴子都快张掉了，他擦了擦小眼睛，数了数：一二三四；又数了一遍：一二三四。我不是做梦吧？他狠狠掐了自己一把，好痛！"哈哈……"明曜仰天大笑，"感谢上苍，不，感谢叁念老板。"文涛看见他们也很欣喜，原来言来、言富、言荣还有后人！他恍然大悟，多年前他在龙脊山上时，偷听到韦青凤与石牙子谈到的三哥，可能就是这个叁念老板吧？此时更加感佩韦青凤的精明。

明曜一蹦而起，似乎连腿都不瘸了，简直喜从天降，连连说："好，好，好，孙儿们，走，跟爷爷回家！"文涛含笑望着他们快乐的背影。

文涛领着会笑走到了蓝沱河湾，当年他们郊游的地方，多少年来，这里一直是他心里想、口里念、梦里见的地方，此刻，他终于又故地重游，虽然是物是人非，换了人间，但眼前的景物依然似当年那么美丽，依然是桃花如霞、梨花赛雪，蓝沱河依然是一江春水向东流淌。他不禁又吟道："常忆桃梨河岸，放马看花草畔。兴尽晚回楼，携去两肩香瓣……"他对会笑说："这就是我常跟你说的，当年我们郊游的地方，那时，我们都还年轻，这里是你椒红大姐最喜欢最难忘的地方……可是，如今，人面不知何处去，桃花依旧笑春风。"说着，他的眼睛又红了。会笑忙拿出手帕擦他的眼角，劝道："别再伤心了，你的心脏会受不了的！"文涛把目光投向河岸，见桃梨不解人情忧喜，仍在蘸水开放；河水不知人间岁月是何年，仍在悠悠奔流，他吟道："大江东去，浪淘尽，千古风流人物……江山如画，一时多少豪杰……你看，这条大河，弯弯道道，跌宕起伏，但无论怎样地弯，怎样地跌宕，都挡不住它滚滚东流。"会笑接口说道："是呀，人生也是如此。人无论如何坎坷、起伏，我们都要前进，要活出人生的精彩，磨难与不幸，会让人生境界更上一层楼。""哦，丫头，你——真的长大啦！"文涛看着身材丰满的会笑惊讶道。会笑不满地笑道："呵呵，你刚刚才发现啊？人家早都长大了嘛！"说着，她依偎到他的胸前，文涛伸臂拥住了她。此时，二人各自脖子下的玉蝴蝶刚刚好拼成比翼齐飞的姿态，在熠熠生辉。

最后，文涛与会笑回到了海波茶棚。文波又把海波茶棚扩大了许多，茶棚四角朝天，飞檐敞户，苔痕上阶绿，草色入帘青，广纳四方过客，古道热肠待人，谈笑有鸿儒，往来多白丁。文涛刚刚在海波茶棚坐定，就有贵客来到。原来，清明时节，周凤山、关潼分头从南京、杭州回乡祭祖，也来到桃李原祭拜一下在战争中牺牲的故友们。新中国成立后，周凤山当上了某军区副司令员，关潼进了某军分区任军官。今年清明节他们不约而同地来到下河桥绿豆湾，在阵风、阵雨、阵雷等诸多墓前祭扫一番，又相约来到了海波茶棚。今日凑巧，周坤、石仲辉也来了。久别重逢，大家既兴奋又感慨万千。

他们对身体依然康健的杨氏，表示由衷的祝贺与敬意。杨氏与文波用自家的大碗茶、乡村土菜热情地招待远道而来的客人。最后周凤山、关潼铺开纸，提笔挥毫，各写了一副对联赠与海波茶棚。周边的村人与进茶棚的过客拥过来围观。

周凤山写道：

上联：减租减息父子就义
下联：抗日救国兄弟阵亡
横批：满门英烈

杨氏接过对联，眼含热泪——为这"满门英烈"我们一家付出多大的代价啊！众人拊掌，表同感。

关潼写道：

上联：上河流来下河涌
下联：桃绽灿烂梨雪白
横批：桃李满原芳

众人同赞："好一个'桃李满原芳'，太贴切啦！"拍手称好。

文波也挥毫写了一副对联：

> 上联：面朝四面八方过客
> 下联：心怀古道热肠盛情
> 横批：海波茶棚欢迎您

文海接过来，众邻与茶客以及在座的都齐拍手欢呼！

文海望了望茶棚外的桃李之花，满园春色，也捻笔蘸墨挥毫写了一副：

> 上联：雨润桃红千山笑
> 下联：风梳梨白万水情
> 横批：一原桃李

文涛与文波一起接过对联，不想，一向默默无闻的二哥文海竟然有如此好文采，便与众位邻居和茶客共同啧啧称赞一番。

周坤深情地环视一眼美丽的春光，也提笔挥毫写道：

> 上联：一寸山河一寸血
> 下联：万丈家园万丈情
> 横批：陌上花开春依旧

文涛与众人都不约而同地微笑着面对鲜花盛开的春天鼓掌不已。

看着大家都题了对联，石仲辉也摩拳擦掌地跃跃欲试，他嘴里说道："我是个粗人，不会作诗吟联，不过，我便好赖胡乱诌一副吧，诌不匀乎的大家可别见笑啊！"他吭哧半天写道：

> 上联：上河浪大浪推桃红一片
> 下联：下水花多花撒梨雪千家
> 横批：一河好春色

"嚯，好样的！"文涛笑着评议，"这副对联初看似俗了点，但细细品，俗里透着雅啊！而且对仗还挺工整呢，不错不错，好才情哦，哈哈哈……"石仲辉哈哈一笑道："我可是胡乱诌的啊，诌得还行吗？""哈哈哈……好，好！"众人的欢呼声与鼓掌声一浪高过一浪！

文涛无限深情地望向父兄用鲜血保卫的家园，便大笔一挥，题了一联——

上联：晴川历历桃李艳
下联：山水融融故园情
横批：山河依旧

　　"好一个'山河依旧'啊！"热烈而长久的鼓掌，有笑逐颜开的，有热泪盈眶的，周凤山赞道："这一联可谓是压轴，道尽了百年来的国人心声！"大家再次热烈而长久地鼓掌。而后，大家都把目光投向桃李原的远方和近处，绿水、青山、田野、村庄，都掩映在绚丽多彩的繁花丛中，试问：谁能夺走我们对这片土地的热爱？有歌声如潮水般漫过来，广播里在播放歌曲《歌唱祖国》：

五星红旗迎风飘扬，
胜利歌声多么响亮；
歌唱我们亲爱的祖国，
从今走向繁荣富强。
歌唱我们亲爱的祖国，
从今走向繁荣富强。
……

《桃李原》人物关系

主角：李文涛，三任妻子：陶椒红、朱茵、会笑。

其次：李阵风、李阵雨、李阵雷兄弟三人。

李阵风之妻，为汪氏；其女儿文霞，配偶郑尧多。其子文江，配偶荣秀英，生三女，米儿、麦儿、豆儿；文江续弦胡莲雪，生一子，抗胜。

李阵雨，李阵风二弟，其妻为杨氏，生三女二男，按序为李文海、李文雪、李文秀、李文娟、李文波。李文海配偶林彩儿。李文雪配偶陈时武。李文娟配偶陶言玉。李文波配偶先后为乔四芳、荣三改。

李阵雷，李阵风之三弟，其妻为王氏，生一儿一女，其子为主角人物李文涛，是小说中的男主角；其女为李文丽。

财主兄弟：李阵星、李阵辰。

李阵星生三子，分别为李文理、李文玑、李文璇；李阵辰之子，李文凯。其中李文璇系女主角陶椒红之原定之未婚夫。陶明昭，其妻为陶果香，生三男一女，其长子为陶言中，其配偶孟氏，生一男一女，子陶格霆，女陶格菲；次子陶言华，配偶郑氏，子为陶格致；陶言华之妾，为董琳儿，生子叫陶格冲；三子陶言久，配偶萧沉思；陶椒红为陶明昭之女，是小说女主角。

陶明曜，系陶明昭之弟，其妻为韦青凤，生三子分别为陶言来、陶言富、陶言荣，兄弟三人的后人为陶格龙、陶格虎、陶格豹、陶格花。

再次：陶道宗，其子为陶明亮，配偶为吴氏，儿子有陶言青（配偶田氏）、陶言玉（配偶李文娟）等。

再其次：陶明耿，妾尤西月，其子陶言朗。

蓝媒婆，蓝灵月、蓝灵心、蓝灵龙之母。蓝灵月、蓝灵心为女儿，蓝灵龙为儿子。

癞头瓢儿，陶明耿之弟，其妻为蓝灵月。

石牙子，韦青凤朋友，其子为石仲辉。

下河桥七杰：李文江、三黑、丰收、长青、立冬、秋生、文良。
中学七友：李文涛、陶椒红、朱茵、会健、来枭晓、何凤鸾、甄桐。

朱茵，李文涛之第二位妻子。
会笑，李文涛之第三位妻子。会健之妹。
来枭晓与何凤鸾为夫妻。
蓝灵心与苗宏仁为夫妻，是男女主角之好友。
苗宏雁，为苗宏仁之妹。其未婚夫为祁镜。

再再其次： 陶、李两家亲戚朋友有赖长贵、关潼、周凤山、周坤、吕秤砣、吕敬飞、吕敬兰、李白梅、李红梅、吴车臣、布莱夫妇等。

马小宝，蓝灵月之子。陶明义、陶明锐为兄弟，其子分别为陶言池、陶言超，等等。